本书获中国作协网络文学理论评论支持计划项目资助

中国网络文学年鉴

2024

欧阳友权◎主编

北京出版集团
北京出版社

图书在版编目（CIP）数据

中国网络文学年鉴. 2024 / 欧阳友权主编. --北京：北京出版社，2025.6. --ISBN 978-7-200-19610-8

Ⅰ. I207.999-54

中国国家版本馆CIP数据核字第2025A0U763号

责任编辑：占　琴　陈业莹
责任印制：张鹏冲
封面设计：知库文化

中国网络文学年鉴　2024
ZHONGGUO WANGLUO WENXUE NIANJIAN　2024

欧阳友权　主编

出　　版	北京出版集团 北　京　出　版　社
地　　址	北京北三环中路6号
邮　　编	100120
网　　址	www.bph.com.cn
总发行	北京出版集团
经　　销	新华书店
印　　刷	三河市龙大印装有限公司
开　　本	887毫米×1092毫米　1/16
印　　张	32.5
字　　数	630千字
版印次	2025年6月第1版第1次印刷
书　　号	ISBN 978-7-200-19610-8
定　　价	398.00元

如有印装质量问题，由本社负责调换
质量监督电话　010-58572772

指导单位：
中国作家协会网络文学中心

编撰单位：
中国作协网络文学中南大学研究基地
中南大学网络文学研究院

编委会：
顾　问： 何　弘
主　任： 欧阳友权
副主任： 禹建湘　　肖惊鸿　　马　季
编　委： (排名不分先后)
　　　　　黄鸣奋　　陈定家　　周志雄　　夏　烈　　邵燕君
　　　　　黄发有　　单小曦　　周志强　　徐耀明　　庄　庸
　　　　　何　平　　周兴杰　　桫　椤　　许苗苗　　周　冰
　　　　　黎杨全　　吴长青　　李　玮　　阎　真　　聂　茂
　　　　　白　寅　　聂庆璞　　纪海龙　　贺予飞

目 录

第一章 年度综述 ··· 1
  一、总貌描述 ··· 1
  二、年度聚焦 ··· 11
  三、问题与趋势 ······································· 27
第二章 文学网站 ··· 40
  一、文学网站发展总览 ································· 40
  二、不同类型网站平台 ································· 52
  三、重要文学网站举隅 ································· 61
第三章 活跃作家 ··· 79
  一、网络作家年度总貌 ································· 79
  二、网络作家年度重要活动 ····························· 85
  三、年度活跃作家 ····································· 95
第四章 热门作品 ··· 118
  一、年度作品概观 ····································· 118
  二、热门作品一览 ····································· 133
  三、网络创作新趋势 ··································· 157
第五章 网络文学阅读 ····································· 165
  一、年度网络文学阅读与 IP 消费总貌 ··················· 165
  二、网络文学阅读的年度热点分析 ······················· 178
  三、网文读者年度妙评举隅 ····························· 184
  四、网络文学阅读的特点与趋势 ························· 190
第六章 网络文学产业 ····································· 197
  一、网络文学线上产业 ································· 197
  二、网络文学线下出版 ································· 205
  三、网络文学跨媒介改编产业链 ························· 209
第七章 研讨会议、社团活动和重要事件 ····················· 287
  一、网络文学年度会议 ································· 287
  二、网络文学年度社团活动 ····························· 299

三、网络文学年度重要事件 ……………………………………………… 313
第八章　网络法规与版权管理 ……………………………………………… 329
　　一、网络文学版权管理年度现状 ………………………………………… 329
　　二、网络文学相关政策法规梳理 ………………………………………… 336
　　三、网络文学版权管理相关报告及学术文献 …………………………… 345
　　四、网络文学版权管理相关会议 ………………………………………… 352
　　五、网络文学版权管理相关行动 ………………………………………… 360
　　六、年度网络盗版侵权典型案例 ………………………………………… 368
第九章　理论与批评 ………………………………………………………… 374
　　一、理论与批评年度总貌 ………………………………………………… 374
　　二、年度代表性学者及代表作 …………………………………………… 375
　　三、刊载成果的主要期刊、报纸及公众号 ……………………………… 391
　　四、年度硕博论文和科研项目 …………………………………………… 400
　　五、年度理论批评点评 …………………………………………………… 410
第十章　中国网络文学海外传播 …………………………………………… 421
　　一、网络文学海外传播年度概况 ………………………………………… 421
　　二、网络文学海外传播的年度业绩 ……………………………………… 435
　　三、网络文学海外传播的贡献与局限 …………………………………… 454
附录：2024年网络文坛纪事 ………………………………………………… 463

第一章　年度综述

2024年，随着文化强国建设的深入推进，网络文学在讲好中国故事、激活产业动能与扩大国际传播等方面取得了新突破。在政策引领和综合治理的双重推动下，网络文学的生态发展呈现出稳健格局。网络作家将优秀传统文化与现代元素融合，以"国潮"写作彰显新时代精神风貌。"知识+"故事与短篇小说迎来爆发性增长，成为网络文学创作的新亮点。生成式人工智能（AIGC）赋能网络文学，不仅提升了网络文学的创作效能，还以文生图、文生视频等方式开拓"AI+IP"发展模式。网络文学与影视、动漫、游戏、文旅业的深度融合，成为推动国家文化产业发展的新质生产力。网文出海开辟视听化新赛道，出海模式的优化升级与网文IP本地化运营进一步扩大了网络文学的世界影响力。

一、总貌描述

1. 政策引领与综合治理并行，网络文学发展生态稳健

在国家政策方针引领下，网络文学更加注重增强社会责任意识，开拓多元化业态，着力构建稳健型生态发展格局。7月15日至18日，党的二十届三中全会通过了《中共中央关于进一步全面深化改革、推进中国式现代化的决定》（以下简称《决定》），提出要推进国家综合治理体系和治理能力现代化，强调加强网络空间法治建设，健全网络治理体系。《决定》强调了文化生态对于文化强国建设的重要性，对网络生态文明建设提出了更高的要求。网络作家深入学习贯彻党的二十届三中全会精神，努力以高质量作品为行业创作生态发挥榜样作用。与此同时，2024年是习近平总书记在文艺工作座谈会上的讲话10周年。10年来，我国网络文学逐渐向主流化和精品化方向发展，广泛探索文学与艺术、技术、媒介融合的新表达，不仅丰富了文学的样式和品类，还成为文化出海的生力军，构成了新时代文学的一道亮丽风景。中国作协、中国文联等政府相关机构、各大文学网站及行业协会等更加重视网络文学的发展，加大了网络作家、网文平台管理者、网站编辑、网文编剧、网文评论家等从业人员的培育力度，深化网络文学生态长效治理机制，进一步压实文学网站平台的主体责任，提升网络文学在人才队伍、创作质量、平台建设、评论引导等方面的水平，建构了良好的网络文学生态。

网络空间是网络文学赖以生存的家园。中央多部门在2024年开展网络空间治理行动，加强网络空间生态文明建设。

一是打造健康、安全的网络清朗空间。中央网信办发布"清朗"系列专项行动，通过违法信息外链、"自媒体"无底线博流量、网络直播、暑期未成年人网络环境、生成合成内容标识、网络语言文字使用等10项重点整治任务，有效净化了网络环境，提升了网络空间的文明程度。"清朗"系列专项行动，聚焦于账号、评论、群圈、直播和短视频、浏览器和搜索引擎等领域，建立了覆盖各类重点网站平台的跨平台工作机制，加强了文学网站平台审核管理，对于危害未成年人身心健康的网络作品进行重点整治，有效阻止了网络文学违法信息的传播、反弹和变异。

二是创造向上、向善、向美的网络精神家园。近年来，微短剧发展势头火热，但也产生了一系列问题。2024年国家广电总局对微短剧进行了专项治理行动，具体包括加强微短剧审核管理工作和"霸总"微短剧治理工作。自6月1日起，国家广电总局对投资额度大于100万元的微短剧进行审核，30万元到100万元之间的由省级广电部门审核，30万元以下的由播出平台或推送平台审核。由此，广电部门建立了网络微短剧的层层审核把关机制。与此同时，在"霸总"微短剧爆款中出现了一批存在文化价值观问题的作品。国家广电总局网络视听司于11月22日发布《管理提示（"霸总"微短剧）》，强调要避免使用"霸总"等字眼吸引观众，指出此类微短剧严重脱离现实逻辑，过度娱乐化，部分情节中的奢华生活严重脱离现实，扭曲了企业家形象，给社会带来了不良影响。"霸总"网络文学作品是"霸总"微短剧的"蓄水池"。国家广电总局的管理提示不仅对微短剧的高质量发展提出了要求，也有助于优化网络文学创作的题材方向，引导网络文学霸总题材小说回归现实主义创作原则。网络作家应当以企业家群体的实际生活为素材进行价值提炼和审美升华，弘扬爱国敬业、守法经营、创业创新、回报社会的优秀企业家故事，归正攀附权贵、豪门、富豪的婚恋观，为作品注入更多现实关切与人文关怀。

2. 网络文学书写"中国故事""青春风暴"彰显创新实力

2024年，网络作家以扎根生活的方式书写脚下热土，网文作品日益成为记录中国社会变迁、展现新时代精神的重要载体。在中国作协网络文学重点作品扶持项目名单中，分设乡村振兴、中国式现代化、中华优秀传统文化、科技科幻、人民美好生活、人类命运共同体等主题，这几项创作主题反映出网络文学已成为讲好"中国故事"、展现时代风貌的重要力量。

近年来，网络文学现实题材创作崛起。网络作家积极书写改革开放以来各行业从业者的奋斗故事，以共情叙事打动读者，拓宽了网络文学的题材深度和艺术表达力。人间需要情绪稳定的《一路奔北》以国产卫星导航系统的研发为主线，塑造了一批不惧挑战的青年科研工作者形象，书写了科研团队在技术突破与国际竞争中的奋进历程。作者以扎实的创作素材和专业知识书写微小卫星工程研发的故事，获第八届现实题材网络文学征文大赛特等奖。大江流的《大国崛起1980》讲述了机械工程学博士许如意穿越到20世纪80年代的县城机械厂，带领工厂实现技术弯道超车的故事。小说展现了20世纪80年代中国工业发展的艰辛，涉及的工业机械专业知识扎实，人物性格鲜明。月影风声的《鲲龙》将技术细节与故事人物的生活紧密相连，展现了水陆两栖飞机鲲龙AG600研发项目的重大突破，入选2023年度中国作家协会网络文学影响力榜。奉义天涯的《警察陆令》以解谜叙事结构和充满现场感的细节描摹，彰显出现实题材类型化写作的高度。晨飒的《金牌学徒》将工人技术、职业教育与国家发展相连，以技术工人的成长细节塑造"大国故事"。此外还有《国民法医》《柳叶刀与野玫瑰》《乘势跨越》《初夏的函数式》等作品紧扣民生、地方发展和医疗领域等重大现实问题，在知识的硬核性与故事的趣味性之间处理得自然圆融。这说明，网络文学现实题材创作已形成区别于传统现实题材创作的亮点，同时也显现出网络作家在把握重大题材方面的独特优势。

  网络作家汲取中华优秀传统文化资源，创作了一批非遗文化、文物瑰宝、古籍修复题材的精品力作。黑白狐狸的《我为中华修古籍》围绕故事主人公参与编修《中华大典》工作的经历展开，讲述了她从一名初入行的编辑逐渐成长为古籍专家的故事。小说深入挖掘古籍修复这一传统文化主题，将历史智慧与现代价值有机结合，表达出"以一灯传诸灯，终至天下皆明"的精神追求。米花的《胤都异妖录》汲取《山海经》等古代神话叙事资源，通过重塑经典志怪故事，将中华优秀传统文化中的神秘与智慧呈现给现代读者。2024年，网络作家加大了对中华优秀传统文化资源的转化力度，《光明壁垒》《我本无意成仙》《衣冠不南渡》《谁让他修仙的！》《凡人笔谈》《我的拟态是山海经全员［星际］》《独秀》《天命在我》《我在梁山跑腿的日子》等大批作品涌现，它们以新颖的故事创意传承中华优秀传统文化，极大地开拓了创作品类。近年来，网文企业与国家图书馆、国家博物馆和敦煌博物馆等单位的合作增多，网络作家广泛汲取各类非物质文化遗产资源，提升了网络文学的创作底蕴。2024年，阅文集团举办的"古籍活化联合征文"活动，通过"真实历史赛道"和"畅想架空赛道"，鼓励作者在历史与幻想间自由穿行，以多元视角讲述中国故事。这类活动不仅为古籍文化提供了新的叙事路径，也扩大了小众行业故事在数字时代的文化影响力。

  Z世代网络作家"封神"速度加快，让行业刮起了网文创作的"青春风暴"。在阅文集团发布的2024年"白金大神"名单中，滚开、黑山老鬼、狐尾的笔等5位作家获得"白金"称号，错哪儿了、烽仙、怪诞的表哥等10名作家摘得"大神"荣誉。从最新榜单来看，90后作家占比超过70%，30岁以下的作家占一半。Z世代网络作家结合当下流行元素与创新性的叙事手法，在现实性、形式感和想象力等方面不断探索，不仅为网络文学注入了活力，并且在很大程度上影响了未来网络文学的发展趋势。季越人的《玄鉴仙族》将乡土小说与修真小说进行了类型融合，创设以家族宗亲为主、世代更迭的群修小说。作品主角陆江仙穿越到一枚青铜鉴子上成了器灵。他并非这部小说的主线人物，而是扮演一个辅助角色，为李氏家族提供支持和帮助。这种角色设定不仅打破了穿越小说的套路，还巧妙地制造出一种视觉位移的效果。小说中的一些修炼规则的独特设定丰富了修真小说的世界体系，颇受青年读者的喜爱。狐尾的笔的《道诡异仙》以模糊的真幻叙述勾画出清晰的人性坚守，通过"中式克苏鲁"展现了网络文学在题材和风格上的大胆探索与突破。红刺北的《第九农学基地》融合末世、种田等类型元素，借农业题材打开科幻新想象。杀虫队队员的《十日终焉》将人物小传的形式引入网络文学，并通过多重叙述视角的切换，呈现出复调美学的特点。巧克力阿华甜的《泄洪》以"女配文"的反套路叙事揭示深刻的社会议题风格，展现了短篇故事的独特魅力。寻真知、沈南因等20位知乎"年度盐选作者"均以反套路的创作特质构成了"青春网文"的多元化特色，这也成为知乎盐言故事平台的核心优势。Z世代网络作家怀着文化自信与青春朝气，淬炼具有风格辨识度的语言，构成了绚丽多姿的网络文学图景。

2024年，网络科幻小说创作热度持续高涨。伪戒的《永生世界》对生命的价值和尊严进行了深刻的思考。人类已经迈入了与AI共存的时代，而AI与人类之间的界限也变得模糊。小说在描写人类与AI的关系时写得尤为生动。比如，主角张云溪的家人被AI机械人保姆杀害，但他却花光了自己的遗产救AI机械人老师朱祁镇。作者对人与机械人、人与生物关系的深入探讨促使读者不断反思，科技的发展是否应该以人的利益为出发点？人类又该如何建立道德和伦理的约束？这些问题都让小说不再停留在悦耳炫目层面，而是蕴含了某种社会启迪和警示意味。玄鸦的《时间裂缝》重构了"武松打虎""孔融让梨"等故事。作者用科学理性重新诠释神秘与怪诞，其"中式科幻"美学风格在网文领域独树一帜。天瑞说符的《我们生活在南京》2024年获得全国第17届精神文明建设"五个一工程"奖、第二届科幻星球奖最佳科幻长篇小说奖等佳绩。早前该作品还获得了第32届中国科幻银河奖"最佳网络科幻小说奖"、第14届华语科幻星云奖长篇小说金奖等奖项，可见天瑞说符凭借其过硬的创作实力已获得主流文坛的广泛认可。网络作家不仅书写了丰富多彩的"中国故事"，展现了新时代的精神风貌，还以"类型融合""反套路"等叙事方式开拓了网络文学的新表达。与此同时，新锐网络作家刮起的"青春风暴"，也带动了"Z世代"阅读现象。在网文书评区、有声阅读App、短视频弹幕等社交空间，"Z世代"创造了"社交共读"的火热场景，《宿命之环》《赤心巡天》《十日终焉》《异兽迷城》等作品评论火爆。由此，网络文学形成了创作与阅读的有效互动。网络作家通过网文企业提供的创作福利政策、创作学堂、亿元"青年作家扶持计划"等多项培育计划提升创作。在"平台—作家—读者"的良性交互机制下，网络文学作品不仅在国内频出佳绩，在国际上也产生了广泛影响，为"中国故事"的世界表达注入了新的动力。

3. 人工智能技术升级迭代，网络文学或将迎来重大变革

随着人工智能技术不断加速升级迭代，网络文学暗潮涌动，处于重大变革的前夜。网文企业加大了AI大模型的应用与调优力度，生成式人工智能逐渐成为网络文学内容生产与创作交互的新方式。生成式人工智能涵盖内容生成、长文理解和数据分析等功能，能够为作者提供世界观建构、线索整理、人物设定、情节构思、角色塑造、情景描写、动作描写，甚至生成内容插图等辅助服务，大大提升了网络作家的创作效率。专业化的类型网文创作AI大模型还能提供语言风格设定、修炼升级设定、妖魔异兽设定、打斗描写等灵感创意。"阅文妙笔""文心一言""逍遥大模型""番茄助手""盘古""通义千问""豆包"在文学创作方面都有不俗表现。随着生成式人工智能的发展，许多高校也加入了AI创作大模型的研发与应用行列。华东师范大学王峰教授的团队于4月14日发布了"大模型长篇小说创作系统"。这一系统利用"提示词+人工后期润色"的方法，成功创作了国内首部人机融合式玄幻小说《天命使徒》，篇幅长度超过100万字。这一成果实现了AI大模型在长文本生成功能的突破，也引发了AI创作的广泛讨论。生成式人工智能主要是在占有丰富的语料数据库基础上，利用算法重新组合已有文本或者生成新文本，与网络文学的数据库写作尤为契合。对于这一现象，有学者指出："AI独立生成的文字，很多时候甚至可以超越大多数一般写作者，令人无法区分背后是人类还是机器。生成式人工智能崛起，昭示着技术理性强势参与文艺创作。"[①]

人工智能技术的进步带来了生成式多模态语言的应用发展。在国外，OpenAI发布的GPT-4o能够处理和生成文本、音频和图像等多模态语言。GPT-4o的"o"代表"omni"（全能），包含了更快的响应速度、更低的使用成本以及更强大的多模态处理能力。Runway新推出的Gen-3 Alpha不仅能够生成细节丰富、清晰度高的视频内容，提供复杂场景变化、多种电影风格等功能，而且提供从文本到视频、图像到视频和文本到图像等多种创作方式。MidJourney、DALL-E等AI绘画应用，通过输入相关指令便能迅速生成图像，大大丰富了网文创作的表现形式。与此同时，国内的字节公司旗下的Dreamina、生数科技的Vidu、快手的"可灵"AI相继问世，主打视频生成、文生视频、文生动画、图生视频功能。这意味着2024年全球生成式人工智能已从传统的"文生文"模式来到"视频生成"的新纪元。借助多模态的生成式人工智能，网络文学可以实现图、文、影音、游戏一体的多媒体创作，融合听觉、视觉、触觉等多重感官体验。生成式AI结合虚拟现实（VR）和增强现实（AR）技术，可以创建更加逼真的虚拟环境，使读者能够在虚拟世界中与角色进行人机互动，不仅提升用户的代入感，还为网络文学带来了全新的阅读方式。这种人机交互主体

---

① 汤俏：《生成式人工智能崛起，对网络文学影响几何》，《光明日报》2024年3月16日，第9版。

的出现，打破了人类中心主义的思想，为后人类时代提供了更多可能性。

人工智能技术赋能网文 IP，开启了"AI+IP"新局面。早在 2019 年，阅文集团就与微软（亚洲）互联网工程院启动了"IP 唤醒计划"，利用 AI 技术赋能网络文学创作，通过虚拟世界的构建让读者与 IP 角色进行互动，推动了读者与作者共同生成作品的模式。这种"开放性作品"的形式，不仅丰富了网络文学的创作方式，也极大地提高了作品的参与感和互动性。2024 年，AI 技术与网文 IP 进一步融合，提升了网络文学有声书、漫画、动画、影视剧、游戏等 IP 开发的效率和产能，成为推动网络文学产业发展的重要力量。阅文集团通过 AI 技术打造了一个图文、声音及衍生产品一体化的 IP 多模态平台，将文学作品、影视剧、动漫等多种形态进行联动，为用户提供了更加丰富和多样化的文化产品。AI 技术不仅为作品创作提供了新的技术手段，还帮助平台企业在 IP 商业化的过程中实现了更高效的内容生产和变现模式。《庆余年》IP 的盲盒角色形象生成的 AI 视频亮相 2024 阅文创作大会，展现了未来 AI 技术在 IP 工作流中的潜力。知乎推出"短篇故事 3A 计划"，其中"3A"指的是"AI（人工智能）""All Population（泛人群）"和"All Media（全媒介）"。这一创作计划的实施推动了短篇故事在 AI 应用、IP 开发和多渠道内容分发等领域的生态进化。值得注意的是，AIGC 技术并非能完全替代人类进行创作，它提供的是情境化知识。无论是什么类型的 AIGC 文学创作，其创作逻辑都是在其根据数据库内容解码后的"重构"。由此，数据库思维进一步内化到文学创作思维中，塑成网络文学的独特性。

4. 网文"IP+"模式文化赋能，跨界互动增添产业活力

2024 年，网文企业纷纷探索"IP+"模式新路径，进一步激活网络文学产业动能。阅文集团、晋江文学城、番茄小说、豆瓣阅读、知乎盐言故事等平台加大了 IP 开发力度，它们在鼓励网络作家创作高质量作品的同时，也为网络平台探索出更多 IP 转化路径，成功孵化出了许多 IP 爆款，展现出网文行业内容多元化新动向。

网文 IP 影视、动漫转化佳绩亮眼。在影视方面，《小巷人家》《大江大河之岁月如歌》《永夜星河》《与凤行》《庆余年第二季》《九重紫》《大梦归离》《婚内婚外》等网络文学改编影视剧好评不断。腾讯依托阅文平台的 IP 聚合力，与影视公司合作接连制作多部影视 IP 爆款，其中《与凤行》《庆余年第二季》《永夜星河》等网络小说改编作品刷新多项年度影视收视纪录。《庆余年第二季》讲述范闲从"棋子"成长为"棋手"的故事经历，其中的权谋斗争、人物关系相较第一季更为复杂，荣获 2024 微博视界大会年度影响力作品、2024 年第二季度优秀网络视听作品奖、第三届澳涞坞国际电视节金萱奖最佳男配角奖、第 15 届澳门国际电视节"金莲花"奖最佳男配角奖等多项荣誉，堪称网络文学改编电视剧年度"剧王"。《永夜星河》在腾讯视频播出后反响火热，获 2024 金骨朵网络影视盛典年度最受期待剧

— 6 —

集，被豆瓣阅读评为2024年古装幻想剧最高分。优酷视频的网文IP"黑马剧后"《墨雨云间》不仅在站内成为2024年热度值最快破万的剧作，而且自开播以来正片有效播放市场占有率居各数据平台第一，正片播放量超23亿，抖音话题播放量超206亿次。① 优酷另一部重点剧集《惜花芷》改编自空留的同名小说，该剧播出期间连续拿下Vlinkage网剧播放指数第一、猫眼网络剧热度榜第一、灯塔全网正片播放市占率第一、灯塔全网剧集正片集均播放量排行榜第一等收视成绩，获第29届釜山国际电影节亚洲内容大赏最佳女主角奖。番茄小说的头部IP《我在精神病院学斩神》改编的动画《斩神之凡尘神域》好评不断，腾讯视频站内热度超过23000，超过316万观众在腾讯视频站内为动画打出9.6的高分，小红书相关话题浏览量超过4亿，微博@斩神之凡尘神域超话聚集了超10万名活跃用户加入讨论②，荣获新时代网络文学"白马奖"动漫改编奖。《诡秘之主》《道诡异仙》等改编作品通过衍生品开发和线下"吃谷"热潮，将IP的热度从屏幕延伸至线下消费场景，进一步放大了IP的"乘数效应"。网文IP改编剧的成功不仅引发了IP化创作的热潮，也为网络文学全产业链的发展提供了新的方向。影视IP的反向驱动也带火了网络小说原著。网文IP从多样化题材布局到多领域跨界开发，再到全球化拓展，以强劲势头不断刷新文化产业的想象力，不仅为影视、游戏、动漫等领域提供强大的内容支撑，也为讲好中国故事贡献了更多的灵感和创意。

微短剧作为近年来新兴的网络文艺样式，展现出强劲的市场潜力和文化影响力。根据《中国微短剧行业发展白皮书（2024）》的数据，截至2024年6月，微短剧用户规模已达到5.76亿人，占整体网民的52.4%，市场规模预计将达到504.4亿元。③ 这一数据表明，观看微短剧已经成为人们日常娱乐生活的重要组成部分。网络文学"IP轻衍生"是微短剧兴起的关键驱动力。微短剧主要针对网络文学的中腰部IP进行开发，是IP层级化开发的重要举措。麦芽、美光盛世、掌玩、天桥、快创、容量等平台开发制作的微短剧人气火热。相较于网络文学影视剧与网剧，网络文学微短剧的故事设定新颖，叙事节奏紧凑，也更为注重情节反转和情感张力。从2024年网络文学微短剧的总体情况来看，年代、穿书、重生、甜宠、追妻、种田、萌娃等成为热播题材，其热度大有赶超前几年赘婿、战神、神医、龙王等题材的趋势，新涌现的题材更新速度快，极大地丰富了网文微短剧的类型，也改善了微短剧审美风格单一、情节简单粗暴等颇受大众诟病的问题。番茄小说、九州文化、百川

---

① 数据来源：《〈墨雨云间〉火爆收官欢娱影视内容生态下跑出的又一现象级黑马》，2024年7月2日，https://tech.chinadaily.com.cn/a/202407/02/WS6683c1b6a3107cd55d269910.html，2024年12月25日查询。

② 数据来源：《〈斩神之凡尘神域〉：如何成为2024年国漫市场的最大黑马?》，2024年10月20日，https://acg.sohu.com/a/818341633_122001005，2024年12月2日查询。

③ 中国网络视听节目服务协会：《微短剧迈入2.0时代〈中国微短剧行业发展白皮书（2024）〉发布八大主要发现》，2024年11月7日，http://ent.people.com.cn/n1/2024/1107/c1012-40356383.html，2024年12月25日查询。

中文、点众科技、掌阅文学等网文平台纷纷加入微短剧IP转化的赛道，一些网文平台在微短剧运营方面逐渐成熟，提升了网文微短剧的精品制作水平。《桃花马上请长缨》《绮靡》《全家偷听我心声杀疯了，我负责吃奶》《执笔》《重生七零她惊艳家属院》等作品好评度高，引领网络文学微短剧从"卷流量"向"卷质量"转型。越来越多网络文学微短剧的开发者意识到高质量内容与长尾效应的重要性，IP品牌化趋势加强。一些微短剧通过与文旅、电商、教育等领域的结合，打造"微短剧+"场景，推动网络文学产业的跨界融合。

除了跨界微短剧，网络文学还与地方文旅融合，挖掘具有中国特色的新质生产力，促进地方文化传播与文旅产业发展。《道诡异仙》《盗墓笔记》《洞庭茶师》《全职高手》等作品产生的文化赋能效应，使得粉丝书友纷纷前往三清山、长白山、洞庭茶乡、上海外滩等地打卡，带动了地方经济的发展。一些网文企业逐步探索文旅产业合作，主要形成了三种合作方式：一是与旅游景区、博物馆等达成战略合作，通过自然景观、文化资源打造具有地方特色的文旅IP，推动IP的多元化开发；二是与下游企业合作，发挥IP全产业链开发的优势，培育具有地方特色的网络文学精品IP，通过多模态内容形式的融合，让地方文旅资源可读、可听、可看、可感，扩大地域景观文化的影响力；三是将IP融入地方文化、艺术创作、产业整合、创意传播、沉浸消费等各个环节，形成了兼具文化特色、沉浸感、互动性的文旅新业态新场景，扩大了IP的文化价值。网络文学从深挖地域文化特色到拓展文博、文旅资源，探索了一系列具有代表性的合作模式与创新实践，为网络文学产业高质量发展注入强劲动力。

5. 网文出海布局新内容矩阵，视听化成为新发展赛道

网络文学从版权输出到海外平台搭建，再到开启海外原创业务以及出售IP影视版权，历经多轮"出海模式"迭代升级后收获海外读者好评，成为中国优秀传统文化走出去的重要组成部分。2024年，随着文化强国建设的深入推进，网络文学的海外传播目标已由原来的"走出去"向"走进去"进阶，"网文出海"的效能与影响力建设成为社会各界的关注重点。

政府机构、网文企业、网络作家、行业协会通力合作，促进网络文学提升海外传播力与文化影响力。首先，从政府机构对"网文出海"的扶持和培育方面来看，早在2023年，中国作协网络文学中心已发布"网络文学国际传播项目"，将《雪中悍刀行》《芈月传》《万相之王》《坏小孩》的英语、缅甸语、波斯语、斯瓦希里语版本作品通过在线阅读、广播剧（有声剧）、短视频、推广片等方式向全球推广。在2024中国网络文学论坛上，网络文学国际传播项目（第二期）持续推进，唐家三少、天蚕土豆、紫金陈等6位具有代表性的网络作家的深度访谈被制作成6期《网文中国》中英双语版纪录片，面向海外精准传播。《网文中国》纪录片的发布，既是网络作家增强文化自信的体现，也说明网络文学已从故事传播走向中国形象建构的深层领域。此外，中国作协网络文学中心还举办了网络文学国际传播培训班，培养网络增强提升创作责任感，立足中国优秀传统文化和国际视野讲好中国故事、传承中国精神。

其次，从网络文学作品的出海成效来看，截至2024年11月底，起点国际累计海外访问用户近3亿，阅读量破千万作品数同比增长73%，海外原创作品数达到68万，海外原创作家44.9万。① 随着AI翻译技术的不断更新，更多优秀的网络文学作品得以快速进入海外市场，扩大了网络文学的出海规模。据悉，起点国际已上线约6000部中国网文的翻译作品，今年新增出海AI翻译作品超2000部，同比增长20倍。② 与此同时，《诡秘之主》《全职高手》《庆余年》等10部中国网络文学作品入藏大英图书馆。这是网络文学作品第二次入藏大英图书馆，标志着网络文学越来越受到海外读者的认可。

再次，从网文出海的生态链建构来看，头部网文企业与海外国家开展多领域合作，进行内容培育和IP开发，共建网络文学全球产业链。阅文集团与新加坡旅游局的合作，将优质华语IP如《玫瑰的故事》《大奉打更人》等推向国际市场，推动了中国优秀传统文化的全球传播。这种跨界合作不仅提升了IP的国际知名度，也为全球IP产业链建设提供了新的动力。

2024年，网络文学在东南亚地区的影响力持续扩大。东南亚市场是中国网络文学最早的出海落脚点，也是目前网文出海最重要的阵地之一，占据全球相当大的市场份额。据中国音像与数字出版协会调研，近年来网文出海东南亚地区已赶超北美地区，成为网文出海的首要目的地。③ 网络文学的东南亚传播主要呈现以下特点。其一，东南亚的网络文学市场以女性用户为主导，尤其是18至30岁的年轻女性居多。这些女性读者的教育水平和付费意愿较高，对历史、言情、悬疑、同人、校园、豪门等题材表现出浓厚的兴趣，日均阅读时长和互动频率高。其二，网络文学在东南亚国家的文化亲缘性。Meta发布的《2024网文网漫出海白皮书》显示，泰国受访读者平均每天使用手机娱乐类应用的时间为141分钟，阅读书籍时间平均每天113分钟，有47%的读者喜爱阅读电子书。④ 由于东南亚国家与中国文化背景相似，网络文学作品对于东南亚读者阅读难度较低，因此更容易被这些读者接受。其三，网文、网漫应用在东南亚地区下载率高，展现出了良好的产业效益。尤其是在印尼、

---

① 孙佳音：《中国的 世界的》，《新民晚报》2024年12月28日，第10版。
② 孙佳音：《中国的 世界的》，《新民晚报》2024年12月28日，第10版。
③ 王佳懿、张恩杰：《东南亚超越北美，成中国网文出海首要目的地》，2024年7月13日，https://news.ynet.com/2024/07/13/3785227t70.html，2024年12月28日查询。
④ Meta：《2024网文网漫出海白皮书》，2024年12月21日，https://www.douban.com/note/868843453/?_i=5378816IwbmY25，2024年12月25日查询。

泰国等地，Goodnovel、MEB 等网文网漫的盈利收入已跻身移动应用排行榜 TOP10。①

网络文学引领"C Drama"（中国剧）火遍海外。视听化是网文出海近年来开拓的新赛道，影视剧和微短剧是网络文学出海视听化的重要形式之一，它们不仅提升了中国文化的国际影响力，还促进了海外不同圈层读者的交流。网络文学影视剧搭建了中国同海外有效互动交流的桥梁，向世界讲好新时代的中国故事。《庆余年第二季》《墨雨云间》《与凤行》《珠帘玉幕》等由网络文学改编的影视剧在海外地区掀起收视热潮。《庆余年》成为 Disney+有史以来播出热度最高的中国大陆剧。《墨雨云间》在 Netflix、Disney+、北美 Viki、韩国 AsianN、马来西亚 Astro、新加坡 Starhub、Apple TV 等数十家全球范围内的流媒体平台上线，海外播放量近 2 亿次，曝光量近 4 亿次。②《与凤行》在全球 180 多个国家与地区播出，拥有 16 种语言版本。该剧在 WeTV 平台连续两个月全球热点榜首，热播期间在美国、韩国、新加坡、澳大利亚、越南、泰国等多个国家和地区的分站排行榜中占据 TOP1。《珠帘玉幕》将隋唐年间的珠宝工艺通过女性创业奋斗故事呈现，其中的金银宝瓶、冷暖玉棋子、琉璃锁等技艺巧夺天工，生动展现了中国古代珠宝行业文化的博大精深，同时女性勇敢追求自我价值的实现也引发了海外观众的共鸣。这些作品不仅能够迅速吸引海外观众的注意力，还能通过更易理解的方式增强海外观众的文化认同。目前，网络文学的影视出海主要可归纳为三种模式。一是海外发行与销售播映权。网文企业及相关影视公司将中国网络文学作品的播映权分销给各国电视台以及 YouTube、Netflix 等国际网络影视媒体平台。阅文 IP 改编的动画作品在 YouTube 频道日均上线 1 集，年浏览量超过 2.7 亿。③ 二是自建海外平台播映。目前腾讯视频、爱奇艺、优酷、芒果 TV 等公司都推出国际版、海外版平台，建立了网络文学剧集、动漫、电影等一体网文影视海外传播体系。三是 IP 生态出海，即海外制作公司或电视台、平台购买网络文学 IP 版权，进行本土化改编、翻拍。《天道图书馆》等作品不仅在国内广受欢迎，还被翻译成多种语言，在海外获得广泛传播。IP 改编游戏如《斗破苍穹：怒火云岚》在东南亚上线后吸引了大量玩家。天津琅声文化传播有限公司与阅文、晋江等大型网文平台合作，制作了 200 多部广播剧，其中播放量最好的系列作品能达到 1 亿次。④ 阅文集团与瑞士国家旅游局开展合作，《全职高手》主角叶修将担任

---

① Meta：《2024 网文网漫出海白皮书》，2024 年 12 月 21 日，https://www.douban.com/note/868843453/?_i=5378816IwbmY25，2024 年 12 月 25 日查询。

② 中国网络视听服务协会：《古装爱情剧〈墨雨云间〉引发海外收视热潮 中国文化打动海外主流受众》，2024 年 7 月 17 日，http://www.cnsa.cn/art/2024/7/17/art_1955_45233.html，2024 年 12 月 25 日查询。

③ 许旸：《网文 IP〈庆余年〉〈全职高手〉法国圈粉，"阅赏巴黎"刮中国风》，2024 年 6 月 25 日，https://www.whb.cn/commonDetail/937564，2024 年 12 月 25 日查询。

④ 毛振华、马欣然、宋瑞：《海外用户超 1.5 亿 网文出海进入"全球共创"新阶段》，2024 年 1 月 30 日，http://www.jjckb.cn/2024-01/30/c_1310762612.htm，2024 年 12 月 25 日查询。

2025年"瑞士旅游探路员"。法国知名插画师安托万·卡比诺将《庆余年》里的范闲、《全职高手》里的叶修等中国角色融入法国地标，进行卡牌等多元化的IP衍生开发。IP以碎片化、生活化场景融入世界各地，提升了网络文学的影响力。

与此同时，国内网络文学平台推出的微短剧平台成功进军海外市场，将国内的微短剧模式移植到海外，取得了显著的市场反馈。以Reelshort、ShortMax和DramaBox为代表的头部梯队平台，以超过七成的下载量和用户时长份额，引领全球短剧市场的发展。九州文化凭借算法科技赋能，迅速成长为互联网微短剧领域的头部企业。目前，该公司已拥有短剧版权内容2000余部，发行短剧1000余部，其中独家自制原创短剧超500部，其投放范围覆盖全球240多个国家和地区，东南亚和欧美国家是主要投放地。① 九州文化推出的Short TV、99 TV两家海外影视平台积累了超300万的全球用户。其中，Short TV在美国进入TOP 20娱乐榜，在菲律宾等国家的娱乐榜上排名第一。② 九州文化海外输出高品质短剧内容，还通过精准获客和精细运营，考虑海外风土人情，让短剧更贴近当地文化。《南风知君意》等作品不仅展示了中国非遗、美食文化，也吸引了大量海外观众的关注。旗下AI短剧系统Moss可根据一种语言自动生成多语言字幕，覆盖十几种国际常用语种，用来满足全球大部分区域用户的观剧需求。网络文学之所以受到海外读者的喜爱，除了中国网文企业建立的以IP为核心的生态出海体系外，其核心吸引力还是中国网络文学的作品立意和文化精神。一般来说，中国网络文学的故事主角有强烈的自我觉醒意识，人生理想与奋斗目标明确，他们最终或能成就一番事业，或可改变困境，或实现自我拯救，这类故事符合快节奏叙事下海外受众的文化需求，也说明网络文学已具备全球文化共通性的优势，但也存在以"豪门""霸总""千金"等标签噱头博流量的问题。最后，从网文出海的经验来看，如何汇通古今中西，将网络文学的爽感叙事转化成生命价值与精神书写，是网文出海未来需要继续深耕的方向。

二、年度聚焦

1. 网络文学创作涌现新动能

（1）网络作家走出"小书房"，走向"大社会"

2024年，现实题材成为网络文学把握时代脉搏的关键词，数据显示，截至2023年底，现实题材网络文学作品年增速超20%，"现实生活"更成为阅文女频五年复

---

① 陈卓妤、李心怡：《乘"数"而上，文化出海正当时》，2024年11月14日，https://zjnews.zjol.com.cn/yc/qmt/202411/t20241115_30648918.shtml，2024年12月25日查询。

② 何泽曦：《国产短剧一定会诞生新独角兽》，2024年1月4日，https://enjoyglobal.net/detail/news/ans1134，2024年12月25日查询。

合增长率TOP1品类。① 越来越多的网文作家从"小书房"的幻想书写到"大社会"的现实书写，推动网文与社会的深度联结，与时代同频共振。

2024年1月24日，第三届现实主义网络文学征文大赛公布结果。展现社会底层小人物在上海奋斗历程的《上海繁华》获特等奖，描绘从沿海滩涂到高原深岭高铁建设的《中国铁路人》获一等奖。起点读书现实频道2024春季征文以"重塑美好生活"为主题，下设"女性故事"和"时代叙事"两个组别。8部获奖作品以独特的视角和创新的故事设计展现了新时代下不同群体的生活状态。5月27日，第八届现实题材网络文学征文大赛在沪举行颁奖典礼，《一路奔北》等14部优秀作品脱颖而出。这次大赛共吸引47254人参赛，同比增长28.7%；参赛作品49102部，同比增长28.9%。② 来自各行各业的创作者以网络文学为载体，呈现了丰富多彩的当代生活和社会风貌。网络文学现实题材的作品数量明显增加，体现出扎根生活、深接地气、反映时代的特点。多个地方性、国家性的奖项及征文都首次在2024年加大了对网络文学现实主义题材的关注力度，倡导用现实主义题材去记录新时代。2024年5月，中国网络作家村启动了首届新时代网络文学"白马奖"，旨在表彰新时代网络文学创作中涌现出的优秀作品和新秀。2024年6月吉林省首次推出了"白山松水"现实主义题材IP网络文学征文大赛，要求表现新时代历史性成就与历史性变革，作品用小故事呈现大变化；8月16日，由深圳市委宣传部指导、阅文集团主办的第一届深圳现实题材网络文学征文大赛启动。本次征文大赛主题为"深圳故事：书写奇迹之城"，吸引近700部作品参赛，最终7部作品脱颖而出。特等奖由《关内关外》获得，小说通过两代深圳人的视角，展现了从20世纪80年代至21世纪初，深圳从小渔村到国际大都市的发展转变。8月9日，为助推网络文学精品创作，浙江省作协启动网络文学原创作品扶持申报工作，其中专门设置了重大现实题材与新时代发展题材的扶持选题。

网络作家正在摆脱"小书房"的局限，深入"大社会"的生活现场，成为新时代的记录者与代言人。新时代的山乡巨变为网络作家提供了丰富的创作素材。在2024年"北京现实题材网络文学青年创作计划"中，多位青年作家以山乡振兴为主题，以文学记录农村现代化的生动画卷。在第七届中国"网络文学+"大会网文校园行活动中，知名网络作家柳下挥、晨飒针对"网络文学如何描绘新时代的山乡巨变"这一话题，交流了各自的创作心得。柳下挥分享了他为汲取小说灵感而频繁进行的实地考察经历。晨飒则指出，网络文学作家在创作过程中应密切关注新时代的山乡巨变，不仅要揭示这一巨变的核心动因，还要深入剖析其背后的发展逻辑。

---

① 数据来源：中国社会科学网：《2023中国网络文学发展研究报告》，2024年2月26日，https：//www.cssn.cn/wx/wx_ttxw/202402/t20240226_5734785.shtml，2024年5月1日查询。

② 上海市人民政府网：《第八届现实题材网络文学征文大赛在沪举行颁奖典礼》，2024年5月28日，https：//www.shanghai.gov.cn/nw4411/20240528/d9150cfbb251460fb9b20bb54bc9ceb8.html，2024年6月1日查询。

（2）"知识+"作品成为网文创作新潮流

近年来，"知识+"作品的崛起成为网络文学创作的新现象。无论是传统文化、科技前沿，还是历史哲学等领域的知识，网络作家们都在通过丰富的叙事手段和高概念表达，将"知识"与"爽感"相融合，转化为"智趣悦读"，使网络文学不仅仅是一种娱乐形式，更成为传递知识与思想的文化载体。

在2024第四届七猫中文网现实题材征文大赛中涌现出大量对考古、医疗、科研、非物质文化遗产等领域的书写者。"知识+"作品以跨学科的知识融合为特色，将读者带入多维度的探索体验。以作品《江海潜寻》为例，小说以近未来科幻小说形式呈现，聚焦水下考古领域，巧妙地将海洋技术新进展同历史文物打捞、水下文化遗产保护相结合，展现出几代考古人用心血和情义守护文化血脉的精神风貌。"知识+"作品的另一显著特点是汲取中华优秀传统文化的养分，实现传统文化知识的创新性活化。《星际第一造梦师》将《山海经》《西游记》等传统文化经典与科幻设定巧妙结合，塑造了失落华夏文明与未来星际社会交织的文学世界。《琼音缭绕》则通过大量传统戏曲文本和珍贵的一手资料，再现了张氏三代守护琼剧艺术的故事，唤起了读者对地方戏曲文化的关注。这类创作既是文化的传承，也是艺术的重塑，让沉寂于历史长河中的传统文化重新焕发活力。

在网络文学中，"知识+"作品不仅体现在文化传承上，还深入现实题材与科幻创作的各个领域。科幻网文《剖天》的作者是一位气象学在读博士，小说融合了丰富的气象学知识，用真实的科学细节探讨人性与自由意志的选择，让科幻文学在知识的支撑下焕发出更深的哲学思考，类似的高概念叙事正在吸引越来越多的年轻创作者，推动"现实+科幻"成为网络文学的重要细分赛道。科普与趣味性相结合的作品同样受到热捧。"知识+"作品的兴盛不仅顺应了网络文学多元化、深度化的创作趋势，也迎合了年轻读者日益增长的智识需求。数据显示，Z世代成为数字阅读的中坚力量，2023年阅文集团新增用户占比43%，Z世代对心理学、历史、哲学等知识类内容表现出高度兴趣。Z世代评论区打卡关键词中"AI"字条33.6万次，"知识"字条21.1万次，"学习"字条21.1万次。[1]"智商在线"也成为Z世代最常听的作品标签。在这一背景下，"知识叙事"成为吸引年轻读者的重要手段。"知识+"作品的价值在于，它不仅扩展了网络文学的叙事维度，还提升了其文化内涵。在从"知识"到"智趣"的转化过程中，网络文学以创意性的表达使陌生的知识变得可感可亲。例如，现实中的"考研热""考公热"催生了"考研文""考公文"，而科研前沿如航天科技、机器人等则成为"硬核科幻"的灵感来源。这些书写不仅满足了读者的猎奇心理，还激发了对科学探索与社会现象的深入思考。

---

[1] 中国新闻网：《报告："Z世代"成数字阅读中坚力量》，2024年4月20日，http://www.chinanews.com.cn/cul/2024/04-20/10202575.shtml，2024年6月1日查询。

(3) 短篇故事爆款引发网文创作新热点

随着网络文学的不断发展，短篇故事创作正成为 2024 年的新热点。短小精悍、主题多元的短篇故事不仅满足了读者碎片化阅读的需求，还通过独特的叙事手法和强烈的共鸣感，为网络文学注入了新的生命力。据相关调研，知乎盐言故事已成为全网最大的短篇故事生产和消费基地。① 截至 2024 年 3 月，该平台的投稿创作者已超过 60 万人，累计上线短篇故事超过 10 万篇，涵盖 180 多个细分品类。② 这些短篇故事多在 2 万至 5 万字之间，精准契合了读者对碎片化内容的偏好，同时也为网络文学行业探索了新的增长点。

短篇故事的文学价值日益受到行业内外的肯定。《洗铅华》成为第一部入藏国家版本馆的知乎盐言故事作品，并入选了"2023 年度中国网络文学影响力榜"。短篇故事已成为网络文学创作的重要组成部分。短篇故事在形式上持续创新的同时，也深挖传统文化的深度与潜力。2024 年 8 月，知乎盐言故事推出的"西游特辑"汇集了多部西游题材佳作，如《西游之众佛腐烂》《西游怪谈》《西游规则怪谈》《大圣之死》和《西游遗秘》。其中，《西游之众佛腐烂》凭借其奇诡的设定和深刻的主题，成为 2023 年度短篇故事影响力榜单的上榜作品；《西游遗秘》则以野史的独特视角补充原著留白，呈现了一场中国神话体系的大乱斗；而《西游怪谈》聚焦取经后的世界，重新探讨罪恶与救赎的关系。这些作品在内容上大胆突破，同时展现了知乎盐言故事在形式上的独特魅力，以其创新性与可读性赢得了广泛关注和好评。特别是《西游规则怪谈》和《大圣之死》，巧妙融合了《西游记》的经典元素与现代叙事手法，通过古今对话的方式为传统神话赋予了新的时代意义。类似的文化创新还体现在知乎推出的"新知乎三绝"作品中。《胤都异妖录》《河清海晏》和《活在真空里》通过中式神怪、现代言情和都市悬疑的多元题材，再次证明短篇故事能够以小见大，在有限的篇幅内呈现深刻的思想性与丰富的情感张力。短篇故事在科幻领域同样表现出色，诸多优秀的短篇网络科幻用形式与内容创新探索着中国"新科幻"美学，成为中国网络科幻创作的重要风向标。如荣获第二届故事存储计划"国潮科幻"主题头奖作品短篇科幻小说《刺秦》，故事围绕 13 岁的秦舞阳展开，他随祖父和哥哥征讨箕子侯国，却意外揭开了隐藏在诸国之间延续千年的秘密。小说将历史的厚重感和科幻的机械感完美融合，是一部出色的"国潮"科幻。短篇故事的价值不仅体现在文学创作上，还通过跨媒介融合和 IP 开发实现了更广泛的影响力。知乎盐言故事逐步探索影视剧、广播剧、有声书等改编形式，推动短篇故事从阅读内容向全方位文化产品转化。例如，《急诊见闻 II：生命守护进行时》被评

---

① 数据来源：中国新闻出版研究院：《2023—2024 中国网络文学阅读平台价值研究报告》，2024 年 4 月 44 日，https://www.mspm.cn/baogao/810.html，2024 年 11 月 4 日查询。

② 中国新闻出版广电网：《知乎深耕短篇故事加速 IP 转化》，2024 年 3 月 25 日，https://www.chinaxwcb.com/2024/03/25/99839529.html，2024 年 5 月 1 日查询。

为"最具 IP 潜力作品",彰显了短篇故事在内容产业中的巨大开发潜力。面对碎片化消费的趋势和 AIGC 技术的助力,短篇故事正迎来快速发展期。知乎副总裁范俊梅表示,未来三到五年,短篇故事将持续升级迭代,依托更高效的创作与传播模式,为中国网络文学的发展贡献更多力量。[①] 12 月 15 日,2024 知乎盐言故事短篇故事影响力之夜在海南举行,现场发布了"2024 短篇故事影响力榜"。共 76 位(部)优秀作者和作品入选,覆盖 11 个内容品类和 3 大作者类型,《执笔》《照殿红》《相术师》等大热出圈作品榜上有名。

2. 网络文学产能转化能力提升

(1) 网络文学 IP 剧热播引发 IP 化创作

2024 年,网络文学 IP 改编剧集的全面热播成为影视与网文产业深度融合的标志性事件。从《庆余年第二季》的数据奇迹到《与凤行》《墨雨云间》的现象级出圈,网文 IP 的强大生命力为文化产业注入了新的活力,也引发了创作者对 IP 化创作的更多关注和探索。这些成功案例不仅巩固了网文 IP 改编在影视市场中的核心地位,也让原著作品在出版、衍生品和二次开发领域的价值倍增。在 2025 年的待播片单中,网络文学 IP 再次成为影视内容的"富矿"。数据显示,中国三大长视频平台(腾讯视频、爱奇艺、优酷)发布的 2025 年片单中,网文 IP 改编剧已经占改编剧市场六成之多。阅文集团的作品表现尤为抢眼,共有 37 部改编或出品剧集列入待播项目,包括《藏海传》《家业》《将门独后》等,涵盖奇幻、言情、探案等多种题材。在 2025 年待播片单中,女频作品同样占据了"半壁江山",《家业》《将门独后》《楚后》等 10 余部女性题材剧集凭借丰富的情感叙事和强烈的共鸣感成为热门 IP。

为更好地孵化优质的网文 IP,各平台加大了对网文创作者的扶持力度。2024 年,咪咕阅读与优酷联合启动"新枝计划"影视征文大赛,为 IP 改编储备新鲜血液。阅文集团发布的 10 亿生态扶持基金,则从 IP 孵化到多模态开发全方位扶持创作者,推动更多精品内容进入影视化开发流程。阅文和番茄这样的头部平台更是加大力度,为创作者保驾护航,为影视行业提供高品质的 IP 源。

(2) 网文产业活动引领新方向

2024 年,网络文学平台积极拓展文旅产业,借助热门 IP 为地方文旅产业注入新的活力。3 月 22 日,三清山与阅文集团达成战略合作,启动了全国网络文学征文活动,并围绕《道诡异仙》这一 IP 展开文旅品牌开发。三清山将借助阅文的 IP 资源,将其打造成具有地方特色的文旅项目,以沉浸式活动和粉丝狂欢节等活动吸引网络文学爱好者和游客。这一合作不仅将三清山塑造为"世界遗产·中国故事"的文化符号,还推动了文旅产业与网络文学 IP 的深度融合,开启了文旅高质量发展的

---

① 中国作家网:《知乎盐言故事推出"3A 计划":拓展短篇故事多元媒介形态》,2024 年 3 月 21 日,http://www.chinawriter.com.cn/n1/2024/0321/c404023-40200602.html,2024 年 5 月 20 日查询。

新篇章。有的网文平台企业也以致力于通过多维度的合作模式，为文旅产业的创新发展拓展新赛道。5月17日，在"2024第四届七猫中文网现实题材征文大赛"颁奖典礼上，七猫宣布与SMG尚世影业、上影制作、浙江文艺出版社、安徽文艺出版社、新浪微博等5家机构达成战略合作。此次合作旨在推动网络文学IP的影视化与出版发展，积极探索"影视+文旅"新模式，推动优质IP的多元化输出。

为更好地挖掘地域特色，诸多以文促旅的网络文学产业活动也相继展开。6月12日，2024阅文创作大会在黄山隆重召开，在此次大会上，还启动了"黄山主题征文大赛"，以激励网文作者以黄山为创作灵感，产出更多优质作品。为进一步丰富创作者的创作体验，阅文还在黄山风景区内山顶酒店设立了首个"阅文书院"，为作家提供采风、交流与创作的专属空间。9月24日，番茄小说在江西龙虎山正式启动"番茄读旅季——2024年网络文学乡村文旅创作扶持计划"，并同期开展第四届网络文学征文活动。该计划旨在通过"网络文学+乡村文旅"的创新模式，引导青年创作者以网络文学形式深挖地方文化内涵，创作出具有乡土特色的优质故事。这种以文促旅的创新产业活动，不仅为乡村文旅发展注入了新鲜活力，也推动了网络文学在乡村振兴和文化传承中的作用进一步提升。

（3）网文平台企业开拓新业务

2024年，网络文学平台在探索新业务模式和拓展IP资源的过程中，以多元化的战略推动产业转型升级。作为中国网文发展的领军者，阅文集团在2024年积极拓展新业务，通过多层次、多维度的创新实践与系统化的全产业链布局，引领行业迈向新方向。

首先，加大对爆款短剧的打造与资源整合力度。阅文集团在短剧领域已取得显著成效，多部流水超千万的爆款短剧成为行业标杆。由阅文白金作家公子衍改编的《叮！我的首富老公已上线》，单部短剧流水接近3000万。为进一步推动短剧生态发展，阅文升级"短剧星河孵化计划"，开放150部优质IP及资源，与上下游伙伴共同创作，推动大IP如《庆余年》的衍生短剧开发[①]。

其次，利用多模态平台赋能IP全生命周期运营。在多模态平台建设上，阅文提出以"10亿生态扶持基金"为核心的创新战略，涵盖前置IP孵化、IP视觉化开发和多模态基建三大领域。从作品连载期即启动全流程支持，体系化推进IP全阶段运营，实现内容的多样化呈现。此举不仅提升了IP改编的工业化能力，还打造了一个涵盖多模态、多品类内容的生态平台，为故事提供了更全面的表现形式。

最后，延长IP文创衍生品产业链，如《庆余年》限量纪念套装、《一人之下》的角色卡牌、提司腰牌等多款衍生商品，满足了粉丝群体的个性化需求。2024年上

---

① 文汇网：《2024阅文创作大会：10亿生态扶持基金，帮助创作者放大内容价值》，2024年6月12日，https://www.whb.cn/commonDetail/935808，2024年9月1日查询。

半年，阅文在卡牌、手办等衍生品方面取得了显著的成绩，尤其是《庆余年》《全职高手》系列卡牌，推动了卡牌市场的爆发，单项业务GMV突破了1亿元。① 这些新业务的成功推动了网文产业的多元化发展，并进一步拓展了网络文学的商业化发展路径。

3. 网络文学推优评奖，推动行业高质量发展

（1）网络文学榜单作品质量提升

网络文学作为一种新兴的文化现象，其发展正经历从数量到质量的跃升，这种质的提升也集中体现在各类文学榜单的遴选和导向作用上。榜单的基本导向不应当是"迎合"，而应是"提升"，2024年网络文学榜单作品更关注作品创新性与时代经验的表达。

其一，榜单的导向作用日益明确，创新性与现实题材成为衡量网络文学的重要标尺。2024年4月，国家新闻出版署公布了2022—2023年优秀现实题材网络文学出版工程入选作品目录，包括《生命之巅》《苍穹之盾》《南北通途》《桃李尚荣》《熙南里》《野马屿的星海》《上海凡人传》《守鹤人》《粤食记》《洞庭茶师》10部作品。这些作品集中展现了网络文学对社会现实的深刻洞察与艺术表达。2024年4月28日，2023年度"中国网络文学影响力榜"揭晓，共30部网络文学作品和10位新人作家上榜。上榜作品围绕中国式现代化，充分发挥网络文学的题材与叙事优势，作品数量与质量同步提高。同时，在发布仪式上还举行了上榜网络文学作品入藏国家版本馆仪式。2019至2023年度"中国网络文学影响力榜"的123部上榜作品，以数字典藏的形式入藏国家版本馆。在大赛的带动下，现实题材网络文学的影响力持续扩大，社会效益不断提升。以举办多届的"现实题材网络文学征文大赛"为例，近年来，该大赛约三成获奖作品成为国家图书馆、国家版本馆、上海图书馆、大英图书馆的永久典藏书目，更有7部获奖作品获得中国出版政府奖、获评"中国好书"或入选优秀现实题材网络文学出版工程等荣誉。②

其二，榜单的地域特色和文化传承功能日益凸显。第五届"金熊猫"网络文学奖以现实题材、传统文化和地域特色为核心，充分展示了网络文学创作者对生活的扎根与文化的传承。比如，《橙子大侠历险记之穿越成都三千年》通过对成都三千年历史脉络的梳理，将地域文化与文学创作有机结合，展现出网络文学在中华优秀传统文化传播中的独特价值。再如，《沪上烟火》以20世纪80年代的上海城市生活为背景，细腻描绘了不同身份的普通人为追求美好生活而不懈奋斗的群体画像，

---

① 中证网：《阅文集团上半年营收41.9亿元 同比增长27.7%》，2024年8月12日，https：//www.cs.com.cn/ssgs/gsxw/202408/t20240812_6431134.html，2024年11月20日查询。

② 央广网：《近5万部作品书写时代生活，第八届现实题材网络文学征文大赛落幕》，2024年5月28日，https：//news.cnr.cn/local/dftj/20240528/t20240528_526721671.shtml，2024年12月1日查询。

小说大量使用上海方言和短句，实现了创作上的地域风格化。

其三，网络文学榜单作品质量提升也加速了优质作品IP化。2024年，围绕版权市场目标的征文与评奖活动愈发注重作品的IP价值挖掘，为网络文学的内容开发和版权运营注入了新动力。5月17日，第四届七猫中文网现实题材征文大赛在上海举办颁奖典礼。大赛评选了"最佳IP价值奖"2部、"最佳IP潜力奖"3部、"分类一等奖"4部等32部获奖作品。这些奖项的设立突出了对作品IP化潜力的重视，也为获奖作品提供了更广阔的开发空间。例如，"最佳IP价值奖"作品《西关小姐》已宣布优先进行影视化开发，其余如《刺骨之尘》《烟火靓汤》等作品的影视版权授权也在积极推进中。从2021年首届大赛举办至今，七猫中文网已累计收稿超1.7万部，签约现实题材精品430部，其中近30部作品实现实体出版。再如第八届现实题材网络文学征文大赛，历届大赛获奖作品中已有超七成授权IP开发，覆盖实体出版、有声、漫画、动画、影视、衍生品等不同类型，在本届大赛中大量参赛作品在连载期间就得到出版社及影视机构的重点关注，已有10部获奖作品进入IP开发阶段。① 一等奖作品《剖天》授权电影改编，这是阅文现实题材作品首次授出电影版权，《十七岁少女失踪事件》《狐之光》《手握荆棘》等多部作品均在完结三个月内实现版权售出。

（2）"网络文学+高校+"创新阅评模式：激发文学发展新动能

2024年，"网络文学+高校+"创新阅评模式的全面推进，这一模式的核心在于整合高校资源和文学平台力量，构建起一个融合教学、研究与实践的新型文学生态，推动了网络文学向精品化、品牌化方向发展。

榜单建设是"网络文学+高校+"创新阅评模式的重要实践路径。2024年6月1日，第三届网络文学青春榜发布，由扬子江网络文学评论中心与《青春》杂志社联合发起，并携手北京大学、中南大学等多家高校网文研究中心共同打造的青春榜单，至今已连续举办三届。本届榜单共遴选出12部优秀作品，这些作品风格多样、题材广泛，展示了青年网络作家群体的创作热情与实力。12月发布的"第二届知乎盐言故事影响力榜"，再次展示了"网络文学+高校+"创新阅评模式的深度实践。该榜单由知乎盐言故事携手北京大学网络文学研究论坛、扬子江网络文学评论中心共同打造，评选过程强调作品的艺术性、文学性与创新性，最终遴选出《安萌》《旧客》《万家灯火》等56部"年度盐选作品"。2024年，首届中国网络文学品牌榜在中南大学正式发布，由中国作协指导、中南大学网络文学研究院联合中南出版传媒集团邀请全国权威专家评选而出。这一榜单涵盖网络作家、文学网站及网络文学IP三个大类，分为精英榜、新锐榜等五个小类，共38个上榜品牌。上榜首届中国网络文

---

① 上海市人民政府网：《第八届现实题材网络文学征文大赛在沪举行颁奖典礼》，2024年5月28日，https://www.shanghai.gov.cn/nw4411/20240528/d9150cfbb251460fb9b20bb54bc9ceb8.html，2024年6月1日查询。

品牌榜的有"网络作家品牌精英榜":爱潜水的乌贼、天蚕土豆、流浪的军刀、横扫天涯、杀虫队队员、何常在、狐尾的笔、志鸟村、骁骑校、丁墨;"网络作家品牌新锐榜":天瑞说符、三九音域、轻泉流响、眉师娘、徐二家的猫;"文学网站品牌风云榜":起点中文网、番茄小说、纵横中文网、17K小说网、晋江文学城、点众阅读、掌阅iReader、知乎盐言故事、七猫小说、黑岩小说;"文学网站品牌新锐榜":长沙天使文化、玫瑰文学、六月小说;"网络文学IP品牌榜":电视剧《长相思》(桐华)、电视剧《装腔启示录》(柳翠虎)、电影《这么多年》(八月长安)、动画《沧元图》(我吃西红柿)、动画《斗罗大陆II绝世唐门》(唐家三少)、短剧《民国复仇千金》(隐笛)、微短剧《当皇后成了豪门太太》(松子)、微短剧《玫瑰冠冕》(久久蓑)、有声读物《天字第一当》(骑马钓鱼)、游戏《凡人修仙传》(忘语)。"网络文学+高校+"创新阅评模式,不仅是一项榜单评选活动,更是一场高校与网络文学的深度合作实践。这表明,网络文学不再只是单纯的娱乐形式,而是逐渐成为文化传播与教育研究的重要载体。

(3) 品牌活动助推网文精品"出圈"

品牌活动对于推动网络文学精品的出圈起到了至关重要的作用。以第四届泛华文网络文学金键盘奖为例,该奖项不仅是国内首个面向全国、以网络文学创作题材和IP改编形式进行细分的专业奖项,而且其权威性和影响力为获奖作品带来了广泛的关注度和认可度。如获奖作品《我在精神病院学斩神》,这部作品融合了都市、异能、神话等多种元素,通过紧张刺激的情节和深刻的主题探讨,赢得了读者的广泛好评。在金键盘奖的加持下,该作品的话题热度迅速攀升,不仅在小说领域长居番茄小说巅峰榜TOP3,动画版也取得了显著的成功,豆瓣评分高达8.4,开播两个月内登上全网热搜榜超百次,小说长居番茄小说巅峰榜TOP3,最高在线阅读人数超过700万,屡创数据新高。[①] 还有被称为"年度网文黑马"的《十日终焉》,该作品不仅入选第三届网络文学青春榜、入选2024年中国作协网络文学重点作品扶持选题"中华优秀文化主题"名单,作者杀虫队队员还荣列2023年度网络文学品牌榜"网络作家品牌精英榜"。这些品牌活动影响力更是助推小说成功出圈。连载期间,《十日终焉》长期蝉联番茄小说巅峰榜TOP1,作品连载期间阅读量超3000万(连载中记录),有声书播放量10亿次,超82万人为作品打出9.9高分。2024年10月31日,该作品完结,完结直播共吸引166万读者线上观看,相关话题登上微博热搜第2位。[②] 小说将深刻立意、民族本土元素和充满网感的叙事形态相结合,成为网络文学发展的新风向标。2024年2月,阅文全球华语IP榜单发布,狐尾的笔获

[①] 搜狐网:《〈斩神之凡尘神域〉:如何成为2024年国漫市场的最大黑马?》,2024年10月20日,https://acg.sohu.com/a/818341633_122001005,2024年12月1日查询。

[②] 腾讯网:《〈十日终焉〉让我看到中国网文的新趋势》,2024年4月23日,https://news.qq.com/rain/a/20240423A03IMB00,2024年10月20日查询。

"年度新锐作家"称号,其新作《道诡异仙》还荣获第四届泛华文网络文学金键盘奖的玄幻仙侠类优秀作品奖,同时,《道诡异仙》还入选了2023年度中国网络文学影响力榜网络小说榜、2023年度中国小说学会年度中国好小说、首届中国网络文学品牌榜之网络作家品牌精英榜等多个重量级榜单。10月30日,由中国作协网络文学中心、江西省作协和阅文集团主办的狐尾的笔《道诡异仙》作品研讨会在线上召开。这些品牌活动肯定了该小说重塑东方叙事美学的创作诉求,也让该小说的话题热度一再推高,全网话题量突破10亿。

4. 网络文学理论与批评向纵深发展

(1) 网络文学发展史研究

近年来,网络文学发展史研究取得显著进展,学界从其发展脉络、理论体系、文化特性等多个角度展开了深入探讨。周志强指出,网络文学的三十年既是其文体形态和叙事模式逐渐稳定的过程,也是其与中国社会现实紧密关联的体现。他将网络文学视为当代中国社会的"总体性寓言"①,这一视角揭示了网络文学作为数字时代新型文学样态的独特价值。

在网络文学发展历史研究领域,《中国网络文学三十年丛书》的编纂与出版是一项里程碑式的成果。欧阳友权主编的这一系列丛书通过"三十年史""年谱""集成""典藏"等形式,系统梳理了网络文学的历史发展史、学术史和理论史。4月14日,"中国网络文学三十年丛书"研讨会在中南大学人文学院举行。欧阳婷在分析该丛书时提出,该成果不仅体现了网络文学"源"与"流"的历史走向,还通过"以实证史"的方法,将史论与史实相结合,展现了中国网络文学在观念、理论和产业层面的深刻变迁。② 郭勇关注到网络文学选本的编纂与历史发展及文学观念演变的关系问题。③ 奚炜轩关注到历史类"老白文"在2018—2023年间的兴起,他以《秦吏》《绍宋》《晚唐浮生》等作品为例,指出这些小说通过翔实考据、合理推演和细腻抒情,为模式化的历史叙事注入了新意,展现了网络文学叙事艺术的复兴。④ 吉云飞从生产力演变的角度考察网络文学从论坛到网站的发展路径,认为技术与制度的结合为网络文学的繁荣奠定了基础。⑤ 汪希则从虚拟交往和虚拟经验的角度探讨网络文学的起点。⑥

---

① 周志强:《网络文学新传统与网络文学研究的学科化》,《中国社会科学报》2024年7月8日,第5版。
② 欧阳婷:《中国网络文学的修史逻辑与述史方法》,《中国图书评论》2024年第11期。
③ 郭勇:《从文学性、网络性到经典性——网络文学选本编纂与当代文学观念变迁》,2024年8月16日,http://www.chinawriter.com.cn/n1/2024/0816/c404027-40299770.html,2024年9月1日查询。
④ 奚炜轩:《考据、推演、抒情:论近年网络历史小说"老白文"三调(2018—2023)》,《中国现代文学研究丛刊》2024年第7期。
⑤ 吉云飞:《从论坛到网站:中国网络文学如何走出"摇篮"》,《中国现代文学研究丛刊》2024年第7期。
⑥ 汪希:《虚拟生存经验与中国网络文学的起点》,《中国图书评论》2024年第2期。

（2）网络文学海外传播研究

中国网络文学出海是当前文化全球化趋势下的一个显著现象，中国网络文学海外传播也是2024年学界关注的热点。10月12日，中国文艺理论学会网络文学研究分会第九届学术年会暨"中国网文出海·东南亚论坛"在云南省曲靖市举行，有来自国内外的140多位专家学者围绕"中国网文出海的动力和路径""人工智能与网文海外传播""中国网文东南亚传播的生态链打造"等话题进行深入讨论。

中国网络文学出海的动力与路径是研究的热点之一。欧阳友权指出，地域相近和文化同根是中国网络文学在东南亚地区广泛传播的重要原因。邵燕君强调，中国网络文学的海外传播是在高度竞争的环境中胜出，作为"内容高地"的自然溢出，通过粉丝渠道迅速扩散。周志雄则进一步指出，国家政策的支持、网络文学企业的努力以及中国日益强大的现实背景，共同推动了网络文学的海外传播。在传播过程中，中国网络文学的世界性和普遍性使其易于被国外读者接受，而中国性则赋予了其独特的文化魅力。许苗苗认为，中国网络文学的创作与传播与媒介经验密切相关，通过多样的网文故事和媒介途径，中国正在构建"新媒介中国经验"，展示更加丰富、立体、真实的中国形象。此外，周兴杰提出，网文出海不仅提升了中国网络文学的世界性，还对"赛博世界文学"的建构具有重大意义，推动了世界文学从现实世界向赛博世界的空间转换。①

随着影响力的不断扩大，中国网络文学已与世界其他通俗文化并肩，共同构成了全球通俗文化的新格局。夏烈和于经纬在研究中指出，中国网络文学作为"后起之秀"，在与世界通俗文化的互鉴中展现出了独特的产业机制和内容特色，同时也揭示了世界通俗文化和大众文化的流动性规律。在技术维度上，田雪君的研究揭示了技术对网络文学国际传播的重要影响，认为海外读者的数字阅读习惯、全球出版行业的数字出版转型、网络环境的优化以及电子设备的普及，共同构成了网络文学国际传播的技术前提。② 针对具体地区如法国的传播研究，高佳华等学者发现，中国网络文学在法国的传播已升级为多种形态聚力传播的格局，但也面临着更新速度慢、题材类型局限等问题。③《出版广角》期刊于2024年第11期，"特别策划"专栏刊发了一组关于网文出海的文章。其中傅开、欧阳友权提出应将网络文艺的媒介优势与巨大的"海外圈粉力"有效结合起来，积极优化网络文艺出海的传播结构，打造多方位立体出海生态。④ 李丹丹和李玮指出，在文化数字化战略下，多语种网

---

① 黄尚恩：《打造网文出海的东南亚传播路径》，《文艺报（中央级）》2024年11月1日，第2版。
② 田雪君：《技术维度下的网络文学国际传播研究——基于技术语境、算法机制与技术社群的考察》，《出版与印刷》2024年第5期。
③ 高佳华：《中国网络文学在法国的多形态传播研究》，《中国出版》2024年第15期。
④ 傅开、欧阳友权：《跨文化传播下网络文艺构建国家文化形象的媒介优势与发展策略》，《出版广角》2024年第11期。

络文学出海平台通过构建具有中华文化内核的文本"社区"、运用AIGC技术全面赋能生态出海以及与IP产业链协同共振等方式，探索出了新的发展路径。①戴润韬和史安斌强调，网络文学出海应打造包容开放的创作机制，营造健康的传播生态。②

（3）网络文学媒介研究

网络文学的发展展现了文学与媒介技术深度融合的趋势，从创作到传播都发生了显著变革。李敏锐发现新媒介为女性网络文学创作者提供了更多表达渠道和叙事方式。媒介融合的背景不仅拓展了创作空间，也赋予女性创作者新的文化主体性。③在媒介传播维度上，陆朦朦和崔波则从多模态叙事角度出发，探讨了网络文学在海外传播中华文化中的作用，他们指出，多模态策略能有效增强海外读者的文化认同与情感共鸣。④李玮、夏红玉基于媒介融合的研究背景，总结出网络文学与微短剧存在业态融合与叙事共生的关系。⑤王婉波、周志雄从媒介社交出发，发现了读者的情感消费与情绪传播对于网文生产与传播的重要性，并基于此总结出了网络文学读者情感消费的发生机理、表现形式与发展效应。⑥李文豪与姚建彬以《诡秘之主》为例，说明社交媒体在推动网络文学国际化中的重要性。⑦许苗苗则观察到新媒介环境对网文想象与观照现实的意义，认为网络文学在新媒介环境下以幻想手段延展现实主义，为文学创新提供了新的方向。⑧整体而言，网络文学在媒介融合环境下展现出强大的适应力和文化传播潜力，为文学在数字时代的发展开辟了新路径。

（4）人工智能与网络文学发展研究

随着人工智能在网络文学创作、传播及研究领域的渗透与影响日益显著，网络文学在人工智能时代所呈现的新现象、新问题，以及二者的融合发展，成为学界关注的重点。

《光明日报》于2024年3月16日刊发汤俏的文章《生成式人工智能崛起，对网络文学影响几何》，6月22日，《光明日报》以整版深度探讨人工智能写作的影响：单小曦从人、媒介、文学三者的关系出发，深入剖析人工智能对网络文学的变革意义；黎杨全则持技术悲观主义立场，提出"人工智能写作指向'无人'的文学"，强调这一趋势对人文主体性的潜在侵蚀；王琦以主体性为核心，揭示人工智

---

① 李丹丹、李玮：《文化数字化战略下多语种网文平台出海路径》，《出版广角》2024年第11期。
② 戴润韬、史安斌：《数智时代中国网络文学国际传播的发展趋势与创新路径》，《出版广角》2024年第11期。
③ 李敏锐：《媒介融合背景下女性网络文学研究》，中国传媒大学出版社2024年版，第3页。
④ 陆朦朦、崔波：《网络文学海外传播中华文化的多模态叙事与认同引导》，《出版广角》2024年第11期。
⑤ 李玮、夏红玉：《业态融合与叙事共生：网络文学与微短剧的勃兴》，《文艺论坛》2024年第3期。
⑥ 王婉波、周志雄：《网络文学读者情感消费的发生机理、表现形式与发展效应》，《编辑之友》2024年第3期。
⑦ 李文豪、姚建彬：《社交媒体视域下的网络文学出海研究——以〈诡秘之主〉系列为例》，《出版广角》2024年第18期。
⑧ 许苗苗：《新媒介、新幻想与新现实》，《中国文艺评论》2024年第4期。

能可能带来的创作困局，认为其"类人主体"属性或导致网络文学创新力的弱化，加剧故事类型化与情感表现的局限性。《文艺报》于 2024 年 7 月 12 日刊发黄慧与韩传喜的文章《人工智能介入文学创作与传播的得与失》，探讨 AI 技术在文学领域的双重影响；7 月 29 日，《中国社会科学报》刊发孙晴的《人工智能文学的价值追问》，该文章聚焦人工智能文学创作的伦理与价值导向。

2024 年 10 月 18 日，"人工智能时代的新媒介文艺研究"国际学术会议暨中国文艺理论学会数字人文分会第二届年会在杭州召开，会上，学者们普遍关注到人工智能技术对新媒介文艺研究带来的挑战与机遇。金元浦、欧阳友权等教授分别就文化艺术的范式革命、人工智能创作的艺术伦理等核心问题发表了深刻见解。刘方喜教授关注人工智能大语言模型对文学创作的影响，探讨了其在文学创作中的潜在作用与局限性；谷鹏飞教授则从阐释学角度出发，分析了人工智能艺术作品的解读与接受问题；周计武、黎杨全等学者也分别从数字艺术的跨媒介体制、2.5 次元的文学等新颖视角出发，为人工智能时代下的网络文学研究提供了丰富多样的思考维度。2024 年 12 月 7 日，"数字人文视野下的网络文学研究"博士后论坛在淄博召开。会上，黄鸣奋教授从社会影响、产品创新以及运营策略三个维度，深入剖析了 AIGC 技术如何为网络文学在丰富文学表达方面提供强大助力与广泛应用的可能性。许苗苗教授展示仿拟 AI 生成故事的学习进路，指出人工智能在拓展语言的同时也可能削减人的参与进而"排除人类叙述"，造成人文主义理想的瓦解。在具体研究层面，禹建湘和张浩翔的研究指出，AIGC 的快速发展为网络文学产业带来了显著的赋能效应，有效增强了网络文学的跨媒介改编和跨语言传播能力。① 邹浙灿以 ChatGPT 系统为例，深入分析了数智时代网络文学也可能带来可复制的物化价值系统和泥沙俱下的输出内容等问题。②

(5) 网络文学产业研究

首先，在网络文学 IP 的跨媒介出版方面，禹建湘、张浩翔指出，当前网络文学 IP 跨媒介改编面临诸多挑战，包括版权风险、内容生成与媒介适配等问题。③ 网络文学产业在快速发展的同时也面临着版权治理的困境。赵一洲认为，我国网络文学产业版权生态结构存在缺陷，仅靠立法与司法手段难以根治版权问题，于是，他提出应秉持"版权生态观"，从内容生产、流通和消费的全链条出发，强化版权制度规范供给，实现版权生态的良性循环。④ 在网络文学作品开发价值评估方面，丑越

---

① 禹建湘、张浩翔：《人工智能文本生成对网络文艺发展的赋能》，《江西社会科学》2024 年第 6 期。
② 邹浙灿：《"数智时代+人机耦合"的网络文学境遇——以 ChatGPT 系统的应用为例》，《东南传播》2024 年第 10 期。
③ 张浩翔、禹建湘：《网络文学 IP 跨媒介产业的数字化出版路径》，《出版广角》2024 年第 13 期。
④ 赵一洲：《我国网络文学版权生态治理的关键问题及对策刍议》，《中国数字出版》2024 年第 4 期。

豪与王梦颖构建了基于产品层次理论的评估指标体系。① 王亮、张王丽认为，网络文学的 IP 发展应兼顾作品的文化价值与商业价值，引导粉丝协同参与 IP 开发，充分发挥联动效应，建立共生共赢的 IP 开发生态。② 这一观点强调了粉丝作为网络文学产业重要参与者的角色与价值。最后，针对网络文学产业的高质量发展路径，吴怡频建议促进文化与科技融合、强化产业人才培育、坚持价值引领并完善政策支持与引导。③

（6）网络文学类型与本体研究

作为一种求新求变的文学类型，网络文学以其新质与新变，不断挑战着传统文学观念，拓展文学研究的范畴，推动文学理论的革新，网文研究者也在其动态发展中不断探索和把握网络文学在类型与本体上所呈现出的新特点、新趋势。在"中国文艺理论学会网络文学研究分会第九届学术年会"上，"网络文学类型与本体研究"成为核心议题之一。高翔从网络文学和传统现实主义创作的差异入手，提出传统现实主义理论的困境和不足，并针对网络文学的不同类型，从主体考察、伦理思考和象征意蕴三个层面提出网络文学现实主义批评模式建构的可能性。刘亚斌以朱光潜和巴赫金的对话理论为依据来分析网络文学中的聊天小说，认为聊天小说的对话性冲击了传统文学的情节观念和表现技巧，实现了小说内容的延展。桫椤则尖锐地指出网络文学本体叙事存在用附加功能取代本体功能的问题，呼吁学界应高度重视传播网络文学的人文价值。④

网络文学的类型研究视角也更加多元。例如，韩模永将现实题材网络文学视为网络现实主义的典型形态，认为其再现性和网络性特征鲜明。⑤ 鲍远福、陈添兰开始关注中国网络科幻小说的机器人叙事与伦理构建。⑥ 北乔则以天瑞说符的《我们生活在南京》为例，发现该小说将中国情感伦理和文化特质转化为叙事的结构性动力。⑦ 王玉玊从"爱女文学"入手，提出此类型继承了网络文学的游戏化特征，围绕女性议题展开叙事，属于网络女性主义最新观点动态的叙事呈现。⑧ 在叙事结构方面，有学者也敏锐捕捉到了网络文学叙事上的新转向。李玮指出，"爆款"男频

---

① 丑越豪、王梦颖：《产品层次理论视角下网络文学作品开发价值评估指标构建实践研究》，《中国数字出版》2024 年第 4 期。
② 王亮、张王丽：《基于粉丝协同的网络文学 IP 全产业链开发路径与优化策略研究》，《中国数字出版》2024 年第 4 期。
③ 吴怡频：《中国网络文学产业高质量发展路径研究》，《中国出版》2024 年第 5 期。
④ 桫椤：《网络文学的本体叙事与身份建构》，《文艺论坛》2024 年第 3 期。
⑤ 韩模永：《网络现实主义及其反思——论现实题材网络文学的再现性与网络性》，《内蒙古社会科学》2024 年第 6 期。
⑥ 鲍远福、陈添兰：《中国网络科幻小说的机器人叙事与伦理构建》，《科普创作评论》2024 年第 1 期。
⑦ 北乔：《网络科幻小说新形态的叙事实践——评天瑞说符〈我们生活在南京〉》，《中国当代文学研究》2024 年第 5 期。
⑧ 王玉玊：《游戏化向度的"爱女文学"与设定中的"公意争夺战"》，《中国图书评论》2024 年第 7 期。

长篇网文的叙事结构从早期的"升级打怪"转变为"二元理念"结构,这种转变不仅影响了网文的表达方式,还揭示了欲望生产在叙事中的核心作用。① 贺予飞则是从审美维度出发,分析了网络类型小说的创作主体、作品内容与形式、媒介技术以及欣赏与批评等方面的特点,强调了网络文学为读者带来的丰富审美体验。② 在网络文学的类型与本体研究中,学者们还关注到了其与现实社会的关联。施畅通过考察男频修仙网文《凡人修仙传》,揭示了"逆袭"作为中国网络文学的重要叙事母题,以及其中所蕴含的特定情感结构和社会转型时期的矛盾化解方式。③

5. 网络文学版权保护喜忧参半

(1) 技术赋能版权治理成效显著

2024 年,技术赋能版权治理在网络文学领域成效显著。随着中华人民共和国成立 75 周年及"十四五"规划目标任务的关键推进,版权领域迎来了新的变革与作为。技术的不断创新与应用,为网络版权管理水平和保护力度的提升注入了强大动力。

中国版权协会发布的"中国版权链"便是技术赋能版权治理的典范,它提供了全流程版权保护服务,有效解决了确权难、维权难等长期困扰版权领域的难题。同时,网络文学平台也不甘落后,通过升级 AI 加密水印等技术创新,实现了智能化治理,对盗版挑战做出了有力回应。其中,北京腾瑞云公司利用前沿区块链技术为原创作品存证,通过创建不可篡改、高度透明的数字存证,结合数字指纹技术和数字水印技术,实现了对侵权内容的快速搜索、比对、识别与追踪,为原创者维权提供了有力支持。2024 年,技术赋能版权治理在网络文学领域取得了显著成效,行业逐步走向成熟和规范,技术的深度应用成为版权保护的重要支撑。在优化创作环境、保护作家权益方面,网络文学平台积极发挥技术优势,通过大力加强版权治理和打击盗版行为,有力推动了版权保护机制的完善。网络文学平台如番茄小说、晋江文学城、阅文集团,正通过技术手段持续提升版权保护的精准性和高效性。这些平台通过 AI 加密水印、大数据分析等先进技术,实现了自动化批量盗版问题的智能化治理。有相关数据显示,番茄小说在 2023 年推出了超过 1000 项技术策略,成功拦截盗版访问攻击 1.1 亿次,精准识别并处置超过一百万个爬虫账号;阅文集团则通过日均监测近 7600 万条线索,有效打击盗版线索 82.7 万条。④ 在 2024 年 9 月 13 日召

---

① 李玮:《欲望生产与"乌托邦"的重建——论"爆款"男频长篇网文叙事结构的转变》,《中国现代文学研究丛刊》2024 年第 11 期。

② 贺予飞:《网络类型小说的审美维度》,《文艺论坛》2024 年第 3 期。

③ 施畅:《内卷社会的逆袭叙事及其情感结构——基于男频修仙网文〈凡人修仙传〉的考察》,《文艺理论与批评》2024 年第 2 期。

④ 数据来源:中国新闻出版研究院:《2023—2024 中国网络文学阅读平台价值研究报告》,2024 年 4 月 22 日,https://www.mspm.cn/baogao/810.html,2024 年 11 月 24 日查询。

开的第十三届中国知识产权年会上，知识产权出版社展示的"AI+出版"融合出版模式及中知慧海知识产权大数据与智慧管理平台，进一步彰显了技术在版权保护领域的巨大潜力。

（2）网络文学版权保护的隐忧

2024年，网络文学版权保护面临着多重隐忧与挑战。番茄小说平台试图将作者原创内容纳入语料训练，并要求签订"AI训练补充协议"的做法，引发了广泛争议和抵制。这一事件不仅揭示了AI写作在著作权保护、原创作者权益等方面的模糊地带，也促使业界重新审视和思考人工智能时代文学创作的本质与伦理规范。海外市场的版权保护难题也愈发严峻。随着中国网络文学产业的蓬勃发展，大量优秀作品走向世界，但海外市场的版权保护却显得力不从心。在全球书籍和文学流量排名前100位的网站中，存在侵权盗版风险的比例过半，盗版行为更加隐蔽和难以打击。部分境外网站通过非法翻译和未经授权的方式，将中国网络文学作品翻译成外语进行发布和传播，严重损害了原作者的权益。在首届中俄网络文学出版研讨会上，双方就盗版问题进行了深入交流，但解决之道仍须进一步探索。再者，AI写作技术的广泛应用也为网络文学的版权保护增加了难度。生成式AI技术通过爬取和学习海量作品数据，能够生成具有独创性的内容，但这却使得著作权的界定变得复杂而模糊。传统著作权法难以界定AI生成内容是否侵权，其法律属性尚不明确，导致法律适用难。同时，AI生成内容的侵权责任认定也不明确，AI使用者、服务提供者和技术支持者都可能涉及侵权责任，这使得版权保护更加棘手。

（3）网络文学版权保护实践

2024年，网络文学版权保护成为社会各界关注的焦点，并在国家政策引领、平台实践以及国际合作等多层面取得了显著进展。全国两会期间，网络版权保护议题备受瞩目，代表和委员们纷纷提出关于加强网络文学版权保护的建议和提案，展现了对新时代版权保护工作的高度重视。其中，全国政协委员、知乎创始人周源特别强调了新型盗版侵权行为对网络文学市场健康发展的严重影响，并提出了完善数字版权保护法律框架、加大执行力度以及推动技术创新与应用等具体建议。

在政策层面，国家知识产权局印发的《推动知识产权高质量发展年度工作指引》明确指出，要加强知识产权保护体系的建设，新建一批知识产权保护中心和快速维权中心，为网络文学版权保护提供了坚实的制度保障。同时，《中华人民共和国著作权法》的修订工作也在积极推进中，以适应日益复杂的网络文学版权问题，进一步强化了法律对网络文学版权的保护力度。此外，政府还通过《政府工作报告》等形式，明确了推进网络文学IP打造、强化网络版权保护等发展方向，为网络文学产业的繁荣发展指明了道路。

在实践层面，各大平台和网络文学企业积极响应政策号召，采取了一系列有效措施保护版权。例如：阅文集团与国际出版商协会等版权机构达成合作，维护海外版权安全；掌阅科技则与欧美、东南亚等国家的出版社及文化机构携手，推进中国网络文学作品的正版授权与销售。技术创新也是网络文学版权保护的重要推动力。全国政协委员周源提出的推动数字版权保护技术创新与应用的建议得到了广泛响应。各平台纷纷探索利用数字水印、加密技术等手段保护版权，同时运用人工智能和大数据技术实时监测和识别盗版作品，有效打击了侵权行为。跨国版权保护机制的建立也是2024年网络文学版权保护的一大亮点。政府、行业协会以及平台等多方共同努力，通过签署双边或多边版权保护协议、建立信息共享平台等方式，加强了与其他国家在文化产业领域的交流合作，加大了中国网络文学的国际版权保护力度。2024年还发生了多起具有标志性的版权保护案例，如《三生三世十里桃花》作者唐七胜诉案，不仅维护了创作者的合法权益，也向全社会传递了尊重版权、保护创新的强烈信号。同时，中南大学网络文学研究院"2023年度中国网络文艺版权保护典型案例"征集与发布活动，以及数字出版与版权保护培训班的举办，进一步提高了网络文学领域的版权保护意识与保护水平，促进了网络文艺版权保护的法治化、规范化进程。

三、问题与趋势

1. 网络文学发展反思

（1）网络文学批评的生态优化

随着网络文学的迅猛崛起，其独特的媒介属性和文化价值不仅重塑了文学创作的生态，更催生了网络文学自身独有的批评范式与评价体系。2024年，网络文学批评理论与研究在前沿性、在场性与引导性的指引下，不仅深化了对网络文学特性的认知，更标志着中国网络文学批评已步入理性自觉、体系化的新阶段。

网络文学的媒介属性，也让网文研究、网文批评有了新的尺度。网文研究者孜孜以求的是一种新的价值维度，如何用一种评价体系来认识庞大、复杂且多变的中国网络文学生态。作为网文研究的先行者，欧阳友权团队率先打破网文评价"无根"的困境，推出了"网络文学评价研究丛书"，从基础学理建构了网络文学的评价体系。"网络文学评价研究丛书"为欧阳友权教授主持的2016年度国家社科基金重大项目"我国网络文学评价体系的理论与实践研究"的结项成果，1套4部，共139.8万字，2024年4月由中国社会科学出版社出版。它们分别是：《网络文学评价体系论》（欧阳友权著）、《网络作家作品评价实践》（周志雄等著）、《文学网站评价研究报告》（陈定家等主编）、《中国网络文学十大批评家》（禹建湘著）。这套丛书通过对网络文学评价体系的构建原则、方法、创新和实践应用的详细探讨，提出了网络文学评价的五大标准，构建了一个具有理论深度和实践意义的评价体系，树立了网络文学评价的新标杆，从此网络文学批评让评价主体有立场，让评价维度有选择，让理论有可依。

欧阳友权团队率先关注到了网络文学批评与评价是一种结构性批评，在评价维度上将社会因素、主体因素都纳入网文评价体系中。"网络文学评价研究丛书"以《网络文学评价体系论》为理论基础，从理论层面对网络文学评价的艺术哲学前提、主体身份、建构原则、关联要素、维度选择、对象区隔等问题进行了学理性阐发，不仅提出了网络文学评价体系的核心概念和方法，还通过其他三本书展示了这些理论在实践中的应用：《网络作家作品评价实践》将理论应用于具体的作家和作品评价，展示了实践操作的可行性和有效性；《文学网站评价研究报告》补充了对文学网站平台的研究与评价；而《中国网络文学十大批评家》则通过对批评家的研究，进一步完善了理论基础和学术背景。这4本书共同构成了一个完整、系统的网络文学评价框架，从理论基础、实践应用、平台评价到批评家研究，涵盖了网络文学评价的各个方面，在丰富网络文学评价体系理论性的同时拓展了评价体系的实践性、人文性，提高了评价的客观性和可操作性，保证了评价体系的科学性与全面性。

除此之外，2024年的网文批评与理论研究更加强调研究的在场感，强调研究的"当代性"，强调一种"当下"的批评。桫椤提出网络文学批评要以"在场"的姿态真诚面对现场，需表现出"从文本到现场"的实践性特点。① 强调网络文学研究的"当下性"就需要立足于当下网络文学发展的实践经验，及时捕捉由时代特点、媒介迭代所赋予网络文学的新特质，并在此过程中发现、总结与反思由网文发展所带来的文学新变与理论更新。针对网络文学评论应如何追踪网络文学新变的问题，王雪瑛提出网络文学与评论应有效互动，着重强调网文评论的"在场性、动态性和引导性"。② 邱田从"文本作为游戏"的视角，发现包括网文在内的数字时代创作与批评的交互。然而，批评的"在场"，不应仅是时空上的即时反应，更是批评主体、文本以及价值维度的全面介入与深度融合。具而言之，批评的主体"在场"，意味着要追求一种有情感、能与创作者共鸣的批评，而非让"理论"凌驾于主体感知之上；文本的在场，则要求批评者紧贴文本，深入其肌理，进行细致入微的剖析；价值的在场，则强调了批评应具备明确的价值导向，引导网络文学向着更加健康、积极的方向发展。可见，批评是关于价值的批评，批评的在场一定是多维度、多指向的，以在场的批评主体深入文本，在深入文本的过程中实现文本的在场，在对艺术观念的重新挖掘中实现价值的在场。有情感的批评是批评主体在场的方式，恰如桫椤所言"批评要以严谨的学理'服人'，也要以'在场'的真诚情感'动人'"③。相较于传统文学，网络文学的语言具有鲜明的个性、独创性，文学批评语

---

① 桫椤：《网络文学批评"在场"才能有效》，《中国文化报》2024年5月28日，第3版。
② 王雪瑛：《网络文学与评论有效互动，造就时代文学新景观》，《文汇报》2024年5月6日，第5版。
③ 桫椤：《网络文学批评"在场"才能有效》，《中国文化报》2024年5月28日，第3版。

言也需要有独特性，只有批评主体、文本与价值的多重"在场"才可构建具有生命活力且具有创造性的文学批评。

网络文学也呼唤一种"大气象"的文学批评，这样的批评生态是一种集"大家"、"大思"与"大气"于一体的批评生态。随着网文几十年的发展，网络文学领域也相应涌现出一批具有影响力的研究学者，作为网络文学批评的精英力量，在网文批评与研究的前沿问题上，他们用独具慧眼的学术敏锐、缜密的理论言说与谨严的逻辑自证，提出了诸多富有洞见的学术观点，引领着中国网文批评的发展。禹建湘的《中国网络文学十大批评家》一书就从具体批评家的批评实践出发，用"以人论史"的方式来勾勒我国网络文学研究的历史脉络与理论演进。书中选取了国内10位最具代表性的网络文学批评家黄鸣奋、欧阳友权、陈定家、单小曦、周志雄、马季、邵燕君、夏烈、许苗苗、肖惊鸿，他们作为中国网文研究的先行者，深刻洞察到文学领域的重大变革，从不同视角、多维研究路径对网络文学进行了深入研究。2024年12月10日，由夏烈主编的《中国网络文学研究名家论丛（第一辑）》也正式出版，集中展现国内具有代表性、权威性网络文学研究者、评论家的研究成果。这些"大家"的研究智慧不仅拓展了学界对网络文学的认识和理解，更为研究网络文学提供了宝贵的研究视角与研究路径，同时他们的研究成果也汇聚成了中国网络文学研究的核心问题，并为我国网络文学后续研究与其学科的建立搭建起了合法性历史根基。然而，网络文学批评的健康发展，不能仅依赖少数"大家"的推动，而应在更广泛的学术共同体中，形成多元化的批评生态。

不论是什么形式的文学批评，其中都暗含了一种价值评价，一种精神导向，"大思"则是对中国网络文学价值评价与精神导向的深层探索。段吉方从建构中国自主知识体系的角度敏锐地发现"'中国文艺评论话语自主建构'还存在'中国''自主''知识体系'方面的内涵要求及问题导向"[1]。"大思"还意味着批评视野的打开，不局限于自己研究领域的"一方天地"，网文批评的"当下性"也不应只着眼于当下，还需要有一种"总体性"的批判视野，这在一定程度上关涉到研究问题所涉及的深度与广度。网络文学不仅仅是一种静态的文学文本，其涌现出的诸多新质与新变都具有社会历史意义。周志强则将网络文学视为当代中国社会现实的"总体性寓言"，并在对网络文学新传统的历史性审视与总结中，提出"中国网络文学研究缺乏对自身历史体系的总结"的研究短板，并以此提出了网络文学研究的学科化命题。[2] 谭旭东也谈到，文学批评应有三个面向：整体的、外部的批评，内部的、面向文学文本的批评以及面向文学观念的批评，应在此基础上拓展文学创作和批评

---

[1] 段吉方：《中国文艺评论话语自主建构的问题指向与方法创新》，《中国文艺评论》2024年第10期。
[2] 周志强：《网络文学新传统与网络文学研究的学科化》，2024年7月8日，https://www.cssn.cn/skgz/bwyc/202407/t20240708_5763175.shtml，2024年9月9日查询。

时空，建立对文学批评的时代性、社会性理解。① 这也正是周志雄在《网络作家作品评价实践》中论及网文评价时所提出的要有文学史意识也要有"世界文学眼光"，从文学史意义上挖掘作家在小说类型上的贡献，力图找到网络文学与纯文学之间可通约的阐释维度；在世界性与民族性的双重视野下建构可与时代对话的，"既有理解之同情，又有理解之批判"的中国网络作家作品评价体系。这就要求网络文学研究者处理好当代视野、历史规约性与个人阐释力三者之间的关系，不断深入网络文学的问题肌理，为其发展提供精神引渡与价值规约。

"大气"则是追求一种探索与争鸣共存的批评格局。真正繁荣的文学批评不是"叫好声一片"的单向颂扬，而是"百家争鸣"式的多元对话。网络文学批评需要以争鸣的姿态展开，从不同视角探讨其存在的问题与潜力。在这样的格局下，"大家"并非意味着一家独大，而是多位学者以各自的学术立场共同发声，形成丰富多样的批评图景。汪政提出全域性文艺批评是中国特色文艺环境对中国特色文艺批评话语体系构建的现实要求，其认为"在大众批评已经成为现实的当下，中国批评首先要吸纳他们的观点，并以他们的标准去校准我们的批评立场"②。网络文学的起源之争、网络文学的经典化问题、人工智能时代下网络文学的机遇与挑战之论等，都是对中国网络文学问题深度与广度的理性思辨，文学批评需要探索，但同样需要争鸣。但是"叫好声一片"的批评并非真正的繁荣，只有百家争鸣，才能万象更新。这不仅需要网文批评者有理论的自觉，还要有理论的勇气。"大家"并非一家独大，而是能容下不同的批评声音，由多个一家之言来呈现网文批评的"家"之大。

网络文学批评的"大气"不仅是理论深度的展现，更是包容多样声音的体现。在"大家"的引领下，通过"大思"的深刻探讨和"大气"的多元争鸣，及时捕捉由时代变化、媒介迭代所赋予网络文学的新特质，并在此过程中发现、总结与反思由网文发展所带来的文学新变与理论更新，以一颗求道之心求证网络文学在这个时代的价值与意义。

（2）多模态内容生产的拓展与深化

2024年3月底，字节旗下Dreamina（梦）内测视频生成功能；4月底，生数科技首个文生视频模型Vidu发布；还有Luma AI以及Runway迭代更新后的Gen-3 Alpha等现象级爆款面世。在2024年的技术迭代与革新浪潮中，多模态内容拓展与深化给网络文学内容生产领域带来了前所未有的机遇与挑战。语言、文字、声音、图片、视频等多种媒介载体得以跨越传统界限，实现自由组合与相互生成，从而推动网络文学朝着多模态内容生产的崭新方向迈进。网络文学正逐步从单一的小说阅读

---

① 文汇网：《新时代文学需要怎样的创作与研究路径》，2024年10月28日，https://www.whb.cn/commonDetail/954685，2024年12月1日查询。

② 汪政：《新时代文艺环境与全域批评的构建》，《文艺报》2024年8月26日，第2版。

体验，升级为涵盖多元 IP 形态与多模态消费模式的全新生态。为积极顺应这一消费趋势的变革，众多网文平台亦纷纷加大对于多模态内容生产的拓展力度与革新步伐。3 月 20 日于北京举行的"2024 知乎发现大会"发布了包括"海盐计划 6.0"、AI 新功能、"全链路智能营销"以及"短篇故事 3A 计划"等一系列新产品与战略举措，更在社区、商业、付费阅读、AI 大模型应用等多条业务线上实现了全面覆盖与深度渗透。其中，"短篇故事 3A 计划"以其独特的"AI（人工智能）""All Population（泛人群）"和"All Media（全媒介）"理念，旨在构建短篇故事在 AI 技术应用、IP 深度开发以及多渠道内容分发等领域的全新生态体系，进一步推动了多模态内容生产的深化与拓展。2024 年 7 月 12 日，在第七届"网络文学+"大会上，阅文集团总裁侯晓楠表示，借助 AIGC，阅文集团正在打造图文、声音及衍生一体化的 IP 多模态平台。与此同时，百度数字阅读业务部总经理原志军也表示百度将重点助力传统内容向多模态升级。但网络文学作为一种文学样态而言，其核心是"故事"，如何利用多模态更好地进行网文叙事，如何更好地赋能于"故事"，应是网文创作者与研究者所要思考的重心。习近平总书记在 2021 年 5 月 31 日中共中央政治局第三十次集体学习时强调："讲好中国故事，传播好中国声音，展示真实、立体、全面的中国，是加强我国国际传播能力建设的重要任务""要更好推动中华文化走出去，以文载道、以文传声、以文化人，向世界阐释推介更多具有中国特色、体现中国精神、蕴藏中国智慧的优秀文化"。[①] 习近平总书记的这番话实际提出了加强和改进"中国故事"在叙事与传播工作的两大着力点，即构建具有中国特色的"中国叙事体系"和"中国话语体系"。这一重要指导思想为网络文学的多模态叙事策略提供了清晰的方向标。

在构建"中国叙事体系"层面，创作者应思考的是如何通过多模态叙事来更好地整合文字、图像、音乐、影像等多种媒介形式，以增强文本的表现力、感染力与沉浸感。在多模态叙事中，叙事的构建不再局限于单一文本，而是通过多感官融合的媒介形式构建一种面向感官"敞开"的情境化叙事，这也为构建"有意味的形式"提供了重要路径。Melanie Green 和 Timothy Brock 曾从心理学的角度提出了叙事传输理论（Narrative Transportation Theory），将叙事传输定义为一个整合了个体认知注意力（cognitive attention）、想象（mental imagery）与情感触动（emotional reaction）的独特心理过程。[②] 该理论认为，叙事传输强调的是叙事加工，当人们浸入故事中时，会体验到高度的认知参与和情感参与，在审美沉浸中无意识地发生态

[①] 新华网：《习近平在中共中央政治局第三十次集体学习时强调 加强和改进国际传播工作 展示真实立体全面的中国》，2021 年 6 月 1 日，http://www.xinhuanet.com/politics/2021-06/01/c_1127517461.htm，2024 年 12 月 6 日查询。

[②] Green M. C., Brock T. C. The role of transportation in the persuasiveness of public narratives JI Journal of Personality and Social Psychology, 2000, 79 (05): 701-721.

度、信念或行为上的改变。多模态叙事的目的之一在于强化文本在故事层面的"传输"效应与"说服"机制。通过构建一种动态、开放、多层次的叙事情境,让文本中的"故事"更立体,让读者更快速、更有效地沉浸到小说的故事世界中,以情境化叙事带给受众丰富饱满的"沉浸感",随情节产生一系列的想象,体验到重重情感触动,并与小说中的人物、情节产生共情、共鸣,在心理上增强对小说的情感黏性,以形成更稳固、更持久的情感联结。另一目标则是实现从沉浸叙事向共情叙事的过渡。因为叙事传输理论不仅涉及想象与情感层面,还深刻关联着认知维度。多模态叙事的目的不仅在于提供沉浸式的叙事体验,还在于通过叙事传输过程实现更深层次的共情效应。在叙事传输理论框架中,共情叙事的核心在于通过认知维度的塑造,使受众能够超越单纯的情感触动,进入对叙事意义的认知建构之中。这种认知建构要求创作者通过多模态手段设置有效的"通情点"(empathy points),通过情境叙事触发读者的情感移情,这种沉浸不仅是对叙事场景的"进入",更是一种对叙事意义的深度认同,从对故事的沉浸体验深入故事的意义之境,触发对故事深层意义的理解与领悟,帮助读者实现从情感沉浸到理性思考的跃迁,更好地释放小说更深层次的文化价值与社会价值。

在构建"中国话语体系"层面,多模态叙事也被赋予了"讲好中国故事"的崇高使命。网络文学需要以其独特的艺术形式,展现中国文化的多样性与创新性,通过叙事内容的多模态表达与符号化解读,将"中国好故事"推向更广阔的国际舞台。基于叙事传输理论,中国故事的国际传播所要实现的传播效果则更侧重于认知维度的文化认同层面。因为对于网络文学而言,其在全球语境下的叙事实践不仅仅是单纯的媒介输出,更是一种文化符号的建构与传播。在这一背景下,多模态叙事需要完成从媒介叙事到符号叙事的转变。网络文学需要通过多模态叙事形式创造更具代表性和象征性的中国符号。在文本中,以语言符号为核心,融合图像、影像、音乐等多维媒介,实现由平面叙事到立体化、沉浸式叙事的拓展。这种符号叙事不仅能够传递中国文化的核心价值,还能以直观化、视觉化的方式增强跨文化传播的可接受性。

(3) AIGC内容生产下技术与人文的博弈

网络文学作为一种新兴的文学形态,与媒介技术的演进紧密相连。在当下生成式人工智能(AIGC)的推动下,网络文学的内容生产正步入全新的发展阶段,在开启创意写作新纪元的同时也将技术与人文的关系问题推至网文研究的前沿。媒介变革在推动网络文学动态演进的同时,也不免让人思考:技术的极大赋能是否会对"文学性"形成压制?在技术赋予网络文学"网络性"更强驱动力的同时,是否可能反噬其内在的文学价值?"技"与"道"之间的张力,成为值得深思的核心命题。生成式人工智能对于网络文学的影响绝非单一维度,而是一种整体性、联动性、生态性的变革。从技术冲击中探索创意的潜能,在技术与人文的交互中寻求网文高质量发展的创新之路，将是学界和创作者需要持续面对的重要命题。这也不可避免地走向对 AIGC 内容生产的价值审视。生成式人工智能的兴起，促使人们对"人—媒介—文学"这一复杂关系进行深入思考。从对技术的热烈追捧到对其潜在价值的理性审视，技术与人文之间的张力愈发凸显。这种审视不仅是内容算法与价值算法的较量，也是算法逻辑与情感逻辑的博弈，亦是"人类"与"类人"在创作实践中的对峙。对于这一议题的探讨，其核心目标在于探索 AIGC 如何在技术与人文的交融中，助力网络文学实现高质量发展的路径。

技术发展的洪流势不可当，对于网络文学创作者而言，既不可陷入"技术冷漠症"的泥潭，也不可盲目追求"技术亲密症"的狂热。唯有正确认识并处理人机关系，方能合理运用 AI 技术，助力网络文学实现高质量发展。彭兰以"镜子"与"他者"的隐喻，精妙地描绘了人机关系的双重性，认为"他者"象征着智能机器与人类的对立关系，人类日益深刻地认识到机器对既有职业结构的冲击与替代；"镜子"则寓意着机器作为人类的合作伙伴，通过其反射，人类得以窥见"镜中自我"，进而实现自我认知与反思。在"镜子"式的人机关系中，人机协同创作可被视为一种探索性写作模式，与 AI 的互动类似于一种人机博弈，有助于避免"人类中心主义"在创作中的价值偏颇；而在"他者"式的人机关系中，人工智能的发展应遵循人类的尺度，AI 文学的创作目标应始终定位于"人的文学"。[1] 鉴于此，AIGC 创作需在算法逻辑中融入情感逻辑，尽管本文不涉及技术层面的详细探讨，但仍可对创作者提出相应要求。无论是 AIGC 内容生产还是人机协同合作，均不可忽视"人"作为创作主体的能动作用。正所谓"非精不能明其理，非博不能至于约"[2]。这句话之于 AIGC 创作而言，"精"与"博"属于技术层面，是 AI 所能实现的范畴；而"理"与"约"则属于人文层面，是人类能动性发挥的空间。我们不能因过度依赖技术而丧失对生活的感觉力，因为许多文学革命正是源于对生活感觉力的拓展、解放与重塑。AIGC 所引发的文学革命虽然起始于技术层面，但仍须强调创作者对生活感觉力的敏锐捕捉。"在这样一个不断知识化、技术化，并试图以算法来确定世界真相的时代，文学的感觉是一种极为重要的变量经验，它是对确定性的有效祛魅，对技术主义的精神反抗。"[3] 通过扩大创作者的感觉力，可以积累更丰富、更博大的文学记忆，进而拓展 AI 学习的感觉容量，引导 AIGC 的内容生产从智能化创作向个性化创作转变。

2. 网络文学未来发展趋势

（1）网络文学创作精品化趋势增强

在第七届中国"网络文学+"大会上，举行了优秀网络文学作品入藏国家版本

---

[1] 彭兰：《"镜子"与"他者"：智能机器与人类关系之考辨》，《新闻大学》2024 年第 3 期。
[2] 喻昌：《医门法律》，上海卫生出版社 1957 年版，第 69 页。
[3] 谢有顺：《创意写作要从感觉出发》，《文艺争鸣》2024 年第 10 期。

馆仪式，81部优秀网络文学作品正式入藏中国国家版本馆。11月，包括《斗罗大陆》《天道图书馆》《雪中悍刀行》《新山乡巨变》等在内的多部经典作品被英国伦敦查宁阁图书馆收藏。12月3日，第17届精神文明建设"五个一工程"优秀作品奖获奖名单公布，网络文学首次获得精神文明建设"五个一工程"优秀作品奖，获奖作品为《陶三圆的春夏秋冬》、《滨江警事》（第1部）、《我们生活在南京》，这都标志着我国网络文学的精品化进程进一步增强，国际化影响力和文化价值的进一步彰显。2024年网络文学的精品化趋势主要表现为网络文学与新时代"双向奔赴"：变化的时代为网络文学提供鲜活素材，同时也召唤网络文学以精品化的姿态回应时代需求；网络文学也不断创新内容和形式，以新颖的故事来展现中国发展的生动图景。

中国作协第十次全国代表大会提出了"新时代文学"概念，2024年由中国网络作家村牵头设立了首届新时代网络文学"白马奖"。作为新时代文学的代表，网络文学一直以一种求新求变的姿态自觉接受新的时代精神的感染濡化，其精神内涵与文体形态也相应出现渐变，形成一个新的巨大的文学实体，需要以全新眼光去注目和探析。网络文学在朝着新变的方向上不断探索新的文学形式，创建新的文学叙述方式，在自我更新与流变中逐渐形成了自身的叙事"小传统"。2024年的诸多推优榜单中，现实主义题材的精品力作占比不断扩大，有越来越多的网络小说表现出向传统主流文学复归的姿态，文学史的坐标包含着横轴和纵轴两个方面，用南帆先生的说法，"横轴指的是文学与一个时代的互动关系；纵轴指的是文学传统名义之下的各种承传，例如母题、故事模式、意象、性格类型、叙述形式，如此等等"①。2024年网络文学也正是沿着这两个坐标轴展开对中国文学传统承传与对话，彰显中国网络文学未来发展的精品化、主流化趋势。

其一，宏大叙事下"社会史"的书写维度。2024年很多获奖及榜单推优的现实主义题材作品以其对宏大叙事传统和社会史书写维度的深刻展现，呈现出文学与时代深度交融的多元面貌。这些作品不仅融合了大国书写与日常生活书写，以更丰富的视角和更深入生动的叙事构建起文学与现实的深度对话。以大国崛起为核心主题，通过聚焦特定历史时期与重大事件凸显国家战略的伟大进程。《乘势跨越》聚焦新能源汽车行业的崛起，体现出新时代科技事业的辉煌成就；《山有蝉鸣》以三峡大坝建设和百万库区移民为背景，生动展现了国家战略实施中的复杂性与壮丽画卷，塑造了小人物在历史洪流中的顽强拼搏与生命尊严；《大地之上》则通过石油工业的初创故事，将几代人的奋斗与国家能源建设的紧迫性紧密结合，呈现出个人命运与社会发展的深刻联系。在以社会转型为背景的叙事中，一些小说着眼于从平凡家庭或个体视角书写社会变迁的细微与宏阔。《云的声音》将目光聚焦于沙漠"驼

---

① 南帆：《传统与时代精神》，《光明日报》2013年10月8日，第2版。

客"，以传奇性的叙述方式展现普通人在历史长河中的挣扎与超越，为平民书写了一部辉煌史诗；《云去山如画》以"杭州国立艺专"抗战时期西迁为背景，通过细腻情感呈现了抗战中的家国坚守与艺术追求。

其二，问题小说导向的创作意识。首先，职场与性别议题成为一些作品关注的核心。如《茫茫黑夜漫游》通过对现代行业如网约车和直播的描写，揭示了职场中的隐性不公与复杂关系；《升职之神》则从女性主义视角出发，讲述神仙下凡"996"职场，通过神力解决职场不公，探讨了性别与权力问题。其次，传统文化与现代化的冲突成为另一大主题。如《瓷婚》探讨了传统技艺在现代市场中的传承与挑战，《粤食记》则关注传统美食老字号在全球化背景下的生存困境，两者都反映了文化遗产在现代社会中的困境与适应。在涉及乡村振兴与农村变革的这类社会问题时，《不卷了，回家种田》《飞流之上》和《中医高原》通过不同视角揭示了农村现代化的复杂性。

其三，"人民的文学"写作立场。在习近平总书记发表的讲话中曾多次强调我国的文艺工作者要坚持"人民性"创作，创作能代表人民的、为人民而歌的文学作品。2024年越来越多的网文作家遵从以人民为中心的写作导向，涌现出一批具有时代鲜明特征的"新人物"形象谱系。如《拥抱星星的天使》则以康复师这一新兴职业为切入点，表现出对生命与职业伦理的深刻关注；《我干白事儿这些年》通过现代殡葬业从业者的视角，展现了对生命意义的独特思考；而《陪诊师》聚焦新兴职业"陪诊师"，以00后的视角揭示了个人之痛与社会之痛的交织，生动展现了当代社会的众生相。诸如此类还有《禁区之狐》的职业体育人形象、《修复师》的鉴宝师、《别对我动心》的原画师以及《对你不只是喜欢》的当代女编剧，等等。这种聚焦多样职业与社会角色的创作趋势，体现了网络文学对新时代社会经验的敏锐捕捉与深刻表现。2024年的女性题材网络文学，则通过塑造多元化的"大女主"形象，展现新时代女性的独立精神，展现出网络文学在性别叙事领域以"人"为核心的创作追求。如《江山梦密码》的郑沉芗和《大国崛起1980》的许如意，都是在追求理想与爱情的过程中展现了新时代知识女性的自信与魅力。部分作品聚焦女性在困境中的抗争与蜕变，例如《灯花笑》的复仇女主和《饮福记》中"亦正亦邪"的女主形象，既凸显了与命运抗争的坚忍精神，也突破了传统题材的刻板印象。

其四，多元美学探索的文体追求。2024年涌现多部网文作品都彰显出新时代网络作家的多元美学探索以及网络文学"审美之维"的强化。例如，《我在精神病院学斩神》通过游戏体系展现了对精神现实的独特书写，其文本结构不仅回应了虚拟与现实的关系，也进一步丰富了叙事美学；《孤夜之歌：幽梦》基于科幻设定来讲述商用宇航员的培养故事，突破了科幻与现实题材的界限，以题材创新获起点读书现实频道2024春季征文"题材突破奖"，展现了"科幻+现实"的叙事新模式；《他们越反对，越说明我做对了》以无厘头式的黑色幽默与玩梗小说形式，展现荒诞小说的现代性意识，为网络文学注入了更为鲜明的社会批判性与现代性反思。

中华民族伟大复兴既是民族复兴，也是文艺复兴，网文创作者应如何理解当下变化多姿的时代，如何面对和书写这一重大社会变革，网络文学该以怎样的形式与内容感知、体现并艺术化实践这样的变化，又该如何将新时代的中国经验转化为中华民族新史诗。目前中国网络文学在此方面已取得诸多成就，但是这一过程还存在很多值得探索与思考的空间，这也恰是中国网文未来发展的书写路径。

（2）网络文学为文化新质生产力提供新动能

我国网络文学作为"文化+科技"融合的典型成果，网络文学生态经历了从内容创作到产业链整合的全面升级，体现了新时代文学的新质生产力。通过不断优化的叙事能力和类型文学的精品化趋势，网络文学不仅丰富了数字文化产业的内容储备，更展现出跨媒介叙事的活力，成为新时代推动文化创新和文化产业繁荣发展的活跃力量。2024年的网络文学还通过创新性内容生产、融合性文化消费场景构建以及引领性文化模式开发，彰显出其作为文化新质生产力的价值与潜力。

网络文学在以"文化+科技"融合为核心驱动下创新"国潮+"网文类型，对传统文化的创新性当代活化，通过对文化的再创造为文化新质生产力提供创新内容。2024年番茄小说与优酷共同发起的影视征文"和光计划"，征文聚焦"新职场"与"新国风"两大主题，设有"新薪之恋""古人也有KPI""武侠新鲜出炉""莫欺少年穷""国韵新呈"五大细分赛道，通过"古"与"新"的碰撞激发创作者灵感，为传统文化注入现代审美和年轻化元素。在这一过程中，传统文化被网络文学赋予了新的时代内涵，成为驱动网络文学内容创新、激活内容新质生产力的重要动力；而网络文学也在以一种"为我所用"的形式创新来丰盈网文的想象力与文学表现力，呈现出既有新变又有复古的文学质地。

新时代的网络文学通过其强大的创新能力与生态适应性，与中国式现代化发展相结合，引领文化产业发展新模式。2024年网络文学还通过对当代"情感"的再挖掘，创新文化消费模式，构建消费新场景，提供具有年轻态的文化新质生产力。批评家程光炜曾提出："小说承担的应该是它本来应该承担的'娱乐'和'美'。"[1]在与当代年轻人情感的线上共情过程中，以盐言故事为代表的网络短篇小说呈现出独特的叙事风格。一方面，此类作品结合鲜明的现实与心理映射，深度聚焦于当代年轻人的情感世界，从而实现了情感层面的深度共情。如上榜"2024第二届知乎盐言故事短篇故事影响力榜"的《学位被占用以后》，小说透过"学位被占用"这一核心事件来揭露教育资源不公等现实议题，主人公的普通性和其在困境中的心理活动描写，增强了故事的代入感，使读者能够自然地将自身投射到叙事情境中，体验其愤怒、无助与反击的复杂情绪，激发读者的社会认知与情感共鸣。另一方面，短

---

[1] 程光炜：《小说的承担——新世纪文学读记》，《文艺争鸣》2006年第4期。

篇故事与短剧在内容体量、创作特点、消费习惯上有诸多异质同构之处，在创作上二者互为灵感，在产业发展上相互融合促进，优质的短篇小说也成为开启网络文学新质生产力的新引擎。

网络文学在对当代年轻人线下情感的挖掘过程中，也推动了文化消费模式的转型，构建出面向年轻消费群体的更具吸引力的消费新场景，为文化产业的创新发展提供了新质生产要素。3月23日，多地区欢乐谷开启国潮文化节。《第一瞳术师》《斗破苍穹》《道诡异仙》等网络文学IP助阵国潮文化节，包含专属IP场景展、IP纪念周边发售会、NPC沉浸式互动、作者见面会等多项活动。5月3日，阅文集团携《全职高手》《诡秘之主》等热门IP亮相全球第二大漫展"大阪COMIC-CON"展会，每部作品IP以人物或故事场景搭建的互动打卡点，吸引多国粉丝打卡留念。文化新质生产力的核心特征在于创新，网络文学还立足于中国式现代化语境，走进我国文旅产业以及乡村振兴的发展腹地，探索"新时代"的文化产业纵深。作为最具活力与探索性的文化实践者，网络文学以"IP+文旅"模式嵌入中国文旅产业内部，催生出一系列新业态、新模式和新方向，彰显出具有中国地方特色的新质生产力。"IP+文旅"模式正在逐步成为推动地方经济发展的重要抓手，为新时代的文化新质生产力注入了强劲动力。IP叙事中蕴含的地方情感与文化认同，不仅深化了文旅体验的情感维度，也开辟了中国既有文化产业版图之外的全新赛道。现实题材网络文学也为乡村文旅发展提供了优质的内容供给，2023年，在中国作协网络文学重点作品扶持选题中特别设立了"新时代山乡巨变"主题，紧接着在2024年又单独列出了"乡村振兴"主题。这些有针对性的举措，极大地激发了网络文学创作者的热情，催生了一系列以文旅融合、乡村振兴为核心主题的现实主义佳作，如《人间喜事》《中原归乡人》《两万里路云和月》《明星村》等。这种题材与类型的创新与拓展不仅丰富了网络文学的文化内涵与功能，更为地方乡村文旅产业的持续、健康发展注入了新的叙事活力与动力。

（3）网文出海将走向"全球共创IP"新阶段

2024年的网文出海致力于打造中国网络文学全球性IP生态，在华语IP全球化、海外IP全球化的助力下走向"全球共创IP"，开启了网络文学全球化的新一轮浪潮。"全球性IP生态"不仅意味着中国网文出海的新阶段，而且是全面走向世界的又一次开始，成为我国文化"走出去"重要突破口，推动了我国优质文化IP挺进"全球叙事"的主阵地，并衍生出巨大产业链，推动中国文化新质生产力出海。

首先，本土IP的全球化不断推动华语IP走向全球视野，展现出全球级IP的巨大潜力。2024年2月5日，以"东方奇遇夜"为主题的2023阅文全球华语IP盛典首次走出国门在新加坡举办，在盛典中，超七成入榜作品为出海IP，这一数据直观反映了华语网络文学的全球影响力。《2024中华文化符号国际传播指数（CSIC）报告》[1]基于中华文化符号国际传播指数模型，评选出了《全职高手》《庆余年》《与凤行》《诡秘之主》《墨雨云间》《斗破苍穹》《在暴雪时分》《剑来》《凡人修仙传》《大奉打更人》10部2024中国网络文学十大国际传播影响力IP。《庆余年》作为中国网络文学IP成功出海的典型案例，于2024年上线的第二季成为首部通过Disney+全球同步上线的中国大陆电视剧；影视剧《田耕纪》在爱奇艺泰国站、日本站登顶；IP改编游戏产品《斗破苍穹：怒火云岚》已经在东南亚上线；有声书作品如《我的吸血鬼系统》播放量突破3000万，覆盖多个国家和地区；漫画改编作品如《龙王的不眠之夜》及《我的龙系统》等"人气值"更是高达数亿。[2]

其次，海外原创IP本土化也昭示着中国叙事强大的故事共情力，正在逐步成为全球通用的叙事结构。中国网络文学的运营模式、叙事手法被海外广泛借鉴，开启了原创内容的IP转化和产业链开发，营建全球IP生态。相关数据显示，截至2023年底，各海外平台培养海外本土作家近百万人，签约作者以"Z世代"为主，创作海外原创作品150余万部。[3] 12月17日，在第三届上海国际网络文学周揭晓了"2024起点国际年度征文大赛"的获奖名单，15部作品获奖，获奖作者首次覆盖五大洲。据悉，历届WSA获奖作品在IP开发方面也颇具潜力，目前已有近7成进行IP开发，涵盖实体出版、有声、漫画、影视等形式，标志着中国IP开发模式推向全球。[4] 中国作家协会网络文学中心副主任朱钢表示："中国网络文学的经典叙事结构、人物事件等被海外作者模仿借鉴。"[5] 他以韩国网络文学《我独自升级》为例，该作品采用中国多年前流行的经典网络文学套路，在日韩广受欢迎，带动动漫、影视等走热，成为火爆东南亚的IP。同时，微短剧火爆全球，本土化制作的尝试加速，越来越多的"霸总"类网文爆款正在被改编成适合欧美本土市场的剧集。

本土IP全球化与海外IP本土化的双向驱动，共同促进中国网络文学走向全球共创IP新阶段。"全球共创IP"标志着中国网络文学正在从传统的文化输出向更深层次的文化融合迈进。全球创作者携手开发IP，形成了内容生产的新格局，不同地区的文化背景和创作风格在协同创作中相互交织，使得IP内容更具普适性和全球化

---

[1] 数据来源：中国外文出版发行事业局网：《2024中华文化符号国际传播指数（CSIC）报告》，2024年11月25日，http：//www.cicg.org.cn/2024-11/25/content_42970796.htm，2024年12月3日查询。

[2] 人民网：《网络文学出海市场规模超40亿元》，2024年3月13日，http：//ent.people.com.cn/n1/2024/0313/c1012-40194646.html，2024年12月1日查询。

[3] 中国作家网：《2023中国网络文学蓝皮书》，2024年5月27日，http：//www.chinawriter.com.cn/n1/2024/0527/c404023-40244118.html，2024年6月1日查询。

[4] 凤凰网：《C Drama热播与"谷子经济"兴起，上海国际网络文学周展现中国网文全球影响力》，2024年12月18日，http：//h5.ifeng.com/c/vivo/v002a7UpxWCnkSyklhnbCA-_9in9d935bkZwkiLcVHCLYPGU__，2024年12月20日查询。

[5] 新浪财经：《一路"出海"的中国网络文学：让"中国风"走出国际范儿》，2024年8月5日，https：//baijiahao.baidu.com/s?id=1806521929200769797&wfr=spider&for=pc，2024年12月12日查询。

吸引力。作为网文出海的新模式，全球共创IP的发展逻辑与超文化理论核心具有一定的契合性。韩炳哲曾将21世纪的文化性质定位为"超文化"，并对此解释道："全球化进程起到了积累和集聚的作用，异质的文化内容簇拥到一起。不同文化空间相互叠加，相互渗透。更准确地反映当今文化是空间性的，不是感知上的跨（Trans-）、间（Inter-）、多（Multi-），而是超（Hyper-）。文化发生了内爆，也就是说，文化被去除了遥远性，成为超文化。"① 超文化以去边界化、时空叠加和符号密集并置为特征，构建起跨越地域、文化和历史的"超文本"式文化实践。这一理论为全球共创IP的机制提供了解释框架，也为其未来发展指明了方向。通过全球IP共创，中国的优质文化资源得以融入全球叙事体系，推动了新的文化生产力形成。例如，阅文集团已与美国、英国、日本、印度等多国合作伙伴携手开发具有全球影响力的网络文学IP，为中国文化与全球市场的互动开辟了新的渠道。在全球共创IP的实践中，不同国家与地区的创作者携手合作，将各自的文化符号、叙事传统和审美趣味融入共同创作的作品中，突破了传统文化传播中单向输出的模式，形成了一种高度链接化和协同化的文化生产机制。

"全球共创IP"也并非仅止步于文字与叙事层面，而是以跨领域融合实现文化叙事的全球化创新。2024年5月和6月，阅文集团分别与瑞士旅游局和新加坡国家旅游局达成合作，共同探索"IP+文旅"的新模式，进一步拓宽文化传播的边界。6月22日，在第十届中法品牌高峰论坛期间，中国阅文集团与法国文化机构合作启动了"阅赏巴黎"计划，将中国热门网文角色与法国文化地标相结合，打造融汇中西的跨文化IP形象。这种合作模式不仅拓宽了IP的传播维度，还为共创文化IP提供了新的路径，这些实践也恰是超文化对不同文化的时空叠加与跨领域创新的具体诠释。"'故事'作为当代人类世界文化接受的最大公约数，以及古老的充满经验的'引渡'人类精神谱系的容器，在文化工业和数字时代依旧被选择作为'人文'的核心"②。通过"全球共创IP"这一创新理念，中国网络文学正从"文化出口"向"文化共融"转型，以故事为核心构建具有全球共鸣的文化语言，逐步塑造出一个多维度、全链条的全球文化传播体系。

（付慧青、贺予飞　执笔）

---

① ［德］韩炳哲：《超文化：文化与全球化》，关玉红译，中信出版社2023年版，第9页。
② 夏烈：《网络文学的"世界性"及其场域学研究视角》，2024年9月2日，http://www.chinawriter.com.cn/n1/2024/0902/c404027-40311062.html，2024年9月30日查询。

第二章 文学网站

文学网站是专门收揽、存储和发布文学作品和文学信息的网络平台，是文学在网络虚拟空间的集散地，也是网络文学的具体承载体，一般由文学机构、文学社团、文化公司或者文学网民建立。2024年，各大文学网站积极进取、多措并举，不断推动自身的提质升级，助力整个网络文学行业迎来更加繁荣的发展景象。

一、文学网站发展总览

2024年8月29日，中国互联网络信息中心（CNNIC）在2024中国国际大数据产业博览会"智能经济创新发展"交流活动上发布的第54次《中国互联网络发展状况统计报告》显示：截至2024年6月，我国网民规模近11亿人，较2023年12月增长742万人；互联网普及率达78.0%，较2023年12月提升0.5个百分点。[①] 互联网基础资源的持续普及为全民阅读方式的变革提供了技术支持，更深层次地改变了人们的阅读行为、偏好及文化消费模式，也为文化产业的发展注入了新的活力与机遇。第三届全民阅读大会于2024年4月23日至25日盛大召开，其间，中国新闻出版研究院揭晓了第二十一次全国国民阅读调查结果。数据显示，2023年，数字化阅读方式（涵盖电脑端网络在线阅读、手机阅读、电子阅读器阅读及iPad阅读等）的接触率攀升至80.3%，相比2022年的80.1%，实现了0.2个百分点的稳健增长。[②] 与此同时，中国音像与数字出版协会也在此次大会上发布了《2023年度中国数字阅读报告》，该报告指出，2023年我国数字阅读用户规模已达到5.7亿，同比增幅为7.53%，且数字阅读用户占网民的比例首次突破50%大关。随着用户规模的持续扩大，数字阅读市场迎来了前所未有的繁荣景象。2023年我国数字阅读市场总体营收规模高达567.02亿元，同比增长率高达22.33%，创下了近五年来的最高增速纪录。[③]

[①] CNNIC中国互联网信息中心：《第54次中国互联网络发展状况统计报告》，https://cnnic.cn/n4/2024/0829/c88-11065.html，2024年11月20日查询。

[②] 中国全民阅读网：《第二十一次全国国民阅读调查成果发布》，https://www.nationalreading.gov.cn/wzzt/2024qmyddh/cgfb/desycqggmyddccg/202404/t20240423_844549.html，2024年11月20日查询。

[③] 中国日报中文网：《〈2023年度中国数字阅读报告〉发布，中国移动咪咕以数智驱动打造全民阅读新体验》，https://caijing.chinadaily.com.cn/a/202404/25/WS6629e52aa3109f7860ddaee4.html，2024年11月20日查询。

数字阅读市场的广阔前景无疑为我们提供了有力佐证：网络文学依然拥有着巨大的发展空间和无限的潜力。然而值得注意的是，当前网络文学消费市场的扩张速度却呈现出一定的放缓态势，甚至略显疲软。第54次《中国互联网络发展状况统计报告》显示，截至2024年6月，我国网络文学用户规模约为5.16亿人，占网民整体的46.9%，较2023年12月的统计数据，其增长率为-0.8%。[①] 这一现状无疑为各大文学网站带来了前所未有的挑战与考验。面对如此情境，文学网站亟须探索和实施有效的策略，巩固、留存当前的庞大用户基础，同时积极开辟和拓展新的网络文学消费市场，以期在竞争激烈的文化消费市场环境中保持稳健的发展态势，坚守初心，为广大读者提供更多的优质精神食粮。

1. 市场竞争激烈，多元策略并举

（1）网站数量与市场格局

2024年的文学网站正处在一个文化与技术深度融合、市场全球化加速、用户需求多元化驱动的发展新时期。文学网站面临着AI辅助创作技术革新、网文出海加速、版权保护强化等多重机遇与挑战，要不断探索、创新运营模式，以期在日益多元化和细分化的消费市场中寻找新的增长点，适应日益激烈的市场竞争和瞬息万变的消费潮流。在这一过程中，网络文学行业新陈代谢加剧，显露出各具特色、值得关注的发展格局。据站长之家（Chinaz.com）统计，截至2024年11月20日，中文网站共有56150家，其中小说文学网站共有1114家，相较2023年同期数据减少了13家。[②] 这反映出数字阅读消费市场竞争态势之激烈，以及行业内洗牌与整合趋势的加剧。在这样一个竞争日益白热化的市场中，各大文学网站不断创新内容生态、优化平台服务，同时在营销推广策略与用户体验上寻求突破，以稳固并扩大自身的市场份额。纵观艾瑞咨询提供的2024年度电子阅读行业月独立设备数的相关数据，不难发现众多文学网站在激烈的市场竞争中依然保持着稳中有进、进中向好的发展势头，交出了一份令人满意的成绩单。

总体来看，我国网络文学产业正处于一个蓬勃发展的良好态势之中。通过深入分析移动阅读App月独立设备数的分布柱状图，可以清晰地观察到各大文学网站之间的分层格局日益显著，彼此之间的差距明显拉大，形成了鲜明的鸿沟。这一现象不仅揭示了网络文学市场内部竞争的日益激烈，也预示着行业整合与变革的必然趋势。作为头部文学网站的番茄免费小说依旧具备强大的市场竞争力和品牌影响力，月独立设备数高达10488.3万台，与2023年同期相比（8317.7万台）用户增量相

---

① CNNIC中国互联网信息中心：《第54次中国互联网络发展状况统计报告》，https://cnnic.cn/n4/2024/0829/c88-11065.html，2024年11月20日查询。

② 站长之家：https://TOP.chinaz.com/hangye/index_yule_xiaoshuo.html，2024年11月20日查询。

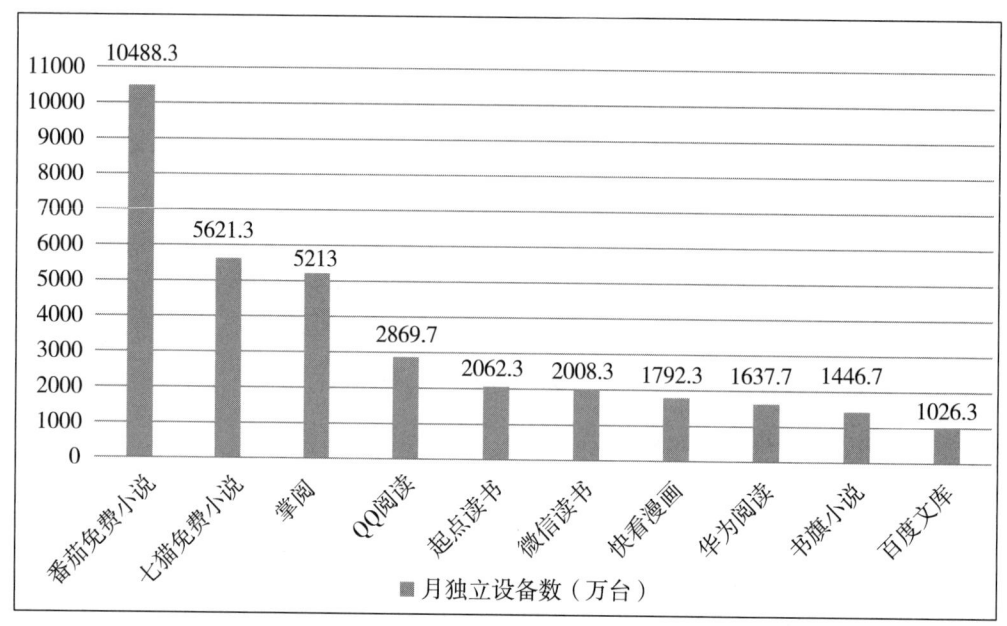

2024年度月独立设备数排名前10的移动阅读App[①]

当可观,可见其在激烈的市场竞争中依然保持着难以撼动的绝对领先地位,且与其他App之间的差距日益显著。番茄的成功经验不仅为其他文学网站提供了宝贵的发展借鉴,更为整个网络文学产业树立了标杆。面对番茄免费小说的强劲发展势头,七猫免费小说(月独立设备数5621.3万台)与掌阅(月独立设备数5213万台)稳坐第二梯队的位置,与2023年同期相比两者的数据均保持相对稳定,反映出它们各自拥有坚实的用户基础,市场份额相对稳固,同样拥有不可忽视的市场竞争力。近年来,免费文学网站的发展势头异常强劲,而掌阅之所以能够在其掀起的竞争浪潮中突围而出,其背后的掌阅科技无疑扮演了至关重要的角色。作为全球领先的数字阅读综合企业,掌阅构建起的良性内容生态环境为其旗下的文学网站注入了雄厚的资本实力与技术支持。这一成功模式在阅文集团身上同样得到了鲜明体现。阅文集团是一个以数字阅读为基础、IP培育与开发为核心的综合性文化产业集团,汇聚了强大的创作者阵营与丰富的作品储备,构建起庞大的网络文学帝国。其旗下的QQ阅读(2869.7万台)与起点读书(2062.3万台)成绩不凡,分别位列月独立设备数榜单的第4和第5名,合作伙伴微信读书(2008.3万台)紧随其后,排名第6。这些拥有大型文化产业集团作为坚实后盾的文学网站,凭借雄厚资本力量的支持,打造出数量庞大且质量上乘的优质内容资源库,在面对番茄、七猫等后起之秀带来的免费阅读模式挑战时,展现出了非凡的韧性和持久的生命力。即便是在竞争日益

---

① 艾瑞咨询:https://index.iresearch.com.cn/new/#/App/list?cId=20&csId=0,2024年11月20日查询,整理8—10月数据而得。

激烈的市场环境下，这些老牌文学网站依然能够稳固圈定忠实用户，持续带来高品质的阅读体验。另外值得注意的是，华为阅读成为 2024 年移动阅读 App 行业的一匹黑马，以月独立设备数 1637.7 万台首次跻身 TOP10，展现出广阔的市场前景。作为华为鸿蒙生态体系中不可或缺的成员，华为阅读近年来迅速成长为集海量图书资源、多元化阅读模式及精准个性化推荐功能于一体的综合性数字阅读平台，引领着个性化阅读的新潮流。在 2024 年 6 月举办的华为开发者大会（HDC 2024）上，华为阅读不仅公布了基于先进 AI 技术的多项重大升级，同时对外宣布了其在内容生态建设方面取得的最新成就，旨在为用户奉上更加卓越的数字化阅读享受。这一系列举措彰显了华为阅读在技术创新与内容生态构建上的不懈追求，为整个阅读行业树立了全新的标杆。

不同于大型文学网站在数字阅读市场中已经稳固占据的领先地位，中小型文学网站在电子阅读行业月独立设备数榜单排名上的波动显得尤为剧烈，直观反映出它们正面临着极其严峻的生存挑战。一方面，大型网站凭借其强大的品牌效应、丰富的作品储备、成熟的运营机制以及广泛的用户基础，能够在激烈的市场竞争中屹立不倒，持续吸引读者与作家的青睐。而另一方面，中小型网站则往往受限于资源有限、技术支撑不足、市场推广乏力以及内容同质化严重等问题，使之在争夺市场份额的过程中步履维艰。随着数字阅读市场的持续细分和读者需求的日益多样化，中小型文学网站迫切需要探索差异化发展路径、打造特色内容生态、着力提升用户体验，以期在复杂多变的市场环境中找到生存之道。

（2）免费付费双轨并进

当前，各大文学网站在"免费付费双轨并进"格局的基础之上，以主流引领为导向，以精品打造为核心，以类型融合为新潮，全方位、多层次重塑着网络文学版图。即使在同一家网站平台，常常有免费阅读，也有付费阅读，免费模式与付费模式彼此增益、相得益彰，既让网络文学在普及层面高歌猛进，又在精品打造上精益求精，二者在不同读者群体间构建起多元的阅读生态，共同推动着网络文学行业的繁荣发展，为整个文化产业的兴盛贡献着不可或缺的力量。

免费文学网站自 2017 年兴起以来，已逐步探索出一条特色鲜明且行之有效的发展路径。2024 年 5 月 7 日，Quest Mobile 发布了《2024 中国移动互联网春季大报告》，报告指出，数字阅读赛道保持火热状态，多款 App 实现流量大幅提升。从具体数据来看，2024 年 3 月，番茄免费小说、七猫免费小说及番茄畅听 App 活跃用户规模增长显著，位列前三，同比增长率分别达到 37.1%、28.4% 和 63.3%。在报告中，Quest Mobile 根据 2023 年第二季度 3 个月平均月度活跃用户规模对 50 个细分行业进行排序，其中番茄免费小说位列 16 名，以 21439.61 万月活跃用户人数荣登在线阅读行业用户规模榜首，与2023年同期数据相比，其增长幅度十分显著。[①] 新兴免费网文阅读类产品如雨后春笋般层出不穷，即便是于2024年初才由字节跳动推出的蛋花免费小说App，也在短时间内展现出了强大的生命力与竞争力，据艾瑞咨询统计，截至10月其月独立月设备数已成功突破900万台。免费文学网站在用户规模的拓展上取得的令人瞩目的成就，已然超越了诸多老牌付费文学网站，可见其凭借精准的市场定位、丰富多元的内容供应、创新的运营策略以及对用户阅读习惯的深度挖掘与迎合，稳稳地在竞争激烈的网文市场中占据了一席之地。为满足留存现有用户的需求，免费阅读在深化内容生态建设、拓展多元化阅读场景、加强IP孵化与跨界合作等方向持续发力。一方面，各大免费文学网站日益注重平台原创作品资源的积累与保护，积极构建丰富且优质的内容生态体系。以番茄免费小说的"巅峰榜"为例，"巅峰榜"是番茄小说于2023年11月6日首次推出的专门用于展示平台头部优质小说的统一性榜单，某种程度上弥补了个性化推荐算法的不足。该榜单对全站网文及出版物从作品人气、内容质量、口碑评分、读者互动、传播价值、IP潜力等多个维度进行综合评估筛选，将具有广泛影响力、高品质内容以及独特创新价值的作品予以集中呈现，打破了读者基于"信息茧房"的阅读局限，拓宽其阅读视野，让读者有机会接触到平台内不同类型、不同风格却同样优秀的网文作品，进而促进内容资源的均衡传播与多元发展，提升整个平台阅读生态的丰富性与活力度。另一方面，积极布局网站精品IP衍生，大力拓展业务版图与多元发展路径。网文作品的IP价值在影视化等多元呈现形式下能够得到数倍放大，许多免费文学网站纷纷与视频平台强化合作，让平台作品触及更广泛受众。2024年3月4日，七猫免费小说与爱奇艺正式达成战略合作，前者承诺每年向后者输送不少于40部优质IP资源。双方将基于在文化产业和影视产业长期积累的丰富经验与独特优势，携手推进优质小说IP的系统化开发进程。从项目筛选、剧本改编到拍摄制作以及后期宣发，双方将进行全方位、多层次的协同合作，旨在精准把握市场需求与观众喜好，并进一步推动网络文学与影视行业的深度融合与协同发展。无独有偶，同时段优酷与番茄免费小说达成深度战略合作协议，双方凭借各自强大的平台资源与专业的行业洞察，共同挖掘潜藏于番茄小说海量作品库中的"超级IP"，并全力推动其向影视化与动漫化方向高效转化。这一合作不仅为番茄平台的优质IP开辟了崭新的价值变现渠道，也为优酷平台丰富了内容储备，有望在未来打造出一系列爆款影视与动漫作品。

付费文学网站作为网络文学市场长期以来所倚仗的传统盈利方式，在行业中曾占据主导地位，积累了深厚的用户基础与运营经验。尽管如今免费阅读模式异军突起并带来了一定的冲击与挑战，但付费文学网站凭借其多年精心打造的品牌形象、

---

① Quest Mobile：《2024中国移动互联网春季大报告》，https：//www. questmobile. com. cn/research/report/17877539532257075222，2024年11月22日查询。

忠实稳定的付费用户群体、严格的内容审核机制确保的高品质作品库、成熟完善的付费体系以及对作者资源的深度挖掘与专业扶持等多方面优势，依然能够在复杂多变的市场环境中坚守阵地。以始终聚焦发展高质量付费阅读商业模式的阅文集团为例，一方面，在免费阅读模式盛行的当下，依然有不少读者愿意为优质内容付费。阅文集团于2024年8月12日发布的《2024年中期报告》显示，阅文集团上半年实现营收41.9亿元，同比大增27.7%；均订过5万的新签约作品数量同比增长75%，阅读收入超200万元人民币的新签约作品数量同比增长33%。① 另一方面，IP授权及IP全产业链开发也为付费阅读模式的行稳致远保驾护航。阅文的版权运营及其他收入达22.5亿元，同比大增73.3%，创下三年内最大增幅，成为拉动集团营收增长的主要引擎。除了《热辣滚烫》《与凤行》《庆余年第二季》《玫瑰的故事》四部影视爆款作品广受市场追捧外，阅文集团还在卡牌、短剧等新兴业态上迈上新台阶。以上种种，均充分展示出付费阅读模式在内容创作及筛选、IP培育与开发等方面的强大实力和巨大潜力。除此之外，付费阅读模式也并非全然拒斥免费阅读，而是以开放包容、兼收并蓄的姿态，积极吸纳免费阅读的有益元素，取其长处补己之短，从而实现自身的优化升级与良性发展。2024年，华为阅读启动了"百亿赠书计划"，与机械工业出版社、人民邮电出版社等多家知名出版社携手同行，共同致力于为读者打造一个高品质的免费阅读资源库，其中不乏众多在其他阅读平台往往需要读者付费购买或订阅会员才能阅读的优质书籍。可以预见，"百亿赠书计划"的成功推行，将为华为阅读在激烈的阅读市场竞争中奠定更为坚实的用户基础与品牌优势。

  免费阅读并非走取代付费阅读的路径，而是在经历狂飙突进的高速增长期后，与付费阅读呈现出长期共存、相互借鉴的良性态势。在早期，免费阅读凭借低成本的优势迅速大量吸纳原来看盗版作品的读者群体，市场份额急剧扩张，以合法且免费的路径让游离于正规网络文学市场之外的大量潜在读者从盗版阅读转向正版平台，成功开辟全新发展格局，进一步拓展了网络文学市场的边界。在此过程中，付费阅读模式受到了不小的冲击。当下，免费阅读运营模式逐渐稳定，不再单纯依赖流量扩张，付费阅读在面对冲击后也进行系列自我调整与优化。此时，无论是免费平台还是付费平台，都越发意识到"内容为王"的重要性，开始将更多精力聚焦于作品生产之上。免费平台试图通过提升作品质量以增强用户黏性，以高质量创作吸引广告投放与商业合作；付费平台则在坚守精品内容创作的同时，借鉴免费阅读平台的推广与互动策略，力求在保持用户忠诚度基础上进一步拓展市场。这种共生共进的关系，使得网络文学市场的生态更加丰富多元。既满足了追求高品质、深度阅读体验读者的需求，又迎合了更广泛大众的阅读需要，从而推动网络文学市场规模不断扩大，内容生态更加丰富多样，相关产业链条不断延伸完善，为网络文学的长远发

---

① 阅文集团：《2024中报》，https://ir.yuewen.com/sc/financial-reports.html，2024年11月24日查询。

展奠定了更为坚实的基础。

(3) 跨界共生，新技术赋能新发展

当前，AIGC（Artificial Intelligence Generated Content，即人工智能生成内容）作为一项具有革命性的技术力量，正全方位、多层次地渗透进网络文学产业，成为推动其变革与创新的关键力量。中国社会科学院文学研究所于2024年2月27日发布的《2023年中国网络文学发展研究报告》指出，AIGC作为创作与传播的新引擎，已经成为2023年度的网络文学新热点。① 各大文学网站敏锐地捕捉到这一历史机遇，纷纷以积极的姿态拥抱AIGC新技术，将其深度整合至平台运营的核心战略之中，通过AIGC赋能创作流程革新、内容生态优化、用户体验升级以及商业价值拓展等多个关键维度，在日益激烈的数字文化产业竞争格局中，全力驱动自身实现跨越式发展。

从辅助创作的层面来看，许多文学网站积极搭建智能创作辅助体系，深度整合AIGC技术至创作流程之中。AIGC拥有强大的自然语言处理能力，能够基于海量的数据资源与先进的算法模型为网络文学作者提供创作灵感、辅助构建故事框架、整理情节线索、设定人物形象以及进行情景描写等，从而激发创作者的灵感，提高创作效率与作品质量；同时，也能极大地降低创作门槛，使创作者能够更专注于作品核心创意的构建。2024年5月8日，番茄小说宣布上线AI写作工具功能。番茄AI写作工具是基于大语言模型的人工智能写作产品，可以在作者创作小说的过程中，为作者提供内容参考以及信息查询等方面的帮助。番茄AI写作工具将为作者提供开书灵感、卡文锦囊、AI查询&AI助手、AI起名、AI扩写/改写/自定义描写、AI续写的功能，在创作的全过程帮助作者高效解决写作难题。②

从作品国际化传播的维度来看，在当今数字化与全球化协同发展的时代浪潮之下，众多文学网站积极将AICG技术应用于网文作品的译制工作当中，助力网络文学的海外传播。AIGC借助先进的神经网络算法与智能语言处理技术，能够精准识别并转换不同语言的语法结构、语义逻辑以及文化内涵，实现高质量的自动化翻译，在极大提升网络文学的翻译效率与准确度的同时，降低了翻译成本，缩短了作品在全球范围内传播的时间差，国内外"同步更新"与"全球追更"迎来可能。2023年12月5日，《2023中国网络文学出海趋势报告》在第二届上海国际网络文学周开幕式上发布。该报告指出，在AI助力下，网文的翻译效率提升近百倍，成本降低超九成。以阅文集团为例，为了助力优秀的网络文学作品跨越语言障碍，触达更广泛的国际受众群体，阅文集团将持续加大AIGC技术的布局，升级人机配合的AI翻译

---

① 中国社会科学院文学研究所：《2023年中国网络文学发展研究报告》，http：//literature.cass.cn/xjdt/202402/t20240227_5735047.shtml，2024年11月25日查询。

② 番茄小说网：《AI写作工具功能上线通知》，https：//fanqienovel.com/writer/zone/article/7327136545129906238，2024年11月25日查询。

模式，旗下的海外门户起点国际（Webnovel）将启动多语种发展计划，借助AI翻译上线英语、西班牙语、印尼语、葡萄牙语、德语、法语、日语等多个语种，让中国好故事实现更大范围的国际传播。

2. 承担社会责任，优化行业生态

（1）坚持行业自律，加强自我管理

当前，网络文学正处在转型升级、迭代发展的关键进程之中。文学网站作为主要的内容聚合与传播平台，是构建网络文学产业生态的核心环节。在文化强国建设的大背景下，各大文学网站深刻认识到了自身所肩负的重大使命与责任，凝聚共识、勇担使命、加强自律，积极投身于繁荣发展文化事业以及文化产业的伟大进程之中，做时代精神的承载者、文化传播的先锋军，全力以赴推进社会主义文化强国建设宏伟目标的实现。

2024年，在党和国家的领导下，各大文学网站愈发清晰地认识到思想理论学习的重要性，坚守政治底线、筑牢思想堤坝，坚定不移坚持正确的政治方向和创作导向，力求为网络文学的健康发展筑牢坚实基础。11月5日至6日，由中国作协网络文学中心主办的全国重点文学网站负责人学习贯彻党的二十届三中全会精神培训班在京举办，来自全国各地的重点文学网站负责人共40余人参加培训。中国作协党组成员、书记处书记胡邦胜指出，推动网络文学的主流化、精品化、国际化，各文学网站责任重大。在网络文学迈向主流化、精品化与国际化的征程中，各文学网站肩负着极为关键的使命与重大责任。当下，深入研习并切实贯彻党的二十届三中全会的精神要旨，将习近平文化思想积极践行于实际工作之中，已然成为文学网站经营发展的重中之重。在此基础上，一方面，各大网站紧跟数智化技术革新的浪潮，密切契合社会高速发展进程中所涌现的全新变化态势，于全新的历史坐标与起点之上，毅然扛起新时代所赋予的厚重文化使命担当；另一方面，传承并发扬老一辈文学编辑所秉持的纯粹文学初心，大力提升编辑队伍的整体文化素养与专业技能水平，积极遴选具备潜力的优秀作品，全力推荐创作新锐人才，全方位优化与提升网络文学作品品质，为网络作家的茁壮成长营造优良环境并予以正确引导。此次培训期间，学员们认真学习了《中共中央关于进一步全面深化改革推进中国式现代化的决定》，并围绕如何学习贯彻党的二十届三中全会精神，推动网络文学高质量发展进行了分组讨论。①

营造良好的行业生态，离不开各大文学网站的积极作为。强化对作品质量的把控，是文学网站自我管理的核心环节。各大文学网站纷纷建立严格且专业的审核团队与机制，以高度的政治敏锐性和责任感，从文学性、思想性、艺术性等多维度对

---

① 中国作家网：《全国重点文学网站负责人学习贯彻党的二十届三中全会精神培训班在京举办》，https://www.chinawriter.com.cn/n1/2024/1108/c404023-40356750.html，2024年11月26日查询。

平台作品进行评估，鼓励作者深入生活、扎根人民，创作具有深度和内涵的作品。2024年3月，由澎湃新闻牵头发起，上海人工智能研究院、上海市信息安全测评认证中心、上海新华传媒连锁有限公司和上海蜜度信息技术有限公司联合共建的"数字内容生态实验室"发布《网络文学平台生态抽样调查报告》，对网络文学从发展现状、存在问题及整治情况等方面进行剖析。该报告以2023年12月期间国内20家知名文学网站平台、App为关注对象，选取其各频道排行榜前十名网络文学作品的部分章节内容和评论进行分析，涉及1182929条数据，其中包括书籍内容74212章、评论1108717条。经过"清穹"智能风控平台机审、人审等多重审核判定后发现，网络文学总体内容生态良好，但仍有少量作品内容涉嫌涉黄低俗或导向不良，其中评论中使用粗俗字词等涉嫌涉黄低俗类型占比最高。[①] 这充分表明，政府推行的一系列网络文学监管行动与各大网站的自我管理成效斐然，网络文学的内容生态已经有了显著的改善与优化。

在未来，各网络文学平台依旧不能松懈，必须切实履行主体责任，内外兼修。于内，需精研品质，从内容创作的源头抓起，提升平台作品质量、把控内容导向，建立健全严谨规范的审核机制，确保每一篇上线作品均能经受住时间与读者的检验；于外，则要拓展格局，积极投身行业交流与合作，携手共筑行业标准与规范，以开放包容的姿态拥抱新技术、新趋势，在多元融合中实现网络文学行业的健康可持续发展。

（2）坚持内容为王，打造文艺精品

2024年，各大文学网站坚持以高质量内容为导向筑牢发展根基，在坚守文学品质与拓展商业市场中找准平衡，积极推动自身实现从规模化扩张到内涵式发展的战略转型，迈向更具竞争力与影响力的新征程。

大力加强作者扶持与培养。作者的创造才华与道德素养，直接决定了平台作品内容资源的质量。一是作者扶持层面，各大文学网站积极行动，纷纷推出一系列创作者激励计划，致力于构建一个充满活力且可持续发展的创作生态体系。自2024年6月起，七猫加大力度全方位投入资源扶持原创作家，开启了优质作品年度扶持计划——扶摇计划。"扶摇计划1.0"着重聚焦连载中的优质作品，通过一系列精细化、系统化的重点运营举措，深度挖掘出一批处于新书首发期以及成长关键期的潜力佳作。针对篇幅达到150万字以上的优质成熟作品，七猫更是启动了流量加持策略。在"扶摇计划"的推动下，不少优质作品的成绩实现了令人瞩目的突破性增长，如《权力巅峰》《第一凤女》《逍遥四公子》等。从资源倾斜、流量扶持到多元化推广，均从根本上有效保障了作品收入的稳定性与持续性增长，为作者们注入

---

① 澎湃新闻：《〈网络文学平台生态抽样调查报告〉发布》，https：//www.thepaper.cn/newsDetail_forward_26677402，2024年11月26日查询。

了一针强心剂。二是作者培养层面，提高作者的创作水平和文学素养，是提升作品产出质量的题中应有之义。各大网络文学平台积极通过组织专业培训课程、开展文学研讨活动、搭建作者交流平台等多种方式，全方位助力作者在创作水平与文学素养方面实现质的飞跃。2024年10月19日，由纵横小说发起并举办，中国网络作家村协办的2024第三届纵横中文网大神训练营圆满完成。在本次训练营培训中，大神与高潜力作家共同就创作痛点、瓶颈突破难点等进行了深入探讨，帮助后者解决创作难题，加深对网文创作的认识和理解。未来，纵横中文网将坚持推进"大神战略"，持续举办大神训练营、创作论坛、作家进校园等活动，为热爱网络文学的作者提供学习和交流的平台，全方位提升作家的专业素养与创作能力，孵化出一系列兼具艺术价值与市场影响力的优秀作品。

积极发挥优秀作品的榜样作用，引导平台内容生态整体向好。各大文学网站积极给予优秀作品更多曝光机会，进而在潜移默化中影响读者的阅读品位与审美标准，促使读者对作品提出更高要求。如此从创作端与阅读端双向发力，意在激励创作者以优秀作品为参照进行创作实践，推动平台内容在质量与格调等方面不断优化升级，逐步构建起积极健康、富有活力的高品质内容生态系统。以阅文集团为例。1月16日，由阅文集团、天成嘉华文化传媒主办的"传承民族文化网络文学创作研讨会暨第三届石榴杯征文颁奖典礼"在北京民族文化宫举行。该活动以"籽籽同心，字字传情"为主题，旨在鼓励民族题材创作，挖掘具有市场开发潜力的网络文学作品，推动"民族IP"转化。经过多轮遴选，《保卫南山公园》《长生从负心开始》《琼音缭绕》等10部网络文学作品获得"优秀作品奖"。各大文学网站举办的此类活动使平台创作者们得以直观感受优秀作品的魅力与精髓，促使其反思创作短板并奋力提升。由此，网络文学创作领域渐成追求卓越、竞比质量的新风尚，牵引更多作品迈向精品化，助推行业整体创作水准上扬。

（3）承续文化根脉，聚焦现实题材

在"传统文化热"与"现实主义转向"的带动下，各大文学网站积极探索平台内容生态的转型发展之路，通过优化推荐算法、设立专项创作基金、举办主题创作大赛等种种举措，鼓励作者深耕传统文化与现实生活，助推网络文学在传承文化、记录时代方面发挥更为重要的作用。

承续文化根脉是网络文学作品得以长久维系民族精神的核心所在。中华民族拥有数千年的文化底蕴，当坚韧不拔的民族气节、崇德向善的价值追求以及和而不同的处世智慧等种种珍贵的传统文化基因巧妙渗透进网络文学作品时，便能赋予作品深厚的历史厚重感与独特的文化标识。各大文学网站鼓励作者主动调动传统文化宝库和历史资源，将传统文化与现代精神相结合，讲好中国故事。2024年3月，由国家图书馆（国家古籍保护中心）与抖音集团主办、国家古籍保护中心办公室与番茄小说承办的第二届古籍活化联合征文活动"走进古籍，看见历史"主题征文活动开启，鼓励作者以史为据，使用"识典古籍"平台查看资料进行创作，旨在网络文学与古籍经典的碰撞中，衍生出历史故事的更多可能。

聚焦现实题材，则是文学网站回应时代呼唤的关键举措。在党和国家的引导下，各大网络文学平台背负起了真实再现社会现实、展示时代风貌的责任，体现出鲜明的现实观照性。现实题材创作在网络文学领域的蓬勃兴起，与党和国家在宏观层面上施与的积极引导息息相关。2024年4月12日，2022—2023年优秀现实题材网络文学出版工程入选作品揭晓。优秀现实题材网络文学出版工程是国家新闻出版署组织的一项推优工作，秉持着严格的筛选标准，每年推选数量限定在不超过10部的优秀作品，旨在鼓励网络文学平台加强现实题材作品创作与出版，助力网络文学书写现实、反映生活、讴歌时代。《苍穹之盾》《桃李尚荣》《上海凡人传》《守鹤人》等本次入选作品，生动展现新时代的伟大变革，积极书写各行各业的拼搏奋斗，深情讴歌人民群众的实践创造，聚焦生态保护和文化传承，体现了当前我国网络文学创作的较高水准。[1] 另外，各大文学网站展现出了高度的责任感与行动力，积极响应现实主义创作热潮。2024年，一批文学网站纷纷举办现实题材征文大赛，如七猫中文网于7月启动了主题为"中国故事：人间烟火与万千值得"的第五届现实题材征文大赛，阅文集团则于5月对主题为"好故事献给爱与生活"的第八届现实题材网络文学征文大赛进行了颁奖。社会生活是文学创作的唯一源泉，文学表现的是以人为中心的社会生活。在文学创作中能反映出广阔的社会现实，网络文学也不例外。鼓励网络作家在创作中观照现实，是引导文学网站健康发展的应有之义。

在未来，各大文学网站应继续深入研习并主动践行习近平文化思想，始终坚持以人民为中心的创作导向。既要将当下时代发展的脉搏作为核心观照，又要牢牢扎根于传统文化的沃土，创作一批批既能生动展现当下现实，又能传承发展中华文化的作品，无愧时代、无愧人民。

3. 深化IP衍生，凸显产业价值

当下，网络文学正成为我国数字文化产业发展的重要增长点。各大文学网站明确责任意识，加强生态建设，对精品网络文学IP系统性深度开发与长久运营，推进网络文学IP的产业化进程稳步前进。2024年2月26日，中国社会科学院文学研究所《2023中国网络文学发展研究报告》发布。报告显示，截至2023年底，网络文学IP市场大幅跃升至2605亿元，同比增长近百亿，网文产业迎来3000亿元市场。[2] 网络文学全IP开发和全产业链不断深入与扩展，中国网络文学产业踏入高质量发展

---

[1] 中国全民阅读网：《国家新闻出版署关于公布2022—2023年优秀现实题材网络文学出版工程入选作品的通知》，https：//www.nationalreading.gov.cn/xwzx/tzwj/202405/t20240528_849892.html，2024年11月26日查询。

[2] 中国社会科学院文学研究所：《2023年中国网络文学发展研究报告》，https：//www.cssn.cn/wx/wx_ttxw/202402/t20240226_5734785.shtm，2024年11月18日查询。

的新时期。

网络文学商业生产机制逐步完善，IP多元转化成果斐然。在影视行业，尤其值得注意的是微短剧改编呈井喷式爆发。阅文、中文在线等文学网站以及抖音等视频平台，均积极布局微短剧项目。2024年11月19日，由中国移动咪咕公司主办的2024咪咕生态大会"网文+短剧"融合升级发展论坛在北京举行，本次论坛以"聚沙成塔·阅见剧变"为主题，会上公布了"繁星·沐光"1.0计划发布以来，咪咕数媒公司在短剧领域的阶段性成就，包括签约200余部原创剧本、拍摄完成100余部短剧，以及与百余家版权方合作引入5000余部短剧等。作为1.0计划的承接与深化，着眼于微短剧内容和质量升级的"繁星·沐光"2.0计划在会上发布。① 除此之外，动画改编方面同样发展势头向好。《斗罗大陆Ⅱ绝世唐门》《九州缥缈录》《大主宰》等经典IP的动画改编热播，新锐IP如《十日终焉》《我在精神病院学斩神》发布动画化企划，吸引众多读者追捧。有声书改编领域同样呈现出蓬勃发展的态势。《惜花芷》的有声书在全网播放量已超5000万，充分证明了其在有声阅读市场的受欢迎程度。而《风华鉴》与《惜花芷》《后顾无忧》等作品一同斩获2024咪咕阅读作家盛典"年度至臻有声书"奖项。② 这一系列成果不仅体现了网络文学有声书改编作品在制作质量上的提升，也反映出市场对于优质有声书内容的强烈需求与认可。

另一方面，各大文学网站全力拓展IP全链路改编，"AI+IP"的模式助力网络文学与影视、动漫、游戏等产业深度融合，开启IP网文出海新纪元，激发数字文化产业的新活力。中文在线旗下的微短剧产品ReelShort在欧美应用商店中名列前茅，与FlexTV、GoodShort等微短剧平台一同打造出一系列爆款产品，开辟了中国网文走向国际市场的新道路，展现出新的发展模式与态势。2024年12月16日，第三届上海国际网络文学周正式开幕，会上发布《2024中国网络文学出海趋势报告》，这一报告以阅文集团和行业调查材料为主要分析蓝本，报告显示，截至2024年11月底，全行业出海作品总量约为69.58万部，翻译出海作品约6000部，2024年新增出海AI翻译作品超2000部，网文畅销榜排名TOP100作品中，AI翻译作品占比42%。网文改编剧风靡全球，其中，《庆余年第二季》成为Disney+热度最高的中国大陆剧，《与凤行》在全球180多个国家与地区播出，翻译超16个语种，《墨雨云间》登上泰国TrueID平台、韩国MOA平台热播榜首。网文签约海外出版授权书同比增长80%，2024年海外出版授权金额同比增长超200%。在漫画和动画出海方面，上线漫画作品1700余部，涵盖7个语种，视频网站累计上线动画721集，总播放量

---

① 2024咪咕生态大会："网文+短剧"融合升级发展论坛"繁星·沐光2.0"扬帆起航计划，https://www.sohu.com/a/829006217_121124780，2024年12月8日查询。

② 咪咕阅读，https://n.cmread.com/nap/p/zzsd24wap.jsp?cm=M10204CS&mcn=hz75，2024年10月28日查询。

12.37亿。在网文改编手游中,《斗罗大陆·魂师对决》覆盖上线超80个国家和地区,流水超100亿。与此同时,海外访问用户超3亿,阅读量破千万的作品达到411部,同比增长73%,26部作品入藏大英图书馆。①

二、不同类型网站平台

1. 大型网站发挥优势,行业领跑

(1) 三家上市公司年度业绩

2024年,网络文学的市场生态建设不断得到强化,一方面,主流化、精品化进程进一步加快,IP与优质内容越来越受到重视;随着用户付费意愿提升,越来越多作者投身于优质网文作品的创作行列,而这些精心打造的优质内容,又进一步增强了用户付费观看的意愿,行业形成良性循环。另一方面,AI加持使创作门槛进一步降低,生成式人工智能通过自动化写作,成为内容创作的重要助手。在这样的背景下,阅文集团、中文在线、掌阅科技三家网络文学上市公司都积极主动地在自身发展战略中进行适应性调整,针对市场变化给出回应。

阅文集团2024年依旧坚持精品战略,于全产业链IP建设取得重要突破,交出了一份令人振奋的成绩单。对于优质IP的孵化与长线开发的能力,是阅文保有长期竞争力的核心。2024年8月12日,阅文集团公布了2024年的中期业绩报告。报告显示,阅文集团2024年上半年的营收和净利润均实现大幅增长,营收41.9亿元,同比增长27.7%,归母净利润达到7亿元,同比增长16.4%。②

在线业务方面,2024年上半年,阅文自有平台产品及自营渠道的平均月活跃用户由2.117亿人同比减少16.9%至1.76亿人。其自营渠道运营较为平稳,上半年的月均付费用户为880万,未出现明显波动;腾讯渠道则呈现下滑态势,月活跃用户由1.063亿人同比减少33.5%至0.707亿人。阅文称,主要由于其通过核心付费阅读产品分发更多内容以优化运营效率,导致通过免费阅读渠道获得的用户减少。

阅文集团CEO兼总裁侯晓楠认为,文学作为一种精神食粮是用户的刚需的产品,网文读者往往具备较高的忠诚度和黏性,在付费问题上,精品内容的付费意愿更高。因此阅文将更加聚焦精品内容的孵化以及作家生态的夯实。"阅文网文的内容质量在行业内是无人比肩的,我们会持续优化产品,提升社区运营,保证阅文的用户的活跃度和黏性增长,以及内容和渠道的分发效率和ROI(投资回报率),从而寻求在线业务的高质量的增长。更重要的是,我们以优质内容为基础,做整个IP产业链的联动协调和发展。我们坚定认为,精品内容的孵化和后续的IP运营是我们

---

① 上海国际网络文学周发布出海趋势报告,起点国际海外访问用户累计近3亿,https://www.guancha.cn/economy/2024_12_16_758994.shtml,2024年11月26日查询。

② 阅文集团,https://ir.yuewen.com/sc/financial-reports.html,2024年10月18日查询。

的核心竞争力，能够给我们带来巨大的泛娱乐市场的机遇。"

版权运营方面，在阅文集团在线业务收入同比微降2%的情况下，版权运营业务及其他收入22.5亿，同比增长73.3%，创三年内最大增幅，阅文2024年上半年的增收也主要得益于此。阅文集团因旗下新丽传媒主控的春节档票房冠军电影《热辣滚烫》以及三部爆款剧集《庆余年第二季》《与凤行》《玫瑰的故事》，版权运营业务与整体收入得以推高。在腾讯视频上，《庆余年第二季》的热度值突破34000点，在央视八套上，《庆余年第二季》实现连续18天全国全部频道实时收视率第一，并位列酷云、豆瓣、猫眼、灯塔、云合等各大专业数据排行榜的首位。阅文财报指出，《庆余年》系列成功体现其打造并稳定复制爆款的能力，验证了其商业模式的可行性，展现了优质IP的巨大潜力，它意味着阅文头部IP的多端协同、一体开发，已经迈出重要一步。

内容生态方面，2024年上半年，阅文在线阅读平台新增17万名作家和32万本小说，新增字数超210亿，上半年均订过5万的新签约作品数量同比增长75%，阅读收入超200万的新签约作品数量同比增长33%。年轻作家加速崛起，2024年"白金大神"名单中，90后作家占比超70%。海外阅读平台WebNovel内有约5000部中文翻译作品和65万部当地原创小说。在持续孵化优质作家作品的同时，阅文也始终聚焦用户社区建设，强化头部IP运营，增加粉丝效应。当前内容行业马太效应不断凸显，付费阅读孵化出的IP叠加成熟的IP全产业链开发能力，让阅文无论是在头部IP规模还是在爆款内容的产出率上都有明显的竞争优势。

掌阅科技2024年10月31日发布了2024年第三季度报告，截至2024年第三季度报告发布时间，掌阅公司营业总收入19.13亿元，同比下降2.55%；归母净利润为-3683.03万元，同比下降203.79%。按单季度数据看，第三季度营业总收入5.81亿元，同比下降16.43%；单季度归母净利润1087.69万元，同比上升493.89%。①

2024年，掌阅公司持续夯实平台综合优势，进一步推进业务结构转型升级，在稳步发展免费阅读业务的同时，积极拓展衍生业务，其亏损主要为营销推广方面的投入加大，导致短期内盈利能力受压所导致。在衍生业务的扩展上，掌阅表现出较为明确的方向，即凭借内容版权资源、创作者生态及海量用户资源优势，积极拓展AI大模型在数字阅读垂直领域的应用，拥抱AI大时代。掌阅App的AI辅助阅读部分功能已开启内测，改善内容推荐系统和阅读方式，进一步降低阅读门槛，提升用户阅读效率，以应对日益增长的在线视频和音频内容的竞争。除AI辅助阅读之外，掌阅科技还在打造用户与热门网文IP的交互体验，如三分钟看完精彩情节、多角色沉浸式听书等功能。

---

① 掌阅科技，https://static.sse.com.cn/disclosure/listedinfo/announcement/c/new/2024-10-31/603533_20241031_6UV1.pdf，2024年11月1日查询。

中文在线是以数字内容生产、版权分发、IP 衍生与知识产权保护为核心，以"夯实内容、决胜 IP、国际优先、AI 赋能"为发展战略，致力于推动科技与文化融合发展的数字文化内容产业集团。2024 年 10 月 24 日，中文在线发布了第三季度公司财报，财报显示，2024 年前三季，中文在线营收 8.08 亿元，同比下降 20.76%；归母净利润为-1.88 亿元，同比下降 7820.37%。①

中文在线的大幅营收波动的主要原因是子公司 CMS（CRAZY MAPLE STUDIO, INC.）不再纳入合并范围，导致本期文化收入较上年同期减少。CMS 目前为中文在线参股公司，此前为中文在线控股公司，它之所以被重点关注，是因为真人短剧平台 ReelShort 为其系列产品中的代表作，该短剧平台曾因短剧在海外爆火，在 2023 年 12 月一度冲上美国 iOS 娱乐榜第 1 名。

中文在线总营收的显著下滑，是外部市场环境冲击与内部自身策略调整共同作用的结果。早将"决胜 IP"确立为发展战略的中文在线，其 IP 衍生业务围绕文学 IP 展开，向下游延伸进行 IP 培育与衍生开发，着力打造"网文连载+IP 轻衍生同步开发"的创作模式。2024 年，中文在线积极探索 IP 潮玩业务，目前拥有自主 IP 罗小黑，合作 IP 小黄人、变形金刚，以及金刚特龙战队、海贼王等独家授权 IP。

中文在线在 IP 与短剧产业的布局虽然被高度重视，但其传统业务却正处于艰难的转型阶段。对于在线阅读平台而言，AI 技术是一把双刃剑。一方面，它有助于公司提升运营效率并优化用户体验；另一方面，技术革新的不断加快，迫使平台必须持续更新和调整自身商业模式，以减少用户流失的风险。因此，中文在线和掌阅科技在短期内利润表现不尽如人意，但其描述的技术转型与市场策略调整，实则是应对未来市场挑战的必然之举。

总体来看，数字阅读行业依然面临着来自传统出版社以及其他在线小说平台的重重压力。近年来，七猫小说、番茄小说等新兴竞争对手不断涌现并崭露头角，加之市场对免费内容的明显偏好，使得传统的付费阅读模式遭遇严峻挑战。在阅文集团减少免费阅读投入、重视精品内容孵化与后续 IP 运营的当下，中文在线和掌阅科技在强化其 IP 版权建设以及内容制作方面的不懈努力，展现出它们居安思危、未雨绸缪的战略决心。

（2）维护原创生态，鼓励优质内容产出

在微短剧蓬勃发展的当下，在线阅读的流量与关注度逐渐有所回落。曾经，免费阅读的兴起引发了激烈的市场竞争，众多平台纷纷入局，通过大规模推广与烧钱策略来抢夺用户，可谓热闹非凡。然而，随着市场饱和与用户需求不断升级，单纯依靠免费阅读已难于成为平台的长期竞争力。如今，注重提升内容品质已然成为阅

---

① 中文在线，https://static.cninfo.com.cn/finalpage/2024-10-25/1221506963.PDF，2024 年 11 月 1 日查询。

文集团、掌阅科技、中文在线等大型公司谋求新发展的关键出路，原创生态与优质内容便显得至关重要。

唯有打造良好的原创生态系统，才能够确保平台具备持续不断地孵化精品 IP 的能力，实现长远发展。免费模式的本质是争夺用户资源，核心战略意图在于驱动用户在后续的 IP 衍生环节中进行消费转化。但网文 IP 市场具有鲜明的独特性：用户虽然愿意在免费内容上花费时间，但唯有优质内容才能激发用户的消费意愿，而消费意愿恰好是 IP 孵化的基石。因此，免费策略并非网文市场的万全之策。真正的优质内容，即使采用付费阅读机制，也能吸引大量忠实读者群体。例如，《灵境行者》在起点读书平台创造均订突破 20 万的最快速度记录，展现出强劲的市场吸引力；《夜的命名术》成为首部单月收获百万月票的作品；《宿命之环》刷新了网文评论数量破百万的最快纪录等。由此可见，在免费阅读"内卷"引发的焦虑与浮躁中，大型公司依旧需要拥有沉淀自身打造"精品化内容"的能力，这种能力包括给创作者提供良好的创作空间和合理报酬，同时帮助作品扩大影响力，让作品的生命力得以多维度释放，以动漫、影视、游戏等其他形态继续"讲故事"。

近年来，成功的爆款衍生剧集、动漫、游戏基本上都是由付费模式下诞生的 IP 改编。内容行业已进入"精品为王"的时代，平台只有不断产生高质量内容吸引读者，才能保证其长久生命力。从 2022 年到 2024 年，阅文对付费阅读的关注、对原创生态的维护、对优质内容的重视愈发明确，其坚持质量优先原则，以打造精品传世 IP 为战略重点，注重聚焦精品优化渠道、实行反盗版措施、不断完善社区运营等，优质内容产出增长明显。掌阅科技在内容侧坚持精品化路线，依靠数字阅读领域积累的丰富 IP 资源和精细化运营能力，内容供应链日益完善，持续增强优质内容储备，引入数万部精品数字图书和数万小时有声内容，进一步夯实内容壁垒。

然而，即便在付费模式下，优质内容 IP 的孵化也并非易事。作为头部公司，阅文在付费阅读领域打下了深厚的根基，成功吸引到了一批忠实稳定、愿意持续为优质网文内容买单的付费阅读读者，但关于"网文注水"的投诉和舆论也此起彼伏。网络小说现行的付费阅读模式，通常依照字数来计算。以起点平台为例，普通会员阅读 VIP 作品时，每千字需支付 5 分钱，而高级会员需支付 3 分钱。在这种分成机制的驱动下，小说的更新字数越多，作者所能获取的收益便相应越高。众多作者选择在作品里大量添加冗余内容，也就是俗称的"注水"，通过刻意延长作品的完结周期，谋取更高经济效益。这种"注水"行为虽可能在短期内让作者获利，却严重损害了读者的阅读体验和对平台的信任。长此以往，付费阅读模式的根基也将被动摇，读者可能逐渐流失，优质作者也会因生态恶化而失去创作热情。2024 年 6 月 12 日，阅文在年度创作大会上正式宣布设立 10 亿元生态扶持基金，在前置 IP 孵化、IP 视觉化开发、多模态基建三方面加大投入力度，助力创作者成长。通过对优质 IP 的深度开发和多元化运营，提升 IP 的整体价值，让作者能够从 IP 的全生命周期中获得更丰厚的回报，促使作者更加注重作品的质量和影响力，减少注水等短视行为。阅文集团副总裁黄琰表示："接下来，我们将继续培育好土壤，让好故事源源不断生长；同时，搭建好舞台，让好内容实现更大价值。"

（3）技术赋能助力 IP 开发

一方面，AIGC 可以持续赋能内容生产，打通多模态体验与一体化 IP 运营。首先，文字、有声、漫画、动画等内容生产体系能够与用户体系匹配融合，在帮助平台覆盖更广泛用户群体的同时，提升用户黏性。AIGC 的加持有助于网文实现内容的稳定更新，目前，国内的 AIGC 已经可以替代许多重复、高频的工作，可以大大提升内容生产的效率，提升作者的收入。其次，随着多模态的 AIGC 创作应用进入生产领域，还能降低成本。2023 年 7 月，阅文集团发布了网文专用大模型"阅文妙笔"及相关应用"作家助手妙笔版"。阅文妙笔能够在网文创作的关键环节，诸如世界观设定以及打斗场景描写等方面帮助作者，减轻作者的创作压力负担，并帮助其拓宽创作思路。除此之外，它还能在漫改上色环节提升效率。自上线以来，其在作家助手中的使用情况也十分可观，基于大模型推出的应用"作家助手妙笔版"，目前每周的使用率已经达到 30%。中文在线在 AI 大模型、AI 多模态方面已积极开展技术建设并进行了商业化落地。AI 大模型方面，中文在线万字创作大模型"中文逍遥"在生成小说质量方面有较大提升。2024 年 5 月，"中文逍遥"通过网信办大模型备案，目前已向部分作者开放使用。AI 多模态方面，中文在线在有声书、漫画、动漫、视频等多模态领域进行了技术布局和商业化落地。包括使用"AI 主播"进行优质内容的生产，AI 技术辅助网文翻译出海，并且在 AI 生成漫画等方面已经实现了商业化连载和付费经营，大幅降本增效。

另一方面，AIGC 可以深度参与 IP 孵化，将 IP 开发链条前置，快速实现文字视觉化，有利于打造爆款 IP。对于优质 IP 来说，如果孵化所需时间过长，观众的热情便会随之削弱，IP 的商业价值从而无法及时有效地最大化变现。在此之前，生产力不足始终是网文生产以及 IP 改编产业的痛点之一，而 AIGC 的参与恰好可以弥补这一点。2023 年 11 月，世界互联网大会海峡两岸暨港澳互联网发展论坛在浙江乌镇召开，会上展示了基于《庆余年》IP 和盲盒角色形象生成的 AI 视频。阅文集团 CEO 侯晓楠表示，"AI+IP"已成为阅文拥抱新技术的关键战略。在网文翻译方面，通过建立专用词库与人机协作，AI 翻译正在突破产能和成本的限制，使网文翻译成本平均降低了 9 成，效率大幅提升，由日译数章跃升至数千章，已诞生多部爆款翻译作品。未来，阅文还将深入探索 AI 视频于 IP 工作流中的应用，进一步挖掘其潜力，拓展 IP 开发边界。与此同时，掌阅科技也在持续发力，深度探索 AI 与 IP 的融合之道，力求以 AI 为驱动，提升 IP 孵化与衍生效率，为用户打造更丰富多元的阅读体验与 IP 衍生产品，在数字阅读与 IP 运营领域开辟新径，增强自身竞争力与影响力。

2. 中小网站持续输出，提质增效

（1）中小文学网站发展概况

2024 年，中国网文市场呈现出规模化、体系化的特点。据中国新闻出版研究院国民阅读研究与促进中心发布的《2023—2024 网络文学生态价值发展报告》显示，截至 2023 年底，中国网络文学阅读市场规模达 404.3 亿，同比增长 3.8%。① 一方面，起点中文网等大型网络文学平台依旧占据了较大的市场份额，也有以七猫免费小说、番茄小说为代表的后起之秀；另一方面，以纵横中文网、红袖添香小说等老牌小说网站为代表的中小型文学网站，多年来竭力开掘新业态，多路径谋划，稳定发展。

在 China Webmaster "站长之家" 网站排行所提供的 "小说网站排行榜" 中，截至 2024 年 12 月 29 日，位列前 50 名的网站数据如下：其中，除起点、晋江等大型网站外，其他都属于中小型文学网站。关于表格数据的排序说明如下：BR 值（Baidu Rank）表示百度权重，是第三方 SEO 工具用来评测网站等级的标准，一般根据预估的网站流量来决定级别为从 0 到 9 级，9 级为满分。等级越高，代表该网站的预估流量越高。PR 值（PageRank）是 Google 排名运算法则的一部分，用来标识网页的等级或重要性。级别为从 0 到 10 级，10 级为满分。PR 值越高，说明该网站越受欢迎。Alexa rank 是一个全球排名系统，它使用网络流量数据来列出最受欢迎的网站，并且按照受欢迎程度对数百万个网站进行排名，Alexa 排名越低，说明该网站越受欢迎。但当网站流量过小时，Alexa rank 可能不准确。②

排名	站名	Alexa 周排名	百度权重	PR	综合得分
1	腾讯读书	6	9	10	4623
2	晋江文学城	1355	9	4	4614
3	简书	101	8	6	4296
4	飞卢中文网	2901	8	4	4235
5	潇湘书院	30404	8	4	4221
6	红袖添香	11880	8	5	4151
7	言情小说吧	36597	8	3	4100
8	豆瓣读书	53	7	7	4087

---

① 今日头条：《〈2023—2024 网络文学生态价值发展报告〉发布，网文平台一二线城市用户近半》，https://m.toutiao.com/article/7361047643948155426/?upstream_biz=doubao&show_loading=0&webview_progress_bar=1，2024 年 10 月 25 日查询。

② 网站查询：https://TOP.chinaz.com/hangyeTOP/index_yule_xiaoshuo.html，数据时间：2023 年 11 月 27 日。

续表

排名	站名	Alexa 周排名	百度权重	PR	综合得分
9	纵横中文网	8361	7	5	3921
10	塔读文学网	39655	7	3	3850
11	创世中文网	6	7	10	3783
12	懒人听书官方网站	37237	5	3	3536
13	云起书院	6	6	10	3407
14	听书阁	—	5	1	3402
15	八一中文网	11352	4	1	3319
16	新浪读书	25	4	8	3312
17	多看阅读	58156	3	2	3292
18	美文阅读网	—	4	1	3238
19	网易云阅读	20	4	7	3057
20	hao123 小说网	56	2	6	2927
21	超星读书	262	3	6	2914
22	黄金屋中文	13721	1	1	2904
23	京东读书频道	31	1	7	2755
24	凤凰读书	182	1	7	2740
25	抱书吧	—	1	5	2688
26	玄幻小说	276	2	5	2660
27	创世中文小说网	6	1	10	2621
28	书旗网	—	8	0	2603
29	英文小说网	77247	2	3	2601
30	小燕文学	—	8	0	2546
31	人民网读书频道	2393	1	7	2519
32	话本小说网	35141	8	0	2506
33	小说阅读网	72110	6	0	2408
34	要看书网	—	7	0	2384
35	大众小说网	—	7	0	2383
36	亲亲小说网	—	7	0	2379
37	有声吧	375	7	0	2347
38	努努书坊言情小说	—	1	0	2335
39	酷匠网	—	6	0	2313
40	红薯中文网	—	6	0	2308
41	燃文小说	172	7	0	2275

续表

排名	站名	Alexa 周排名	百度权重	PR	综合得分
42	连城读书	305	6	0	2256
43	Hgame 中文专题站	894	7	0	2232
44	雨枫轩	—	6	0	2216
45	许肯中文网	—	6	0	2200
46	天下书盟网	432	5	0	2167
47	黑岩网	—	4	0	2155
48	17k 小说网	194	4	0	2145
49	品书网	—	5	0	2138
50	大文学	—	6	0	2123

（2）圈定市场群体，特色化运营

中小型平台同时面临着外部竞争态势的白热化、内部发展不完备现象明显的双重困境，在资金支持、内容储备、市场占比等诸多维度上均存在着相对薄弱的短板。在此背景下，其亟须锁定细分市场、实现多元创新、精确目标受众，采取差异性的战略导向，开辟一条全新的发展之路。

一方面，在平台激励和长线培养上积极创新。以 17K 小说网为例，其秉持"让每个人都享受创作的乐趣"的使命与"成就与共赢"的价值观，坚持创新探索，首创买断制度、分频道计划，涉足短视频业务等。其作者培养与服务体系完备，为作者成长提供全方位支持。其成立了第一家专业的网文编辑训练营和第一家专业的作者培训机构"商业写作青训营"，成立了行业第一家网络文学作家培训机构"网大公开课"，为网络原创文学行业培养了大量人才。截至 2024 年，17K 小说网拥有超过 440 万名驻站网络作者，以及 2000 余位知名作家和 600 余家出版机构的正版数字内容资源，其在网络文学内容创作与聚合方面形成了强大的优势，这是其在网络文学赛道取得成功的基础。[1]

另一方面，精准锚定特定目标受众，找准市场蓝海，实现特色化发展。以"不可能的世界"网站为例，该平台精准地将目光投向二次元文化爱好者这一特定群体。其将市场定位聚焦于二次元领域，针对喜爱二次元文化、追求独特风格作品的年轻群体，尤其是那些受日本动漫风格影响，渴望阅读具有少年感、故事精彩且篇幅适中内容的读者。在内容方面，保持内容轻量化，如故事篇幅控制在 100 万字左右，既避免读者阅读疲劳，又方便后续改编，这一特色与传统网文长篇大论形成差异。整体风格上，强调"少年化"，注重营造伙伴间团结协作、充满青春正能量的

---

[1] 17k 小说网：《关于我们》，https：//www.17k.com/aboutus，2024 年 10 月 25 日查询。

氛围，同一系列深度绑定作者的策略保证了系列作品风格的连贯性。在 IP 改编方面，依据故事完整性和人物精彩度筛选作品，而非单纯依赖流量排名，同时积极与各类合作伙伴建立稳固关系，通过"版权分享"等模式推进 IP 改编，实现内容商业价值最大化。尽管目前平台处于内容储备期，知名度有限，但凭借特色化运营，已成功售出 300 多部作品版权，多部 IP 改编作品成绩斐然，如《少年歌行》在动漫领域引起轰动，《时光与你都很甜》成为圈层爆款，在吸引目标群体和沉淀流量方面成效初显，展现出其在圈定市场群体、特色化运营道路上的潜力与前景。①

（3）紧跟新业态，迎接转型挑战

2024 年的中小型文学网站，面临着市场环境的变革、新技术的适应与升级等发展挑战，但其凭借着灵活的应变机制热情拥抱新兴趋势，努力为网络文学行业的多元化发展开辟新的可能。

在 IP 开发与衍生领域。近年来，微短剧以其简短精悍的剧情、紧凑的节奏和便捷的观看方式，为网络文学作品的传播和影视化开辟了新的途径。对于中小型文学网站而言，微短剧是一种极为适配且潜力巨大的内容呈现形式。一方面，它能够将网络文学作品中的精彩片段或故事梗概以可视化的方式快速呈现给观众，极大地缩短了从文字到影像的转化周期，满足了当下快节奏生活中用户对于碎片化娱乐的需求。将热门小说改编成微短剧，每集时长几分钟，在短视频平台上播出后吸引了大量粉丝关注，不仅提升了原著小说的知名度，还拓展了新的用户群体。另一方面，微短剧的制作成本相对较低，创作门槛不高，这使得中小型网络文学企业能够更灵活地参与到影视创作领域，减少了对大规模资金和专业影视团队的依赖，有利于其在影视市场中分得一杯羹。如由四月天小说网作品《民国复仇千金》改编而成的微短剧《招惹》，自开播起就以明快的节奏和稀缺的人物情节设定备受关注，以超 2000 万元的分账票房创下 2023 年微短剧分账纪录，在全网也获得较高的社交"声量"。该剧开播 10 小时后，腾讯视频站内热度值破 20000，热播期间在猫眼、云合等短剧榜单均获得 TOP1，"招惹民国爱情太美了""招惹能不能加更"等微博话题也多次登上热搜。

与此同时，各大中小型网站充分发挥自身灵活性优势，以创新驱动和精准策略，在新技术的冲击与赋能中找准转型路径，实现可持续发展。潇湘书院于 2023 年 8 月 11 日开放测试的"筑梦岛"功能是中小型网站发展 AIGC 功能的典型代表。② 该功能允许读者创建具有高度开放性的虚拟伙伴，可依自身喜好定制其身份、性格与爱

---

① 百度百科：《中国最大的二次元小说平台，怎样构建〈不可能的世界〉》，https：//baike.baidu.com/tashuo/browse/content? id=84d19be0faef0d324a4bdfc3，2024 年 11 月 25 日查询。

② 今日头条：《网文引入 AI 技术，"筑梦岛"功能打造阅读"梦中人"》，https：//www.toutiao.com/article/7266035371967365688/? upstream_biz=doubao&source=m_redirect&wid=1732787454348，2024 年 10 月 25 日查询。

好，且能以网文人物设定和梦境内容为依据回应话题，营造互动陪伴阅读体验空间，加深用户与书中角色连接。它不仅打破传统网络文学单向阅读模式，创新阅读体验，将读者转变为内容创造者与互动参与者，还在创作生态方面为创作者提供灵感来源，促进读者与创作者互动，加强两者联系并形成良性循环。

三、重要文学网站举隅

1. 重要文学网站代表（30家）

起点中文网（www.qidian.com）：隶属阅文集团，其前身为玄幻文学协会，创立于2002年5月，是国内最大的原创文学门户网站。自成立起，起点以推动中国原创文学事业为宗旨，长期致力于挖掘与扶持网络文学作家，为读者提供优质且丰富的网络文学作品，开创了网络文学付费阅读模式、白金大神、作家福利和月票等系列制度，开启了网络文学产业化运作之路。站内作品覆盖都市、玄幻、言情、科幻、悬疑、体育、游戏、轻小说等诸多分类，并发展延伸出200多个流派，诞生了《鬼吹灯》《琅琊榜》等海量优质作品。众多作品经有声、动漫、影视、游戏等改编，成为极具国民影响力的经典文化IP。

晋江文学城（www.jjwxc.net）：成立于2003年8月，是一家以文学创作和阅读为主要功能的网络文学平台，目前已成为具备相当规模女性网络文学原创基地。拥有在线网络小说超534万部，已出版小说近万部，签约版权作品超25万部，平均每个月新增签约版权在2800部以上。注册作者数逾240万，平均日更新字数超过3600万，网站累计发布字数超过1246亿。自2008年1月网站VIP业务开通起，截至2024年11月，注册用户数已超6957万，日平均在线时间长达80分钟。在访问晋江的国内用户中，有67%以上来自经济活跃的一线城市。全球有近200个国家和地区的用户访问晋江，其中美国、加拿大、澳大利亚等发达国家占到很大比重，海外用户流量比重超过10%。历经二十几年的风雨，晋江文学城已经从一个简单的文学爱好者的集散地快速且稳健地成长为覆盖PC、WAP、App等各类终端的行业头部网站，网站流量从2007年末的1500万，增长至2024年的日均PV超4个亿。晋江始终致力于打造以文学为核心的女性化泛娱乐生态平台，在业界有良好口碑。

飞卢中文网（www.faloo.com）：成立于2005年5月，是国内一家集正版数字阅读、文学创作以及IP培育孵化于一体的数字创作文学网站，以"飞要你好看"为品牌口号。飞卢具有海量的原创作品资源和庞大的作者群体，覆盖多种内容品类，以脑洞、创新的作品风格深受读者喜爱，触达用户过亿。就作品生态而言，飞卢是行业领先的内容创作风格和生产模式，也是脑洞文学的开创者；就创作者规模而言，飞卢拥有数十万优秀创作者，每月签约上万部独家原创作品；就内容IP池而言，飞卢每年改编百余部漫画、有声、动画、影视等作品；就用户类型而言，飞卢拥有大量独家、创新的小说，也是众多热爱脑洞幻想文学的读者聚集地。

潇湘书院（www.xxsy.net）：隶属于阅文集团，始建于2001年5月，是最早发展女生网络原创文学的网站之一，也是最早实行女生原创文学付费的网站之一。经过多年的辛勤耕耘，潇湘书院已发展成国内领先的女生原创网站，涌现了天下归元、西子情、妼锦、一路烦花、千山茶客等头部女频网文作家，成功培育出《傲风》《重生之将门毒后》《夫人你马甲又掉了》等众多现象级女频网文佳作，《扶摇》《天盛长歌》《白发》《皎若云间月》等大热影视剧皆改编自潇湘IP。目前，潇湘书院用户数量与日俱增，访问流量在国内文学类网站中名列前茅。潇湘书院的出现，为女性原创网络文学作品提供了一个更好的平台。

红袖添香（www.hongxiu.com）：创办于1999年，是女性文学数字版权运营商之一，也是中文女性阅读第一品牌，隶属于阅文集团。红袖拥有完善的投稿系统和个人文集系统，为用户提供涵盖小说、散文、杂文、诗歌、歌词、剧本、日记等体裁的高品质创作和阅读服务，在言情、职场小说等女性文学写作及出版领域具有巨大影响力。通过商业模式创新，目前红袖添香已经建立了一个融合在线阅读、移动阅读、实体图书、动漫、影视等多形态文化产品、立体化版权输出的链条。

言情小说吧（www.xs8.cn）：成立于2005年，属于阅文集团旗下品牌，与红袖添香小说网两站互通。言情小说吧一直秉承着为用户提供优质的言情小说阅读体验平台、打造全球华语言情小说阅读基地的理念，在网络文学界走出了一条专业化的独特发展道路。言情小说吧拥有人气超高的论坛、方便快捷的网游及站内家园等，能给用户提供读书、休闲、娱乐的多方位体验。

纵横中文网（www.zongheng.com）：成立于2008年9月，隶属于百度和完美世界联合投资运营的纵横文学旗下的原创小说创作平台和数字内容阅读平台，是北京幻想纵横网络技术有限公司旗下的大型中文原创文学网站，坚持原创精品的建站理念，致力于本土优秀文化的传承革鼎、激扬与全球化扩展，力求打造最具主流影响力与商业价值的综合文化平台，扶助并引导大师级作者与史诗级作品的产生，推动中华文化软力量的崛起。纵横中文网依靠平台领先的内容签约和孵化能力，重点进行付费阅读、版权分销、IP改编、原创漫画、作品出版、海外发行等版权相关业务，并通过重点作者作品的整体运营，与合作伙伴联合进行小说改编影视/游戏/漫画/有声等IP相关项目的投资开发，旨在打造基于文学版权的泛娱乐生态圈。

塔读文学（www.tadu.com）：于2010年7月12日正式上线，是北京易天新动化平台网络科技有限公司在无线阅读领域发力的基础平台和手机无线互联网原创文学先锋，隶属于天音通信集团。其名称"塔读"有两重含义：一是造一座属于每个读者的象牙塔；二是提供像塔一样多层级的，多类型的阅读选择。平台使命在于，为无线阅读的中高端人群，提供健康的、积极的书籍；成为挑战三俗文学的领导者；改变阅读世界，引领精彩移动阅读生活。

创世中文网（chuangshi.qq.com）：隶属阅文集团，是专注网络小说的原创文学门户网站。2013年5月30日正式上线，秉持"创造（网络文学）新世界"理念，由专业网络原创文学团队及数十位编辑精心打造。其整合了包括前原创阅读网等腾讯关联资产，是集阅读、创作、互动社区、版权运营于一体的新一代全开放网络文学平台。站内作品储备丰富，涵盖玄幻奇幻、武侠仙侠、都市言情、历史军事、科幻灵异、游戏竞技、动漫同人等各类别，成功吸引数百位人气网络作家入驻，众多新书在此独家连载，在网络文学领域占据重要地位。

云起书院（yunqi.qq.com）：组建于2013年，现为阅文集团旗下知名原创文学品牌。云起书院是集阅读、创作、版权运营为一体的全新网络开放平台，有完善的运营机制、作家制度、编辑制度、版权运作制度。目前云起书院精耕与女性文学这一细分市场，是引领行业的女性文学创作基地，成就了无数平民作者的文学梦想。

小说阅读网（www.readnovel.com）：成立于2004年5月，现隶属于阅文集团。成立之初，就以其独特的风格和丰富的内容受到广大文学小说爱好者的推崇。小说阅读网是国内知名原创网络文学门户，网站拥有海量原创作品、签约作家、签约编剧及用户群，以"免费小说在线阅读"作为平台主要定位。为更好服务读者，小说阅读网致力于与更多出版机构建立合作关系，出版质量高、反响好的作品，进一步扩大作者和读者之间的联系。

起点女生网（www.qdmm.com）：成立于2009年11月，其前身是"起点女生频道"，隶属于阅文集团。起点女生网依托起点中文的成熟运作机制，致力于对女性网络原创文学及作者的培养和挖掘，成功实现了女性网络原创文学的商业化发展模式。起点女生网首创阶梯型写作全制度，在针对知名作者进行全方位宣传和包装的同时，兼顾对新晋作者的培养。起点女生网依托领先的电子原创阅读平台，引入移动阅读、实体出版、影视改编等多元拓展渠道，建立海量版权交易库，形成一个集版权运作、原创阅读为一体的综合性女性原创文化品牌。

掌阅小说网（yc.ireader.com.cn）：成立于2015年4月，是北京掌阅科技有限公司旗下全资大型原创小说网，拥有专业的核心内容团队，以引领原创文学潮流为目标，以推动网络文学健康发展为己任，致力于打造集多媒体阅读、实体出版、影视、漫画、游戏等一体的文学平台，为作者提供广阔的文学舞台、为读者提供多元化、多类型、多内容的丰富阅读空间。

17K小说网（www.17k.com）：创建于2006年，原名"一起看小说网"，是中文在线旗下集创作、阅读于一体的在线阅读网站。作为中文在线核心的原创内容生产平台，17K小说网以"阅读分享世界，创作改变人生"为使命，拥有海量网络作者，签约多位知名作家，爆款作品畅销各大渠道。17K小说网专注于提高作者服务，以"让每个人都享受创作的乐趣"为使命，以"成就与共赢"为价值观，专注于提高作者服务，成立了第一家专业的网文编辑训练营和第一家专业的作者培训机构

"商业写作青训营"，为网络原创文学行业培养了大量人才。

四月天小说网（www.4yt.net）：于 2020 年 9 月 10 日上线新站，是中文在线旗下古风女频原创小说网。四月天小说网从其创建伊始就一直致力于搭建传统出版与网络文学创作之间的平台，同许多出版社均有良好稳定的合作关系；率先推出行业领先的"网文连载+IP 轻衍生同步开发"内容创作新模式，全力打造古风特色站。网站还自主开发了一套完整的集即时阅读、在线创作、投稿签约、手机下载、稿酬实时结算以及编辑后台管理等功能于一体的管理系统，致力于为用户提供最完善的阅读写作与交流体验，在其服务所涵盖的网络平台，运营作者经纪代理、跨区、跨国、版权贸易等方面。此外，四月天扩大版权运营范围，已与多家移动服务商达成手机阅读协议，营造多方共赢局面。

书旗小说网（www.shuqi.com）：是阿里巴巴旗下阅读平台。书旗小说网平台提供种类丰富、质量上乘的网络作品，可以满足不同用户的多样化阅读需求。近几年来，书旗小说网致力于原创 IP 开发，网站专设"版权推荐"栏目，助力平台优质 IP 孵化。

逐浪网（www.zhulang.com）：逐浪网成立于 2003 年 10 月，是南京大众书网图书文化有限公司旗下集阅读与创作为一体的原创文学平台。拥有逐浪小说网、新小说吧和逐浪小说 App 等原创网站和移动渠道，秉承"坚持做最好的原创小说"这一发展理念，已签约了三万名优秀原创作者和五万部原创小说版权，并累计四十万部小说作品库，培育出许多脍炙人口的神作，如《武神天下》《唐寅在异界》《神级修复高手》《宛香》《古玩大亨》等，已开启 IP 合作运营，同游戏和影视等跨领域行业进行深度合作。

爱奇艺小说（wenxue.iqiyi.com）：成立于 2016 年，是爱奇艺进军文学界的产物，拥有爱奇艺庞大的资金链与资源支持。平台积极举办征文大赛，以丰厚的奖金吸引了大量作者，创造了无数优秀作品。作为爱奇艺 IP 生态系统的起点，爱奇艺文学发挥着培育开发优质 IP 内容的重要作用。

点众文学网（ssread.cn）：点众文学网是一个极具特色的小说阅读平台，由北京点众科技股份有限公司运营。平台包含玄幻、武侠、言情等众多类型小说，上万册正版精品可供选择，给读者带来了全方位优质且独特的阅读体验。

酷匠网（www.kujiang.com）：隶属于南京地平线网络科技有限公司，成立于 2013 年 10 月 24 日。酷匠网致力为作者提供全方位的创作环境，挖掘被金字塔塔尖作品光芒掩盖的文学金矿，让更多有创作情怀的人们实现梦想，同时为喜爱文学的读者提供优质服务，让读者获得更好更新奇的阅读体验。平台有完善的编辑及技术研发团队，自主版权作品储备 10 万余部，驻站作者超 10 万人，累计发放稿酬的作者超过 5000 人，注册会员超过 1000 万。

火星小说网（www.hotread.com）：火星小说创建于 2014 年，是北京金影科技有限公司旗下的原创文学网站,由中汇影视创始人、前盛大文学 CEO 侯小强创办,专注于移动互联网和创新文化产业,致力于发掘、培育阅读、影视、游戏、动漫、出版和有声等领域的优质 IP。至今已获得 SIG(海纳亚洲)、云峰基金、小米、复星联合投资。当前,火星小说网新的福利计划是为作者提供更舒适的创作环境,孵化优质作品,打造更多火星本土大神。

红薯中文网(www.hongshu.com):于 2009 年 12 月创立,是一家集创作、阅读、作品加工、版权贸易于一身的中文小说文学网站,拥有完善作品管理系统和高创作水准的原创书库,力图打造集创作、阅读、作品加工和版权贸易为一体的综合性中文小说门户网站。

盛世阅读(www.s4yd.com):创建于 2016 年,是重庆盛世悦文网络文化有限责任公司旗下的大型原创青春文学门户网站,立志成为国内一流的青春原创文学类专业网站。以"进入盛世,爱上阅读"为口号,盛世阅读网坚持打造原创文学精品,为华语网络文学在文化传承、文学创作和创新上发挥核心价值,致力于为每位作者的文字创作提供全方位的服务,将作品推广到所有的平台、媒体,使每本作品能够得以发光发亮。

来看中文网(www.laikan.com):创建于 2010 年 12 月,是磨铁集团旗下从事数字出版、原创网络文学的互联网内容品牌,现已发展成为拥有驻站作家近万名,发布作品近 7 万部、年注册用户过 2000 万的一线阅读平台。作为国内领先的网络文学原创平台,来看中文网注重原创作者的挖掘与培养,致力成为网络文学的中坚力量,秉承"打造精品,专注原创"的原则,汇聚了大批不同风格的优秀作者,包含纷舞妖姬、南无袈裟理科佛、君不贱、青石细雨等。来看作为磨铁集团内容生产全产业链的重要生态布局之一,立足于对精品作品的挖掘,通过文化娱乐产业链生态闭环,加速小说 IP 的孵化,实现出版、影视、游戏、动漫全产业链的联动开发。目前已累计出售网文 IP 达五百余种。

不可能文学网(wenxue.bkneng.com):不可能文学网创立于 2022 年,前身为"不可能的世界小说网",是北京不可能科技有限公司旗下集正版数字阅读、原创文学创作和精品 IP 孵化于一体的原创文学平台。平台已签约有常书欣、善水、周木楠、风卷红旗、沧海煮成酒、归心、磬歌等数百位大神作者,孵化有《少年歌行》《警动全城》《大唐行镖》《力拔山河兮子唐》等超级热门 IP。平台致力于推动中国原创内容行业发展,创新产品及商业模式,挖掘和培养优秀原创文学作品。孵化打造优质重磅 IP,进行影视、动画、游戏、漫画、有声改编等 IP 全版权运营与开发,利用独特的 IP 世界观塑造能力,增加 IP 在下游产业的延续性,增加 IP 的生命周期。目前,平台已建立起较为完善的创作—孵化(运营)—商务—全版权管理开发体系。通过自建动漫、影视、游戏制作团队,以及与国内优秀游戏公司、影视公司和出版社合作等方式,形成了一套较为完整的全版权开发运营产业链条,并已获得了众多优秀作品改编成游戏、影视剧、动画、漫画、有声等的成功。

国风中文网（guofeng. yuedu. 163. com）：网易文学旗下网站，旨在弘扬中华文化，提供有品质的原创文学。国内最优质的原创文学版权运营商之一，引领行业的原创文学门户网站和写作平台，海量原创作品与签约作家、丰富的用户基础、数百家内容合作方。致力于弘扬中华传统文化，为用户提供顺应时代潮流的原创文学作品，为实现文化强国的理想而努力。

采薇书院（caiwei. yuedu. 163. com）：网易文学旗下网站，是国内领先的女性原创网络文学创作基地与阅读平台。采薇书院致力于对优质文学作品及作者的培养和挖掘，为用户提供优质海量的言情小说阅读体验。基于网易强大的资源平台和运营体系，成熟的市场与商业机制，用心讲好故事，深耕原生 IP，不断提升原创文学的品质阅读和全版权孵化运营，为女性原创文学提供巨大的市场想象空间。

神起中文网（shenqiwang. cn）：神起中文网自 2016 年 1 月成立，是杭州趣阅信息科技有限公司旗下网站，也是掌阅文学重要组成部分，目前签约优质作品 1000 多部，吸纳了 400 多位优质作者。网站以开发精品内容为目标，致力于打造集网络文学、出版、漫画、影视、游戏为一体的泛娱乐内容生产基地，立志成为行业领先的网络文学内容生产商与版权运营商。目前已经和多家知名影视公司（鑫宝源、新片场、华策影视、淘梦影视、万合天宜、网传天下等）、多家游戏公司（天神互动、魔域网络、开天创世）以及各大视频播放平台（乐视、爱奇艺等）达成网络剧、网络电影、院线电影等多元化改编合作已有多部小说正在改编拍摄中。

趣阅小说网（www. quyuewang. cn）：趣阅小说网自 2015 年 8 月成立，是杭州趣阅信息科技有限公司旗下网站，也是掌阅文学重要组成部分，目前签约优质作品 2000 多部，吸纳了 600 多位优质作者。趣阅小说网以开发精品内容为目标，致力于打造集网络文学、出版、漫画、影视、游戏为一体的泛娱乐内容生产基地，立志成为行业领先的网络文学内容生产商与版权运营商。目前已经和多家知名影视公司（鑫宝源、新片场、华策影视、淘梦影视、万合天宜、网传天下等）、多家游戏公司（天神互动、魔域网络、开天创世）以及各大视频播放平台（乐视、爱奇艺等）达成网络剧、网络电影剧、院线电影等多元化改编合作且已有多部小说正在改编拍摄中。

长佩文学网（www. gongzicp. com）：创立于 2017 年 5 月，隶属于北京长佩网络科技有限公司。自创立以来，长佩文学网持续优化文学内容、版权销售，更专注于优秀作者的培养，比肩众多原创文学平台，向着推动网络文学的多元化发展的方向行进。目前，长佩文学网已拥有数以累计、内容多元的文学作品，在都市、武侠、玄幻、冒险、架空、竞技、灵异、科幻等题材中，均涌现出了受到读者追捧的热门作品。网站的作者培养机制科学健全，同时兼顾了新作者的基础培养与成熟作者水平的再提高，不论是刚出道的新人，还是成名已久的作者，均能享受到编辑组的培养与网站的福利计划。在作品推广方面，长佩文学网已在有声、动漫、出版、影视改编等多方渠道展开具体合作，以期打造成一条集写作、阅读、版权运作为一体的文化产业链。

2. 移动阅读 App

番茄免费小说：于 2019 年 11 月正式上线，是抖音旗下的免费网文阅读软件，拥有海量正版小说，涵盖言情、玄幻、悬疑、都市等全部主流网文类型，以及大量热剧原著和经典出版物，支持用户看书听书，致力于挖掘和培育优秀的原创网络文学作家，并为读者提供畅快不花钱的极致阅读体验。2024 年 1 月发布的 2023 出版物数据报告显示，其拥有正版出版物 23 万部，内容涵盖文学经典、社会科学、历史文化、经济管理、人物传记等多种类型。

掌阅：掌阅科技旗下的一款专注于手机阅读领域的经典阅读软件。支持 EBK3/TXT/UMD/EPUB/CHM/PDF 全主流阅读格式。功能强大，个性时尚，界面简约，与各大出版社进行深度战略合作，拥有广阔图书资源，专注于引领品质阅读。

QQ 阅读：QQ 阅读是由腾讯开发、阅文集团旗下的一款全能型阅读软件，拥有旗下各平台海量资源，上千万部作品储备，作者多达 400 万，是目前市面上最受用户欢迎的移动读书软件之一。其愿景是"让年轻人享受阅读带来的乐趣"，致力于打造一款海量原著，想读就读的移动阅读 App。

书旗小说：是阿里文学旗下的一款内容以免费小说书旗网为基础的在线阅读器，除了拥有传统阅读器的书籍同步阅读、全自动书签、自动保存阅读历史、点击翻页、全屏文字搜索定位、自动预读、同步更新等功能外，更有离线书包、增强书签及资讯论坛等扩展内容，还可以阅读 SD 卡中 TXT/UMD/EPUB 内容，使阅读更丰富更自由。

咪咕阅读：是由咪咕数字传媒有限公司开发运营的一款全能型阅读器手机软件，其前身为 2010 年 5 月推出的中国移动手机阅读业务，2015 年 10 月正式更名为咪咕阅读。产品集网络文学、数字出版和有声阅读内容于一体，通过 AI 智能语音朗读功能，打造看听一体的沉浸式阅读场景，为用户提供数字阅读内容消费和互动服务。

搜狗免费小说：搜狗免费小说是由搜狗公司开发的一款安卓阅读软件，依托搜狗搜索的丰富资源，为用户提供海量的免费小说资源，涵盖玄幻、都市、仙侠、言情等各种类型，无论是热门小说还是小众题材皆有收录。

追书神器：追书神器是江西元聚网络科技有限公司推出的一款资源丰富、更新迅速的小说阅读软件。其资源丰富，汇集全网实时热门小说，涵盖都市、玄幻、武侠、科幻等多种类型；功能多样，支持光速追更，与作者更新同步，还有多维推荐系统送好书；个性榜单满足各类书虫喜好，社区互动性强，集吐槽、书评、交友等功能于一体。

百度阅读：百度阅读是百度搜索旗下的阅读器，是百度为了满足用户阅读类需求而推出的产品，于2019年上线。图书资源覆盖小说、人文、科技、经管、娱乐等多个类别，与数百家主流出版机构合作，直接授权正版资源，打造的是个人作者写作平台、纸书电子书出版物、原生电子书等多种资源的数字阅读生态圈。

宜搜小说：宜搜小说，是由深圳市宜搜科技发展有限公司开发的一款手机软件，全免费阅读千万本的海量图书、最新最热网络小说追更神器，最专业的电子书阅读软件，全网小说图书一网打尽。全本缓存只需一键，没有网络也可随时随地阅读，设置本地阅读功能，全网图书轻松阅读，连载小说迅速更新。

微信读书：2015年8月27日微信读书App正式上线，这是微信团队推出的第一款基于微信关系链的官方阅读应用，拥有为用户推荐合适书籍，并且可查看微信好友的读书动态，以及和好友讨论正在阅读的书籍、好友读书时间排行榜等功能，微信读书最大的特色就在于其呈现的社交关系。

多看阅读：隶属于北京多看科技有限公司，现属于小米公司旗下。多看阅读包含丰富精品阅读资源，提供多达上万种图书，在阅读的同时，用户可以对图书进行云备份，随时随地享受多看阅读体验，依托其10年专业排版积累及其强大的图书编辑团队，使读者拥有超越纸书的良好阅读体验。

熊猫看书：熊猫看书是一款备受欢迎的阅读应用，由天津酷阅信息科技有限公司运营。它拥有海量的正版阅读资源，涵盖小说、漫画、杂志等多种类型，无论是热门网络小说，还是经典出版读物，应有尽有。该应用支持TXT、PDF、EPUB等多种文档格式，还具备听书、离线下载、云书架同步等功能，满足用户不同的阅读需求。

起点读书：是阅文集团于2011年发布的阅读产品，也是起点中文网的移动应用，堪称中国网络文学的重要阵地。它拥有海量正版原创网文、精品有声小说和精彩漫画等丰富内容，如《大奉打更人》《庆余年》《全职高手》等热门原著及衍生作品。该平台分类齐全，涵盖玄幻、奇幻、言情等全类别热门图书，还设有书单广场、云端同步、用户书单等功能。此外，其具有创新的"本章说""彩蛋章"以及"点点圈"等社区互动功能，让作者与读者能够紧密互动。起点读书凭借优质内容和强大功能，荣获"年度最佳移动阅读体验大奖"（2014）、"年度新锐数字阅读平台"（2020）等多项荣誉，深受亿万忠实读者的喜爱。

网易蜗牛读书：网易蜗牛读书是网易推出的一款独具特色的阅读应用，以"时间为付费维度"，每天赠送1小时免费阅读时间，让用户可免费畅读全站40000+本精品出版书。其拥有海量优质资源，涵盖各种类型，还设有领读人、共读等功能，专业领读人分享书评和阅读观点，用户也可与小伙伴组队看书、聊书。此外，该应用界面简洁舒适，笔记功能有多种精美模版，还支持个性化设置，能为用户带来沉浸、舒适的阅读体验。

塔读小说：塔读小说是一款由北京易天新动网络科技有限公司发行于 2010 年的手机阅读软件，拥有海量精品图书和强大阅读功能。它集网络小说、出版文学、二次元、经典书籍于一体，涵盖 36 大分类，包括现代都市、东方玄幻、西方奇幻等，可满足不同读者的阅读喜好。塔读小说具有广场频道，读者能够以书会友，此外还有全局夜间模式，阅读体验更加护眼。同时，其作为专注于精品原创的免费小说文学网站，还为读者提供原创小说无广告在线阅读服务。

当当云阅读：当当云阅读是当当旗下的移动数字阅读产品，内容涵盖小说、文学、励志经管、社科等众多品类，拥有海量正版出版物电子书、听书等数字读物。新书首发及时，可让用户第一时间了解阅读风向；专业团队甄选价值好书，为用户提供专业推荐；还有新人登录享 7 天畅读 VIP 书库、阅读时长换铃铛等丰富的用户福利。此外，它实现了人工智能"为你读书"的功能，联手微软等情感型人工智能，弱化电子书点读机械音，并且拥有全网最大的中文阅读数字阅读社区，为读者、作者和出版社提供了交流平台。

红袖读书：红袖读书是一款由北京红袖添香科技发展有限公司推出的女性阅读 App，于 2018 年 9 月 12 日上线。它整合全网资源，拥有海量正版书库，涵盖豪门、校园、宫斗、江湖、快穿、纯爱、悬疑、推理等各个分类千万本正版书，并提供多场景阅读界面及离线阅读功能，为用户打造舒适的阅读体验。

豆瓣阅读：豆瓣阅读是豆瓣旗下的优质阅读平台，由北京方舟阅读科技有限公司运营，内容涵盖悬疑、女性、幻想、文艺、历史等多种类型的小说及大量正版电子图书，还包括国内主流期刊电子版等。它提供精致排版和细腻阅读体验，支持批注、画线、添加书签等功能，可免费试读所有作品并离线阅读，阅读进度等还能在多设备间实时同步；其活跃的社区氛围，让作者与读者能够深入交流互动，读者可对作品评论、送花，作者也会及时回复，此外还有各种榜单、筛选方法及个性化推荐帮助读者选书。同时豆瓣阅读也是开放的写作平台，为创作者提供版权运营等服务，主办的征文大赛更是新人作者的重要出道途径。

懒人听书：是深圳市懒人在线科技有限公司开发运营的一款移动有声阅读应用，用户规模上亿，是国内受欢迎的有声阅读应用之一。它拥有海量资源，涵盖文学名著、有声小说、曲艺戏曲等十几个大类，与全国 500 多家出版社建立长期合作，有超万部的有声书籍音频作品。其产品由有声书城、听吧社区、开放平台三部分组成，用户可免费听书、下载收听，还能上传节目，并且所有平台数据可云端同步。此外，它界面简洁、操作简便，支持睡眠模式、文本同步等功能，为用户打造了便捷、舒适的有声阅读体验。

快看小说：北京点众科技股份有限公司出品的一款阅读软件。该 App 号称全方位听书看书专用神器，专注网络小说，300 万册精品图书，每周 2000+新书上架，男频女频应有尽有，全网图书免费畅读，海量小说，完全免费，无限量下载，绿色清新无广告。

快点阅读：北京天桐互动科技有限公司于 2017 年发行的一款移动端阅读 App，向用户提供原创对话小说阅读，在快点阅读 App 上读小说就像看微信、QQ 一样，点击手机屏幕就能弹出对话，还融入时下最流行的表情包，点击阅读就能弹出对话，颠覆了传统的阅读方式。

米读小说：安徽掌端网络科技有限公司于 2018 年 5 月推出的一款免费网络文学阅读 App，米读小说覆盖安卓和 IOS 端，采用免费+广告模式打响了网络文学免费模式第一枪。

七猫免费小说：上海七猫文化传媒有限公司于 2018 年 8 月推出的提供免费阅读服务的软件，小说内容覆盖了总裁豪门小说、言情小说、穿越架空小说、玄幻小说、青春校园小说、修仙小说、悬疑小说、同人小说、名著等各种类型。现已接入 50 多家版权合作方的数万册网络小说供读者阅览。

连尚免费读书：南京大众书网图书文化有限公司推出的全品类正版免费网络文学阅读 App，于 2018 年 8 月正式上线。连尚免费读书为读者提供正版免费小说的同时保留付费渠道及其他增值服务，免费阅读所产生的收益也会和作者共享。

飞读免费小说：阅文集团旗下的免费阅读 App，于 2018 年 12 月上线，引进集团旗下知名小说平台的百万正版热门小说。收录唐家三少、猫腻、打眼、鱼人二代、辰东、天衣有风、柳暗花溟、安姿苡、吱吱等诸多人气大神作家经典小说，更有大量影视原著免费畅读。

蛋花免费小说：隶属字节跳动旗下的免费阅读 App，由湖北福瑞兴网络科技有限公司开发运营。它拥有海量正版小说资源，涵盖都市爽文、玄幻修仙、言情穿越、武侠世界、出版读物等各种类型，还包括大量的影视小说、有声小说等。其具有诸多特色，如界面简洁、操作简便，支持本地阅读、边听边读、自动阅读、夜间模式等多种阅读方式，能为用户提供纯净流畅的阅读体验；可根据用户的阅读习惯和历史记录进行个性化推荐，并通过推荐榜、阅读榜、高分榜、完本榜等多样的排行榜单，助力用户快速发现好书；此外，还具备无广告、无弹窗干扰，听书音色富有表现力，可离线下载，以及社区交流等优点，能让用户尽情畅享阅读乐趣

阅友免费小说：是由北京阅友科技有限公司推出的一款免费小说阅读应用，拥有海量正版小说资源，涵盖都市爽文、玄幻修仙、架空历史、现代言情、总裁豪门、穿越经典等各种类型，还包括《斗罗大陆》《大主宰》《鬼吹灯》《庆余年》等名家精品。其具有诸多特色，如实时更新全网热门小说，让用户能第一时间获取最新章节；提供签到、阅读获金币等用户福利，金币可兑换 VIP 等阅读豪礼；具备语音朗读功能，解放双眼，且有多种声音可选。此外，它还拥有强大的搜索引擎和分类筛选功能，方便用户快速找到心仪小说，同时界面整洁干净，无广告弹窗干扰，为用户打造舒适的阅读体验

常读免费小说：是由湖北聚合润网络科技有限公司开发运营的一款免费小说阅读应用。它拥有海量正版小说资源，涵盖都市重生、玄幻修仙、言情穿越、武侠世界、出版读物等各种类型，还包括大量的影视小说、有声小说等。其阅读界面清爽简洁，无广告弹窗干扰，支持本地阅读、边听边读、自动阅读、夜间模式等多种阅读方式，能为用户提供纯净流畅的阅读体验。此外，该应用每日更新大量优质小说，可通过推荐榜、阅读榜、高分榜、完本榜等多样的排行榜单，以及个性化推荐，助力用户快速发现好书。同时，用户看书还能领红包奖励，签到阅读也可赚金币并提现，邀请好友还能获取更多福利。

爱奇艺小说：北京爱奇艺科技有限公司推出的移动阅读 App，目前采取在安卓端广告免费模式，IOS 端付费模式。其内容覆盖了出版文学、影视原著、网络小说、轻小说等丰富品类海量图书资源，致力为用户提供爱奇艺旗下海量电子书阅读服务，旨在打造有趣、轻松、互动的娱乐化阅读体验。

3. 代表性门户网站的文学频道

凤凰网书城（https：//culture.ifeng.com/）：2008 年正式上线，是凤凰新媒体公司旗下三大主要平台之一、综合门户凤凰网的子频道。凤凰读书定位在"以高尚的人文阅读品位，引领全球精品阅读"，不仅积极向广大用户提供海量读书内容及个性化书评文摘，同时还坚持深入探讨和研究文史、政治等学科领域等相关精深话题。

网易云阅读（https：//yuedu.163.com/）：网易云阅读是网易旗下主要内容频道之一，也是集资讯、书籍的一站式电子阅读平台。秉承精品化的电子书运营策略，网易云阅读提供了大量的经典作品，坚持"打造全平台、发展全内容"的路线，从内容、性能、体验等多个维度还原阅读本质。为读者和用户提供良好的互动生态系统。网易云阅读涵盖图书、小说、资讯等丰富内容，强力打造新书独家首发基地，是业界首先提出"开放平台"概念的移动阅读产品。

360 小说网（https：//www.x360xs.com/）：360 导航旗下的文学网站，它集合多家小说网站作品，首发小说新章节免费小说阅读。下设热门小说、有声小说、原创小说、我要写书等数个子频道，并分别有男频女频的推荐榜单，为读者提供便利的阅读体验。

铁血读书（https：//book.tiexue.net/）：创建于 2001 年，是铁血网下辖的读书频道和国内最大的军事小说互动平台，铁血读书频道建站之初即以军事类原创网络小说轰动互联网，是中国原创军文的摇篮。铁血读书现有原创、图书、书库、排行榜、VIP 专区、作者专区等子栏目，其中原创栏目下有军事小说、历史小说、玄幻、仙侠、都市、情感、推理、悬疑、中短篇小说、新书、完本等栏目。另有编辑推荐排行榜和名家访谈等子频道。

新华悦读（http：//www.xinhuanet.com/book/）：2013年1月11日正式上线。新华悦读是新华网联合中文在线共同开发的数字阅读平台，也是新华网首次推出的面向数字阅读和移动阅读市场的专业平台，是新华网旗下的子频道。新华悦读以"思想点亮中国，阅读温暖人生"为理念，定位于严肃阅读、品质阅读与经典阅读，下设新书首发式、读家对话、悦读汇、书影、号外、影响力书榜等子栏目，期冀为读者展示更多的网络阅读资源。

新浪读书（https：//book.sina.com.cn/）：创立于2002年，是我国最早的门户网站的文学频道，其隶属于新浪网站。新浪读书下设原创、书评、书摘、资讯、好书榜、专题、动漫、今日热点等频道，而其中原创频道包含男生分类、女生分类、出版分类三个板块，涵盖都市校园、奇幻玄幻、科幻末世、穿越重生、浪漫青春、流行小说、时尚生活等数个网络文学类型创作门类，是多元化与多样化的门户网站文学平台。

大佳阅读（dajianet.com.cn）：于2011年5月创办，中版集团数字传媒有限公司负责建设，联合全国出版发行集团和大型出版机构，聚合全国出版资源，共同建设的一个公益性和商业性相结合的中国数字出版第一门户网站。强调读者至上，为读者提供优质的资讯和图书内容，开创互动分享的全新阅读体验，采用读者喜闻乐见的形式，满足市场需求；开放出版社自助宣传与自主经营的平台，实现正版图书网络同步发布，以开放的心态打造一个全产业链的数字出版第一平台高作。

4. 网络诗歌网站

诗歌报（www.shigebao.com）：是一家专注于诗歌交流、评论的网站，并办有面向网站会员的内部刊物—《诗歌报月刊》，网站版主、编辑会从网站上发表的网络诗歌中精选、推荐部分优秀内容刊登到《诗歌报月刊》进行印刷出版，诗歌报是主要为诗歌报论坛会员服务的网站。

中国诗歌网（www.zgshige.com）：2015年月18日，由中国作家协会、中国作家出版集团主办的中国诗歌网上线，是目前中国第一款整合写诗、读诗、听诗等多项功能于一体的诗歌类客户端，设有"每日好诗""读典""听诗""诗影中国"等多个频道，推送文字、音频、视频、摄影、绘画等多种类型产品。

中国诗歌学会网（www.zgsgxh.com）：是中国诗歌学会的官方网站，旨在贯彻党的文艺方针，广泛团结全国诗人和各界人士进行国内外学术交流，传播创作信息，培养文学新人，为繁荣社会主义诗歌而开展多样的学术活动。

中国微型诗（www.zgwxsg.com）：是一家专注于中国微型诗发展的网站，网站宗旨是"高雅、精微、华风"。整个网站分为微型诗天地、投稿区、中微活动区、中国微型诗社管理区四个分区，其中微型诗天地是网站的主要分区，该区将网站作品分类为微型诗、微型诗诗组、中微优秀作品展、微型散文诗、理论与点评五个类别，网站分类鲜明、内容丰富。

中华诗词网（www.zhsc.net）：创立于2003年，是一个提供中国古诗词资料的网站，有古代诗歌大全、词曲名篇、经典名句和文言文等，还附有古诗文翻译、注释和赏析，以供诗词爱好者阅读和学习；是收录最全的诗词网站，有近十万首诗词，包括中华诗词精简版、大全版、国外名诗、成语大全、汉字大全等板块。

中诗网（www.yzs.com）：创建于1998年6月，是由诗歌万里行组委会主管、北京盛世中诗文化传播有限公司独家运营的国内专业性纯文学网站，其前身为2003年试运行、2004年正式上线的中国诗歌网，2012年正式更名为中诗网并注册"中诗"商标。中诗网以辞诗类文学为主，以传播国学为目的，大力倡导辞赋文化的繁荣。网站包括现代诗歌、风雅诗词、散文诗苑、诗歌评论、中诗翻译等不同的模块，为诗人及诗歌爱好者提供交流平台，同时还举办"诗经奖"等活动以推动诗歌创作、褒奖优秀诗人、传播经典诗歌。

5. 代表性散文网站

99文章网（www.99wenzhangwang.com）：网站于2012年正式上线运行，是一个纯公益的文学网站，倾力为广大的文学爱好者提供一个表现自己、交流文学、互促共进的温馨家园。网站主打抒情散文、爱情散文、伤感散文、诗歌散文等风格的散文，还有诗歌、故事、小说、杂文等文学类别来满足不同读者的阅读需求。

当代散文网（www.sdswxh.com）：由山东省散文学会主办，在学会带领下，以发展山东散文事业为宗旨，以培养人才推出作品为己任，推动散文创作。当代散文网综合了学会动态信息发布、《当代散文》杂志在线阅读、佳作欣赏和散文评论等方面的内容。

中国散文网（www.sanwen.net）：始建于2006年，是北方联合传媒有限公司推出的公益性散文文学交流平台，是一个以散文为主题的短文学文章文学网站。内含各种经典好文章、爱情散文、诗歌散文、优美哲理抒情散文、经典短文学等。

6. 政府机构的文学网站（各省市区作协的文学网站）

河北作家网（www.hbzuojia.com）：由河北省作家协会主办。河北作家网是中共河北省委领导下的全省各民族作家组成的专业性人民文学网站平台，是联系广大作家、文学工作者的桥梁和纽带。网站开设要闻、通知公告、作协工作、专题创作、文学冀军、名家新作、财务公开、会员管理等子栏目，设有新中国文学"冀"忆、网上河北文学馆、全国知名作家河北行、百年红色文脉、送文学下基层等板块；组织开展作家在线交流活动、引导网络作家的创作；开展网上作品研讨，是繁荣文学事业、加强社会主义精神文明建设的重要线上平台之一。

山西作家网（59.49.44.93：8081/xxdt/6604.jhtml）：由山西省作家协会主办。山西作家网是山西省委、省政府联系广大作家与文学工作者的重要文学网站平台。

网站下设组织机构、信息动态、会员新书、文学期刊、文学奖项等子栏目，发布山西作协最新新闻动态，推广作协会员优质文学作品，收录《黄河》《山西文学》等重要期刊，连续多年举办赵树理文学奖，致力于为广大人民群众提供优质精神食粮。

辽宁作家网（www.liaoningwriter.org.cn）：由辽宁省作家协会主办，以"脚踏坚实大地，眼望浩瀚星空；头顶复兴使命，书写时代华章"为口号，是"文学辽军"开展在线交流活动的重要平台。网站开设机构介绍、文学奖项、会员服务、公告公示、会员培训等子栏目，积极组织党史学习教育，连年开展专题活动，扶持重点作品，引导作家创作。网站还收录有辽宁文学奖、曹雪芹华语文学大奖等多个文学奖项历年获奖作品，是繁荣文学事业、加强社会主义精神文明建设的重要力量。

吉林文艺网（www.jlpflac.org.cn）：由吉林省文学艺术界联合会主办，开设有文联概况、文艺资讯、文艺评奖、文艺服务、文艺论坛、艺苑风采、云展馆、文艺视野等子栏目，现有文艺评奖、文艺名家、云展馆等板块。网站坚持"二为方向"和"双百方针"，依法行使联络、协调、服务职能。通过团体会员加强同全省文艺家的团结，扩大文艺统一战线；沟通党、政府、社会各界同文艺家之间的民主协商及对话渠道；维护文艺家的合法权益；发展文艺生产力，促进同全国文学艺术界及国际的文化交流，繁荣社会主义文艺。

黑龙江作家网（www.hljzjw.gov.cn）：由黑龙江省作家协会主办，是在中国共产党黑龙江省委员会领导下，由全省各民族作家、作者及文学工作者自愿结合的专业性文学网站。网站以"造就北方文艺劲旅，创造文学艺术精品"为口号，采取多种形式提高作家的思想艺术素质，解放思想，不断提高全省作家文学创作的思想艺术水平。现有作协概况、文坛快报、文学龙江、文坛进行时、文学批评、文学奖项、签约作家、书香龙江、文学会客厅、入会须知、作家档案等子栏目，致力于为广大人民群众提供文艺前沿动态与优质文艺作品。

江苏作家网（www.jszjw.com）：由江苏省作家协会主办。网站以"政治引领、团结引导、联络协调、服务管理、自律维权、推动创作"为工作宗旨，下设机构概况、作协动态、作家沙龙、新书速递、文学期刊、文学奖项、会员辞典等子栏目，提供包括小说、诗歌、散文、报告文学等在内的种类丰富、质量上乘的文学作品，收录《钟山》《扬子江诗刊》等文学期刊以及紫金山文学奖等重要文学奖项作品，团结了一大批全国著名的作家，形成了一支由老中青构成的、在全国有重要影响的文学创作队伍。

浙江作家网（www.zjzj.org）：由浙江省作家协会主办。网站下设文学领航、作协信息、文学服务、财务公开、文学浙军、网络文学、访谈评论、专题聚焦、文学期刊等多个子栏目，坚持"民主、团结、服务、倡导"的原则，紧跟省内各地市及海外文学动态，尤其关注青少年作家的创作成长。网站设有中国作协第十次代表大会、郁达夫小说奖及茅盾文学奖、《浙江通志·文学卷》等专栏，收录《小说月刊》

《萌芽》等期刊的前沿动态与过往旧刊，是全国重要的线上文学园地之一。

安徽作家网（www.ahwriter.com）：由安徽省作家协会主办。网站以"牢记嘱托、积极作为，加快推进安徽文艺事业高质量发展"为口号，"八皖传承，润字入心"，开设安徽作协、文学皖军、网络作协、在线阅读、期刊联盟、安徽作家辞典等子栏目，重点助力儿童文学、网络文学的发展繁荣，以小说、诗歌、散文的在线阅读为特色，为安徽省加快实现文化大省向文化强省的跨越发挥了重要作用。

江西文学网（www.jxflac.com）：由江西省文学艺术界联合会主办。网站下设有文联概况、协会概况、省联动态、市县简报、通知公告、文艺现场、万名文艺家下基层、评论与研讨、艺术培训、会员工作、版权登记等多个子栏目。网站成立以来，在中共江西省委和江西省文联党组的领导下，积极组织开展谷雨诗会、文学采风、重点作品研讨与扶持等各种文学活动，服务江西文学作者，壮大江西文学队伍，促进江西文学事业的繁荣与发展。

山东作家网（www.sdzj.org）：由山东省作家协会主办。网站下设作协机构、新闻动态、文学奖项、精品展台、新作看台、作家在线、文学评论、会员天地等多个子栏目。网站积极团结、服务作家，扶持培养文学新人，推出优秀作品，增进文学交流；加强对会员的服务联络工作，更好地组织作家深入生活，投身实践，开阔视野，积累素材；注重导向性、权威性，充分发挥优秀作品的示范作用，促进文学创作的进一步繁荣和发展。

河南文艺网（www.hnwy.org.cn）：河南文艺网是河南省文学艺术界联合会唯一官方门户网站，是文联概况、文艺家协会、文学艺术资讯、文学艺术家、文学艺术作品、文艺服务等内容展示管理平台。现有文联概况、文艺资讯、文艺家协会、地方文联、文艺服务、文艺名家、网上展厅等栏目，始终坚持"二为"方向和"双百"方针，紧紧围绕举旗帜、聚民心、育新人、兴文化、展形象的使命任务，积极开展文艺创作和文艺评论工作。

湖北作家网（www.hbzjw.org.cn）：由湖北省作家协会主办。网站下设湖北作协、文坛进行时、文学鄂军、文学批评、作家茶馆、在线期刊、网上笔会、通知公告、文学奖项、作家零距离、网络文学、作品研讨、新书看台、书评序跋、新作快读等多个子栏目。网站首页有理论政策专题专栏、动态信息、市州文讯、文学批评等板块，繁荣湖北文学，推出经典力作。

湖南作家网（www.frguo.com）：湖南作家网是由湖南省委宣传部主管，湖南省作家协会主办的湖南省唯一官方专业文学网站，网站创办于2005年5月，下设湖南作协、网站公告、文学湘军、作家访谈、新闻资讯、网上展厅、文学阅读、新书快递等板块。作为网络新媒体，湖南作家网立足湖南，服务作家，以"展示名家力作、扶持新人新作"为己任。网站栏目包括文坛新闻、小说、诗歌、散文、评论、作家推荐、嘉宾访谈、推荐长篇等。

广东作家网（www.gdzuoxie.com）：由广东省作家协会主办。网站下设新闻、评奖、粤评粤好、粤读粤精彩、网络文学、会员系统、机构、服务、专题、公告下载、报刊中心等多个子栏目。网站坚持求真务实、团结创新，出实招、办实事、求实效，全省文学事业蓬勃发展，文学队伍不断壮大，文学创作异常活跃，呈现出整体推进、亮点频现、人才辈出的喜人态势。

海南文艺网（www.hnwenyi.net）：由海南省文联主办，有概况、动态、公告、专题、协会、评论、作品、点播、名家等子栏目。网站鼓励蕴含海南地域文化特色的文学创作，采取多种形式对优秀的创作成果和优秀作家给予资助和奖励，繁荣海南文学事业；积极组织和推动文学评论和研究活动，促进文学事业的健康发展；加强各民族及中外文化交流，致力于营造良好的文学创作与交流氛围。

四川作家网（www.sczjw.net.cn）：四川作家网是四川省作家协会主办的唯一官方网站，也被誉为"四川第一文学类的门户网站"。本网站旨在服务作家，发掘新人，传承文化，凝聚文明。四川作家网开设有机构、新闻、阅读、服务等板块，是四川作家获取文学信息，发表文学作品，扩大对外文学交流，发现文学新人的网络平台，是四川省最大的文学类门户网站。

贵州省作家协会网（www.gzszjxh.cn）：贵州省作家协会网由贵州省作家协会主办，多彩贵州网承办，设有机构概况、头条新闻、作协动态、基层作协、文学惠民、作家作品、主题文学、精品赏析、文学期刊等板块，栏目众多、内容丰富，适合各类文化、文学、艺术用户群体，旨在为写作者提供创作、出版、交流等平台，是挖掘文学新星、培育潜力作者、推出知名作家和艺术家的强大阵地。

福建文艺网（www.fjwyw.com）：由福建省文学艺术界联合会主办。网站开设机构概况、政务公开、文艺组织、地方文联、会员服务、智慧文艺等子栏目，旨在为全省性文艺家协会及其会员、各设区市文联以及全省性行业文联做好团结引导、联络协调、服务管理、自律维权工作，组织开展文艺创作、文艺评论、学术交流、文艺人才培训、对台对外文艺交流等工作，促进福建省文艺事业的繁荣和发展。

云南文艺网（www.ynwy.org.cn）：由云南省文学艺术界联合会主办，网站开设文联概况、文联咨询、公示公告、文艺家协会、直属单位等子栏目，完成中国作家协会、中共云南省委宣传部、云南省文联交给的各项文学工作，组织各项文学活动、组织文学评奖、开展文学研究和评论、发现和培养各民族文学人才、推进国内外的文学交流等。网站坚持以人民为中心的创作导向，深入推进云南文学事业的繁荣发展。

陕西作家网（www.sxzjw.org）：由陕西省作家协会主办。网站开设作协介绍、文学资讯、政务公开、作家作品、作协刊物、互动交流等子栏目。网站致力于推动全省文学队伍建设，发现和培养陕西文学创作、评论、编辑、翻译的新生力量，培养社会主义文学新人，促进陕西文学的全面发展；组织开展各种文学活动，组织作家深入基层采风锻炼；组织各类学术研讨和文学理论研究，开展文学评论活动，推动陕西省文学事业的繁荣发展。

甘肃文联网（www.gsarts.org.cn）：由甘肃省文学艺术界联合会主办。网站开设文联概况、文代会、机关党建、文艺评奖、品牌活动、文化资源、文联刊物、服务平台、会员中心等子栏目，其下开设文学版块。网站立足甘肃实际，挖掘地方特色，紧跟时代步伐，创造性地开展各项工作。坚持"出作品、促精品"，通过各种渠道鼓励作家避免浮躁、潜心创作。

青海文艺网（www.qhwyw.org.cn）：由青海省文学艺术界联合会主办。网站开设文联概况、文联资讯、公示公告、活动报道、基层文联、专题等子栏目，自觉树立"举旗帜、聚民心、育新人、兴文化、展形象"的使命任务，努力培养有信仰、有情怀、有担当的文艺工作者队伍，推动青海文艺事业迈出新步伐、展现新作为。

内蒙古文联网（www.imflac.org.cn）：由内蒙古自治区文学艺术界联合会主办。网站开设文联概况、文艺动态、文艺评论、文艺评奖、文艺实践、文艺讲堂、北疆文艺、文艺维权、文艺名家、文艺精品、党务公开、通知公告、文联刊物、会员系统等子栏目，其下设有内蒙古文联、文学、评论等板块。网站为党和政府联系自治区文艺工作者提供桥梁和纽带，是繁荣社会主义文艺、发展先进文化、建设民族文化强区，打造祖国北疆文化繁荣亮丽风景线的重要力量。

广西文联网（www.gxwenlian.com）：由广西壮族自治区文学艺术界联合会主办。网站开设文联概况、文艺工作、文艺资讯、机关党建、志愿服务、人才名录、资源数据库等子栏目，其下开设文学、文艺评论等多个板块。网站重点鼓励实力作家向长篇小说、儿童文学、影视文学三大板块长篇精品创作发展，关注文学工作重心"由山到海"的转变，即由封闭到开放的发展思路，实现文艺的可持续发展和人才培养的可持续发展。

宁夏文艺网（www.nxwl.org.cn）：由宁夏回族自治区文学艺术界联合会举办。网站开设文联概况、新闻动态、文代会、文艺评奖、文联工作、维权服务、青年文艺家之友、宁夏文艺资源库、服务平台等子栏目，其下开设政策理论、文艺动态、机关党建、人才培养、志愿服务、风采录、网络文艺、文学作品、文艺评论等板块。以"出人才、出作品"为己任，通过组织文艺工作者深入生活，组织开展经常性的理论学习、创作研讨、作品展示、文艺评奖和培训研修、对外交流等多种形式的文艺活动，加强人才培养，推动文艺创作。

新疆文艺网（www.xinjiangwenyi.cn）：由新疆维吾尔自治区文学艺术界联合会主办。网站开设文艺宣传、文联概况、文联工作、文艺维权、文艺家协会、文艺活动、文艺展厅、文艺刊物等子栏目，广泛开展重大主题文艺活动，精心组织和繁荣文艺创作，持续深入开展意识形态领域反分裂斗争，切实加强文艺人才队伍建设，积极推进文联改革，取得阶段性重要成果，为实现中华民族伟大复兴中国梦新疆篇章提供了强大动力和精神支撑。

北京作家网（www.bjwl.org.cn）：由北京市作家协会主办，网站开设通知通告、新闻、协会工作、理论评论、作家辞库、新书推荐、北京作家、小作家分会、征文等子栏目。

天津市作家协会（www.tjwriter.cn）：由天津市作家协会举办，网站开设组织机构、作家动态、文学评论、文学期刊、创联工作、网络文学、文学馆、预决算公开等子栏目。

上海作家网（www.shzuojia.cn）：由上海市作家协会主办，开设组织机构、会员辞典、作协动态、文学信息、会员服务、会员新作、文学期刊等子栏目。网站秉持出精品、出人才、促繁荣的理念，团结带领上海作家积极创作，遵循文学规律，尊重作家创作。

重庆作家网（www.cqwriter.com）：由重庆市作家协会主办，其下有作协介绍、新闻动态、时代新篇、文学天地、文学奖项、新书推荐、会员、专题专栏等子栏目，搭建了重庆文学的信息交流平台，成为文学创作的窗口和重庆作家的文学家园。

香港特别行政区文学艺术界联合会官方网站（zuojia.xgwl.hk）：由香港特别行政区文学艺术界联合会举办，其下有文联首页、协会首页、协会新闻、出版著作、名家介绍、协会章程、协会交流、会员名单、组织结构等子版块，宗旨是坚决拥护中华人民共和国中央人民政府及香港基本法，坚持文艺"为人民服务"的方向和"百花齐放、百家争鸣"的方针，弘扬主旋律，提倡多样化。团结广大作家和写作工作者，与时俱进，开拓创新，为繁荣和发展香港特别行政区及国内外华人的写作事业而奋斗。

澳门笔会网（penofmacau.com）：由澳门笔会主办，其下开设澳门笔会、澳门作家、活动及出版、澳门作品、我读澳门文学、儿童文学、笔会青年、澳门笔汇、其他刊物等子板块。宗旨是为了促进作者联系，交流写作经验，研究文学问题，辅导青年写作，积极建立和加强与国际及其他地区文学组织之间的关系。

（黎姣欣、米若兰、郑喆　执笔）

第三章　活跃作家

网络作家是网络文学的"第一生产力"。2024年，面对人工智能技术、微短剧迅猛发展带来的挑战，网络作家化被动为主动，积极求新求变，交出了令人满意的答卷。一批年轻的90后乃至00后作家的表现尤为抢眼，他们敢于突破既有写作程式，在故事内容上融汇中西、贯通古今，在形式上表现出反类型化、重视短篇写作的趋势，他们因突出的创作实绩获得各类扶持、奖励和专门访谈、研讨，逐步走向网络文学场域的中心位置。本章梳理2024年网络作家的文学创作，以及参与的年度重要活动、获得的各项奖励、荣誉，根据其表现遴选出100位具有代表性的网络作家，进而宏观上总结本年度网络作家的构成、生活状况和创作趋势。

一、网络作家年度总貌

2024年，中国网络文学总体上呈现出蓬勃发展、机遇与挑战并存的态势。具体到网络作家层面，网络作家创作的年轻化趋势持续增强，95后、00后等"Z世代"年轻作家逐渐成为中坚力量，很多文学网站"Z世代"年龄段的签约作者超过半数。网络文学强大的包容性，超越年龄、性别、职业、学历、地域等束缚，为写作爱好者提供了充分展现自我的平台。随着网络文学精品化、IP转化和海外传播的力度、效度不断提升，尤其是国家相关文化机构的高度重视，一部分网络作家实际上得到了"名利双收"的回报。面对网络短视频、人工智能创作带来的挑战，网络文学创作者以积极的态度对待，立足于新网文类型的叙事开拓，并借助AIGC新技术辅助创作，充分发挥了文艺创作的主体性地位。同时，网络作家不仅"埋头写作"，还积极响应时代主题，尤其在科技科幻、现实题材、中华优秀传统文化等方面取得了不错的创作实绩，为文化强国建设和文化事业发展作出了重要贡献。

1. 网络作家的基本构成

在年龄方面，网络作家群体中95后、00后青年所占比例显著提升。根据2024年6月中国互联网络信息中心（CNNIC）发布的《第54次中国互联网络发展状况统计报告》显示，阅文集团上一年新增作家中60%是00后，字节跳动旗下番茄小说新签约作者中57%为95后，26%为85后，75后则只占9%。① 网文写作的年轻化趋势是由多个方面的因素导致的。网络文学自诞生之日起就带有青春的气息，网生一代拥有与生俱来的互联网经验，新的类型和新的"脑洞""金手指"设定都离不开新鲜血液的加入。网络文学没有传统文学的"高门槛"，文学网站不但为文学青年提供了施展身手的舞台，其所提供的"真金白银"的回报也带来很强的吸引力。同时，在每日几千、上万字的连续不断更新的压力下，年龄偏大的网文写作者也会经常受到精力、体力和灵感枯竭等方面的考验，这是一种看不见的甚至有些残酷的淘汰机制，降低更新频次乃至停止写作或者转型，就成为网文"老将"们不得不做出的选择。同时，中国作协、中国文联等相关文化管理部门以及很多网站平台，将青年网络作家视作行业发展的希望，他们有意识地培养、扶持、引导青年写作群体，在骨干培训、作品研讨、项目扶持、奖项设定等方面向他们倾斜。据统计，2024年新加入中国作协的1399名会员中，有70名为网络作家，且多是年轻人。2024年中国作协重点作品扶持的43位网络作家，平均年龄37岁，45岁以下的青年作者38名，占比88%。网络文学创作的年轻化有助于促进行业生态的健康发展，形成一个开放的、带有反馈机制的自循环体系，并为以大学生群体为代表的知识青年提供了更多的就业选择途径。

在教育结构层面，网络作家群体的专业、职业、学历等不断优化。在既有的"中文系不培养作家"的观念和重理论轻实践的课程设置背景下，中文专业出身的网文作家并未表现出独特之处，"如唐家三少学政法专业，痞子蔡学水利工程专业，管平潮学计算机专业，沧月学建筑专业，酒徒学动力工程专业，江南学化学专业，萧鼎学工商企业管理专业"②。正是因为所学专业的多样化，网络作家在从事创作之前往往有着差异性很大的就业经历：工程师、科研工作者、销售人员、打工族乃至农民。同时，早期网络作家队伍中存在大量学历水平不高的写作者，初中、高中、中专学历的大有人在。近年来，尤其是2024年，网文作家既有的专业、职业和学历背景发生了较大的变化。一方面，网络作家的整体学历水平有了很大的提升，他们中的很多人往往自大学期间就开始创作，并在此前的中学乃至小学阶段拥有较为丰富的阅读经历。其中，一些拥有硕士、博士学位的高学历人才开始入场写作，并将自己所学专业知识、职业经历作为创作素材。例如，柠檬羽嫣（本名苏东宁）作为一名90后的医学博士和北京三甲医院的神经科医生，其创作的很多小说就以临床医学和科研工作为依托，充分体现出网络小说知识性与文学性的"跨界互动"。另一方面，文学专业出身的网络作家也逐渐增多，他们既能够利用自己的文学史知识编

---

① 中国互联网络信息中心（CNNIC）：《第54次中国互联网络发展状况统计报告》，https://www.cnnic.net.cn/NMediaFile/2024/0911/MAIN1726017626560DHICKVFSM6.pdf，2024年12月1日查询。

② 周志雄：《网络小说家的修为》，《当代文坛》2022年第6期。

织故事，还在知乎、微博、豆瓣等平台品评他人作品，进行文学评论工作。

从社会公共身份上看，越来越多的网络作家被纳入主流组织，成为国家、地方群团组织成员，其中少数优秀的写作者担任相关组织的负责人。其中，蒋胜男成为全国人大代表和全国政协委员，唐家三少（张威）、天蚕土豆（李虎）、何常在（崔浩）等网络作家当选中国作协全国委会委员，跳舞（陈彬）、阿菩（林俊敏）、管平潮（张凤翔）和爱潜水的乌贼（袁野）等被先后推选为省级作协副主席等，还有一些网络作家成为省、市政协委员。这些政治身份的获得，不仅提升了网络作家在文化艺术领域的话语权，维护网络作家群体权益，还促使他们参与更多的社会公益活动，服务社会主义文化建设。除此之外，湖南、上海、江苏、河北等省（市）还积极探索网络作家、编辑的专业技术职称评定工作，进一步完善了其职业发展的保障体系。例如，2024年11月，上海市文学创作系列网络文学创作高级职称评审结果显示，网络作家刘晔、刘艳、吴利民取得二级网络文学创作职称，李路漫、杨霞、沈惠、陈晔、陈瑞、高晨茗、黄晓洁等七位网络作家取得三级网络文学创作职称。政治职务和职称评定意味着网络作家的身份日益受到社会承认，更代表着网络文学朝着制度化、专业化、规范化方向发展。

2. 网络作家的生活状况

在经济生活方面，网络作家呈现出金字塔式分布，少数头部作家获得巨大财富回报，更多"底层"作家只能依靠全勤、保底维持低水平收益。目前，网络作家的经济收益主要集中在两个部分：一是在小说文字部分，通过读者的付费阅读、打赏红包赚取收益；二是作品IP版权转让，写作者通过实体出版、有声读物、影视转换、游戏开发的方式获得高额报酬。2024年2月中国社会科学院文学研究所发布的《2023年中国网络文学发展研究报告》显示，网文产业迎来3000亿市场，其中阅读市场突破400亿元，IP市场突破2600亿元。[1] 就阅读市场而言，行业里出现了一批"一书封神"的典型案例，如杀虫队队员的《十日终焉》、狐尾的笔的《道诡异仙》、郁雨竹的《魏晋干饭人》等。2024年6月，阅文集团发布了新一批"白金大神"名单。其中，滚开、黑山老鬼、狐尾的笔、轻泉流响、郁雨竹5名作者获得"白金"称号，错哪儿了、烽仙、怪诞的表哥、荆棘之歌、金色茉莉花、季越人、裴屠狗、情何以甚、十年萤火、最白的乌鸦10名作者摘得"大神"荣誉。[2] 至此，阅文旗下白金大神作家人数达467位，这些网文圈里的头部作家仅仅依靠付费阅读，就在很大程度上实现了"财富自由"。阅文集团2024年上半年财报显示，大量高质

---

[1] 《2023年中国网络文学发展研究报告》，中国社会科学网，2024年2月26日。https://www.cssn.cn/wx/wx_ttxw/202402/t20240226_5734785.shtml，2024年12月2日查询。

[2] 《2024年阅文新晋白金作家名单出炉，郁雨竹、狐尾的笔等晋级》，腾讯网，2024年6月11日。https://news.qq.com/rain/a/20240611A06Y8300，2024年12月1日查询。

量的新作品市场爆火，新签约的文学作品数量，每章平均订户超过5万人，同比增长75%。此外，新签约的阅读收入超过200万元的文学作品数量同比增长33%。同时，基于网文作品的产业开发更是将网络作家的收入提升到另一个量级。以动画改编为例，涌现出如《游戏中最富有的人》（《亏成首富从游戏开始》）和《灵魂宠物的魅力》（《幻宠师》），以及《国王的阿凡达》（《全职高手》）和《从山开始》（《开局一座山》）等经典游戏的续集。据Guduo Data报道，在2024年上半年，收视率最高的20部在线动画系列剧中，有15部改编自中国文学IP。在游戏领域，基于既有IP的两款游戏《灵魂之地》（《斗罗大陆》）和《天堂之战》（《斗破苍穹》）于2024年上半年发行，产生了稳定的销量。① 这些有着高收益的头部网络作家多数从事全职创作，而更大体量的"底层"作家可能还需要从事另外一份职业才能维持生存。在巨大的收入差距面前，网络文学行业竞争非常激烈，有的通过写作改变了"命运"，有的被视作不适合"吃这碗饭"而离开，其残酷性的一面也由此体现出来。

　　网络作家的身心健康问题决定着他们的生活品质，因此也越来越受到作家本人及文学网站、文化管理部门的重视。在高强度的更新压力下，很多网络文学作者由于长期久坐、饮食和作息不规律，患有颈椎病、心脑血管疾病以及焦虑、抑郁等生理和心理病症，七月新番（李云帆）、格子里的夜晚（刘嘉俊）、剑游太虚（陈海伟）、贼道三痴（郑晖）等著名作家的生病离世，就与高强度的写作有关。2024年11月，晋江文学城旗下著名网络作家，《锦衣之下》《一片冰心在玉壶》的写作者蓝色狮患癌离世，引发了广大读者粉丝和剧迷的惋惜、伤痛之情。面对这一现状，各方都行动起来，想方设法守护作家健康。文学网站作为网络作家的"娘家"，在此方面出台了多项举措。其中，上海七猫文化传媒有限公司与上海市作协、华东医院举行三方联合，发挥各自资源优势，针对网络文学作家健康现状，共同推动医务社会工作在特殊群体中的实践与应用等重点项目合作，并多次开展健康主题讲座。番茄小说上线"番茄·网络文学爱心基金"，宣布对网文行业罹患重大疾病的困难作家给予医疗救助资金支持。阅文集团则连续多年开启"爱心救助专项基金"，针对罹患恶性肿瘤、急性心肌梗死等保监会规定的25种重大疾病的网络作家提供救助。同时，政府机构及各级服务组织，通过开展网络文学作品研讨、榜单发布、采风学习、培训交流等形式多样的活动，改变了网络作家"闭门谢客""孤军奋战"的情况，增强了网络作家的自信心、文化素养，间接地提升了他们的心理健康水平。2024年9月，文化和旅游部中外文化交流中心主办"中国网络文学欧洲文化系列交流活动"，在意大利作家联合会、英国查宁阁图书馆和法国巴黎文化中心举办中国

---

① 阅文集团：《2024年中国文学中期统计报告》，2024年8月12日，https：//ir-1253177085. cos. ap-hongkong. myqcloud. com/investment/20240812/66b9cd6724af8. pdf，2024年12月1日查询。

网络文学主题座谈，网络作家横扫天涯、中国网络作家村运营总经理沈荣等参加，拓宽了写作者的文化视野，也是对其码字更新的紧张心理的调试。① 当然，网络作家的身心健康，更多地依赖于作家自身，作家群体应该更好地平衡写作与生活。

为了提升自身的经济收益，网络作家还通过多种途径拓宽自己的盈利方式。首先，部分作者积极开拓自己的写作类型、题材乃至体裁，如部分长期写作玄幻、仙侠类型的作者也开始写作现实、科幻题材的作品，曾经专注于动辄几百万字的超长篇创作也开始尝试几十万乃至几万字的"短篇"叙事，这是作家求新求变的主观能动性的表现。其次，一些网络作家在视频网站、微信公众号、微博上讲授写作技巧、销售创作课程等方式增加收入，还有一些已经成名的网络作家如跳舞、流浪的蛤蟆、愤怒的香蕉等在知乎、龙的天空、微博等平台，或评论新人作者和尚未取得成功作者的创作，或回答与网络文学创作相关的问题。最后，随着微短剧近年来带来巨大的流量，有的网文作者以编剧的角色参与小说的改编或剧本创作，还有的作者直接转行成为职业编剧，在这一新兴领域取得不错的成绩。此外，网络作家的版权权益进一步得到了国家法律法规的保护，也受到了学界、业界的重视，这为网络作家已经完结作品的权益提供了保障。2024年11月，两湖版权对话在武汉隆重开幕，中南大学网络文学研究院发布网络文艺年度版权案例，这些案例是从收集的500余件网络文艺年度侵权案件中精选出来的，涵盖网络小说、网络影视剧、网络音乐、网络游戏、网络绘本和网络综艺等多种形式，为推动网络文艺产业健康发展贡献了学界力量。经过这几年的努力，盗版文学网站和侵权App明显减少，网络作家的权益得到保护，也提升了公众的版权意识。

3. 青年网络作家年度表现

青年网络作家正在崛起，在网文写作方面，他们努力突破既有的写作套路即"去类型化"的叙事尝试，融合中西古今文化，体现出"天才"的气质。如90后作家狐尾的笔（胡炜）创作的现象级作品《道诡异仙》，将东方道家修仙文化与西方克苏鲁神话结合在一起，尤其是小说中有着红绣鞋、唱戏、跳大神等诸多的民俗，以克系的形式表达出来，不盲目地跟风模仿，而是求新求变，正如狐尾的笔所说："潮流是阵风，跟风的人很多，而我要做引领潮流的那个人。"② 另一位1999年出生的作家三九音域创作出《我在精神病院学斩神》《我不是戏神》等名作，同样善于融合创新，如《我在精神病院学斩神》就把世界多种神话体系融为一体，将中国神话同古希腊、古印度、古埃及、北欧、日本等国神话熔于一炉，在幻想世界里重建

---

① 《网文出海架起文化交流新桥梁，意英法三国举办座谈会》，澎湃新闻，2024年9月23日，https：//www.163.com/dy/article/JCPM6JLJ0514R9P4.html，2024年12月1日查询。

② 《阅文集团发布2024"白金大神"名单，郁雨竹等斩获白金称号》，南方都市报，2024年6月11日，https：//baijiahao.baidu.com/s？id=1801553127305581450&wfr=spider&for=pc，2024年12月1日查询。

了一套神话体系，突破了现代科学知识对人类想象力的束缚。正是在三九音域、杀虫队队员等年轻写作者的带动下，以番茄小说网为代表的免费阅读平台日益受到读者关注，作品的质量提升了网站的收益，在一定程度上改变了网络文学的发展生态。

在网文体裁方面，青年网络作家推动了短篇写作的风潮，改变了长篇写作长期独大的局面。这些作家集中在知乎"盐言故事""每天读点故事"App 和豆瓣阅读等近年来兴起的短篇写作平台，"以'元素组接''去场景化'等叙事方式形成了'信息化写作'，使得网络文学呈现出新的叙事形态"。[①] 其中，七月荔创作的 20 万字的《洗铅华》、梦娃创作的 17 万字的《宫墙柳》和织尔创作的 5 万字的《行止晚》，因其高口碑、高圈层影响力和 IP 开发潜质，被称为"知乎三绝"，更是受到业界、学界的重视。每天读点故事则是一个提供专门短篇写作的网文平台，每篇故事可只有几千字的容量，也能够以短篇系列文的方式呈现，该平台作者摩羯大鱼 1 万字的小说《太后吉祥》和短篇《情难自控》都被改编成微短剧，总播放量达到 5 亿次以上。该平台的写作者多是在校大学生和业余创作的青年群体，他们摆脱了每天大几千甚至上万字的更新压力，能够更加从容地叙写故事，故事的品质由此得以提升。豆瓣阅读则充分发挥其社区优势，确立起"女性"与"悬疑"两类故事模式，通过举办"豆瓣阅读中篇征文大赛""悬疑科幻中篇征文""扎根本土的社会派推理"和各类主题征稿，发掘出一大批短篇写作的青年网络作家，其中的代表如大姑娘的《沪上烟火》、柳翠虎的《装腔启示录》和陆春吾的《一生悬命》等。青年网络作家推动的短篇创作与近年来有声阅读和微短剧的崛起有着紧密的关系，这些作品能以极快的速度得以改编，充分发挥"注意力经济"带来的深层价值。

在网文题材方面，青年网络作家响应时代号召，在现实题材和科幻题材创作方面取得了可喜的成绩。为了提升网络文学对于现实的书写力度，中国作协、文联等部门在项目扶持、奖项设置方面有意向现实题材网文倾斜，各家文学网站也积极举办现实题材网文征文比赛，一批表现行业发展、文化传统和小人物生活的作品被创作出来。如在 2024 年 7 月，第七届中国"网络文学+"大会召开，包括《乘势跨越》《初夏的函数式》《青绿直播间》《植物人医生》《康复就在小汤山》《忍冬医然》《鑫哥二手手机专卖店》在内的 12 部作品入选首批"北京现实题材网络文学青年创作计划"，越来越多青年人的文学叙事从玄思幻想走向对广阔的社会现实生活的描摹。青年网络作家的科幻题材创作同样在 2024 年取得令人瞩目的成就，无论是人类未来、人工智能、医疗航空，还是赛博朋克、宇宙深空、时空穿梭，他们都有所涉及。9 月 28 日，《中国科幻网文白皮书（2023—2024）》白皮书发布，信息显示截至 2024 年 8 月 10 日，起点读书十万均订作品累计达 20 部，其中科幻网文占比

---

① 邢晨：《网络文学"短篇"的新兴：信息化写作与媒介功能新变》，《中国现代文学研究丛刊》2024 年第 6 期。

50%，这些科幻网文已经成为下游 IP 改编市场的重要来源。在第 35 届银河奖评选中，城城与蝉的小说《天才俱乐部》就获得了"最佳科幻网络文学奖"。此外，2024 年 6 月，中国网络科技科幻文学创作扶持项目发布会在绵阳举行，柠檬羽嫣、童童、龙骨粥、银月光华等 10 位网络科幻作家的作品入选，他们绝大多数属于 90 后的年轻网络作家。因此，年轻网络作家代表着科幻写作的未来，他们一定会继续推出更加优秀的作品。

青年网络作家的出色表现，已经吸引了学界的高度重视。2024 年，中国作协网络文学联合文学网站、地方作协和不同高校，开展了数十场针对网络作家作品的"阅评计划"。其中多数作家为青年人，上文论及的狐尾的笔、三九音域和我会修空调等人的作品都被列为研讨重点。这些青年人也在各类颁奖中榜上有名，无论是"中国网络文学影响力榜""茅盾文学新人奖·网络文学奖""网文青春榜单""金键盘奖""金桅杆奖""中国网络文学品牌榜"等，还是各文学网站自己举办的评选活动，都有大量青年网络作家群体的身影出现。青年写作者成为各个文学网站发展的重要推动力量，如在阅文新晋白金作家这一具有标杆荣誉中，2024 年新入选的白金、大神作家多数是 90 后。其中，1998 年出生的轻泉流响成功晋级白金作家，而 2002 年出生的季越人则成为新晋大神作家，其凭借"群像流"仙侠作品《玄鉴仙族》还收获了"十二天王"称号。这些青年作家注重经典题材的创新性重塑，善于把传统文化和民族精神融入时代语境，将流行元素与本土文化融合，并善于借助阅文妙笔大模型等 AI 工具进行创作，这无疑已经走入中国网络文学生态场域的中心。

二、网络作家年度重要活动

2024 年，网络作家参与了众多活动：从类别上看，既有学习、培训、研修类，也有互动交流、访谈对话类，还有作品扶持、颁奖典礼类；从组织单位来看，既有政府机构举办的榜单发布、国际论坛、对外交流，也有网站平台发起的内部交流、商业合作，还有社会组织的公益活动；从活动形式上看，包括业内众多网文作家参与的大型现场活动和小规模的对话交流，更有线上召开的作品研讨活动。总之，通过形式多样的活动、会议、评奖，网络作家从狭小的书房走出来，参与到丰富多彩的社会生活实践中去，这对于写作者本人无疑是大有裨益的。

1. 学习与培训

1 月 31 日，"北京市重大现实题材网络文学创作计划"推进会在北京市青年宫召开。部分协会会员、京津冀网络文学青年创作骨干培训班学员、共青团中央"青社学堂"学员、网络作家代表等近 20 人参加会议。

4 月 22 日至 26 日，2024"青社学堂"京津冀网络文学青年创作骨干培训班在中央民族干部学院举行。此次培训班由共青团中央社会联络部和中国作家协会网络文学中心指导，北京团市委主办，来自京津冀地区的网络作家、自由撰稿人以及阅文集团、番茄小说、中文在线等主流网文单位的签约作家，共48名学员参加了培训。

6月19日，由中国作协网络文学中心主办、河北省作协承办的"京津冀网络文学协同发展研讨班"在秦皇岛开班。京津冀作协负责人、网络作家、专家、编辑等70多人参加。研讨班就建立京津冀网络文学协同工作机制、建立活动基地、组织重大题材采风、举办三地作家培训、网络文学作品推优、推进网络文学产业发展等协同发展措施，达成了共识。

6月27日，番茄小说网络作家研修班（台州站）在浙江省台州市天台县开班。包括茅盾文学奖获得者东西在内的多位行业作家、网络文学评论家，围绕着"如何写好故事""中国网络文学行业现状""网文写作的道与术"等网络作家们关心的话题开设定向课程，为27位番茄小说签约作者进行了为期一天半的培训。

7月11日至13日，由中国作家协会网络文学中心主办，安徽大学文学院、安徽省网络作家协会、安徽大学网络文学研究中心承办的"全国网络文学评论高研班"在合肥举行，来自全国各地从事网络文学理论评论的42名中青年学术骨干参加了此次会议。

8月20，由中国作协网络文学中心举办的全国网络作家学习贯彻习近平文化思想专题线上培训班结业。来自30多家省级网络文学组织和27家重点网络文学网站的3923名网络作家及网络文学相关从业人员参与。

9月2日，由中国作家协会和共青团中央共同主办的全国青年作家创作会议在北京开幕。本次青创会旨在深入学习贯彻习近平文化思想，贯彻落实党的二十届三中全会精神，总结新时代青年文学创作新经验，激励广大青年作家自觉担负新的文化使命，推动新时代文学高质量发展，共同书写中国式现代化光辉灿烂的文学篇章。

9月28日至29日，全国网络作家学习贯彻党的二十届三中全会精神培训班在济南成功举办。本次培训班由中国作家协会网络文学中心主办，来自全国各地的近百名网络作家参加了此次培训班。

10月27日，中国文联网络文艺传播中心主办的"全国中青年网络文艺骨干人才高级研修班"在四川省凉山彝族自治州西昌市开班。此次研修班为期一周，系中国文联网络文艺传播中心自2016年以来持续举办"全国中青年网络文艺人才培训工程"等八期培训采风创作活动的一次回顾和总结，培训内容包括开班辅导报告、专业课程、现场教学、专题研讨、思政教育等。

11月5日至6日，由中国作协网络文学中心主办的全国重点网络文学网站负责人学习贯彻党的二十届三中全会精神培训班在京举办。中国作协党组成员、书记处书记胡邦胜出席开班式并作动员讲话。来自全国各地的重点网络文学网站负责人共40余人参加培训。

11月12日至14日，由中国作协网络文学中心举办的网络文学国际传播培训班在北京成功举办。中国作协党组成员、书记处书记胡邦胜出席并作动员讲话，来自全国各地的40余名网络作家参加培训。

2. 交流与互动

1月9日，由中国作家协会网络文学中心、宁夏作家协会主办，掌阅科技协办的我本疯狂《铁骨铮铮》作品研讨会在线上召开。中国作家协会网络文学中心主任何弘、宁夏文联党组成员、副主席雷忠、掌阅科技总编辑马艳霞以及欧阳友权、房伟、祝晓风等专家、评论家、平台编辑和网络作家20余人参加。

1月20日，河北保定市举办"网络文学创作分享会"，邀请第五届茅盾文学新人奖·网络文学奖提名奖获得者、河北省网络作协副主席纯银耳坠做了《网络文学：从读到写的进阶》专题分享，60多位本地作家和文学爱好者参加了活动。网络文学评论家桫椤主持了分享会。

1月23日，由中国作家协会网络文学中心、河北省作家协会主办的远瞳《黎明之剑》作品研讨会在线上召开，河北省作协设线下分会场。中国作协网络文学中心主任何弘，河北省作协党组成员、副主席高天，以及陈定家、桫椤、聂茂等评论家、平台编辑和网络作家40余人参加会议。

2月5日，由中国作家协会网络文学中心、辽宁省作家协会主办的银月光华《大国蓝途》作品研讨会在线上召开，辽宁省作协设线下分会场。中国作协网络文学中心主任何弘，辽宁省作协党组成员、副主席孙伦熙，以及周志雄、许道军、杨早等评论家、平台编辑和网络作家30余人参加会议。

2月19日，中国作家协会网络文学中心对《铁骨铮铮》《黎明之剑》两部作品展开研讨。前者是写实题材，聚焦大西北高铁建设，描述了中国铁路的发展历程和改革开放四十年来的巨大变化；后者是科幻作品，以时空穿越的故事，表达对于生命、信仰与权力的哲学探讨。

2月26日，由中国社会科学院文学研究所主办的《2023中国网络文学发展研究报告》发布研讨会在京举办。该报告从价值定位、内容题材、创作生态、IP产业和网文出海等层面，清晰展现了中国网络文学产业最新发展脉络，并围绕精品化、IP转化提速、全球化深入等2023网文产业发展三大核心趋势展开深度剖析。

3月12日，由中国作家协会网络文学中心、上海市作家协会主办的和晓《上海凡人传》作品研讨会在线上召开。中国作协网络文学中心主任何弘，上海作协党组书记、副主席马文运，以及欧阳友权、黄发有、李林荣等专家、评论家、编辑、读者、网络作家等20余人参会。

3月27日，由中国作家协会网络文学中心、江苏省作家协会主办，番茄小说协办的三九音域《我在精神病院学斩神》作品研讨会在线上召开。中国作协网络文学中心主任何弘，江苏省作协党组成员、书记处书记杨发孟，番茄小说总编辑谢思鹏，以及周志强、禹建湘、李玮等专家、评论家、编辑、读者和网络作家等20余人与会。

4月9日，由中国作家协会网络文学中心、甘肃省作家协会和咪咕阅读主办的冰天跃马行《敦煌：千年飞天舞》作品研讨会在线上召开，甘肃作协设立了线下分会场。会议由中国作协网络文学中心主任何弘、甘肃省文联副主席马宇龙、咪咕数字传媒有限公司党委书记兼董事长于航、甘肃作协常务副主席滕飞等参与。参会人员包括专家、评论家、编辑、读者和网络作家共40余人。

4月18日，由中国作协网络文学中心主办的"网络文学IP微短剧创作扶持项目发布会"在江苏无锡举行，共有50个项目入选，涵盖人民美好生活、科技创新与科幻、中华优秀文化、人类命运共同体和经典之美五大主题，旨在为微短剧提供优质文学素材，推动网络文学与微短剧行业的互相赋能，打造网络视听精品。

4月22日，中国新闻出版研究院国民阅读研究与促进中心发布《2023—2024网络文学生态价值发展报告》（以下简称《报告》）并组织研讨。《报告》显示，截至2023年底，中国网络文学作者规模达2405万，网文写作已经成为众多文化从业者灵活就业的首选。

4月28日，中国作协在上海举办以"网络文学新使命"为主题的研讨会。此次研讨会分三个会场，分别围绕网络文学工作、网络文学创作、网络文学产业和海外传播三个议题，分析当前网络文学面临的机遇与挑战，探讨未来的发展方向。

5月15日，由中国作家协会网络文学中心和番茄小说主办的《逆火救援》作品研讨会在线上召开。参加会议的有中国作协网络文学中心主任何弘、番茄小说总编辑谢思鹏，以及评论家马季、房伟、徐刚等20余位评论家、编辑、读者和网络作家参加。

5月22日，由中国作协网络文学中心、江西省文联指导，景德镇市委宣传部、江西省作协承办的江西网络文学发展交流座谈会在江西景德镇举行。来自全国各地的网络文学学者、网络文学作家、网络平台负责人，围绕网络文学创作与文化传承发展、评价体系建构、海外传播动向、数字产业链发展和业态创新等话题展开交流，共同探讨江西乃至全国网络文学发展现状及未来趋势。

6月12日，由安徽省文化和旅游厅、安徽省文学艺术界联合会、黄山市人民政府指导，阅文集团、黄山旅游发展股份有限公司主办的2024阅文创作大会在黄山召开大会以"帮助创作者放大内容价值"为核心，阅文在现场正式发布10亿生态扶持基金，宣布未来将在前置IP孵化、IP视觉化开发、多模态基建三方面加大投入力度，陪伴创作者成长。

6月12日，由中国作家协会网络文学中心、上海市作家协会和豆瓣阅读主办的大姑娘《沪上烟火》作品研讨会在线上召开。中国作家协会网络文学中心主任何弘、上海市作家协会党组书记、副主席马文运，豆瓣阅读总经理戴钦，以及欧阳友权、夏烈、刘卫国等专家、评论家、编辑、读者和网络作家等30余人参加。

6月26日，由中国作家协会网络文学中心、天津市作家协会和阅文集团主办的奉义天涯《警察陆令》作品研讨会在线上召开，天津市作家协会在线下设分会场。中国作家协会网络文学中心主任何弘，天津市作家协会党组副书记、专职副主席李喜超，阅文集团副总编辑田志国，以及张策、黄发有、禹建湘等专家、评论家、编辑、读者和网络作家等30余人参加。

7月8日，第七届中国"网络文学+"大会网文校园行暨2024年北京市青年文学人才发展研讨会举行。会上发布了第一批入选"北京现实题材网络文学青年创作计划"的作品。入选作品共12部，包括新质生产力、医疗领域、新兴青年、京津冀协同发展四个主题。

7月9日，由中国作家协会网络文学中心、福建省作家协会、上海市作家协会和阅文集团主办的飘荡墨尔本《筑梦太空》作品研讨会在线上召开。中国作家协会网络文学中心主任何弘，福建省文联党组成员、书记处书记、副主席、福建省作家协会副主席林秀美，福建省作家协会秘书长钟红英，上海市作家协会党组书记、副主席马文运，阅文集团副总裁、总编辑杨晨，以及李东平、欧阳友权、陈定家等专家、评论家、编辑、读者和网络作家等20余人参加。

7月12日至14日，第七届中国"网络文学+"大会开幕式暨主论坛在北京亦创国际会展中心举办。本次大会以"网聚创造活力 文谱时代华章"为主题，包括创作评论、网络微短剧、动漫游戏与科技赋能、出海交流四场分论坛，洽谈推介会、分享沙龙等多项活动。

7月16日，由中国作家协会网络文学中心、上海市作家协会、上海文艺出版社和阅文集团主办的人间需要情绪稳定《一路奔北》作品研讨会在北京中国现代文学馆举行。中宣部原副秘书长、中国图书评论学会会长郭义强，中国作家协会网络文学中心主任何弘，上海世纪出版集团党委副书记、总裁阚宁辉，中宣部出版局网络出版处处长陈兰，上海市科委科普工作处处长何家骥，阅文集团副总裁、总编辑杨晨，上海文艺出版社党委书记、社长、总编辑毕胜，以及何向阳、王利明、程绍武等专家、评论家和编辑等40余人参加。

7月25日，由中国作家协会网络文学中心、北京作家协会和书旗小说主办的晨飒《金牌学徒》作品研讨会在线上召开。中国作家协会网络文学中心主任何弘、北京作家协会副主席周敏、阿里巴巴智能信息书旗事业部原创中心负责人王伟，以及欧阳友权、陈定家、黄发有等20余人参加。

9月9日，2024互联网岳麓峰会"文化+科技"融合专场论坛在湖南长沙举办，会上发布由中南大学网络文学研究院和中国作协网络文学中南大学研究基地编撰完成的国家级年鉴《中国网络文学年鉴（2023）》，系统梳理了中国2023年度网络文学的发展状况，中南大学网络文学研究院院长、年鉴主编欧阳友权进行解读。

9月13日至14日，由上海市作家协会主办，上海网络作家协会、中国作协网文委上海研究与培训基地与上海大学文学院承办的"网络文学促进中华优秀传统文化两创发展暨白金作家血红现实题材作品研讨会"在上海宝山上大路亚朵酒店顺利召开。

9月17日，中国网络文学主题座谈交流活动在意大利作家联合会举办，本次活动由中外文化交流中心与中国驻罗马旅游办事处主办，罗马大学孔子学院与意大利作家联合会具体承办，邀请了中国网络作家村签约作者杨汉亮（笔名横扫天涯）、沈荣2人赴意大利开展交流活动。

9月19日，由中国作家协会网络文学中心、河南省作家协会和阅文集团主办的我会修空调《我的治愈系游戏》作品研讨会在线上召开，河南省作家协会在线下设分会场。中国作家协会网络文学中心主任何弘、河南省作家协会副主席南飞雁、阅文集团副总编辑田志国，周志强、马季等专家、评论家、编辑、读者和网络作家等30余人参加。

9月21日至9月22日，由中国作家协会、中共海南省委宣传部指导，中国作家协会网络文学中心、海南省作家协会共同主办的海南自贸港网络文学论坛在海口成功举办。来自全国各地的网络作家、重点网络文学平台负责人、网络文学专家学者等近200人参加。

9月27日，由中国作家协会网络文学中心、江西省作家协会和晋江文学城主办的红刺北《第九农学基地》作品研讨会在线上召开。中国作家协会网络文学中心主任何弘，江西省文联党组成员、江西省作协主席李小军，晋江文学城内容副主编息夜，以及聂茂、鲍远福、桫椤等专家、评论家、编辑、读者和网络作家共20余人参加。

10月18日，由中国作协网络文学中心主办的童童《洞庭茶师》作品研讨会在京举办。中国作协网络文学中心主任何弘，北京市委宣传部出版处处长何继禄，以及刘琼、丁晓原、黄发有等专家、评论家和编辑共20余人与会。中国作协网络文学中心副主任朱钢主持会议。

10月22日，由中国作家协会网络文学中心、中共江苏省委宣传部指导，江苏省作家协会、南京市委宣传部、秦淮区人民政府共同主办的第四届扬子江网络文学周在南京开幕。中国作协、江苏省委宣传部、江苏省作协、江苏省广电局、南京市委、知乎平台的领导、嘉宾，以及网络文学作家、评论家、网络文学平台代表和文化产业代表等参加活动。

10月30日，由中国作家协会网络文学中心、江西省作家协会和阅文集团主办的狐尾的笔《道诡异仙》作品研讨会在线上召开。中国作协网络文学中心主任何弘，江西省文联党组成员、江西省作协主席李小军，阅文集团副总编辑田志国，以及夏烈、禹建湘、许道军等专家、编辑、读者和网络作家共 20 余人与会。中国作协网络文学中心副主任朱钢主持研讨会。

11 月 7 日，由中国作家协会网络文学中心、上海市作家协会和晋江文学城主办的群星观测《寄生之子》作品研讨会在线上召开。中国作协网络文学中心主任何弘，上海市作协党组成员、副主席毕胜，晋江文学城内容主编锦瑟，以及周志强、周兴杰、初清华等评论家、编辑、读者和网络作家共 20 余人参加。中国作协网络文学中心副主任朱钢主持研讨会。

11 月 8 日，由成都市文学艺术界联合会指导成立的成都市网络作家协会在四川福宝美术馆召开第一次会员大会。大会投票选举出主席团成员、秘书长、理事、监事会成员，并聘任了新一届首席顾问、顾问、名誉主席、副秘书长。首席顾问为阿来，顾问为周冰、杪椤，名誉主席为爱潜水的乌贼（袁野），主席为陨落星辰（徐靖杰）。

11 月 20 日，由中国作家协会网络文学中心、河南省作家协会和阅文集团主办的城城与蝉《天才俱乐部》作品研讨会在线上召开。中国作家协会网络文学中心主任何弘，河南省文联党组成员、副主席武皓，阅文集团副总编辑田志国，以及胡疆锋、张春梅、杪椤等专家、评论家、编辑、读者和网络作家共 20 余人参加。中国作家协会网络文学中心副主任朱钢主持研讨会。

11 月 21 日，大英图书馆举行《诡秘之主》《全职高手》《庆余年》等 10 部中国网文的藏书仪式。这是继 2022 年大英图书馆首次收录 16 部中国网络文学作品之后，中国网文再度入藏这一全球著名学术图书馆。

11 月 22 日，2024 两湖版权对话在武汉隆重开幕，中南大学网络文学研究院院长欧阳友权教授在会上发布 2023 年度中国网络文艺版权保护典型案例。该版权对话围绕"版权保护助推新质生产力发展"主题，设立中国网络文艺版权保护典型案例专场发布活动。活动上发布了 15 件具有代表性的网络文艺年度典型案例，这些案例是从收集的 500 余件网络文艺年度侵权案件中精选出来的，涵盖网络小说、网络影视剧、网络音乐、网络游戏、网络绘本和网络综艺等多种形式，其中包括 2 件刑事案件、2 件行政执法案件及 11 件民事案件。案例涉及湖南、湖北、重庆、北京、浙江、广东、山东和天津等多个地区。

3. 网络作家年度榜单

1 月 2 日，第五届茅盾新人奖及茅盾新人奖·网络文学奖获奖名单公示。茅盾新人奖·网络文学奖获奖者为王小磊（骷髅精灵）、史鑫阳（沐清雨）、何健（天瑞说符）、陈彬（跳舞）、高俊夫（远瞳）、黄卫（柳下挥）、蒋晓平（我本纯洁）、刘金龙（胡说、终南左柳）、黄雄（妖夜）、胡毅萍（古兰月）。甘海晶（麦苏）、张栩（匪迦）、陆琪（陆琪）、赵磊（我本疯狂）、贾晓（清扬婉兮）、李宇静（风晓樱寒)、王立军（纯银耳坠）、周丽（赖尔）、张保欢（善良的蜜蜂）、徐彩霞（阿彩）10 人获得提名。

1月4日，由阅文集团主办，QQ阅读、微信读书、腾讯新闻协办，探照灯书评人协会承办的"探照灯好书"发布"2023年度十大中外类型小说"榜单，怪诞的表哥的《终宋》、宅猪的《择日飞升》、须尾俱全的《末日乐园》、虾写的《雾都侦探》等网络文学作品上榜。

1月5日，17K小说公布2023年度盘点，风御九秋的《长生》为年度巨著作品，另有6部作品获得年度佳作、10部作品评选为年度爆款短篇，王甜甜和弦公子被评选为年度作者，38部作品被评选为年度IP，其中《招惹》获年度最佳影视改编作品。

1月6日，起点中文网公布2023月票年榜TOP10的荣誉作品，爱潜水的乌贼的《宿命之环》、卖报小郎君的《灵境行者》、情何以甚的《赤心巡天》、远瞳的《深海余烬》、晨星LL的《这游戏也太真实了》、志鸟村的《国民法医》、孑与2的《唐人的餐桌》、耳根的《光阴之外》、姬叉的《乱世书》、文抄公的《苟在妖武乱世修仙》分别获得第一至十名。

1月8日，由微博读书和微博文学出品的"2023微博好书大赏"年度评选投票推荐截止，结合2023年全年微博数据表现（包含发博、提及、讨论、阅读量、互动量）综合维度排名，最终有多部网络文学作品和多位作者上榜。其中妖鹤的《她对此感到厌烦》、耳东兔子的《陷入我们的热恋》、长洱的《狭路·下》、南之情的《轻吻星芒2》、纵虎嗅花的《见春天》获得"2023微博年度人气新书"，南派三叔、匪我思存等获"年度人气出版作家"，麟潜live、她与灯、爱潜水的乌贼、耳东兔子等获"年度人气网文作家"，杀虫队队员、任凭舟sway、晋江纪婴、码字的九阶幻方、是冷山就木啊获"年度新锐作者"，"年度人气IP"为《大奉打更人》，"年度新锐IP"为《十日终焉》。

1月10日，阅文集团公布2023网络文学榜样作家，布洛芬战士、错哪儿了、金色茉莉花、季越人、可怜的夕夕、弥天大厦、裴屠狗、群玉山头见、拓跋狗蛋、新海月1、西湖遇雨、最白的乌鸦成为2023年"十二天王"，其中，金色茉莉花的《我本无意成仙》曾入选网文青春榜月榜。

1月11日，中国网络文学双年榜（2022—2023）发布会举行。发布会由北京大学文学讲习所、山东大学网络文学研究中心、海峡文艺出版社共同主办。本次双年榜评选出男频和女频榜各10部作品。女频榜作品为《穿进赛博游戏后干掉BOSS成功上位》《女主对此感到厌烦》《我妻薄情》《智者不入爱河》《点燃星火》《如何建立一所大学》《早安！三国打工人》《修仙恋爱模拟器》《穿成师尊，但开组会》《她作死向来很可以的》。男频上榜作品为《道诡异仙》《我们生活在南京》《赤心巡天》《北宋穿越指南》《我本无意成仙》《十日终焉》《暴风城打工实录》《星谍世家》《我的治愈系游戏》《深海余烬》。

2月6日，由番茄小说联合湖南省文联、湖南省作协、永州市新阶联、永州市网络作家协会开展的"守护好一江碧水"征文活动公布获奖作品名单，经专家评审团评选，最终9位参赛作者获奖，其中，戏水鱼的《我在人间当城隍》获得一等奖，千笑的《无念者》和随波逐流鸭的《大唐小神探》获得二等奖，另有三部作品获得三等奖、三部作品获得优秀奖。

4月25日，2023年度（第七届）晨曦杯获奖名单公布，共有20部作品入围，最终由101位评委评选出7部获奖作品。其中，最佳作品奖由我想吃肉的《祝姑娘今天掉坑了没》获得；评委会特别奖颁给柯遥42的《为什么它永无止境》；治愈原著创伤温暖同人奖由不爱吃鲑鱼的《霍格沃茨的和平主义亡灵巫师》获奖；穿越女主事业标杆奖颁给青青绿萝裙的《我妻薄情》；都市女性群像塑造奖由戈鞅的《恶意杜苏拉》获得；古典武侠诈尸还魂奖则由鹦鹉咬舌的《食仙主》获得；野性的呼唤奖颁给撸猫客的《求生在动物世界》。

4月28日，第二届科幻星球奖在北京颁奖。该奖项是中国自主打造的首个国际性综合科幻奖，由著名科幻作家王晋康和刘慈欣等人发起创立。《流浪地球2》和《三体》分别获得最佳科幻电影和最佳科幻剧集奖。最佳科幻文学奖颁给了短篇小说《择城》、中篇小说《我们的火星人》和长篇小说《我们生活在南京》。

4月28日，中国作协在上海举行了中国网络文学影响力榜（2023年度）发布活动。共30部网络文学作品和10位新人作家入选本年度榜单。在网络小说榜上，《沪上烟火》和《鲲龙》等作品反映新时代的社会与行业变革；《道诡异仙》和《第九农学基地》则融合中国风格与多种类型元素，创新叙事。IP影响榜中，《吉祥纹莲花楼》和《装腔启示录》改编为影视剧，《视死如归魏君子》改编为动漫，显示出网络文学的强劲视听转化势头。海外传播榜上，《宿命之环》《长风渡》和《藏海花》等作品以深厚的中华文化吸引了世界各地的读者。此外，江月年年、历史系之狼、徐二家的猫等10位30岁以下的青年作家以突出的创作成绩入选新人榜。此外，包括知乎独家故事《洗铅华》《三万里河东入海》在内的123部历届上榜作品，以数字典藏的形式入藏国家版本馆。

6月1日，在山东大学威海校区，由山东大学网络文学研究中心、北京大学网络文学研究中心、中南大学网络文学研究院、安徽大学网络文学研究中心、首都师范大学网络文艺研究中心、杭州师范大学国际网络文艺研究中心＆文艺批评研究院、南京师范大学世界文学与中国原创文学研究暨出版中心联合主办，扬子江网络文学评论中心和南京出版传媒集团《青春》杂志社发起主办，山东大学网络文学研究中心、山东大学文化传播学院、番茄小说年度特约主办的第三届网络文学青春榜发布会暨番茄小说"巅峰故事计划"启动仪式隆重举办。第三届"网文青春榜"年度榜单共推出12部作品：《十日终焉》（杀虫队队员）、《困在日食的那一天》

(乱)、《女主对此感到厌烦》（妖鹤）、《我在废土世界扫垃圾》（有花在野）、《社稷山河剑》（退戈）、《我本无意成仙》（金色茉莉花）、《赤心巡天》（情何以甚）、《智者不入爱河》（陈之遥）、《泄洪》（巧克力阿华甜）、《从前有座镇妖关》（徐二家的猫）、《金牌学徒》（晨飒）、《修真界第一病秧子》（纸老虎）。

6月11日，阅文集团公布新晋白金、大神作家名单，共有5位新晋白金作家和10位新晋大神，分别是滚开、黑山老鬼、狐尾的笔、轻泉流响、郁雨竹（新晋白金作家）和错哪儿了、烽仙、怪诞的表哥、季越人、金色茉莉花、荆棘之歌、装屠狗、情何以甚、十年萤火、最白的乌鸦（新晋大神）。其中，有多位作家的作品曾入选网文青春榜月榜。

6月12日，番茄小说公布2024金番作家名单，板面王仔、房车齐全、公主不回家、霍北山等上榜的21位作家均为与番茄长期合作，并在近一年内等级达到LV3，作品质量高、变现能力强、广受读者好评的作家。

6月13日，"文学让生活更美好"——第五届"金熊猫"网络文学奖颁奖活动在成都交子国际酒店天府雅韵厅举行。本届"金熊猫"网络文学奖共征集322部作品，最终角逐出17部获奖作品。其中，《我为中华修古籍》（黑白狐狸）获第五届"金熊猫"网络文学奖长篇单元金奖，《水安息》（高玉宝）获中短篇单元金奖，《橙子大侠历险记之穿越成都三千年》（陈国忠）获"文化传承 烟火成都"主题创作单元金奖。此外，《我们这十年》（庹政）、《时光织锦店》（筠心）、《春棠欲醉》（锦一）等作品分获最具时代精神奖、最具创意价值奖和最具潜力IP奖等奖项。

6月25日，中国作协网络文学中心在四川绵阳举办2023年度中国网络科技科幻文学创作扶持项目发布活动，10部网络科幻小说从118部作品中脱颖而出，获得创作扶持。10部作品分别是风晓樱寒的《初夏的函数式》、柠檬羽嫣的《植物人医生》、银月光华的《大国重器2智能时代》、人间需要情绪稳定的《一路奔北》、童童的《萤火之城》、板斧战士的《我不是赛博精神病》、龙骨粥的《维度》、匪迦的《穿越微茫》、穿黄衣的阿肥的《终末的绅士》、羽轩W的《赛博封神志》。

8月23日，豆瓣阅读"第六届长篇拉力赛"获奖名单正式公布。大赛评选出了本届长篇拉力赛总冠军、新人奖、各组冠亚季军、特定主题作品奖、潜力作品奖等21个奖项，共18部作品获奖，均已完结。总冠军为璞玉与月亮的《杂货店禁止驯养饿虎》；新人奖为二更号三的《青云影》、黎艺丹的《佳期如梦》；言情组获奖作品为大山头的《低俗！订阅了》、玛丽苏消亡史的《思春期》、淳牙的《冬风吹又生》、小也的《泡泡浴》；女性组获奖作品为没有羊毛的《陈茉的英雄主义》、青耳的《林舟侧畔》、叶小辛的《双程记》、Kek的《浪漫逾期账单》；悬疑组获奖作品为璞玉与月亮的《杂货店禁止驯养饿虎》、南山的《逃离月亮坨》、张半天的《蜉蝣：三日逃杀》、消波块的《烧花园》；幻想组获奖作品为雅典的泰门儿的《妖事管理局》、恩佐斯焗饭的《太白封魔录3：长安》、如鹿饮溪的《失魂引》、听灯的

《夏日会有回音》。

9月24日，豆瓣阅读"悬疑科幻"中篇征文比赛获奖名单公布。本届征文共收到2162部投稿，由编辑部评选出30部入围作品。自8月20日公布入围作品名单以来，经过读者评选和特邀合作方的选择，获奖名单最终揭晓。悬疑组《凶戏》获读者选择奖，《吞观音》获新人奖，《凶戏》《左手画出的花》《胖月亮》分别由壹同制作、联瑞影业、光线传媒推荐，获优秀作品奖。科幻组《狐仙诡宅》获读者选择奖，《终爱》获新人奖，《银河遇难者》《狗人》《银河遇难者》分别由壹同制作、联瑞影业、光线传媒推荐，获优秀作品奖。

9月28日晚，被誉为"中国科幻最高奖"的第35届银河奖颁奖典礼在成都市成华区天府国际动漫城举行，严曦的《造神年代》成功捧得这座奖杯。此外，最佳中篇小说奖为江波的《赛博桃源记》、廖舒波的《艺》以及王元的《他者》，最佳短篇小说奖由《遥远的脉冲微光》《中元节》《且放白鹿》《游隼向西飞行》《上帝的花棺》斩获，最佳科幻网络文学奖得主为阅文作家城城与蝉的作品《天才俱乐部》，最佳新人奖获得者为谭钢。

10月22日，由江苏省作家协会主办的第四届扬子江网络文学周在南京开幕。第四届泛华文网络文学金键盘奖和第三届"扬子江网络文学最具IP潜力榜"相继颁发，知乎盐选作者昔昔盐创作的《照殿红》荣获金键盘奖·古代言情类优秀作品奖，二彻劈山的《苏梅梅的超市》、李鸿政的《急诊见闻II：生命守护进行时》则入选第三届"扬子江网络文学最具IP潜力榜"。

11月18日，中国文明网公布第十七届精神文明建设"五个一工程"优秀作品入选名单公示。在本次评选中，"网络文艺"第一次被列入申报范围。该类别共有10部作品入围，其中包含3部网络文学作品，分别是麦苏的《陶三圆的春夏秋冬》、卓牧闲的《滨江警事》、天瑞说符的《我们生活在南京》。

11月19日，由中国网络作家村牵头举办的首届新时代网络文学"白马奖"入围终评名单正式揭晓，75部优秀作品及20位网络文学"新秀"入围终评。其中，动漫类作品10部，有声类作品10部，影视短剧类作品10部，海外传播类作品10部，网络文学类作品35部，以及20位凭借卓越创作才华和潜力脱颖而出的"新秀"。

11月25日，七猫公布了2024年度宗师&大师作家名单。共计4位作家被评选为七猫2024年度宗师作家，为烽火戏诸侯、火星引力、青鸾峰上、天蚕土豆。24位作家被评选为七猫2024年度大师作家，为宝妆成、北川、超爽黑啤等。

三、年度活跃作家

网络写作的开放性与包容性让这个场域的作者人数十分庞大。限于编选者的阅读视野和年鉴的篇幅，无法对写作者的贡献做出全面的呈现，而只能挂一漏万。

2024年我们遴选的依据主要是：中国作协扶持作品的创作者、入选"影响力榜""五个一工程"奖等权威榜单的作者，以及在代表性网络文学网站中取得突出业绩的作家。对于那些成名已久的各路大神，如果在2024年没有呈现突出成绩，我们也只能忍痛割舍。下面列举100位活跃网络作家，以其名字（多是笔名）首字母顺序为依据排列。

爱潜水的乌贼 男，本名袁野，别名乌贼娘，起点签约作家，四川省作协副主席、省网络作协主席，阅文集团白金作家，中国作家协会会员。代表作《奥术神座》《武道宗师》《诡秘之主》《长夜余火》《宿命之环》《灭运图录》等。2017年2月，第二届起点中文网"网文之王"评选中位列十二主神。2017年11月，荣获第二届中华文学基金会"茅盾文学新人奖·网络文学新人奖"。2018年5月，荣获第三届"橙瓜网络文学奖"百强大神。2019年，中国原创文学风云榜总榜排名第一。2020年，爱潜水的乌贼入选橙瓜见证·网络文学20年十大奇幻作家，百强大神作家，百位行业人物。2023年7月，作品《诡秘之主》获颁第二届"天马文学奖"。2024年4月，凭借《宿命之环》入选2023年度"中国网络文学影响力榜"。2024年10月，入选首届中国网络文学品牌榜·网络作家品牌精英榜。

八月长安 女，本名刘婉荟，别名二熊、八胀安，1987年8月出生，黑龙江省哈尔滨人，2006年哈尔滨市高考文科状元，毕业于北京大学光华管理学院，中国青春文学作家，晋江文学城签约作家，同时也是编剧、导演。主要作品有《玛丽苏病例报告》（出版名《你好，旧时光》）、《年年有余，周周复始》（《玛丽苏》番外）、《橘生淮南》、《流水混账》（出版名《最好的我们》）、《爱丝·碧漫游梦境》《换乘》《豆豆》《寄信人空缺》《姐姐》《喜之螂》《罗马无假日》《炮灰》等。其中《最好的我们》原著小说获得了"中国IP价值榜-网络文学榜TOP10"，作品《你好，旧时光》在豆瓣获得了9分的高分，八月长安也因此被称为"豆瓣评分最高的青春文学作者"。2024年10月10日，八月长安入选首届中国网络文学品牌榜中"网络文学IP品牌榜"。

板斧战士 男，本名王威，起点中文网签约作家。2020年开始网络创作，代表作有《道祖是克苏鲁》《我不是赛博精神病》《我就是死亡骑士》等，小说《我不是赛博精神病》入选2023年度中国网络科技科幻文学创作扶持项目。

北川 男，河南省作家协会会员，七猫签约作家。代表作品有《寒门枭士》《超凡透视》《横扫天下》《我在古代富甲一方》《天命王侯》。《超凡透视》在书旗原创榜、畅销榜、好评榜等榜单排名前十。《寒门枭士》从2018年开始在网站更新，为《王牌对王牌》推荐书目，在四十多万字的时候，冲上了七猫新书榜第一，多次蝉联七猫风云榜榜首，也曾多次登上七猫必读榜，并登上七猫小说收藏榜（男频）。

本命红楼 男，本名张启晨，90后，鲁迅文学院学员，江苏省作家协会会员，江苏省作家协会签约作家。入选中国网络文学影响力榜（2022年度）新人榜，提名淮安市十佳青年文艺家，获首届中国（青海）昆仑英雄网络文学奖新人奖。代表作品《风华时代》入选中国作协网络文学中心重点扶持，获江苏省委宣传部主办扬子江网络文学作品大赛二等奖，入选2023年江苏省主题出版重点出版物。《流动的历史——图说中国古代大运河》获中宣部原动力出版扶持计划重点扶持项目。《玉堂酱园》入选北京市艺术基金项目，被"网络大会+"遴选为首批海外输出作品翻译成阿拉伯文，并获"庆祝中国共产党成立100周年"网络文学主题征文大赛优秀奖。《信中书》获淮安第十届精神文明建设"五个一工程"奖。

冰天跃马行 女，本名王熠，1988年出生，满族，浙江绍兴人，中国作家协会会员，甘肃省优秀青年文化人才，甘肃省省直机关"青年学习标兵"。现任甘肃省作家协会专职副主席兼省网络作协秘书长。代表作有《敦煌：千年飞天舞》《黄河谣》《南楼棠开》《闪亮的星星》《送光的人》《随陷而落》《云上的迭部》和《遇见》等。其中，《敦煌：千年飞天舞》入选中国作协2022年网络文学重点作品扶持项目，并获得辽宁省网络文学"金桅杆"奖、咪咕天玄宇宙年度作品奖和第七届"咪咕"杯天玄宇宙厂牌铜奖，入选第二届扬子江网络文学IP影响力排行榜，2024年10月获第四届泛华文网络文学金键盘奖·现实题材类优秀作品奖。

陈之遥 女，1980年9月生于上海，法律专业，现居美国，从事金融风险控制工作，她于2008年开始初试写作，创作了多部小说，现为晋江文学城签约作家。主要作品有《智者不入爱河》《假如我轻若尘埃》《小世界》《一生一遇》《如果你听到》《白天黑夜》等。2024年1月，《智者不入爱河》正式出版，并登上第三届"网络文学青春榜"。

城城与蝉 男，本名魏荣恒，90后作家，出生于河南省濮阳市。2023年开始在起点中文网发表作品。科幻悬疑类小说《天才俱乐部》是其在起点中文网发布的第一部作品，从2022年底开始更新，2024年10月完结，此作品获起点新书榜第一，2024年8月获男频月票榜第九。9月28日，《天才俱乐部》获得第35届"银河奖"中的"最佳网络文学奖"，城城与蝉以首部科幻网文一举摘得科幻领域最高奖项。

辰东 男，杨振东，出生于1982年，北京人，毕业于中国石油大学。起点中文网白金作家，中国作家协会成员。代表作品有《不死不灭》《神墓》《长生界》《完美世界》《遮天》《圣墟》《深空彼岸》等。2015年在首届网文之王评选中位列"五大至尊"之一和"十二主神"之一，为作品登顶百度小说风云榜次数最多的网络写手之一，原著小说曾蝉联中国大型文学网"起点中文网"榜首数年，其作品相继被改编为网游和手游，荣登第七届、第八届、第九届中国作家富豪榜。2020年，入选橙瓜见证·网络文学20年十大玄幻作家、百强大神作家、百位行业人物。2023年《深空彼岸》入藏上海图书馆百部网络文学精品佳作，入选中国小说学会2023年度中国好小说。2024年连载小说《夜无疆》累计获得百万推荐票。

晨飒 男，本名陈莉锋，1980年9月8日出生，湖北蕲春人，中国作家协会会员、北京市作家协会会员，鲁迅文学院第十九期网络文学作家培训班学员。主要作品有《重卡雄风》《大国重桥》《金牌学徒》等。《重卡雄风》曾获2019年首届"大湾区杯"网络文学大赛"最热血奖""2020年度中国好书"等奖项。2024年1月20日，《金牌学徒》获书旗平台金榜"年度文学作品"奖。2024年2月，《金牌学徒》正式入选中宣部学习强国2023年度优秀网文推荐全文展示作品TOP15。2024年4月28日，《金牌学徒》入选中国作协中国网络文学影响力榜（2023）年度网络小说榜TOP10。

穿黄衣的阿肥 男，本名张弛，湖南省作家协会会员，湖南省网络作协理事，四川省网络作协理事，长沙市网络作协会员，起点中文网签约作家，代表作有《我的细胞监狱》《终末的绅士》《杀神永生》等。曾获世界华语悬疑协会荣誉奖，连续两次获高校推荐登上网络文学青春榜。作品英文版本获得海外书友高分点评，登上探照灯好书中外类型小说月榜。另有多人情景有声改编作品在喜马拉雅长期占据科幻榜前十名，播放量近亿次。作品《终末的绅士》累计获得三十万张推荐票，《我的细胞监狱》曾登上起点首页的编辑封推。《终末的绅士》入选中国网络科技科幻文学创作扶持项目。

纯洁滴小龙 男，本名任晓龙，江苏南通人，阅文集团白金作家，悬疑灵异题材扛鼎人，2018年网络文学十二天王之一。代表作品有《深夜书屋》《魔临》《妙笔计划：对手》《明克街13号》《捞尸人》。2019年《深夜书屋》入选第四届橙瓜网络文学奖年度百强作品。2020年《魔临》获得起点年度战力榜第四名。2022年《明克街13号》位列起点年度榜前十。2024年连载作品《捞尸人》累计获得三十万收藏，在起点中文网11月男频月票榜排名第六。

错哪儿 男，起点签约作家，阅文集团大神作家，代表作《都重生了谁谈恋爱啊》，已完结，共计234万字。凭借《都重生了谁谈恋爱啊》一书成名，该作连续占据起点月票榜、畅销榜前三，成为2023年最强新书之一，并带热了都市重生恋爱题材创作。2023年1月，当选年度网络文学榜样作家"十二天王"榜单；2024年05月，《都重生了谁谈恋爱啊》获起点中文网男频月票榜第五名；2024年6月，获原创文学新晋大神作家奖项。

大姑娘浪 女，工作、生活于上海，从事网络文学创作8年，代表作有《沪上烟火1》《沪上烟火2》《梁陈美景》《强制执行人》《来日方长》。2021年8月，《梁陈美景》获豆瓣阅读第三届长篇拉力赛言情组冠军，出版和影视版权已售出；2023年8月，《梁陈美景》获豆瓣阅读第五届长篇拉力赛总冠军，出版和影视版权已售出；2023年，入选中国网络文学影响力榜（2023年度）。

丁墨 女，百强大神作家，百位行业人物，创世中文网签约作者，代表作有《如果蜗牛有爱情》《他来了，请闭眼》《他来了请闭眼之暗夜》《你和我的倾城时光》《美人为馅》等。2019年11月，《乌云遇皎月》获第三届"网络文学双年奖"铜奖。2020年，丁墨荣获"橙瓜见证·网络文学"十大悬疑作家称号，2020年9月，《待我有罪时》入围"2019年度中国网络文学排行榜·中国网络小说排行榜"。2024年10月，丁墨入选"首届中国网络文学品牌榜·网络作家品牌精英榜"。2024年的完本新作《等待青蝉坠落》受到众多读者追捧。

梵鸢 本名王思思，编剧，作家，中国作家协会会员，二级职称作家（副教授），鲁迅文学院十三届学员，台湾繁体畅销作家，荣获爱奇艺文学奖、咪咕天玄宇宙奖、首届昆仑英雄网络文学奖夸父奖。代表性小说作品有《国宝风云》《国宝副本》《诡案事务所》《倾世锦鳞谷雨来》《嫡女惊华》《御姐攻略》等，影视改编作品有《假日暖洋洋1》《动物管理局》等。编剧和拍摄的短剧《情深不知所起》目前总点播8000多万，《时光尽头终遇你》目前总点播5000多万。2024年在火星小说平台连载小说《晓看天色暮看云》，另有玄幻小说《宫芙之恋》已签约影视公司，将与影视作品同期发布。

匪迦 男，本名张栩，七猫中文网签约作家，上海网络作家协会会员，鲁迅文学院第二十一期网络文学作家培训班学员，第21届浦东十大杰出青年提名奖获得者，代表作有《北斗星辰》《画天为牢》《中国，起飞》《关键路径》等。其作品以航空航天领域知识为背景，聚焦于现实和科幻题材。其中以我国北斗卫星导航系统为题材的小说《北斗星辰》获得国家和地方级多个奖项，并入选中国网络文学影响力榜（2020年度）。2023年7月，匪迦的《北斗星辰》荣获第二届"天马文学奖"。2024年1月，入选第五届"茅盾新人奖·网络文学奖"提名奖获奖名单。

烽仙 男，阅文集团签约作家。2017年至今在起点中文网发表作品，专注仙侠、玄幻写作，七年创作了4部小说，总字数达1500万。代表作品有《寒天帝》《洪主》《渊天尊》和《高武纪元》。2024年6月入选阅文集团发布的"原创文学新晋大神作家"。6—10月《高武纪元》连续5个月进入起点男频月票榜前十。

风晓樱寒 女，本名李宇静，广东江门人，中国作协会员，江门市作家协会网络文学创作委员会主任，晋江文学城签约作家。主要作品有《你给的甜》《沉睡的方程式》《精灵与冒险》《非卿不可》等。2019年，《沉睡的方程式》获"庆祝中国共产党成立100周年网络文学主题征文大赛三等奖"。2020年10月，《沉睡的方程式》获第二届泛华文网络文学金键盘奖。2022年12月17日，《逆行的不等式》获第二届"中国·襄阳岘山网络文学奖"最佳现实主义题材作品奖，并获第四届辽宁网络文学"金桅杆"奖，入选中国作协2022年网络文学重点扶持作品。2023年，《逆行的不等式》荣登中国网络文学影响力榜（2022年度）网络小说榜。2024年7月，《初夏的函数式》入选北京现实题材网络文学青年创作计划。2024年9月，《逆行的不等式》获第四届泛华文网络文学金键盘奖·现实题材类优秀作品奖，入选2023年度中国网络科技科幻文学创作扶持项目。

奉义天涯 男，本名王奎元，中国作家协会会员、天津作协会员、天津作协网络文学专委会"洞察苍穹组"作家。奉义天涯毕业于中国人民公安大学，曾有4年治安民警和3年刑警的工作经历，并曾担任警长。这些经历为他创作刑侦题材的小说提供了丰富的素材。代表作有《警探长》《警察陆令》等，《警探长》荣获2022年第六届现实题材网络文学征文大赛优胜奖，《警察陆令》荣登2023年度中国网络文学影响力榜。2024年新书《警察故事2050》正火热连载中。

妖鹤 女，晋江文学城新人作者，笔名谐音为"for her"，昭示其专注女性主义题材创作的初衷。她的作品以西幻、女性群像为标签，善于描摹生活细节，擅长书写人物群像，具有自觉的思辨意识和强大的感染力。妖鹤的立场鲜明，笔锋有力，作品凝练着她对于女性生命经验的思考与感悟，致力于讲述女性自我的故事。2021年10月开始在晋江连载第一部作品《女主对此感到烦厌》，目前尚未完结。上部于2023年4月由北京联合出版公司出版实体书《她对此感到烦厌》，且登上"中国网络文学双年榜"（2022—2023）女频，在"2023微博好书大赏"年度评选获得"2023微博年度人气新书"荣誉，入选豆瓣2023年度科幻·奇幻图书榜单并居于榜首，并登上第三届"网络文学青春榜"。

古兰月 女，本名胡毅萍，浙江兰溪人，80后作家、编剧，中国作家协会会员，金华市网络作家协会主席，也是首批浙江省宣传思想文化青年英才。代表作品有《守》《龙》《惊鸿翩翩》《酒坊巷》等20余部。2017年作品《青木微雪时》荣获首届两岸青年网络文学大赛三等奖，2018年获第八届冰心散文奖，2019年获浙江"五个一工程"奖，2019年5月获中国诗影响大赛优秀奖，2019年11月获首届大运河征文最具人气奖。作品《冲吧！丹娘》入选2020年中国作协重点扶持项目，并入选2022年"中国新时代10年百部网络文学榜单"。作品《龙井》被改编成电影。2024年获第五届"茅盾新人奖·网络文学奖"。

顾七兮 女，本名顾唤华，85后，江苏苏州人，中国作协会员、影视编剧、苏州市作协网络文学分会副会长、鲁迅文学院高级研修班学员。代表作包括《稳住，二胎来袭》《宝贝向前冲》《你与时光皆璀璨》《爱情卡位战》《宅在家里等你爱》《宅女的疯狂爱情记》《一朵桃花倾城开》。2019年《稳住，二胎来袭》荣获鹤鸣杯IP潜力入围、海峡两岸征文优秀奖。2020年《宝贝向前冲》荣获第四届咪咕杯铜奖、鹤鸣杯最佳IP入围奖。2021年《你与时光皆璀璨》入选"庆祝中国共产党成立100周年"网络文学主题征文大赛优秀奖、首届红色题材网络小说征文大赛"时代凯歌"类优秀作品、2021中国作协重点扶持项目。2022年《青砖黛瓦中国红》获"学习二十大 青春著华章"主题征文优秀奖。2024年10月《璀璨风华》获第四届泛华文网络文学金键盘奖名单（军事历史类优秀作品奖）。

滚开 男，遵义人，本名何庆丰，别名滚妹、老滚、二更兽，起点签约作家，阅文集团白金作家，作品想象力丰富，创意十足，累计创作字数超2727万。贵州省作协会员，中国作家协会会员，鲁迅文学院网络文学作家培训班第十四期学员，遵义市作家协会网络作家分会第一届理事会名誉会长。主要作品有《末世法师》《剑道真解》《巫师世界》《神秘之旅》《永恒剑主》《极道天魔》《召唤梦魇》《万千之心》《十方武圣》《我的属性修行人生》《隐秘死角》《绝境黑夜》等。2023年10月19日，作品《隐秘死角》获得第34届中国科幻银河奖最佳网络文学奖，《隐秘死角》也是《科幻文学IP改编价值潜力榜（2023）》榜首作品；2024年6月，获评阅文集团2024年原创文学新晋白金作家。

何常在 男，本名崔浩，中国作家协会会员，阿里文学签约作家，河北省网络作家协会主席，邯郸市网络作家村名誉村长，代表作有《命师》《官神》《官运》《胜算》《交手》《问鼎》系列、《运途》系列，《掌控》《逆袭》《三万里河入东海》《向上》等。2016年4月，何常在荣获"全民阅读节——第十届作家榜"年度网络作家金奖。2019年，《浩荡》荣获第四届"橙瓜网络文学奖"年度百强作品，同年，《浩荡》入选国家新闻出版署和中国作家协会联合推介的25部"庆祝新中国成立70周年"主题网络文学作品暨2019年优秀网络文学原创作品。2024年10月，何常在入选首届"中国网络文学品牌榜"网络作家品牌精英榜。

和晓 女，本名和琳，阅文集团作家。2007年毕业于湘潭大学获文学硕士学位，后在上海生活17年，创作《上海凡人传》《大城小家》等现实题材网络文学作品。2012年10月，《上海凡人传》首发于起点中文网，2022年9月，获第六届现实题材网络文学征文大赛一等奖，并入选上海作协"现实题材重点创作项目"，登上中国网络文学影响力榜（2022年度）网络小说榜；2024年4月，入选国家新闻出版署2022—2023年优秀现实题材网络文学出版工程的10部作品之一，2024年10月获得第四届泛华文网络文学金键盘奖（现实题材类优秀作品奖）。

横扫天涯 男，本名杨汉亮，文学创作一级作家，中南大学网络文学研究院研究员，中国作家协会会员，青海省网络文学委员会主任，阅文集团白金作家。表作有《天道图书馆》《造化图》《拳皇异界纵横》《拯救全球》《镜面管理局》《长生图》《无尽丹田》《有请小师叔》等。2018年5月，横扫天涯在第三届"橙瓜网络文学奖"评选中位列百强大神，《天道图书馆》荣获年度百强作品奖。2021年12月，获得第四届"茅盾新人奖·网络文学奖"。2022年11月，《有请小师叔》荣获第三届"泛华文网络文学金键盘奖·玄幻仙侠类优秀作品奖"。2024年10月，横扫天涯入选首届"中国网络文学品牌榜网络作家品牌精英榜"。

红刺北 女，本名徐南燕，中国作协成员，晋江文学城网络小说作家，代表作有《砸锅卖铁去上学》《第九农学基地》《暴力输出女配》等。2021年10月，作品《砸锅卖铁去上学》荣获第五届网络文学+大会-优秀影视IP作品奖，同年《砸锅卖铁去上学》入选花地文学榜年度网络文学榜单。2022年，《砸锅卖铁去上学》荣获第三届泛华文网络文学金键盘奖和悬疑科幻类优秀作品奖。2023年3月，《砸锅卖铁去上学》入选中国网络文学影响力榜之网络小说榜。2023年5月，作品《第九农学基地》入选2023年中国作家协会网络文学重点作品扶持选题名单。2023年6月，作品《砸锅卖铁去上学》入选新时代十年百部中国网络文学榜单。

狐尾的笔　男，本名胡伟，起点中文网大神作者，代表作品有《道诡异仙》《诡秘地海》，位列2022年网络文学榜样作家十二天王之首，2024年6月，凭借作品《道诡异仙》入选阅文集团发布的2024年"白金"作家名单。2024年6月，凭借作品《道诡异仙》入选2024微博文化之夜年度荣誉-微博年度原创文学IP名单。2024年10月，入选首届中国网络文学品牌榜——网络作家品牌精英榜。

黑白狐狸　女，七猫签约作者，代表作有《黑月光的马甲又掉了》《柔情夫君快快逃》《我为中华修古籍》《西关小姐》等，其中《我为中华修古籍》在七猫中文网人气近百万，《西关小姐》获2024第四届七猫中文网现实题材征文大赛颁奖典礼"最佳IP价值奖"，入选2024网文青春榜3月榜。2024年6月《我为中华修古籍》荣获第五届金熊猫网络文学奖金奖。

黑山老鬼　男，本名石瑞雷，中国作家协会会员，阅文集团白金作家，代表作品有《掠天记》《大劫主》《从红月开始》《猩红降临》《神秘尽头》。2022年完结作品《白首妖师》累积获推荐票超过一百万。2023年7月，《从红月开始》获第二届"天马文学奖"。2024年，获新晋阅文"白金大神"作家，连载作品《黄昏分界》获10月男频月票榜第七名。

季越人　男，2002年出生于福建。阅文集团大神作家，代表作为《玄鉴仙族》。2024年1月10日，阅文集团发布2023"十二天王"榜单，季越人凭借小说《玄鉴仙族》上榜，获评2023古典仙侠"精品王"。《玄鉴仙族》被网友盛赞为2023年"神作""修仙背景下的《百年孤独》"，总收藏人次超百万。2024年6月，阅文集团发布2024年"白金""大神"作家名单，季越人摘得"大神"荣誉。

江月年年　女，1996年出生于北京，毕业于中国传媒大学广播电视编导专业，北京作家协会会员，晋江文学城签约作者，鲁迅文学院第19期网络文学作家培训班学员。初中开始网络写作，大学之后坚持网络创作，一年一本，毕业后曾在北京一家影视公司担任文学责编，负责IP采购。她的写作风格幽默诙谐，能在常见的设定中写出反套路的新意，代表作有《影帝他妹三岁半》《我想在妖局上班摸鱼》《独秀》《我有霸总光环》《导演他谁都不爱》等，其中多部作品被改编为广播剧。《影帝他妹三岁半》被公认为"三岁半文学"的开山之作，这是"三岁半文学"迄今评分最高的一部。2024年4月，入选2023年度"中国网络文学影响力榜新人榜"。

金色茉莉花　男，起点中文网签约作家。主要作品有《我的时空穿梭手机》《这只妖怪不太冷》《我的时空旅舍》等。2023年10月，作品《我本无意成仙》获得第一届"阅见非遗"征文大赛唯一金奖。2024年1月10日，阅文集团发布2023年度网络文学榜样作家"十二天王"榜单，金色茉莉花凭借《我本无意成仙》获得

"2023修仙公路文第一人"天王称号。2024年6月,金色茉莉花入选阅文集团发布的2024年"大神"作家名单。《我本无意成仙》登上"中国网络文学双年榜"(2022—2023)男频,并登上第三届"网络文学青春榜"。

荆棘之歌 女,1993年出生于河南信阳。起点中文网签约作家,阅文集团大神作家,作品类型丰富,涵盖现代言情、穿越、异能、种田等多种类型。主要作品有《灾后第六年,我靠发豆芽攒下农场》《宋檀记事》《救命!我真的吃不下了》《了不起的魔法》《HP霍格沃茨,一段日常》《我的美人鱼不可能那么凶残!》《丁薇记事》《槐夏记事》《楚河记事》《给我一个表情包》《孔方世界》《青诡纪事》《带着系统来逆袭》等。2024年6月,入选阅文集团2024年大神作家名单。2024年10月,《宋檀记事》获得了起点中文网女频月票榜第三名。2024年10月,《灾后第六年,我靠发豆芽攒下农场》获得了起点中文网女频月票榜第七名。

骷髅精灵 男,本名王小磊,山东烟台人,1982年7月生,起点大文网签约作家,阅文集团白金作家、中国文学艺术界联合会第十届全委会委员、上海青年文联副会长、上海网络作家协会副会长、上海视觉艺术学院客座教授。代表作有《海王祭》《机动风暴》《武装风暴》《雄霸天下》《圣堂》《星战风暴》。2004年凭借处女作《猛龙过江》成为网络文学一线人气作家,《猛龙过江》成为网游类小说的扛鼎之作。2006年《机动风暴》近三百万字是港台地区玄幻小说畅销冠军,累计销量四十多万册,开创新派科幻机甲流,也是09年鲁迅文学院第一届网络作家班课堂研讨作品。此后连续三部小说《界王》《武装风暴》《雄霸天下》均蝉联港台地区玄幻小说畅销冠军,连续九年入选盛大文学年度作家峰会。2018年5月,在第三届"橙瓜网络文学奖"评选中位列十二主神,荣获"年度最受欢迎作家"之"年度科幻作家"。2020年,入选橙瓜见证·网络文学20年十大科幻作家。2024年1月获第五届茅盾新人奖·网络文学奖。

历史系之狼 男,本名为艾力塔姆尔·帕尔哈提,阅文集团大神作家。代表作有《捡到一本三国志》《家父汉高祖》《衣冠不南渡》等。《家父汉高祖》占据起点中文网历史分类榜首,为2022年历史最畅销书籍,并登上阅文集团网络文学作家指数排行榜前100,而且入选了"探照灯好书"2023年7月十大中外类型小说书单,已入藏上海图书馆。2023年10月上架的《衣冠不南渡》再次大热,两个多月来多次在起点中文网历史分类畅销榜、月票榜、阅读指数榜并列第一。2024年4月,历史系之狼入选2023年度"中国网络文学影响力榜新人榜"。

梁山老鬼 男,2022年7月20日入驻七猫,现为七猫原创签约作者。他的代表作包括《护国战神》《绝世醒龙》《无敌六皇子》等。《护国战神》《绝世醒龙》都曾在多渠道畅销,单月销售突破10万,曾用笔名苏长弓创作《重生之龙在都市》,长期在多个渠道占据畅销榜。2024年在七猫中文网连载新作《无敌六皇子》连续两个月荣登七猫必读榜男频第一。

灵犀无翼　女，本名任佳英，1981年出生，四川省南充市顺庆区人。七猫中文网作家，擅长历史、现实IP类题材，出版文史作品《且向花间留晚照》《君生我未生》《帝女花》《唯有相思不曾闲》《独孤信》《生活在魏晋南北朝》等，古言小说《堇色无恙芰荷香》《长安未歇》入选中国作协"2016年度全国网络文学重点园地工作联席会议重点作品扶持项目"。历史小说《长安未歇》《春雨——大国绅商张謇》分别获得2016年度、2021年度"中国作家协会网络重点作品扶持项目"立项。2023年《寻常巷陌》获第三届七猫中文网现实题材征文大赛"分类一等奖"，入选2023年中国作家协会网络文学重点作品扶持选题名单并入选2023四川网络文学作品影响力排行榜。2024年以考古题材作品《江海潜寻》获得第四届七猫中文网现实题材征文大赛"最佳IP价值奖"。

柳翠虎　女，本名李璐珊，青年作家、编剧、中国作家协会会员，鲁迅文学院第四十三届高研班学员，毕业于北京大学法学院，曾从事知识产权、影视娱乐与电信、互联网领域法律服务，现全职写作。代表作有《装腔启示录》《这里没有善男信女》《薄情人回收手册》等。2023年，获得豆瓣阅读第二届长篇拉力赛总冠军。2024年5月，第29届上海电视节白玉兰奖入围名单公布，柳翠虎以作品《装腔启示录》入围"最佳编剧（改编）"奖项，并在"金鹏展翅·金骨朵网络影视盛典"上摘得"年度IP作者"桂冠。2024年10月，入选首届中国网络文学品牌榜——网络文学IP品牌榜。

柳下挥　男，本名黄卫，曾用笔名"坐怀不乱"，1985年出生于河南信阳，中国网络作家代表人物之一。擅长都市小说的创作，被誉为都市小说代表人物之一。代表作有《市长千金爱上我》《邻家有女初长成》《爱你我就骚扰你》《近身保镖》《天才医生》《火爆天王》《终极教师》《逆鳞》《同桌凶猛》《猎赝》以及《龙王的傲娇日常》等。《猎赝》在2021年9月16日被列入"中国网络文学影响力榜"，并在2022年1月入选"探照灯书评人好书榜"，被评选为第三届"橙瓜网络文学奖"评选中位列十二主神。2021年12月，获得第四届茅盾新人奖·网络文学奖提名。2022年3月，参加首届网络文学研究班。2024年1月，获第五届"茅盾新人奖·网络文学奖"。

流浪的军刀　男，本名周健良，湖南省网络作家协会副主席，代表作有《终身制职业》《愤怒的子弹》《使命召唤》等，2017年2月，在第二届网文之王评选中位列百强大神。2020年，入选橙瓜见证·网络文学20年十大军事作家、百强大神作家、百位行业人物。2024年10月，入选首届中国网络文学品牌榜——网络作家品牌精英榜。2024年新作《空降突袭》产生了广泛影响，湖南省作协为该小说举办研讨会。

龙骨粥　男，本名李易谦，代表作有《修仙之任务系统》《闪充高手》《得分狂魔》等，作品《维度》以其独特的叙事手法、宏大的世界观和深刻的思考获得了刘慈欣、王晋康、尹传红、陈楸帆、超侠等多位科幻大咖的鼎力推荐。此外，《维度》还入选了"科幻与未来"2023年度中国网络科技科幻文学创作扶持项目。

乱步非鱼 女，本名齐金石，90后网络作家，纵横中文网签约作家，江苏省网络作家协会会员，江苏省作家协会会员，鲁迅文学院第二十一期网络文学作家培训班学员，第三届全国网络作家在线培训班学员。代表作有《邪医狂妃：王爷药别停》《总裁明明超A却过分沙雕》《医路芳华》《我在霸总文里直播普法》等。2018年，《我的青梅哪有那么腐》获纵横年度潜力漫画改编荣誉。2021年，纵横年度盘点，乱步非鱼被评为年度更新王。2024年4月，乱步非鱼入选2023年度"中国网络文学影响力榜·新人榜"。2024年，乱步非鱼的新书《我直播通古今养成少年天子》上线。

麦苏 女，本名甘海晶，咪咕阅读签约作家。中国作家协会会员，河南省网络文学学会副会长和郑州市网络作家协会副主席。代表作有《未经安排的青春》《陶三圆的春夏秋冬》《刺猬小姐向前冲》《归时舒云化春雪》《我的黄河我的城》和《荣耀之上》等。《刺猬小姐向前冲》被评为河南省委宣传部2019年度中原文艺精品创作工程重点作品，并荣获连尚文学"庆祝新中国成立70周年"首届全国网络文学现实题材主题征文大赛完结作品组二等奖。同时，这部作品还入选了郑州市第二十二届文学艺术优秀成果奖。《归时舒云化春雪》则在2019年获得河南省直文艺创作人员创作扶持，并入选了河南省作家协会重点扶持项目。麦苏的作品还多次入选精神文明建设的重点项目，《荣耀之上》被列为2020年度河南省精神文明建设"五个一工程"重点项目。2024年，《陶三圆的春夏秋冬》获得了第十七届精神文明建设"五个一工程"优秀作品奖。

眉师娘 女，1998年生，浙江杭州人，代表作有《奔腾年代——向南向北》《茫茫白昼漫游》《茫茫黑夜漫游》《梅城》《说吧，秘密》等。2021年，《奔腾年代——向南向北》获得"第五届现实题材网络文学征文大赛"特等奖。2023年，《茫茫白昼漫游》获得第七届现实题材网络文学征文大赛一等奖。2024年10月，眉师娘入选"首届中国网络文学品牌榜·网络作家品牌新锐榜"。2024年11月，凭借《云去山如画》荣获"阅见非遗"第二届征文大赛最具传承价值奖。

沐清雨 女，本名史鑫阳，黑龙江哈尔滨人，1982年5月生，中国作家协会会员、黑龙江省作家协会会员、全委会委员。代表作有行业文《星火微芒》《无二无别》《渔火已归》，军旅系列《时光若有张不老的脸》《若你爱我如初》《春风十里，不如你》，彩虹系列《所有深爱的，都是秘密》《时间替我告诉你》《云过天空你过心》，都市系列《听说爱会来》（再版名）、《与你一起虚度时光》《念你情深意长》《只要你也想念我》等。2018年，荣获第一届首届泛华文网络文学"金键盘"奖；《翅膀之末》入选中国作家协会2018年"中国网络小说排行榜"完结作品榜单；2019年，作品《渔火已归》入选中国作协2019年网络文学重点作品扶持选题名单；

2021年12月9日，获第四届茅盾新人奖·网络文学奖提名；2022年，获得中国网络文学影响力榜IP影响榜；2024年1月，获得第五届茅盾新人奖·网络文学奖。

那一只蚊子　男，90后，阅文集团大神作家。2016年开始网文创作，主攻轻小说，代表作《海贼王之剑豪之心》《轮回乐园》。2019年1月，凭借《轮回乐园》荣获阅文集团2019年度网络文学"十二天王"——轻小说最强连载王。2020年，入选橙瓜见证·网络文学20年十大二次元作家。2022年1月，获得了起点2021年度终极决赛"男频轻小说分类TOP1"荣誉。2024年7—10月《轮回乐园》进入起点男频月票榜前四名。

南派三叔　男，本名徐磊，1982年出生于浙江嘉兴，作家，编剧，中国作家协会会员，浙江省网络作家协会副主席，代表作有《盗墓笔记》系列、《沙海》系列、《藏海花》系列、《大漠苍狼》系列、《怒江之战》系列、《世界》等。2012年11月，《盗墓笔记》系列获得第七届中国作家富豪榜最佳冒险小说奖；2016年11月，《盗墓笔记》荣登中国泛娱乐指数盛典"中国IP价值——网络文学榜TOP10"；2019年，南派三叔荣获第二届"茅盾文学新人奖·网络文学新人奖"；2020年，入选橙瓜见证·网络文学20年十大悬疑作家，百强大神作家。2024年4月，《藏海花》入选2023年度"中国网络文学影响力榜"海外传播榜。

柠檬羽嫣　女，本名苏东宁，1994年生，医学博士，目前就职于北京三甲医院神经科。中国作家协会会员，中国网络文学影响力榜首届新人榜获奖作者。从2008年开始在网络上连载作品，以青春言情为主，目前出版图书7部，多部作品获有声、广播剧影视等改编，作品曾入选中国作协网络文学重点作品扶持项目。主要作品有《对不起，爱上你》《美人归来：月满锦宫春》《此生不顾》《终身大事》《柳叶刀与野玫瑰》《治愈者》。2021年9月，柠檬羽嫣入选中国网络文学影响力（2020年）新人新作榜。2024年8月，《柳叶刀与野玫瑰》入围平遥国际电影展"迁徙计划"。《池医生他没我不行》获得第七届中国数字阅读大会颁发的IP潜力价值榜上榜作品，爱奇艺小说2020—2021年度最佳单项奖"最佳现言作品"。

女王不在家　女，本名刘荣华，言情类网络小说作家，晋江文学城签约作者，北京作家协会会员。2011年开始在晋江文学城发表作品，已完结作品47部，是一位多产的网络作家。代表作品有《皇后命》《再入侯门》《我给女主当继母》《八零之珠光宝气》《倾城小佳人》《他的暗卫》等。2021年7月，参加网络作家党史学习教育在线培训班（第一期）获"优秀学员"。2024年11月，《他的暗卫》在晋江文学城半年排行榜言情类排行第一。

Priest　女，本名刘垚，笔名牧牧，别名皮皮、PP、小甜甜，1989年出生，籍贯北京，晋江文学城驻站作者。自2007年起开始在晋江连载小说，擅长构建恢宏的世界观，涉及玄幻、奇幻、机甲、武侠、刑侦和科幻多种类型。代表作有《天涯客》《镇魂》《大哥》《杀破狼》《有匪》《默读》等。2016—2017年蝉联豆瓣年度读书榜单"幻想文学类"国内作品冠军。2017—2020年，连续4年登上中国网络文学女作家影响力榜。2020年入选橙瓜见证·网络文学20年十大武侠作家、百强大神作家、百位行业代表。2018年《默读》获豆瓣年度悬疑推理作品冠军，2019年入选《中国网络文学20年·典文集/好文集》。2020年获年度最具版权价值网络文学佳作（古代榜），2021年《太岁》获年度玄奇题材佳作。

裴屠狗 男，起点中文网签约作家，阅文集团大神作家，累计创作字数超1300万。主要作品有《诸天投影》《诸天大道宗》《诸界第一因》《道爷要飞升》等。2023年凭借《道爷要飞升》入选网络文学榜样作家十二天王之一，2023年4月《诸界第一因》入藏上海图书馆百部网络文学精品佳作。2024年5月《道爷要飞升》获起点中文网男频月票榜第三名，6月入选阅文集团2024年原创文学新晋大神作家。

彭湃 男，生于1989年3月10日，湖南浏阳人，《紫色年华》签约作者及编辑。2010年开始创作，代表作有《再见，彭湃》《空城少年》《女孩不哭》《猎能者1：猎能学院》和《异兽迷城》（已完结）等，以及《当我们的青春渐渐苍老》《当我们的青春无处安放》《当我们的青春渐行渐远》青春三部曲。2024年《异兽迷城》入选"番茄出版典藏榜""番茄高分榜""番茄巅峰榜"，成为番茄小说超级爆款，单平台在读破3000万，54万人评分9.8。11月，新作《逆位迷宫》由番茄小说独家连载。

七月荔 女，本名任亚南，知乎盐选专栏高人气作者，关注人数超22万，文风细腻，擅以独特的视角和新颖的表达方式撰写作品。其处女作《洗铅华》，为"知乎三大虐文"之一，且已完成影视化改编，主要作品还有《一穿越就成女配》《恭喜晋王得此贵女》《恶毒女二保命攻略》《荼蘼不争春》。2024年4月，《洗铅华》入选了2023年度"中国网络文学影响力榜·IP影响榜"。

青鸾峰上 本名杨郑，中国作家协会会员，贵州省作家协会会员，贵州省网络文学学会副会长，纵横中文网签约作家。代表作品有《无敌剑域》《一剑独尊》《我有一剑》《不负韶华》《神级杂役》。2021年，《一剑独尊》荣获七猫年度必读榜第一。2022年，在第三届泛华文网络文学金键盘奖评选中，《一剑独尊》荣获优秀有声改编作品奖。同年，《一剑独尊》入选中国小说学会2022年度好小说·网络小说榜单，并荣获中国网络文学影响力榜（2022年度）海外传播榜上榜作品。2023年，在湖南省文学创作系列网络文学专业职称专场中荣获二级文学创作职称，同年在纵横小说作者大会中荣获纵横年度最畅销作家奖。2023年，《我有一剑》入选百度沸点2023年度十大网文，《我有一剑》《不负韶华》在纵横中文网年度网络文学奖评选中，被评为年度十佳作品。

情何以甚 男，本名尹聪聪，湖北咸宁人，鲁迅文学院第二十三期网络文学作家培训班学员，起点中文网签约作家，阅文集团大神作家，知乎大神级作者，累计创作字数超800万。主要作品有《豪气歌》《我爱你的时候剑拔弩张》《西游志》

《赤心巡天》等。代表作《赤心巡天》获推荐票超五百万，达成起点荣耀五星作品，入藏上海图书馆百部精品。2022年1月《赤心巡天》获起点中文网2021年度终极决赛"男频仙侠分类第一名"。2022年作者凭借《赤心巡天》入选网络文学榜样作家十二天王之一。2022年《赤心巡天》被收录至大英图书馆中文馆藏书目中，这也是中国网络文学作品的"首次"。2023年7月，《赤心巡天》登上起点中文网月票榜、畅销榜和阅读指数榜"三榜第一"，2023年《赤心巡天》获得2023年首届阅文全球华语IP盛典"年度影响力作品"。2024年6月，《赤心巡天》入选第三届"网文青春榜"年度榜单。2024年6月，获评2024年原创文学新晋大神作家。

轻泉流响 男，1998年生，"御兽流"新写法开创者，阅文集团大神作家。代表作有《宠物小精灵之庭树》《精灵掌门人》《不科学御兽》《御兽之王》等。2021年，轻泉流响入选阅文集团发布网络文学榜样作家"十二天王"榜单。轻泉流响凭借《不科学御兽》，入选中国网络文学影响力榜（2021年度）新人榜。《不科学御兽》均订超9万，位列2022年起点读书月票年榜TOP10，创造同题材最高成绩纪录，漫画、动画、有声等版权均已售出。2024年6月，轻泉流响获评2024年原创文学新晋"白金"作家。2024年10月，轻泉流响入选首届"中国网络文学品牌榜·网络作家品牌新锐榜"。

清扬婉兮 女，本名贾晓，1982年生。中国作家协会会员，陕西省网络作家协会副主席。她自2004年开始创作，至今已出版了十余部小说。清扬婉兮擅长现实主义题材创作，代表作包括《全职妈妈向前冲》《春天的薇薇安》《爸爸不是超人》《有喜》《有归》《有依》《芜菱小姐的平行旅行》等。其中《全职妈妈向前冲》被推选国家广电总局和中国作家协会联合发布的2017年优秀网络文学原创作品。2023年5月，清扬婉兮凭借《有喜》获第五届陕西青年文学奖。2024年1月，获得第五届茅盾新人奖·网络文学奖提名。2024年5月，作品《父爱小满》入选2024年中国作协网络文学重点作品扶持（人民美好生活主题），2024年10月《芜菱小姐的平行旅行》获得第四届泛华文网络文学金键盘奖（都市幻想类优秀作品）。

人间需要情绪稳定 女，本名李颖娟，厦门大学文学硕士，2021年开始进行创作，专注现实题材网络文学创作。在从事写作之前，她曾担任记者，并在制造业市场领域工作十余年，见证了中国高科技产品在海外的发展。主要作品有《破浪时代》《一路奔北》等。2022年，《破浪时代》获得了第六届现实题材网络文学征文大赛的特等奖。2024年5月27日，《一路奔北》获得了第八届现实题材网络文学征文大赛特等奖，入选2023年度中国网络科技科幻文学创作扶持项目。

三九音域 男，本名王怀誉，江苏省网络作家协会副主席，番茄小说网殿堂作家。代表作有《超能：我有一面复刻镜》《我在精神病院学斩神》《我不是戏神》等。入选2021年度"中国网络文学影响力榜"新人榜，2024年6月其作品《我在精神病院学斩神》入选2024微博文化之夜微博年度原创文学IP，2024年10月，入选首届中国网络文学品牌榜–网络作家品牌新锐榜。

桑文鹤 女，1984年生，豆瓣著名悬疑作家，主要作品有《左手画出的花》《令她战栗的光辉》《黑色沼泽》《她所知晓的一切》《我死去那天的故事》《我们消失的那一年》等。作品《我们消失的那一年》阅读热度破百万，入选豆瓣阅读2021年度榜单，《我死去那天的故事》入选豆瓣阅读2022年度榜单，2023年，作品《她所知晓的一切》获豆瓣阅读第五届长篇拉力赛悬疑组冠军，并且影视版权和图书版权已售出。

杀虫队队员 男，1991年生，山东青岛人。番茄小说金番作家，擅长悬疑幻想类题材，设定新颖，多重反转，笔下人物鲜活立体，代表作品有《传说管理局》《十日终焉》等。《十日终焉》居番茄悬疑榜TOP1，上架1年累计千万读者阅读，超21万读者打出9.8的评分，追更人数300万+，长期蝉联番茄总阅读榜TOP1，其网络影响力已成"破圈"作品，已改编广播剧，出版实体书，售出动漫、影视版权。2024年1月，《十日终焉》登上"中国网络文学双年榜"（2022—2023）男频，并登上第三届"网络文学青春榜"，在"2023 微博好书大赏"年度评选中获得"年度新锐IP"。2024年10月，《十日终焉》入选首届中国网络文学品牌榜，并登上番茄小说高分榜（男频）。

唐家三少 男，本名张威。1981年1月生于北京，阅文集团白金作家，炫世唐门文化传媒有限公司董事长。毕业于河北大学政法学院，曾于上海社会科学院高级作家班研修。现任中国作家协会主席团委员、北京青联委员、北京市作家协会副主席、浙江省网络作家协会名誉主席，北京作家协会理事会副主席。代表作品有《狂神》《斗罗大陆》《善良的死神》《惟我独仙》《神印王座》《琴帝》《天珠变》等。2004年开始创作网络小说，2005年入驻起点中文网。蝉联第7—11届网络作家富豪榜榜首，2次入选福布斯名人榜。2015年2月，获得首届中国"网文之王""五大至尊""十二主神"称号。2017年，获第二届茅盾文学新人奖·网络文学新人奖，中央宣传部2017年文化名家暨"四个一批"人才奖。2018年1月8日，位列"2017年中国网络文学作家影响力榜"子榜单"2017中国网络文学男作家影响力榜TOP50"第2名。2019年3月，其小说《拥抱谎言拥抱你》入选广电总局"2018年优秀网络文学原创作品推介名单"。2020年12月，入选"橙瓜见证·网络文学20年人物篇盘点报告"十位玄幻作家、百强大神作家、百位行业人物。2024年5月完结《神印王座2皓月当空》，2024年10月入选中国网络文学品牌榜·网络文学IP品牌榜。

藤萍 女，本名藤萍，橙瓜码字"网络文学薪火计划"网文学堂第26期荣誉讲师。2000年，《锁檀经》荣获第一届花雨"花与梦"全国浪漫小说征文大赛第一名，此后相继出版《吉祥纹莲花楼》《九功舞》《紫极舞》等作品。2018年，《未亡日》获得"北京大学2017网络文学年榜"女频榜榜首。2018年5月，第三届"橙瓜网络文学奖"评选中位列百强大神。2021年12月，获第四届茅盾新人奖·网络文学奖。2024年6月，入选2024微博文化之夜微博年度文化传播影响力人物。

天蚕土豆 男，本名李虎，中国作家协会第十届全委会委员，中国作家协会会员，浙江省作家协会主席团成员，浙江省网络作家协会副主席，起点中文网签约作家，代表作有《魔兽剑圣异界纵横》《斗破苍穹》《武动乾坤》《大主宰》《元尊》《万象之王》等。2015年，"第一届网文之王评选活动"获得"十二主神"称号。2017年2月，"第二届网文之王评选活动"中，天蚕土豆获得"网文之王"称号。2020年，天蚕土豆入选橙瓜见证·网络文学20年十大玄幻作家，百强大神作家，百位行业人物。2024年10月，天蚕土豆入选首届"中国网络文学品牌榜·网络作家品牌精英榜"。

天瑞说符 男，本名何健，九江市网络作家协会主席，代表作有《死在火星上》《泰坦无人声》《我们生活在南京》等。2019年11月，《死在火星上》荣获第30届中国科幻银河奖"最佳网络文学奖"。2022年1月，入选"2021名人堂年度人文榜·年度新锐青年作家"。2023年3月，第33届中国科幻银河奖，《泰坦无人声》获得最佳原创图书奖。2023年5月，第十四届华语科幻星云奖，作品《我们生活在南京》获得"2022年度长篇小说金奖"。2023年9月，《我们生活在南京》获第二十届"百花文学奖网络文学奖"。2024年1月，天瑞说符入选第五届"茅盾新人奖·网络文学奖获奖名单"。2024年4月，凭借《我们生活在南京》荣获第二届"科幻星球奖文学奖·最佳科幻长篇小说奖"，入选第十七届精神文明建设"五个一工程"优秀作品奖。2024年10月，天瑞说符入选首届"中国网络文学品牌榜·网络作家品牌新锐榜"。

跳舞 男，本名陈彬，80后，江苏南京人。中国作家协会会员，江苏省网络作家协会主席，起点中文网白金作家。作品简繁体出版畅销海峡两岸，多部作品已完成网络游戏跨平台改编，读者遍布全球华语文化圈。代表作包括《变脸武士》《恶魔法则》《猎国》《天骄无双》《欲望空间》《嬉皮笑脸》《邪气凛然》《天王》等。2011年加入中国作家协会，成为继唐家三少之后第二位加入中国作家协会的网络作家。2017年2月，位列第二届网文之王百强大神之一。2018年5月，位列第三届"橙瓜网络文学奖"十二主神之一。2019年2月，成为橙瓜《网文圈》第34期封面人物。2024年5月，获得第五届茅盾新人奖·网络文学奖。2024年10月《恶魔法则》获得第四届泛华文网络文学金键盘奖（优秀有声、动漫、游戏改编作品奖）。

童童 女，本名童敏敏，中国作家协会会员，江苏省网络作协理事，代表作有《冬有暖阳夏有糖》《月球之子》《洞庭茶师》等。作品《大茶商》入选2020年国家新闻出版署"优秀现实题材与历史题材网络文学出版工程"。2022年11月，凭借《冬有暖阳夏有糖》获得华语第三届金键盘优秀翻译输出奖，入围中国网络文学影响力榜（2021年度）海外传播榜。新作《洞庭茶师》入选2022年中国作家协会重点作品扶持项目、国家新闻出版署"优秀现实题材与历史题材网络文学出版工程"。已出版小说40册，其中影视改编8部，网文阅读点击量过百亿。

退戈 晋江文学城签约作家，于2016年开始发表小说，主要作品有《凶案现场直播》《有朝一日刀在手》《深藏不露》《强势逆袭》《社稷山河剑》《第一战场指挥官》《第一科举辅导师》《第一战场分析师》等。"凶案现场直播"系列是2020年度晋江现代言情幻想类十佳作品之一，文章积分高达52亿，收藏数18万，总书评11万。其中，《社稷山河剑》于2024年登上第三届"网络文学青春榜"。

庹政 男，出生于1970年6月，四川内江人。中国作家协会会员，鲁迅文学院高级研修班学员，四川轻化工大学人文学院特聘副教授，咪咕阅读、春风文艺出版社、盛大文学签约写手。代表作品有《男人战争》《大哥》《青铜市长》《猛虎市长》等，编剧作品有《国家行动》《山海情》。2002年，武侠小说《第八种武器》获"首届新武侠原创大赛"二等奖（一等奖空缺）。2003年，武侠小说《黑下灯》获"首届'英才杯'通俗文学大赛"银奖。2007年，社会小说《大哥》获首届"书赢天下"征文大赛亚军，机场文学畅销榜第一名。2008年，时政小说《男人战争》入选年度网络小说风云榜。2020年庹政的《商藏》获第二届泛华文网络文学金键盘奖（现实题材类作品）。2024年10月《我们这十年》获得第四届泛华文网络文学金键盘奖名单（优秀影视改编作品奖）。

我本纯洁 男，本名蒋晓平，80后网络作家，出生于广西玉林。中国作协会员、广西作协副主席、全国网络文学百强大神之一，阿里文学签约作者。代表作包括《神控天下》《妖道至尊》《我是霸王》《第一战神》《沧海归墟·虹日探踪》《大律师：深渊之下》《万道主宰》《天荒战神》《星河至尊》等，多部作品已被改编为影视、游戏、动漫作品。我本纯洁在2017年2月第二届网文之王评选中位列百强大神。2018年5月19日，获得第三届"橙瓜网络文学奖"百强大神称号。作品《第一战神》漫画改编在2019年9月获得中国动漫金龙奖金奖，2024年获第五届茅盾新人奖·网络文学奖。2024年10月《沧海归墟》入选第四届泛华文网络文学年度最具IP潜力榜榜单。

我吃西红柿 男，本名朱洪志，别称我吃番茄、番茄，1987年出生于江苏扬州宝应，起点中文网白金大神。自2005年起至今在起点中文网发表小说，完结作品共10部，连载作品2部。代表作品有《星峰传说》《寸芒》《星辰变》《盘龙》《九鼎记》《吞噬星空》《莽荒纪》《雪鹰领主》《飞剑问道》等。2012年11月，以2100万的版税收入高居第七届中国作家富豪榜全新品牌子榜单——"中国网络作家富豪榜"第2位。2017年2月，在第二届网文之王评选中，位列十二主神。2017年11月，荣获第二届"中华文学基金会茅盾文学新人奖网络文学新人奖"。2018年5月，荣获第三届橙瓜网络文学奖"网文之王"。其作品《盘龙》是第一部被完整翻译成英文的长篇网络小说，堪称"海外粉丝收割机"。《雪鹰领主》系列动画热播至今，专辑播放量已破 30 亿大关。2023 年《星辰变》入选"中国网络文学影响力榜（2021 年度）海外传播榜"。2024 发表新书《吞噬星空 2 起源大陆》，10 月其作品《沧元图》改编的同名动画入选首届"中国网络文学品牌榜·网络文学 IP 品牌榜"。

巫哲 女，本名白雪，晋江文学城签约作者。2011 年起在晋江文学城发表小说，完结作品共 27 部。代表作品《一个钢镚儿》《格格不入》《解药》《撒野》《嚣张》等被改编为影视作品。2016 年、2018 年获晋江 IP 改编最具有潜力作者，2019 年获晋江 IP 改编最具有影响力作者，2020 年入选中国网络文学女作家影响力榜。2017 年《一个钢镚儿》获晋江年度佳作，2018 年《解药》获晋江年度纯爱佳作，《撒野》获首届泛华文网络文学"金键盘"奖优秀有声改编奖作品，2019 年《嚣张》获晋江年度纯爱佳作，2024 年完结作品《秋燥》，积分 77 亿，位列晋江半年排行榜第三。

忘语 男，本名丁凌滔，出生于 1976 年 10 月，江苏省徐州市人。2008 年，开始在起点中文网发表作品，后成为阅文集团白金作家。他的代表作有《凡人修仙传》《魔天记》《玄界之门》《仙者》等，这些作品均已改编成游戏和漫画。《凡人修仙传》作为仙侠小说经典之作并开创了"凡人流"，忘语因此被誉为"凡人流"作品的"开山鼻祖"。2016 年《玄界之门》获得"福布斯·中国原创文学风云榜"男生作品冠军；2017 年 2 月，第二届网文之王评选中位列十二主神之一；2018 年 5 月，第三届"橙瓜网络文学奖"评选中《凡人修仙之仙界篇》荣获年度十大作品；同年，入选第三届"橙瓜网络文学奖"评选五大至尊；2019 年，获第二届中华文学基金会茅盾文学新人奖·网络文学新人奖提名奖。2024 年 10 月入选首届"中国网络文学品牌榜·网络文学 IP 品牌榜"。10 月 15 日忘语在番茄发布新书《星路仙踪》。

希行 女，本名裴云，中国作家协会会员，邢台市文联副主席，起点中文网古言代表作家之一，女性网络文学超人气作者。代表作有《名门医女》《药结同心》《重生之药香》《回到古代当兽医》《古代地主婆》《娇娘医经》《诛砂》《君九龄》《第一侯》《洛九针》《大帝姬》《第一侯》《问丹朱》等。2017 年 11 月，荣获第二届"中华文学基金会茅盾文学新人奖网络文学新人奖"。2017 年 12 月，荣获 2017 年中国网络文学作家影响力 TOP100 榜单女作家影响力 TOP50 第七名。2018 年 1 月，《君九龄》入选国家广电总局和中国作家协会联合发布 2017 年优秀网络文学原创作品推介名单。2018 年 6 月，《大帝姬》入选全国网络文学重点园地工作联席会议 2018 年度重点作品扶持选题名单。2020 年 1 月，2019 阅文原创文学风云盛典，《重生之药香》荣获超级影视改编价值女频作品奖。2023 年 5 月，作品《洛九针》入选 2023 年中国作家协会网络文学重点作品扶持选题名单。

骁骑校 男，本名刘晔，中国作家协会会员，江苏省网络作家协会副主席，徐州市作家协会副主席，第一届网络文学联赛导师，番茄小说签约作家。代表作有《铁器时代》《国士无双》《匹夫的逆袭》等。2015 年 11 月，凭借《匹夫的逆袭》

获得"第一届网络文学双年奖"铜奖。2019年，骁骑校获得"第二届茅盾文学新人奖·网络文学"新人奖，《橙红年代》获"最佳人气作品"奖。2022年11月，《长乐里：盛世如我愿》荣获"第三届泛华文网络文学金键盘奖"现实题材类优秀作品奖。2023年7月，《长乐里：盛世如我愿》荣获第二届"天马文学奖"。2024年10月，骁骑校入选"首届中国网络文学品牌榜网络作家品牌精英榜"。2024年完本的新作《下一站：彭城广场》体现了作者创作的新突破。

小盐子 女，番茄小说签约作家，擅长现代言情、穿越、娱乐圈等题材的小说创作。主要作品有《和总裁上恋综后，全网磕疯了》《恋综上我手撕渣男，全网乐翻了》《穿成剧本杀死者，嫌疑人都爱上我》。代表作《癫，都癫，癫点好啊》在连载中，登上番茄小说高分榜（女频）。

徐二家的猫 男，本名张浩，1996年出生，吉林榆树人，现为中国作家协会会员，吉林省网络作家协会理事，榆树市作家协会副主席，番茄小说网签约作家。主要作品有《请叫我鬼差大人》《仙人之上》《从前有座镇妖关》等。其中《从前有座镇妖关》登上第三届"网络文学青春榜"。2024年4月28日，2023年度"中国网络文学影响力榜"发布仪式在上海举行，徐二家的猫荣幸登上新人榜前三名。2024年10月，徐二家的猫入选中国网络文学品牌榜——网络作家品牌新锐榜。

血红 男，本名刘炜，苗族人，祖籍湖南常德，现定居上海，毕业于武汉大学计算机专业。阅文集团白金作家，上海网络作家协会会长，上海市虹口区作家协会主席。2003年开始网络文学创作，至今已创作长篇网络小说《升龙道》《神魔》《邪风曲》《巫颂》《偷天》《林克》《人途》《逍行纪》《邪龙道》《万界天尊》《三界血歌》《光明纪元》《巫神纪》《开天录》等十余部。2019年获第二届茅盾文学新人奖·网络文学新人奖。2020年，作品《巫神纪》获得首届上海网络文学最高奖"天马文学奖"。多部作品获得百万推荐票。2024连载作品《巫风》上线1个月便登上起点强推榜，累积获推荐票五百万。

阎ZK 一位95后的工科男，自动化专业毕业后转型为专职网文作者。阅文集团大神作家。代表作品包括《我的师父很多》《我在幕后调教大佬》《巡狩万界》和《镇妖博物馆》。在获奖情况方面，阎ZK荣获"2021悬疑幻想精品王"称号，他的作品《镇妖博物馆》连续5个月稳居起点中文网悬疑品类月票榜第一，长期占据起点品类畅销榜前列，被艺恩数据评为2021阅文年度好书男频榜单前十。此外，阎ZK还入选了2021年度网络文学榜样作家"十二天王"榜单。2024年9月，小说《太平令》获起点男频月票榜第八名。

妖夜 男，本名黄雄，湖南郴州人，知名网络小说作家，中国作家协会权保委员会委员，中国作家协会成员，湖南省网络作家协会常务副主席。代表作有《兽破苍穹》《妖者为王》《焚天之怒》《不灭龙帝》。妖夜在2017年2月的第二届网文之王评选中位列十二主神，2018年5月在第三届"橙瓜网络文学奖"评选中同样位列十二主神。2024年1月，他获得了第五届"茅盾新人奖·网络文学奖"。

野狼獾 男，本名吴俊，番茄签约作者。作品主要集中在军事科幻领域，代表作包括《雷霆反击》《深海》《残阳帝国》《山巅之墟》《冷海》等。此外，他还有一系列被称为不死细胞系列的作品，如《恐人》《雨魔》《月宫疑云》《广寒魔宫》《雾海迷踪》等。2024年10月，《梦溪诡谈》获得了第四届泛华文网络文学金键盘奖（科幻悬疑类优秀作品奖）。

叶紫 女，番茄签约作者，代表作有《许你来生》《清宫绝恋之醉清风》《清宫绝恋之醉清风（终）》《可惜不是你》《殊途》《相思未向薄情染》《遇见你是我最美丽的意外》《钟情一夏》《用一辈子去忘记》《如果你是我的传说》等。2024年10月，《不完美的真相》入选第四届泛华文网络文学年度最具IP潜力榜。

懿小茹 女，90后，本名廖乙人，壮族，中国作家协会会员，青海省作家协会委员会委员兼任网络文学委员会副主任。代表作包括《我的草原星光璀璨》《永不言弃的麦小姐》《我的西海雄鹰翱翔》等。2017年励志电影文学剧本《拉面女孩》获"中国文联青年文艺创作扶持计划"专项资金。2019年青春励志类文学剧本《巴颜喀拉山的呼唤》获"中国文联青年文艺创作扶持计划"专项资金扶持。2020年，《我的草原星光璀璨》入选2020中国作家协会网络文学中心重点扶持作品，并获得第五届扬子江网络文学作品大赛一等奖。2021年9月，入选中国网络文学影响力榜（2020年度）新人新作榜。2023年11月，《我的西海雄鹰翱翔》获得第五届扬子江网络文学作品大赛一等奖，入选2023年江苏省主题出版重点出版物。

奕辰辰 男，本名刘奕辰，新疆作家协会网络作家分会副秘书长，2021年纵横中文网年终盘点荣誉作家。代表作有《边月满西山》《慷慨天山》等。2022年参加纵横中文网第一届大神训练营培训，荣获2022年新疆维吾尔自治区文艺扶持激励资金项目。代表作《慷慨天山》入选"喜迎二十大"优秀网络文学作品，2023年5月，入选2023年中国作家协会重点网络作品扶持项目。2024年4月，奕辰辰入选2023年度"中国网络文学影响力海外传播榜"。

一言 女，本名温秀利，1990年出生，四川省作家协会会员。2017年1月签约爱奇艺文学，开始创作蜀绣元素悬疑小说创作。代表作品有编剧作品《我们的朋友》（四川卫视纪录片），历史随笔《汉朝·大风起兮云飞扬》《时光尽头望古城》，以及合作出品的《画猫·归汉》，小说作品《守护神之保险调查》《小娘惹》《金缕词》《锦绣河图》《最后一行代码》《后起之绣》《画境》《触摸影子的女人》《锦城九画》《九门蜜探》等。2018年《锦绣河图》获得第二届金熊猫网络文学奖"最具天府文化魅力奖"和爱奇艺文学三等奖，《画境》获得爱奇艺文学三等奖。《最后一行代码》获得四川省网络小说2018年度十佳人气作品以及爱奇艺文学二等奖；2020年《金缕词》获得第四届咪咕杯IP类"金奖"。

银月光华 男，本名李遨，沈阳人，鲁迅文学院第十六期网络文学作家培训班学员，湖南省网络作协会员，纵横中文网签约作家。主要作品有《那年正春风》《大国重器》《大国盾构梦》《哨兵出击》《智能觉醒》《爱之轮回》《失落的世界之天兵》等。其中《大国盾构梦》获第一届七猫中文网现实题材征文大赛最佳 IP 潜力奖。《智能觉醒》入选 2022 年上海市作家协会现实题材重点创作项目。《大国蓝途》获第三届七猫中文网现实题材征文大赛"金七猫"奖，并入选 2023 年度中国网络科技科幻文学创作扶持项目。

有花在野 女，晋江文学城签约作家，主要作品有《我在废土世界扫垃圾》《我真不想继承豪华别墅啊》《我在废土世界当恶魔猎人》《游戏 NPC 觉醒后，成为世界主宰》，其中《我在废土世界扫垃圾》入选了 2022 年现言组年度盘点优秀作品，于 2024 年登上第三届"网络文学青春榜年榜"。

郁雨竹 女，起点签约作家，阅文集团白金作家，擅长历史架空、穿越、种田文，累计创作超 2000 万字。主要作品有《剑走偏锋的大明》《正良缘》《魏晋干饭人》《林氏荣华》《从现代飞升以后》《娇女种田，掌家娘子俏夫郎》《农家小福女》《终归田居》《重生玉缘》《林家有女异世归》《童养媳之桃李满天下》《农家小地主》《重生娘子在种田》等。2021 年 6 月，《农家小福女》入选第六届阅文原创榜单年度女频人气十强。2024 年 3 月，《魏晋干饭人》获起点中文网女频月票榜第六名。2024 年 6 月，获评阅文集团 2024 年原创文学新晋白金作家。

远瞳 男，本名高俊夫，1988 年 12 月 26 日出生，阅文男生频道白金作家，网络大神级作家，中国作家协会会员。代表作有《希灵帝国》《异常生物见闻录》《黎明之剑》《深海余烬》等。2020 年，远瞳入选橙瓜见证·网络文学 20 年十大科幻作家，百强大神作家。2023 年 3 月 25 日，《深海余烬》荣获第 33 届中国科幻银河奖"最佳科幻网络小说奖"。2023 年 5 月 8 日，《深海余烬》入选 2023 年中国作家协会网络文学重点作品扶持选题名单。2024 年 1 月 8 日，远瞳获"第五届茅盾新人奖·网络文学奖"。

隐笛 女，中国网络作家，代表作有《招惹》《民国复仇千金》等。2024 年 4 月，《招惹》入选"中国网络文学影响力榜·IP 影响榜"。同年，小说改编短剧《招惹》获得 2024 金鹏展翅·第七届金骨朵网络影视盛典·年度精品微短剧奖。2024 年 7 月，《招惹》入选 2023 年度优秀 IP 转化作品并被入藏国家版本馆。

羽轩 W 女，本名翁梦妮，晋江文学城签约作者。2019 年起连载网络小说，代表作有《路人，但能看见主角光环》《星际第一造梦师》等。2023 年 5 月 8 日，作品《星际第一造梦师》入选 2023 年中国作家协会网络文学重点作品扶持，并被评为 2023 年中国小说学会年度好小说——网络小说。作品《赛博封神志》入选 2023 年中国网络科技科幻文学创作扶持项目。

月影风声 男，本名冯超，网络小说作家，代表作有《夕阳警事》《哈尔滨夜未眠》《鲲龙》等。《夕阳警事》入选 2019 年北京市推荐优秀网络文学原创作品名单,《鲲龙》入选 2023 年度中国作家协会网络文学影响力榜。作品《万家灯火》累计好评数已达 1000,获得了"谈笑风生"徽章。累计创作字数已达 100 万。

宅猪 男,本名冯长远,出生于 1983 年,中国作家协会会员,江苏省网络作家协会理事,阅文集团白金作家。代表作包括《重生西游》《水浒仙途》《野蛮王座》《独步天下》《帝尊》《人道至尊》《牧神记》《择日飞升》等。《牧神记》获阅文集团 2017 年超级 IP 盛典年度最具改编潜力作品奖,当选第三届华语原创小说评选最受欢迎网络原创小说男性作品、全国网络文学重点园地工作联席会议 2018 年度重点扶持作品,上榜 2017 年中国网络小说年榜。2018 年 5 月,第三届"橙瓜网络文学奖"评选中,《牧神记》荣获年度百强作品奖,2020 年《牧神记》荣获第二届泛华文网络文学"金键盘"奖。小说《临渊行》入选 2020 年网络文学重点扶持作品。2024 年 6 月 7 日,新书《大道之上》在起点中文网上线。

纸老虎 女,1998 年出生,新锐网络作家,番茄小说签约作家,2022 年开始创作。主要作品有《驸马纳妾我休弃,驸马造反我称帝》《修真界第一病秧子》《神手绝命》《王牌仙医》《医圣在都市》《权谋:公主她登基为帝了》等。代表作《修真界第一病秧子》多次登上番茄小说巅峰榜,并登上第三届"网络文学青春榜"。

志鸟村 男,本名高晨茗,中国作家协会会员,甘肃省网络作家协会副会长,起点中文网旗下网络小说作家,代表作有《重生之神级学霸》《大医凌然》《时空走私从 2000 年开始》等。2023 年 5 月,《国民法医》入选 2023 年中国作家协会网络文学重点作品扶持选题名单。2023 年 7 月,《大医凌然》荣获第二届"天马文学奖"。2024 年 10 月,志鸟村入选"首届中国网络文学品牌榜·网络作家品牌精英榜"。

周板娘 女,广东汕头人,豆瓣知名作家,豆瓣阅读"小雅奖"一百八十一期最佳作者,主要作品有《一盅两件》《好时辰》《小秘密》《忘南风》《夜玫瑰》《再也不想喜欢你》。2021 年,作品《再也不想喜欢你》荣获豆瓣阅读第三届长篇拉力赛言情组季军。2022 年,《忘南风》荣获豆瓣阅读第四届长篇拉力赛言情组冠军。

卓牧闲 起点中文网-网络小说作家,中国作家协会会员。现实题材作家,专注于都市警察题材的创作,尤其擅长描写警察职业生活中的复杂情感和社会现实。卓牧闲的代表作品包括《韩警官》《朝阳警事》《韩四当官》《洋港社区》《老兵新警》和《守捉大堂》等。其中,《朝阳警事》在 2020 年获得"2019 年度中国网络文学排行榜"之"中国网络小说排行榜"入围奖。在 2021 年和 2022 年分别获得第四届茅盾新人奖·网络文学奖和网络文学新人奖。2024 年,《滨江警事》入选第十七届精神文明建设"五个一工程"优秀作品奖。

最白的乌鸦 男,本名刘子腾,河北石家庄人,95 后网络作家,阅文集团白金大神作家,代表作有《大乘期才有逆袭系统》《大末世纪元》《谁让他修仙的!》

等。2023 年，最白的乌鸦入选阅文集团发布网络文学榜样作家"十二天王"榜单，获得"2023 仙侠爆梗王"的称号。2024 年 4 月，最白的乌鸦入选"中国网络文学影响力榜新人榜"（2023 年度）。2024 年 6 月，最白的乌鸦获得阅文集团发布 2024 年"大神"作家荣誉。

（江秀廷　执笔）

第四章 热门作品

2024年，在政府机构、网站平台、读者、市场等多方共同努力下，网络文学的数量、质量和产业生态环境持续向好，呈现出清朗、明晰的健康发展态势：网络创作题材百花齐放，IP市场规模持续扩大。但仍然面临新的变化和挑战。坚持精品化写作，坚持守正创新，实现网络文学的高质量发展，是网络创作应该担当的历史使命。

一、年度作品概观

1. 网络小说年度概况

（1）现实题材创作持续井喷，作品精彩纷呈

现实题材网络小说是近年来网络文学创作领域一股不容忽视的新动向。据《2023中国网络文学蓝皮书》统计："现实题材创作继续保持高速增长态势，本年度新增现实题材作品约20万部，总量超过160万部。"[1] 2024年4月28日，中国作协网络文学中心发布《2023年度"中国网络文学影响力榜"》，其中10部网络小说榜中有5部为现实题材：《沪上烟火》（大姑娘浪）、《警察陆令》（奉义天涯）、《金牌学徒》（晨飒）、《逆火救援》（流浪的军刀）、《鲲龙》（月影风声）。现实题材网络小说选材涵盖医疗、法律、工业、扶贫、国防、科技、教育、家庭等多个社会层面，其量与质的双增长趋势体现了网络文学自身演进的必由之路，亦体现了新时代社会需求和现实生活的深切呼唤，这是政府政策引导、各方力量协同推动的积极成果。可以说，现实题材网络小说的快速发展，不仅展现了网络文学未来发展的广阔前景，也为其在社会功能、文化传播等方面的进一步拓展提供了新的方向与可能性。这一发展趋势不仅顺应了时代需求，也符合了国家对文化创作的政策期许，为网络文学的健康、可持续发展奠定了坚实基础。

现实题材网络小说呈现融合创作之势。 当前，媒介融合已不再限于技术手段的简单结合，而是呈现为思想理念的碰撞与交融，追求从浅层向深度的转变。2024年，现实题材网络小说在体量和质量上持续增长，创作内容逐步向多元化和深度化

---

[1] 中国作家网：《文学新力量，与人民共情共鸣》，http://www.chinawriter.com.cn/n1/2024/0909/c404024-40315698.html，2024年11月10日查询。

发展，呈现出"现实+"的深度融合特征。这一"现实+"融合性不仅丰富了作品的内容，也推动了作品类型的成熟，增强了其趣味性和吸引力。具体来说，现实题材与其他类型题材的有机结合，构建了新的创作路径，拓展了网络文学的表现空间。例如，描写水下考古事业的《江海潜寻》（灵犀无翼）获第四届七猫中文网现实题材征文大赛"最佳IP价值奖"。《江海潜寻》是一部集现实和科幻于一体的未来科幻作品，作者巧妙地将海洋科技的最新进展与历史文物打捞、水下文化遗产保护相结合，展现了几代考古人用心、用情、用力守护传统文化的精神风貌。再如，荣获第四届七猫中文网现实题材征文大赛"最佳IP潜力奖"的作品《穿越微茫》（匪迦），以未来世界2048年为背景，讲述了地球气候进入不可逆的升温阶段，人类不得不加速探索文明延续之路，通过航天科技、生物科技和智能科技的发展延长人类生存周期。作品巧妙地结合了硬科幻的逻辑思路与软科幻的细腻情感，既有科学的严谨性，也有人文的关怀性，生动探讨了人类命运、科学伦理与情感价值的深刻命题。由此可见，现实题材网络小说"现实+"的融合性发展趋势是网络文学产业升级的必由之路。这一趋势不仅符合市场和读者的需求，还能助力不同媒介元素的相互融合，从而推动网络文学产业拓展，促进社会进步和发展。

现实题材网络小说探照日常生活中的平凡烟火。2024年，现实题材网络小说深度聚焦当下生活现状，紧贴社会肌理，于平凡中翱翔。据统计，"网文作家创作角色职业覆盖超188种，医生、运动员和互联网从业者是被创作得最多的三个职业"[1]，而陪诊师、个体商户、全职妈妈、警察、网约车司机、快递员等以往较少见的人物形象逐渐崭露头角。现实题材网络小说通过"小家"引入"大家"是当前的创作趋势。它能够使细微、冷门的故事依托作品被看见、被传颂、被理解，如此既不会被汹涌的现实海浪淹没，还能搭载时代的快车（网络文学）乘风破浪。例如，聚焦家庭伦理的《我的婚姻我的家》（水姐）荣获番茄小说第三届网络文学大赛"闪耀新星"奖，作品描述了全职妈妈因女儿的学习和情绪问题，由此反思并尽力弥补，却在这个过程中意外发现自己家庭早已濒临破碎，面对这一系列困境，女主角没有选择逃避，而是勇敢面对现实，解决问题、重塑美好新生活。《萌爸萌妈》（克拉使者）、《单身汉的春天》（郁闷烟斗）、《二胎囧爸》（李开云）、《年轻最好之处》（云何道）等作品聚焦家庭伦理、幼儿教育、职场逆袭、婚姻爱情议题，作者通过设计有血有肉的人物形象，利用接地气的文笔，致敬平凡烟火。这种类型的作品具有日常生活"流入"现实题材网络小说的特征。生活中细微的美好经由作家转化和发展"流入"作品中，形成新的审美体验，再反向"回流"至日常生活中，为读者提供了独特的情感体验渠道。此外，还有诸多作品"将个人成长叙事融入革

---

[1] 中国作家网：《阅文发布〈网络文学作家画像〉：90后作家最关注现实题材》，http://www.chinawriter.com.cn/n1/2021/1122/c404023-32288683.html，2024年11月12日查询。

命历史的宏大话语之中，个体生命的成熟与国家民族的奋起相互叠加，形成了同构和互文关系"①，呈现宏大叙事与微观叙事相互交织的特点。例如：《陪诊师》（月半弯）就刻画了陪诊师这一新兴职业群体的生活状态与精神面貌，引发了读者对生老病死的人文思考和社会性思考；《野菊花》（时间的傀儡）以国家不包分配的政策为时代背景，叙述了三位男女主角在社会变革的年代里，依靠自己的努力在历史的车辙中激荡勇进，砥砺前行，进而实现自我价值；《剖天》（泥盆纪的鱼），聚焦气象预报员职业，描绘了主角通过制定应对台风策略、关注气象预测、深入灾区等行动，试图在特大台风来临前挽救人民群众的故事。这些作品以浓郁的烟火气为笔触，细腻而深情地向那些虽平凡却非凡的人致敬。

现实题材网络小说为人民发声，为时代建功。现实题材网络小说立足于中国的广袤国土，汲取丰富多样的社会生活素材，致力于展现时代变迁的宏大叙事与人民生活的微观图景，其重要使命与核心价值也在于通过对现实题材的创作反映社会变革与人民心声，传承时代精神，彰显人民的生活力量。何弘认为："网络文学是最具人民性的文学样式，文学创作不再只是少数高高在上作家的专业行为，真正成为一种人民性的大众活动。"② 汤俏认为："网络作家们以妙笔书写自己和时代同频共振的生命体验，不仅书写经典现实题材，还能及时地反映时代最前沿的热点现象，是对当下时代生活的忠实记录，更是讲好中国故事、传播中国声音的生动文化名片。"③ 乡村振兴题材在现实题材网络小说中尤为突出。这些作品以展现中国乡村振兴和共同富裕为主旨，传递了勤劳智慧的农民群体勇于创新、自强不息的精神风貌。例如，2024年中国作协网络文学重点作品扶持项目，共有6部乡村振兴主题作品入选。例如：《人间喜事》（顾天玺），作品讲述了主角张嘉怡因事业受挫被外派到朗村负责乡村文旅建设项目，在村期间带领村民们一起克服困境，推动乡村文旅建设，助力乡村振兴，展现出都市与乡村、传统与现代、个体与家庭等多重叙事维度下的社会人情百态；《中原归乡人》（碳烤串烧），以高泉村在二十年间所经历的四次乡村改革为故事主线，全景式地展现了村落、民心和时代的变迁；《明星村》（绿雪芽），讲述了在外经商的经济能人王兵回乡工作的故事。王兵回村后带领村民通过发展种植业和养殖业，逐步还清村集体债务，并抓住机遇进行整村搬迁，改善永和村的基础设施，使村庄焕然一新，最终脱贫致富，成为远近闻名的明星村。这些作品巧妙地将趣味性与学理性融合，通过生动而深刻的叙述，全面展现了乡村振兴的广阔前景。改革、实干、提升质量等核心要素在作品的字里行间相互交织，既突显

---

① 温德朝：《论现实题材网络文学的人民性话语》《中国文艺评论》2024年第8期。
② 文汇报：《文学新力量，与人民共情共鸣》，https：//dzb.whb.cn/2024-09-09/8/detail-863208.html，2024年11月12日查询。
③ 文汇报：《文学新力量，与人民共情共鸣》，https：//dzb.whb.cn/2024-09-09/8/detail-863208.html，2024年11月12日查询。

了乡村振兴的艰难历程，也彰显了其蕴含的巨大潜力。这些作品不仅以细腻的笔触为人民发声，真实描绘出乡村发展的艰辛与希望，也承载着为时代建功的崇高使命，展现了乡村振兴中的正能量和积极变革，成为连接人民心声与时代脉搏的重要纽带。

（2）不同类型题材繁荣发展，呈百花齐放之势

一木难成林，独花不成春，百花齐放才能春满园。2024年，现实题材网络小说如同破竹之势，不断突破创新，赢得市场和读者的深切共鸣和高度认可。与此同时，网络文学其他类型题材也呈现百花齐放、竞相争艳的势态。中国网络文学作品从早期的仙侠、悬疑、言情题材占据主流，到科幻、历史、军事等题材爆发崛起，已形成20余个大类型、200多种内容品类。各题材交相辉映，共同推动着网络文学向更加多元化和精品化迈进。

选题视角新颖，题材类型丰富。 2024年2月26日，中国社会科学院文学研究所发布的《2023中国网络文学发展研究报告》显示："截至2023年底，网络文学总体规模不断扩大，作品数量达3620万部，新增作品420万部。"[1] 中国网络文学发展至今，各类型题材犹如繁星点点，呈现出的优质作品星罗棋布、璀璨夺目。从玄幻仙侠的奇幻世界到军事历史的波澜壮阔，从现代言情的都市情感到古代言情的宫廷权谋，再到科幻悬疑的烧脑探索，每一种题材都以其独特的魅力吸引着无数读者的目光。例如：第四届泛华文网络文学金键盘奖的获奖作品，玄幻仙侠作品《道诡异仙》（狐尾的笔）、《招魂》（山栀子），以丰富的想象、奇幻的设定和跌宕起伏的情节，构建了令人向往的仙侠世界，传递了深刻的主题思想；都市幻想类《我在精神病院学斩神》（三九音域）、《芫荽小姐的平行旅行》（清扬婉兮），以现代都市为背景，结合现实与幻想；融合超能力、神话、古武传承等多种元素，构建一个神秘与奇幻的世界。军事历史类《终宋》（怪诞的表哥）、《璀璨风华》（顾七兮），以严谨的历史为背景，真实的战争事件为故事线索，生动描绘历史英雄人物；科幻悬疑类《梦溪诡谈》（野狼獾）、《卞和与玉》（东心爱），以烧脑的情节设计、严谨的科学逻辑和惊险刺激的悬疑氛围，让读者在探索未知的同时，享受推理的乐趣。与此同时，红色文化题材也在2024年崭露锋芒，涌现了诸多优质作品。例如，《空降突袭》（流浪的军刀），作品上榜"七猫小说军事题材推荐榜"。小说聚焦一次绝密的特种部队行动，讲述了一支精英队伍被紧急空降至敌方，执行一项关乎国家安危的突袭任务。他们通过智慧、勇气与团队协作，突破重重难关，展现了现代军人的铁血与柔情。《抗日从东北军开始》（星辰蝼蚁），以"九一八"事变为背景，讲述了一位被迫卷入奉天城内派系斗争的主人公姜诚，在国土沦丧、家破人亡的绝境中，毅然决然地投身抗日救亡的故事。作品通过姜诚的经历，谱写了将士们在极端困苦

---

[1] 中国社会科学院文学研究所：《2023年中国网络文学发展研究报告》，http://literature.cass.cn/xjdt/202402/t20240227_5735047.shtml，2024年11月13日查询。

的环境下，不屈不挠、英勇抗敌的壮丽史诗。每一种题材的壮大会衍生出不同的子类型、亚子类型、交叉类型，这些文学题材一方面拓展了网络文学的内涵和表达空间，另一方面也推动了网络文学的繁荣发展。

作家群持续扩大，推动小说精品化。2024年，90后与00后的创作群体作为主力军占据网络文学的重要地位，他们以独特的视角、新颖的创意和丰富的感情，以及与读者有着更为相近的价值观，不断创作出既有"爽感"又有"质感"的作品。从各大网站和机构发布的榜单来看，2024年作品的多元化、个性化和精品化彰显着其背后创作群体的不断丰富和扩大。一是作家群体的多样化。许多网络文学创作者扮演着多重角色，他们白天是各行各业的劳动者，夜晚则化身为文字编织者，灵活地在"职场人士"与"文学创作"之间自由转换。他们深入社会各个角落，亲身体验生活，用笔尖记录人生的点点滴滴。这些兼职作家，除了文学创作者的身份外，还可能是学生、工人、医者、警官、科研人员、律师、外卖员、公务员等。譬如，登上中国网络文学影响力榜（2023年度）网文作家"大姑娘"兼具上班族、母亲、妻子等身份，在日复一日的深夜中饱含激情地投入小说写作中。他们将个人的生活阅历融入作品之中，深刻而生动地描绘了不同行业的真实面貌。二是"银发族"创作者增多。一提到网络文学便与"青年"画上等号。不过，2024年"银发族"作为一股新势力正在突破这个边界。《2023年度中国数字阅读报告》显示："中国参与数字阅读的60岁及以上'银发读者'数量已达2400万。"[1] 从过去老年读者"痴迷"网文，到如今"银发群体"成为网文创作者，老年读者的加入，表明网络文学的生态圈正不断扩大。例如，74岁的作家沈东生，在番茄小说连载《上海弄堂里吃泡饭的咪道》，书写上海弄堂里小人物的喜怒哀乐。年逾七旬的沈东生，不写"金手指"的玄幻、"霸总"的言情，没有跌宕起伏的情节，更不以"日更"维系读者黏性，而是不紧不慢地将弄堂生活娓娓道来，却收获了诸多读者。与青年群体相比，"银发族"作者有独特的创作土壤，以他们丰富的人生阅历和不沾染"网生感"的语言，扩充了网络文学的边界，为读者带来了新鲜的阅读体验。正是创作队伍的日益壮大和多元化，网络小说的题材得以不断拓宽和深化，极大地丰富了文学的表现力，推动了网络小说向着更加精品化的方向迈进。

地域风格突出，彰显城市文化特色。2024年，众多优质的网络小说纷纷呈现出浓厚而鲜明的地域特色，仿佛在文学与本土文化、风土人情之间架起了一座座无形的桥梁，实现了水乳交融般的和谐共生。许多作品不再局限于虚构的幻想世界，而是深入挖掘各地独特的文化底蕴、历史脉络与时代变迁，将读者带入一个个生动鲜活、色彩斑斓的地域画卷之中。例如，以安徽为背景的《麦穗上的女人》（存叶），

---

[1] 燃新闻：《"银发族"破界网络文学，新文学生态催生全民写作潮》，https://baijiahao.baidu.com/s?id=1812854404860339743&wfr=spider&for=pc，2024年11月13日查询。

入选2024年中国作家协会网络文学重点作品扶持项目，获第四届七猫中文网现实题材征文大赛二等奖。作者将安徽阜阳的人文风情、饮食文化、地域特色微妙地融入一位阜阳农村妇女到异乡创业的故事中。她虽然历经种种艰难，但凭借着坚强的性格、出色的手艺、诚信的经营理念创造了一番事业，后来，对家乡的依恋使她毅然决然地返乡创业，最终让板面走向了全国。以东北地区为背景的《重回1995：我在东北搞建设》（红衣执笔），讲述了主人公姜山回到1995年的东北，通过建楼盘、办工厂、成立山河建筑集团，使得昔日小山村，改头换面成为国际化大都市。以重庆为背景的科幻小说《保卫南山公园》（天瑞说符）、都市奇幻小说《我的奇异时光》（九鹭非香）等作品，融入了重庆独特的地理风貌，如错落有致的山城地形、雾都特色以及火锅文化等地方元素，创造出既奇幻又真实的阅读体验。再如，第五届"金熊猫"网络文学奖，"文化传承 烟火成都"主题创作单元的获奖作品：金奖《橙子大侠历险记之穿越成都三千年》（陈国忠）、银奖《春雷·四床琴》（刘路）、铜奖《醉侠恩仇录》（廖辉军），优秀作品奖《巴蜀之光—千年成都》（果琪）、《蓉城春》（吴敏），作品常常融入成都的历史文化、方言俚语，还有独特的茶馆、火锅、脸谱、麻将等文化元素，展现出多姿多彩的巴蜀特色。网络小说聚焦城市文化，以文字为媒介，巧妙而生动地传承和传播着各地的人文风貌，续写着时代的新篇章，已是当前网络文学创作的重要风向标。

（3）聚焦中华优秀传统文化，"国风""国潮"小说增多

推动中华优秀传统文化创造性转化、创新性发展（以下简称"双创"）是增强中华民族凝聚力，建设文化强国，树立文化自信的重要战略部署。近年来，各艺术门类、文学创作、工业制造都在深度探索和挖掘中华传统文化的精髓，将其用不同的媒介和技术转化成作品，成为时光穿梭机，带领当代人领略历史的美。2024年，网络小说"国风""国潮"类题材持续践行和贯彻"双创"，推动传统文化融入网络小说。杭州师范大学文化创意产业研究院院长夏烈认为："民间传统文化元素深入进今天的网络文学作品，令其具有当代化、国际化、现代化的表达，让网络文学具有新的可读性。"[①] 将动态或静态的传统文化转换成文字，赋予其精妙绝伦的架构和肌理是网络文学的责任与担当。

精妙取材：非遗元素的"形式转换"。网络小说通过文字语言叙事，而非遗文化，如手工编织品、建筑、雕塑、音乐、舞蹈、戏剧等，通过石料、泥块、身体、丝线等物质组合成静态的或流动的形态进行叙事，呈现出与网络小说截然不同的叙事模式。如何将间接、抽象、多义的非遗元素变为直接、具体的文字语言，把侧重直感体验的非遗元素转化为侧重理解分析的小说，是网络文学创作的要旨。2024

[①] 中工网：《"国潮"写作成为年度创作新风尚》，https://www.workercn.cn/c/2024-03-01/8167048.shtml，2024年11月18日查询。

年，诸多优秀作品直接取材非遗元素，通过巧妙的技术手法转换成一个个鲜活生动的故事，既为作品增添了阅读性，也推动了中华优秀传统文化的"双创"。例如，由文化和旅游部恭王府博物馆与阅文集团联合主办的"阅见非遗"第二届征文大赛中的金奖作品《泼刀行》（张老西），以中华传统武术为叙事点，秦岭为故事的地理背景，将秦汉战鼓、蛟龙转鼓、华县皮影、红拳、月山八极拳、秦腔、社火等近百项非遗元素融入小说创作，并融入民俗、志怪、国术、武侠四种迥异的类型和奇异元素，通过新颖的视角和丰富的内容展现了非遗、网络文学、地方特色文化发展之间的关联。再如，荣获第四届泛华文网络文学金键盘奖"军事历史类"优秀作品奖的《璀璨风华》（顾七兮），讲述了主人公在抗日战争时期为帮助苏南地下党组织传递情报，利用昆曲、苏绣、缂丝等传统艺术来掩护和传递代码，并在这期间始终不忘传承和发扬苏绣、缂丝等传统技艺，展现了中华民族的英勇抗争和伟大牺牲精神，以及江南文化的独特魅力。又如，入选2024年中国作家协会网络文学重点作品扶持项目的《繁星满宫亭》（李知一），细腻描绘了古代宫廷的礼仪制度、服饰文化、建筑风格以及宫廷宴会等传统文化元素，展现了古代宫廷文化的独特魅力；《奈何明月照沟渠》（巫山），以爱情、友情、家国情怀的三条路线为叙事点，不仅生动描绘了琴棋书画、诗词歌赋等传统艺术的雅致，还融入了古代节日、习俗、礼仪等丰富的文化元素。这些优质小说深度挖掘并巧妙取材于丰富多彩的非物质文化遗产元素，将这些元素的形式转换成生动的文字语言，自然而然地串联进跌宕起伏的故事情节之中。这样的创作手法不仅为小说增添了浓厚的学术底蕴与文化韵味，还极大地丰富了网络文学的创作边界与表现力，使其呈现出更加多元化和深层次的艺术魅力。同时，这些作品也成为推动中华优秀传统文化"双创"的经典案例，彰显了新时代文学创作对于传承与弘扬民族文化的重要贡献。

融合转化：传统文化融入多元题材。2024年的"国风""国潮"小说，除了直接将中华民族历史、艺术、建筑、服饰、饮食等非遗文化作为创作题材之外，也将中国传统神话、历史传说、哲学思想等文化资源融入不同类型题材，使得在各种赛道和类型题材更加垂直细分的当下，涌现很多具有传统文化元素复合发展的作品。例如，荣获"阅见非遗"第二届征文大赛作品银奖的仙侠类题材《仙工开物》（蛊真人），讲述了主角宁拙继承母亲遗留的仙宫宝印，通过暗中修习机关术，积累修炼资源，击杀敌人黄家三鬼，锻造出机关傀儡和机关猿猴，成功获得仙宫的传承，开启自己的修真之路。小说融入了炼丹、练器、制符、阵法和机关术，使仙侠类题材的作品既超脱现实又来源于现实，为读者提供复杂交织又精彩纷呈的阅读体验。荣获"阅见非遗"第二届征文大赛出版观察团选择奖的历史穿越类题材《临安不夜侯》（月关），小说以靖康之变后的时期作为故事背景，穿插众多历史人物身影，生动勾勒南宋时期的生活图景，融合了古琴艺术、三国传说、湖北评书以及杭绣等非遗文化。现实主义题材《归藏》（沐小婧），入选2024年中国作协网络文学重点作品扶持选题名单。小说分为《夺藏》《隐藏》《归藏》三部曲，时间跨度久远，涉及三代人，讲述了上千万国宝被掠夺，部分文物在海外被私人收藏且渴望回归的历史故事，内容紧扣中国晚清、近代史、欧洲维多利亚时代、欧洲近代史，作品以其独特的视野和紧贴历史的现实题材，展现了全球化视野下的文化交流和碰撞，是对文化遗产保护和传承的一种深刻反映。中华传统神话、历史传说也是"国风""国潮"类小说取之不尽的丰沛资源。如原生幻想类题材《我本无意成仙》（金色茉莉花），借鉴了中国传统神话中的香火信仰和神灵的职责，在故事情节中体现了大量的中国传统神话中的天庭、地府和神仙体系，构建了一个丰富且具有民族特色的仙侠世界，体现了作者对中华传统文化的深刻理解和运用。

2. 网络诗歌年度概况

网络诗歌的蓬勃发展得益于众多诗歌网站的兴起。网络诗歌以其独特的方式紧紧把握时代脉搏，通过诗学表达精准映射社会生活的多维面貌，突破了传统诗歌的局限，呈现出文化跨越与融合的特色，诗歌形式与内涵更加多元。随着人工智能技术的不断融入，网络诗歌创作逐步实现智能化和个性化，为诗歌的创新打开了全新的可能性。与此同时，网络诗歌的创作生态得到了显著改善，不仅为文学的表现形式增添了丰富维度，也进一步拓宽了诗歌与读者之间的互动渠道，促进了读者共鸣与创作交流的深度融合。

（1）时代精神映射与诗学表达

在数字化时代背景下，2024年的网络诗歌创作呈现出即时性特征。诗人们运用互联网技术能够迅速捕捉当下的社会热点，并通过文字反映时代精神，缩短了创作与接受之间的时差，既有时代精神的鲜活体现，也是历史的见证与文化的传承。许多优秀的网络诗歌以其独特的诗学表达力，成为连接过去与未来、个人与社会、现实与梦想的桥梁，展示了诗歌在数字化时代中的无限可能。

即时性的强化与互动性的增强。互联网技术的普及与社交媒体的盛行，为诗人提供了前所未有的机遇，使其能迅速捕捉社会动态，及时反映当下社会的脉动与时代精神。例如，创作者可以通过微博、微信公众号、抖音等社交媒体平台发布个人作品，并与读者进行实时互动，读者可以即兴和诗，形成积极的传播效应。小红书出现许多"双盲诗/对诗"的帖子，作者只需要在评论区即兴创作一句话，读者就可以在此基础之上发挥想象，即兴和诗，从而激发词句间的创意碰撞。此外，中国诗歌网举办的《每日好诗》直播间为读者提供了一个畅所欲言的平台，特邀点评嘉宾的发言进一步丰富了互动体验，之后将每日好诗及点评以文字的形式发布至公众号，供读者欣赏和评论。同时，新的媒介环境带来诗歌创作变革，每个人在互联网上都能成为诗人，《诗刊》为了适应当前很多诗歌首先在自媒体平台发表的现状，设置了《数字诗界》栏目。这种即时性缩短了诗歌创作与公众接受之间的时差，促进了诗人与读者之间更直接、更频繁的互动交流。诗歌不再是静态的文学形式，而是成了流动的文化符号，实时记录着时代变迁的轨迹，成为社会情绪与集体记忆的即时映射。

从田园到星辰：时代精神的镜像与载体。 从乡村的振兴与发展，到科技革命的前沿探索，再到后疫情时代的生活百态，网络诗歌以其独特的敏锐度，捕捉并描绘了2024年的社会全景。乡村田园风光在诗人笔下焕发出新的光彩，生动再现了中国农村在现代化进程中的转型与重生。这些作品不仅赞美了自然之美，更颂扬了勤劳与智慧的力量，展现了新时代中国农村的新气象。如在乡村振兴方面，有多首诗歌描绘了乡村的新面貌和农民的幸福生活。如《新时代新农村》这首诗通过生动的意象"稻田香""高楼平地起"等，展现了农村的自然风光和建筑风貌，营造出宁静和谐的氛围。此外，《曙光在田埂跳跃》《一枝一叶总关情》等诗歌也聚焦于乡村振兴，表达了对乡村发展的期待和对农民生活的关注。周文彰在2024年4月10日在南昌举办的新田园诗研讨会上发表讲话，强调"创作属于我们这个时代的田园诗"[1]的重要性。同时，科技创新也被诗人赋予了诗意的灵魂。工业诗歌作为一种新型的诗歌类型，将冰冷的机器、复杂的工艺、高速的数据流等科技元素转化为温暖的诗句，揭示了科技进步背后的深层含义——人类对未知的探索、对进步的渴望，以及对卓越的不懈追求。这种艺术化的表达，不仅美化了科技本身，也深化了人们对科技与人文关系的理解，彰显了人类精神的光辉。杨文奇的作品《在株洲：一切正在发生》作为首届"诗颂工业 光耀株洲"全国工业诗歌征文大赛的一等奖作品，通过现代诗的形式，捕捉了株洲这座城市在工业发展中的脉动。诗歌中，机器的轰鸣、生产线的流转以及技术创新的活力都被转化为充满节奏和情感的诗句。这些诗句不仅记录了工业发展的壮观场景，而且传达了人类在科技进步中的精神追求和对未来的无限憧憬。通过诗歌，读者能够感受到科技与人文的交融，以及工业发展对人类生活的深远影响。

社会责任感与时代使命感的结合。 网络诗歌在超越个人情感抒发的同时，承担起了更为显著的社会责任感与时代使命感。诗人不再局限于纯粹的情感宣泄和个人经验的分享，而是将目光投向了更为广阔的社会空间，成为社会变迁的见证人与记录者。他们关注那些以往被边缘化的声音和话题，以诗歌为武器，关注社会问题，批判不公现象，倡导正义与和平，呼唤人性的觉醒与回归。这些作品往往具有强烈的批判性和警示性，促进读者反思自身与社会的关系，激发公众对于公共事务的关注和参与。例如，在面对邯郸校园霸凌事件时，2024年3月21日，公众号"诗歌坊"发布了李洋的诗歌《校园霸凌》，其内容深刻地指出："邯郸少年爆丑闻，谁家

---

[1] 中国作协社联部：《周文彰：创作属于我们这个时代的田园诗》，https://mp.weixin.qq.com/s/iUKBaJo-zORc1OOCT_H2dA，2024年11月14日查阅。

豢养必有因。五湖四海涛声起，割除毒瘤以儆人。"① 此外，李峰在儒林文院公众号发表的诗歌《某些网络事件微感》（组诗）等作品，以其简练而深刻的批判性追溯社会热点。外卖诗人王计兵在网络平台走红，他的第三本诗集《低处飞行》于2024年由作家出版社出版，该诗集的创作基于对140多位骑手的深入采访，以骑手的真实经历为灵感，创作了一本属于新就业形态劳动者的诗集。通过诗歌，诗人与读者共同构建了一个对话的空间，这种社会责任感与时代使命感的融合，使网络诗歌成为推动社会进步、促进文化发展的有力工具。

（2）跨文化融合与诗歌多元性

网络空间的开放性和多元性为诗歌创作提供了丰富的文化土壤。在全球化日益加深的今天，跨文化融合成为网络诗歌发展的重要趋势之一。不同文化背景、社会阶层和年龄群体的诗人，可以通过网络平台展示各自独特的艺术视角和创作风格，形成一个包容性强、风格多样的诗歌生态。在这个时代，网络诗歌不仅是语言的艺术，更是文化交汇的桥梁，它跨越地理界限，连接不同文明，展现了人类共同的情感与思考。

跨文化交流的深度与广度。网络诗歌的创作不再局限于单一文化的视野，而是积极吸收和融合世界各地的文化元素，从而使得创作的作品呈现出更加多元和立体的特征。互联网的兴起打破了传统出版的壁垒，使得世界各地的诗人能够便捷地分享其创作，并与全球读者建立联系。无论是非洲草原上的歌谣、拉丁美洲的热情韵律，还是东方哲学的深邃意境，都能在虚拟空间中相遇，激发创意的火花。各大赛事频频，无论是"首届国际青春诗会——金砖国家专场"诗歌朗诵会的成功举办，将金砖国家年轻诗人的诗歌作品呈现给了全球观众，或者是2024上海国际文学周"诗歌之夜"，都展示了网络诗歌在促进全球文化交流方面的潜力。

社会责任感与文化使命感的全球共鸣。网络诗歌在2024年不仅体现了跨文化的交融，还承载着促进全球理解与和谐的社会责任。诗人利用网络平台，围绕和平、环境保护、人权等全球性议题展开叙事，以此呼吁全世界共同面对挑战。这些作品以其超越国界的影响力和触及人心的力量，成为促进国际相互理解和尊重的有力工具。如张静在中国诗歌网发布的《2024世界战争阴谋》，描述了朝鲜半岛的紧张局势，以及作者对朝韩战争一触即发的担忧。《诗约万里》节目，通过影像化的散文诗体，建构起一种全新的诗歌类节目表达语态，用诗词为全人类的彼此理解、彼此信任建构沟通之桥。这种表达方式有助于强化全球公民的共同体意识，促进国际间的合作与和谐。通过诗歌，不同文化背景的人们得以相互理解和尊重，共同面对全球性挑战，为全球社会的和谐与进步作出了贡献。

---

① 诗歌坊：《校园霸凌，李洋：邯郸少年爆丑闻，谁家豢养必有因。》，https://mp.weixin.qq.com/s/WI9sV-E4ED0wy2kb7o2eIQ，2024年10月30日查阅。

（3）人工智能进入网络诗歌创作

随着人工智能技术的飞速发展，其在网络诗歌创作中的应用也越来越广泛，对诗歌创作和批评实践产生了深远影响。人工智能技术的进步不仅能够辅助诗人进行创作，提供新颖的表达方式和灵感来源，还能够通过深入分析诗歌文本，揭示了诗歌背后的深层意义和艺术特质。技术介入为诗歌的创作和批评提供了新的视角和工具，推动了诗歌艺术与科技的交叉融合。

人工智能诗歌创作的技术成熟度。 人工智能诗歌创作的技术基础包括深度学习模型和自然语言处理技术。通过训练大量诗歌数据集，人工智能可以学习到诗歌的语言结构、韵律特点及情感表达等关键元素，进而模拟人类创作出高质量的诗歌作品。借助自然语言处理技术（NLP），人工智能不仅可以理解和生成自然流畅的诗句，还能根据不同诗歌体裁调整其输出风格，以适应多样化的创作需求。如"微软小冰"、清华大学开发的诗歌写作系统"九歌"，以及其他流行的 AI 软件，如豆包、"文心一言"、Kimi、通义千问和 ChatGpt 等，均展示了人工智能在诗歌创作领域的应用实例。这些平台为用户提供了全新的创作体验，通过提供多样化的诗歌范例激发诗人的灵感，帮助他们探索新的创作思路。同时，人工智能的文本分析能力也可以使诗人尝试之前未曾涉及的主题和技术手段。例如，用户可以通过简单的关键词输入获得由人工智能生成的诗歌，这些诗歌不仅在形式上符合诗歌的基本要求，而且在内容上也展现了一定的创造性和深度。这种平台的普及使诗歌创作变得更加便捷和大众化，降低了艺术创作的门槛。随着 AI 技术的飞速发展，人工智能在艺术创作领域的应用越来越广泛，这也为使用 AI 音乐软件将诗歌作品改编成歌曲提供了可能，如四川星星诗刊文化传媒有限公司主办的"先声杯"公益 AI 音乐诗歌作品赛活动，正是对这一趋势的积极响应。

人工智能与诗歌本质的讨论。 人工智能诗歌创作引发了公众对于诗歌本质的深刻讨论。一方面，一些人认为人工智能的介入是对人类创造力的挑战和补充，AI 诗歌恰恰体现了"'科学性'与'人文性'相依相成的辩证关系"[1]，它能提供新颖的表达方式和灵感源泉，辅助人类进行思考；另一方面，也有人担心，技术不应凌驾于艺术之上，真正的诗歌应当源于人类内心深处的真实感受。如果过度依赖人工智能进行诗歌创作，则可能会削弱诗歌的人文精神和创作者的主体性。此外，人工智能诗歌创作还引发了公众对于诗歌批判性和警示性功能的讨论。在数字化时代，诗歌是否仍能承担反映社会现实、批判不公正现象、倡导正义与和平的责任，成为一个值得深思的问题。而人工智能又是否能够准确理解并表达这些深层次的社会和人文关怀，是评估其在诗歌创作中作用的关键因素。

---

[1] 程羽黑：《AI 技术的意图与审美问题：再论人工智能诗歌》《上海交通大学学报（哲学社会科学版）》2024 年第 2 期。

人工智能诗歌创作：挑战与机遇。尽管人工智能在诗歌创作中展现了巨大的潜力，但同时也面临着诸多技术挑战。首先，人工智能生成的诗歌在情感深度和复杂性上往往难以与人类诗人的创作相媲美，这在一定程度上限制了其达到人类的审美标准和情感共鸣的能力。其次，人工智能在诗歌创作中的介入引发了版本和伦理问题，许道军就在其著作"重新发现网络诗歌"中对此进行了探讨。他认为"AI 写作"在"其创作方式对版权尤其是'言志抒情'伦理的冲击显而易见；如不能，诗歌泡沫会更加触目惊心"[①]。因此，如何在保护创作者的版权和知识产权的同时，有效利用人工智能技术以促进诗歌创作的发展，成为一个亟待解决的问题。此外，人工智能创作的诗歌是否能够被视为艺术作品，也引发了对艺术本质的广泛讨论。尽管存在挑战，人工智能诗歌创作也为诗歌艺术的发展带来了前所未有的机遇。AI 技术不仅能够拓宽诗人的创作视野，提供新的灵感来源，还为诗歌的传播和接受提供新的途径。展望未来，人工智能与人类诗人的协同合作可能会成为诗歌创作的一种新趋势，共同推动诗歌艺术的发展。

3. 网络散文年度概况

光明网发布的《从 2024 年首期〈散文海外版〉看当下散文创作》一文中，分析了当前散文的几个重要和人们的主题向度，包括历史文化的探寻、时代生活的呈现以及和谐共生的生态观念。[②] 2024 年，散文创作不仅在主题上呈现多元化，更在风格上融合了多种文学元素，丰富了中国文学的经验。网络散文的传播方式也更加广泛，以其短小精悍、形式多样的特点，恰好迎合了现代人快节奏生活中的阅读需求。它们不受篇幅限制，不拘泥于传统文学的框架，能更自由地表达作者的情感和思想。从专业网站到社交媒体，再到短视频平台，散文的影响力不断扩大，成为记录时代、反映社会的重要载体。

（1）历史维度与文化肌理的深度挖掘

散文在历史维度与文化肌理的深度挖掘中，展现了其独特的时代价值。许多散文作家将笔触深入历史长河之中，通过对历史人物、事件的重新审视，以及对文化符号的深入解读，试图揭示历史的复杂性和文化的丰富性，展现出了中华文化的博大精深和独特魅力。这些作品不仅展现了作者对历史的深刻理解，也引导读者进入历史深处，感受中华文明的厚重与博大。

历史的镜鉴：网络散文中的价值观念与精神追求。在网络散文的创作领域中，历史不仅是背景的铺陈，更是一面映射人类社会发展轨迹和价值观念演变的明镜。

[①] 文学报：《许道军："重新发现"网络诗歌》，https://mp.weixin.qq.com/s/nvPQy0RL9lixjyikULbgBg，2024 年 11 月 10 日查阅。

[②] 光明网：《在历史与现实的激荡共振中生长——从 2024 年首期〈散文海外版〉看当下散文创作》，https://news.gmw.cn/2024-01/31/content_37121496.htm，2024 年 11 月 15 日查阅。

作家们通过对历史事件的深入挖掘与提炼，揭示了具有普遍意义的价值观念和精神追求，旨在启迪读者的思考和行动。罗春彦的《侨批纸短家国情长》，通过侨批这一独特的文化现象，展现了华侨对家乡和亲人的深厚情感以及对祖国的忠诚与热爱，体现了中华民族讲信誉、守承诺的传统美德。安军锁的《一张珍藏了75年的随军服务证》，通过这张随军服务证，展现了安长福对国家的忠诚以及对家庭的责任感，同时也反映了那个时代军人的牺牲与奉献，揭示了战争与和平、个人与国家之间的深刻联系。高建成的《仰望的精神高地——边关哨所》，聚焦于中国西部边陲的边防哨所，描述了边防官兵在艰苦环境中的忠诚与奉献，传达了对边防官兵的敬意和对国家安全的重视，体现了喀喇昆仑精神和小白杨精神等红色基因的传承。这些作品通过对精神的深入挖掘和阐述，展现了中华民族坚忍不拔、自强不息的民族精神。我们也可以从中看出网络散文关注个体在历史洪流中的选择和牺牲，通过个体的故事来反映历史的宏大叙事，以小见大的手法使历史事件更加生动具体，价值观念与精神追求也更加贴近读者的心灵。由此，我们不仅能够看到历史的真相和脉络，而且能从中汲取智慧和力量，理解到每一个个体在历史进程中的重要性和影响力。

文化肌理中的时代印记：传统与现代的交融。网络散文的另一个重要特点是对传统文化的重新审视和创造性转化。在全球化和现代化的双重语境下，传统文化遭遇了传承和创新的双重挑战。网络散文作家通过对传统文化的深入挖掘和创新性表达，为传统文化注入了新的生命力和活力。他们通过对古典诗词、古人思想等艺术形式的借鉴和创新，创作出了具有现代气息的散文作品。这些作品不仅展现出了传统文化的魅力和价值，也让读者在品味传统韵味的同时，亦感受到时代的脉动。这种传统与现代的交融，不仅丰富了网络散文的内涵，也为传统文化的传承和发展提供了新的思路和途径。以"庄子杯"2024全国散文大赛一等奖作品《南华庄子观》为例，该散文通过对庄子故里及其文化遗产的详尽描绘，展现了道家哲学与现代文化之间的交融。作品将古代智慧与现代生活相连接，使得传统文化在网络散文的语境中焕发出新的生命力和活力。"沿着周敦颐理学思想与足迹游世界"的散文征文活动一等奖作品《一个人可以走多远》，以周敦颐的生平和思想为核心，探讨了个人在历史和文化中的足迹，将传统文化中的道德观念和哲学思想与现代价值观相结合。另一部一等奖作品《湘水余波》则通过描绘潇水、湘江等自然景观和周敦颐等历史人物，展现了湖南地区的地域特色，使得传统文化在网络散文中得到了新的展现和传播，体现了网络散文在传统文化创造性转化中的重要性。这些作品不仅丰富了网络散文的艺术表现，也为传统文化的现代传承提供了有力的文学支持。

（2）时代生活的多维透视与社会镜像

网络散文在记录和反映时代生活方面，以多维度的视角透视时代生活，成为社会镜像的重要反映。许多散文作家将笔触深入社会生活的各个角落，表现出了强烈的人民性和生活化特征。作者们通过记述普通人的日常生活和身边人的故事，以切片的形式，以其独特的视角和表达方式，为我们呈现了一个多维度、多层次的社会和时代画卷，提供了共情的精神力量。在这些作品中，我们可以看到个体与社会的互动、传统与现代的交融，以及历史与现实的对话，从而更加深刻地认识到生活的复杂性和时代的多样性。

日常生活中的价值与哲理。网络散文常常从日常生活场景中提炼出具有普遍意义的价值观念和生活哲理。作家们通过对家庭、婚姻、职场等日常生活的细致观察和深入剖析，揭示现代人在面对生活压力和挑战时所展现出的勇气和智慧。这些作品不仅让读者感受到了生活的真实和美好，也让他们从中汲取到了积极向上的生活态度和价值观。例如，陈胜乐的《书房听雨》通过细腻的笔触，描述了雨天书房的宁静与美好，以及书籍给生活带来的精神滋养，体现了对知识和文化的深刻尊重，以及对生活中简单乐趣的珍视；李彦民的《我为妻子"打工"》描述了如何从一位不涉足家务的丈夫，转变为支持妻子创业的"打工者"，传达了在逆境中寻找新机会的重要性，以及家庭成员之间的相互理解和支持；高低的《母亲的白菜情结》通过母亲的白菜情结，展现了对土地和自然的深厚情感，母亲的白菜情结象征着对简单生活和家庭价值的坚守，以及对过去美好时光的怀念和对未来生活的希望。这些散文不仅提供了对个体生活经验的文学表达，也反映了社会文化背景下的价值观念和生活哲学，为读者提供了丰富的思考和感悟。

社会热点与焦点问题的深度探讨。网络散文的另一个特点是对社会热点问题的深度探讨。一些作家关注到社会上的重大事件和热点问题，通过深入采访和实地调研等方式获取第一手资料，创作出了一系列具有时效性和针对性的散文作品。这些作品不仅让读者了解到社会现实的真相和问题所在，也激发了他们对于社会公正和进步的关注和思考。这些作品以其真实感人的叙述，让读者深刻体会到了社会大事件对个体生活的深远影响。以人贩子余华英案为例，该事件中的被拐卖受害人与起诉人杨妞花的故事，引发了广泛的社会关注。众多作家围绕这一事件创作了散文，例如，公众号"靠谱的阿星"发表的《杨妞花：苦难里盛开的花》，"闪电记闻"的《暗夜中的璀璨：杨妞花，那朵不屈的正义之花》，"国亮记实"的《杨妞花，从黑暗深渊到璀璨绽放》，以及"特立号"发布的《在绝望中播种希望，静待花开无拐时》等作品。这些散文不仅记录了杨妞花的个人经历，更反映了社会对于正义与希望的追求。它们体现了网络散文对社会热点的关注，以及在促进社会正义和进步方面所发挥的独特作用。

个人故事映射时代背景。网络散文还常常通过个人故事来映射时代背景，反映出社会变迁对个体生活的影响。作家们通过叙述个人经历，将个体命运与时代发展紧密相连，揭示了个体在社会大潮中的挣扎与成长。一些作家通过讲述自己的成长故事、家庭变迁、职业发展等，将个人经历与社会背景相结合，从而展现了个体在特定时代背景下的生活状态和心理变化。例如，杨宏涛的《吃在青藏线》通过个人在青藏高原的军旅生活经历，映射了中国在艰苦环境中建设青藏公路的历史；啸鹏的《漂泊的泥刀》通过二弟作为农民工的漂泊生涯，揭示了改革开放以来中国社会经济结构的转型对底层劳动者的影响；王文帅的《乡村笔记：扶贫路上践初心》通过自己参与扶贫工作的经历，反映了中国脱贫攻坚战的社会意义和个体责任。这种叙事不仅记录了扶贫工作的艰辛与成就，也体现了个体在国家发展战略中的参与和贡献。这些散文通过个体叙事的微观视角，为我们提供了理解社会变迁对个体生活影响的生动案例，同时也反映了个体在社会历史进程中的主体性和能动性。

（3）生态意识与和谐共生理念的文学表达

生态文学创作成为散文领域的一个重要趋势。许多散文作家将笔触深入自然环境和生态保护之中，通过对大自然的细腻描绘和深刻反思，传达出对于生态保护的重视和呼吁。这些作品通过具体的自然生态描写，揭示了生态保护的必要性和迫切性，反映了当代社会对生态环境问题的关注和思考。许多作品展现自然界的壮丽与脆弱，人类活动的正面与负面，以及和谐共生的可能性与挑战，从而使人更加深刻地认识到保护自然环境和实现和谐共生的重要性。

自然之美的艺术再现。网络散文作家深入自然界的各个角落，从大山深处到草原湖畔，通过亲身体验和细致观察，创作出了一系列具有浓郁自然气息和深刻思想内涵的散文作品。例如，部分作家以"绿色家园""自然之美"等为主题，创作了一系列散文作品。他们通过对这些主题的生动描绘和深情抒发，展现了人与自然和谐共生的美好愿景。这些散文作品如同一幅幅生动的画卷，展现了自然界的壮丽景色和生态多样性，让读者在阅读中感受到自然的无限魅力。马书忠的《诗意玉泽湖》通过对玉泽湖的细腻描绘，展现了城市湖泊的自然之美和文化之韵。通过对玉泽湖四季变化的观察，作者传达了对自然之美的赞美和对生态平衡的关注，体现了人与自然和谐共生的理念。龙秀的《石棚山间桃花源》以石棚山的桃花为背景，通过亲身体验和细致观察，展现了一幅春天山间桃花盛开的画卷。东之晓白的《春到古镇》通过对江南古镇春天景色的描绘，展现了古镇的自然风光和历史文化。通过这些作品，网络散文作家们不仅记录了自然界的美丽，也为推动生态文明建设贡献了文学的力量。

生态保护的深刻反思。网络散文还注重从人类活动中反思生态保护的重要性和紧迫性。一些作家关注到人类活动对自然环境造成的破坏和影响，通过深入剖析和深刻反思，呼吁人们珍惜自然资源、保护生态环境。这些作品不仅让读者认识到了人类活动对自然环境造成的危害和后果，也激发了他们对于生态保护的责任感和使命感。例如，王飞的《灞河记》通过详细记述灞河的历史、变迁以及与人类活动的互动，展现了灞河作为一条古老河流的生命历程，通过对比灞河的过去和现在，强调了生态恢复和保护的重要性，呼吁人们珍惜自然资源，保护生态环境；《朔方》2024年第3期公号刊发白莹的《森林之眼》，亦体现了生态环境保护理念；曹振宇的《鸟鸣天亮》聚集作者的个人经历，讲述了从农村到城市的生活变迁，以及对自然环境变化的深刻反思。作者描述了自己从农村的贫困生活到城市的物质富足，再到对生态环境保护的觉醒，展现了人与自然关系的演变，强调了环境保护的重要性。

和谐共生的美好愿景。 网络散文通过个体叙事与集体行动的交织，展现了人与自然和谐共生的美好愿景。诗人基于对自然界的深入观察和体验，以及对人类活动的反思，提出了人与自然和谐共生的理念。李雨样的《一头枫树》以其故乡的一棵古老枫树为叙述核心，深入探索了自然与人文的关系。这棵枫树不仅是自然界的一个象征，也是村庄历史的见证者，承载着几代人的记忆和情感。通过对枫树的生命周期、与村庄共生关系的描述，李雨样展现了自然界中生命力的顽强与美丽，同时也反映了人类活动对自然环境的影响，引发读者对生态保护和人与自然关系的深刻思考。

二、热门作品一览

1. 年度作品榜单盘点

（1）探照灯书评人好书榜2023年度十大中外类型小说

2024年1月4日，由阅文集团主办，QQ阅读、微信读书、腾讯新闻协办，探照灯书评人协会承办的"探照灯好书"发布"2023年度十大中外类型小说"榜单，"探照灯好书"致敬有"文字的美，思想的真，历史的重，关注当下，典雅叙事，优美表达"，有创造力、想象力、探索性的好作品，本次共有5本网络文学作品入选。探照灯书评人好书榜2023年度十大中外类型小说如表4-1所示。

表4-1　探照灯书评人好书榜2023年度·网络小说

作品	作者	网站
《终宋》	怪诞的表哥	起点中文网
《择日飞升》	宅猪	起点中文网
《天才与疯子的狂想》	南派三叔	磨铁文化
《雾都侦探》	虾写	起点中文网
《末日乐园》	须尾俱全	潇湘书院

（2）2023年度"十二天王"榜单

2024年1月10日，阅文集团公布2023年度"十二天王"榜单，这一榜单持续展现了年轻化特征，集结了仙侠、都市、历史、奇幻、玄幻、轻小说、游戏等多个题材，展现了过去一年网络文学的创作潮流。"十二天王"作为阅文扶持青年作家的平台，不仅是榜样的力量，更是"新神风向标"，展现了网文最前沿的风向和最有价值的故事。

表 4-2　2023 年度网络文学"十二天王"榜单

天王称号	作者	作品
2023 都市最强新人王	错哪儿了	《都重生了谁谈恋爱啊》
2023 仙侠爆梗王	最白的乌鸦	《谁让他修仙的》
2023 朝堂仙侠最强新秀	弥天大厦	《仙子，请听我解释》
2023 古典仙侠精品王	季越人	《玄鉴仙族》
2023 修仙公路文第一人	金色茉莉花	《我本无意成仙》
2023 奇幻轻小说王者	可怜的夕夕	《不许没收我的人籍》
2023 历史文创意王	西湖遇雨	《大明国师》
2023 科幻新锐王者	拓拔苟蛋	《最终神职》
2023 玄幻高武题材人气王	群玉山头见	《神话纪元，我进化成了恒星级巨兽》
2023 古典玄幻复兴王者	裴屠狗	《道爷要飞升》
2023 游戏文爆款王	布洛芬战士	《说好制作烂游戏，泰坦陨落什么鬼》
2023 奇幻卖座王	新海月1	《国王》

（3）2023 年度七猫原创盘点

2024 年 1 月 24 日，七猫免费小说联合纵横中文网发布"2023 七猫原创盘点"，本次盘点包括"在线阅读"和"版权衍生"两个部分。七猫原创热门小说以总裁豪门、东方玄幻、都市高手等题材为主，纵横文学中原创热门小说以东方玄幻、都市异能和异世大陆等题材为主，本次七猫年度作品包括第三届七猫中文网现实题材征文大赛的金七猫奖、第五届七猫中文网作者大会年度风云作品奖和 2023 纵横中文网年度十佳作品。

表 4-3　2023 年七猫中文网年度作品

奖项	作者	作品
金七猫奖	银月光华	《大国蓝途》
年度风云作品奖	明嫿	《离婚后她惊艳了世界》
	桃三月	《重生七零小辣媳》
	白木木	《全师门就我一个废柴》
	喵喵大人	《第一瞳术师》
	张龙虎	《绝世强龙》
	徐三	《逆天小医仙》
	张南北	《绝世小仙医》
	运也	《混沌剑帝》

续表

奖项	作者	作品
年度十佳作品	青鸾峰上	《我有一剑》
	宝妆成	《不负韶华》
	天蚕土豆	《万相之王》
	烽火戏诸侯	《剑来》
	火星引力	《逆天邪神》
	铁马飞桥	《太荒吞天诀》
	萧瑾瑜	《剑道第一仙》
	随散飘风	《踏星》
	超爽黑啤	《都市古仙医》
	全是二	《颜先生的小娇宠》

（4）番茄小说第三届网络文学大赛

2024年5月23日，番茄小说第三届网络文学大赛现已揭晓人气之王、品类之星、闪耀新星奖3个大类获奖作品，其中人气之王和闪耀新星分别包括男频和女频，品类之星又细分为古言、现言、悬疑、都市、玄幻5个小雷，共有9部网络文学作品获奖。

表4-4　番茄小说第三届网络文学大赛获奖名单

奖项	作者	作品
人气之王	匪夷	《镇龙棺，阎王命》（男频）
	周大白	《主母日常》（女频）
品类之星	香蕉披萨	《抬闺鸾》（古言）
	易子晏	《我的七零八零》（现言）
	虫宝宝	《心理解剖者》（悬疑）
	猫花子看花	《不负来时路》（都市）
	残阳纪	《噬神塔》（玄幻）
闪耀新星	楚逸	《战争领主：万族之王》（男频）
	水姐	《我的婚姻我的家》（女频）

（5）第35届中国科幻银河奖

2024年9月28日，第35届银河奖颁奖典礼在成都举行，备受关注的银河奖获奖名单揭晓。科幻文学是一座连接科学与人文、现实与未来的桥梁，它以广阔想象空间提供了对话未来、探索未知、了解自我的窗口，展现了强大的创造性和影响力。

表 4-5 第 35 届中国科幻银河奖·网络文学获奖名单

奖项	作者	作品
最佳长篇小说奖	严曦	《造神年代》

注：其他的奖项均被杂志文章与出版图书包揽

(6) 2024 年中国作家协会网络文学重点作品扶持

2024 年 5 月 10 日，中国作家协会网络文学重点作品扶持项目共收到 219 项有效申报选题，经重点作品扶持项目论证委员会论证，报中国作家协会书记处同意，确定 40 项选题入选。这些作品表现了新时代成就与历史性变革，弘扬中华优秀传统文化，体现了创新精神，担当着新的文化使命，推动着网络文学高质量发展。

表 4-6 2024 年中国作家协会网络文学重点作品扶持选题名单

主题	作品	作者
乡村振兴	《人间喜事》	顾天玺
	《中原归乡人》	碳烤串烧
	《百鸟朝凤》	萧南
	《两万里路云和月》	茹若
	《明星村》	绿雪芽
	《草原牧医［六零］》	轻侯
中国式现代化	《大国电能》	宇晓、王忠礼
	《左舷》	步枪
	《光荣之路》	纳兰若兮
	《面纱》	郭羽、溢青
中华优秀文化	《十日终焉》	杀虫队队员
	《归藏》	沐小婧
	《兄长》	浪子遐梦
	《玄鉴仙族》	季越人
	《衣冠不南渡》	历史系之狼
	《我不是戏神》	三九音域
	《青铜章纹录》	刘锦孜
	《奈何明月照沟渠》	巫山
	《满唐华彩》	怪诞的表哥
	《繁星满宫亭》	李知一

续表

主题	作品	作者
科技科幻主题	《我的拟态是山海经全员［星际］》	矜以
	《故障乌托邦》	狐尾的笔
	《星际第一分析师》	钟俏
	《星河之上》	柳下挥
	《星痕之门》	伪戒
	《钟鸣》	琅翎宸
	《筑梦太空》	飘荡墨尔本
人民美好生活	《一程》	二月生
	《夫人她来自1938》	卖乌贼的报哥
	《父爱小满》	清扬婉兮
	《四时记》	何许人
	《过万重山》	拉面土豆丝
	《麦穗上的女人》	存叶
	《我的师傅慢半拍》	亚哈巴洞主
	《我和女儿是同桌》	白小葵
	《姑奶奶喜乐的幸福生活》	晓月
	《怒放的心花》	关中闲汉
	《滨江警事》	卓牧闲
人类命运共同体	《河畔精灵》	玉松鼠
	《遇骄阳》	纯风一度

(7) 第四届七猫中文网现实题材征文大赛

2024年5月17日，由上海市作家协会指导，上海七猫文化传媒有限公司主办，华语文学网协办，上海张江（集团）有限公司、上海文学创作中心为支持单位的"2024第四届七猫中文网现实题材征文大赛"颁奖。本届大赛以"中国密码·光荣与梦想"为主题，旨在鼓励网络文学创作者用一个个生动的中国故事，谱写出中华民族的光荣与梦想，让更多人读懂发展奇迹背后的"中国密码"，大赛下设"民生幸福密码""文化自信密码""科技科幻密码""七猫幻想密码"四大题材方向。

表4-7 第四届七猫中文网现实题材征文大赛获奖名单

奖项	作品	作者
最佳IP价值奖	《江海潜寻》	灵犀无翼
	《西关小姐》	黑白狐狸

续表

奖项	作品	作者
最佳IP潜力奖	《穿越微茫》	匪迦
	《陪诊师》	月半弯
	《野菊花》	时间的傀儡
分类一等奖	《大地之上》（民生幸福密码）	胡说
	《云的声音》（文化自信密码）	白马出凉州
	《智慧之心》（科技科换密码）	枯荣有季
	《刺骨之尘》（七猫幻想密码）	金笑
分类二等奖	《麦穗上的女人》（民生幸福密码）	存叶
	《烟火靓汤》（民生幸福密码）	七猫烟水一
	《天马歌——陈炽传》（文化自信密码）	范剑鸣
	《人间喜事》（文化自信密码）	顾天玺
	《筑梦深海》（科技科换密码）	理无休
	《鲲龙》（科技科换密码）	月影风声
	《双时空缉凶》（七猫幻想密码）	慕水添翎
	《暗夜昙花》（七猫幻想密码）	一翎
优秀作品奖	《春分时节》	冷光月X
	《终见青山》	南大头
	《怒放的心花》	关中闲汉
	《彼岸花明》	西山明月
	《罪宴》	曼卿
	《牧海人》	翡翠青葱
	《大国电力》	中原第一范
	《回溯，死亡倒计时》	海盐味潮鸣
	《消失的药方》	青阶步
	《面人儿精》	孔凡铎
	《最佳入殓师》	君子世无双
	《执法嫌疑人》	北岚
	《失忆的嫌疑人》	余一田
	《密室谋杀法则》	玉米须茶
	《皮影之下》	七月白鹿

(8) 第三届"网文青春榜"2023年度榜单

2024年6月1日，第三届"网文青春榜"2023年度榜单发布。第三届青春榜尤其关注作品的创新性与时代经验的表达，以更综合的青春品位勾勒了 2023 年网络"新世代"的年度阅读风貌，旨在启发青年人的想象力和创造力。

表 4-8　第三届"网文青春榜"2023 年度榜单

作品	作者	网站
《十日终焉》	杀虫队队员	番茄小说
《困在日食的那一天》	乱	起点中文网
《女主对此感到厌烦》	妖鹤	微信读书
《我在废土世界扫垃圾》	有花在野	晋江文学城
《社稷山河剑》	退戈	晋江文学城
《我本无意成仙》	金色茉莉花	起点中文网
《赤心巡天》	情何以甚	起点中文网
《智者不入爱河》	陈之遥	豆瓣阅读
《泄洪》	巧克力阿华甜	知乎
《从前有座镇妖关》	徐二家的猫	番茄小说
《金牌学徒》	晨飒	书旗小说
《修真界第一病秧子》	纸老虎	番茄小说

（9）第三届扬子江网络文学最具 IP 潜力榜

2024 年 10 月 22 日，由扬子江网络文学评论中心主办的第三届扬子江网络文学最具 IP 潜力榜在南京颁奖。旨在发掘和推广具有高 IP 转化潜力的网络文学作品。该榜单由中国作家协会网络文学中心指导、江苏省网络作家协会和江苏网络文学谷承办，通过评选出优秀的网络文学作品，促进网络文学与影视、游戏等产业的融合发展。

表 4-9　第三届扬子江网络文学最具 IP 潜力榜

作品	作者	网站
《半路杀出个兽医姑娘》	李耳	七猫中文网
《沧海归墟》	我本纯洁	咪咕阅读
《大国蓝途》	银月光华	七猫中文网
《急诊见闻 II：生命守护进行时》	李鸿政	知乎
《入慕之宾》	海青拿天鹅	咪咕阅读
《十日终焉》	杀虫队队员	番茄小说
《我的江浙沪男朋友》	Miss 王美丽	番茄小说
《我在梁山跑腿的日子》	南方赤火	晋江文学
《一度韶光》	姜立涵	番茄小说

续表

作品	作者	网站
《不完美的真相》	叶紫	火星女频
《第三只眼》	清谈	火星女频
《苏梅梅的超市》	二彻劈山	知乎

（10）2024年度"谜想故事奖"悬疑长篇征文比赛

2024年8月2日，由中文在线主办的"谜想故事奖"征文比赛，以发掘多元题材和本土特色的悬疑故事为主旨，用"破晓"作为主题，隆重推出了2024年度悬疑长篇征文比赛，旨在进一步拓宽悬疑文学创作边界，推出许多符合悬疑+精神的作品，融合轻喜剧、推理、幻想、古风、女性、地方风俗等富有新意的题材，共评选出7部获奖作品。

表4-10 2024年度"谜想故事奖"悬疑长篇征文比赛获奖作品

奖项	作品	作者
金奖	《小公园》	阿波
银奖	《女相声演员之死》	唐玥君
	《凤囚蝗》	UU鹿饮溪
悬疑+特别奖	《暗潮》	文和
	《失枪：工厂往事》	北颇
	《丸泥客栈》	物华笔记
最佳新人奖	《困兽》	耳光

（11）第八届现实题材网络文学征文大赛

2024年5月27日，由上海市新闻出版局支持、阅文集团主办的第八届现实题材网络文学征文大赛在沪举行颁奖典礼。本届大赛以"好故事献给爱与生活"为主题，共计49102部作品参赛。最终，14部优秀作品脱颖而出。

表4-11 第八届现实题材网络文学征文大赛获奖名单

奖项	作品	作者
特等奖	《一路奔北》	人间需要情绪稳定
一等奖	《剖天》	泥盆纪的鱼
二等奖	《十七岁少女失踪事件》	花潘
	《星斗寥寥云点点》	扫3帝

续表

奖项	作品	作者
优胜奖	《潮海人间》	树下小酒馆
	《虎林》	凌岚同学
	《狐之光》	慢三
	《茫茫黑夜漫游》	眉师娘
	《美味关系》	荆泽晓
	《青山脚下三块石》	唐四方
	《人间值得》	宗昊
	《手握荆棘》	伯百川
	《我的游戏没有 AFK》	宫小衫
	《西辞》	仔姜肥鹅

（12）"阅见非遗"第二届征文大赛

2024 年 11 月 11 日，由文化和旅游部恭王府博物馆与阅文集团主办的"阅见非遗"第二届征文大赛颁奖仪式在上海图书馆举行，共 14 部作品获奖，作品以网络小说为主，围绕非遗元素展开故事，有较多非遗细节描述或呈现，通过全新的视角展现了非遗与网络文学创作以及推动地方特色文化发展之间的关联。

表 4-12 "阅见非遗"第二届征文大赛获奖名单

奖项	作品	作者
金奖	《泼刀行》	张老西
银奖	《天津人永不掉 SAN》	窗边蜘蛛
	《仙工开物》	蛊真人
	《一揽芳华》	俞观南
铜奖	《冰不厌诈》	鱼人二代
	《秘烬》	花潘
	《四合如意》	云霓
	《岁时来仪》	非 10
	《我修的老物件成精了》	加兰 2020
	《乌鸦的证词》	赤灵 01
最具传承价值奖	《国药大师》	唐四方
	《云去山如画》	眉师娘
出版观察团选择奖	《临安不夜侯》	月关
	《神农道君》	神威校尉

（13）长佩文学第二届万花筒创作大赛

2024年11月8日，由北京长佩网络科技有限公司主办的第二届长佩文学万花筒创作大赛落下帷幕，本次大赛以爱情故事为主题，共1385部作品参与报名，作品类型多样，百花齐放。经过层层选拔，最终评选出获奖作品38部。

表4-13 长佩文学第二届万花筒创作大赛获奖名单

赛道	奖项	作品	作者
现代赛道	一等奖	《在半山腰》	梨斯坦
	二等奖	《黄柑绿橘深红柿》	吃螃蟹的冬至
		《无我月明》	穆穆良朝
	三等奖	《楚里》	nomorePi
		《君在长江头》	舒庆初
		《卓玛》	舟山唐
古代赛道	一等奖	《平城杂事录》	猫十六斤
	二等奖	《今日宜升堂》	草木青CMQ
		《侍郎大人他真好看》	宋昭昭
	三等奖	《鬼灯点松花》	故人入梦
		《悬刀》	风为马
幻想赛道	一等奖	《电梯上行》	AZURE7
	二等奖	《无知之幕》	铁锅炖酒
		《只有我不在轮回的一天》	柴万夜
	三等奖	《重生后我要当渣女》	江小咪
		《驭龙》	楚氏十六戒
		《致骑士》	嘉树欲相依
特色作品奖		《被委托单主的哥哥攻略了》	o奶茶七分糖o
		《花蛇》	时常
		《清宵半》	阿猫仔
		《碎琼乱玉》	芥野
		《四姝》	云雨无凭
		《她是猫》	青小雨
		《下一程》	二十七94
		《一面钟情》	乌丁泥
		《征服第一时区》	茗子君
		《祝卿青》	落回
潜力作品奖		《贪夜行》	我叫林深深

续表

赛道	奖项	作品	作者
	最佳人气奖	《侍郎大人他真好看》	宋昭昭
		《爱慕游戏》	三厌
		《翡翠剧场》	四方格

(14) 第二届百万钓鱼城科幻大奖

2024年11月9日,由泰山科技学院主办,蓬莱科幻学院、钓鱼城科幻学院、学生科幻联合会承办的"2024中国泰山·第二届钓鱼城科幻大奖颁奖典礼"在泰山科技学院举办。科幻文学用想象力为人们展现一个又一个充满魅力的平行宇宙,用思想的光辉照亮种种可能的未来。本次大赛颁发常在奖,作家单元共有四人入选。

表4-14 第二届百万钓鱼城科幻大奖获奖名单

奖项	作家	作品
最佳新星	路航	
最佳短篇	迟卉	《不做梦的群星》
最佳中篇	江波	《赛博桃源记》
最佳长篇	天瑞说符	《我们生活在南京》

(15) 第十七届精神文明建设"五个一工程"优秀作品奖

2024年11月18日,由中宣部主办、中国文明网公布的第十七届精神文明建设"五个一工程"优秀作品入选名单公示。在本次评选中,"网络文艺"第一次被列入申报范围。该类别共有10部作品入围,其中包含3部网络文学作品。

表4-15 第十七届精神文明建设"五个一工程"优秀作品奖获奖名单

作者	作品
麦苏	《陶三圆的春夏秋冬》
卓牧闲	《滨江警事》
天瑞说符	《我们生活在南京》

(16) "从文学到影像"优秀文学作品推介活动

由北京市文联主办,北京电视艺术家协会及北京作家协会共同承办的"从文学到影像"优秀文学作品推介活动自2024年8月7日启动征集,共收到230余篇(部)文学作品报送,包括小说、散文、报告文学等多种作品类型。经过初评专家为期一个月的审读,共有29部作品脱颖而出,并进入终评阶段。其中,10部网络文学作品入选。

表 4-16　"从文学到影像"优秀文学作品推介活动入选名单

网站	作家	作品
纵横中文网	兰淡淡	《穿过旷原的风》
七猫中文网	孔凡铎	《面人儿精》
纵横中文网	七月白露	《燃烧渡轮》
七猫中文网	宋伊	《月悬烟江》
中文在线	徐是	《跃迁女子》
中文在线	牛莹	《炽热的她》
晋江文学城	唐菫书	《明月照积雪》
红薯网	陈彦池	《天降神医》
微信读书、每天读点故事 App	华不注	《临安潜火行》
铁血读书、喜马拉雅 App	高喜顺	《京脊人家》

（17）第六届豆瓣阅读长篇拉力赛

2023 年 8 月 23 日，由豆瓣阅读主办的长篇拉力赛第五届豆瓣阅读长篇拉力赛获奖名单公布。比赛设有"言情""女性""悬疑""幻想"4 个组别，共收到 4513 部投稿，其中 645 部作品顺利完赛。

表 4-17　第六届豆瓣阅读长篇拉力赛获奖名单

奖项	作品	作者
总冠军	《杂货店禁止驯养饿虎》	璞玉与月亮
新人奖	《青云影》	二更号三
	《佳期如梦》	黎艺丹
分组冠军	《低俗！订阅了》	大山头
	《陈茉的英雄主义》	没有羊毛
	《杂货店禁止驯养饿虎》	璞玉与月亮
	《妖事管理局》	雅典的泰门儿
分组亚军	《思春期》	玛丽苏消亡史
	《林舟侧畔》	青耳
	《逃离月亮坨》	南山
	《太白封魔录 3：长安》	恩佐斯焗饭
分组季军	《冬风吹又生》	淳牙
	《双程记》	叶小辛
	《蜉蝣：三日逃杀》	张半天
	《失魂引》	如鹿饮溪

续表

奖项	作品	作者
特色作品奖	《双程记》	叶小辛
	《青云影》	二更号三
潜力作品奖	《泡泡浴》	小也
	《浪漫逾期账单》	Kek
	《烧花园》	消波块
	《夏日会有回音》	听灯

(18) 第十六届纵横中文网作者大会

2024年9月2日，由纵横中文网主办的2024年第十六届纵横中文网作者大会在大理举办，共邀请49位纵横中文网优秀作家参加。本次大会共9个奖项。

表4-18 第十六届纵横中文网作者大会获奖名单

奖项	作者	作品
年度风云作品	青鸾峰上	《我有一剑》
	烽火戏诸侯	《剑来》
	阿斯巴酸	《引火》
	铁马飞桥	《太荒吞天诀》
	萧瑾瑜	《剑道第一仙》
	九月花	《摄政王一身反骨，求娶侯门主母》
年度畅销作品	更俗	《新官路商途》
	全是二	《你比星光璀璨》
	随散飘风	《踏星》
年度最具IP价值	平生未知寒	《武夫》
	知白	《长宁帝军》
年度最佳动漫改编	火星引力	《逆天邪神》
年度历史贡献	cuslaa	《宰执天下》
	布行天下	《特种神医》
	李闲鱼	《超品神瞳》
	烈焰滔滔	《最强狂兵》
	乱世狂刀	《刀剑神皇》
	月如火	《一世独尊》
年度新秀作品	督答	《野性关系》
	梦生	《毒医王妃新婚入府，禁欲残王日日沦陷》
	任风萧	《权力巅峰》

续表

奖项	作者	作品
年度最具口碑作品	宝妆成	《不负韶华》
	关中老人	《一世如龙》
	减肥专家	《星辰之主》
	六如和尚	《陆地键仙》
	莫问江湖	《过河卒》
	亲亲雪梨	《相逢少年时》
	沙漠	《日月风华》
	我本疯狂	《绝世强者》
	我爱小豆	《灰烬领主》
	西风紧	《大魏芳华》
	烟斗老哥	《医路青云》
年度最佳潜力作品	举世琉璃	《尽情》
	超爽黑啤	《都市大医仙》
	纯情犀利哥	《太初灵境》
	风尘落雨	《朝天子》
	六道沉沦	《大造化剑主》
	轻浮一笑	《我以道种铸永生》
	少侠爱喝酒	《万古天骄》
	食堂包子	《大荒剑帝》
	水果重儿	《重生后，霍太太一心求离婚》
	贪睡的龙	《一剑绝世》
	汀献	《诱吻月亮》
	蜗牛狂奔	《太古第一神》
	一叶青天	《九星镇天诀》
年度最具探索精神	步履无声	《此地有妖气》
	乱步非鱼	《亲戚掉坑她埋土 黑心千金离大谱》
	十阶浮屠	《末世：求生游戏，我跟丧尸学斩仙》
	奕辰辰	《一品》

（19）中国网络文学影响力榜（2023年度）

2024年4月28日，中国网络文学影响力榜（2023年度）发布仪式在上海举行。中国网络文学影响力榜由中国作协网络文学中心主办，每年评选一届，设置"网络小说榜""IP影响榜""海外传播榜""新人榜"4个榜单，经过严格初评、复评、终评和读者线上投票，此次有30部网络文学作品和10位新人作家上榜。

表 4-19 中国网络文学影响力榜（2023 年度）

奖项	作品	作者
网络小说榜（共 10 部）	《沪上烟火》	大姑娘
	《警察陆令》	奉义天涯
	《金牌学徒》	晨飒
	《逆火救援》	流浪的军刀
	《鲲龙》	月影风声
	《道诡异仙》	狐尾的笔
	《夜幕之下》（《我在精神病院学斩神》）	三九音域
	《明日乐园》	须尾俱全
	《洛九针》	希行
	《第九农学基地》	红刺北
IP 影响榜（共 10 部）	《吉祥纹莲花楼》（改编剧：《莲花楼》）	藤萍
	《装腔启示录》	柳翠虎
	《洗铅华》（改编剧：《为有暗香来》）	七月荔
	《坤宁》（改编剧：《宁安如梦》）	时镜
	《九义人》	李薄茧
	《恋恋红尘》	北倾
	《逆天邪神》	火星引力
	《长月烬明》	藤萝为枝
	《视死如归魏君子》	平层
	《招惹》	隐笛
海外传播榜（共 10 部）	《宿命之环》	爱潜水的乌贼
	《首辅养成手册》	闻檀
	《藏海花》	南派三叔
	《长风渡》	墨书白
	《修真聊天群》	圣骑士的传说
	《他站在夏花绚烂里》	太后归来
	《衡门之下》	天如玉
	《极限基因武神》	墨来疯
	《慷慨天山》	奕辰辰
	《功夫神医》	步行天下
新人榜（共 10 人）	江月年年、历史系之狼、徐二家的猫、乱步非鱼、金色茉莉花、会摔跤的熊猫、最白的乌鸦、弈青锋、顾了之、我是神吗	

（20）第四届泛华文网络文学"金键盘"奖

2024年10月22日，第四届泛华文网络文学"金键盘"奖在南京颁奖。该奖项由中国作协网络文学中心、江苏省委宣传部和江苏省作家协会指导，江苏省网络作协于2018年设立，每两年评选一次，此次评选共11个具体奖项，24个获奖名额，涵盖了现实题材、玄幻仙侠、都市幻想、军事历史、现代言情、古代言情、悬疑科幻等多个领域。

表4-20 第四届泛华文网络文学"金键盘"奖名单

奖项	作者	作品
玄幻仙侠类优秀作品奖	狐尾的笔	《道诡异仙》
	山栀子	《招魂》
都市幻想类优秀作品奖	三九音域	《我在精神病院学斩神》
	清扬婉兮	《芫荽小姐的平行旅行》
军事历史类优秀作品奖	怪诞的表哥	《终宋》
	顾七兮	《璀璨风华》
现代言情类优秀作品奖	板栗子	《夜市里的倪克斯》
	长夜惊梦	《琴魄》
古代言情类优秀作品奖	昔昔盐	《照殿红》
	天如玉	《心尖意》
科幻悬疑类优秀作品奖	野狼獾	《梦溪诡谈》
	东心爱	《卞和与玉》
优秀有声、动漫、游戏改编作品奖	跳舞	《恶魔法则》
	布丁琉璃	《嫁反派》
优秀翻译输出作品奖	平凡魔术师	《九星霸体诀》
	闻檀	《首辅养成手册》
现实题材类优秀作品奖	和晓	《上海凡人传》
	风晓樱寒	《逆行的不等式》
	冰天跃马行	《敦煌：千年飞天舞》
	柠檬羽嫣	《柳叶刀与野玫瑰》
优秀影视改编作品奖	随宇而安	《灼灼风流》
	庹政	《我们这十年》
	珞珈	《费可的晚宴》
优秀实体出版作品奖	匪迦	《北斗星辰》

（21）阅文集团十部佳作入藏大英图书馆

2023年11月21日，阅文集团宣布10部作品正式入藏大英图书馆，并在大英图书馆内举办了线下藏书仪式。这是继 2022 年大英图书馆首次收录 16 部中国网络文学作品之后，中国网文再度入藏这一全球最大的学术图书馆。

表 4-21　阅文集团 10 部佳作

作者	作品
唐家三少	《斗罗大陆》
爱潜水的乌贼	《诡秘之主》
希行	《君九龄》
吱吱	《慕南枝》
须尾俱全	《末日乐园》
猫腻	《庆余年》
蝴蝶蓝	《全职高手》
爱潜水的乌贼	《宿命之环》
天瑞说符	《我们生活在南京》
千山茶客	《簪星》

（22）2023 年度中国网络科技科幻文学创作扶持项目

2024 年 6 月 25 日，中国作协网络文学中心在四川绵阳举办了 2023 年度中国网络科技科幻文学创作扶持项目发布活动，宣布 10 部网络科幻小说从 118 部申报作品中脱颖而出，获得创作扶持。

表 4-22　2023 年度中国网络科技科幻文学创作扶持项目

作者	作品
风晓樱寒	《初夏的函数式》
柠檬羽嫣	《植物人医生》
银月光华	《大国重器 2 智能时代》
人间需要情绪稳定	《一路奔北》
童童	《萤火之城》
板斧战士	《我不是赛博精神病》
龙骨粥	《维度》
匪迦	《穿越微茫》
穿黄衣的阿肥	《终末的绅士》
羽轩 W	《赛博封神志》

（23）第五届"金熊猫"网络文学奖

2024 年 6 月 13 日，第五届"金熊猫"网络文学奖颁奖活动在成都交子国际酒店天府雅韵厅举行。本届"金熊猫"网络文学奖共征集 322 部作品，涵盖古典仙侠、现实百态、传统武侠、时空穿越等题材，最终角逐出 17 部获奖作品。

表 4-23　第五届"金熊猫"网络文学奖获奖作品

奖项	作品	作者
长篇单元　金奖	《我为中华修古籍》	黑白狐狸
长篇单元　银奖	《九杀》	阿彩
长篇单元　铜奖	《成都今日天气晴》	吴腾飞
长篇单元　最具时代精神奖	《我们这十年》	庹政
长篇单元　最具创意价值奖	《时光织锦店》	筠心
长篇单元　最具潜力 IP 奖	《春棠欲醉》	锦一
中短篇单元　金奖	《水安息》	高玉宝
中短篇单元　银奖	《斜阳归义》	夏轩
中短篇单元　铜奖	《花重锦官城》	李见明
中短篇单元　最具时代精神奖	《强国重器》	紫芒果
中短篇单元　最具创意价值奖	《第几只羔羊》	闻九声
中短篇单元　最具潜力 IP 奖	《叁棱》	麻辣香郭
"文化传承　烟火成都"主题创作单元　金奖	《橙子大侠历险记之穿越成都三千年》	陈国忠
"文化传承　烟火成都"主题创作单元　银奖	《春雷·四床琴》	刘路
"文化传承　烟火成都"主题创作单元　铜奖	《醉侠恩仇录》	廖辉军
"文化传承　烟火成都"主题创作单元　优秀作品奖	《巴蜀之光—千年成都》	果琪
	《蓉城春》	吴敏

（24）七猫 2024 年度宗师、大师作家名单

2024 年 11 月 26 日，七猫 2024 年度宗师、大师作家名单重磅揭晓。经专业评审委员会审慎评估并一致认定，共计 4 位作家被评选为七猫 2024 年度宗师作家，24 位作家被评选为七猫 2024 年度大师作家。这一荣誉称号，不仅是对七猫旗下优秀原创作家的认可和嘉奖，也树立起网络文学行业创作潮流的一大崭新风向标。

表 4-24 七猫 2024 年度宗师、大师作家名单

荣誉称号	作品	作者
宗师作家	《剑来》《雪中悍刀行》	烽火戏诸侯
	《逆天邪神》	火星引力
	《无敌天命》《一剑独尊》《无敌剑域》《我有一剑》	青鸾峰上
	《万相之王》《元尊》《斗破苍穹》	天蚕土豆
大师作家	《不负韶华》	宝妆成
	《寒门枭士》	北川
	《都市古仙医》	超爽黑啤
	《登雀枝》	二月春
	《霍先生乖乖宠我》	风羽轻轻
	《楚臣》	更俗
	《盖世神医》	狐颜乱语
	《春棠欲醉》	锦一
	《无敌六皇子》	梁山老鬼
	《最强狂兵》	烈焰滔滔
	《刀剑神皇》	乱世狂刀
	《民间诡闻实录》	罗樵森
	《独宠太子妃》	漫步云端
	《第一瞳术师》	喵喵大人
	《离婚后她惊艳了世界》	明姵
	《武夫》	平生未知寒
	《踏星》	随散飘风
	《重生七零小辣媳》	桃三月
	《太荒吞天诀》	铁马飞桥
	《割鹿记》	无罪
	《剑道第一仙》	萧瑾瑜
	《千岁爷你有喜了》	星月相随
	《绝世强龙》	张龙虎
	《天下长宁》	知白

（25）首届中国网络文学品牌榜

2024 年 10 月 10 日，首届中国网络文学品牌榜发布仪式在湖南长沙隆重举行。该活动由中国作协指导，中南大学网络文学研究院联合中南出版传媒集团主办，邀请全国权威专家评选而出，旨在推动中国网络文学的主流化、精品化、品牌化。评

选结果涵盖了网络作家品牌精英榜、网络作家品牌新锐榜、文学网站品牌风云榜、文学网站品牌新锐榜，以及网络文学IP品牌榜等3个大类、5个小类，共38个上榜品牌。

表4-25 首届中国网络文学品牌榜

奖项	内容
网络作家品牌精英榜	爱潜水的乌贼、天蚕土豆、流浪的军刀、横扫天涯、杀虫队队员、何常在、狐尾的笔、志鸟村、骁骑校、丁墨
网络作家品牌新锐榜	天瑞说符、三九音域、轻泉流响、眉师娘、徐二家的猫
文学网站品牌风云榜	起点中文网、番茄小说、纵横中文网、17K小说网、晋江文学城、点众阅读、掌阅ireader、知乎盐言故事、七猫小说、黑岩小说
文学网站品牌新锐榜	长沙天使文化、玫瑰文学、六月小说
网络文学IP品牌榜	电视剧《长相思》作者：桐华
	电视剧《装腔启示录》作者：柳翠虎
	电影《这么多年》作者：八月长安
	动画《沧元图》作者：我吃西红柿
	动画《斗罗大陆Ⅱ绝世唐门》作者：唐家三少
	短剧《民国复仇千金》作者：隐笛
	微短剧《当皇后成了豪门太太》作者：松子
	微短剧《玫瑰冠冕》作者：久久萋
	有声读物《天字第一当》作者：骑马钓鱼
	游戏《凡人修仙传》作者：忘语

（26）晋江文学城首次中短篇悬疑征文活动

2024年11月22日，晋江文学城首次中短篇悬疑征文活动获奖名单公布。比赛按作品字数区间分为四个类型，共收到1200余篇有效参赛作品。其中，24部作品脱颖而出，荣获奖项。

表4-26 晋江文学城首次中短篇悬疑征文活动获奖名单

奖项	作品	作者
一等奖（1W字以下组别）	《首因效应》	尖帽子狗
二等奖（1W字以下组别）	《连环杀人犯的儿子们》	是非非啊
	《没被杀死的夏天》	泛渊
三等奖（1W字以下组别）	《邮不出去的信件》	山与宴
	《亲爱的，你已经死了》	今又雨
	《恶鬼上身》	捂眼睛的猫

续表

奖项	作品	作者
一等奖（1W—3W 字以下组别）	《从三月开始》	撕枕犹眠
二等奖（1W—3W 字以下组别）	《卡普格拉综合症》	九流书生
	《悬案司之嫌犯来信》	斗笔
三等奖（1W—3W 字以下组别）	《沉默的云雀》	恒矢
	《她不说话》	幻花铃
	《今日黎明和继父刺杀我的匕首》	十一代
一等奖（3W—10W 字以下组别）	《以眼还眼》	江南梅萼
二等奖（3W—10W 字以下组别）	《［三国］长明灯》	大妮鸽鸽
	《帽匠先生会梦到疯狂爱丽丝吗？》	鹿有妖
三等奖（3W—10W 字以下组别）	《死人复生》	杨之达
	《脱笼几维鸟》	流兮冉
	《七月十五日，晴（悬疑）》	我的慈父
一等奖（10W—30W 字以下组别）	《大理寺探案手札》	糖果耳环
二等奖（10W—30W 字以下组别）	《青山多妩媚》	天夏游龙
	《收到了闺蜜的求救短信》	叶上舟
三等奖（10W—30W 字以下组别）	《明月照积雪》	唐堇书
	《最后一个幸存者》	今日止戈
	《猎证法医》	云起南山

2. 年度代表作品举隅

网络小说年度代表作品参考了年度内有关网络文学的政府榜单、网络文学研究机构榜单、各大平台发布的网络小说排行榜、获奖作品名单等，兼顾多个平台和多种网络小说类型，选出 50 部男频小说代表作和 50 部女频小说代表作作为 2024 年度网络小说代表作品。这些作品以 2023 年年中之后开书，并且在 2024 年持续更新，或者以 2024 年内完结的作品为主，重点考察作品的价值和在 2024 年度的影响力。作品按照男频小说和女频小说分类列出，排序方式以作品的首字母为序。

（1）50 部男频小说代表作

表 4-27　50 部男频小说代表作

作品	作者	网站
《别叫我骗神》	以梦为马	七猫中文网
《出阳神》	罗樵森	七猫中文网
《穿越微茫》	匪迦	纵横中文网

续表

作品	作者	网站
《从斩妖除魔开始长生不死》	陆月十九	起点中文网
《大宋神探志》	兴霸天	起点中文网
《道爷要飞升》	裴屠狗	起点中文网
《电诈风云，我被骗到缅北的日子》	江湖老六	七猫中文网
《东北黑道往事》（原书名：北城枭雄）	玉溪燃指尖	番茄小说
《高武纪元》	烽仙	起点中文网
《故障乌托邦》	狐尾的笔	起点中文网
《诡舍》	夜来风雨声	番茄小说
《黄昏分界》	黑山老鬼	创世中文网
《假太监：从混在后宫开始》	酱爆鱿鱼	点众阅读
《江湖三十年》	谈剑吟诗啸	17K小说网
《晋末长剑》	孤独麦客	起点中文网
《绝对权力：从被发配到权利巅峰》	一颗水晶葡萄	番茄小说
《开局一把刀，狂扫八荒》	血沃中华	17K小说网
《铿锵》	乌衣	纵横中文网
《满堂华彩》	怪诞的表哥	起点中文网
《妙手大仙医》	金佛	七猫中文网
《明末最强钉子户》	凶名赫赫	七猫中文网
《末世：求生游戏，我跟丧尸学斩仙》	十阶浮屠	纵横中文网
《难以治愈的岁月》	多种物质	七猫中文网
《年代1960，穿越南锣鼓巷》	就是闲的	番茄小说
《平步青云》	阿乐的屋子	塔读文学
《奇人之上》	流百	番茄小说
《权力巅峰》	任风啸	纵横中文网
《全职中医》	方千金	17K小说网
《让你契约鬼，你契约钟馗?》	彝人烟火	番茄小说
《神话降临前，我得到了内测资格》	云湖绊	书旗中文网
《天才俱乐部》	城城与蝉	起点中文网
《天命布衣》	霜寒十四州	七猫中文网
《我不是戏神》	三九音域	番茄小说
《我刷短视频，历史人物集体吐血》	笑恩的猪	飞卢小说网
《我以道种铸永生》	轻浮你一笑	纵横中文网
《我在乱世娶妻长生》	龙不弃	塔读文学

续表

作品	作者	网站
《无敌六皇子》	梁山老鬼	塔读文学
《仙佛浩劫》	团子大	纵横中文网
《县长秘书》	天猪大师	塔读文学
《向阳年代》	隔壁老刘	塔读文学
《心跳引擎》	隔胳呜呜	番茄小说
《新官路商途》	更俗	纵横中文网
《一路奔北》	人间需要情绪稳定	起点中文网
《衣冠不南渡》	历史系之狼	起点中文网
《阴脉先生》	想看许多风景的兔子	纵横中文网
《斩妖》	麻辣白菜	纵横中文网
《战争领主：万族之王》	楚逸	番茄小说
《镇龙棺，阎王命》	匪夷	番茄小说
《最后结局》	zhttty	起点中文网

（2）50部女频小说代表作

表4-28　50部女频小说代表作

作品	作者	网站
《八零漂亮知青，拐个糙汉生崽崽！》	蚊香不怕巷子深	塔读文学网
《八零养崽：清冷美人被科研大佬宠上天！》	桔子阿宝	七猫中文网
《白篱梦》	希行	起点女生网
《半路抢的夫君他不对劲》	温轻	潇湘书院
《残疾王爷站起来了》	笑佳人	晋江文学城
《苍山雪》	墨书白	晋江文学城
《穿越兽世：绑定生子系统后逆袭了》	青璇	QQ阅读
《等到青蝉坠落》	丁墨	QQ阅读
《度韶华》	寻找失落的爱情	红袖添香
《红楼大当家》	潭子	起点女生网
《怀榆记事》	荆棘之歌	起点女生网
《欢迎回家》	陈之遥	豆瓣阅读
《欢迎来到我的地狱》	墨泠	红袖添香
《皇叔借点功德，王妃把符画猛了》	安卿心	七猫中文网

续表

作品	作者	网站
《饥荒年，我囤货娇养了古代大将军》	苜肉	七猫中文网
《京港婚事》	李不言	红袖添香
《快把我竹马带走》	春风榴火	晋江文学城
《离婚后她惊艳了世界》	明婳	七猫中文网
《七零，易孕娇妻被绝嗣军少宠哭了》	福宝贝	七猫中文网
《抢我姻缘？转身嫁暴君夺后位》	蓝九九	七猫中文网
《全家偷听我心声杀疯了，我负责吃奶》	夏声声	QQ阅读
《十里芳菲》	西子情	红袖添香
《兽世好孕：娇软兔兔被大佬们狂宠》	豆花芋泥	QQ阅读
《宋檀记事》	荆棘之歌	起点女生网
《替嫁婚宠：顾少宠妻花样多》	瑞士卷	塔读文学网
《天灾第十年跟我去种田》	南极蓝	起点女生网
《退下，让朕来》	油爆香菇	QQ阅读
《为奴三年后，整个侯府跪求我原谅》	莫小弃	七猫中文网
《我的丛林鄙夷爱情》	叶不洗	豆瓣阅读
《我曝光前世惊炸全网》	卿浅	QQ阅读
《我在流放路上敛财打江山》	听琴知予	塔读文学网
《我在星际重著山海经》	寒武纪	起点女生网
《我在异世封神》	莞尔wr	红袖添香
《喜棺开，百鬼散，王妃她从地狱来》	一碗佛跳墙	七猫中文网
《写字楼修炼实录》	激有酒	豆瓣阅读
《腰软娇娇超好孕，被绝嗣暴君逼嫁》	东喜南北	QQ阅读
《一盅两件》	周板娘	豆瓣阅读
《一心二医》	陆雾	豆瓣阅读
《医武双绝：傲娇夫君的甜蜜宠妻》	蔷薇梦秋	塔读文学网
《以爱为名》	梦筱二	晋江文学城
《与前男友在婚礼上重逢》	三月棠墨	潇湘书院
《预谋心动》	月初姣姣	潇湘书院
《御兽从零分开始》	给我加葱	QQ阅读
《灾后第六年，我靠发豆芽攒下农场》	荆棘之歌	QQ阅读
《涨红》	多梨	晋江文学城
《中年生存指南》	李尾	豆瓣阅读
《重生八零，又被军少前夫撩入怀》	九宝	塔读文学网

续表

作品	作者	网站
《重生后，我成了奸臣黑月光》	偏方方	潇湘书院
《重生另嫁小叔，夫妻联手虐渣》	冬月暖	潇湘书院
《醉金盏》	玖拾陆	起点女生网

三、网络创作新趋势

1. 破圈融合是网文创新的突破口

2024年，网络文学呈现出"题材+"的深度融合趋势。其一表现为不同题材之间的交织融合，其二体现在创作者能够将不同媒介、思想观念、文化精神等元素融会贯通于一部作品中，许多作品逐步摆脱简单内容拼接的局限，迈向思想与表达的深度融合。这一转变不仅是网络文学创新发展的关键所在，更是突破现有创作模式的重要契机，为网络文学的未来发展开辟了新的方向。

（1）多方助力网文创作跨界融合

随着技术的快速迭代和产业的深度演进，各行各业正逐步从简单的融合迈向更加深度的融合，这种变化既体现在各要素的整合中，也反映在理念的碰撞的成果上。2024年，许多优质网络小说呈现出题材与元素的双重融合，这一现象的产生，离不开政府机构、市场力量和读者群体的共同推动和支持。

首先，政府的支持为网络文学的蓬勃发展提供了重要保障。2024年度中国作家协会重点作品扶持项目明确指出，应当支持作品在艺术手法和风格上追求多样性，并力求思想深邃、艺术精湛。由文化和旅游部恭王府博物馆与阅文集团联合主办的第二届"阅见非遗"征文大赛提出，参赛作品可通过将非物质文化遗产作为主线，结合都市、玄幻、仙侠、历史、悬疑、言情及现实主义等多种题材，在背景中融入民间传说、民俗典故以及当下热门的系统流、种田流、都市异能、无限流、直播等元素，以形成创新性的新型作品。湖南出版集团党委书记、董事长、中南传媒董事长贺砾辉在首届中国网络文学品牌榜发布仪式中表示："湖南出版集团、中南传媒将把与网络文学深度融合作为重要战略举措。"[①] 这些政策措施共同推动了网文创作的跨界融合，进一步规范和促进了网络文学的多元发展。

其次，是市场和读者的需求。网络文学的发展过程中一直存在"体量庞大和质量堪忧"的问题。近年来，为了吸引眼球，有作品采取了媚俗的标题和夸张的语言，导致低质量作品的泛滥，形成了口水文和低智文的现象，影响了内容的真实性

[①] 中国作家网：《首届中国网络文学品牌榜揭晓》，http：//www.chinawriter.com.cn/n1/2024/1011/c404023-40336842.html，2024年11月20日查询。

和发展秩序。随着政策引导的逐步深入、市场监管的日益规范以及读者需求的多元化，网络文学的生态环境逐渐从肆意生长转向既遵循秩序也不失自由的健康发展路径，越来越多的作品开始注重内容的深度和广度，强调不同题材与元素的融合，探索学理性、娱乐性与艺术性相兼容的平衡点。创作质量的提升既源自作家自身创作水准的提高，也得益于网络文学平台为作者提供的多元化支持与服务，同时，读者群体日益成熟的阅读需求也为优质内容的产出提供了强有力的推动力。这一转变充分体现了政府、市场与文化力量的多方合力，推动网络文学进入更加规范和高质量的创作阶段。《2023—2024 中国网络文学阅读平台价值研究报告》显示："番茄小说仅在 2023 年内便上线了 29 个创作扶持活动，投入千万级现金用于作者激励。同时，还上线'作家课堂'公开课，设立'番茄作家高级研修班'，首创'文学大师课'，帮助不同阶段的创作者提升写作水平。"[①] 网络文学能够在文化产业中崭露头角，成为一股不可忽视的重要力量，并展现出多样繁荣的态势，正是多方协同作用的结果。这一成就，既得益于互联网技术的迅猛发展，也离不开广大网络文学创作者的辛勤耕耘与持续创新。此外，读者群体的热情参与和积极反馈，成为推动网络文学跨界融合的重要动力来源。政府部门的政策支持和引导、市场的规范化运作以及社会各界的广泛关注与支持，为网络文学的发展营造了良好的政策环境和社会氛围。各方力量的共同推动，不仅促使网络文学在内容创作上不断突破，也推动其在文化产业中不断创新与融合，形成了产业链条的良性循环。

（2）跨界融合理念贯穿写作思维

网络文学创作能够实现破圈融合，除了多方力量的助力与推动之外，更为关键的因素在于作者本身。作者作为创作的核心，需要将跨界与融合的理念深刻理解和内化并贯穿于整个写作过程中，只有这样才能在创作时打破传统界限，将不同领域、不同文化、不同艺术形式等元素巧妙融合，赋予作品更加丰富的内涵和独特的魅力。近年来，微短剧作为势不可当的新影像已迈入 2.0 阶段，它与网络文学有着密不可分的关系。一方面，网络小说丰富的文本内容、包容性和多元化叙事，可为微短剧提供源源不断的优质剧本；另一方面，网络文学与微短剧双向赋能能够合力推动网络产业升级。许苗苗在第七届中国"网络文学+"大会中谈道："微短剧必须依附于故事才能让观众有代入感，而网络文学则具备衍生能力，是网络创意产业链起始点和故事源头，其地位是不可替代的。"[②] 2024 咪咕生态大会"网文+短剧"融合升级发展论坛，围绕网络文学与微短剧共发展的话题进行研讨。其中，中国移动咪咕数媒党委委员、副总经理马李永表示："围绕'网文+短剧'这一产品定位，未来咪咕

---

① 光明悦读：《网络文学内容精品化 推动文化产业增量发展》，https：//reader.gmw.cn/2024-04/26/content_37287663.htm，2024 年 11 月 20 日查询。

② 青瞳视角：《微短剧兴起，网文衰落？两者密不可分双向赋能》，https：//baijiahao.baidu.com/s? id=1804471513249432602&wfr=spider&for=pc，2024 年 11 月 21 日查询。

阅读客户端将进一步焕新'文剧'体验，实现'网文+短剧'的双向频道、全量互通。"① 行业与市场纷纷助力网络文学与微短剧的跨界合作，出台了诸多利好消息和政策。于作者而言，就要求其从创作之初便要将跨界融合思维，作品后续的IP改编贯穿至写作中。与此同时，漫画、话剧、游戏等产业也将注意力纷纷转向网络文学，寻求与网文的跨界合作。动漫《道诡异仙》改编自狐尾的笔的同名小说；动漫《恶魔法则》改编自跳舞的同名小说；动漫《嫁反派》改编自布丁琉璃的同名小说；沉浸式话剧《末日乐园：绿洲》改编自须尾俱全的小说《末日乐园》。"网络文学从语言起步，具备将影视、游戏等内化于故事的能力，为不同文艺形式真正突破界面，形成基于互动的叙事提供契机。"② 网络文学的独特性要求其在发展过程中寻找不同媒介之间的共通点与平衡点。创作者的跨界融合理念，作为一种从源头驱动创新的方式，不仅有助于丰富作品内容的多样性和深度，还能够在形式上呈现新颖性和独特性。这种创新的创作方式，不仅能够吸引更广泛的读者群体，包括不同背景和年龄层的读者，还能够促进作品的广泛传播，推动网络文学的破圈融合与可持续发展。

2. 品质写作是网文高质量发展的必由之路

作品的质量既是创作的中心任务，也是行业的立身之本。从纵向看，2024年网络文学坚持深耕垂直领域，呈现出题材不断精细、内容持续精深的发展态势；从横向看，不同题材、不同元素、不同行业之间的融合使得网络文学呈百花盛开之态。这种发展势态得益于作品质量的显著提升和不断优化。

（1）借鉴传统文学，摈弃"非文明"表达

早期，由于互联网场域的自由度和开放度高，监管力度薄弱，法律法规不完善，诸多网民为躲避现实压力而沉迷于虚幻的网络文学，他们在虚拟世界里使用"Z世代"的语言来表达内心被压制的声音，获得在现实世界无法体验的言语快感，实现自我呐喊。由此导致早期的网络文学作品中涌现很多"非文明"表达。这种语言表达与传统文学是由精雕细琢、咬文嚼字而形成的，具有表征和审美的语言表达，有极大的差异性。传统文学在结构上是固定的，一经印刷发行便不可更改，因此在创作过程中非常注重结构布局的逻辑性，词语排列的优美性，而网络文学因是连载模式，可随时更改，并且为贴合现代人的阅读习惯往往更侧重娱乐性、互动性，语言则更加简洁化、口语化、符号化，这也导致网络文学长期被视为"不入流"的文学产品。然而，随着政府机构、网站平台、创作者和读者共同的努力，近些年的作品逐渐摈弃"非文明"表达，在保留网文语言特点的同时，语词语句愈发富有诗意美感，这是借鉴转化传统文学和传统文化优质精华的成果。米花是近年来深受读者喜

---

① 千龙网：《网文与短剧双向赋能 中国移动咪咕携手行业伙伴合力推动产业升级》，https：//baijiahao.baidu.com/s？id=18162097334839217 22&wfr=spider&for=pc，2024年11月21日查询。

② 许苗苗：《网络文学：互动性、想象力与新媒介中国经验》，《中国社会科学》2023年第2期。

爱的网文作家，她的作品风格独特，特征明显，对中式神怪的塑造颇有新意。她谈道："中国古籍博大精深意蕴深远，为当代网络文学创作提供源源不断的灵感，《胤都异妖录》的创作灵感就源自《山海经》等经典古籍。"[1] 米花的作品结构严谨，逻辑环环相扣，文笔流畅细腻，人物刻画丰满，语言表达极富代入感。米花的作品之所以受市场和观众的青睐，很大程度源于她对细节的把控、对传统文学的借鉴、对传统文化的坚守，使她的作品不仅具有较高的文化价值，更能在情感上与读者产生共鸣。温德朝指出："网络文学的发展需要借鉴古今中外优秀文学传统，加快传统文学和网络文学深度融合，以中华美学精神滋养现实题材网络文学繁荣发展。"[2] 网络文学要保持高品质发展，需要秉持传统文学中的创作思维，注重语言表达、情节设计和人物塑造的精雕细琢，并将传统文学的优质元素融入网络文学作品中，这样不仅可以使内容更加丰富多彩，具备更深的文化底蕴，也在一定程度上摈弃了"非文明"表达，净化了网文空间。

（2）聚焦优秀传统文化，坚持守正创新

以人民群众喜闻乐见的方式传播中国文化、唱响中国声音，树立文化自信、彰显中国力量，既是网络文学创作趋势，也是网络文学的使命担当。何弘指出："因网络文学前期发展由资本主导，一些作品为追求'爽感'，人文关怀、思想深度、情感表达不足，思想性和艺术性不高，故事发展的内在逻辑难以自洽，高度模式化。"[3] 而随着正确的引导，网络文学发生了很大变化，聚焦优秀传统文化，注重艺术性、思想性，自觉书写祖国大地和人民群众的事迹。《晋末长剑》（孤独麦客）是一本冷门朝代的历史作品，小说以西晋时期的八王之乱为历史背景，是浩瀚无垠的网文场域中少有的关于西晋历史文。作者在前期搜集了大量的历史资料，将西晋末年的爵位官制、军户制度、风土人情等历史知识巧妙地融入故事剧情中，展现了西晋时期的阶级矛盾和民族矛盾。《十日终焉》（杀虫队队员）连载两年，于2024年10月31日完结。小说极少出现西方元素，而是融入了大量的国风元素，如文中的游戏设计灵感来源于中国传统文化的十二生肖，每种生肖包含"天地人"三种难度等级，这种设计精巧刺激的游戏与中华传统文化有机结合，既有现代风格，也有传统审美意蕴，可谓逸趣横生。自2022年9月以来，文化和旅游部恭王府博物馆与阅文集团通过共建文学创作基地、组织优秀传统文化征文大赛、开展文学作品研讨会等多种项目合作。"阅见非遗"征文大赛已成功举办两届，累计征稿近10万部，创作字数超20亿，涌现出《我本无意成仙》《泼刀行》《一揽芳华》《仙工开物》《云去山如画》《国药大师》等百部优秀网络文学作品。

---

[1] 中国作家网：《知乎盐选作者"米花"谈网文创作：从古籍中汲取灵感》，http：//www.chinawriter.com.cn/n1/2024/0528/c404023-40245183.html，2024年11月22日查询。

[2] 温德朝：《论现实题材网络文学的人民性话语》，《中国文艺评论》2024年第8期。

[3] 何弘：《新时代十年中国网络文学发展的基本成就和基本经验》，《南方文坛》2023年第5期。

一个作家，唯有将人民放在心中，坚持以人民为创作的指南针，才能文思泉涌、妙笔生花，绘就世间万象的壮丽画卷。因而，网络文学创作聚焦优秀传统文化，坚持守正创新，才能不断保持主流化、精品化、高质量的稳步前进。但是，传统文化元素的运用不仅限于对其细节的简单描述，更在于其与不同文学类型的创新融合，如"国潮+科幻""国潮+历史""国潮+言情"等。这种跨界融合需要以"媒介透明"的方式悄然流入故事情节。换言之，作者不能为呈现国风元素而将其简单相加，而是需要以"无声"的形式娓娓道来，如此不仅能提升作品丰富性、思想性和艺术性，也使得传统元素在新时代语境中以一种更加灵活自然的方式出现。

3. "IP化"文本是网文创作的新追求

网络文学产生于互联网时代，伴随着数字媒介的变化而变化，具有娱乐性、互动性、科技性、青年属性等特征。由于对故事性的极度重视和想象力的千变万化，因此具备将过去、现在和未来的事迹内化为故事情节，并能转换成影视、游戏、动漫等作品，真正实现为不同文艺形式突破边界供给能量。网络文学IP化不仅是其自身发展的独特路径，更是文化产业发展的重要支撑。

（1）优质作品需通过IP改编扩大影响力

改编是拓宽优质作品的传播空间，延长优质作品存续时间的一种方式。《寄生之子》（群星观测）于2021年8月1日在晋江文学城连载，收获了上万读者的订阅和超高的评分，小说在幽默轻松、浪漫纯真的总基调下，融合童话和科幻元素，通过外星生物的视角展现人类社会现象，具有"赛博童话"特征，蕴藏着对人类社会和生物多样性的深刻思考，彰显了网络文学在新时代的新使命。时至今日，2024年11月7日，《寄生之子》作品研讨会在线上召开，吸引了业内和学界的众多专家学者积极参与。会上，专家们围绕《寄生之子》这部作品展开了深入的探讨与交流，充分体现了该作品在网络文学领域中的广泛影响力及其不可忽视的阅读价值。如果这部作品能够成功实现IP化，并持续对文本内容进行深度的挖掘与探索，将会发现更多潜藏于其中、隐秘而又珍贵的价值，这些价值可能会以多种形式展现出来，进一步丰富作品的内涵，提升其整体的艺术价值和商业价值。

2024年10月26日，由北京市文联主办，北京电视艺术家协会及北京作家协会共同承办的"从文学到影像"优秀文学作品推介活动，《穿过旷原的风》《面人儿精》《燃烧渡轮》《月悬烟江》等多部网络文学作品入围其中。政府机构和平台网站推出诸多利好政策和活动，旨在释放网络文学潜能，拓展文化产业边界，助力优质文学作品蓬勃生长，促进文学与影视领域的融合接轨与产业合作。任何文本都不是固定的，文本在转换期间会根据语境和媒介的变化发生差异性，这种差异性能够为IP化提供新的灵感，并且实现新的可能。

（2）原文本与IP改编双向奔赴，以健全产业体系

生活中细腻美好的瞬间，往往能触动人心。静谧而深远的历史文物，在作家的

笔下被赋予了鲜活的生命，融入文学文本之中，成为连接过去与现在的桥梁。这些文学作品，经过影视化、游戏化或动漫化的改编，仿佛被赋予了魔法，将原本静态的、需要观众无限遐想的画面，转化为动态的、直观可感的视听盛宴。这种转换不仅极大地丰富了作品的呈现形式，更是将影响力反向回流到网络文学领域，显著提升了网文的阅读量。许多观众在欣赏过由网文改编的影视作品后，被其中的情节和人物深深吸引，进而产生阅读原著的强烈愿望。这是对网络文学的一种有力推广和反向回流，促进了文学与影视之间的良性互动。同时，这种改编也是对网文中展现的历史文化、非遗文化等元素的二次传播。观众在观看影视剧的过程中，不仅会被精彩的剧情所吸引，还会对其中涉及的历史背景、文化传统等产生浓厚的兴趣，进一步去查阅相关资料，深入了解这些文化元素，从而拓宽自己的知识视野和提升自身的文化素养。如此而言，这种改编不仅促进了网络文学和影视作品的传播，更在IP化的进程中推动了产业体系的双向奔赴和健全发展。陈宇指出："原始文本不等于IP，它只是IP的起点和法律支点，改编作品与原始文本一起构成IP，很多情况下，特定IP在一次次的改编中得到建构和完善。"[①] 2023年12月27日，阅文集团与澎湃新闻联合发布《2023网络文学十大关键词》，从网络文学的内容题材、行业趋势、文化使命等维度聚焦十大关键词，其中，"种田文"榜上有名。"种田文"作为网络文学的热门题材，已成为"Z世代"的心灵避风港，读者通过阅读"种田文"减压减负。并且，"种田文"衍生至种田剧《田耕纪》、种田综艺《种地吧》《田间少年》《岛屿少年》，形成了一条丰富的"种田"产业链。

改编是健全IP产业链中不可或缺的环节，它不仅能够拓展原文本的影响力，吸引更多的粉丝和观众，还能够通过多样化的呈现形式，深入挖掘、延续和展现IP的内在价值。这种双向奔赴的创作模式，不仅健全了IP的产业体系，更推动了网络文学乃至文化的传承与创新。因此，作品改编对于健全IP产业链具有至关重要的作用，它能够让IP在激烈的市场竞争中脱颖而出，成为具有持久生命力的文化符号。

4. AI助推网文创作迈向新高地

随着人工智能技术的快速发展，以ChatGPT为代表的自然语言处理工具正逐步渗透进网络文学领域，为创作者提供前所未有的技术支持。与此同时，百度的"文心一言"和科大讯飞的"讯飞星火"等国内人工智能产品也纷纷加入竞争行列，这些先进的AI产品不仅提升了网络文学创作的质量和效率，更在推动网络文学迈向一个全新的发展阶段。这些技术的融合与应用，无疑为网络文学创作开辟了一片新高地。

（1）创作质量与效率的双重提升

网络文学作为一种重要的文化现象，自诞生以来便面临着种种挑战，而AI技术

---

① 陈宇：《文本与IP：改编活动的当代认知》，《中国文艺评论》2024年第8期。

的引入为这一领域带来了显著的变革。AI 工具如 ChatGPT 可以通过分析海量的读者评论，快速识别读者偏好，并据此调整作品内容与风格，以增强作品的吸引力和提升读者满意度。此外，AI 还能提供丰富的创作素材，包括文本、图像、视频等多种媒介，极大地激发创作者的灵感。以"文心一言"为例，其在文本理解和生成方面的强大能力，使其成为辅助情节构思和角色设定的重要工具。如"讯飞星火"等语音识别技术的发展，也为创作提供了新的可能性，比如可以用来生成自然流畅的对话内容，使作品中的角色更加鲜活生动。这些技术的综合运用，不仅显著提升了网络文学的创作质量，还极大提高了创作效率。如商汤科技与筑梦岛的合作中，商汤科技的拟人大模型为筑梦岛提供了 PUGC 的 AI 角色生产流程，实现了行业领先的角色对话、人设及剧情推动能力。商量拟人大模型具备知识库深度构建能力，搭载业内领先的 Embedding 模型，实现了精准回复。

（2）创作形式的多样化与创新

AI 技术的引入推动了网络文学内容与形式的创新。基于图像生成技术的进步，ChatGPT 等工具能够快速生成高质量的插图，使网络文学作品呈现出图文并茂的形式。这种图像与文字的完美结合，不仅丰富了作品的表现力，也极大地增强了读者的阅读体验。未来，随着音频和视频生成技术的进一步成熟，网络文学作品有望实现视听一体化的阅读体验，这将进一步拓宽网络文学的表现形式，为读者带来更加沉浸式的阅读享受。以番茄有声为例，依托于番茄小说的海量知识产权（IP）内容，该平台通过真人配音与 AI 朗读相结合的形式，制作出高质量的音频内容，满足全年龄、各圈层用户的泛知识、泛娱乐需求。此外，广播剧和微短剧的兴起，如《朝歌赋》《前方高能》等微短剧改编获得上亿播放量的成功案例，呈现了 IP 改编的新业态。这些技术的综合运用，标志着网络文学创作形式的多元化与创新，为网络文学的未来发展开辟了新的可能性。

（3）面临的挑战与局限

尽管 AI 工具为网络文学创作带来了巨大的便利，但仍存在一些挑战与局限。首先，是数据峡谷屏障。ChatGPT 等 AI 系统的性能高度依赖于训练数据的质量和数量。如果数据库中缺乏足够的信息，可能会导致生成的内容不够精准或创新性不足。其次，是原创力掣肘。虽然 AI 系统能够在一定程度上辅助创作，但它们仍然无法完全替代人类的创造力。同时，版权问题也很值得我们注意。随着 AI 生成内容的应用日益广泛，相关的版权问题也开始凸显。如何界定 AI 生成内容的版权归属，成了一个亟待解决的问题。"现有的人工智能训练对数据具有强依赖性，需要庞大的训练样本学习。从知识产权的角度来讲，原作者并未明确授权其作品可被用于人工智能的训练，擅自使用则可能侵犯原作者的权益。"[①] 最后，伦理考量是 AI 技术在创作

---

① 王雪瑛：《AI 智能体创作模式来了，版权忧患也来了》，《文汇报》2024 年 11 月 11 日。

领域应用中不容忽视的重要议题之一。AI生成的内容是否涉及对个人隐私的侵犯？在创作过程中，AI是否应当承担某种形式的"道德责任"？如何平衡技术创新与伦理约束，确保AI技术的合规应用，这些都是推动网络文学创作健康发展不可忽视的重要课题。

（黎婕、许慧娟　执笔）

第五章　网络文学阅读

2024年，我国网络资源供给持续丰富，技术和场景持续创新拓展，优质内容呈多元发展之势，数字阅读迎来更多可能，高质量网络文学阅读渐成气候。读者也以更多元的方式参与到网络文学生态中，与自己喜爱的作品深度互动，为推动整个网络文学事业发展贡献力量，形成了独属于2024年的网络文学风貌。

一、年度网络文学阅读与 IP 消费总貌

为更好地掌握2024年度的网络文学阅读与 IP 消费总貌，我们不仅在全网范围内搜索相关信息，而且与网络文学各大门户平台互动，在这些平台的帮助下获取了很多一手资料，这有助于我们对全年相关方面情况做出较为全面的梳理。

1. 网络文学读者用户及阅读概况

2024年8月28日，中国互联网络信息中心（CNNIC）发布第54次《中国互联网络发展状况统计报告》（以下简称《报告》）。《报告》显示，截至2024年6月，我国网民规模近11亿人（10.9967亿人），较2023年12月增长742万人，互联网普及率达78.0%，较2023年12月提升0.5个百分点。其中，我国网络文学用户规模达5.16亿人，占网民整体的46.9%。它相较于2023年底的5.37亿用户规模有所下降。[1]

值得注意的是，近两年网络文学用户规模出现了"年底用户规模上升、年中用户规模下降"的周期性小幅波动。这种波动状态的形成主要有以下原因：从总的态势来看，网络文学产业已进入存量经济阶段，受此影响，其用户规模应该很难出现大规模增长。同时，由于网络文学生产方的各种努力，也应不会出现快速下滑。因此，在5亿左右的规模出现一定幅度的波动是正常的。网络文学用户规模出现波动，不应忽视新兴数字化娱乐方式的影响。当前，短视频、直播等娱乐形式快速发展。它们因更适合快节奏、碎片化的当下生活而吸引了大量用户的注意力和时间。这事实上造成了网络文学用户出现"分流"，成为这些新兴数字化娱乐方式的用户，使网络文学用户规模出现下降。同时，像短视频这样的新兴娱乐方式的内容又源自网

---

[1] 中国互联网络信息中心：《第54次〈中国互联网络发展状况统计报告〉》，https：//cnnic.cn/n4/2024/0828/c208-111063.html，2024年12月7日查询。

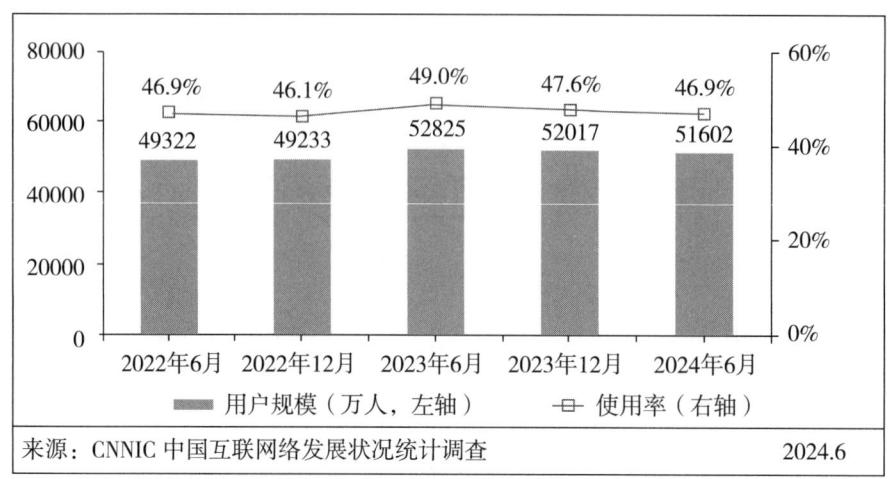

图 5-1　2022.6—2024.6 网络文学用户规模及使用率

（图片来源：第 54 次《中国互联网络发展状况统计报告》）

络文学，例如，《报告》显示，2023 年度上新短剧分账票房前十（含并列）的 13 部作品中，根据网络文学改编的作品就达 10 部。这又会形成"引流"，使一部分短视频用户同时转化为网络文学用户。因为在整个数字化娱乐市场中存在着网络文学产业与其他产业的彼此"牵动"，所以网络文学用户规模出现一定幅度的上下波动也就可以理解了。网络文学用户规模波动形成如上所述的周期性，也与人们的生产、生活状态有关。例如，作为网络文学重要阅读群体的中学生，他们的阅读状态就会随着学习压力的分布而出现周期性波动。其他社会群体也有类似情况。由于人们的生产、生活状态存在从年中到年底的周期性变化，所以这在一定程度上导致了相应的网络文学用户规模波动。

尽管网络文学用户规模出现了上述周期性的小幅波动，不过从整体数字阅读用户方面来看，以网络文学用户为主体的数字阅读用户规模仍在扩大。2024 年 4 月 24 日中国音像与数字出版协会发布的《2023 年度中国数字阅读报告》显示，2023 年我国数字阅读用户规模 5.70 亿，同比增长 7.53%，数字阅读用户规模占网民规模的比例，首次超过 50%。[①] 从作品数量来看，2023 年中国数字阅读平台上架作品总量 5933.13 万部，网络文学、电子书以及其他类型的作品量均有所增长。相较 2022 年，网络文学作品题材结构保持稳定，悬疑推理超越新类型小说，成为国内数字阅读用户更为偏好的题材。而且，纸质出版物的 IP 改编量也有所增长，数字阅读与传统出版之间的融合趋势逐年走强。同时，2023 年，数字阅读"出海"作品总量高达

[①] 今日头条：《2023 年中国数字阅读用户 5.7 亿，占网民规模首次超过 50%》，https：//www.toutiao.com/article/7361671055913517620/? upstream_ biz = doubao&source = m_ redirect&wid = 1733629411176，2024 年 12 月 8 日查询。

76.24万部（种），同比增长23.35%，东南亚、北美、欧洲地区是"出海"作品投放量最大区域。例如，中国移动咪咕公司目前就已面向欧美、东亚、东南亚等地区出海优秀作品超1000本。其中著名网络作家空留的《惜花芷》，就是一部弘扬中华优秀传统文化的优秀作品，它在韩国、泰国等地都受到读者的青睐。根据它改编的剧作更是登陆戛纳秋季电视节，打造出国际传播力与影响力作品。中国移动咪咕公司也被中国作协授予海外传播表现突出平台。①

受网民年龄结构分布的影响，网络文学用户内部呈现出"Z世代"与"银发族"共领风骚的局面。《报告》显示，我国新增网民742万人，以10—19岁青少年和"银发族"为主。其中，青少年占新增网民的49.0%，50—59岁、60岁及以上群体分别占新增网民的15.2%和20.8%。青少年群体一直是网络文学阅读的主力军。进入21世纪20年代，"Z世代"网络文学创作与阅读相互呼应，让这个年龄段的作者与读者逐渐成为网络文学实践的主力军。与此同时，随着互联网进一步向中老年群体渗透，"银发族"的阅读热情和消费能力也越来越受到各方关注。2024年上半年发布的《第54次〈中国互联网络发展状况统计报告〉》和《2023年度中国数字阅读报告》都表明银发群体阅读市场呈现出较大的发展潜力。其中，CNNIC的《报告》数据显示，2023年60岁及以上用户占比由2022年的2.74%增长到4.20%。

推动银发族网络文学阅读用户规模增长的原因是多方面的。首先，银发族从工作岗位退休后，拥有大量的闲暇时间。网络阅读的便捷性使他们能够随时随地获取各种类型的书籍和文学作品，满足其对精神文化生活的需求。其次，近年来，我国互联网基础设施不断完善，为银发族参与网络阅读提供了良好的基础条件。同时，智能手机等移动设备的普及和性能提升，以及相关应用的适老化改造，使银发族能够更方便地使用网络阅读平台，降低了他们接触网络文学的门槛。最后，网络阅读平台资源丰富，提供了海量的文学作品资源，涵盖了各种题材和类型，能够满足银发族不同的阅读兴趣和偏好。这些平台还通过个性化推荐、分类检索等功能，帮助银发族更快捷地找到自己喜欢的作品。此外，政府出台了一系列政策来推动老年阅读工作，如2024年11月民政部等14个部门联合发布《关于推进老年阅读工作的指导意见》，体现了对老年人精神文化生活的重视，为银发族网络阅读群体的增长提供了政策支持。同时家庭与社会也支持银发族多阅读，子女会帮助老年人学习使用电子设备和网络阅读应用软件，一些社区和社会组织还会开展相关的培训活动和阅读推广活动，提高老年人的数字素养和阅读兴趣。综合上述因素不难推断，银发族网络文学阅读用户规模仍会增长。

2024年，各网络文学平台的用户呈现出一些新气象。作为行业龙头，阅文集团

---

① 网易号：《〈2023年度中国数字阅读报告〉发布，中国移动咪咕以数智驱动打造全民阅读新体验》，https://m.163.com/dy/article/J0K4L60N0514R9KQ.html，2024年12月8日查询。

持续在内容生态建设上发力，展现出头部突破与长尾精进的显著态势。上半年，阅文均订过5万的新签约作品数量同比增长75%，阅读收入超200万元的新签约作品数量同比增长33%。头部作品持续刷新历史纪录，并展现出巨大的IP开发潜力。更广泛的创作者背景，使得作品的关注视角、题材涵盖更加多元、专业、立体，也吸引了越来越多年轻读者的关注与共鸣。以近些年兴起的科幻题材为例，阅文近7成科幻读者年龄低于30岁，40%左右为本科及以上学历。阅文不仅注重内容生态建设，而且在推动阅读上也有许多创新举措。一是大数据智能推荐。在导读场景中，阅文通过大数据智能匹配与人工把关相结合的方式，为读者精准推送优质作品，引领积极阅读风尚。大数据智能推荐的核心在于用户画像的数据积累，通过收集用户的浏览历史等多维度数据，运用数据挖掘与分析技术，为每位用户生成精准的用户画像。二是社区运营。社交共读是网络文学的核心场景，网文作品所在的平台既是一个互动的阅读社区，也是一个立体的文化体验中心。网文互动社区的代入感和游戏性正在进一步加强，这带来了用户体验升级，以及参与度的提升，进而形成了强大影响力，反哺于IP价值的提升。

  在上述举措的带动下，阅文集团旗下各平台的读者用户的阅读选择呈现出如下新趋势。

  其一，"群像"标签内容受欢迎的程度日益提升。传统网络文学概念里，升级通关式的体验是主流，也是用户广泛接受的故事讲述方式。而当前，用户的需求已经转向更戏剧化、多元化的情感互动与情节推进方式等。其中，对人物群像的喜爱和推崇尤为突出。起点读书App群像标签的内容日益受到欢迎，平台角色点赞量已达到10亿级。在TOP100作品中，单书比心超过10000的角色平均超过3个。

  其二，职业细分的"硬核"故事获得高人气。得益于社会的多元发展和个性彰显，科学家、工程师、作家、漫画家、文物修复师、法医、基层工作者等多元职业已成为阅文作家创作的选择。这些职业并非仅仅作为故事的简单题材包装，作家通过调研、体验等方式深入职业一线，创作出足够专业的硬核作品。这样的作品不仅未疏远用户，反而赢得了更多读者的喜爱。越来越多的硬核故事成为高人气作品，几乎每年的TOP10作品里都有它们的身影。除了《国民法医》（作者：志鸟村）等人气作品，还有一些创作者实现了网文的突破，比如气象题材作品《剖天》（作者：泥盆纪的鱼），成为阅文硬核题材首部授权电影改编的作品。

  其三，"国潮"类型作品成为用户阅读的新焦点。《我本无意成仙》（作者：金色茉莉花）、《满唐华彩》（作者：怪诞的表哥）、《晋末长剑》（作者：孤独麦客）、《临安不夜侯》（作者：月关）等作品均取得广泛认可和推介。基于用户选择及行业和社会需求，平台持续加强对此类作品的扶持与激励。由文化和旅游部恭王府博物馆与阅文集团联合主办的"阅见非遗"征文大赛已成功举办两届，累计征稿近10万部，创作字数超20亿。其中多部作品入选中国作家协会网络文学重点作品扶持项目、中国网络文学影响力榜。首届征文大赛获奖作品《我本无意成仙》、《一纸千金》（作者：董无渊）等正陆续推进有声、出版、动漫及影视化改编，持续扩大影响力。

其四，"无CP"热度全网扩散。近年来，女频用户对于故事情感互动的取向趋于多元化。在用户阅读需求的推动下，晋江文学城于2022年最早开设了专门的"无CP"类型作品频道。2024年，"无CP"也已成为起点女频标签热度TOP3。例如《末日乐园》（须尾俱全）、《长生之我能置换万物》（沉舟钓雪）等作品，均是打破传统CP模式，意在言情婚恋之外的"女强"文，在平台榜单上取得不俗成绩。

作为女性读者聚集地的晋江文学城表现亮眼。截至2024年底，该平台新增用户数525万。晋江男女用户比例约为9∶91，有旺盛消费力的女性用户是晋江的主力消费人群，18—35岁的主流消费群体占晋江用户总数的84%。晋江文学城在推动阅读方面的重要举措是不断完善书单功能。在书单功能页面，读者可以根据自己的阅读喜好创建书单，将自己喜欢的作品加入其中；读者可以收藏其他读者的书单，一种是在读者专栏浏览收藏其他读者的书单，一种是在书单广场获取更多热门书单推荐；读者可以在书单功能下发起找书，描述自己想看的类型，其他读者看到后可以推荐。此外，晋江文学城还积极建设新媒体宣传矩阵。晋江文学城在微博、微信、抖音、快手、小红书、B站等新媒体平台创建了官方宣传账号，为网站作品进行形式多样的宣传推广，积极拓宽作品的受众范围，提升作品的影响力。而且，成功的作品改编、热播影视剧的出圈，也吸引了更多观众对原著作品产生兴趣，对读者的阅读起到了推动作用。两者相辅相成，推动原著作品和影视作品双向良性发展。在上述举措的推动下，晋江读者的阅读趣味也有了如下变化。

一是在"历史衍生文"中出现了新的爽点设置，戳中了读者，折射出女频网文的新兴阅读潮流。"历史衍生文"中最为流行"心声泄露"和"直播剧透"两大设定。"心声泄露"即"主角心声泄露为他人所知"，在这一设定下，主角能被他人听到的"心声"往往是其作为现代穿越者对当朝时事的点评或后代历史的"爆料"，旁人因听到这些预言而做出改变，但主角本人对此一无所知。这种被动的"金手指"切中了读者的爽点，历史人物"吃瓜吃到自己身上"，主角在无意识中推动了历史的变革。

二是"年代文"中专业性内容越来越多，因其科普性而受到追捧。穿越至20世纪60到90年代的"年代文"近些年热度较高，2024年更是迎来了一场大规模的创作与阅读热潮。作者们抽取其中知青下乡、大院生活、改革开放等作为小说的关键情节，以打怪升级、种田经营等网文的传统套路，寄托看似真实、实则架空的时代想象。这一浪潮中不少作品在经典套路中填充大量专业内容，以网文为依托，对现实中人们接触较少的领域进行深入浅出的科普，让作品兼具科普性和可读性。

三是"女强文"作为女频网络文学重要类型之一，近年来正突飞猛进地更新迭代。过去"女强男更强"、以爱情为叙事中心的模式正退出舞台中心，崭新登场的是在宏大世界观下"不谈恋爱搞事业"的女主自强之路。同时，女性群像作品异军突起，成为女强类作品的亮眼分支，这类作品中主角及故事发展中涉及的多位女性角色均有较为立体多面的刻画，展现不同年龄层、不同阅历女性之间的友情、互助与成长。书中的人物因此而有了新的亮点，形成了极高辨识度，受到大家的喜爱。

知乎、豆瓣等平台已成长为网络文学不容忽视的新势力。其中，知乎"盐言故事"2024年月均订阅会员达到1650万，用户以18—24岁居多，大多居于一、二线城市。其累计短篇故事截至目前达到10万多篇，覆盖超过180个细分品类，涌现出不少爆款力作。例如，2023年畅销作品《安萌》，点赞14万+，超过千万人阅读；《河清海晏》，点赞45万+，超过500万人阅读。2024年畅销作品《方夏》，点赞13万+，超过500万人阅读。

知乎作为中文问答社区，每天都有成千上万的问题被提出，同时各行各业的答主也都在认真创作和分享。短篇正是从这样的讨论场中酝酿而出，来源于社区问题的一个个精彩短篇也在讨论场外，塑造了一个新的阅读场：在已有问题下，用户除了能获得知识、见解、经验以外，同时也能够消费到精彩的短篇小说，"盐言故事"就是在这样的场域下产生。由于讨论场与阅读场的交叠，"盐言故事"产生了良好的破圈效益，吸引了很多原来不是网文圈的人。又因其与问答讨论场高度关联，因而"盐言故事"用文学的方式反映大众对社会议题的关心，提供情绪共鸣，也可视为新时代、新媒介形势下的"问题小说"，为文学多方面发展提供了可贵的新土壤。

为提升用户阅读体验，知乎将深度学习算法与商业消费逻辑深度融合，深入分析读者的阅读行为及背景信息，结合内容特征信息，精确地识别目标读者群体，为读者提供更为个性化和精确的小说推荐服务，从而有效提升用户满意度及平台的用户黏性。除此之外，知乎平台也在积极探索通过AIGC技术降低读者参与网络文学创作的门槛，使得读者可以基于已有作品进行二次创作，甚至与作品中的虚拟人物进行互动。

综合站内信息看，2024年，知乎"盐言故事"用户的阅读趣味主要体现在以下几个方面。

一是银发文走红。银发文学来源于银发经济。银发经济与故事碰撞在一起意外造就了银发文学。如站内口碑佳作《不婚醒悟》讲述女主走出被骗了半个世纪的失败婚姻，重新捡起自己非遗传承的刺绣手艺，为报效祖国贡献自己的一份力量。全文立意向上，充满正能量，深受银发书友追捧。

二是主旋律题材作品点燃90后、00后青年的爱国情怀。2023年短篇故事榜单作品之一的《点燃星火》是盐言故事首部"母女双穿"的革命年代文。母女主角团立志"为天地立心，为生民立命"，引发广大年轻读者的普遍共情。文中金句"黑色的字，越看越红"在网络社交媒体强势传播，很多粉丝自发推荐的笔记点赞量都超过了10万。而站内外口碑佳作《苏梅梅的超市》是跨越三代的主旋律故事。作品以先锋性的脑洞设定，表达了年轻人"吾辈当自强"的爱国情感。故事底下有上万条评论，很多读者都在说"这才是适合中国宝宝的文""谁不想带着暖乎乎的厚衣服和热腾腾的饭菜给先辈们啊"。在"盐言故事"里，年轻人已经把主旋律表达得如此不落窠臼，又热泪盈眶。

三是一线网红动物成为"盐言故事"的新主角。如娱乐爽文《穿成十八线女星我坐鳄鱼全网爆火》，女主原型就是一只网红水豚"卡皮巴拉"。它穿成了十八线全网黑的女明星，由于性格佛系（符合年轻人推崇的"情绪稳定"互联网人设），成功洗白，并被男主一见钟情。此类故事看似荒诞，其实反映了当代年轻人的精神状态。

四是用户的脑洞问题催生了新型历史文。知乎站内沉淀下了非常多有意思的脑洞问题，例如"如果李世民附身于刘禅，能赢吗？""中国有哪些有意思的妖怪？"等。作者"米花"的长篇东方玄幻小说《胤都异妖录》就取材于《山海经》，以"连环套"的精巧结构，书写了蛇妖、旱魃、山魈等中式志怪的群像，回应了"中国有哪些有意思的妖怪？"这一脑洞问题。而且，她将国内神话设定与盐言故事独有的强情感、强节奏和多反转的风格相结合，体现了国潮与网络文学融合发展的新趋势，是对网络文学创新题材的积极探索。

豆瓣阅读平台的用户也更倾向于女性向内容。2024年，其用户阅读趣味体现出两个有趣的趋向。

一是很多小说女主角的野心、情绪、行动、愿望变得更强，角色会变得更主动。比如《致我那菜市场的白月光》《杀死恋爱脑》等，这些作品中女主都有大女主的形象。之前的言情文，言情线是最重要的，其他如人物的成长线职业线都服务于言情线，显得很工具化。但是，2024年受到豆瓣阅读用户追捧的头部、热门的小说却反过来，言情线是服务于人物成长线，恋爱谈不谈或者怎么谈，都要服务于女主角的成长。这一变化并非简单的"大女主"意识高涨的问题，而是反映了读者群体的意识，或者说是社会情绪或思潮的一种表达。

二是返乡题材走红。主角往往厌倦大城市生活，或者由于各种原因回到故乡。故乡多为世外桃源般的小镇或者乡下。主角返乡后，会见到故人，展开一段新恋情。这样的题材看似是一个纯言情故事，其实内在的价值核心却是治愈，治愈都市病，治愈现代性生活带来的各种创伤。它们因这样的价值内核而给予了读者以情感抚慰。

2. 年度网络文学 IP 市场消费状况

在网络文学 IP 影视改编方面，2024 年，阅文 IP 改编的剧集《庆余年第二季》上线，收视率与热度值双爆，在腾讯视频上该剧的热度值达 34389，刷新平台历史最高纪录，同时在央视八套上实现连续 18 天全国全部频道实时收视率 TOP1，并位列各大专业数据排行榜的首位。承接剧集热度，阅文同时推出了 11 款《庆余年》盲盒和软周边，以及包含 308 个卡面设计的高端收藏卡牌，其中，盲盒销量超过 20 万个，影视卡牌在该剧播出之前的 GMV 就高达 2000 万，销量位居剧集类收藏卡牌历史第一。

由阅文旗下新丽电影、阅文影视等共同出品的春节档电影《热辣滚烫》以 35 亿元票房成为春节档票房冠军。此外，新丽传媒出品的古装剧《与凤行》及现代都市剧《玫瑰的故事》在腾讯视频热度值均破 3 万，播出期间接连打破腾讯视频联播剧及都市剧等细分领域的热度值最高纪录。

动画领域，阅文推出的《斗破苍穹年番》在腾讯视频年度畅销榜上排名第一，《全职高手 3》《亏成首富从游戏开始》《幻宠师》等新番持续霸屏各平台动漫热榜。数据显示，2024 上半年全网动画播放榜前 20 的作品中，有 15 部改编自阅文的 IP。

在短剧及卡牌等多个赛道领域，阅文展现出了巨大的变现潜能和商业空间。短剧方面，阅文 IP 改编的《叮！我的首富老公已上线》流水约 3000 万，预计在 2024 年阅文将推出 100 多部短剧。同时，上半年阅文在卡牌业务方面取得了突破性进展，《庆余年》《与凤行》《全职高手》等产品的优异表现推动卡牌整体 GMV 约至亿元。后续，阅文还计划推出《大奉打更人》等影视及《全职高手》《狐妖小红娘》等动漫卡牌产品，并推动其实现全球发行，构建阅文 IP 宇宙的卡牌生态系统。

同时，阅文正通过 IP 全产业链布局加速国际化进程。借助 AI 翻译，阅文推动网络文学规模化出海。截至 2024 年 6 月，起点国际（Webnovel）向全球用户提供约 5000 部中文翻译作品和约 65 万部当地原创作品，培养了约 43 万名海外原创作家，累计访问用户达 2.6 亿。在出版领域，阅文已向欧美、东南亚、日韩等地区授权数字出版和实体图书出版，涉及 10 种语种，授权作品达 1100 余部。动画方面，阅文在 YouTube 频道累计上线 10 部作品，总播放量超 6.6 亿。

2024 年，晋江文学城在 IP 运营方面的成绩一如既往地令人欣喜。截至 2024 年底，共有 23 部由晋江小说改编的影视剧在各类卫视频道、视频平台正式播出，如古代题材的《度华年》（墨书白作品《长公主》改编）、《柳舟记》（狂上加狂作品《娇藏》改编）、《锦绣安宁》（闻檀作品《首辅养成手册》改编），现代题材的《在暴雪时分》（墨宝非宝同名作品改编）、《私藏浪漫》（轻黯作品《办公室隐婚》改编）、电影《那个不为人知的故事》（Twentine 同名作品改编）等。

2024 年 3 月 18 日，作者九鹭非香作品《本王在此》改编的电视剧《与凤行》在湖南卫视金鹰独播剧场播出，并在腾讯视频、芒果 TV 及北美同步播出。该剧讲述了灵界碧苍王沈璃因逃婚受伤坠落人间，机缘巧合下偶遇下凡体验生活的最后一位上古神行止，两人纵横三界，携手展开了一段强强联合、充满烟火气和磅礴之力的新神话爱情故事。该剧延续了九鹭非香改编影视作品的热度和水准，在场景布置、服装道具、特效制作等方面都下足了功夫，为观众呈现出了一幅瑰丽多彩的仙侠世界画面，观众对这部剧集的制作水准赞不绝口，纷纷表示看得过瘾。

2024 年 11 月 1 日，由晋江文学城作者白羽摘雕弓的小说《黑莲花攻略手册［穿书］》改编的电视剧《永夜星河》在腾讯视频独家播出。该剧讲述了鬼马少女凌妙妙不小心误入小说任务系统中，为了回归现实世界，必须完成系统派发的任务，与慕声、慕瑶、柳拂衣一起捉妖打怪升级，一步步化解人妖两族恩怨的故事，因加入了"系统""穿书"两大影视剧中的新鲜元素，成为2024年古装幻想题材最高分。该剧在播出期间腾讯站内热度破3万，进入腾讯视频爆款俱乐部，并通过WeTV与全球观众见面，在海外多地区热度登顶，后续还将陆续在韩国AsiaN电视台以及日本等地的主流平台播出。该剧以充满中国传统文化内涵、创新性的赛博古装轻喜剧风格，极具青春热血的故事内容，在海内外年轻人中引发热议与好评。

豆瓣阅读、知乎"盐言故事"是网文IP改编领域杀出的两匹黑马。2024年同样成绩骄人。如下表所示：

表5-1 2024年度豆瓣阅读部分IP改编作品情况

播出作品	播出平台	数据表现	原著信息	原著数据情况
《烟火人家》	腾讯视频；央视一套（上星）	1. 腾讯视频最高热度27579 2. 酷云实时收视率峰值破2.4810% 3. 云合数据连续剧热播榜市占率最高达12.3%，全舆情热度TOP1	《她和她的群岛》，作者易难	阅读人数近300万，收藏数24336
《小日子》	腾讯视频；东方卫视、浙江卫视（上星）	1. 腾讯视频最高热度26424 2. 东方卫视平均收视率0.7451%；浙江卫视平均收视率2.034%，单日最高2.265%（数据来源：CSM71城） 3. 云合数据连续剧热播榜市占率最高达8.8%，全舆情热度TOP1	《小日子》，作者伊北	阅读人数近50万，收藏数5136
《春色寄情人》	腾讯视频；央视八套（上星）	1. 腾讯视频最高热度27198 2. 酷云实时收视率峰值破1.2633% 3. 云合数据连续剧热播榜市占率最高达10.5%，全舆情热度TOP1	《情人》，作者舍目斯	阅读人数2000万，收藏数124826
《半熟男女》	优酷	1. 优酷最高热度8880 2. 云合数据连续剧热播榜市占率最高达10.3%，全舆情热度TOP1	《这里没有善男信女》，作者柳翠虎	阅读人数830万，收藏数61803
《好团圆》	腾讯视频；央视八套（上星）	1. 腾讯视频最高热度27596 2. 酷云实时收视率峰值破3.5281% 3. 云合数据连续剧热播榜市占率最高达11.4%，全舆情热度TOP2	《女神的当打之年》，作者朗朗	阅读人数近130万，收藏数10181
《失笑》	腾讯视频	1. 腾讯视频最高热度23138 2. 云合数据连续剧热播榜市占率最高达5.7%，全舆情热度TOP3	《失笑》，作者祖乐	

数据来源：豆瓣阅读平台

表 5-2 2024 年度知乎"盐言故事"部分 IP 改编作品情况

播出作品	播出平台	原著信息	数据表现
《为有暗香来》	优酷	七月荔《洗铅华》	1. 优酷站内热度破 9500；优酷独播榜日冠 23 次；云合集均：2376.7w 2. 播放期间：猫眼全网热度总榜 TOP1；灯塔舆情热度榜 TOP1；灯塔全网正片播放市占率 TOP1
《执笔》	腾讯	林言年《执笔》	1. 腾讯视频站内热度最高 21533 2. 创微短剧单日热度最高纪录 3. 创腾讯视频微短剧首日热度最高纪录 4. 上线累计分账破 2700 W 5. 创最快破千万分账微短剧纪录 6. 蝉联平台微短剧热播榜/热搜榜 4 周 TOP1
《我在长征路上开超市》	抖音	二锅劈山《苏梅梅的超市》	1. 上线 5 天，抖音播放量超 1.4 亿 2. 上线 5 天，抖音话题讨论量破 5 亿 3. 2024 国庆档短剧热度 TOP1

数据来源：知乎"盐言故事"平台

作为免费阅读领域的翘楚，番茄小说经过数年积累，已经形成自己的 IP 池。在动漫领域，番茄已成功进行 IP 改编的尝试。2024 年夏季，其首个头部 IP 改编作品《斩神》动画在腾讯视频上线，播放量超 7 亿，成为本年度热门国产动画之一。除《斩神》外，番茄小说巅峰榜上的《十日终焉》《叫我鬼差大人》《开局地摊卖大力》等作品的动漫 IP 开发正在推进，在播玄幻创新题材动漫《我能无限顿悟》热度持续上升。

随着短剧模式的兴起，番茄小说的优势也日益凸显。红果短剧自制剧负责人杨杰表示："竖屏短剧信息密度大，故事情节紧凑，网文中流行的元素趋势、选题风向都能更快在短剧中展现。这些特性使番茄小说在短剧改编方面独具优势。"可以预见，红果短剧将依托番茄优质的网文 IP，改编出更多受欢迎的短剧作品。[①]

3. 年度网络文学海外传播与接受概况

中国音像与数字出版协会发布的报告显示，2023 年，中国网络文学出海作品约 69.58 万部（含网络文学平台海外原创作品），海外市场营收 43.5 亿元，2024 年，中国网络文学海外市场继续保持了良好的势头。本部分将从平台、内容和网络文学 IP 改编三个方面进行详细阐释。

首先，从商业化平台来看，呈现出中国网络文学企业领头，德国和韩国紧随其

[①] 钛媒体：《番茄小说创作者大会举办，未来一年将投入两亿现金扶持精品内容》，https://www.tmtpost.com/7376935.html，2024 年 12 月 25 日查询。

后的局面。这里的数据来源为 2024 年的 App Store 和 GooglePlay 图书类应用收入榜单①，并在此基础上，剔除传统文学、漫画和听书等应用。选择收入榜单的理由是下载量容易存在刷榜行为，数据不如收入榜真实有效。受限于数据收集时间，具体数据获取区间为 2024 年 1 月 1 日至 2024 年 11 月 30 日。

全球网络文学企业收入排名前十的公司分别是新阅时代、星阅科技、Inkitt、腾讯、畅读科技、Kakao、Joyread、QVON、RIDI 和点众科技。中国企业有七家，收入总和达到 1.79 亿美元，占前十收入的 77.86%；德国有一家，收入达 2628 万美元，占前十收入的 11.45%；韩国有两家，收入总和达 2452 万美元，占前十收入的 10.69%。整体来看，中国网络文学处于领头地位，并获取了该市场大部分的收入；德国和韩国紧随其后。从收入下载来源国来看，美国是主要收入来源，美国、印度尼西亚和巴西是主要下载来源国。

表 5-3　2024 年全球网络文学类 App 收入榜 TOP10

所属国家	母公司	代表平台	收入（万美元）	主要收入来源	下载量（万）	主要下载来源
中国	新阅时代	GoodNovel	7177.69	美国、日本	592.20	美国、印度尼西亚、日本、菲律宾
中国	星阅科技	Dreame	3566.15	美国、泰国、澳大利亚	744.34	菲律宾、印度尼西亚、巴西、泰国、墨西哥
德国	Inkitt	GALATEA	2628.07	美国、英国	641.13	美国、巴西、墨西哥
中国	腾讯	WebNovel	2088.71	美国	584.80	美国、菲律宾、印度尼西亚、巴西
中国	畅读科技	MoboReader	1777.91	美国、巴西	1792.43	巴西、墨西哥、印度尼西亚、美国
韩国	Kakao	Tapas	1536.65	美国	328.94	美国、印度
中国	Joyread	Joyread	1,366.01	美国、韩国、法国、泰国、德国、印度尼西亚	405.40	韩国、印度尼西亚、巴西、美国、德国、意大利
中国	QVON	Novellair	1034.20	美国、英国、澳大利亚	125.83	美国、英国、澳大利亚
韩国	RIDI	RIDI	916.13	美国	363.53	墨西哥、美国、印度尼西亚
中国	点众科技	Webfic	860.91	美国、菲律宾、韩国、印度尼西亚	253.95	印度尼西亚、印度、菲律宾

注：收入排行为剔除了本国收入后的排行，主要来源是指占比≥5%的国家。

---

① 数据来源为点点数据，是监测 App 数据全球表现的网站。

从国外网络文学翻译平台来看，2024 年在翻译平台发布的中国网络文学超过 3500 部，涉及的翻译平台超过 200 个。① 基于此，本部分选取今年在海外发布且读者标记数量大于 500 人的中国网络文学，分析其发布平台得到表 5-4。排名前十翻译平台大部分是公益性质平台，供给端由网络文学爱好者自发提供翻译服务，需求端由用户自愿捐款或支付少量费用维持其基本运营。受限于服务器承载能力，基于网络文学内容互动功能由国外社区平台 Discord 提供。

表 5-4　2024 年全球中国网络文学翻译平台 TOP10

排序	平台名称	中国网络文学数量
1	Chrysanthemum Garden	66
2	Shanghai Fantasy	47
3	KnoxT	36
4	akkNovel	29
5	Crimson Translations	26
6	DarkStar Translations	22
7	Travis Translations	13
8	Novel Verse Translations	11
9	Lazy Girl Translations	10
10	Hiraeth Translations	10

其次是内容出海方面。本部分选择全球收入最高的 GoodNovel 和最有代表性的网络文学社区 Novel Updates 作为分析对象，并获取每个平台的基本情况。

GoodNovel："爽文叙事+本地化元素"是主流

GoodNovel 平台涵盖了英语、法语、菲律宾语、马来语、泰语、韩语和日语七种语言，相比上年增加了日语，删除了俄语。涉及主要题材与上年一致，仍有 19 个，分别为狼人、霸总、浪漫、幻想、黑手党、重生、青少年、LGBTQ+、超自然、都市/现实、悬疑/惊悚、恶魔、系统、后宫、历史、科幻、游戏、战争和鸡仔文学。不同语种区的基本情况如表 5-5 所示。

表 5-5　2024 年 GoodNovel 平台不同语种下的网络文学概况

语种	网络文学数量（部）	题材数量	标签	最受欢迎的网络文学
英语	>10000	19	男女 CP、婚姻、浪漫、亿万富翁、狼人、总裁、甜蜜、复仇	《了不起的查理·韦德》（入赘逆袭文，5860 万阅读量）

---

① 数据来源为 Novel Updates，是国外最大的小说评价社区网站。

续表

语种	网络文学数量（部）	题材数量	标签	最受欢迎的网络文学
法语	>400	12	乐观、美丽、聪明、反叛、狼人、勇敢、甜蜜、天真、冒险、情感	《婚后爱情闪电：我丈夫是亿万富翁》（先婚后爱霸总，36.63万阅读量）
菲律宾语	>4000	13	霸总、强制、富有、力量、操纵、主导、无情、傲慢、甜蜜、情感	《亿万富翁是真爱》（霸总言情文，830万阅读量）
马来语	>10000	12	统治、霸总、美丽、富有、勇敢、情感、守护、坚强、甜蜜、操纵	《哈维·约克的爆炸力量》（入赘逆袭文，3780万阅读量）
泰语	>700	4	富有、聪明、热情、甜蜜、美丽、误会、霸总、言情、乐观、医生	《哈维·约克的爆炸力量》（入赘逆袭文，110万阅读量）
韩语	>140	4	后悔男、强制、女婿、复仇、欲望、甜蜜、财阀、婚姻、军人、孩子	《财阀家族的女婿》（霸总文，420万阅读量）
日语	>30	2	离婚、强制、财阀、孩子、婚姻、女性力量、先婚后爱、复仇	《佐藤先生，我为夫人的冥福祈祷》（重生复仇文，43.2万阅读量）

数据来源：截至2024年11月30日的GoodNovel平台

英语区霸总言情文和逆袭文是主流，带有狼人和复仇元素的比较受欢迎；法语区带有狼人元素的霸总言情文是主流；菲律宾语区霸总言情文最受欢迎；马来语区男性主导的总裁文和逆袭文比较受欢迎；泰语区多样化的逆袭文和古代言情文比较受欢迎；韩语区霸总言情文和复仇逆袭文最受欢迎；日语区离婚复仇文和先婚后爱言情文最受欢迎。整体来看，GoodNovel平台不同语种的受欢迎题材虽有细微差别，但是霸总言情、女性复仇、男性逆袭等"爽文"是最受欢迎的题材类型，在此基础上，根据不同国家特色加入新的元素便能跨越国界，引起全世界读者共情。

最后是网络文学改编影视出海，本部分从MyDramaList获取2024年网络文学改编影视出海最受欢迎的10部作品。其中，《在暴雪时分》《别对我动心》《春色寄情人》《你也有今天》改编基础是现代言情文，《墨雨云间》《度华年》《惜花芷》《珠帘玉幕》改编基础是古代言情文，《与凤行》《永夜星河》改编基础是仙侠言情文。

以《在暴雪时分》《别对我动心》为代表的现代言情剧的YouTube评论为基础，可以看出现代言情受欢迎的原因主要有两点：一是演员颜值，不少评论都提到"男主/女主颜值是我喜欢的类型"；二是演员演技，一些评论提到"演员把男女主感情细节演得非常生动,两人之间充满了火花"。

以《墨雨云间》《度华年》《惜花芷》为代表的古代言情剧的 YouTube 评论为基础,可以看出古代言情受欢迎的原因主要有三点:一是剧情新颖,节奏紧凑,一些评论提到"替身复仇/重生是很好的情节设置";二是演员表演吸引人,不少评论提到"很喜欢某位演员的演绎,表示愿意继续看他相关的影视剧";三是女性视角,一些评论提到"喜欢剧情中展现的女性力量"。

以《与凤行》为代表的仙侠言情剧的 YouTube 评论为基础,可以看出仙侠言情受欢迎的原因主要有三点:一是剧情推进合理,不少评论都提到"剧情里设置了一些搞笑元素,推进合理,有一个圆满结局";二是制作精良,一些评论提到"特效、妆容和服装都很精良";三是男女主化学反应佳,一些评论都提到"很喜欢男女主的搭配"。此外,关于《永夜星河》,有很多评论提到"看过小说/漫画,感到影视剧对原著尊重"。

整体来看,2024 年网络文学改编影视剧出海情况与上年一致,比较有影响力的都是言情类女性向作品。"言情+特殊设定"是主流,如《春色寄情人》在现代言情文基础上加入了特殊职业设定;《墨雨云间》《度华年》分别在古代言情文基础上加入了替身设定和重生设定;《永夜星河》在仙侠言情文基础上加入了穿书设定。从具体内容来看,剧情和演员是网文改剧成功的关键点。此外,网络文学原著和网改漫画提前出海对于网文改剧有一定促进作用,11 月 1 日上线的《永夜星河》因有网络文学原著和漫画基础便能够跻身出海网文改剧前五。

表 5-6　网络文学改编影视剧 TOP10

排名	影视剧	网络文学 IP	出海平台
1	《在暴雪时分》	墨宝非宝《在暴雪时分》	Netflix、Viki、WeTV
2	《墨雨云间》	千山茶客《嫡嫁千金》	Netflix、Viki、Youku
3	《别对我动心》	翘摇《别对我动心》	Netflix、Viki、Youku
4	《与凤行》	九鹭非香《本王在此》	MGTV、Viki、WeTV、YouTube
5	《永夜星河》	白羽摘雕弓《黑莲花攻略手册》	Netflix、Viki、WeTV
6	《度华年》	墨书白《长公主》	Netflix、Viki、Youku
7	《春色寄情人》	舍目斯《情人》	Viki、WeTV
8	《惜花芷》	空留《惜花芷》	Viki、Youku
9	《你也有今天》	叶斐然《你也有今天》	Viki
10	《珠帘玉幕》	谈天音《昆山玉之前传》	Netflix、Youku

数据来源:截至 2024 年 11 月 30 日的 MyDramaList 网站

二、网络文学阅读的年度热点分析

2024 年网络文学阅读方面不仅有网络文学读者群体内部形成的一些新热点,而且也呈现出更为明显的跨界互动趋势。爆款网游不仅带动了相关题材的阅读,也为网络文学同人创作提供了新的素材与灵感。而且,为推动阅读接受面,平台与读者自觉不自觉地采用更多方式为作品引流。本章选择了其中几个热点试加分析,以求呈现网络文学阅读的新动向。

1. 唐家三少封笔读者反应

2024年4月23日世界读书日当天,知名网络小说作家唐家三少宣布在完成作品《神印王座2》后停更。此前,唐家三少保持着"连续86个月不断更"的吉尼斯世界纪录。因此,三少宣布停更的消息一经发出便引起了网络文学界的轩然大波,并迅速登上热搜。

唐家三少,本名张威,1981年生于北京,2004年2月开始网文创作,其处女作《光之子》初露头角,此后《狂神》《生肖守护神》等作品脱颖而出,而《斗罗大陆》系列更是成为中国原创IP大爆之作,其笔下的主人公唐三自2008年创作诞生后,至今仍深受诸多读者喜爱。而对于唐家三少宣布停更,读者的反应各不相同。通过"舆情秘书"抓取到的相关信息显示,截至2024年7月24日,事件在监测时间段内,正面舆情13110条,负面舆情4019条,中性舆情87条。该事件信息转发量达9076,评论量22814,点赞量36940,阅读数3654675,发帖人数共11075人,发帖人共有粉丝数3976270402,影响力颇为可观。

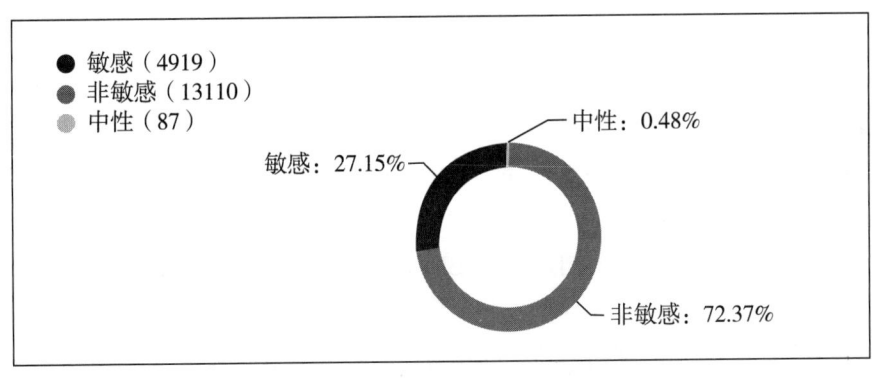

图5-2 "唐家三少停更"信息属性占比图

(信息来源:舆情秘书App)

根据监测以及观察读者发布的评论内容,可以发现读者对三少封笔,大致有四种不同的反应。

第一种便是对三少封笔表示理解和支持的读者。三少在宣布停更视频中表示"我已经持续不断更有二十年时间了,《神印王座2》写完之后,我可能真的要休息休息了。因为连续创作二十年,确实身体也很疲惫"。对于三少宣布停更视频的内容,这部分读者认为,三少长期以来的连续不断更,也确实需要时间进行休息调整。

— 179 —

如网友诗若珍宝 oVo 便表示"只看过斗罗一，只能说斗罗一封神了，后面的我都觉得一般般。不过三少还是好好休息吧，给自己一个喘息的时间"。该部分读者纷纷留言，在对其创作表示感谢的同时，希望三少能够好好养好身体，另外也期待三少能用一个更好的状态回归，创造出更多更好的作品。

第二种是对三少停更表示遗憾和惋惜的读者。网友 L 祺子表示："破防了，好可惜，居然停更了，好喜欢斗一和斗二的。"另有网友三少的墨染舞说："一直是三少的墨染舞，突然看见三少停更了感觉好难受。"这部分读者大多数都是陪伴三少较长时间的，有的是从高中、大学，更有甚者是从小学便开始阅读三少的作品，对他们来说，三少的小说陪伴了他们的一整个青春，也代表着他们那一代人的青春，因此，有读者对三少宣布停更表示感觉是一个时代结束了，纷纷表达自己的不舍之情。

第三种便是情绪比较激动的读者，这部分读者对三少的小说提出批评和吐槽，认为三少早该停更。博主江亭躲雨便发表评论"早该停更了，书越写越难看，越来越无聊，感觉对写作早就没那么爱了，十年前就财富自由了，也没必要再这么别别扭扭地写下去了"。该部分读者认为，相较于之前的小说所带来的精彩与震撼，近年来三少创作的作品质量有所下降，后期的作品几乎都是简单的情节重复、缺乏新意。此外，还有读者认为三少的作品商业化严重，后期质量的下滑完全是为了赚钱，更有甚者表示三少如今的作品是一种文化垃圾，早就应该宣布停更，以免消耗自己之前的喜欢。

最后一种便是持中立态度，对三少停更表示无所谓的读者。网友发个疯可以吗就发表评论："嗯……小时候看《斗罗大陆》，喜欢，长大后看就一言难尽，有些东西还是得适合的时候看，停更了感觉也没啥损失，复更了也跟我没关系。"这部分读者通常是对三少作品接触不多，可能看过一两部，或是只在网上看到过，并没有进行过阅读的网友。所以对他们来说，三少宣布停更不会有太大的影响，因此也就持无所谓的态度了。

而针对广大读者和网友们的评论与留言，三少也做出了回应，在对所有书友表示感谢这么多年的陪伴与支持的同时，也告诉大家："等我调整好重出江湖时，一定第一时间告诉大家。"总的来说，三少宣布停更的消息在读者中引起了广泛的讨论与关注。大部分的读者还是希望三少能够好好休息，调整好自己的状态，期望未来能够创作出更好的作品来回馈读者与粉丝的厚爱。此外，三少的停更也给网络文学界带来一定的思考，学界应该如何构建一个更加健康、具有可持续性的创作环境？作者应该如何更好地进行创作、创新，为读者带来更好的阅读体验？这都是值得我们进行思考的问题。

2. 游戏对网文阅读的带动

2024 年 8 月 20 日国产单机游戏《黑神话：悟空》发行，发行两个月内全平台销量超过 2000 万套，受到众多国内外玩家的好评，展现出中国国产游戏行业的发展潜力和电子游戏对中国文化对外传播的促进作用，也让电子游戏以一种正面形象和姿态进入公众视野。受到《黑神话：悟空》的带动，许多已经发行多年和待发售的国内优秀电子游戏作品也逐渐为人关注，让电子游戏成为 2024 年的网络文化热点，进入网络文学社区和语境中，带动网络文学阅读内容和方式的更新。

首先，优秀游戏作品带动网文内容阅读。由于年轻人在国内阅读网络文学作品群体中占据重要地位，网络文学的读者群体和电子游戏的玩家群体高度相关，时下流行的电子游戏也会成为网络文学作品的题材和内容进入读者的阅读体验中。《黑神话：悟空》从宣发到发售，其作品内容和游戏运营共同营造出一个充满疑云的未竟的西游世界，催生网络文学读者的想象和期待，进而带动大量以游戏内容、西游故事乃至传统文化故事为背景的网络文学作品创作和阅读。例如在起点中文网上，被惊呆的橘子的《黑神话：从黑风山开始西游》、知好道人的《黑神话：重启西游》、燃烧的锅盖的《黑神话：东胜往事》、亿仟壹的《黑神话西游：模拟成仙！》、半夜起来吃宵夜的《黑神话：悟空》等作品都是和"黑神话"故事题材直接相关的作品，读者在这些网络文学作品下的阅读评论，反映出电子游戏对网络文学作品阅读的亲和力和吸引力。在七猫免费小说平台中，野望胜利的《绑定国运：开局召唤黑神话悟空》、小皮侠的《全民武魂：开局觉醒黑神话悟空》等作品也获得平台内较高的关注和追更。七猫免费小说中关于"黑神话悟空"的话题也引发不少点击和讨论，推动相关作品被读者关注、"拯救读者书荒"，带动相关游戏题材网络文学作品的阅读。同时，《黑神话：悟空》的爆火间接带动与之有故事渊源的网络文学作品《悟空传》。《悟空传》是网络文学作家今何在于 2000 年左右连载的长篇小说，逾今已有二十多年。但随着《黑神话：悟空》的带动，许多玩家慕名前往起点中文网等平台重新阅读这部"古老"的网络文学作品，让《悟空传》重新受到读者关注。

其次，游戏交互模式带动网文阅读互动。电子游戏作为一种交互性强、竞技性浓厚的媒介文化形式，电子游戏与玩家间的互动、玩家与玩家间的互动都十分频繁和深入。用户沉浸在电子游戏带来的极致的交互体验后，也会将这种交互模式不由自主地带入网络文学作品的阅读习惯中。在阅读网络文学作品时，读者也会不经意间将在游戏中的互动习惯带入阅读中。

近年来国内外优秀电子游戏作品层出不穷，以电子游戏为主题或内容的网络文学作品迅速发展壮大，电子游戏对网文阅读的影响也首先体现在游戏类题材的网文阅读中。当前，《CS：GO》《英雄联盟》《王者荣耀》《地下城与勇士》等竞技类网络游戏作品在国内游戏领域和网文领域均具有较大影响，以竞技游戏为主题的网络文学作品首先表现出较强的阅读交互性。地精咖啡的《CS：才 16 岁，让我老登逆袭？》、这很科学啊的《什么叫进攻型上单啊》、飞起来咯的《LOL：在 LCK 做中援太快乐了》等网络文学作品中，作品内容贴合读者自身的游戏体验，让读者可以对作品中出现的情节桥段产生自己的理解和认识，进而在文中弹幕和评论中抒发个人意见、分享游戏经验和体验、表达自身对游戏的感情。竞技游戏高频丰富的团队合作、队友配合和人机交互，赋予了读者在阅读竞技游戏题材作品时与作品以及其他读者的互动话题和表达语境，以及在游戏之外的游玩表达。网络文学作品也就在读者的互动和表达中，打破过去以作品内容为中心的阅读体验和互动模式，逐渐产生以读者体验为中心的阅读体验和互动模式。

最后是游戏叙事对网络文学创作和阅读的反哺。除了竞技类电子游戏，以阐述剧情故事、展现游戏世界为核心的电子游戏的影响力也不可小觑。不仅是《黑神话：悟空》，许多电子游戏在开创和展现出宏大精美的虚拟世界后都留给玩家丰富的遐想。像杀虫队队员的《十日终焉》、三九音域的《我在精神病院学斩神》等年度现象级网络文学作品，其世界观设定、故事情节推进本身即通过游戏的关卡设计和叙事模式建构来完成，体现出竞技游戏的文本生成策略对于网络文学内容生产的直接性影响。

此外，玩家在游戏中未竟的体验欲望和游戏情感转化为在网络文学作品阅读时的表达欲望，成为网络文学阅读的读者语境和阅读氛围，以弹幕和评论的方式融入与呈现在作品内容中。例如，科幻游戏《战锤40K》系列以弹性的科幻设定和丰富的想象空间引起众多网络文学作品续写其剧情故事，群鸦之潮的《战锤：以涅槃之名》、孝陵卫车神的《战锤矮人》、黑龙吭哧吭哧的《战锤：帝皇的渡鸦使者》等作品在2024年均保持较高频率的更新和较多的读者互动，与读者逐渐走向游戏化的阅读互动模式不无关系。

总的来说，2024年网文创作、传播和接受迎来了类型融合的新阶段，而《黑神话：悟空》的出圈则再一次印证，除了影游融合在推动当代阅读市场产业化大踏步发展之外，"网（文）游（戏）融合"则成为阅读市场发展转型的另一个增长点。

3. 博主推书形成的阅读流量聚合

2024年，在内外竞争压力的双重夹击之下，网络文学引流现象愈发常态化，其中博主推书已然成为网络文学阅读引流的核心驱动力量，深度影响网络文学读者阅读决策与阅读体验，成为网络文学阅读生态格局中的重要一环，同时引领着流量导向与阅读风尚。

博主推书的形式呈现多样化特征。主要形式包括AI播读、动画短剧演绎以及博主书单推荐等。自媒体博主以网络小说原文为基础素材，精心制作短视频，对小说精彩情节予以讲解或演绎。通常，此类推书视频会选取剧情高潮部分作为"付费点"截断。这一策略旨在吸引读者付费阅读，读者可凭借小说名称或专属代号在特定平台搜索并获取文章后续内容，或者直接通过视频所附链接跳转至文章页面继续阅读。当前，博主推书已然演进成为一项专业化的产业体系，其具备了完整且相对成熟的内容生产链条。从素材的遴选到视频的制作，再到后期的发布与运营，各环节紧密衔接、协同运作。

在抖音平台上，"网文推荐"这一话题相关视频的累计播放量已高达9.1亿次①，充分彰显了很多网文读者对这类内容的需求。以"歪歪z营销号"2024年7月9日所发布的《番茄好文在哪里？》视频为例，该视频共获得18.4万次点赞、5.9万次评论、6.7万次收藏以及2.9万次转发，由此可以推断此视频有较强的传播力与互动性。而该视频的评论区也演变成了一个读者阅读经验的交流互动场所，在这里读者不局限于博主推荐的书单，开始自发地进行"安利"与"种草"行为。其中，网友"人闲车马慢啊"所发布的关于推荐网文《癫，都癫狂，癫点好啊》的留言，引发了较为强烈的反响，成功获得了1万多位书友的点赞以及近千位书友的热烈讨论。② 在抖音平台上，诸多与网文阅读间接相关的话题亦呈现出极高的热度。如"小说推荐"话题，其关联视频播放数量高达1152.2亿次③，而"文荒推荐"话题相关视频的播放量更是攀升至1690.3亿次。④ 在这些话题之下的视频呈现形式丰富多样，部分为借助AI播读技术将网文内容以音频形式输出，还有些则运用AI技术生成动画，让文字故事"可视化"。由此可见AI技术在网文阅读引导方面的深度渗透与广泛应用，已然成为推动网文传播的重要力量。然而，在博主推书有力地聚合网络文学阅读流量之际，不可忽视其背后潜藏的版权隐忧。以B站平台为例，当输入关键词"一更到底""完结文"等关键词进行检索时，能够免费获取到大量热门网文（以短篇网文为主）的后续内容，亟待引起各方重视并加以规范治理，以维护网络文学阅读环境健康、有序地发展。

尤为值得关注的是，在推书领域的参与者中，除了常见的自媒体博主群体外，部分作家博主也积极投身其中。2024年，天蚕土豆在抖音平台多次开展"在线写小说"的直播，此举动吸引了大量读者前来"监工"，并获得了一些每天的转发报道。与之相关的抖音话题"天蚕土豆直播写文"迅速获得广泛的关注，其相关视频累计播放量已然突破1.3亿次。⑤ 这一行为显著增强了读者与作者之间的互动性，使得传统的"催更"行为更具生动性与趣味性。天蚕土豆亦在直播间特意注明"网友严厉监工，拖延症治疗稍有成效""正在写的作品是万相之王，请大家多多关注"等信息。这不仅为其新书《万相之王》进行了宣传，吸引新粉丝"入坑"，进入天蚕土豆建构的故事世界，同时也成功召回了老粉丝"回坑"，让他们重新回忆起读

---

① 数据来源：https://v.douyin.com/iUhCcKVY，2024年12月15日查询。
② 数据来源：https://v.douyin.com/iUhHbkj5，2024年12月15日查询。
③ 数据来源：https://v.douyin.com/iUhCuoT6，2024年12月15日查询。
④ 数据来源：https://v.douyin.com/iUhCWuef，2024年12月15日查询。
⑤ 数据来源：https://v.douyin.com/iUhbv3kq，2024年12月15日查询。

《斗破苍穹》等书的时光。例如，《半月谈》于 2024 年 2 月 22 日发布的《网络作家天蚕土豆直播写文》视频，众多书友纷纷踊跃留言，诸如"他是不是写斗破苍穹的人""还有人看天蚕土豆？最近书的风格变了吗？""天蚕土豆这么年轻吗？我初中就看他的书，我现在都当妈了"等。

结合抖音、小红书、微博、视频号、B 站等不同平台的语境特征与生态模式，推书博主选择性地进行内容创作与粉丝运营，以实现流量聚合与粉丝凝聚。这一体系化的博主推书运作模式，在网络文学阅读的流量汇聚层面，切实发挥了颇为显著的推动作用，有利于拓展与巩固网络文学受众群体、提升网文阅读市场热度等。随着技术的不断创新进步以及市场环境的动态变迁，网络文学阅读引流模式也将发生演进与变革。阅读引流促进了网络文学行业同短剧、动画等其他文化产业之间的深度整合，形成协同共进式的发展态势。在充分利用新媒体为网络文学阅读引流的同时，也要积极应对其带来的版权隐忧、引流内容参差不齐、引流效果难以保证等问题，以期达成网络文学行业的可持续健康发展。

三、网文读者年度妙评举隅

随着各网站对趣缘社区建设的加强，以及类似于弹幕技术的评论方式的普及，网络文学阅读越来越凸显出"社交共读"的特性，读者们在网络平台边读边评边交流，已成为一种常态。而读者评论是最能呈现他们的阅读趣味、欣赏观念的内容，因此，我们每年都抽取各平台的一些高赞评论进行分析，以求由此对读者的阅读心理作更为直观的呈现。

1. 起点男频读者年度妙评

起点中文网是我国网络文学最具影响力的门户网站。该站一直重视社区建设与运营，"社交共读"的情况也最为突出，因此起点中文网汇聚了大量读者评论。2024 年 4 月 20 日，《环球时报》研究院与阅文集团联合发布的《Z 世代数字阅读报告》显示，2023 年 Z 世代在作品中的评论总数达 1.89 亿条，总字数为 40.8 亿。[①]由此不难推想起点中文网的情况。也就在 2024 年，阅文围绕《诡秘之主》（爱潜水的乌贼）系列 IP，持续建设官方主题站"卷毛狒狒研究会"。在主题站里，每个用户可以选择一条诡秘世界中的途径，然后在查资料、搞二创、发书评等互动模块中，捡拾、消化掉落的魔药，在途径中升级。至今，主题站已吸引超过 230 万诡秘书粉加入。

---

① 四川网络作协：《Z 世代数字阅读报告发布：95 后年均在读作品 28 部》，https：//mp. weixin. qq. com/s？src＝11&timestamp＝1734502289&ver＝5695&signature＝G4P3PDd ＊ ox2nrwIe52Pl12pE0HDC62WWdmBVy AL1is01dHiQiWTkf85VtYbqaV5FmDz19O5OzTEAmP8X ＊ etADlb8OqJ8dLUGJ0hUe1AYE ＊ 9NHicd5VdmNJcGgZ4aljz ＊＆new＝1，2024 年 12 月 18 日查询。

巧合的是，2024年起点中文网获赞量最高的一条评论也来自《诡秘之主》系列第二部《宿命之环》的书友。这位用户名为"蚀月潮汐"的书友在《宿命之环》第一章的"本章说"中写道："遇到海盗将军你最多死掉喂鱼，遇到弗兰克那可是死有余'菇'啊！"该条评论对应的原文是"宁愿遭遇那些海盗将军乃至王者，也不要碰到一个叫作弗兰克·李的人"。截至2024年12月18日，这条评论获赞超3.1万，并收获257条书友的跟帖回复。

特别需要注明的是，"弗兰克的蘑菇"是《诡秘之主》系列IP的读者玩梗之一，"耕种者途径"的角色弗兰克有很多奇怪乃至惊悚的杂交想法，后在主角克莱恩引导下开始培育蘑菇，最后成功繁衍出通过吞噬怪物血肉来生长的蘑菇，大大缓解了神弃之地缺乏食物的困境。由此可见，当前书友圈最受追捧的评论方式仍然是——玩梗。当然，会玩梗的读者很多，但为什么独独是这条产生如此之高的热度呢？

首先，结合原文的语境看，本条评论是对小说原文中隐含的问题的回应，因此契合了众多读者在此的阅读心理。也就是说，它给了"为什么宁愿遭遇那些海盗将军乃至王者，也不要碰到一个叫作弗兰克·李的人"这个问题一个答案。应该有不少书友在读到这一句时都会下意识地在心里浮现这样的问题。实际上，随后的小说内容并没有给出答案。可见，这条评论的回答也只是该书友的臆测。但是不得不说，它既反映了该书友的内心想法，也精准捕捉到了众多读者的阅读心理活动，因而容易获得关注。

其次，这是一条很容易让人共情的评论。因为如果是从《诡秘之主》第一部一路追随过来的书友，看到"弗兰克·李"这个名字都会忍不住莞尔。为什么呢？因为弗兰克·李这个人实在太有趣了。由前文对评论中所玩的"梗"的解释，就可见一斑。如果是《诡秘之主》的老书友，在看到这个名字时一定会想起很多关于他的令人捧腹的细节。其实，"弗兰克·李"这个角色也深受读者喜爱，从其他书友对该条评论的跟帖回复我们发现，他被很多人称为"蘑菇大王"。可以想见，看到这条评论中"弗兰克·李"的名字，人们就会忍不住发笑。正如书友"悲风而泣"在对这条评论下的回复所说："没想到阿蘑是第1个出现的老角色，笑死我了。"这条评论的热度也高得惊人，获赞超2.2万。可见，是有众多书友共情的。

而且，小说原文意在表明"弗兰克·李"的可怕，因为他会让人"生不如死"，这条评论是进一步阐明了他是如何让人生不如死的，即让人"死有余'菇'"。因为"弗兰克·李"这个人物本身的喜剧性，让此处本来颇为惊悚的原文语境和评论突然充满了欢快感，形成一种惊悚与快乐并存的怪诞氛围。如此，原文潜藏的带有克苏鲁风味的幽默感得以释放，书友评论区也充满了欢声笑语。

最后，这条评论唤起了人们的怀旧情绪。《诡秘之主》第一部完结时，万千书友依依不舍。正如书友"烟火纪元"在《诡秘之主》最后一章留下的深情寄语：

"致克莱恩：他被恐怖的旧日时光无情地抛向了万年后的破碎世界，历经无数次生死边缘的挣扎，失去了挚友，无法与亲人相认，始终背负着危机与责任的重担，无法卸下。然而，即便命运如此多舛，他依旧保持着内心的温柔，深深地爱着这个世界。每一段旅程终有尽头，愿你在一切落幕之后，能够魂归故里……（哪怕那只是梦中的场景）。"这段评论也收获了超过2万的点赞，充分展现了广大读者对这部作品的眷恋，以及对下一部作品的期待。终于，在《长夜余火》完结后，爱潜水的乌贼开启了《宿命之环》，续写传奇故事，《诡秘之主》的书友们纷纷再度入"坑"。所以，当他们看到"弗兰克·李"这个老角色的名字重新出现时，难免感慨和激动，许多读者纷纷在这条评论下方发起"熟人卡"。这个看起来不起眼的名字，唤醒的却是从《诡秘之主》第一部携带而来的丰富的阅读体验，以及由此而来的复杂的思绪。因为激起了人们的记忆，所以这条评论以及伴随而来的点赞、评论，构成了逸散着怀旧情绪的"媒介仪式"，让他们缅怀过往美好、有趣的阅读体验，更充满期待地追读新作。

由此可见，玩梗表达其实有着一种认同心理的驱动。"梗"的出现，是因为其内涵能为懂得它的人辨识出来，由此，玩梗的与读梗的形成共识。在这共识中，双方也视对方为同道中人，产生彼此认同的愉悦感。因此，玩梗，实际上是在推动一个有着共识性内容的文化圈层的形成。频繁玩梗，也就不断强化着这个圈层内部文化的信息密度。因为玩梗具备这样的文化功能，可以预见，在网络文学在线评论中玩梗的评论方式还会继续流行。

《诡秘之主》系列作品之外，起点中文网的其他重要作者作品也获得了很高的评价，并同样热度不小。如用户名为"一人独饮红尘醉"的书友发布于《夜的命名术》（会说话的肘子）第二章的"本章说"获赞1.7万，用户名为"Tria"的书友发布于《道诡异仙》（狐尾的笔）第一千零二十一章的"本章说"获赞1.3万，同样是一条玩梗的高赞评论。用户名为"金黄的咸鱼"发布于《这游戏也太真实了》（晨星LL）第一章的"本章说"获赞7520次，它则是将"催更"评论玩出了新花样。总之，这些书友的评论不但体现了他们的阅读趣味，也展现了自己的评论才华，值得赞赏。

2. 晋江女频读者年度妙评

晋江文学城构建了一套多维度且富有特色的评论机制，致力于建立和完善网站的评价体系，除了在小说内设置段评的评论机制外，还专门建立了评论频道，下设长评赏析、特邀评论、高校评论区、专家评论区四个板块。

先看短评，在晋江文学城搜寻整理获得2024年的可用读者评论119条，其中，获3000次以上点赞的评论1条，2000次以上点赞的评论16条，119条均在1000赞以上。

所有读者评论中，获赞最多的是毛球球o所写的《笨蛋omega绑定回档系统》中的一条读者评论——"问开车那个，他肯定闻出来了"。"闻出来"指的是闻出来主角的信息素味道。"信息素"指的是主角身上的气味语言，被接受后就会产生特定反应。显然，这条评论是读者和小说文本的一个互动，是读者介入文本和主人公交流的方式，从中体现读者的逻辑思维能力和批判性思维，不盲目接受小说中的内容，而是会深入思考和分析。该条评论共获赞3566次，如此高的点赞量说明有着同种想法的读者不在少数。

青衣杏林的《本王，废物》共有7条热评达2000赞以上，在2000赞以上的高赞评论中占比44%。其中一条"是不是啾经常说一些书里没有的，有大智慧的话，他哥以为他大智若愚装的啊。比如刚刚这句学成文武艺，卖与帝王家"。"学成文武艺，卖与帝王家"的出处在元朝无名氏写的杂剧《马陵道》的开头，即"楔子"里。这两句的意思是：学习好了文才也罢，武艺也罢，最终目的都是贡献给皇帝，都要替朝廷出力。这是作者在文中的一个引用，由主人公的嘴里说出来从而塑造人物形象和推动情节发展，读者通过对其再解析有助于理解文本和人物形象。

危火的《我真不是明君》有两条热评体现了当前网络文学在线评论的"玩梗化"倾向，分别是"整个楼道就你们班最吵［心碎］"和"这下真成爱豆界的纯元皇后了"。前者是一句经典的老师口头禅，用到此处是结合文章内容的一种戏谑，使得评语喜感翻倍。"纯元皇后"是小说《甄嬛传》的人物，纯元皇后的早逝使其成了皇帝心中的"白月光"，是一种对美好回忆或理想对象的代名词。这些梗熟悉网络语言环境的书友在感到幽默的同时很容易产生共鸣。同样地，"玩梗化"评论在其他小说中也有体现，例如若星若辰《我是卷王穿越者的废物对照组》的"无耻哥：不必羞耻，因为——你的耻来了"、策马听风《我在霸总文学里当家庭医生》的"翻译：贺小姐美到绝了，周之衷也还活着"，等等。

同样，除了对小说介入式和玩梗式的评论受到其他读者喜欢外，还有一些高质量在线评论帖受到读者喜爱。这类评论引经据典，展现了读者精彩的文笔。如，若星若辰《我是卷王穿越者的废物对照组》中的一条评论这样写道："清灭明，清兵打到南京。钱谦益的妻子柳如是劝他一起投水殉国，钱谦益走下水试了试，说了句'水太凉，不能下。'于是，柳如是自己往水里跳，但被钱谦益死命捞了回来。钱谦益打开城门，迎接清兵入南京。清兵下令剃发，文人抵死不从，钱谦益作为文人中的领袖却率先剃了头，为了留点面子说'头皮太痒'。可是钱谦益又是个很矛盾的人，他在投向清朝后又在暗处多次帮助支持反清复明的势力，为此多次入狱，乾隆也将他列入《贰臣传》。作为普通人，他贪生怕死，作为文人，他又心系国家。他没有勇气为国殉难，也没有狠心置之不理。"一方面这是读者以钱谦益的经历来对照小说主人公的经历，这类评论不仅为小说人物形象的增加维度，使其更丰富立体，另一方面也是当下网络文学读者批评走向专业化的一种证明。

晋江特设的评论频道以长评为主，由推荐书单、长评、话题和活力评论员四个板块共同构成页面。在精华长评板块共有 4 篇长评，分别是白芨《温柔一砖》、a《评——小说里的虚幻与现实中的童话》、Candyana 的《清如菩提，净若莲花，妖又何妨》、廿四味的《习惯做大多数》。这类长评在内容上会更有深度，读者会对作品人物进行深入剖析，包括人物性格、人物关系和人物的存在意义。也会涉及语言风格，对作者在不同作品中的风格尝试进行点评。长评的篇幅较长，能充分展开论述，表达完整观点。也正是因为长评有足够的篇幅来深入探讨小说的内容，所以还起到了为其他读者做阅读引导的作用，如 a 的《评——小说里的虚幻与现实中的童话》是梦里梧桐的《如是观（清穿）》的长评，在该条长评下有众多网友表示通过长评的概括以及推荐，想要去看看这本小说。

2023 年 7 月晋江评论频道的专家评论区上线以来，已经有中国社科院大学文学院辛瓜地读书会、北京大学网文研究论坛、山东大学网络文学中心、安徽大学网络文学研究中心、首都师范大学网络文艺研究中心、贵州财经大学文学院教授周兴杰、网络文学评论家安迪斯晨风、扬子江网络文学评论中心等入驻，累计发表了十万余字的网络文学精品评论，对提升网络文学评论水平、推动网络文学研究发展、搭建学术交流平台以及满足读者多元需求等方面具有重要的意义。

无论是短评还是长评，晋江文学城打造的虚拟公共空间都赢得了许多读者的赞许。文章内短评的即时性与互动性，增强了读者与文本之间的互动。这种即时反馈能够让读者更好地沉浸在阅读体验中，同时为其他读者提供了不同的阅读视角和感受，激发更多的讨论和交流。长评赏析的深度与全面性能够对作品进行较为深入和全面的剖析。读者会从多个角度，如故事架构、人物塑造、情节发展、主题表达等方面展开讨论，挖掘作品的内涵和价值，为其他读者提供更深入理解作品的视角。

3. 知乎小说读者妙评

近年来，弹幕批评作为一种新兴的互动方式，逐渐走进大众视野，并获得广泛关注和喜爱，知乎作为近来风起云蒸的小说平台，自然也不例外。根据知乎故事排行榜（盐汽榜、热度榜、长篇榜、新书榜、好评榜、潜力榜、阅读榜、飙升榜以及互动榜）的热门小说及其评论能够发现一个有趣的现象，几乎每一部小说的开头"弹评"都会出现"1""阅""记""跑"这样的评论。在现今网络文学盛行的互联网阅读环境中，不论是作者与读者，或是读者之间的交流互动，都已变得前所未有的便捷、迅速。同时在当下快节奏的生活中，读者的每一条评论，都希望用最简洁的语言和文字，来表达读者对作品最直接的情感反馈。相较于几十上百字的评论，"1""阅""记""跑"这样字数简短的评论，虽然看上去似乎平淡无奇，甚至毫不起眼，但却蕴含着读者对作品丰富的情感，同时也在不经意间向其他读者传递出一种阅读信息。

截至 2024 年 12 月 19 日，查阅知乎 9 个榜单排名第一的作品，关于小说首句弹评出现"1""阅""记""跑"字样的大致情况如下。

盐汽榜第一，墨叶之岚的《连娘》，作品首句有 115 条弹评，其中，"1""阅""记""跑" 4 个字出现的次数共为 48 次。热度榜第一，今天挺好的《成了京圈太子爷的站姐后》，首句弹评 27 条，其中"1""阅"等字出现的次数为 18 次。长篇榜第一，米花的《胤都异妖录》，首句弹评 178 条，关于"1""阅""跑"等字出现次数 47 次。新书榜第一，小呆呆菜鸡的《我只是路过的混混，你别过来》，首句弹评 38 条，关于"1""阅""跑"等字出现次数为 12 次。好评榜第一，小呆呆菜鸡的《离婚悖论》，首句弹评 51 条，"1""阅""跑"等字出现次数为 24 次。潜力榜第一，苏苏苏苏苏的《爱的献祭》，首句弹评 13 条，关于"1""阅""跑"等字出现次数为 11 次。阅读榜、飙升榜、互动榜，三榜第一都是柳十鸢的《死亡走马灯》，首句评论 77 条，关于"1""阅""跑"等字出现次数为 36 次。

通过观察可以发现，这几个简短的字词可以分为三种读者对作品的不同情感表达。

首先是"1"，在网络用语中，该数字最常见的意思是对某个观点或是某条信息表示赞同。当读者遇到一部自己喜欢的小说时，会用"1"来表示自己对该小说的赞同或认可。如墨叶之岚的《连娘》，首句"我是相府庶女，国难当头，逃命的时候，我把手里的干粮分给了路边的乞丐，嫡姐带着家人投靠了将军"，弹评中"1"出现的频率为 13 次。相较于其他榜单排名第一的小说是最高的。这也从侧面向其他读者传递了一种本书值得一看的信息。此外，该小说点赞最高评论为昂 tata 发出的"这才是我应该看的文，堂堂世家大族培养出来的小姐，怎么可能是那种动不动就情情爱爱，嫉妒这个，雌竞那个的蠢货。这篇文嫡姐才是，有头脑有责任感"，点赞次数为 4603 次。从点赞数量也能够看出，许多读者对此都表示认同，也能够体现出该小说总体是受到大多数读者的喜爱的。

其次，"记""阅"，表达读者同一种情感。"记"字有记录、记载的意思，"阅"字有表示看、检阅、视察之意。这两个字虽十分简短，但是体现了读者阅读时的冷静与客观，通常表达的是读者阅读过该小说，但是并未对其投入过多的情感色彩，也未对小说作出评价。一方面，读者发出该评论只是单纯为了记录自己完成了对小说的阅读，因此评论透露出一种与作品的疏离感；另一方面，这几个字可能暗示着读者阅读的本篇小说未能触动其内心深处的情感，读者对小说没有感到满足，也不予以推荐，但同时又觉得没那么差，可以一读，体现读者不喜不恶的态度。

最后是"跑"。字面意思表示逃走、溜走之意，与前面两种情感相比，该词表达的情感更为强烈些。通常是读者在阅读过程中，对小说的情节、观点或是角色行为表示不理解、不赞同。如盐汽榜第二名小说，Aying 的《攻略男主成功后，我选择了抛弃他》，首句弹评共计 57 条，其中"跑"字出现的次数为 11 次，多数读者

— 189 —

在首句弹评中表示对本篇小说失望与不喜。同时本篇小说评论区最高点赞评论是夹心小米饭写的"人家本来好好的有自己喜欢的人，女主为了初恋非去攻略人家，不是，配角是什么很贱的东西吗，代换到蒋裕和心上人的视角女主跟有病似的"，共计点赞次数为1518次。并且该小说评论区点赞前十的评论都是读者表示对该小说的不满之情，甚至作者置顶了自己的评论："亲爱的读者，我没想到这篇文争议会这么大，对看生气的各位说声抱歉，也谢谢给我点赞的宝宝们。11月盐汽榜前三名的宝可以私聊我，请喝奶茶，谢谢大家给我投盐汽水。"从评论和点赞数量可以看出，该篇小说整体带给读者的阅读感受是欠佳的。

总之，无论是"1""记""阅"，还是"跑"，这些短小、简练的字词，表面上虽然并没有表达出丰富的情感，但是通过这些简短的词汇，能够让作者和其他读者感受到评论者的情绪、感情色彩以及阅读偏好，能够让读者们在阅读前对作品有个心理准备及整体印象，从而为其他读者提供阅读选择，减少不必要的时间耗费。同时，作者也能够根据读者们的反馈，对小说在内容、情节等方面作出调整，从而更好地满足读者的期望，使得作品更加完善。

四、网络文学阅读的特点与趋势

网络文学影响力日益扩大，这使它受到了越来越多的关注。正因为如此，它越来越多地受到来自外部政策、内部操作等因素的影响。这些因素的综合作用，往往会形成阅读的新风向。同时，存量经济形态下的网络文学为追求自身发展，也会更自觉地追求向其他领域转化，更显著地受到来自其他领域的影响。2024年，这两方面都表现得尤为突出。

1. 政策导向、主题征文、排行榜单等多举措引领阅读风向

网络文学的阅读，不仅受到社会情绪牵引下的市场风向、题材偏好的衍变迁移、类型创作的迭代创新等直接的影响，还有一个不容忽视的地方，在于主管部门、网站平台对于阅读风向主动引导的多种举措。体量庞大是网络文学非常重要的一个特征，在如此海量的作品库中，任何一个作者、一部作品想要脱颖而出，被读者发现、阅读、欣赏，都离不开流量的加持、平台的推送，而主管部门以及网站平台的举荐、推送主要表现为政策导向、主题征文、排行榜单等举措。

从政策导向的角度来看，自2015年起，国家新闻出版署联合中国作家协会开展"年度优秀网络文学原创作品推介"活动，向社会公开推介优秀作品，为网络文学创作树立标杆，引导行业健康发展。同时，国家新闻出版署自2020年开始实施"优秀现实题材网络文学出版工程"，每年推选不超过10部优秀作品，鼓励网络文学从新时代新征程的伟大实践中，精选优质题材，挖掘精彩故事。2024年再次如期启动了"优秀现实题材网络文学出版工程"申报工作，鼓励网络文学以时代为观照，以

现实为沃土，以生活为源泉，着力反映新中国成立以来特别是新时代的变革成就，讴歌以中国式现代化全面推进强国建设、民族复兴伟业的探索实践，彰显中国人民奋进新征程的精神风貌，讲述传承发展中华文化的生动故事。

同时，中国作家协会发布了2024年度网络文学选题指南暨重点作品扶持征集启事，涵盖乡村振兴、中国式现代化、中华优秀文化、科技科幻、人民美好生活、人类命运共同体6大主题，确立了"新时代山乡巨变创作计划"和"新时代文学攀登计划"等题材方向，引导网络文学作者围绕这些主题进行创作。事实上，这种主题征文的推动作用，不仅仅体现在对创作的引导上，其对于市场风向的导向功能，最终将体现在阅读方面，表现为主导题材及优质作品将获得更大的曝光机会、更多的流量加持。

主题征文，也是契合并引领网络文学阅读风向的重要手法，从中可以探知社会思潮的变化以及读者情绪热点的衍迁。2024年，国家图书馆（国家古籍保护中心）与抖音集团主办、国家古籍保护中心办公室与番茄小说承办了第二届古籍活化联合征文活动——"走进古籍，看见历史"主题征文活动，旨在网络文学与古籍经典的碰撞中衍生出历史故事的更多可能，分"真实历史赛道"与"畅想架空赛道"两大赛道，以庙堂、江湖、科举、争霸、权谋、传统技艺、宫宅、医术、种田等为内容主线，以史为据，讲好中国故事，鼓励作者使用"识典古籍"平台查看资料进行创作。同时，由豆瓣阅读联合优酷、完美世界和大鱼文化举办的"古风世界"主题征稿活动公布获奖作品，活动期间共收到1527部作品，最终有8部作品获奖。其中，阮郎不归的《银蟾记》、君芍的《长安一片月》、绣猫的《龙香拨》获"优秀作品奖"并受到版权关注，寡人有猫的《春熙岁时记》、波兰黑加仑的《九连珠》、磐南枝的《僧录司》、糖多令的《桃花坞里虎呜呜》、刘汽水的《织魂引》等5部作品获得"潜力作品奖"。

文旅产业也借道网文，采用主题征文的方式来为当地文旅资源赢得更多的流量加持。江西上饶三清山管委会与阅文集团旗下起点读书平台达成合作，利用阅文IP《道诡异仙》共同开发文旅品牌，计划将三清山塑造为"世界遗产 中国故事"IP文旅合作的典范。预计将举办沉浸式活动和粉丝狂欢节，围绕网络文学粉丝群体构建相关运营活动，意在打造长期消费场景，同时还推出了以三清山为灵感之源，用笔触描绘世界遗产，讲述中国故事的主题征文活动。

受阅读市场风向的引导，"短篇+悬疑题材"，作为近年来广受关注的网文类型，受到了平台的高度认同，不少平台有意识地打造这类网文。悬疑厂牌"谜想计划"编辑组发布2024年悬疑小说征稿函，重点类型如破案故事、犯罪故事、本格推理、幻想脑洞、古风悬疑、刑侦谍战、恐怖怪谈等，鼓励创作内容形式将悬疑类型与多种元素融为一体，投稿要求短篇8千—5万字、中篇5万—12万字，长篇&系列故事要求不少于12万字。可见网文阅读风向的转变，随着日常生活的进一步碎片化，读者对于网文短篇佳作的接纳度与日俱增，正在形成市场的风向标。

排行榜单的制定发布，是平台的另一种制造话题、引领阅读的行为。不少平台有意识地将流量朝头部作者、作品倾斜，力图打造出所谓的爆款作品，成就现象级作品、作者，一是可以吸引新读者关注该网站的作品，二是聚焦头部作品，有助于形成爆款力作，推动破圈效应。榜单、排行榜之类的"造神"活动，是早期的起点、晋江等文学网站最为常用的手法，当下也为豆瓣、知乎、番茄等新平台所踊跃效仿，如知乎推出过《宫墙柳》《洗铅华》《行止晚》等作品号称"知乎三绝"。2024年4月，又在近200万用户讨论下评出了"知乎新三绝"，分别是《胤都异妖录》《河清海晏》《活在真空里》，为网站制造出了较高的热度和话题度。同样，知乎也于2024年1月，发布了"2023知乎盐言故事短篇故事影响力榜"，推出了"盐选N刷类"《河清海晏》、"盐选求更类""盐选大女主类""盐选虐文类""盐选爽文类""盐选脑洞类"如《从街亭大败开始拯救蜀汉？假如李世民魂穿刘禅》、"盐选悬疑类"《扳命人》、"盐选世情类"等榜单，同时还发布了"盐选作者榜"等榜单。

学院派评论方面则有"青春榜"作为重头发布，这既是一种专业化的阅读行为，更是一次目标明晰的对于阅读方向的引领，从阅读引领的角度来引导创作行为。2023年5月，北京大学、南京师范大学、中南大学、首都师范大学、山东大学、安徽大学、杭州师范大学等七所高校轮流负责每月遴选，一年中共推出约120部作品，并延续大学生投票与顾问专家共同遴选的传统，在2024年6月推出第三届"网络文学青春榜"年度榜单。2024年6月1日，第三届网络文学青春榜（以下简称"青春榜"）发布会暨番茄小说"巅峰故事计划"启动仪式在山东大学威海国际学术中心举办。本届青春榜共推出12部作品，其中番茄小说《十日终焉》（杀虫队队员）、《从前有座镇妖关》（徐二家的猫）、《修真界第一病秧子》（纸老虎）三部作品入选。①

阅文集团已经形成了较为完整完善的网文作者晋升与奖励体系。2024年6月11日，阅文集团发布了年度的晋升贺函，公布了2024年原创文学新晋白金作家与新晋大神作家的名单——在这里，顶端的"白金作家"与次级的"大神作家"是泛大神叙事下更具体的两层台阶。其中，黑山老鬼、滚开、狐尾的笔、轻泉流响、郁雨竹五位晋升为白金作家。

2024年度，免费阅读赛道的领跑者番茄小说也开启了自家平台的"造神运动"。6月14日，番茄小说揭晓了2024金番作家名单，这是一个相对年轻的晋升体系，首批"殿堂作家"与"金番作家"名单发布于2023年11月。番茄小说网的首页上

---

① 今日头条：第三届网络文学青春榜发布，番茄小说《十日终焉》等三部作品入选，https：//www.toutiao.com/article/7377570930534498850/？upstream_biz=doubao&source=m_redirect，2024年6月7日查询。

总共展示了41位入榜作家，其中位居顶端的两位殿堂作家是分别以《我在精神病院学斩神》和《天神殿》成名的"三九音域"与"燕北"。"造神"这种专业化阅读的评价体系，以平台背书、流量倾斜托举起来的创作者，在网文平台建设内容生态的进程中意义深远，所谓大神便是行走的内容导向标。初试"造神"的番茄小说几乎是在推进建设金番作家体系的同一时期，又上线了集中呈现热门作品的"巅峰榜"模块，一手抓头部小说，一手抓头部小说身后的头部作者，二者的内在逻辑其实是一致的。番茄小说平台会对一些有潜力的作者及其作品给予大量的流量扶持和资源倾斜。通过算法推荐系统，将这些作品推送给大量的读者，提高作品的曝光度和知名度，助力作者快速积累人气。平台会精心挑选一些题材新颖、情节吸引人的作品，进行重点推广和包装，打造爆款作品。通过推荐位展示、专题策划等方式，吸引读者的关注，使作品在短时间内获得极高的点击量和阅读量。番茄小说注重对作者的培养和包装，为作者提供专业的写作指导和培训，帮助作者提升写作水平。同时，通过宣传推广等手段，提升作者的个人品牌形象，使其成为平台的代表性作者，人为地炮制出所谓的"大神"。

较为成熟的平台，则重在深耕IP价值，走长线发展的路径，更重视成熟的IP的长尾效应。如起点中文网推出了"创作人计划"，整合资源扶持下游配音、自媒体等行业；加强垂直品类内容扶持，如增加悬疑、破案等类型中短篇精品的标识和分区展示；同时，平台还开展"515"系列活动，通过品牌宣传片上线、头部作家直播互动等方式带领读者品读经典网文作品。

2. 短视频影响下的网文泛阅读

网络文学与短视频之间存在着一种相辅相成的紧密关系。网络文学以其丰富的故事资源、多样的题材类型和广泛的受众基础，为短视频的生成提供了源源不断的灵感和素材。网络文学中的精彩情节、鲜明角色和深刻主题，经过改编和再创作，转化为短视频的核心内容，吸引用户观看，推动短视频行业的发展。反过来，短视频作为一种新兴的影视形式，以其短小精悍、节奏明快的特点，深入挖掘并呈现网络文学中的精彩元素，推动短视频用户的兴趣延伸到网络文学作品。短视频的演绎让网络文学作品得以在更广泛的平台上展示。借助短视频的形式，网络文学的阅读方式和阅读体验也更加丰富。

（1）网络文学的泛平台阅读

随着网络文学的读者群体越来越大、被优秀网络文学作品吸引的读者越来越多，网络文学阅读越来越走向流行化和多样化。IP改编产业的发展成熟让网络文学表现出多元的呈现形式，广播剧、电影、动画、微短剧、游戏等不同IP改编形式支撑起网络文学的泛阅读语境，用户在抖音、B站、知乎、小红书、微信、微博、贴吧等平台都能看到网络文学话题的内容和讨论。例如在知乎问题上用户对网络文学作品《龙族》的讨论中，用户大量贴出原文段落，引发用户感慨，使得他们在评论区重新阅读一遍作品，让这部早期网络文学作品在今日依然保持流量。这种跨平台的内容呈现和用户参与在当今比比皆是，其中短视频由于其广泛的宣传效果、弹性的内容植入能力和引人入胜的呈现方式，极大程度地推动了网络文学走向泛平台化的阅读语境。

在抖音平台，以网络文学作品推荐、介绍和评价为主题的短视频内容和短视频博主近年来层出不穷，关注度和播放量都稳步提高，涌现出小虫聊网文、牛哥小说推荐、嘟妹（小说女孩版）、老王聊网文、点阅推书机等关注人数达到百万级专门推介网文作品的短视频博主。这些博主的推荐成为许多读者了解、关注和阅读网络文学作品的向导和风向标，短视频成为读者阅读网络文学作品过程中密不可分的部分，甚至取代读者对网络文学作品本身由内容阅读，进入塑造读者的阅读体验层次。在微信视频号平台中，许多以网络文学为主题的讨论、推荐、二创短视频内容被大量关注、阅读和转发，成为读者群体乃至普通用户互相分享网络文学阅读爱好、维系社交关系的话题和纽带，网络文学阅读在微信视频号平台中进入社交语境，阅读网文与观看短视频是一体的。短视频融入网络文学阅读场景里，将会把网络文学推入泛平台的阅读语境中。

（2）网络文学的泛时间化阅读

快捷的现代生活节奏让人们习惯了多线程工作和碎片化阅读的注意力模式，短视频更是将这种注意力模式延伸到文化产品的消费习惯中。在短视频推动文化产品消费进入吃饭、休息、上厕所等休闲时间场景时，网络文学阅读也进入三五分钟的注意力模式。一方面，这种泛时间阅读的现象促使网络文学内容本身发生了一系列适应性变化。为了适应读者在短暂时间内获取情节高潮和情感满足的需求，许多网络文学作品开始注重章节的紧凑性和故事的即时吸引力，采用更加直接和激烈的冲突设计来快速推动故事情节。读者阅读时越来越关注章节中作者设置的、用以吸引读者兴趣的"钩子"。另一方面，这种网络文学内容和读者阅读习惯的双重改变，将推动网络文学阅读的时间走向灵活和多变。网络文学动辄数十万字、数百万字的内容剧情和紧张流畅的故事节奏在短视频的阅读语境下反而显得"冗长"，网络文学已渗入到各种生活场景和阅读语境中。在跳跃性阅读体验和多场景阅读氛围下，网络文学阅读已经出现泛时间阅读的趋势。

泛时间阅读意味着网络文学不再是一种独立的文化消费方式和阅读娱乐手段，网络文学阅读用户一般不会在生活中专门辟出一段时间享受网络文学阅读的快感，而是把网络文学接受连同短视频一起融入用户方方面面的生活场景和习惯中，穿插弥散在各种可能的阅读瞬间。不过，泛时间阅读也可能导致读者对于深度阅读和长篇叙事的耐心和注意力下降，让精品网文作品的创作和推广受到消极影响。总之，以短视频为代表的快捷现代生活节奏下的泛时间阅读，既为网络文学提供了前所未有的发展机遇，也对其提出了新的要求和挑战。

第五章　网络文学阅读

（3）网络文学的短视频化阅读

由于网络文学作品往往内容丰富、情节复杂，一部优秀的网络文学作品动辄百万字以上，读者的持续关注和阅读需要投入相当长的时间与精力。在网络阅读的节奏进一步被短视频加快的今天，许多读者持续性地沉浸于长篇的网络文学阅读之中。于是，人们开始寻求一种既能享受网络文学精彩内容，又不必耗费大量时间的替代方式，短视频应运而生，正好满足了这一需求。这些以网络文学故事为内容的短视频，采用简单直接的示意动画直接提炼和呈现网络文学的高潮片段、关键情节或经典对话，将它们以直观、生动的方式呈现给读者和观众。这种方式不仅保留了网络文学的核心魅力，还大大缩短了观看时间，使得人们能够在短时间内获得阅读原著般的满足感和愉悦感。

目前，短视频化阅读主要出现在 B 站、抖音和微博等社交性较强的平台，在喜爱网络文学作品阅读的用户群体间传播较为广泛。制作者根据作品的热度和用户的反馈，选择某种类型的网文作品进行改编制作。这种改编制作不同于已经产业化和专业化的真人微短剧作品的生产，而仅仅旨在以低成本、小制作的动画辅助用户阅读作品内容，并不要求其能作为独立动画进行观赏。相比于微短剧，这些短视频采用简单的动画技术和运动效果，运用开源免费的动画元素和人物形象，把经过 AI 编辑后的网络文学文本交给 AI 朗读或配音，一部网络文学"短视频"便生产完成。

图 5-3　抖音网络文学题材短视频示例①

（图片来源：抖音 App）

---

① 抖音：《瞎不懂．第 20 集：起局！！！》，https：//www.douyin.com/video/7445684665320590607? modeFrom=．2024 年 12 月 14 日查询。

在动画呈现上，这些短视频几乎完全不设定和描绘人物形象，往往以熊猫头人物形象代替；人物仅仅做出某种直线型或瞬移型的动作，这是为了控制动画制作的成本；故事的场景转换一般是以静态图片的切换为主。这些短视频在动画内容上呈现出简陋和廉价感，无法作为一部独立的动画作品看待，而只是网络文学作品阅读的补充。但是，这些短视频把数十万字、数百万字的作品文本变成一条条精简后的视频作品，符合用户的碎片化阅读习惯，延伸了网络文学的阅读场景。单纯从时间长度看，这些短视频中作不乏1个小时以上时长的作品，但在短视频平台的观看功能和用户体验习惯下，它们被设定和改造成碎片化的视频观看模式，以短视频的形式进入用户的欣赏体验中。用户可以利用视频进度记录功能随看随切，把长视频变成随时打开、播放和暂停的短视频；抑或是设定好"15分钟以后关闭""30分钟以后关闭"的时间闹钟后，便将手机摆在床头，任凭这些短视频自行播放。短视频让网络文学阅读延伸到不需要手指点击和翻阅的动画观看，这样的播放模式进一步降低了用户阅读网络作品时需要调动的感官和精力，为那些缺乏追更精力的读者提供了阅读网络作品的新方式。

（陈海燕、鲍远福、刘怡君、孟正皓、蔡悦、荣杨、董秋宇、周兴杰　执笔）

第六章　网络文学产业

　　网络文学三十年，翻越高山丘陵，跨过江河湖海。一路走来，铿锵前行，终于突破3000亿元市场大关。中国社科院发布的《2023中国网络文学发展研究报告》显示，截至2023年底，中国网络文学阅读市场规模达404.3亿元，同比增长3.8%，网络文学IP市场规模大幅跃升至2605亿元，同比增长近百亿元，2024年网文产业迎来3000亿元的里程碑。经过多年的发展，网络文学已经成为受众范围最广的文学形式。2024年，网络文学的类型创新进一步"破圈"，新的类型逐渐生成，打破了既往类型化的局限，呈现出一种突破性和多元化的趋势——不再仅仅局限于题材领域的拓展，而是更加注重叙事结构、人物塑造以及情感表达维度的重新生成，从而形成了更具吸引力的产业生态。

一、网络文学线上产业

　　随着新兴业态不断涌现，作为文化产业新质生产力的网络文学正逐渐成为中国乃至全球文化产业发展的重要引擎之一。报告显示，2024年上半年阅文集团实现营收41.9亿元，同比增长27.7%，其中版权运营及其他业务收入增加73.3%，创三年内最大增幅；Non-IFRS归母净利润达7亿元，同比增长16.4%。依托IP全产业链释放出优质IP的巨大潜力，孵化了《庆余年第二季》《热辣滚烫》等多个现象级影视剧。持续活跃的IP转化，进一步推动了网络文学产业的转型与发展。

1. 付费免费深度融合，营销模式趋于稳定

（1）付费收入减少却仍占半壁江山

　　从阅文集团发布的2024年上半年业绩报告来看，2024年上半年阅文在线业务营收额19.4亿元，同比减少2.2%，营收占比从2023年上半年的60.4%降到46.3%。虽然整体呈下降趋势，但收入占比依然占据了全部营收的半壁江山，付费阅读的商业模式依然是阅文集团重要的营收支撑。

　　付费阅读曾是各大网文平台的营收主要来源，泛指通过线上或线下（通常是在线支付）的支付途径来阅读网文。

　　这部分业务营收包括在线付费阅读、网络广告及在阅文平台上分销第三方网络游戏所得的营收。平台将作品分为免费的公众章节和付费阅读的VIP章节，根据

VIP章节的字数进行收费，从用户给作者的打赏中抽佣，用户也可以选择购买月卡/季卡/年卡会员来免除广告，购买会员还可以阅读一些非会员无法享受的流行独家作品。付费阅读模式让读者以按章节字数付费的方式，直接为作者和平台提供创收。互联网出现以后，付费阅读直接将作为劳动主体的作者和作为消费主体的读者这两个最为关键的要素结合了起来。付费阅读模式能够筛选出愿意为优质内容付费的用户，这些用户通常对内容质量有更高要求，从而激励更高水平内容的产出。这种正向反馈机制有助于提升整体网络传播的信息品质。同时，付费阅读模式能够增强用户的黏性和留存率。分章节的付费阅读巧妙地运用了沉没成本效应，即消费者一旦支付了前几章节的费用以后，便会产生强烈的"不想浪费"的心理，进而持续为后面的内容支付费用，这种"沉没成本效应"使得用户更愿意继续订阅，从而形成稳定的用户群体。

但是，从2024年的数据来看，各大主流网站付费阅读的营收模式日渐式微已是不争的事实。用户数据表明，阅文集团2024年上半年自有平台产品及自营渠道的平均月活跃用户为1.76亿人，较上年同期的2.117亿人减少16.9%。

如果从营收开始下降的拐点（2022年上半年）算起，月活用户已经连续两年下降了，共减少了8870万用户。在这两年期间，付费用户平均营收共减少了18.3%。阅文集团2024年上半年付费阅读业务的每名付费用户平均每月支出31.7元，较上年同期的32.3元减少了1.9%。

造成这样的局面，是因为当前付费阅读仍有两个难以解决的痛点。一方面，付费阅读模式将那些付费能力弱和缺乏支付意愿的读者剔除了出来，而这部分"被剔除的读者"在中国网络文学读者总数中占有不小的比例。同时，据业内统计，付费读者和盗版读者的比例大约在1∶20，盗版横行的行业乱象使得一大部分的网络文学爱好者其实并未真正参与到网络文学的生产和消费的过程中来。另一方面，付费阅读虽然可以鼓励网络文学内容生产，但在资本利益的驱使下，"霸榜"作品常常带来较为严重的同质化创作问题。从短期看，跟风作品无疑能够获取一定的经济和流量，但是从长远看，这会导致网文内容同质化、核心竞争力缺乏等问题。在同一时间段内众多同质文泥沙俱下、鱼目混杂，便造成好文沉底，这样会打击作者的创作积极性，最后造成劣币驱逐良币的现象。

因此，在这样的发展情形下，免费阅读逐渐成为主流模式。免费阅读对网络文学生态的重塑不是通过替代付费阅读来实现的，而是呈现出长期共存、相互借鉴的态势。

（2）免费阅读：从新兴到主流的高速增长

免费阅读模式自2017年兴起，至2024年已出现日活跃读者数量破亿的平台，不但用户数量十倍于付费平台，总体的市场份额也超过付费阅读，发展速度可谓迅猛。Quest Mobile数据显示，番茄小说在2023年12月的月活跃用户数同比增长

35.8%，达到 1.92 亿，跃居行业之首。排在番茄小说之后的是七猫小说，月活跃用户数为 0.9 亿，比番茄小说少一个亿。在月人均使用时长上，番茄小说也以 15.83 小时的时间稳居第一梯队。"看书不用钱，体验又好"是许多人对免费阅读的龙头——番茄小说的第一印象。作为阅文旗下的主要阅读平台，起点读书月活跃用户仅以 2237 万位列第九，月人均使用时长为 6.58 小时。

免费阅读的盈利模式仍然在于"流量+广告"，即通过提供免费的内容吸引大量用户，然后通过广告收入实现盈利。这种模式主要由以下三个部分构成。

一是以大数据为基础的用户习惯跟踪。平台通过记录用户在阅读界面上的每一次点击、滑动和停留时间等数据，追踪用户的阅读行为，根据这些跟踪数据，进一步分析用户的阅读行为，了解用户的阅读偏好、阅读时间和频率等信息，为后续的内容推荐和广告投放提供数据支持。

二是精准的广告投放制度。根据用户习惯，对用户投放感兴趣的广告，同时丰富广告的类型，避免单一的广告形式带来视觉上的疲劳。目前较为常见的有开屏广告、视频广告、语音广告、信息流广告等。在不同场景下将合适的广告穿插在阅读过程之中，尽可能地减少广告对用户体验带来的负面影响。

三是激励机制与增值服务。平台通过连续阅读奖励、听书时长奖励、签到福利等方式，为用户提供一定量的金币作为奖励，即"用户阅读可收益"的激励机制。增值服务之下，免费阅读不会向用户采取内容收费的营收模式，而是为用户提供可以享受去除广告的会员服务。当然，成为会员也是需要付费的。

总之，免费阅读模式虽然对网络文学产业进行了一定程度的重塑，在狂飙突进的高速增长期之后并未取代付费阅读，而是呈现出长期共存、相互借鉴的态势。运营模式稳定以后，无论是免费平台还是付费平台，都开始把精力放在优质内容生产上。

（3）网络微短剧迎来"狂飙式"爆发

从市场规模来看，2024 年中国微短剧市场规模将达 504.4 亿元人民币，同比增长 34.90%，这一数据有望首次超过内地电影全年总票房（预计 470 亿元）。从 2022 年开始，短剧市场已经展现出巨大的市场潜力。2023 年短剧市场规模就已达到 373.9 亿元，而 2024 年更是实现了"狂飙式"的爆发性增长。在用户数量方面，根据中国网络视听协会发布的《中国微短剧行业发展白皮书（2024）》，截至 2024 年 6 月，我国微短剧用户规模已达到 5.76 亿人，占整体网民的 52.4%，整体呈现增长之势。

在微短剧产业的繁荣景象中，各大平台的布局策略是推动市场发展的关键因素。抖音、快手和腾讯视频作为行业内的领军者，各自都采取了不同的策略来吸引用户和创作者。2024 年，腾讯视频微短剧在微短剧行业中处于领跑地位，根据 CSM 相关数据统计，截至 2024 年 10 月，CSM 定向监测的微短剧总量达 196 部，其中腾讯视频以显著优势占据领先优势。目前，腾讯视频微短剧累计分账票房破4亿，已发布了15个破千万分账票房的项目，其中《执笔》和《见好就收》两部作品分账票房超过2000万。除此之外，抖音通过其庞大的用户基础和强大的算法推荐系统，推出了"新番计划"和"千万爆款剧乐部计划"，旨在激励创作者制作更多高质量的微短剧内容，如《做梦吧！晶晶》和《变相游戏》，都是用户喜闻乐见的作品。

快手App则是以"快手小剧场"和"光合计划"为基础，目前该平台上的微短剧创作者已超13万，粉丝量超过100万的创作者近3000人，《这个男主有点冷》和《长公主在上》不仅在快手平台上取得了成功，也成为行业内的标杆。

在2024年的微短剧市场里，中老年人逐渐成为微短剧用户的主力军，40岁到59岁的用户占比高达37.3%，60岁以上的用户占比也有12.1%。大量目标瞄准中老年人的短剧推向市场，比如《闪婚五十岁》《闪婚老伴是豪门》《团宠老妈惹不起》《婚礼上婆婆惊艳全场》，等等。这些短剧通常围绕子女、家庭、婚姻等主题展开，非常精准地抓住了当下中老年人的情感需求点，满足了空巢老人的孤独、婚姻失去激情后的空虚感，等等。其中，《闪婚老伴是豪门》获得2024年度最佳热剧，上线半月累计播放量高达5亿次，一度冲上全网短剧热度的TOP1。

微短剧的"狂飙式"爆发，与现代生活节奏和生活模式息息相关，观众很难以一块完整的时间来观看较长的影视作品。而微短剧"短而精"，通常能够用几分钟的时间呈现一个完整的故事片段或情节单元。这种形式填补了观众碎片化的即时娱乐需求。另外，网络微短剧本质上是媒介变迁的产物，是为了适应各种媒介载体的内容和流量需求而出现的一种虚构叙事。因为"短"，所以更注重对故事性与戏剧性的营造，期望在最短的时间之内快速以爽点抓住观众眼球，以此带给观众独特的审美体验。并且，微短剧的题材丰富多样，可以满足不同兴趣爱好观众的需求。

同时，之前网络微短剧质量差、低俗化等问题，在2024年得到了大幅度改善。一方面是监管的力度增强，另一方面是观众对富有深度与内涵的短视频的需求提高。红果短剧参与出品的《锦衣巷》一经上线便收获大量好评，由国家图书馆领衔出品的《重回永乐大典》让短视频成为传统文化的载体。除此以外，河北文旅参与出品的《等你三千年》、邯郸文旅参与出品的《来自赵国的你》、大同文旅参与出品的《遇见一千年后的你》都是既受市场青睐又获得观众认可的好作品。总之，在短剧市场热度持续攀升的同时，精品化也逐渐成为行业共识。

2. 网文造星手段多样，粉丝经济不断探新

多年以来，网络文学的"产出爆款"和"造星"能力已得到市场的验证。在阅文集团发布的2024年度网络文学榜样作家"十二天王"名单中，城城与蝉、神威校尉、蛊真人、孤独麦客、康斯坦丁伯爵、一片雪饼、古羲、陆月十九、纯九莲宝灯、愤怒的乌贼、鹤招、米饭的米入选。十二位作家的作品涵盖了科幻、玄幻、仙侠、历史、军事、轻小说、都市等多个题材，展现了网络文学的创作潮流。作家"城城与蝉"的《天才俱乐部》，将科幻元素与悬疑推理相结合，把一群人的冒险故事在横跨六百年的恢宏历史卷轴上双向铺开。该作品在起点读书突破10万均订，影视、动画、漫画、实体书版权均已售出，并获得第35届银河奖最佳科幻网络文学奖。此外，传统文化与网络文学深度融合的趋势也体现在2024年的"十二天王"名单上，蛊真人创作的《仙工开物》和神威校尉创作的《神农道君》，此前在第二届"阅见非遗"征文大赛中分别获得银奖和出版观察团选择奖。除此之外，名单中还有两部历史题材的作品，分别是孤独麦客创作的《晋末长剑》和鹤招创作的《万历明君》。

《2023中国网络文学发展研究报告》显示，95后、00后作家已经开始引领网络文学创作新风潮，00后作家更是成为网文作家新增主力。2024年的十二天王中有多位95后新锐作者。出生于1998年的"一片雪饼"，大学时期就开始创作网文，2023年开始在起点创作，首部作品《我的超能力每周刷新》连续4个月占据起点品类月票榜榜首。网络文学的造星功能还体现在其对作者创作积极性的激发。网络文学作者通过创作满足自我实现的需求，同时通过关系嵌入的方式积极构建与积累身份资本，增强了与平台的合作关系，提升了自身的经济能力。这种机制不仅促进了网络文学的繁荣发展，还为作者提供了更多的创作机会和平台支持。

粉丝基数是粉丝经济的基础，粉丝经济是指以粉丝群体为基础，通过情感链接和消费行为实现商业价值的一种经济模式。粉丝经济模式在网络文学领域盛行已久，读者通过月票制度、社群讨论等方式与作者充分互动，进而影响角色的命运、情节的走向、结局的安排。它以公众人物、文化IP的创造者和消费者之间的特殊消费关系为纽带，推动了文化产品的生产和销售。如今的网络文学市场，粉丝经济早已经成为主力，其庞大的市场和用户基础，一些人气作家往往拥有众多粉丝，他们愿意付费订阅作品乃至购买其衍生品。尤其是在免费小说平台，商家可以通过创作优质的小说内容，吸引大量粉丝，进而通过打赏、VIP会员等方式实现盈利。优质的内容不仅能够提升用户体验，还能培养忠实读者群体，为商家的长期盈利奠定坚实的基础。网络文学IP拥有庞大的粉丝群体，微短剧爆火成为网络文学中粉丝经济的新的增长点，这也使得粉丝经济成为IP开发的重要一环，高热度作品的影视化改编成为普遍现象。近年来，根据网络文学改编的微短剧占据了影视剧市场的较大份额，网络文学改编剧的主要目标群体就是粉丝。

粉丝共创在网络文学的发展中扮演着重要角色。从"作者独创"到"粉丝共创"，原创文学由阅读价值进入"IP粉丝文化时代"。正是有了共读和共创，网络文学告别了数字出版时代，开始向粉丝文化迈进。这影响着网文平台内容生态，也从源头重新定义了IP的孵化，为网络文学发展带来了新机遇，而粉丝们成为作品创作的"无偿贡献者"。

3. 网文出海开拓国际"新航道"

2024年12月16日，由上海市出版协会、阅文集团主办的第三届上海国际网络文学周正式开幕。本届网文周汇聚了16个国家的网络文学作家、译者、学者和企业代表，共议中国网络文学发展新趋势。现场发布的《2024中国网络文学出海趋势报告》显示，2023年，我国网络文学行业海外市场营收规模达到43.50亿元，同比增长7.06%。从总体上看，当下中国网络文学出海呈现四大趋势：一是AI翻译，加速网文多语种出海；二是全链出海，IP全球共创模式升级；三是交流互鉴，深入Z世代流行文化；四是新机涌现，全球开拓发展新空间。

（1）AI翻译，加速网文多语种出海

AI翻译的迅速发展，尤其是在自然语言处理（NLP）领域的进步，使得网络文学作品的语言障碍大大降低。这一技术的应用不仅提高了翻译的效率和质量，还使得更多作者能够快速将自己的作品传播到海外市场。截至2024年11月底，翻译出海作品约6000部，其中2024新增出海AI翻译作品超2000部，同比增长2000%。

同时，AI翻译的作品越来越被海外读者所接受。在AI技术出现以前，中国网文在出海时会面临着巨大的语言障碍，因为许多词汇具有浓厚的中国文化特色，而传统的翻译方式很难准确地传达这些词汇的内涵，容易让海外读者感到困惑。然而，技术的进步使情况得到了极大的改善。机器学习和神经网络算法的结合，使得AI能够理解和生成类似人类的自然语言表达。这些算法通过对大量文学作品进行训练，能够捕捉到文本的语境、文化内涵及情感色彩，使得翻译不仅局限于字面的转换，更能够传达出作品的灵魂和魅力。与此同时，随着变分自编码器（VAEA）和生成对抗网络（GAN）等技术的应用，AI翻译的准确性和流畅度得到了显著提升。这些技术帮助AI在翻译时考虑上下文，更好地处理习语、成语以及文化特有的表达方式，从而为读者呈现更加自然真实的阅读体验。《2024中国网络文学出海趋势报告》的数据显示，在网文畅销榜排名TOP100的作品中，AI翻译作品占比42%。

不仅如此，在AI助力下，起点国际上的网文作品已经覆盖英语、西班牙语、葡萄牙语、德语、法语、印尼语等多种语言。2025年，起点国际将继续加码AI技术投入，在语言上重点突破日、韩、泰等东亚及东南亚语种，预计累计向海外用户提供破万部翻译作品。

（2）全链出海，IP全球共创模式升级

网络文学出海的现象，已经从单纯的内容传播扩展为全链出海，在这一过程中，IP全球共创模式不断升级。这一转变体现了中国网络文学在全球市场的深度融合与广泛影响力，不仅在小说的原著传播方面取得了突破，在改编影视剧、出版授权、衍生作品、游戏等领域更是迅速扩张。

在改编影视剧方面，《庆余年》作为一部成功的网络文学改编剧，能够成为

Disney+平台热度最高的中国大陆剧，标志着中国网络文学 IP 的全球传播力得到了显著提升。通过平台化的发行和全球观众的参与，网络文学改编剧成功突破了语言、文化、地区的界限，呈现出"全球共创"的新趋势。此外，《与凤行》的成功展示了网络文学在国际市场的渗透力，其在全球 180 多个国家和地区的播出以及超过 16 种语言的翻译，意味着网络文学的 IP 已不再局限于某个区域市场，而是全球范围内的文化共创与共享。这种大规模、多语言的传播，不仅增强了中国网络文学的国际影响力，也为中国文化输出提供了新的渠道。

有声作品的出海也是全链出海的重要组成部分。100 余部作品的上线，标志着有声作品已经成为全球用户获取中国网络文学内容的重要渠道。尤其是《退婚后大佬她又美又飒》这部有声书，播放量突破 4.65 亿，证明了网络文学有声作品在海外市场的受欢迎程度和潜力。平台的全球化和音频产业的快速发展，推动了中国网络文学 IP 的多样化跨国传播。

与原作小说相比，漫画和动画具有更强的视觉冲击力，能够帮助中国 IP 迅速吸引全球不同文化背景的观众。海外上线漫画作品 1700 余部，覆盖 7 种语言。YouTube 累计上线动画 721 集，总播放量达到 12.37 亿。

网文改编手游的全球化发行，标志着中国网络文学出海已经不局限于图书和影视领域，而是全面进入了数字娱乐产业，推动 IP 的跨媒介延伸和增值。2024 年，《斗罗大陆·魂师对决》在全球 80 多个国家和地区的上线，流水超过 100 亿，《凡人修仙传：人界篇》的成功上线与 50 亿的流水成绩，进一步证明了中国网络文学 IP 在全球游戏市场的巨大潜力。同时，《斗破苍穹：怒火云岚》作为另一款改编手游，已在 170 多个国家和地区上线，再次证明了网络文学 IP 在全球数字娱乐产业中的突破性发展。通过跨国合作和全球发行，游戏成为中国网络文学出海的关键载体，为 IP 创造了更加丰厚的商业回报。

随着网络文学的海外认知度不断提升，网文作品的海外出版授权数量也呈现出显著的增长。2024 年网文签约海外出版授权书同比增长 80%，海外出版授权金额同比增长 200%，这说明国际市场对中国原创内容的需求越来越大。尤其是在欧美及其他地区，读者对于新型、丰富的网络文学内容有着强烈的需求，推动了中国网络文学作品的正版化和出版授权的扩展。不仅如此，中国网络文学 IP 的商业化价值不断提升，已经成为全球出版和内容产业中的重要组成部分。这不仅意味着网络文学在国际出版领域的影响力增强，还反映出文化输出和版权交易成为新的经济增长点。出版授权的全球化拓展，有助于推动中国文化内容的传播，并深化中国文学在全球的市场定位。

(3) 交流互鉴，深入"Z 世代"流行文化

截至 2024 年 11 月 30 日，起点国际累计海外访问用户近 3 亿，阅读量破千万作品数达到 411 部，同比增长 73%。这表明，中国网络文学在全球范围内的用户基础

迅速扩大，尤其是在海外市场的强劲增长。海外用户的增长意味着中国网络文学不仅是国内文化的一部分，它已经开始融入全球文化交流的网络中。随着中国文学作品被越来越多外国读者接触和阅读，出现了文化观点、审美倾向的碰撞与融合。跨国阅读提供了一个丰富的即时的文化互鉴平台，让外国读者能从中吸取全球文化的养分，理解和接受不同文化背景下的思想和创作方式。

值得注意的是，在 WSA 获奖作品中，00 后作家占比超 3 成。起点国际签约作者中，00 后占比 45%。随着这一代年轻人不断崛起，网络文学的创作不仅在内容上贴合年轻人的兴趣和需求，而且形式上也更符合年轻人的审美和阅读习惯。00 后作家倾向于创造新颖、多元、快节奏的作品，这些特质正好契合"Z 世代"喜欢快速消费、互动性强的文化产品的需求。这也意味着，网络文学的创作和消费已经不再局限于传统的文学圈，而是形成了一个跨国、跨文化的互动平台，促进了不同地区年轻人之间的文化对话与认同。

同时，中国网文也在加速融入国外主流文化。26 部作品进入大英博物馆，标志着中国网络文学已经从一个"边缘文化"逐步渗透到主流文化的核心。大英博物馆作为全球历史悠久的文化机构之一，其收藏的艺术作品和文献作品一直具有极高的文化象征意义。中国网络文学作品能够进入这一世界级文化殿堂，无疑是一项具有里程碑意义的成就。它不仅证明了中国网络文学的文化价值和创作水平，也彰显了中国文化在全球化语境下逐渐获得更多的认可和尊重。更重要的是，这一事件标志着中国网络文学从过去的"边缘文化"走向了世界舞台的中央。不仅如此，许多海外用户在阅读网文以后，表达了对中国历史和传统文化的兴趣。自此，网络文学不仅在娱乐性上获得了广泛认可，还在文化深度和多样性上促成了外国读者的文化认同和共鸣，进一步加深了海外用户对中国文化的理解和尊重，促进了全球范围内的文化交流与互鉴。所以说，通过用户增长、年轻创作者的崛起以及文化内容的深度融合，网络文学不仅推动了中外文化的互动，也促进了不同文化背景的年轻人之间的理解和认同。网络文学正成为全球"Z 世代"文化交流的一个重要平台，推动着全球文化的多元化发展与互鉴。

（4）新机涌现，开拓全球发展新空间

网络文学出海是中国文化和创意产业全球化的重要趋势。从文旅合作、新兴市场用户增长到海外原创作品及 IP 开发等方面，网络文学不仅在全球市场开拓了新的空间，还呈现出越来越多的机遇和潜力。

2024 年，两项战略合作充分体现了旅游与文化产业跨界融合的趋势。无论是新加坡旅游局与阅文集团的合作，还是瑞士旅游局与《全职高手》的联动，都是文化与旅游资源互补、优势互通的成功案例。通过将热门华语 IP 与全球旅游资源相结合，这些合作为两国的文化传播和旅游产业注入了新的活力，也为全球观众和游客提供了更加丰富多样的文化体验。

网络文学的全球化不仅限于内容的输出，还体现在不同国家和地区用户数量的快速增长。作为全球第二大动漫市场，日本对中国网络文学的接受度显著增加，增长率高达180%。此外，西班牙、巴西、法国和德国等国用户增速也非常显著，这表明中国网络文学的全球需求正不断上升。同时，网络文学出海不仅意味着中国内容的输出，海外原创作品和作者的数量也在不断增长。截至目前，已有68万部海外原创作品和44.9万名海外原创作家。这说明了全球范围内对网络文学创作的广泛兴趣以及各个文化地区创作者的参与。这个增长不仅是因为网络平台提供了机会，也体现了全球创作者在平台上的创造力和创作欲望。此外，海外头部作者数量的增长（同比增长近30%）进一步表明了网络文学市场的活跃度和多样性。全球创作力量的集中为中国网络文学产业提供了更多原创素材和IP开发的潜力，也意味着未来将有更多优质的海外原创作品能够与中国市场进行互动、合作与竞争。

中国网络文学的出海不仅仅是小说本身的传播，更通过多元化的内容形式加速了海外IP的开发。从有声书到漫画，再到影视剧和短剧，网络文学的IP形态日益丰富，覆盖的市场也日益广泛。例如，《我的吸血鬼系统》有声书播放量达到2.43亿次，展示了有声内容在海外市场的广泛吸引力。影视剧和漫画的海外发展也同样蒸蒸日上，改编剧《史上最强系统》《天启：血术士征服之旅》《命运与偏见》等作品的出版，以及《暗黑英雄》《转生作家视角》等漫画的推出，进一步表明中国网络文学在海外市场的多元发展。短剧《他的天才妻子》和《契约情局》，以及影视剧《觅爱》的推出，标志着网络文学的影视化、剧集化趋势正在加速。随着这些作品的全球化推广，中国网络文学的IP将不断走向更广阔的国际市场，满足全球观众对多样化内容的需求。

二、网络文学线下出版

1. 网络文学作品线下出版年度概貌

多年来，网络文学的蓬勃发展促进了网络文学线下出版业态的大力发展，网络文学也逐渐成为出版业的热点。网络文学的题材和内容呈现出愈加多元的趋势，逐渐形成玄幻、仙侠、都市、现实、科幻、历史等20余个大类型、200多种内容品类，不仅迎合了不同读者的偏好，还满足了各圈层的需求，与传统文学作品共同丰富了纸质阅读市场。2024年，网络文学的影响力继续由线上扩展到线下。线下纸质出版作为线上数字形态的延续，与其共同铸就了网络文学产业的持续繁荣。

2024年，国内各大出版社共出版网络文学作品712部（见附录清单）。据统计，2024年1月到12月，网络文学线下出版新书总数量分别是75部、41部、78部、69部、77部、75部、65部、52部、50部、53部、46部、24部。

当当网从1999年建立至今，已成为国内经营图书商品种类最全的图书零售网站。截至 2023 年底，当当网累计图书销售量已突破 100 亿册。鉴于当当网在网络图书市场上具备图书正版、品类齐全、更新及时等优势，我们选取当当网数据为样本（统计数据截至 2024 年 12 月 31 日）对 2024 年网络文学作品线下出版后的网上市场销售情况进行分析。

在当当网中，网络文学作品线下出版后的图书主要被归入青春文学系列或小说系列，其中，涵盖绝大部分网络文学作品的类别有 9 个，分别为青春爱情、古代言情、仙侠/玄幻、青春校园、穿越/重生、轻小说、悬疑/惊悚、热血/成长、爆笑/无厘头。

2024 年，网络文学作品荣登 1 月新书热卖榜 TOP 前 500 的图书有 25 部，荣登 2 月新书热卖榜 TOP 前 500 的图书有 37 部，荣登 3 月新书热卖榜 TOP 前 500 的图书有 40 部，荣登 4 月新书热卖榜 TOP 前 500 的图书有 28 部，荣登 5 月新书热卖榜 TOP 前 500 的图书有 33 部，荣登 6 月新书热卖榜 TOP 前 500 的图书有 35 部，荣登 7 月新书热卖榜 TOP 前 500 的图书有 31 部，荣登 8 月新书热卖榜 TOP 前 500 的图书有 32 部，荣登 9 月新书热卖榜 TOP 前 500 的图书有 24 部，荣登 10 月新书热卖榜 TOP 前 500 的图书有 42 部，荣登 11 月新书热卖榜 TOP 前 500 的图书有 30 部，荣登 12 月新书热卖榜的图书有 22 部。

通过对各月新书热卖榜 TOP500 的进一步分析可知，网文作品改编的影视剧热播能够带动网络文学纸质书畅销，甚至可与众多种类的畅销书"一较高下"。例如，由墨宝非宝的《在暴雪时分》改编的同名电视剧于 2 月 2 日在东方卫视、腾讯视频同步播出，原著小说随之便迅速在当当网 2 月新书热卖榜上荣登第 10 位。舍目斯的《吾乡有情人》纸质书于 2024 年 3 月在当当网上线销售，与此同时，由其改编的电视剧《春色寄情人》官宣定档于同年 4 月在 CCTV-8 黄金档、腾讯视频同步播出。随着电视剧的官宣与热播，其在 3 月新书热卖榜荣登第 150 名，在 4 月新书热卖榜更是跃升至第 44 名。大热 IP《庆余年》电视剧第二部于 2024 年 5 月 16 日在 CCTV8 黄金档、腾讯视频同步播出，其原著小说也在同年推出修订版《庆余年·朝天子》，在 1 月新书热卖榜中位列第 284 名。类似因影视剧热播或定档而销量上涨的作品还有《嫡嫁千金》（剧名《墨雨云间》）、《首辅养成手册》（剧名《锦绣安宁》）、《别对我动心》、《你也有今天》、《少年白马醉春风》、《我把你当朋友你却》（剧名《舍不得星星》）、《失笑》、《爱你，是我做过最好的事》、《火神》、《白烁上神》（剧名《白月梵星》）等。

经典 IP 的销量表现依旧不俗，唐家三少的《斗罗大陆》系列、天下霸唱的《斗破苍穹》系列、南派三叔的《盗墓笔记》系列、烽火戏诸侯的《剑来》系列、爱潜水的乌贼的《诡秘之主》系列、我吃西红柿的《吞噬星空》系列在 2024 年各月新书热卖榜中频频上榜。被视作《盗墓笔记》前传的《藏海花》于 2024 年推出典藏纪念版，在当当网小说新书榜中位列第 50 名。唐七的"三生三世"系列新书

《三生三世步生莲4·永生花》在5月新书热卖榜中荣登第4名，在6月新书热卖榜中位列第18名。顾漫的代表作《何以笙箫默》在2024年初推出了全新再版，在当当网青春文学畅销榜位列第95名。关心则乱的《知否知否应是绿肥红瘦》（新版全6册）一经推出也登上6月新书热卖榜第330名。

值得注意的是，往年线下出版的网络文学作品集中出自晋江文学城、起点中文网等付费平台，而以番茄小说为代表的免费阅读平台在2024年也为传统纸质出版提供了丰富资源。目前，番茄小说原创作品完成出版图书签约超100部，50多部出版作品已上市，这部分优质的作品进入出版环节，扩大了实体书出版的规模，也为实体出版业的销量作出了有力贡献。例如，曾在番茄小说蝉联悬疑脑洞阅读榜TOP1数月的现象级作品《十日终焉》（杀虫队队员）于2024年陆续出版5册纸质书《十日终焉·囚笼》《十日终焉·迷城》《十日终焉·不息》《十日终焉·乐园》《十日终焉·万相》，一经上市便在当当1月、6月、7月、8月、9月、10月、11月、12月新书热卖榜累计上榜9次（其中6月上榜2次），在11月新书热卖榜中荣登第4名。同样出自番茄小说的作品还有彭湃的《异兽迷城》，其2024年陆续出版的6册纸质书《异兽迷城》《异兽迷城2·麒麟工会》《异兽迷城3·猩红潮汐》《异兽迷城4·命运之锁》《异兽迷城5·生于黑夜》《异兽迷城6·诸事顺利》在4月、6月、7月、8月、9月、10月、11月、12月新书热卖榜累计上榜12次（其中6月、9月、10月、12月均上榜2次），在11月新书热卖榜荣登第13名。

2. 2024年网络文学作品线下出版趋势

2024年线下出版的网络文学作品中，言情类题材占据绝大部分，玄幻、仙侠、都市、现实、科幻、历史等各类题材均有涉及，其中，现实类题材保持着近年来高涨的态势，观照现实成为网络文学创作的重要风向。由中国作协网络文学中心发布的《2023中国网络文学蓝皮书》显示，截至2023年，现实题材作品总量超过160万部，现实题材创作数量、质量均有较大提升。2024年，中国网络文学持续深耕现实题材作品，取得了丰硕成果。

自2020年起，国家新闻出版署提出实施优秀现实题材网络文学出版工程，每年推选不超过10部优秀作品，鼓励网络文学平台加强现实题材作品创作出版，推动更多书写现实、反映生活、讴歌时代，推动网络文学提高质量、多出精品。2024年4月，国家新闻出版署公布了2022—2023年优秀现实题材网络文学出版工程入选作品。入选作品生动展现新时代的伟大变革，积极书写各行各业的拼搏奋斗，深情讴歌人民群众的实践创造，思想性、文学性、可读性较强，在同类作品中具有代表性，产生了较好的社会反响，体现了当前现实题材网络文学创作出版的较高水准。

在获奖作品中，《苍穹之盾》（伴虎小书童）讲述几位国防科研人员潜心反导系统研发，攻克一个又一个技术难关，讴歌了国防科研工作者枕戈待旦、奉献担当的敬业精神和舍家为国的高尚情怀。作品主题积极，内容厚重，人物形象鲜明，语言鲜活生动。《南北通途》（张炜炜）以珠港澳大桥的壮阔建设历程为主线，以大湾区经济与社会发展为辅线，描述了长安大学桥梁专业女硕士宋桥执意进入交建集团工程一线、潜心奋战跨海建筑大业、逐步成长为现场总工程师的励志过程。作品将家国愿景的宏大叙事与芸芸众生的儿女情长细节描写纵横交织，其中爱国主义的主旋律、国家大业的蒸蒸日上、敬业奉献的主人翁精神令人感奋。《桃李尚荣》（竹正江南）紧扣时代脉搏，围绕"立德树人"教育根本任务，讲述了主人公尚青竹受益于国家教育改革发展不断前行之力，逐步破除就学、就业障碍，改变顽劣心性，形成坚忍品格，立志投身教育事业的故事，作品入选中国作家协会重点作品扶持项目。《洞庭茶师》（童童）在展现了当代中国年轻女性的独立奋斗精神，中国当代青年男女间相互尊重、自立自爱的爱情观的同时，也将爱情故事巧妙融合在主人公对茶文化的传承与推广中，入选中国作家协会重点作品扶持项目和中国网络文学影响力榜作品。《熙南里》（姞文）讲述了经营两家民族企业的熙南里人为克服疫情影响、摆脱技术受制于人的困境，通过自主研发和业务创新实现自立自强的故事，作品主题积极向上，文字富有表现力，讴歌了实业报国、科技强国精神。

  观照现实的作品还有很多。获得第八届现实题材网络文学征文大赛特等奖的《一路奔北》（人间需要情绪稳定），以上海微小卫星工程中心为原型、以国产卫星导航系统的研发为主线，塑造了一批年轻鲜活的科研工作者形象，展现了上海科研技术成就的风采。获得优胜奖的小说《我的游戏没有AFK》（宫小衫），以上海的游戏行业为背景，从漕河泾到张江，从三林到杨浦，通过主人公在职场、生活中经历的不同项目和具体处境，塑造了丰富立体的游戏行业从业者群像。获得一等奖的《剖天》（泥盆纪的鱼）则讲述了气象预报员因意外的时间循环回到20多年前，试图在特大台风来临前挽救母亲和民众的故事，既聊可预测的气象，也写难揣测的人心。作品将现实题材融合悬疑穿越手法，用奇幻悬疑的商业外壳包装了一个具备温暖现实主义基底的亲情故事。

  以《苍穹之盾》《南北通途》《桃李尚荣》《洞庭茶师》《熙南里》《一路奔北》《我的游戏没有AFK》《剖天》等为代表的众多现实题材网络文学作品，有的反映大国重器研发建设，有的聚焦行业拼搏奋斗，有的书写城乡变迁，有的反映生态保护和文化传承，有的关注年青一代的个人成长经历……它们从国家发展讲到时代变迁，从社会风貌讲到人民生活，为广大读者提供着鼓舞人心的精神力量，自然而然也就成了出版界炙手可热的网文作品。

  从出版情况来看，网络文学作品题材同质化问题依然存在，仙侠、玄幻、穿越、言情等题材作品举不胜举，各种套路化的写作手法和类型化的写作模式导致读者出现审美疲劳。不过近年来网络文学经典化的推进为其指明了正确的方向，越来越多的网络文学作品融合现实与多种题材表现形式，从新时代新征程的伟大实践中精选优质主题，挖掘精彩故事，提炼丰富素材，厚植生活底蕴，展现新时代的原创性思想、变革性实践、突破性进展、标志性成果，反映时代之变、中国之进、人民之呼，抒写中国人民奋斗之志、创造之力、发展之果。它们打破了一味追求娱乐化的生产困境，抒发了强烈的人文关怀，展现了时代精神的内核，发挥出震撼人心的深刻力量，其所构建的文学审美，为创作提供了丰富的文化内涵。

总而言之，随着网络文学"经典化"的不断推进，网络文学在时代性、民族性、思想性与创造性方面不断完善和发展，形成了持续不断的意义与价值塑造，其线下出版的方向也随之愈加明晰。与此同时，站在当代中国文艺发展新时代新征程的历史方位下，线下出版也将进一步引领和推动网络文学的经典创造。

3. 线下出版作品年度名录

（见附录）

三、网络文学跨媒介改编产业链

作为数字文化产业的重要内容源头，网络文学的 IP 资源属性日益彰显。截至 2023 年底，网络文学 IP 改编量为 72674 部，持续带动实体出版、有声、动漫、影视、游戏、衍生品的繁荣发展。与往年相比，广告收入占比超过了订阅收入占比，成为我国网络文学市场营收的主要力量。在泛娱乐大环境下，IP 放大效应正辐射最大公约数人群，而人工智能发展也激励网络文学提前布局，将数字阅读场景从文字升级为多维、立体、互动的新形态。2024 年，网络文学正在多渠道、多模式、全方位实现规模扩容和业态创新，网络文学 IP 正在成为广播影视、动漫游戏等行业的优质内容来源，同时带动了周边文创、玩偶手办、人物角色扮演和服饰道具等相关产业的发展。

1. 网络文学跨媒介改编产业链总览

2024 年，网络文学推介引导力度增强，类型进一步融合创新，现实、科幻、历史等题材成果丰硕，主流化、精品化进程加快。截至 2024 年底，我国网络文学用户规模达 5.2 亿。全国 50 家重点网络文学网站数据显示，网络文学作品总量超 3000 万部，年新增作品约 200 万部。网络文学的蓬勃兴盛，为其跨媒介产业的发展提供了不竭动力。《2023 年度中国网络文学发展报告》显示，网络文学 IP 已成为数字文化产业的重要内容源头，截至 2023 年底，网络文学 IP 改编量为 72674 部，既涵盖电影、电视剧、动漫、游戏、有声书、广播剧等传统视听行业，同时催生了微短剧、剧本杀、周边等新型文化业态，网络文学 IP 产业稳步发展，并成为带动文旅转型发展的新引擎。

（1）影视改编长短相协，影响力持续提升

在跨媒介改编的各个垂直链路中，影视剧与网络文学 IP 的关系最为紧密，2024

年"文影结合"持续深化，网络文学作品改编剧的篇幅与分量愈发突出，占据了国产影视剧市场的半壁江山。全网正片播放量前五名皆改编自网络文学IP，获得了口碑票房双丰收，从《大江大河之岁月如歌》《烟火人家》的时代洪流、人间烟火，到《墨雨云间》《柳舟记》跌宕起伏、反转不断，从《与凤行》的轻喜叙事、家国大义，到《庆余年第二季》的庙堂江湖、高燃思辨。网络文学IP改编剧彰显出强大的市场竞争力和粉丝凝聚力，在2025年的待播作品中，由阅文出品或改编的剧集多达37部，占整体项目的近10%。涵盖各大主流视频平台，包括爱奇艺的《朝雪录》、优酷的《烽影燃梅香》、腾讯视频的《大奉打更人》和芒果的《国色芳华》等。而随着网文IP剧质量不断提高，台网合作也在进一步加强，网文IP改编剧不仅是各大视频平台的流量密码，同时也成为央视和各大地方卫视的收视保证。2024年上半年，上星频道共播出电视剧744部，黄金时段播出电视剧234部，首播59部，其中100余集剧目单集收视率超3%、1300余集收视率超2%，远高于上年同期，电视剧每日户均收视时长77.7分钟，同比增加4.8%，收视水平整体上扬，而网文IP改编剧在其中贡献了重要力量。在央视黄金时段收官电视剧收视率前20榜单中，有5部来自网文IP改编。可以预见在即将到来的2025年，以及未来的2至3年间，网文IP剧将继续维持数量上的高占比，成为国产影视剧行业发展的有力支柱。

除传统的长视频影视作品外，微短剧在近年来异军突起，现已成为网络文学IP影视改编的重要组成部分，根据《中国微短剧行业发展白皮书（2024）》，微短剧行业已进入转型升级期，正式迈入2.0时代，行业体量稳步增长，用户规模、市场规模、从业机构数量及内容供给量均创下新高，生产方式和商业模式也发生了根本性变革。截至2024年6月，我国微短剧用户规模已达到5.76亿，占整体网民的52.4%，呈稳步增长态势。由于微短剧在底层逻辑上与网络文学呈现出高度的吻合性，网络文学IP从发展之初便成为微短剧最重要的剧本来源，如2024年火爆的微短剧《我在八零年代当后妈》改编自番茄小说IP《被赶出家属院：嫁老男人养崽开摆》；《招惹》改编自中文在线旗下网络小说《民国复仇千金》；《当家小娘子》改编自番茄小说IP《穿成四个拖油瓶的恶毒后妈》等。据《2023年度短剧报告》，年度上新短剧分账票房TOP10（含并列）的13部作品中，有10部来自网络文学IP改编。随着网络文学与微短剧的互动不断加深，包括米读、书旗、番茄、七猫在内的网络文学平台，都积极布局了微短剧IP转化赛道。一方面，通过开放网文IP版权库、IP版权入股等方式，以影视化改编为网站的腰部IP造势；另一方面，创立自营短剧厂牌，实现由网络文学平台向短剧平台的转型，点众于2022年最早尝试从网文市场向微短剧市场进行业务转型，如今已实现了剧本改编、影视拍摄、内容宣发等一体化制作，旗下拥有"河马剧场""繁花剧场""DramaBox"等产品，2024年由其投资制作的网文改编微短剧《我在八零年代当后妈》成为"现象级"爆剧，

《桃花马上请长缨》《死后才知，我竟是京圈太子白月光》也广受关注。此外，米读、番茄、七猫等网络文学平台也纷纷布局微短剧业务，在"新锐势力榜短剧平台方TOP10"的公司中，绝大部分的公司由网文平台转型，或有网文平台背景。2024年在政府的引导和政策支持下，央卫视的入局和短剧上星，进一步规范了微短剧制作标准，同时扩大了微短剧的影响，吸引了众多影视行业的名导名演纷纷加入，例如知名导演周星驰监制的《金猪玉叶》，以及知名演员李艺彤参演的《午后玫瑰》，都在市场上引起了极大的关注和反响。他们的参与不仅提升了微短剧的制作水平和艺术品质，也吸引了更多的投资方和播出平台。此外，微短剧也展现出了广泛的跨界赋能潜力，"微短剧+"融合各行各业，陆续推出"跟着微短剧去旅行""微短剧里看品牌""跟着微短剧来学法"等多个创作计划。网络文学与微短剧的跨媒介转化是互利双赢的必然选择，既可以为微短剧提供内容支撑，也可以激活腰部网络文学IP，使IP资源价值最大化，促进了网络文学产业的整体发展。

（2）动漫改编多赛道并进，拥抱智能科技新动力

动漫以其独特夸张的表达方式、自由的场景调度，以及声音、特效的灵活搭配，不仅可以制造出极具冲击力的视听效果，同时可以充分展现网络文学天马行空的想象力，为网络文学读者提供新奇的审美体验，因此动漫也成为网络文学IP产业的重要组成部分。包括阅文与腾讯视频、晋江与B站，书旗与优酷、七猫、纵横与爱奇艺，各大视频平台与网络文学平台之间都建立了深度合作关系，保证了各平台动漫制作的内容资源供应，2024年腾讯出品的网文IP动漫高达12部，其中既包括之前已获得广泛好评的《诛仙第二季》《开局一座山第二季》《全职高手第三季》《斗罗大陆第四季》等经典网文IP续作，也包括《剑来》《神印王座》《长生界》《哑舍》《万古最强宗》《斩神》等IP新作。B站平台2024年播出的国产动漫作品同样以网络文学IP改编作品占据主导，既有玄幻修真主题的《神道帝尊》《牧神记》《大道朝天》，又有描写科幻未来的《大宇宙时代》《我的三体第四季》，题材丰富，类型多样。此外，2024年B站还扶持了包括《从姑获鸟开始》《宗门除了我都是卧底》《异常生物见闻录》等腰部IP，给予了网文新作以更广阔的合作机会。爱奇艺以七英俊的同名网络小说《成何体统》改编的动漫作品，也于2024年上线，不仅在站内取得了惊人的播放量，同时在海外站取得了自制国漫历史最高单日播放量的优异成绩，而优酷方面在2024暑期档推出的《沧元图东宁府·番外篇》《少年白马醉春风·第二季》等项目同样获得了不错的市场反响。

经历了多年的发展与沉淀，网络文学IP改编动漫产业也呈现出新的发展态势。

首先，近年内网络文学改编动漫一改玄幻扎堆的行业现状，题材品类日益丰富。《三体》《大宇宙时代》的火爆，带动了科幻市场的发展，包括超神影业、黑岩网络等有着科幻制作经验的团队陆续投入动漫的创作之中，而杂糅了现代、科幻、玄幻、系统、穿越、神怪、西幻等多元素的"都市异能"赛道，则更符合新一代网络文学

叙事倾向，同时更贴近网文读者阅读喜好，包括《夜的命名术》《灵笼》等网文改编作品也成为网络文学 IP 改编动漫的新宠。

其次，网文 IP 改编动漫逐渐摆脱单一的 3D 动画设计，风格逐渐多元，在 2024 年腾讯动漫公布的未来片单中包括《十日终焉》在内的当红网文 IP 改编作品都以预定进入 2D 动画赛道，而"国风美学""传统美学"也成为动画开发的新趋势，水墨、剪纸定格等实验性的动画风格，逐渐融入动漫制作之中，《诡秘之主》《哑舍》等动漫则在尝试以更绚丽的光影与蒙太奇语言，结合音乐音效构建视听美学冲击。

最后，随着技术发展和传播样态的不断变化，动画及其相关产业领域也被推向了技术革新的潮头，如何抓住科技浪潮带来的新机遇，运用新技术、新手段创新艺术表达和呈现方式，运用大数据、云计算、人工智能等新技术，推动动漫产业的数字化转型和智能化升级，在精品原创、产业布局和国际合作等方面努力迈上新台阶，成为网络文学 IP 改编动漫需要尽快解决的主要问题。

（3）文游联动进入冷静期，寻找合作新契机

2024 年 11 月 4 日伽马数据发布的《2024 中国游戏产业 IP 发展报告》显示，2024 年前三季度，中国游戏 IP 市场收入达 1960 亿元，全年收入有望超过上年的 2459.6 亿元，超 90% 的受访用户近一年中使用过 IP 相关产品，用户数据显示，相较于小说、影视、音乐等赛道，用户在游戏领域的 IP 消费意愿高达 70%，可见游戏仍然是 IP 变现的关键领域。但在游戏行业，网络文学 IP 并没有获得在影视、动漫领域的空前盛况，或者说它们已从热络而渐行渐远。在中国泛娱乐产业发展之初，网络文学 IP 改编游戏的确取得过一定成功，如《莽荒纪》在 2013 年底上线，仅安卓市场上线 20 天流水 750 万，《唐门世界》2013 年 8 月上线，首月流水 1000 万元。此后《花千骨》《琅琊榜》《盗墓笔记》等网文大 IP 也被改编成游戏，一度迎来高光时刻，但密集的合作热情带来了盲目，在经过两次版号寒冬后，网文 IP 改编游戏的速度慢了下来。因为版号成为游戏开发链条上最珍贵的资源，很多开发商不再愿意拿珍贵的版号做新的 IP 改编尝试。同时，随着游戏市场不断成熟、游戏玩家对于品质要求不断提高，原创精品化游戏 IP 的大幅提升，使得游戏产业逐渐摆脱知名网络文学 IP 的依赖，在七麦数据公布的热门游戏下载排行榜前 30 中，网文 IP 改编游戏均不在其列，网络文学在游戏界的存在感进一步降低。2023 年中手游董事长肖健承认《吞噬星空：黎明》在国内上线后市场反响平平，未能取得良好的收入表现，主要原因是产品玩法设计过于传统、品质未达到玩家预期，而且受 2023 年 App 游戏市场环境变化、买量成本高等负面因素影响，表现未达到预期，没形成对 2023 年收入增长的有力贡献。于 2024 年 1 月上线的《斗罗大陆：史莱克学院》在勉强维持半年后，同样也滑出了畅销游戏 TOP100 行列。无独有偶，在游戏行业最新的小游戏大潮中，网文 IP 也有乏力的趋势，斗罗 IP 的《灵魂序章》，配合《庆余年第二季》同期上的《逍遥吟》都难以长期维系。

网络文学IP在游戏行业的落败主要应归因于网游研发界独有的"换皮"模式，这是网游行业不同于其他媒介的、独有的开发模式，它的"效率"曾为IP网游带来无可比拟的繁盛发展，但其局限与后续难以扭转的"惯性"，也使其最终滑向衰落的终局，写下与其他IP市场截然不同的命运轨迹。如今，游戏与网络文学IP的合作正在进入一个新的磨合期，跨界联动正在取代IP改编，成为二者主要合作方式。例如，由益世界模拟经营游戏《我是大东家》于2024年9月与玄幻修真类热门IP《一念永恒》展开联动，此前这款游戏也相继与《星辰变》《凡人修仙传》等知名网络文学IP进行合作，经营类游戏玩法与网文世界观背景叙事上的相容性，以及相似的爽感体验和鲜明的反差设定，构成了联动的基础，实现了双重共振的增幅效应。此外，相较于适应于碎片化场景的手游而言，端游的设备性能与游戏机制与网络文学IP更为适配，能够为网络文学宏大的世界观、纷繁的剧情设置、漫长的成长线提供更适宜的舞台，近年来随着《原神》《永劫无间》等游戏纷纷采取"多端并发"的运营策略，游戏行业也站在了变革的拐点之上，或许，在电子游戏与网络文学皆有沉淀的当下，建立健康有序合作的大门或将重新打开。

（4）有声书市场变革，打造运营新模式

2024年网络文学IP改编有声书行业的竞争格局发生了明显变化，以喜马拉雅、蜻蜓FM、懒人听书为代表的头部企业凭借丰富的内容资源、强大的技术实力和良好的用户体验，占据了市场的主要份额。这些企业不仅注重内容创新和品质提升，还积极探索新的商业模式和盈利方式，为平台的可持续发展奠定了坚实基础。同时，包括云听、听书神器、百度文库在内的新入局者也不断涌现，为市场注入了新的活力。这些新入局者通常拥有独特的资源和优势，如特定的内容领域、专业的制作团队等，逐渐在市场中占据一席之地。

随着市场竞争的加剧，企业之间的差异化竞争也日益明显。首先，内容创新成为企业竞争的关键。一方面，随着用户需求的多样化和个性化发展，企业需要提供更多样化、更高质量的有声书内容来满足用户的需求；另一方面，随着市场竞争的加剧，企业需要通过内容创新来打造独特的品牌形象和竞争优势。为了推动内容创新，有声书平台采取多种策略。例如：与知名网络文学作家合作，推出独家改编作品；挖掘潜力网络文学IP，进行深度开发和改编；引入专业制作团队，提升有声书的制作质量和声音效果等。这些策略有助于企业在市场中脱颖而出，吸引更多用户的关注和喜爱。

其次，制作技术创新也成为有声书行业的竞争新优势。传统有声书的制作流程烦琐且耗时，包括审听音频、拼接人声、制作后期垫乐等步骤，这些工作大多依赖人工完成。例如，一本20万字的读物可能需要近一个月的时间才能完成制作。然而，AI技术的引入极大地缩短了这一周期。AI语音技术，特别是"情感TTS"（文本到语音）技术，能够模拟人类的语气、情感，使电子合成语音更加贴合语境或场景。喜马拉雅等音频平台利用AI技术，实现了多角色、带感情的演播，不仅提升了制作效率，还增强了听众的沉浸感。此外，AI 技术为有声书行业提供了丰富的音色素材和个性化的创作方式。例如，喜马拉雅推出了"喜小道、喜小迪、喜小玖和苏小刀"等 AI 音色，用户可以根据自己的喜好选择声音风格，DIY 播讲有声书。这种个性化的创作方式不仅满足了听众的多样化需求，还为内容创作者提供了更多的创作灵感和可能性。

最后，为了保障创作者的合法权益、推动行业健康发展，版权问题也日益受到关注。国家版权局等部门联合发布了《关于加强网络版权保护工作的意见》，明确提出要加强有声读物的版权保护，严厉打击侵权盗版行为。这些措施有助于建立健全版权登记和交易平台，推动版权信息的公开透明，以及加大对侵权行为的查处力度。一些有声书平台也在加强版权保护方面的工作。例如：通过技术手段对有声书内容进行加密和防盗版处理；与版权方建立紧密的合作关系，确保内容的合法性和正版性；建立版权保护机制，为用户提供专业化的版权服务和法律援助等。这些措施有助于提升企业的版权保护意识和能力，推动行业的健康发展。

（5）"网文+"模式激发新动能，铸就全产业链协同模式

2024 年《庆余年第二季》与《墨雨云间》的惊艳表现，无疑印证了网络文学 IP 作为"文娱行业爆款制造机"的核心竞争力。这种竞争力不仅体现在影视改编方面，也延伸至衍生品、线下体验、文旅开发等多个领域，代表着网络文学 IP 产业链协作能力的提升，也代表着网络文学 IP 衍生产业正从单一 IP 的成功运作，转向了可复制、可推广的 IP 开发体系。

IP 衍生品的研发依然是"网文+"产业链建设的重要环节，2016—2023 年，中国二次元产业规模从 189 亿元增长至 2219 亿元，其中周边衍生产业规模从 53 亿元增长至 1023 亿元；预计 2023—2029 年，中国二次元产业规模将从 2219 亿元增长至 5900 亿元，复合增长率达 18%。火热的"谷子经济"，也带动相关概念股受到市场关注，成为网络文学 IP 衍生品发展重要发展方向。"谷子"文化发源于日本，是英语"Goods"的谐音，泛指动画、漫画、游戏等版权作品的衍生品，包括海报、徽章、卡片、挂件、立牌、手办、娃娃等，具有小巧、易收纳、价格低的特点。"买谷""吃谷"，代指购买动漫衍生品这一消费行为。"谷子经济"概念在资本市场爆火，作为新消费趋势，"泛二次元衍生品"谷子撬动了规模超千亿元的相关市场。阅文集团也抓住了这一市场机遇，《庆余年》卡牌成为 2024 年上半年商业化的最大亮点。卡牌团队制作了 300 多个卡面，涵盖从名场面卡、签字卡、衣料卡，到猫猫卡、宗师金卡等多种类型，正版卡牌在剧集开播前订货销量就突破了 2000 万，创下了影视卡牌领域的历史销量纪录。目前，阅文集团已具备动漫卡牌开发管线及全球化发行卡牌的能力，《全职高手》《斗破苍穹》《诡秘之主》《一人之下》《狐妖小红娘》等知名 IP 也均于 2024 下半年于海内外市场推出衍生产品。"网文 IP"衍生周边的研发满足了新生代网文粉丝的需求，也为网络文学 IP 开辟了变现的新渠道。

此外，线下体验也成为近年来"网文+"的发展新方向。网文具有更新快速、题材广泛、形式多样的特点，能不断产生吸引公众的新内容，将文化资源转化为文旅商机。因此，从2024年起文旅部门也不断加大合作力度，将网络文学IP优势融入到本地旅游场景中，着力打造沉浸体验展，《择天记》《全职高手》《庆余年》等知名网文IP皆开展了线下沉浸式体验站，为粉丝提供了打卡、交流的新去处。主题乐园、IP主题酒店等兼具文化特色、沉浸感、互动性的文旅新业态新场景也在不断涌现，包括以马伯庸小说《风起洛阳》的VR全感剧场、《长安十二时辰》体验街区以及正在筹划之中的《魔道祖师》主题乐园，都致力于不断满足游客需求，提高主题文旅项目的社会价值和经济效益。此外，网络文学IP也成为点燃跨境文旅的引爆点，2024年恰逢《全职高手》周年庆，5月29日，阅文集团携手瑞士国家旅游局共同宣布，发起"全职高手：25年相约苏黎世计划"，开展为期一年的深度海外文旅活动，其中，《全职高手》主角叶修还将担任2025年"瑞士旅游探路员"，无独有偶，2024年6月21日中法品牌高峰论坛上，阅文集团还与法国埃菲尔基金会、中法品牌美学中心签署IP共创合作，联合发起"阅赏巴黎"计划。该计划由爱马仕合作插画师安托万·卡比诺（Antoine Corbineau）操刀设计，将《庆余年》范闲、《全职高手》叶修、《诡秘之主》克莱恩·莫雷蒂等中国IP角色融入法国地标设计新形象，并进行衍生品开发。

可见，网络文学周边衍生产品已经不再仅仅是"附属品"，而成了网络文学产业链中的重要组成部分。无论是实体产品、数字商品，还是线下体验，均显示出网络文学IP的巨大商业价值和广泛市场需求。特别是在2024年，随着数字化和体验经济的进一步发展，网络文学周边衍生产品的创新与多样化将成为产业发展的关键动力。

2. 网络文学作品视频改编

自2015年被业内定义为"IP元年"至今，虽然IP剧创造过辉煌也经历过低谷、受到过赞誉也引发过争议，但在阅文、晋江、番茄小说、知乎盐选、豆瓣阅读、中文在线等IP源头和爱优腾芒等视频平台的协力推动下，即将走进第十个年头的IP剧，也已经成了国产视频产业不可或缺且最有活力的组成部分，涵盖年代文学、都市生活、现实议题、悬疑刑侦、古装武侠、精品短剧、系列喜剧等类型，兼容电视剧、微短剧、电影等多个视频品类，充分满足了市场的多元化需求，为观众贡献了一整年的视听盛宴。

（1）网络文学改编影视剧

2024年各同步视频平台的合作加深，爆款不断。年初以腾讯独播的《繁花》与腾讯、爱奇艺联合播出《大江大河之岁月如歌》两部年代大戏拉开了新年的序幕，《繁花》透过沪上风云际会的生意场中弄潮儿女的起伏人生，再现了改革开放初期的海派风貌。《大江大河》则以三位弄潮儿作为支点，串联起他们周围千千万万个普通小人物，交织成一幅奔腾不息的时代画卷。两部剧提供了时代洪流中的不同变奏，均收获了豆瓣7分的口碑好评。此后，现实主义题材IP剧持续发力，改编自豆瓣阅读小说《她和她的群岛》的女性群像剧《烟火人家》，融合了贴近生活的剧情和强大演员阵容，在腾讯视频和央视一套上映后，收视率一度破二。同样改编自豆瓣阅读小说的《小日子》讲述的是年轻夫妻以战略性离婚抵抗长辈对小家介入的故事，关注了现实的代际危机问题，在腾讯视频、东方卫视、浙江卫视开播后，荣获2024第一季度地方卫视黄金时段收官电视剧收视率排行榜首位。年末播出的《小巷人家》讲述了在芒果TV、咪咕视频和湖南卫视同步播出后，又一次掀起了现实主义影视剧的收视热潮，在豆瓣获得了8.2分的高分。不难发现，近年内现实题材网文IP剧数量和质量都在不断攀升，正如爱奇艺首席内容官王晓晖所预言的"当下及未来真正能够记录时代、最大的爆款依然会来自现实主义题材"。敢于触及现实，深入贴近大众的现实题材影视作品，正不断创新视听语言，引领长视频行业的发展。

古装偶像剧赛道中，网文IP剧保持了原有的优异表现。年初的《与凤行》收视率创所有省级卫视近27个月首播收视新高。截至收官，该剧在微博、抖音等平台上斩获热搜9323个，更达成了2024年微博爆款剧集和抖音爆款剧集双认证，微博主话题阅读量99.3亿，成为微博平台认证的"2024年微博首部爆款古装剧"。而受到万众期待的《庆余年第二季》，也由网剧转为台网同步播出，上线央视一套和央视八套，收视首播即爆。在腾讯视频站内历史最高热度值达32906，破站内热度值历史纪录；最高收视率更是达到1.0297%，成为同时段电视剧收视第一。截至7月20日，《庆余年第二季》有效播放已破28亿，微博累计上榜热搜话题3972个，抖音上榜热搜话题3962个，成为2024年度当之无愧的"剧王"。《庆余年》也已入选"2024年度数字文化十大IP"，表明网文IP的价值正逐渐被主流所认可，其内容质量也得到了肯定。此外《长相思第二季》《墨雨云间》《锦绣安宁》《永夜星河》《珠帘玉幕》同样取得了骄人的成绩。《墨雨云间》改编自千山茶客所著小说《嫡嫁千金》，该剧于2024年6月2日在优酷独播，此后分别在泰国TrueID平台、韩国MOA平台、网飞和Disney+播出，自开播以来正片有效播放市场占有率一直占据各数据平台第一，最高达31%，正片播放量突破23亿。而改编自白羽摘雕弓的小说《黑莲花攻略手册》的《永夜星河》，开播9天在腾讯视频站内热度值破3万，正片播放量破4亿，豆瓣评分7.6分，成为2024年古装幻想题材最高分。

值得关注的是，2024年更多非头部网文IP剧被发掘，并在改编为影视剧后吸引了更多观众对原著产生兴趣，对网络文学IP产生反哺。例如优酷暑期推出的《边水往事》，就来自作者沈星星以金三角地区真实经历写成的同名小说。原著篇幅短小，以单个人物的故事线分别展开，而在进行影视改编时，编剧却将书中人物的命运交织在了一起，并丰富了其性格经历，展现出了一个充满人性光辉和黑暗的世界。随着影视剧以豆瓣8.1分的高分走红，原著的成交额也同比增长50倍。而《繁花》

《玫瑰的故事》《小巷人家》《庆余年》改编剧的播出，同样引发了观众对于原著的追捧，充分反映了影视改编对于网文 IP 价值的扩大与提升。

随着网文 IP 剧质量不断提高，台网合作也在进一步加强，网文 IP 改编剧不仅是各大视频平台的流量密码，同时成为央视和各大地方卫视的收视保证。2024 年上半年，上星频道共播出电视剧 744 部，黄金时段播出电视剧 234 部，首播 59 部，其中 100 余集剧目单集收视率超 3%、1300 余集收视率超 2%，远高于上年同期，电视剧每日户均收视时长 77.7 分钟，同比增加 4.8%，收视水平整体上扬，而网文 IP 改编剧在其中贡献了重要力量。在央视黄金时段收官电视剧收视率前 20 榜单中，有 5 部来自网文 IP 改编，分别是《烟火人家》《大江大河之岁月如歌》《承欢记》《庆余年第二季》《微暗之火》。在地方卫视的收视率前 50 榜单中，有包括《小日子》《江河日上》《与凤行》《庆余年第二季》《在暴雪时分》《星汉灿烂》《长风渡》《手术直播间》《三体》《春色寄情人》《烟火人家》在内的网文 IP 改编作品榜上有名，占据榜单五分之一的份额。可见，网文 IP 剧的质量正在不断提高，随着现实题材作品数量的增加，网文 IP 改编剧主流化趋势也日益明显。未来，台网共创的力度将逐步加强，爱奇艺与中央广播电视总台社教节目中心联合推出了"拨开迷雾"剧场，依托总台社教节目中心的普法资源，根据真实案例改编推出 3 个系列共 36 集的纪实剧集，采用"真人讲述+剧情演绎"形式，融合新闻能量与影视剧的艺术表达，紧扣社会心理，探究事件背后的真实。该剧场已在 2024 年在总台央视社会与法频道大屏端播出，并同步在爱奇艺和总台所属新媒体平台上线推出。

目前，面对视频发展多元化、观众需求多样化的现状，在坚守内容品质和审美品格的基础上，探索内容差异化，形成平台特色，几乎成为所有长视频平台一致的内容生产路径和发展共识。相信长视频平台和创作者只要肯以更大的定力和判断力捅开创作的天花板，便会拥有一片广阔的新天地。

2024 年网络小说改编影视剧见下表：

2024 年网络小说改编影视剧名录（91 部）

影视剧名称	原作名称	原作者	首播时间	出品公司	播出平台
你也有今天	你也有今天	叶斐然	2024.01.04	上海柠萌影视传媒有限公司	优酷
大江大河之岁月如歌	大江东去	阿耐	2024.01.08	中央电视台、东阳正午阳光影视有限公司、爱奇艺	腾讯视频、爱奇艺、央视一套
19 层	地狱 19 层	蔡骏	2024.01.16	芒果 TV、芒果超媒、量子泛娱影视文化传媒股份有限公司	芒果 TV、咪咕视频

续表

影视剧名称	原作名称	原作者	首播时间	出品公司	播出平台
要久久爱	十七岁你喜欢谁	樱十六	2024.01.20	宇乐乐（海南）影视文化有限公司	江苏卫视幸福剧场、优酷视频
染指	欲撩	红帽子	2024.01.24	润和影视、尚声文化	优酷
在暴雪时分	在暴雪时分	墨宝非宝	2024.02.02	上海腾讯企鹅影视文化传播有限公司、北京喜悦嘉行影视文化有限公司	腾讯视频、东方卫视
慕先生，请按小说来	喂，给你我的小心心	子非鱼	2024.02.05	芒果TV、烈火影业、乐翻文化传媒有限公司	芒果TV
烟火人家	她和她的群岛	易难	2024.02.13	中央电视台、上海西嘻影视文化传媒有限公司、艺苑恒泰（北京）文化有限公司	腾讯视频、央视一套
暮色心迹	戏精大小姐又翻车了	一城烟雨	2024.02.20	秀合影视（浙江）有限公司、辰耀影业文化传媒（北京）有限公司、浙江中创华视文化发展有限公司；联合出品方为浙江诺然文化传媒有限公司、北京幻想纵横网络技术有限公司、浙江知马影视服务有限公司、浙江沐阳影视科技有限公司	腾讯视频
紫川·光明三杰	紫川	老猪	2024.02.27	灵河文化	爱奇艺、腾讯视频
嫁东宫	王妃出山要翻天	妖一	2024.02.28	江苏惠媛影业有限公司、容呈（北京）影业科技有限公司、陕西嘉言盛典影业有限公司、中文在线集团股份有限公司、峰值影视（海南）有限公司、嘉漾（天津）文化传媒有限公司、未光文化传媒（北京）有限公司	优酷

续表

影视剧名称	原作名称	原作者	首播时间	出品公司	播出平台
永安梦	长安第一美人	发达的泪腺	2024.02.28	企鹅影视	腾讯视频
江河日上	江河日上	董化平	2024.02.29	湖南快乐阳光互动娱乐传媒有限公司、湖南广播电视台卫视频道、芒果超媒股份有限公司、浙江好酷影视有限公司	湖南卫视、芒果TV、四川卫视
别对我动心	别对我动心	翘摇	2024.03.01	优酷、拾上影业、拾真影视、三牛影视	优酷视频、酷喵TV
欢乐英雄之少侠外传	欢乐英雄	古龙	2024.03.07	腾讯影业、中影集团、东阳午星、星狮影业、华文行者	腾讯视频
归路	归路	墨宝非宝	2024.03.14	爱奇艺	芒果TV、湖南卫视、爱奇艺
小日子	小日子	伊北	2024.03.14	腾讯视频、浩瀚娱乐、浩瀚星光	东方卫视、浙江卫视、腾讯视频
欢乐颂5	欢乐颂	阿耐	2024.03.16	东阳正午阳光影视有限公司	中央八套、爱奇艺、腾讯视频
与凤行	本王在此	九鹭非香	2024.03.18	上海腾讯企鹅影视文化传播有限公司、新丽电视文化投资有限公司	腾讯视频、芒果TV
私藏浪漫	办公室隐婚	轻黯	2024.03.21	芒果TV、湖南卫视、芒果超媒	芒果TV、湖南卫视
婉婉如梦霄	王爷，王妃说此生不复相见	旌墨	2024.03.21	太合影业、世禾娱乐	优酷
猜猜我是谁	壕，请别和我做朋友	忆锦	2024.03.22	深定格影视	优酷
五行世家	五大贼王	张海帆	2024.03.23	优酷、大盛国际	优酷

续表

影视剧名称	原作名称	原作者	首播时间	出品公司	播出平台
惜花芷	惜花芷	空留	2024.04.01	优酷信息技术（北京）有限公司、阿里巴巴影业（天津）有限公司、北京剧有想法影视文化传播有限公司	优酷视频
手术直播间	手术直播间	真熊初墨	2024.04.06	阿里巴巴影业（北京）有限公司、优酷信息技术（北京）有限公司、天津剧有引力影视文化传播有限公司	优酷
承欢记	承欢记	亦舒	2024.04.09	中央电视台、华策克顿旗下梦见森林工作室、腾讯视频	央视八套、腾讯视频
春色寄情人	吾乡有情人	舍目斯	2024.04.22	中央电视台、腾讯视频、北京冬日暖阳文化传媒有限公司、天津磨铁娱乐有限公司	央视八套、腾讯视频、浙江卫视
微暗之火	小南风	玖月晞	2024.04.27	优酷、启蒙影业、诸神联盟、儒意影业	优酷
少年巴比伦	少年巴比伦	路内	2024.04.29	博地霄然影业	腾讯视频、芒果TV
重回1993之纵横人生	重回1993	无语对白天	2024.05.09	腾讯视频、七猫免费小说、青岛斗战胜佛影业有限公司	腾讯视频
庆余年第二季	庆余年	猫腻	2024.05.16	中央电视台、上海腾讯企鹅影视文化传播有限公司、天津阅文影视文化传媒有限公司、新丽电视文化投资有限公司、新丽（上海）影视有限公司	央视八套、浙江卫视、东方卫视、腾讯视频
特别行动	暗花	臧小凡	2024.05.25	未明确	央视八套、优酷、腾讯、爱奇艺

续表

影视剧名称	原作名称	原作者	首播时间	出品公司	播出平台
柳叶摘星辰	贼娘子	烟秾	2024.05.31	北京爱奇艺科技有限公司、广州莱可映相有限公司、北京睿星文化传媒有限公司	爱奇艺、优酷视频
墨雨云间	嫡嫁千金	千山茶客	2024.06.02	优酷信息技术（北京）有限公司、东阳响娱文化传媒有限公司、武汉佗若影视文化传媒有限公司	优酷
时光正好	老妈有喜	蒋离子	2024.06.03	杭州佳平影业有限公司	湖南卫视、芒果TV、爱奇艺、咪咕视频
玫瑰的故事	玫瑰的故事	亦舒	2024.06.08	中央电视台、上海腾讯企鹅影视文化传播有限公司、新丽电视传媒（北京）有限公司、红星坞娱乐传媒	央视八套、腾讯视频
金庸武侠世界·铁血丹心	射雕英雄传	金庸	2024.06.17	腾讯视频、耀客文化	腾讯视频
颜心记	长安密案录	时音	2024.06.12	爱奇艺、金禾影视	爱奇艺
度华年	长公主	墨书白	2024.06.26	青梅影业、浙江影视集团、优酷	浙江卫视、优酷
上有老下有小	一生有你	张巍	2024.06.26	华录百纳及子公司缤纷异彩	浙江卫视、优酷、腾讯视频、爱奇艺
你比星光美丽	你比北京美丽	玖月晞	2024.07.02	老有影视、华策影视、卓圆影视、国文影业	腾讯视频湖南卫视、芒果TV
第二次初见	午门囧事	影照	2024.07.06	爱奇艺、北京睿博星辰文化传媒有限公司	优酷
长相思第二季	长相思	桐华	2024.07.08	星莲影视、腾讯视频	腾讯视频
赤热	月光密码	虞路琳	2024.07.14	中央电视台、SMG尚世影业、完美世界影视、柏年禾沐影业、华栖清石、紫映东方影业	央视八套、爱奇艺、腾讯视频

续表

影视剧名称	原作名称	原作者	首播时间	出品公司	播出平台
少年白马醉清风	少年白马醉清风	周木楠	2024.07.19	优酷、不可能的世界影业	优酷
冰雪谣	如月	尼罗	2024.07.29	悦凯影视、腾讯视频	腾讯视频
私藏浪漫	办公室隐婚	轻黯	2024.07.31	芒果TV、湖南卫视、芒果超媒	芒果TV、湖南卫视、芒果超媒
拂玉鞍	剩斗士郡主	阿辞	2024.07.31	北京光线传媒股份有限公司	腾讯视频、芒果TV
小夫妻	全职爸爸	毛利	2024.07.31	中央电视台、爱奇艺、力天影视、百纳千成、逍遥影业、海宁传媒集团、白晶影业	央视八套、爱奇艺
四海重明	我有三个龙傲天竹马	衣带雪	2024.07.31	北京爱奇艺科技有限公司、江苏稻草熊影业有限公司、北京稻草熊影业有限公司、无锡无一文化传媒有限公司、大有影画（北京）影视传媒有限公司	芒果TV、爱奇艺
柳舟记	娇藏	狂上加狂	2024.08.12	腾讯视频、嘉行传媒	腾讯视频
九部的检察官	九部的检察官	赵森	2024.08.14	爱奇艺、新力量文化	爱奇艺、江苏卫视
边水往事	边水往事	沈星星	2024.08.16	优酷、成都煅影炼金影业有限公司出品，北京标准映像文化传播有限公司	优酷视频、咪咕视频
装腔启示录	装腔启示录	柳翠虎	2024.08.18	芒果TV、湖南卫视、芒果超媒	湖南卫视、芒果TV
前途无量	钱途	给您添蘑菇啦	2024.08.18	中央电视台、中国电视剧制作中心有限责任公司、北京优酷科技有限公司、浙江华策影视股份有限公司、华策影视（北京）有限公司	爱奇艺、央视八套

续表

影视剧名称	原作名称	原作者	首播时间	出品公司	播出平台
四方馆	西域列王纪	陈渐	2024.08.23	北京爱奇艺科技有限公司、万达影视传媒有限公司、狂欢者（重庆）文化传媒有限公司	爱奇艺
长乐曲	长安铜雀鸣	凤凰栖	2024.08.26	湖南卫视播出，芒果TV、咪咕视频	湖南卫视、芒果TV、咪咕视频
藏海花	藏海花	南派三叔	2024.08.26	企鹅影视、量子泛娱、南派泛娱	腾讯视频
流光引	毒宠佣兵王	猫小猫	2024.08.30	企鹅影视、飞宝传媒	腾讯视频
凡人歌	我不是废柴	纪静蓉	2024.08.31	中央电视台、正午阳光、爱奇艺	爱奇艺、腾讯视频、央视八套
流水迢迢	流水迢迢	萧楼	2024.09.14	腾讯视频	腾讯视频
半熟男女	这里没有善男信女	柳翠虎	2024.09.19	柠萌影视、青柠萌、优酷	优酷
狐狸在手	狐狸在手，天下我有	囡团囡团	2024.09.20	芒果TV	芒果TV
舍不得星星	我拿你当朋友你却	画盏眠	2024.09.23	腾讯视频、拾祁影视、拾上影业	腾讯视频、极光TV
二十一天	地狱变	蔡骏	2024.09.26	爱奇艺、北京时代典范文化传媒有限公司、海宁匠心影视文化传媒有限公司	爱奇艺
漠风吟	大漠情殇	简暗	2024.09.29	腾讯视频、北京悦虎文化传媒有限公司，杭州乐陶陶影视文化传媒有限公司、海南景行道上文化传媒有限公司	腾讯视频
花开如梦	妇女生活	苏童	2024.10.03	浙文影业集团下属公司	腾讯视频、爱奇艺、搜狐

续表

影视剧名称	原作名称	原作者	首播时间	出品公司	播出平台
塞上迷情	大夏宝藏	黄河谣	2024.10.06	怡悦辉煌（海南）影视文化传媒有限公司、北京时代顺和影视传媒有限公司出品，怡悦辉煌（北京）影视文化传媒有限公司、中知影（北京）国际影视文化传媒有限公司、uiot超级智慧家海南运营中心、宁夏明道文化发展有限公司	腾讯视频
七夜雪	七夜雪	沧月	2024.10.09	辛迪加影视、剧酷传播、爱奇艺	爱奇艺
再见，怦然心动	草莓印	不只是颗菜	2024.10.08	腾讯视频、青岛明日传奇有限公司	腾讯视频、优酷
洗面桥	洗面桥	不明确	2024.10.09	海西传媒、手工艺制作、乐峰不绝文化传媒	腾讯视频
锦绣安宁	首辅养成手册	闻檀	2024.10.10	华策影视、华策克顿	腾讯视频、芒果TV
你的谎言也动听	你的谎言也动听	二月生	2024.10.19	北京爱奇艺科技有限公司	爱奇艺
春花焰	春花厌	黑颜	2024.10.14	优酷、好奇心影业、完美世界影视	优酷
探晴安	大理寺萌主	墨白焰	2024.10.27	无锡书影荣耀文化传媒有限公司	腾讯视频、极光TV
好团圆	女神的当打之年	朗朗	2024.10.26	中央电视台、上海腾讯企鹅影视文化传播有限公司出品，上海熠宣影视传媒有限公司、北京大有可唯影视传媒有限公司	腾讯视频、央视八套
小巷人家	小巷人家	大米	2024.10.28	正午阳光、咪咕视频	芒果TV、湖南卫视
珠帘玉幕	昆山玉之前传	谈天音	2024.11.01	优酷、老有影视、银河酷娱传媒、阿里娱乐宝、阿里影业	优酷视频、东方卫视、江苏卫视、北京卫视、NetFlix平台

续表

影视剧名称	原作名称	原作者	首播时间	出品公司	播出平台
永夜星河	黑莲花攻略手册	白羽摘雕弓	2024.11.01	上海恒星引力影视传媒有限公司、腾讯视频	腾讯视频
以爱为营	错撩	翘摇	2024.11.03	芒果TV、烈火影业	芒果TV、湖南卫视
宿敌	宿敌：山河无名	赖继	2024.11.07	中央广播电视总台、腾讯视频、四川迷镜文化传媒有限公司	腾讯视频、央视八套
失笑	失笑	祖乐	2024.11.08	腾讯视频、完美世界影视、完美远方	腾讯视频、极光TV
白夜破晓	白夜追凶	指纹	2024.11.20	五元文化	优酷视频
一起长大的约定	春风习习人间谣	文吉儿	2024.11.22	中游飞翔文创科技公司	爱奇艺
斗罗大陆之燃魂战	斗罗大陆	唐家三少	2024.11.25	腾讯视频、灵河文化	腾讯视频
婚内婚外	婚内婚外	姬流觞	2024.11.28	腾讯视频	腾讯视频、东方卫视
蜀锦人家	蜀锦人家	桩桩	2024.11.30	优酷、四川星空影视文化传媒有限公司、北京镜像空间文化传媒有限公司、愚恒影业集团	优酷视频
饕餮记	饕餮记	殷羽	2024.12.10	阿里影业、禾美传媒、星宏影业	优酷
一伞烟雨	一伞烟雨	陈小桃、折酒	2024.12.18	北京麦田映画文化传媒有限公司、浙江歌画文化发展有限公司、北京七猫影业有限公司、诸神（上海）文化传媒有限公司	爱奇艺
冬至	冬至	凝陇	2024.12.20	爱奇艺、上海金禾影视、诸神联盟影业	爱奇艺
我将喜欢告诉了风	我将喜欢告诉了风	唐之风	2024.12.23	企鹅影视、山东影视	腾讯视频、芒果TV

（2）网络文学改编微短剧

调研机构艾瑞咨询发布的《2024年中国微短剧产业研究报告》显示，国内微短剧市场规模2023年为358.6亿元，较2022年增长了234.5%，2024年将达到484.6亿元，预计2028年会突破1000亿元。如今微短剧已经进入了新的发展阶段。在2023年迎来全面爆发的过程中，行业也在同时经历洗牌，2024年微短剧开始告别最初的野蛮生长，开始在创意、IP、制作等内容维度上进行竞争，走向规范化和专业化。形成包括内容生产、内容分发、内容消费上下游协动的完整产业链条。

网络文学的内容生成不仅是微短剧兴起的源头，而且是微短剧发展的内生动力。随着微短剧的火爆，更多的网文阅读平台参与到微短剧IP转化的赛道上来。以七猫中文网和米读小说为代表的免费阅读平台最早涉足微短剧领域，通过影视化改编为网站的腰部IP造势。在初探阶段，米读已与快手取得初步合作，随着合作的加深，米读还设置了"米读短剧"厂牌，并在快手设立"午夜怪谈""霸道甜心"等八个剧场；书旗小说也发布"版权+计划"，通过开放网文IP版权库、IP版权入股等方式，助力网络文学IP在微短剧领域实现新突破；七猫中文网也在2022年推出"七猫微短剧"和"九月剧场"。

2024年，更多网文平台凭借IP优势，逐渐转型为短剧平台，在"新锐势力榜短剧平台方TOP10"的公司中，绝大部分的公司由网文平台转型，或有网文平台背景。点众于2022年最早尝试从网文市场进行业务转型，同年9月开始了微短剧业务的试运营。点众充分发挥了自有版权网络文学IP的优势，已成为微短剧热力榜上的重要平台，2024年其投资制作的网文改编微短剧《我在八零年代当后妈》成为"现象级"爆剧，《桃花马上请长缨》《死后才知，我竟是京圈太子白月光》也广受关注。番茄小说在售卖旗下网文IP版权的同时，也在2023年推出"番茄短剧"应用，众多由番茄小说授权IP改编而来的微短剧可以在"番茄短剧"中免费播放，用户实现了小说和微短剧的无缝衔接。《祁教授，借个婚》《无主之花》《我养的小白脸是京圈太子爷》等爆款作品也让番茄成为最为重要的微短剧平台之一。而依托酷匠网、花笙书城打造的花生短剧也成为微短剧的重要出品方，花生热剧的爆款内容占比稳居国内前三，其中以小说《吾心往之》改编的短剧《攀缠》，上线5天播放量便超3600万，8月18日闯入热播榜TOP4，单日播放增量超1700W。于2021年成立的九州文化，在短剧业务上与七猫、阅文、掌阅、阿里文学等41个平台携手合作，拥有头部IP合作461部。以代表作《南风知君意》《庆余年之帝王业》等作品，实现DAU最高300万，MAU最高5000万，日活跃用户数稳定在2000万—3000万之间。而作为最大网文IP平台的阅文也在2024年成功在工信部备案"奇迹短剧"平台，以期打造出专属的微短剧下游播放渠道。

微短剧相关内容形态和参与平台正愈加丰富。除了本身发展迅猛的短视频平台外，长视频平台、电视台亦在此方向发力。隶属上海广播电视台的上星频道东方卫视近期推出"微剧场"，于周内黄金时段展播微短剧，最先播出的是抖音由周星驰出品的横屏微短剧《金猪玉叶》。东方卫视还推出了综艺《开播！短剧季》，集结微短剧演员试镜、竞演、试拍，进行微短剧 IP 孵化。爱奇艺 2024 年 9 月宣布围绕微短剧内容推出"短剧场"和"微剧场"，承诺将超过 70% 的收入分成给内容出品方，以鼓励内容创作；优酷大幅提高微短剧的单集分账上限；腾讯视频与山西临汾合作打造"腾讯视频精品微短剧基地"；芒果 TV 则多次与湖南卫视联动，自 2023 年 12 月推动微短剧上星，2024 年"十一"假期还推出"微短剧双系精品排播带"，播出《有种味道叫清溪》《别打扰我种田》等微短剧。与此同时短剧电商化创新探索也成为 2024 年的热门课题，短剧与直播联动成为新的探索方向，小杨哥、辛巴、薇娅纷纷入局短剧，达播 MCN 机构相继也推出主播出演的短剧。老板短剧 IP 的出现，为企业宣传和品牌塑造提供了新的思路。例如洁丽雅品牌家的少爷@毛巾少爷主演短剧《毛巾帝国剧场版》出圈，吸引了大量关注。观众通过短剧深入了解了品牌背后的故事和文化。而品牌自制微短剧成为品牌营销的新手段，通过定制化的内容更好地传递品牌理念和产品信息。珀莱雅和欧诗漫建立剧场号发布精品内容、麦当劳、去哪儿、王者荣耀等也都紧跟潮流，纷纷加入自制短剧大军，在私域矩阵发布。

总体来看，在精品化、分众化、多元化三大市场趋势下，短剧行业正迎来越来越大的市场规模，越来越规范、细分的产业链条，优质内容也会占据越来越大的比例。此时，市场竞争会随着越来越成熟的入局者参与而变得更加激烈。机遇和挑战并存之下，短剧将走向何方，依旧值得我们期待。

2024 年网络小说改编微短剧见下表：

2024 年网络小说改编微短剧名录（104 部）

微短剧名称	原作名称	原作者	首播时间	出品公司	播放平台
以爱为契	盛嫁名媛：季少宠妻套路多	舞非飞	2024.01.09	腾讯视频、星际数科、陕西芒果影视、咕咕工作室	腾讯视频
进击的夫人	夫人，全球都在等你离婚	云起莫离	2024.01.12	津津乐道（北京）传媒有限公司、北京灿烂未央影视文化有限公司、博易创为（北京）数字传媒股份有限公司、北京康优文化传媒有限公司	腾讯视频
裴总每天都想父凭子贵	裴少每天只想父凭子贵	周子鱼	2024.01.16	听花岛	抖音
染指	欲撩	红帽子	2024.01.24	斌菲影业、润和影视、尚声文化	优酷视频
千年情劫	攻略天帝守则	摩羯大鱼	2024.01.24	海宁天翊影业有限公司	腾讯视频

续表

微短剧名称	原作名称	原作者	首播时间	出品公司	播放平台
满目皆琳琅	穿越女法医：王爷验个身	子芜	2024.01.26	腾讯视频	腾讯视频
授她以柄	授她以柄	周扶妖	2024.02.05	东阳仟亿影视传媒有限公司、深圳腾讯计算机系统有限公司	腾讯视频
米小圈上学记2	米小圈上学记	北猫	2024.02.12	上海腾讯企鹅影视文化传播有限公司	腾讯视频、CCTV-8
我在八零年代当后妈	八零漂亮后妈，嫁个厂长养崽崽	霍北山	2024.02.12	听花岛	抖音、乐视
春日浓情	春日浓情	最白的乌鸦	2024.02.12	海口果派影视制作有限公司	腾讯视频、抖音
暮色心迹	戏精大小姐又翻车了	一城烟雨	2024.02.20	秀合影视（浙江）有限公司、辰耀影业文化传媒（北京）有限公司、浙江中创华视文化发展有限公司	腾讯视频
与风飞	帝妃凰图	一季流殇	2024.02.22	深圳腾讯计算机系统有限公司、乐翻文化传媒（北京）有限公司、韩城大鱼娱乐影业有限公司出品	腾讯视频
与君重逢时	穿书后：太子妃每天都想和离	苏小娜	2024.02.25	西影传媒、春草影视	腾讯视频、极光TV
小圆满	艰难备孕	晓之情调	2024.02.26	海西影视、辰霜影视、一五一十（北京）文化传媒有限公司、厦门梦生影视文化有限公司、麟文影视、同城旅行	腾讯视频
王妃芳龄三千岁	王妃芳龄三千岁	月下清辉	2024.02.26	天津磨铁娱乐有限公司、定睛工作室、品像（北京）文化传媒有限公司、江苏聚映影视传媒有限公司	腾讯视频

续表

微短剧名称	原作名称	原作者	首播时间	出品公司	播放平台
嫁东宫	王妃出山要翻天	奴一	2024.02.28	江苏惠媛影业有限公司、容呈（北京）影业科技有限公司、陕西嘉言盛典影业有限公司、中文在线集团股份有限公司	优酷视频、酷喵TV
帅哥不可以	全世界都知道贺总喜欢林秘书	曲不知	2024.03.06	抖音视界有限公司、云南金彩视界影视股份有限公司	腾讯视频
一吻存档	糟糕，恶毒女配她抢了戏份	云朵味茶茶	2024.03.09	趣火文化、第九星域、陕西广电影视、浙江下一站影视、首联琨瑞文化、浙江奕梵度影业有限公司	腾讯视频
咕咚咕咚喜欢你	杜总你捡来的奶狗是大佬	鹿公子燚	2024.03.14	中文在线集团股份有限公司、中国唱片集团有限公司、霍尔果斯万年影业有限公司、厦门哲象影业有限公司	腾讯视频
执笔	执笔者	林言年	2024.03.20	腾讯、皓源影视	腾讯视频
婉婉如梦霄	王爷，王妃说此生不复相见	旌墨	2024.03.21	优酷、太合影业	优酷视频、酷喵TV
凭爱意将月光私有	蓄谋已久，薛总他明撩暗哄	呆头梨	2024.03.23	青榕女神剧场	抖音
招惹	招惹	四月天隐笛	2024.03.30	腾讯视频、飞扬文化、中文在线、无糖文化	腾讯视频
爱在天摇地动时	爱在天摇地动时	总攻大人	2024.04.02	陕西星耀光影文化传媒有限公司、优酷信息技术（北京）有限公司出品	优酷视频、酷喵TV
夫君大人别怕我	卿本无双	金来思	2024.04.02	上海鸣润影业有限公司、乐翻文化传媒有限公司	爱奇艺
前妻攻略：傅先生偏要宠我	前妻攻略：傅先生偏要宠我	二桥	2024.04.05	河马剧场	抖音、快手、番茄畅听

续表

微短剧名称	原作名称	原作者	首播时间	出品公司	播放平台
奶爸的修炼手册	一胎三宝：总裁爹地追妻跑	紫苏	2024.04.11	霍尔果斯斑斓年华文化传媒有限公司	腾讯视频、极光TV
孔雀圣使请动心	孔雀城下小青衣	莲沐初光	2024.04.19	奇新世纪影业江苏有限公司、战马征途（北京）影业有限公司	爱奇艺
陆昭昭的刺客笔记	夫人她一飞冲天	墨墨春风	2024.04.19	腾讯视频	腾讯视频
过招	穿越女遇到重生男	雪山岚	2024.04.23	东阳三千映画、中文在线集团股份有限公司	腾讯视频
祁教授，借个婚	祁教授，借个婚	伏珑	2024.04.25	番茄短剧	番茄畅听
风月无边	退婚后被大佬亲哭了	苏晓卷	2024.04.26	韩城大鱼娱乐影业有限公司	腾讯视频
叮！我的首富老公已上线	惊！天降老公竟是首富	公子衍	2024.04.26	阅文短剧	抖音
情靡	情靡	二喜	2024.05.01	马厩制片厂	抖音
小亭台	皇贵妃她向来有仇必报	四月除夕	2024.05.02	拾梦影业（厦门）有限公司、厦门乐道互娱文化传媒有限公司、中文在线集团股份有限公司、厦门忻时代影视产业运营平台、象山大成天下文化发展有限公司、暗淡蓝点（德清）影视文化有限公司	腾讯视频
重回1993之纵横人生	重回1993	无语对青天	2024.05.09	腾讯视频、七猫免费小说、北京鱼在飞影业有限公司、内蒙古电影集团有限责任公司、北京梓诚影视传媒有限公司、青岛斗战胜佛影业有限公司	腾讯视频
橘子汽水	橘子汽水	阿司匹林	2024.05.13	蜜汁影业、少年映画、幻象影业	腾讯视频

续表

微短剧名称	原作名称	原作者	首播时间	出品公司	播放平台
美人谋	谋逆	赵眠眠	2024.05.18	杭州亿玺影业有限公司、河北广电影视文化有限公司、浙江龙商控股有限公司、美映文化传媒有限公司、北京 桥南文化有限公司	腾讯视频
锁爱三生	少帅,你老婆又双叒叕被人撩了	尚梓垚	2024.05.26	太合影业有限公司	优酷
步步深陷	步步深陷	玉堂	2024.05.27	海宁天翙影业有限公司	腾讯视频
今天总裁顺利退房了吗	今天总裁顺利退房了吗	饭白	2024.05.28	爱奇艺	爱奇艺
仙君有劫	系统逼我虐渣做悍妇	小蛮细腰	2024.06.07	腾讯视频	腾讯视频
误情	掌心有你多欢喜	山谷君	2024.06.10	咪咕工作室、新玥文化	腾讯视频
玉奴娇	玉奴娇	白玉城	2024.06.13	宁波墨初影业有限责任公司、北京尚声文化传媒有限公司	腾讯视频
烈焰新娘	军座,请放手	阿里巴巴文学书旗网小说	2024.06.17	不明确	腾讯视频、极光 TV
真爱节拍	霍先生乖乖宠我	不明确	2024.06.18	腾讯视频	腾讯视频
与君相刃	梅花刃	愤怒的包子	2024.06.20	韩城大鱼娱乐影业有限公司	腾讯视频
月上朝颜	御史大人别追我	黎七月	2024.06.26	快进文化	爱奇艺、奇异果 TV
禁欲男神狠狠宠	怀孕后,禁欲佛子抱着娇妻狠狠宠	九燚	2024.07.04	饭余剧场	抖音、bilibili
他来自程氏集团	豪门狂婿	沧海残阳	2024.07.06	福州盛世光影文化传播有限公司	腾讯视频、极光 TV

续表

微短剧名称	原作名称	原作者	首播时间	出品公司	播放平台
借宁安	借宁安又名贵妃起居注	许久望川	2024.07.09	知乎	腾讯视频
与君诀	细雨阁	赵眠眠	2024.07.09	桥南中文网、追踪影业、豆芽星球	腾讯视频
她的伪装	她的伪装	水月灵仙	2024.07.13	北京一早一见文化传播有限公司	腾讯视频
墙头马上：双生神捕	墙头马上	微笑的猫	2024.07.16	咪咕数字传媒有限公司、天津影百帝影业有限公司	爱奇艺、奇异果TV
折眉	落寞，冷血少帅轻点爱	李墨酬	2024.07.17	湖南卫视、芒果TV	湖南卫视、芒果TV
初嫁	那年，我刚与太太结束了为期十年的婚姻	周枫平	2024.07.25	浙江美视众乐影视有限公司	爱奇艺、奇异果TV
仙帝归来当赘婿	仙帝归来当赘婿	月应故乡明	2024.07.31	文无传媒、陕西芒果影视	腾讯视频
无主之花	下女复仇	十千啊	2024.08.04	短剧创作计划、番茄小说、花匪影业、七奥影视、上海华潮文化传媒有限公司、思无涯、乐舞飞扬、七妙影文化、吕梁市文化影视传媒有限公司、灿奇影视传媒	腾讯视频
全家偷听我心声我负责吃奶	全家偷听我心声杀疯了，我负责吃奶	夏声声	2024.08.13	匠心短剧	抖音、快手、番茄畅听
桃花马上请长缨	桃花马上请长缨	六月	2024.08.21	意狮影视制作有限公司	腾讯视频、bilibili
永夜长明	被疯批国师强取豪夺后	旌墨	2024.08.20	优酷、咕咕工作室	优酷视频、酷喵TV
万道龙皇	万道龙皇	牧童听竹	2024.08.25	阅文集团	抖音
脱缰	侯门主母操劳而死，重生后摆烂了	礼午	2024.08.28	沐羽小剧场	抖音

续表

微短剧名称	原作名称	原作者	首播时间	出品公司	播放平台
闪婚老伴是豪门	闪婚老伴是豪门	栢川恋	2024.08.29	听花岛	bilibili、快手、抖音、腾讯视频
逐心	大小姐的偷心保镖	浊酒老仙	2024.08.31	中文在线、渡渡鸟影视	腾讯视频
大炎诡闻录	鬼吹灯外传之地心古墓	糖衣古典	2024.09.10	泉动影业（北京）有限公司	腾讯视频
我在冷宫忙种田	我在冷宫忙种田	红翡	2024.09.13	华策影视（北京）有限公司	bilibil、腾讯视频
我养的小白脸是京圈太子爷	完蛋！我养的小白脸是京圈太子爷	蜡笔小年	2024.09.14	番茄短剧	抖音、快手、番茄畅听
你是我的恋恋不忘	你是我的恋恋不忘	公子衍	2024.09.20	北京天方金码科技发展有限公司	腾讯、抖音、bilibili、快手、喜番
去有你的地方	嫁给财阀掌舵人后，顶奢戴到手软	阿法	2024.09.20	上海阿珂文化传媒有限公司	快手、抖音
风武雁华	魔教	赵眠眠	2024.09.27	星燃未来影视文化	爱奇艺
漠风吟	大漠情殇	简暗	2024.09.29	腾讯视频、北京悦虎文化传媒出品，杭州乐陶陶影视文化传媒有限公司、海南景行道上文化传媒有限公司	腾讯视频
我赠妻子红缨枪	我赠妻子红缨枪	温柔刀	2024.09.30	北京点众快看科技有限公司	bilibili、快手、抖音、腾讯视频
深情诱引	冷战三年，扯证离婚他却悔红了眼	鸟松米	2024.10.01	马厩制片厂	抖音
我在长征路上开超市	苏梅梅的超市	二彻劈山	2024.10.03	十月初五影视传媒	抖音

续表

微短剧名称	原作名称	原作者	首播时间	出品公司	播放平台
死后才知，我竟是京圈太子白月光	死后才知，我竟是京圈太子白月光	叶梨晚	2024.10.05	北京点众快看科技有限公司	bilibili、快手、抖音、腾讯视频
塞上迷情	大夏宝藏	黄河谣	2024.10.06	北京时代顺和影视传媒有限公司	腾讯视频
洗面桥	洗面桥	姜小环	2024.10.9	北京古时影视、上海婕瀚、斑斓文化、津津乐道、世嘉传媒、海西传媒集团、坤宇世纪	腾讯视频
初颜	丑妃休夫后，被全京城大佬追着宠	小阿瞒	2024.10.17	腾讯视频	腾讯视频
好想你知道	好想你知道	玉伶粥	2024.10.18	苏州在场影视有限公司	抖音
良缘	傲娇系暖婚	扶离	2024.10.20	广州中凯文化传媒	腾讯视频
夏有乔木，雅望天堂	夏有乔木，雅望天堂	籽月	2024.10.22	象山上博文化有限公司	优酷视频
还是很爱她	追杀老婆七年，豪门大佬疯批了	夭夭灵	2024.10.25	海宁天翊影业有限公司	腾讯视频
薄爷，夫人把您卖了换钱花了	薄爷，夫人把您卖了换钱花了	南家小九	2024.11.05	杭州金阅科技有限公司	抖音、快手、喜番、bilibili、腾讯
风华鉴	风华鉴	晓云	2024.11.05	芒果TV大芒剧场、励骏文化传媒（建德）有限公司出品，华数传媒、咪咕数字传媒有限公司	湖南卫视、芒果TV
婚后热恋	退婚后我嫁给了渣男他叔	猫条	2024.11.06	河北华鉴影业有限公司	腾讯视频
与光同尘	听说王妃又赚了一座城	呦呦打豆豆	2024.11.06	秀合影视（浙江）有限公司、野壳（上海）文化传媒有限公司、上海凡酷文化传媒有限公司、北京七猫影业有限公司	爱奇艺

续表

微短剧名称	原作名称	原作者	首播时间	出品公司	播放平台
原来你就是我的命中注定	原来你就是我的命中注定	自蓝浅	2024.11.08	腾讯视频、腾讯微视	腾讯视频
上心	豪门重生：总裁夫人太彪悍	卢苇	2024.11.11	上海剧星传媒股份有限公司	腾讯视频
向北的遗憾	爱情以南向北	南山花	2024.11.13	象山以梦之南文化传媒有限公司	腾讯视频
青镜行第一季	金牌法医：娇后世无双	鹤笙	2024.11.14	奇特文化	爱奇艺
公子无双	公子无耻	维和粽子	2024.11.16	龙果映画	腾讯视频
念念勿忘	念念勿忘	墨宝非宝	2024.11.20	米活力（北京）文化传媒有限公司	爱奇艺
斗罗大陆之燃魂战	斗罗大陆	唐家三少	2024.11.25	腾讯视频、灵河文化	腾讯视频
长慕未央	快穿：女配又跪了	本宫无耻	2024.11.29	北京于是有戏影视文化有限公司	腾讯视频
错爱双生	民国风雨年化	墨优子	2024.11.30	芒果TV、大芒剧场、周恩工作室	腾讯视频
丫头不好惹	丫头不好惹	龙瑶	2024.12.03	鼎浩文化、九升影视文化、启泰文化	爱奇艺、奇异果TV
哑妻	宋秘书别离职，沈总孤枕难眠了	喜悦	2024.12.05	腾讯视频、美梦诚真	腾讯视频
夜未央	双世长思	热辣猪扒包	2024.12.06	太和影业	爱奇艺、奇异果TV
九重紫	九重紫	吱吱	2024.12.06	上海耀客文化有限公司	腾讯视频
令总无恙	令总有恙	鱼伯乐	2024.12.12	乐道互娱、西影传媒、茜源文化	腾讯视频
爱的未知	转生后我嫁给了残疾大佬	行灯中下游	2024.12.14	杭州竹鱼文化传媒	腾讯视频
玫瑰的棋局	狐狸	赵眠眠	2024.12.17	北京追踪者也影业文化有限公司、上海菠萝的海文化艺术有限公司、北京桥南文化有限公司	爱奇艺

（3）网络文学改编电影

中国电影市场在2023年的短暂复苏后，又一次陷入了寒冬之中。年初《热辣滚烫》《飞驰人生2》《第二十条》等春节档电影昙花一现的红火之后，中国电影市场在五一、暑期、国庆等曾经的黄金档期中却始终显得力不从心，之前被寄予厚望的《抓娃娃》《逆行人生》《白蛇：浮生》等影片均未能达到预期，即便是曾经作为票房支柱的陈思诚、徐峥、宁浩等知名导演的作品，同样也未能激起观众的观影热情。与此同时，2024年又被电影业界戏称为"撤档元年"，原定于春节上映的《我们一起摇太阳》临时撤档，改为3月30日上映，此后包括《红毯先生》《没有一顿火锅解决不了的事》《来福大酒店》等电影也纷纷更换档期，但这样大幅度的档期更换，并未给2024中国电影市场的惨淡带来转机。11月15日，由每日经济新闻和万达电影联合出品、成都天府宽窄文化传播有限公司特别支持的《2024强影之路》的数据显示，2024年中国电影总票房在395亿左右，预计难以突破450亿大关，不及2021年水平，与此同时总观影人次同比下降了23%，仅为8.7亿人次，上座率也从上年的8.9%下降至6.4%，而这无疑为电影产业敲响了警钟。

就客观原因而言，电影作为一种生产周期较长的文化产品，在三年疫情的影响下，A股多家影视公司发布的财报显示营收和净利润的下滑。光线传媒和上海电影等少数公司业绩尚可，但唐德影视、华谊兄弟、博纳影业等影视巨头却面临着较大的市场压力。一系列大制作的电影项目也因疫情和投资等原因被搁置。2023年的电影市场尚且可以依靠疫情前的库存勉强续命，但供给不足的问题仍无法避免地在2024年以及未来几年中逐步显现，从电影数量来看，无论是院线电影还是网络大电影都在大幅度缩水，与2023年相比减少了四分之一左右，这也势必会对中国电影票房和观影人数造成影响。与此同时，随着各视频平台的强势崛起，也逐渐改变了观众的观影习惯，更多观众选择在家观看电影。而短视频、微短剧、电子游戏等新型内容媒介的崛起，也进一步瓜分了消费者的注意力，因而使得线下影院的上座率受到了较大冲击。

对于网络文学IP改编电影而言，受到了中国电影市场的整体影响，总体数量削减近三分之一，但登上院线的网文IP改编电影无论是数量还是口碑，相较于2023年都有了小幅度提升，共有包括《那个不为人知的故事》《云边有个小卖部》《乔妍的心事》《三叉戟》等10部作品登陆院线，其中由张嘉佳创作的《云边有个小卖部》改编的同名电影，讲述了普通青年刘十三在城市中迷失自我后，跟随外婆回到故乡云边镇，与童年好友程霜和外婆重聚，并逐渐走出往日迷惘的故事。电影探讨了亲情、友情和人与故乡的关系，同时展现了故乡的温暖和人性的复杂。该片于6月22日上映首日票房就突破6000万元人民币，并连续11天获得每日票房冠军，最后票房累计更是逼近5亿大关。而以郑执小说《被我弄丢两次的王斤斤》改编的电影《被我弄丢的你》，在冷门的档期中仍然获得了2亿票房，成为2024年爱情片票房第一，也表明了网络文学作为重要的内容资源宝库，仍然在为中国电影市场输送内容，持续提供生机活力。

网络电影——作为曾经的网文 IP 改编重镇，2024 年上线数量却有明显下降，年仅有 4 部网络文学改编网络电影在网络视频平台上线，而这一重大变化，与中国网络电影产业"提质减量"的发展趋势息息相关。从 2014 年，爱奇艺率先开辟网络电影赛道，此后，优酷、腾讯、搜狐等各大视频平台纷纷跟进。在经历了一段狂飙突进发展历程后，网络电影的发展至今已步入第十个年头。一方面，政府的管控不断加强，对于网络电影的质量提出了更高要求，2022 年，国家广电总局正式对网络电影发放行政许可，要求"网上网下同一标准"，遏制了网络电影的野蛮生长趋势；另一方面，分账模式的变化，也提高了网络电影生产的准入门槛。2024 年网络电影市场份额最大的平台爱奇艺，将独家影片的"按时长分账"调整为"按时长阶梯分账"，各大平台也陆续修改了网络文学的分账机制。此前，网络大电影对于网络文学 IP 具有极强的依赖性，以《盗墓笔记》《鬼吹灯》为代表的知名网文 IP 甚至成了网络电影的票房保证，但随着行业生态的变化，如今的网络电影已经成长为一个具有独立审美体系和独有商业运作法则的赛道。

从网文 IP 的改编电影数据来看，"院网融合"的脚步愈发紧迫。一方面，院线电影全数授权网络平台播放，以此打通线上观众群体，弥补线下观影热情下降带来的挑战；另一方面，网络电影也在逐渐摆脱"蹭 IP、狗血、烂片"的标签，从内容质量上努力与院线电影对标。院网共生，渗透融合，相信未来必将摸索出一条"质量先行"的网文与电影合作新路径。

2024 年网络小说改编电影见下表：

2024 年网络小说改编电影名录（14 部）

电影名称	原作品	原作者	首映时间	出品公司	上映平台
花千骨	花千骨	Fresh 果果	2024.01.20	慈文传媒股份有限公司等	院线、爱奇艺
火神之天启之子	火神	天下霸唱	2024.01.28	北京耐飞科技有限公司	爱奇艺、腾讯视频
被我弄丢的你	被我弄丢两次的王斤斤	郑执	2024.03.08	上海拾谷影业有限公司、浙江横店影业有限公司	腾讯视频、院线
错过你的那些年	青春 18×2 日本慢车流浪记	蓝狐	2024.03.14	翻滚吧男孩电影有限公司、日本赛博艾坚股份有限公司、众合千澄影视文化传媒有限公司	院线、腾讯视频、极光 TV

续表

电影名称	原作品	原作者	首映时间	出品公司	上映平台
斗破苍穹3：除恶	斗破苍穹	天蚕土豆	2024.05.02	圣世互娱影视科技江苏股份有限公司、东阳华夏视听影视文化有限公司	爱奇艺、腾讯视频、优酷
朝云暮雨	穿婚纱的杀人少女	佚名	2024.05.17	中国电影股份有限公司	院线、腾讯视频、优酷
三叉戟	三叉戟	吕铮	2024.05.24	引力影视投资有限公司、岩上影业有限公司、上海华人影业有限公司、上海力王影视文化传媒	院线、腾讯视频、优酷
沙漏	沙漏	饶雪漫	2024.06.21	峨眉电影集团有限公司、江苏雪漫舍影业有限公司	院线、腾讯视频、优酷
云边有个小卖部	云边有个小卖部	张嘉佳	2024.06.22	北京深定格文化传媒有限公司等18家公司	院线、优酷
藏海花之雪夜凶灯	藏海花	南派三叔	2024.09.24	杭州量子娱影视文化传媒股份有限公司	腾讯视频
乔妍的心事	大乔小乔	张悦然	2024.10.26	上海柠萌影视传媒股份有限公司、北京光线影业有限公司、上海淘票票影视文化有限公司	院线
藏海花之暗潮汹涌	藏海花	南派三叔	2024.11.04	霍尔果斯热火朝天文化传媒有限公司	腾讯视频
那个不为人知的故事	那个不为人知的故事	Twentine	2024.11.09	一抹悠蓝传媒（成都）有限公司、中影创意（北京）电影有限公司、天津猫眼微影文化传媒有限公司	院线、腾讯视频
有朵云像你	现在，很想见你	市川拓司	2024.12.31	万达影视传媒有限公司、儒意影业（杭州）有限公司、天津猫眼微影文化传媒有限公司、浙江横店影业有限公司、今天真好（北京）影业有限公司、光谱合元国际文化传媒（北京）有限公司	院线、腾讯视频

3. 网络文学作品动漫改编

2024年，网文IP改编动漫依旧成为中国动漫产业发展的重要引擎，在各个平台中都获得了骄人成绩。2024年是腾讯视频进入动漫领域的第十年，其自制动漫数量已达到全网第一，累计上线国创动画作品达到1700部。活跃用户黏性极强，近3000万用户1个月内观看腾讯视频动漫超15天。2024年腾讯出品的网文IP动漫高达12部，其中既包括之前已获得广泛好评的《诛仙（第二季）》《开局一座山（第二季）》《斗破苍穹（第三季年番）》《全职高手（第三季）》《斗罗大陆（第四季）》等经典网文IP续作，同时也包括《剑来》《神印王座》《长生界》《哑舍》《万古最强宗》《斩神》等IP新作。在腾讯视频动漫大赏2024的片单分中IP改编仍是其重头戏，公布的9部剧场版动画中有7部来自网文IP改编，分别是《完美世界：火之灰烬》《斗罗大陆：剑道尘心》《斗破苍穹：尘行逆旅》《吞噬星空：血洛大陆》《仙逆：神临之战》《神印王座：伊莱克斯》，以及新作《圣墟》的先导片。值得注意的是，腾讯视频已然破了玄幻题材、3D动画占主流的刻板印象。在动漫大赏2024的片单的"气"板块汇集了即将播出的2D动画，不仅有首部无限流动漫《十日终焉》，也有被誉为中国版《夏目友人帐》的治愈系动漫《谷雨街后巷》，以及《三线轮回》《哑舍》《星门》《九星毒奶》《全球高武》等不同题材类型的网文IP。可见，经过十年的沉淀，扩大视野、格局打开的腾讯视频正以全新视野来审视动漫。

对于B站来说，PUGV生态是驱动力，ACG生态是壁垒，而国创动画决定了壁垒的高度。而其中网文IP改编作品在B站国创动画中占有极大比重。2024年播出的动画作品中，既有玄幻修真主题的《神道帝尊》《牧神记》《大道朝天》，又有描写科幻未来的《大宇宙时代》《我的三体第四季》，题材丰富，类型多样。此外，2024年B站还扶持了包括《从姑获鸟开始》《宗门除了我都是卧底》《异常生物见闻录》等腰部IP，给予了网文新作以更广阔的合作机会。在9月26举办的B站2023—2024国创动画作品发布会上，B站还对外公布了包括《凡人修仙传·新年番》《灵笼第二季》《我的三体第四季》《时光代理人·英都篇》等68部国创作品的上映计划，其中网文改编作品在其中占比巨大。截至2024年，B站累计上线近600部作品，国创月活用户数量增长了近六倍。根据发布会数据显示，目前B站的国创动漫有三个重要观众群体，00后占比达到57%。同时，国创的女性用户占比也已超过三分之一，国创用户进一步年轻化与多元化，将为包括线下主题活动、周边开发、品牌联动等IP的跨媒介改编提供更广阔的市场和更为充足的消费动力。

随着行业性降本增效期的深入，以及动漫产业规模的持续增长，平台普遍看好动漫内容并持续扩大布局力度。尽管目前爱奇艺与优酷动漫内容规模还无法媲美B站、腾讯视频两家头部平台，但随着优质内容的涌现必将进一步瓜分头部平台热度。

如爱奇艺打造的《成何体统》除在站内热播外，还在海外站取得自制国漫历史最高单日播放量，而优酷方面在 2024 年暑期档推出的《沧元图东宁府·番外篇》《少年白马醉春风第二季》等项目同样也获得了不错的市场反响。

  目前，在网络文学丰富内容资源的滋养下，国产动漫立足于传统美学做创新表达，实现了传统文化的创造性转化和创新性发展，在全球动漫的内容生态中，逐渐形成了鲜明风格。在 MyAnimeList 上，女性向动漫《魔道祖师》等备受瞩目，北美观众在 DC、漫威、迪士尼夹击下，多年浸泡在男性向及全年龄段动画作品中，东方气韵的女性作品，成了他们感受多元文化的一个窗口。B 站从 2018 年起也已在海外累计发行国创作品超过 70 部，帮助《时光代理人》《百妖谱》《凡人修仙传》等作品登陆 NETFLIX、Sony Music Solutions 等多家海外主流媒体平台。2024 年，B 站宣布将与日本富士电视台达成合作，设立 B 站国创专属频道"B85tation"，专门播放来自中国的动画作品，此后二者还将合作《时光代理人》的日剧改编。这是第一次国内视频平台与日本主流电视台达成频道合作，实现国创出海及开发。正如孙忠怀所说"东方美学作为一种审美类型正在日趋成熟，这是我们的突出优势，也是我们动漫创作的基因"。同时，动漫作为新技术的练兵场，也已成为长视频行业自我变革的前沿。腾讯视频推出了国内首个覆盖原画制作的全流程 AI 工具，借助领先的场景绘图自研能力，AI 绘画可以基于线稿、图片、素材等进行进一步的绘画制作，在《仙剑 3》《诛仙》等作品中已经落地应用。目前，AIGC 的应用正在进一步拓展智能时代与未来主义的幻想疆域。相信在不远的将来，AIGC 能力在网文跨媒介改编的全产业链更多环节中落地，实现从生产力到创意的全面解放，助力网文 IP 发挥更大的价值。

  2024 年网络小说改编动漫见下表：

2024 年网络小说改编动漫名录（72 部）

动漫名称	原作名称	原作者	首播时间	出品方	制作方
万古狂帝	万古狂帝	白金吹牛皮	2024.01.01	优酷	杭州若鸿文化股份有限公司
神龙星主	神龙星主	云泪天雨	2024.01.20	爱奇艺	若鸿文化
大宇宙时代	大宇宙时代	zhttty	2024.01.22	bilibili	福煦影视
圣祖	圣祖	傲天无痕	2024.01.23	优酷	超神影业
异人君莫邪	异人君莫邪	风凌天下	2024.01.24	bilibili、阅文动漫	大呈印象
剑仙在此	剑仙在此	乱世狂刀	2024.01.27	爱奇艺	北京兴艺凯晨文化传媒有限公司、北京快映互娱传媒有限公司

续表

动漫名称	原作名称	原作者	首播时间	出品方	制作方
亏成首富从游戏开始	亏成首富从游戏开始	青衫取醉	2024.02.03	bilibili、阅文动漫	上海福煦影视文化投资有限公司
一世之尊	一世之尊	爱潜水的乌贼	2024.02.18	上海宽娱数码科技有限公司、霍尔果斯万维仁和文化传媒有限责任公司	苏州万维猫文化科技有限责任公司、上海万有影力文化传播有限公司
百妖谱·司府篇	百妖谱	裟椤双树	2024.02.23	bilibili	bilibili、CMCMEDIA
仙逆	仙逆	耳根	2024.02.26	腾讯视频	吉林北城工作室
捕星司·源起	捕星司之源起	月关	2024.02.29	bilibili	君艺心（北京）文化传媒有限公司
隐士宗门掌教	我！影视宗门掌教	江湖浪客	2024.03.23	北京爱奇艺科技有限公司、天使文化	集漫文化
诛仙 第二季	诛仙	萧鼎	2024.03.30	腾讯视频	云图动漫
散修之王	通天之路	无罪	2024.04.01	腾讯视频、兴艺凯晨	腾讯视频
永生之气壮山河	永生	梦入神机	2024.04.19	bilibili	北京天工艺彩文化传播有限公司
绝世战魂	绝世战魂	极品妖孽	2024.04.27	爱奇艺	上海腾讯企鹅影视文化传播有限公司，象山汐盟影视文化传媒有限公司、喀什龙合田玉影视文化有限公司
小兵传奇	小兵传奇	玄雨	2024.04.28	腾讯视频	幻维数码
回铭之烽火三月	回到明朝当王爷	月关	2024.05.02	上海宽娱数码科技有限公司、霍尔果斯万维仁和文化传媒有限责任公司	万维仁和（北京）科技有限责任公司、石家庄万维猫科技有限公司
开局一座山 第二季	我有一座山寨	蛤蟆大王	2024.05.06	企鹅影视、腾讯动漫	启缘映画
风云变	风云	马荣成	2024.05.17	企鹅影视	蓝狐动画

续表

动漫名称	原作名称	原作者	首播时间	出品方	制作方
金吾卫之风起金陵	金吾卫之风起金陵	柳三笑	2024.05.18	北京爱奇艺科技有限公司	爱奇艺麻吉客工作室、中影年年（北京）文化传媒有限公司
幻宠师	宠魅	乱小说	2024.05.26	bilibili、阅文动漫	福煦影视
元尊	元尊	天蚕土豆	2024.05.30	腾讯视频、未天文化	幻维数码
全职高手 第三季	全职高手	蝴蝶蓝	2024.05.31	腾讯视频、阅文动漫	重庆铅笔彩色动漫设计有限责任公司
从姑获鸟开始之龙城风云	从姑获鸟开始	活儿该	2024.06.08	bilibili	万维猫动画
金蚕往事	苗疆蛊事	南无袈裟理科佛	2024.06.10	优酷、磨铁娱乐、有狐文化	天津有狐文化有限公司
天庭板砖侠	天庭板砖侠	百世经纶	2024.06.12	爱奇艺、大神互娱	唐麟文化
成何体统	成何体统	七英俊	2024.06.24	爱奇艺	济南爱奇艺影视文化有限公司
陆地键仙	陆地键仙	六如和尚	2024.06.24	爱奇艺	北京兴艺凯晨文化传媒有限公司、浙江永康兴艺凯晨影视传媒有限公司、北京快映互娱传媒有限公司
民调局异闻录 第二季	民调局异闻录	耳东水寿	2024.07.11	bilibili	北京视美精典影业有限公司
我的三体 第四季	三体	刘慈欣	2024.07.14	三体宇宙 TBU、bilibili	氦闪 Flash
一念永恒 第三季	一念永恒	耳根	2024.07.16	腾讯动漫、bilibili	火星动漫
少年白马醉春风 第二季	少年白马醉春风	周木楠	2024.07.17	优酷动漫	中影年年
灵武大陆	灵武大陆	辰天	2024.07.26	爱奇艺	索以文化
永生之海噬仙灵 第四季	永生之海噬仙灵	梦入神机	2024.07.26	bilibili	北京天工艺彩文化传播有限公司

续表

动漫名称	原作名称	原作者	首播时间	出品方	制作方
神武天尊	神武天尊	萧默	2024.07.27	爱奇艺	君艺心（北京）文化传媒有限公司
赘婿 第二季	赘婿	愤怒的香蕉	2024.07.28	bilibili	北京天工艺彩文化传播有限公司
斩神之凡尘神域	我在精神病院学斩神	三九音域	2024.07.31	腾讯视频、极光TV，番茄动漫、天使文化	神漫文化
斗破苍穹年番3	斗破苍穹	天蚕土豆	2024.08.04	企鹅影视、阅文集团	上海幻维数码影视有限公司
念无双	念无双	天下无双	2024.08.07	爱奇艺	北京天工艺彩文化传播有限公司
斗罗大陆4 终极斗罗	斗罗大陆	唐家三少	2024.08.08	企鹅影视、玄机科技	腾讯视频
剑来	剑来	烽火戏诸侯	2024.08.15	上海腾讯企鹅影视文化传播有限公司	广州云图动漫设计有限公司
无尽神域	无尽神域	衣冠胜雪	2024.08.18	爱奇艺	索以科技
全职法师特别篇之神秘委托	全职法师	乱	2024.08.16	腾讯视频、阅文动漫	福煦影视
完美世界剧场版	遮天前传	辰东	2024.09.14	腾讯视频	福煦影视、苏州伊恩动漫有限公司
仙武传 第三季	仙武帝尊	六界三道	2024.09.15	优酷、小明太极	水牛动漫、东尧动漫
天影	天影	萧鼎	2024.09.21	企鹅影视	武汉博润通文化科技股份有限公司
逆天邪神	逆天邪神	火星引力	2024.09.23	爱奇艺	暂无
蛮荒仙界	蛮荒仙界	网络黑侠	2024.09.25	优酷、爱奇艺、芒果TV	杭州若鸿文化股份有限公司
食草老龙被冠以恶龙之名 第二季	食草老龙被冠以恶龙之名	榎本快晴	2024.10.02	bilibili	澜映画制作组
都市古仙医	都市古仙医	超爽黑啤	2024.10.02	爱奇艺	兴艺凯晨

续表

动漫名称	原作名称	原作者	首播时间	出品方	制作方
缉妖录之启程篇	吴承恩捉妖记	有时右逝、海棠、马伯庸	2024.10.03	腾讯视频	腾讯
哑舍	哑舍	玄色	2024.10.04	腾讯视频、新丽电视、宏宇天润（天津）文化传媒有限公司	腾讯视频
夜的命名术	夜的命名术	会说话的肘子	2024.10.10	bilibili	暂无
大道朝天	大道朝天	猫腻	2024.10.10	bilibili	中影年年（北京）文化传媒有限公司
宗门除了我都是卧底	宗门除了我都是卧底	一只兔子啊	2024.10.14	bilibili	索以文化
无敌从筑基开始	无敌从筑基开始	西子湖龙井	2024.10.19	优酷	暂无
大道朝天	大道朝天	猫腻	2024.10.20	bilibili	中影年年
神道帝尊	神道帝尊	蜗牛狂奔	2024.10.22	bilibili	若鸿文化
我能无限顿悟	我能无限顿悟	叶大刀	2024.10.26	爱奇艺	集漫文化
牧神记	牧神记	宅猪	2024.10.27	bilibili	暂无
长生界	长生界	辰东	2024.10.29	企鹅影视、腾讯动漫	苏州晴祥文化传播有限公司
万古最强宗	万古最强宗	江湖再见	2024.11.06	企鹅影视	若鸿文化
武逆	武逆	只是小虾米	2024.11.07	腾讯视频、趣阅科技	燃动宇宙工作室
神藏	神藏	打眼	2024.11.07	上海腾讯企鹅影视文化传播有限公司	苏州舞之动画股份有限公司
山海伏魔录	巫皇	傲天无痕	2024.11.11	优酷	鲲京文化
恰同学少年	恰同学少年	黄晖	2024.11.17	湖南立羽文化、bilibili	湖南文羽文化
真武巅峰第三季	武炼巅峰	莫默	2024.11.29	优酷	若鸿文化

续表

动漫名称	原作名称	原作者	首播时间	出品方	制作方
卡徒	卡徒	方想	2024.11.30	企鹅影视	北京天宫艺彩文化传播有限公司
永恒剑祖	永恒剑祖	剑宗	2024.12.19	优酷	神力光影
全球高武	全球高武	老鹰吃小鸡	2024.12.21	企鹅影视、阅文集团	娃娃鱼工作室
全职高手荣耀小剧场	全职高手	蝴蝶蓝	2024.12.25	重庆彩色铅笔动漫设计有限责任公	福熙影视

4. 网络文学作品游戏改编

2024年11月4日，由中国音像与数字出版协会主办，游戏出版工作委员会、数字IP应用工作委员会、伽马数据承办，现代快报特邀支持的"2024年度游戏IP生态大会"主题会议圆满举办。会议上，伽马数据发布的《2024中国游戏产业IP发展报告》显示，2024年前三季度，中国游戏IP市场实际销售收入达1960亿元，其中82%由IP产品贡献。2024年前三季度中国原创游戏IP的游戏市场规模达945.8亿元，占国内整体游戏市场48.2%的份额，显示出中国游戏市场的持续繁荣和强劲增长势头。此外，2024年的数据揭示了一个有趣的现象：游戏领域在流水TOP10的产品中占据了73.3%的市场份额，其变现能力远超其他领域。这一现象表明，游戏行业在IP价值实现方面具有显著优势。用户调研进一步证实了这一点，用户在游戏领域的付费意愿最高，这表明游戏是IP价值变现的关键领域。尽管如此，其他领域的IP产品也不容忽视，它们在粉丝基础建设方面展现出了巨大的潜力。

网络文学IP，受到国内庞大读者群体的影响，成为关注度最高的IP类型之一，具有天然的影响力。然而，从商业化角度来看，网络文学IP的变现力度尚有提升空间。尽管代表性IP累计创造了超过60亿元的流水，但能够维持长期生命周期并实现高流水的头部改编产品却相对较少，导致未来三年的潜在流水预计仅为100亿元，在所有参评IP中处于较低水平。尽管如此，随着网络文学作品的飞速发展及其在数字文化中的重要地位，网络文学IP的游戏改编已成为一种重要的产业模式。2024年，网络文学与游戏的跨界合作愈加紧密，呈现出一系列新的变化：内容创新与玩法结合、技术应用的深化以及粉丝生态的拓展。

首先，网络文学作品的游戏改编不再局限于将小说内容和人物直接移植到游戏中，而是将改编游戏的内容创新和玩法实现深度融合。尤其是在玩法创新上，开发者尝试融入更多的互动元素和多样化的游戏机制，从而使得玩家不仅仅是被动地体验故事，而是真正成为游戏世界的一部分。例如，《全职高手》手游在2024年推出了新版本，并进行了大规模的内容更新。该游戏除了延续原著中的经典人物和战斗场景外，还加入了丰富的社交系统、玩家之间的竞技场以及公会合作等功能。更重要的是，游戏开发团队通过加入新的剧情章节和个性化角色定制系统，使得玩家不仅能够重温小说中的经典场景，还能在游戏中自主选择角色发展方向，进行全新的冒险和成长。这种玩法上的创新，使得原本以 IP 为基础的改编游戏，不再只是单一的内容延伸，而成为一个完整的虚拟世界。

其次，随着技术的不断发展，网络文学改编游戏越来越注重通过技术手段提升玩家的沉浸感和互动性。虚拟现实（VR）、增强现实（AR）以及人工智能（AI）的引入，不仅拓展了游戏的玩法，还让玩家的体验更加丰富和立体。2024 年，《魔道祖师》手游成为这一趋势的代表。游戏在保留原著情节的基础上，通过引入 AI 技术和虚拟角色智能，使得游戏中的每个 NPC 都有了更高的互动性。玩家与游戏世界的互动更加多元化，游戏中的任务系统、社交系统以及战斗场景都通过人工智能进行了优化，能够根据玩家的行为自动调整难度和剧情走向，给玩家带来个性化的体验。

最后，网络文学作品的游戏改编不仅仅局限于游戏本身的优化与创新，更开始在营销和社群运营方面进行更深层次的开发。游戏与粉丝社群的互动、跨平台的联动，成为吸引玩家、增强用户黏性的关键因素。《斗罗大陆》手游在 2024 年通过加强与小说和动画的跨平台联动，进一步扩展了其粉丝基础。除了在传统的游戏发行渠道外，游戏开发商还通过与腾讯视频合作，推出了动画剧集与游戏剧情联动的活动。例如，在《斗罗大陆》动画的特定章节播出时，游戏内同步推出相关的任务和活动，玩家通过参与这些活动不仅能够获得虚拟奖励，还能进一步了解游戏和动画的剧情，增强了玩家的沉浸感和参与度。此外，游戏通过直播平台与知名主播合作进行推广，同时举办线上线下的粉丝见面会，进一步增强了粉丝的黏性和社群的活跃度。这种粉丝生态的构建，不仅是简单的游戏玩家聚集地，还通过社交互动、玩家生成内容（UGC）等方式，形成了一个多层次、多元化的社区。玩家在社区中的参与度大大提升，不仅能与其他玩家分享游戏心得，还能通过平台举办的线上比赛、线下活动等形式，提升游戏的社会化属性。越来越多的游戏开发商意识到，网络文学作品改编游戏的成功，离不开一个活跃的粉丝生态和与粉丝的紧密互动。

总体来看，2024 年网络文学作品的游戏改编已经进入了一个全新的发展阶段。在内容创新、技术应用以及粉丝运营等方面，游戏开发者越来越注重将网络文学的丰富内涵与游戏机制深度结合。这不仅仅是对原著的再现，更是对原著 IP 的延伸和再创造。随着技术的不断发展以及玩家需求的变化，未来的网络文学游戏改编将呈现出更加多元和创新的面貌，成为文化娱乐产业中更具影响力的力量。

2024 年度网络小说改编的网络游戏见下表：

2024 年网络小说改编网络游戏名录（16 部）

游戏	原著	原作者	厂商	详细动态	游戏平台
全职高手	全职高手	蝴蝶蓝	完美世界	1月10日上线	移动
斗破苍穹	斗破苍穹	天蚕土豆	腾讯游戏	1月15日上线	移动
魔道祖师	魔道祖师	墨香铜臭	网易游戏	2月5日上线	移动
择天记	择天记	猫腻	紫龙游戏	2月20日上线	移动
逆天邪神	逆天邪神	天蚕土豆	完美世界	3月1日上线	移动
雪中悍刀行	雪中悍刀行	烽火戏诸侯	腾讯游戏	3月10日上线	移动
天官赐福	天官赐福	墨香铜臭	腾讯游戏	4月15日上线	移动
大主宰	大主宰	天蚕土豆	腾讯游戏	6月5日上线	移动
武动乾坤	武动乾坤	天蚕土豆	网易游戏	6月15日上线	移动
仙逆	仙逆	耳根	掌中宝游戏	7月1日上线	移动
重生之都市修仙	重生之都市修仙	十步杀一人	游族网络	8月3日上线	移动
大帝归来	大帝归来	风凌天下	猎云游戏	8月20日上线	移动
全职高手：荣耀之路	全职高手	蝴蝶蓝	完美世界	9月10日	移动
仙宠	仙宠	风享云知道	千阅游戏	9月25日	移动
逆转未来	逆转未来	莲洛	星云游戏	10月15日	移动
神级强化	神级强化	无敌豪豪	暴风游戏	11月5日上线	移动

5. 网络文学作品有声市场

移动互联网时代信息容量急速扩张，在分割人们的注意力，令其更为碎片化的同时，也给需要投入更多注意力的视觉感官带来了极大压力。为了填补、缝合读者的碎片化时间，解放人们的视觉及活动范围，具有强伴随性的听觉阅读方式强势回归，有声书应运而生。智研咨询发布的《2024—2030 年中国有声读物行业发展现状调查及前景战略分析报告》显示，2023 年，我国有声读物市场规模 103.2 亿元，其中，知识付费规模 44.8 亿元，其他有声读物规模 58.4 亿元。有声读物作为一种便捷的"阅读"方式，正在改变人们获取信息和享受文学作品的方式，它将陪伴用户生活中的每一个场景。预计未来我国有声读物行业仍将显著增长，但增速可能逐步放缓。

我国有声书市场已发展成为全球范围内第二大有声书市场。从市场规模来看，2022 年我国有声书市场规模预测约 98 亿元，同比增长 23.3%。这一数据表明，有声书市场正处于快速发展阶段，未来市场规模有望继续扩大。总体来看，2024 年中国有声读物市场在规模和内容多样性上都得到了较大提升，并呈现出一些新的变化和发展。

首先，传统的有声书平台与新的平台之间的竞争进一步加剧，有声书市场呈现出多元化的竞争格局。随着有声书市场的不断发展，越来越多的音频平台开始投入网络小说改编有声书的项目中。例如，传统的有声书平台如喜马拉雅、蜻蜓FM、企鹅FM等，已经在大量网络小说的有声书改编中占据主导地位。而一些新的平台如云听、听书神器、百度文库等，也在积极争夺这一市场份额。iiMediaResearch（艾媒咨询）数据显示，2024年中国有声书用户平台中，喜马拉雅位列第一，占比为37.58%，番茄畅听（31.08%）和七猫小说（22.58%）位列第二、第三，懒人听书（20.58%）和微信听书（19.39%）紧随其后。喜马拉雅凭借其丰富的内容资源和强大的用户基础，处于市场领先地位，拥有超过6亿的用户数和较高的用户渗透率。番茄畅听和七猫小说则通过差异化的内容和功能，如番茄畅听的真人讲书和AI角色对话，七猫小说的横屏阅读和免广告服务，吸引了特定的用户群体。这些平台的商业模式主要依赖于广告和付费会员，同时也在探索新的盈利方式，如内容付费和直播。随着更多巨头的加入，有声书平台的市场竞争将愈发激烈。①

其次，有声书的制作技术得到了显著提升。许多平台开始不断加大技术投入，特别是布局AI，来赋能有声创作。例如，喜马拉雅运用AI建立了包含535种合成声音组成的音色库，以适配不同情景下展示人类的感受及情感。AI贯穿着有声读物的预录制、录制、后期等全过程，相比于人工创作过程的时间，AI的创作时间提效超过50倍；而由AI制作人有限参与的AI精制作，相比于人工创作提效超过3倍。AI语音合成技术的使用，不仅加速了有声书的制作过程，提高了音质和配音的个性化程度，降低了制作成本，同时更能制作出听友喜爱的作品。在浙江嘉兴举办"2024—2025戏精大汇"演绎主播年度盛典上，喜马拉雅颁出"上亿俱乐部""十亿俱乐部""年度实力主播""年度潜力主播""年度AI主播""年度双栖主播"等奖项，向平台优秀创作者致意。值得注意的是，荣获"年度AI主播"奖项的六哒君_嫣然有声、圆在方中、初九同学就曾借助喜马拉雅AI工具，制作出大众喜爱的作品。其中，由初九同学结合AI技术制作的《抓到你啦》《是我疯了》两部悬疑类多人有声剧平均播放量破百万。

最后，用户在有声书市场的消费习惯发生了较大变化，尤其是在付费模式方面。艾媒咨询的数据显示，有声书的购买方式中，超半数（58.78%）的用户倾向于订阅整个平台，41.22%的用户倾向于购买单本书。② 全平台订阅因提供了广泛的作品收听权限而吸引了大量希望广泛探索内容的用户，而单本小说购买模式则满足了特定内容需求的用户，两种模式的并存体现了有声书平台收费的灵活性与多样性，既保证了平台的收益稳定，也兼顾了不同用户的消费习惯，促进了有声书市场的多元

---

① 艾媒咨询.中国在线阅读市场发展状况及用户消费行为调查数据［EB/OL］.（2024-11-07）［2024-12-11］.https：//www.iimedia.cn/c1061/103061.html.
② 艾媒咨询.中国在线阅读市场发展状况及用户消费行为调查数据［EB/OL］.（2024-11-07）［2024-12-11］.https：//www.iimedia.cn/c1061/103061.html.

化发展。此外，越来越多的平台开始尝试推出创新的付费模式。例如，喜马拉雅平台在 2024 年推出了"听书打赏"功能，用户可以在听书过程中对自己喜欢的章节或配音演员进行打赏。这一模式不仅激发了听众的主动参与，也为创作者和平台带来了更多的收益。

总体来看，网络文学作品有声市场在多个方面发生了深刻的变化。从平台多样化、制作技术的革新，到用户消费习惯的变化和付费模式的创新，都为这个市场的未来发展提供了新的动力。随着技术的进步以及用户需求的不断升级，网络文学有声市场无疑将迎来更加丰富和多样化的发展空间。

2024 年度网络小说改编的广播剧见下表：

2024 年猫耳 FM 广播剧改编作品名录（318 部）

作品名称	原作者	首集播出时间	版权	承制	出品方
TJS 男友的日常	暖灰	2024.01.02	晋江文学城	猫耳方糖工作室	猫耳方糖工作室
前嫌不计	红糖	2024.01.02	晋江文学城	初 C 工作室	初 C 工作室
我在无限游戏里封神 第二季	壶鱼辣椒	2024.01.03	晋江文学城	风音 Studio	猫耳 FM
杯具女王	春天不开花	2024.01.03	百度小说	声演传媒	声演传媒
失效附属品	冰怅怜	2024.01.04	晋江文学城	闲事制作组	闲事制作组
不见上仙三百年 第一季	木苏里	2024.01.12	晋江文学城	寻声工作室	猫耳 FM、寻声工作室、729 声工场
亲密距离	苏甫白	2024.01.12	起点中文网	燃点工作室	燃点工作室
无赖	鹿九九	2024.01.15	长佩文学	声演传媒	声演传媒
成何体统	七英俊	2024.01.15	起点中文网	小满文化工作室	猫耳 FM、星悦时尚
全球高考 第一季（全新版）	木苏里	2024.01.16	晋江文学城	魔渔队	猫耳 FM、知行天地
我有霸总光环 第一季	江月年年	2024.01.22	晋江文学城	星韵声研所	猫耳 FM
爱在晦暗未明时	鲁作	2024.01.23	晋江文学城	sinz 工作室	sinz 工作室
听说那里有鬼	步羡	2024.01.25	晋江文学城	hey 作坊	hey 作坊
病	捌幺	2024.01.25	长佩文学	临渊阁工作室	临渊阁工作室
早春晴朗	姑娘别哭	2024.01.26	起点中文网	浮梦若薇工作室	猫耳 FM、三糙文化

续表

作品名称	原作者	首集播出时间	版权	承制	出品方
顾大明星总想调戏搭档	他似耶路撒冷	2024.01.27	长佩文学城	红颜配音社	未接来电中文配音社
顾小姐和曲小姐	晚之	2024.01.28	晋江文学城	远航声禾	猫耳FM
桃花染金戈	闻笛	2024.01.30	白熊阅读	一拍即合	一拍即合
极致诱捕	掠险唯楠	2024.01.31	长佩文学	半夜三更制作组	半夜三更制作组
我为皇帝写起居注的日日夜夜	茶深	2024.02.01	晋江文学城	车速180工作室	车速180工作室
应犹在	忘北桐	2024.02.01	晋江文学城	哼嚓工作室	哼嚓工作室
翡翠劫	莫惹是非	2024.02.01	晋江文学城	点画工作室	点画工作室
仿佛若有光	Vacuum	2024.02.01	长佩文学	极其敷衍工作室	极其敷衍工作室
星火微芒	沐清雨	2024.02.02	晋江文学城	微糖工作室	猫耳FM
玉真	春茶娘	2024.02.05	废文网	无间冬夏工作室	无间冬夏工作室
象牙塔没有秋天	咸鱼不吃菜	2024.02.08	晋江文学城	声律九州声配工作室	声律九州声配工作室
心意	黔衿	2024.02.09	晋江文学城	月下海棠	月下海棠
金主	林瑜	2024.02.10	创世中文网	梦魂楼	梦魂楼
诱捕法则	空有大白兔	2024.02.11	长佩文学	王冠工作室	王冠工作室
猫薄荷	Desi是霖大霖啊	2024.02.14	晋江文学城	叁月携花工作室	叁月携花工作室、璀璨之声剧社
暗影游戏	独到天涯7789	2024.02.15	阁楼文学网	黑耀工作室	黑耀工作室
入瘾	暧昧散尽	2024.02.16	晋江文学城	呆鹅日记工作室	呆鹅日记工作室
夜很贫瘠	夜很贫瘠	2024.02.17	番茄小说	识光循声	识光循声
来自东北的霸道总裁	失绵小羊	2024.02.17	知乎小说	徽音社	徽音社
挽鸢	朽木白哉	2024.02.18	长佩文学	聆音工作室	又撞名了工作室
竹马男神	倾落九霄	2024.02.19	晋江文学城	一二三木头人制作组	一二三木头人制作组
谁造我的谣	池之柚	2024.02.19	晋江文学城	云刻星碑配音社团	云刻星碑配音社团
廊亭外	长别离	2024.02.20	晋江文学城	春声执笔制作组	春声执笔制作组
小妹妹不要跑	霸王妮亚ge	2024.02.23	长佩文学	指定能火制作组	指定能火制作组

续表

作品名称	原作者	首集播出时间	版权	承制	出品方
被校草盯上的日子	顾三跃	2024.02.23	晋江文学城	吃嘛嘛香制作组	吃嘛嘛香制作组
红玫瑰的葬礼	小黄鱼儿	2024.02.24	长佩文学	嘤嘤嘤工作室	壹叁贰壹工作室
百万UP学神天天演我 第二季	敲键盘的小霄	2024.02.24	晋江文学城	棠梨文化	棠梨文化
被拍卖后，我成了龙傲天的	叮麻糖	2024.02.25	晋江文学城	琳峰广播剧工作组	琳峰广播剧工作组
一觉醒来我变成了妖艳贱货	木瓜黄	2024.02.27	晋江文学城	风音Studio	猫耳FM
我当舔狗那些年	最多六秒	2024.02.27	长佩文学	吃嘛嘛香制作组	吃嘛嘛香制作组
只有你的信息素对我有用	山间四溪	2024.02.29	布咕阅读	弥庄未暖工作室	弥庄未暖工作室
深情眼	耳东兔子	2024.03.01	晋江文学城	微糖工作室	猫耳FM
陈年烈苟	不问三九	2024.03.02	晋江文学城	惊弦怀声工作室	惊弦怀声工作室
陈年烈苟第二季	不问三九	2024.03.02	晋江文学城	惊弦怀声工作室	惊弦怀声工作室
吞海 第三季	淮上	2024.03.03	晋江文学城	魔渔队	猫耳FM
寂静证词2：窃语	不明眼	2024.03.06	豆瓣阅读	人声海海工作室	猫耳FM
太傅他人人喊打 第一季	孟还	2024.03.08	纵横中文网	云耶山耶工作室	云耶山耶工作室、729声工场
太傅他人人喊打	孟还	2024.03.08	长佩文学	云耶山耶工作室	729声工场
自甘堕落	山容	2024.03.09	晋江文学城	尘埃组工作室	纸上生工作室
心无禁忌	玫瑰与玫瑰	2024.03.09	困达文学网	声演传媒	声演传媒
撩	冒泡的可乐	2024.03.13	困达文学网	躺平居委会	躺平居委会
遇神	斯嘉丽王野	2024.03.15	阁楼文学网	弭耳工作室	弭耳工作室
断首续玉	绝赞打铁	2024.03.16	晋江文学城	是十七	是十七
星河	洛铗	2024.03.17	晋江文学城	迟栖声韵	迟栖声韵
情归原处	叹离尘	2024.03.17	晋江文学城	稚此有声工作室	稚此有声工作室
拾沙	花无妄	2024.03.19	起点中文网	极音剧社	极音剧社
附加遗产第二季	水千丞	2024.03.27	晋江文学城	风音工作室	猫耳FM
卿歌	桑茵	2024.03.27	晋江文学城	错时光配音社	错时光配音社
编辑和咕咕怪	一只木子果	2024.03.28	长佩文学	期野初光配音工作室	期野初光配音工作室

续表

作品名称	原作者	首集播出时间	版权	承制	出品方
穿成阴鸷反派的联姻对象 第一季	马户子君	2024.03.28	晋江文学城	北斗企鹅工作室 寻声工作室	猫耳FM 野声文化
狐仙大人求收养	可见阳光	2024.04.01	晋江文学城	灼幕广播剧社	灼幕广播剧社
信息素说你不单纯	屋顶上的毛球球	2024.04.01	长佩文学	20Hz工作室	猫耳FM、729声工场
单身病	空菊	2024.04.02	长佩文学	大鸽工作室	咪波文化
水火难容	superpanda	2024.04.02	晋江文学城	糯声文化	糯声文化
春江花月夜 第二季	多多	2024.04.02	白马时光	觉醒时代、匠心音乐	觉醒时代、匠心音乐
樱之冢	夏笙	2024.04.03	晋江文学城	睿源居	睿源居
我成了虐文女主她亲哥 第二季	刘狗花	2024.04.03	晋江文学城	风音Studio	猫耳FM
清明	不兽	2024.04.04	长佩文学	躺平居委会	躺平居委会
伶官传	南知宇	2024.04.05	晋江文学城	九勺糖制作组	九勺糖制作组
暗恋成真	轰轰ya	2024.04.07	长佩文学	燃点工作室	燃点工作室
谁说我吓不死人	伤心的傻兔	2024.04.09	阁楼文学	子时夜工作室	子时夜工作室
师尊，徒儿知错了	只是陌陌	2024.04.09	长佩文学	吃嘛嘛香制作组	吃嘛嘛香制作组
愿以山河聘 第一季	浮白曲	2024.04.10	晋江文学城	20hz工作室	猫耳FM
密钥	叶淮南依	2024.04.13	晋江文学城	C7F9工作室	C7F9工作室
西奥多之书	归鹤远山	2024.04.13	长佩文学	十三阁工作室	十三阁工作室
再也不参加这个破综艺了	久彩鹤子	2024.04.16	晋江文学城	剪刀剧团	剪刀剧团
缄默于心	只只	2024.04.17	长佩文学	南城广播剧社	南城广播剧社
无限练习生 第一季	妄鸦	2024.04.17	晋江文学城	野声文化	猫耳FM
离婚后前夫傻了	夜虞	2024.04.17	不可能文学网	爪哇制作组	爪哇制作组
内娱第一花瓶 第四季	三三娘	2024.04.19	晋江文学城	丹青果工作室	丹青果工作室
难医	子愿尘由	2024.04.19	晋江文学城	壹叁贰壹工作室	壹叁贰壹工作室

续表

作品名称	原作者	首集播出时间	版权	承制	出品方
烈性子	丛官	2024.04.20	晋江文学城	猫耳FM	猫耳FM
从今	旧雨封池	2024.04.20	长佩文学	锦时艺梦工作室	锦时艺梦工作室
风起时	柴向北	2024.04.22	晋江文学城	星梦有声	星梦有声
电梯20分钟	罗开	2024.04.26	晋江文学城	YG工作室出品	YG工作室出品
我和医生恩爱的日常	拾八籽	2024.04.27	晋江文学城	吾辈正义工作室	吾辈正义工作室
异案侦缉组	风雨如书	2024.04.27	起点中文网	纸上生工作室	纸上生工作室
妒烈成性	刑上香	2024.04.29	晋江文学城	大鸽工作室	咪波文化出品
宕机	lynn海	2024.04.30	勾八文学	顾非白	顾非白
经久	静水边	2024.04.30	晋江文学城	藤韵文化	猫耳FM、藤韵文化
借我咬一口	弦三千	2024.05.02	晋江文学城	东阳	东阳
启明	竹宴小生	2024.05.03	晋江文学城	悦府声音工作室	蜜阅FM
反派他过分美丽第一季	骑鲸南去	2024.05.06	晋江文学城	支枕工作室	支枕工作室、729声工场
明争暗秀	二环北路	2024.05.08	长佩文学	与声俱来工作室	与声俱来工作室
老板的一百种死法	风起鹿鸣	2024.05.10	长佩文学	盲盒剧场	猫耳FM、盲盒剧场
和暗恋对象重逢以后	夏懒	2024.05.10	长佩文学	盲盒剧场	猫耳FM、盲盒剧场
落日山脉	十二三	2024.05.11	长佩文学	声光星韵工作室	声光星韵工作室
向往云之南	知恓	2024.05.12	晋江文学城	天声之外中文配音社团	天声之外中文配音社团
我送他安老	今晚阿打蓝	2024.05.12	晋江文学城	南城广播剧社	南城广播剧社
得寸进尺	平生好剑	2024.05.13	长佩文学	盲盒剧场	猫耳FM、盲盒剧场
用灵魂与恶魔交易后	扶他柠檬茶	2024.05.13	微博	盲盒剧场	猫耳FM、盲盒剧场
盛夏光年	陶笑虎	2024.05.18	晋江文学城	隰有荷华工作室	隰有荷华工作室
潮热夏雨	檐下月	2024.05.19	晋江文学城	有点儿酷	森焱鑫工作室
鬼网三之回魂（剑三）	十宴	2024.05.19	晋江文学城	声宴工作室	声宴工作室

续表

作品名称	原作者	首集播出时间	版权	承制	出品方
山神和她的新娘	绵马甲	2024.05.20	长佩文学	指定能火制作组	指定能火制作组
忘不掉的是你	桉扬	2024.05.20	凰权工作室	稚此有声工作室	稚此有声工作室
天官赐福第二季	墨香铜臭	2024.05.26	晋江文学城	寻声工作室	猫耳FM
全球进化后我站在食物链顶端	七流	2024.05.27	晋江文学城	远航声禾	猫耳FM
全球进化后我站在食物链顶端 第二季	七流	2024.05.27	晋江文学城	远航声禾	猫耳FM
心悦身服	止咳糖浆	2024.05.28	番茄小说网	夜落曦临工作室	夜落曦临工作室
暮声	玫瑰与玫瑰	2024.05.28	长佩文学	声演传媒	声演传媒
缚魂	北北不可爱	2024.05.29	长佩文学	一弹月工作室	一弹月工作室
小破车养狗	西瓜劈大叉作	2024.05.29	燎原阅读站	燎燃工作室	听夜燎燃文化
我两个都要	逍遥猫	2024.05.30	第一小说	安与夜声工作室	安与夜声工作室
步步通天	骑鹤东巡	2024.05.30	晋江文学城	6月小说工作室	6月小说工作室
浮光掠影	素光同	2024.06.01	晋江文学城	猫耳FM	猫耳FM
瘦尽灯花又一宵	玄者成鱼	2024.06.01	晋江文学城	寒月清筠工作室	寒月清筠工作室
梦里虫	时有明晦	2024.06.01	晋江文学城	一川剧社	一川剧社
差池	狭骨	2024.06.06	阁楼文学网	声动回温制作组	声动回温制作组
被迫替身	问陆	2024.06.06	阁楼文学网	漫声星球工作室	漫声星球工作室
止痒	阿漂	2024.06.06	长佩文学	一拍即合搞事组	一拍即合搞事组
落水沉沙	桦木无青	2024.06.07	长佩文学	昭音文化	昭音文化
坠落	甜醋鱼	2024.06.07	晋江文学城	夏临泛音	猫耳FM、夏临泛音
东京幽明录	抒睿	2024.06.07	豆瓣阅读	荒原星火	荒原星火
如悔如睦	砚山	2024.06.08	晋江文学城	天声之外	天声之外
去明朝捞一把	陈效平	2024.06.08	雨枫轩	六六声生	浙盲文创
逆温	时多	2024.06.09	长佩文学	声刻音向工作室	声刻音向工作室
欢迎进入梦魇直播间	桑沃	2024.06.10	晋江文学城	知行天地工作室	猫耳FM、知行天地工作室
欢迎进入梦魇直播间 第二季	桑沃	2024.06.10	晋江文学城	知行天地工作室	猫耳FM、知行天地

续表

作品名称	原作者	首集播出时间	版权	承制	出品方
碎碎念念	木星允	2024.06.11	海棠文学城	拾梦繁星工作室	拾梦繁星工作室
cos0	图南鲸	2024.06.12	长佩文学	玉苍红工作室	猫耳FM
一念执词	顾小酒	2024.06.15	豆花阅读	弥庄未暖工作室	弥庄未暖工作室
信鸽	南春	2024.06.17	晋江文学城	枫声工作室	有缘见制作组
重生之拯救大佬计划	钟仅	2024.06.18	晋江文学城	咪波文化	猫耳FM、咪波文化
大佬和炸毛小辣椒	止咳糖浆	2024.06.18	番茄小说网	日不落工作室	日不落工作室
月下安途	失效的止疼药	2024.06.21	长佩文学	野声文化	猫耳FM、野声文化
蜜夏	林与珊	2024.06.21	晋江文学城	啊对对对工作室	啊对对对工作室
少年心理师·洄漩	风念南	2024.06.22	起点中文网	极音剧社	极音剧社
老黄历	猫咪拌饭	2024.06.23	九怀中文网	糯声文化	猫耳FM、有声默读工作室
云梦	陆憺	2024.06.24	晋江文学城	人影渡工作室	人影渡工作室
赌徒与疯子	孙黯	2024.06.24	晋江文学城	翼之声中文配音社团	翼之声中文配音社团
不如不见	鹿九	2024.06.25	长佩文学	声演传媒	声演传媒
栀子花的秋天	青藤长宁	2024.06.27	海棠文学	月下海棠配音社团	月下海棠配音社团
全娱乐圈都在等我们离婚	魔安	2024.06.27	晋江文学城	藤韵文化	猫耳FM、藤韵文化
一饮一疏桐	燰凉	2024.06.28	云起书院	织染工作室	织染工作室
流火	柘木	2024.07.01	晋江文学城	猫耳FM	猫耳FM
我对你的热爱	南屿思	2024.07.02	QQ阅读	声笙入耳广播剧社	声笙入耳广播剧社
恃宠	臣年	2024.07.04	晋江文学城	微糖工作室	猫耳FM
这个恋综因我而生	花环	2024.07.04	甜桃App	声归工作室	声归工作室
璀璨与你	阿淳	2024.07.06	晋江文学城	壹柒制作组	壹柒制作组
梨花酿	柠檬羽媽	2024.07.08	晋江文学城	琦梦阁广播剧社	琦梦阁广播剧社
你就当我死了吧	见怪不乖	2024.07.12	晋江文学城	言树文化	猫耳FM、盲盒剧场
一年时间	一只黑猫猫	2024.07.12	长佩文学	念声工作室	念声工作室

续表

作品名称	原作者	首集播出时间	版权	承制	出品方
死神敲了阎王门	浮白曲	2024.07.13	晋江文学城	丹青果工作室	丹青果工作室
娇宠	黎飒LSA	2024.07.14	读下小说网	又撞名了工作室	又撞名了工作室
蛊生花	吟人醉	2024.07.14	长佩文学	临渊阁工作室	临渊阁工作室
曾经这样失去你	语笑嫣然	2024.07.14	稀饭小说网	椒盐火腿工作室	椒盐火腿工作室
一念北辰，一念初夏	小白菜便宜卖	2024.07.15	晋江文学城	浪子江湖配音社	浪子江湖配音社
于青	花卷	2024.07.16	笔趣读	大鸽工作室	咪波文化
假释官的爱情追缉令	蜜秋	2024.07.18	长佩文学	抓马兔制作组	抓马兔制作组
道诡异仙	狐尾的笔	2024.07.18	晋江文学城	野声文化	猫耳FM、野声文化
玉碎落弦声声断	喃晞	2024.07.19	晋江文学城	云楼配音社	云楼配音社
桃子美人	李书锦	2024.07.19	长佩文学	和光同声	猫耳FM
去你的岛	番大王	2024.07.20	晋江文学城	微糖工作室	猫耳FM
抱抱我	简安哲	2024.07.20	晋江文学城	声笙入耳广播剧社	声笙入耳广播剧社
不法侵入	加菲尔德	2024.07.25	寒武纪年原创网	木树工作室	榉木文化
跨界演员 第二季	北南	2024.07.25	晋江文学城	猫耳FM	猫耳FM、音熊联萌
我的一个道姑朋友	东方东方	2024.07.25	晋江文学城	春声执笔制作组	春声执笔制作组
布谷村庄	麦子	2024.07.25	晋江文学城	猫猫熊工作室	猫猫熊工作室
幕后推手	吉兮兮兮	2024.07.26	晋江文学城	金鲸鱼声工场	金鲸鱼声工场
第一刀	苏潼	2024.07.27	长佩文学	音韵工作室	音韵工作室
只应楚雨清留梦	一只小苦茶	2024.07.28	晋江文学城	弥庄未暖工作室	弥庄未暖工作室
穿成反派总裁小情人 第二季	林盎司	2024.07.30	晋江文学城	20Hz工作室	猫耳FM、729声工场
我非老公理想型	三坛海烩藕粉	2024.07.31	海棠书屋	吃嘛嘛香制作组	吃嘛嘛香制作组
徒花	不让尘	2024.07.31	AC小说	卷柏浮光	九层楼
差三岁	罗再说	2024.08.01	晋江文学城	大鸽工作室	咪波文化

续表

作品名称	原作者	首集播出时间	版权	承制	出品方
景熙颜Ⅱ：千肆	聿夕何月	2024.08.03	长佩文学	粉糖工作室	粉糖工作室
自发对称破缺	弗兰肯斯壳	2024.08.04	晋江文学城	音棱镜工作室	音棱镜工作室
血族生存指南完结季	静安路1号见	2024.08.08	长佩文学	浮声绘梦	浮声绘梦
锁清秋	森屿荔枝	2024.08.07	晋江文学城	长川献南配音社	猫耳FM
窗棂	月半	2024.08.08	长佩文学	窗棂组	欲声广运工作室
内娱最佳男配角	千椿	2024.08.10	晋江文学城	壹柒制作组	壹柒制作组
白月光是未来婆婆怎么办	靳瑶	2024.08.10	布咕阅读	月醉海棠	月醉海棠
魔教教主又在麦麸	鱼苗	2024.08.10	微博	猫耳FM	猫耳FM
偷风不偷月下季	北南	2024.08.10	晋江文学城	玉苍红工作室	猫耳FM
他有青山独往之	狐添棋	2024.08.11	晋江文学城	醉梦间工作室	醉梦间工作室
千杯	静安路1号见	2024.08.12	长佩文学	闻啼不大工作室	万籁有声
顾鹤小姐	观棠	2024.08.12	长佩文学	醉灯花工作室	醉灯花工作室
十年对手，一朝占有	桃千岁	2024.08.13	宝鼎小说网	明天开工工作室	明天开工工作室
过分的感情	奶油面包2号	2024.08.13	长佩文学	YG工作室	YG工作室
提灯看刺刀上季	淮上	2024.08.16	晋江文学城	沐光工作室	猫耳FM、光合积木
烟花过境	桃白百	2024.08.21	长佩文学	佛卡夏工作室	长佩文学、729声工场
冻带鱼	煤球	2024.08.21	微博	紫月玥	紫月玥
第一期·风起时	小火锅Hina	2024.08.21	晋江文学城	启音制作组	启音制作组
三嫁咸鱼 第二季	比卡比	2024.08.22	晋江文学城	边江工作室	猫耳FM、边江工作室
双程	蓝淋	2024.08.26	笔趣阁	一颗花生工作室	猫耳FM
南生	阿余廿廿	2024.08.27	长佩文学	静谧回响	静谧回响
他为什么跳爱情海	房骨Fangu	2024.08.27	微博	音韵工作室	梦启天明
芜湖！起飞！	伍爱	2024.08.28	晋江文学城	啊对对对工作室	啊对对对工作室

续表

作品名称	原作者	首集播出时间	版权	承制	出品方
三伏 第二季	巫哲	2024.08.28	晋江文学城	边江工作室	猫耳FM、边江工作室
天羽	墨司南	2024.08.29	长佩文学	日不落工作室	日不落工作室
偷偷赖上你	十一	2024.08.31	晋江文学城	猫耳FM	猫耳FM
启封	追颜坠月	2024.09.01	寒武纪年原创网	刻进DNA工作室	刻进DNA工作室
佛说	AyeAyeCaptain	2024.09.05	晋江文学城	DreamClub	DreamClub
穿进万人迷文的我人设崩了 第二季	东施娘	2024.09.05	晋江文学城	星韵声音研究所	猫耳FM
影帝	漫漫何其多	2024.09.07	晋江文学城	九成新工作室	九成新工作室
东风迟来	二爷不圆	2024.09.09	长佩文学	枝篱	枝篱
陈伤	回南雀	2024.09.10	长佩文学	禧甜甜工作室、远航声禾	猫耳FM、禧甜甜工作室、远航声禾
超时空神探	吕吉吉	2024.09.10	晋江文学城	翼之声	翼之声
Flag立多了就会变成狗	我嗑的cp都甜甜哒	2024.09.12	晋江文学城	盲盒剧场	猫耳FM、盲盒剧场
老师我们家霸总怎么了	鱼苗	2024.09.12	晋江文学城	盲盒剧场	猫耳FM、盲盒剧场
罪心已骨	妖梦铃	2024.09.13	晋江文学城	江东制作组	江东制作组
噩梦后我被告知死亡	雁疏南	2024.09.17	晋江文学城	长音久歌工作室	长音久歌工作室
师尊逃不掉	梦神凤凤	2024.09.12	晋江文学城	盲盒剧场	猫耳FM、盲盒剧场
朕的男妃不对劲	鱼苗	2024.09.12	晋江文学城	盲盒剧场	猫耳FM·盲盒剧场
当上主母后,我被小妾拿捏了	小叶紫棠	2024.09.13	布咕阅读	叽哩哇啦制作组	叽哩哇啦制作组
默默有期	策策阿	2024.09.13	长佩文学	千聆舟制作组	千聆舟制作组
小笨蛋的强制婚约	张大吉	2024.09.14	长佩文学	壹叁贰壹工作室	壹叁贰壹工作室
顶流夫妇有点甜	图样先森	2024.09.19	晋江文学城	耳巢声坊	耳巢声坊

续表

作品名称	原作者	首集播出时间	版权	承制	出品方
夜合	恹恹	2024.09.20	晋江文学城	月下弄人工作室	月下弄人工作室
山河枕	墨书白	2024.09.22	晋江文学城	支枕工作室	猫耳FM、支枕工作室、55号棚
金台骨	鬼不才	2023.09.23	长佩文学	一川剧社	一川剧社
血性	乌梨	2024.09.23	晋江文学城	闲事制作组	闲事制作组
2038+7天	旧月今人	2024.09.26	晋江文学城	躺平居委会	躺平居委会
开学后白捡个同桌当对象	雍年	2024.09.27	晋江文学城	女总裁故事屋	女总裁故事屋
封建糟粕	花卷	2024.09.28	长佩文学	九怀中文网	九怀中文网
暗癖	绊倒铁盒	2024.09.29	长佩文学	反卷文化	反卷文化
深井冰	苍白贫血	2024.09.30	晋江文学城	绽放的花朵工作室	绽放的花朵工作室
请瞄准我	醉墨orz	2024.09.30	晋江文学城	音韵工作室	音韵工作室
你礼貌吗？	悦悦yolo	2024.09.30	晋江文学城	岛与浮声工作室	岛与浮声工作室
我们好像不熟诶	瓜瓜会发	2024.10.01	长佩文学	初音之翼配音社	初音之翼配音社
藏月	今雾	2024.10.01	晋江文学城	瞬心文化	瞬心文化
潮汐	机械绵羊	2024.10.04	晋江文学城	山野涧工作室	山野涧工作室
芙洛拉式恋情	余不滴	2024.10.04	海棠书城	浪子江湖配音社	浪子江湖配音社
停电时我被舍友偷亲了	总是开会的小刀	2024.10.08	九怀中文网	盈耳工作室	Yinger工作室
和社畜金丝雀分手之后	一颗萍仔	2024.10.08	晋江文学城	南烟落秋	南烟落秋
穿进追妻文里如何反杀	止咳糖浆	2024.10.08	废文网	夜落曦临工作室	夜落曦临工作室
空穴生风	漫漫溪河	2024.10.08	晋江文学城	云楼配音社	云楼配音社
双喜	李沉丘	2024.10.10	晋江文学城	猫耳FM	猫耳FM
再营业指南	言周一	2024.10.11	长佩文学	指定能火制作组	指定能火制作组
暗恋十二年的他离婚了	梅子汤汤	2024.10.11	晋江文学城	南星白马工作室	南星白马工作室
项圈	何舍一	2024.10.11	晋江文学城	隰有荷华工作室	隰有荷华工作室
春秋不憾	芙青枝	2024.10.12	晋江文学城	音韵工作室	音韵工作室

续表

作品名称	原作者	首集播出时间	版权	承制	出品方
许她一佳人	帝渊	2024.10.13	寒武纪年原创网	音离子中文配音社	音离子中文配音社
请向我开枪	谈花	2024.10.13	晋江文学城	月醉海棠社团	月醉海棠社团
太岁	望珂	2024.10.15	长佩文学	三合亿声	三合亿声
将错就错	红刺北	2024.10.15	晋江文学城	野声文化	猫耳FM
两只病猫	你的帛子	2024.10.16	晋江文学城	仨人工作室	仨人工作室
重生之女将星 第一季	千山茶客	2024.10.16	阅文集团网	鲸韵凯歌	猫耳FM、鲸韵凯歌
替身攻的囚禁故事	叔果儿	2024.10.17	长佩文学	月下弄人工作室	月下弄人工作室
你比火耀眼	穆戈	2024.10.18	长佩文学	音音怪工作室	音音怪工作室
盲灯	苏他	2024.10.18	顶点小说	箜篌声声	箜篌声声
迷雾	血血理	2024.10.19	晋江文学城	昼北原创配音工作室	昼北原创配音工作室
回魂	秦三见	2024.10.20	8A中文网	莫莫格	莫莫格
无疆	八月灯火	2024.10.21	晋江文学城	拍即合	拍即合
这里没有善男信女	柳翠虎	2024.10.21	晋江文学城	人声海海工作室	猫耳FM
同坠	白芥子	2024.10.23	长佩文学	风音Studio	猫耳FM
错觉	蓝淋	2024.10.25	笔趣阁	野声文化	猫耳FM、野声文化
不要在垃圾桶里捡男朋友 第二季（下）	骑鲸南去	2024.10.26	晋江文学城	自有定义工作室	猫耳FM、光合积木
如何饲养一只机器猫猫	患者阿离	2024.10.28	晋江文学城	星月文化	星月文化
告别蓝烟乡	Ysha	2024.10.29	晋江文学城	躺平居委会	躺平居委会
知一	亓苓汎	2024.10.29	晋江文学城	日不落工作室	日不落工作室
魔道祖师日语版第三季（下）	墨香铜臭	2024.10.31	长佩文学	BraveHearts工作室	MiMi
替身Omega摆烂了	陌上江山	2024.10.31	布咕阅读	声演传媒	声演传媒
教主饶了贫僧吧	可1可23	2024.10.31	寒武纪年原创网	白月光文化创意工作室	白月光文化创意工作室
良配	沅塔	2024.10.31	长佩文学	声动回温制作组	声动回温制作组

续表

作品名称	原作者	首集播出时间	版权	承制	出品方
七昼	托秋问	2024.11.01	晋江文学城	长川献南配音社	长川献南配音社
标记我一下上季	Paz	2024.11.02	晋江文学城	禧甜甜工作室	猫耳FM、禧甜甜工作室
浪漫救兵	高木鱼	2024.11.03	长佩文学	昼音文化工作室	昼音文化工作室
草茉莉	Ashitaka	2024.11.03	长佩文学	识光循声	猫耳FM
跟踪情敌被发现后	靓仔啦	2024.11.03	九怀中文网	觉醒时代、九怀中文网	觉醒时代、九怀中文网
我心不渝	张大吉	2024.11.04	长佩文学	吃嘛嘛香制作组	吃嘛嘛香制作组
疯批年下攻心计	西葫芦炒鸡蛋	2024.11.07	布咕阅读	辞臣有声工作室	布咕阅读
真人剧本杀 第一季	木尺素	2024.11.08	晋江文学城	声波星球工作室	声波星球工作室
思渊	没有心脏的咸鱼	2024.11.09	晋江文学城	挺急的工作室	柳眠工作室
飞鸟与树	五杯酸奶	2024.11.10	长佩文学	蝴蝶组	蝴蝶组
他的信息素是酢浆草	裴如心	2024.11.10	晋江文学城	BKPD 工作室	BKPD 工作室
众目睽睽之外	机械性进食	2024.11.11	晋江文学城	南烟落秋	南烟落秋
世情如纸	漫漫溪河	2024.11.12	晋江文学城	云楼配音社	音韵工作室
再世权臣 第二季	天天天谢	2024.11.14	长佩文学	风音 Studio	猫耳FM
别横	墨成 sr	2024.11.14	晋江文学城	YG 工作室	YG 工作室
饲养一只人鱼需要注意什么	楠黎	2024.11.16	晋江文学城	浪子江湖配音社	不正常工作室
风吹年年	芋我	2024.11.16	珊瑚文学网	一川剧社	一川剧社
琉璃美人煞 第一季	十四郎	2024.11.20	阅文集团	微糖工作室	猫耳FM
完美情人	十慕白邀	2024.11.21	晋江文学城	茶墨工作室	茶墨工作室
狩猎计划	C 老板 plus	2024.11.21	长佩文学	一川剧社	一川剧社
易感期的时候自家O竟然跑了	糖油饼儿	2024.11.21	微博	猫耳FM	猫耳FM
消失的你	又蓝	2024.11.22	长佩文学	弋言糖	弋言糖
一家欢喜一家愁	蔷薇仙子	2024.11.22	晋江文学城	蔷薇仙境	蔷薇仙境

续表

作品名称	原作者	首集播出时间	版权	承制	出品方
药狱	江欲有名字	2024.11.23	宝文网	青椒加盐	青椒加盐
虚幻	小林	2024.11.26	晋江文学城	叙予工作室	叙予工作室
嫁反派	布丁琉璃	2024.11.26	晋江文学城	猫耳FM	猫耳FM、金风语露
浮光	Becken	2024.11.27	晋江文学城	壹叁贰壹工作室	壹叁贰壹工作室
不苟言笑	酒宅花丸君	2024.11.30	长佩文学	南城广播剧社	南城广播剧社
仙道第一小白脸 第二季	一十四洲	2024.12.02	晋江文学城	魔渔队	猫耳FM、边江工作室
两个0是不会有好结果的	阿余廿廿	2024.12.03	长佩文学	YG工作室	YG工作室
你如繁星	bp	2024.12.04	布咕阅读	空谷传声工作室	空谷传声工作室
奇怪的男友	三无陋	2024.12.05	长佩文学	筱棠工作室	筱棠工作室
你是我的小魔头	正经人爱谁谁	2024.12.07	晋江文学城	声声入耳工作室	声声入耳工作室
阎王每天都在翘班	一盏月亮	2024.12.08	长佩文学	天菜制作社	天菜制作社
谋杀我的完美偶像	Yohi	2024.12.08	豆瓣阅读	记忆企划、期待重逢	记忆企划、期待重逢
不许人间见白头	蒟蒻蒟蒻	2024.12.09	晋江文学城	猫耳FM	猫耳FM
灰塔笔记	空灯流远	2024.12.12	晋江文学城	20Hz工作室	猫耳FM
冰山影帝为我生了只貂	易修罗	2024.12.13	晋江文学城	耳巢声坊	猫耳FM、耳巢声坊
阿亦	空房子	2024.12.15	晋江文学城	大爱小爱文化	大爱小爱文化
都怪这张破嘴	好橘一大橘	2024.12.15	长佩文学	猫耳FM	猫耳FM
席爷每天都想官宣 第一季	公子安爷	2024.12.16	阅文集团	微糖工作室	猫耳FM
金刚不坏 第一季	里伞	2024.12.18	长佩文学	支枕工作室、729声工场	支枕工作室
将军何时来娶我	青小雨	2024.12.23	长佩文学	壹·柒工作室	壹·柒工作室
奈何	君子以泽	2024.12.26	晋江文学城	错时光配音社	错时光配音社
关山月	花卷	2024.12.27	一人之下网	小满文化	猫耳FM、九怀中文网

续表

作品名称	原作者	首集播出时间	版权	承制	出品方
三伏 第三季	巫哲	2024.12.27	晋江文学城	边江工作室	猫耳FM、边江工作室
过电	卡比丘	2024.12.30	长佩文学	微声文化、喜乐发声工作室	猫耳FM

6. 网络文学周边衍生产品

网络文学周边衍生产品包括实体、数字和线下体验三个方面。2024年，这三个方面均取得了显著的发展。网文周边衍生产品不仅满足了粉丝对网络文学作品的热爱之情，也为网络文学IP跨界运营产业链的拓展和延伸提供了重要的支撑，并且为网络文学作品的商业价值提升和文化传播做出了积极的贡献。

首先，实体周边产品是指通过网络文学作品的衍生价值，生产出具有实用或装饰功能的物品，如书籍、周边饰品、服饰、文具等。近年来，随着"粉丝经济"兴起，文学作品的忠实粉丝开始倾向于通过购买周边产品来表达对作品的支持和喜爱。

其次，随着数字化时代的到来，数字周边产品成为网络文学周边衍生品中增长最快的部分，包括虚拟商品、电子书籍、数字插画、主题壁纸、语音包等。这些产品的特点是价格相对低廉，传播迅速，并且能够通过线上平台快速触及庞大的年轻用户群体。

最后，是线下体验。近年来，体验式经济、场景化消费的兴起推动了沉浸产业持续发展。《2024中国沉浸产业发展白皮书》显示，2023年国内沉浸体验项目数量已达32024个，总产值1933.4亿元，预计2024年将突破2400亿元。值得注意的是，以往更重视技术硬件设备投入的从业者，越来越重视对内容创作、知识产权等软实力的投资，这就是改编自网络文学IP的沉浸式体验项目近年来往往更容易受到人们的青睐的原因。

在2024年，这三个方面构成的网络文学IP生态业务矩阵越来越趋于融合，达成了"1+1+1>3"的效果，其中又以文商旅融合最为典型。2024年12月4日，阅文打造的《全职高手》"荣耀周年庆"沉浸街区文就是文商旅融合的标杆案例。长期以来，网络文学IP生态业务矩阵的融合是一个令人头疼的问题，因为每一个元素都难免受到各领域内容生产的客观规律与行业情况影响。对此，《全职高手》的版权方阅文集团给出的方案是"现实感"，即以"现实感"为锚点连接IP与用户，让粉丝相信另一个世界的存在，并为之向往。为了增强现实感，阅文对出现在街上的角色立牌也考虑甚多，在一众柄图中特意选取队服和冬日便装等常服，而非幻想风格系列，为的正是让角色完全融入日常街景，打造无违和感的平行时空。成功营造好文旅场景的"现实感"之后，阅文在 IP 文旅场景下优化零售形式。值得注意的是，全职高手大学路限时步行街的市集区域，除了阅文衍生品官方厂牌阅文好物，还有 12 家联名市集品牌，现场展出与售卖《全职高手》IP 衍生"谷子"。然后，阅文灵活调整授权模式，借鉴海外成熟的"一日授权"等模式，与品牌方迅速达成《全职高手》IP 的短期授权合作。最后，阅文对演出环节进行了全面升级。整场演出以"苏黎世世邀赛前夕特别报道"的形式，串联起角色剧情。并以插叙方式，穿插"雪夜网吧""繁花血景"等多个经典情节。对原作名场面的高度还原，引发粉丝的强烈共鸣。

阅文的成功表明，文商旅融合是网络文学 IP 生态业务矩阵发展的一个重要方向，版权方需要选择契合大众审美与需求的文化内容，建设以消费者为核心的文化空间，让 IP 成为现实生活的一部分，然后通过创新内容策划与合作模式，与全行业合作伙伴共建 IP 生态业务矩阵。

附：2024 年度网络文学作品出版名录（711 部）

标题	作者	出版时间	出版社
延迟心动	耿其心	2024 年 1 月	百花洲文艺出版社
听话	书也	2024 年 1 月	百花洲文艺出版社
一闪一闪亮星星	数星星的小森林	2024 年 1 月	百花洲文艺出版社
暗恋有声音	柿橙	2024 年 1 月	百花洲文艺出版社
青杞	高振	2024 年 1 月	百花洲文艺出版社
嗣子	曹明	2024 年 1 月	百花洲文艺出版社
如此迷人的她	玉堂人	2024 年 1 月	广东旅游出版社
世若花囚	冰川稻谷	2024 年 1 月	时代文艺出版社
丽江，今夜你将谁遗忘 5	续写春秋	2024 年 1 月	天津人民出版社
蒹葭纪	桃子奶盖	2024 年 1 月	天津人民出版社
寄生之子 2	群星观测	2024 年 1 月	湖南文艺出版社
寄生之子 3	群星观测	2024 年 1 月	湖南文艺出版社
津沽往事	唐言	2024 年 1 月	湖南文艺出版社
长夜难明·双星	紫金陈	2024 年 1 月	湖南文艺出版社
不留客	鱼之水	2024 年 1 月	湖南文艺出版社
佳期如梦之海上繁花	匪我思存	2024 年 1 月	九州出版社
再靠近一点	时星草	2024 年 1 月	华龄出版社
冷月如霜	匪我思存	2024 年 1 月	九州出版社
刑期已满	虫安	2024 年 1 月	华龄出版社
咸鱼飞升	重关暗度	2024 年 1 月	湖南文艺出版社

续表

标题	作者	出版时间	出版社
小巷人家	大米	2024年1月	四川文艺出版社
捉住太阳	十清杳	2024年1月	四川文艺出版社
摸金传人11	罗晓	2024年1月	广东人民出版社
摸金传人12	罗晓	2024年1月	广东人民出版社
春风酿山河	泽殷zern	2024年1月	湖南文艺出版社
晨昏游戏	浮瑾	2024年1月	四川文艺出版社
望北楼（全2册）	丁甲	2024年1月	四川文艺出版社
欺熟	既望	2024年1月	湖南文艺出版社
白日提灯（全2册）	黎青燃	2024年1月	四川文艺出版社
肆意（全2册）	扁平竹	2024年1月	四川文艺出版社
落日化鲸	北风三百里	2024年1月	四川文艺出版社
今夜无神	季南一	2024年1月	中国广播影视出版社
第二次心动（全2册）	舒月清	2024年1月	江苏凤凰文艺出版社
你很耀眼	桑玠	2024年1月	江苏凤凰文艺出版社
偏航	江天一半	2024年1月	江苏凤凰文艺出版社
我潜入时间的波浪	叶公子	2024年1月	宁夏阳光出版有限公司
月光疤	三侗岸	2024年1月	江苏凤凰文艺出版社
悄悄奔赴你（全2册）	美人无霜	2024年1月	青岛出版社
他的掌中娇	风吹小白菜	2024年1月	青岛出版社
疲惫的夜里，有家外卖店	中山有香里	2024年1月	青岛出版社
限定告白（全2册）	抱猫	2024年1月	青岛出版社
蓝桉树与释槐鸟	从羡	2024年1月	青岛出版社
饲养章鱼少年	星棘	2024年1月	青岛出版社
暖暖	蔡智恒	2024年1月	花城出版社
第一次的亲密接触	蔡智恒	2024年1月	花城出版社
槲寄生	蔡智恒	2024年1月	花城出版社
我的灵魂想看海	冬小瓜	2024年1月	花城出版社
有人动过你的手机	徐浪	2024年1月	花城出版社
床底的陌生人	徐浪	2024年1月	花城出版社
如此尔尔（全2册）	风流书呆	2024年1月	百花文艺出版社
张公案	大风刮过	2024年1月	北京联合出版公司
太阳雨	余醒	2024年1月	北京联合出版公司
心软	苏拾五	2024年1月	北京联合出版公司

续表

标题	作者	出版时间	出版社
覆水满杯	木三观	2024年1月	长江出版社
无人救我	又蓝	2024年1月	长江出版社
默契公式	松子茶	2024年1月	长江出版社
贪光	策马听风	2024年1月	长江出版社
严禁造谣	春意夏	2024年1月	长江出版社
玫瑰与她的神明（全2册）	白日上楼	2024年1月	长江出版社
市店和平长江	徐春林	2024年1月	长江出版社
渡厄	杨溯	2024年1月	天地出版社
逃离图书馆（完结篇）	蝶之灵	2024年1月	天地出版社
飞鸟与鱼	陆十八	2024年1月	台海出版社
谋杀夏天	赵小赵	2024年1月	人民文学出版社
谁说我不强	青梅酱	2024年1月	中国言实出版社
咬一口春柿	红豆沙	2024年1月	江苏凤凰文艺出版社
折姜（上）	冬行意	2024年1月	江苏凤凰文艺出版社
他是人间妄想	谈栖	2024年1月	江苏凤凰文艺出版社
暴雨凶猛（全2册）	林不答	2024年1月	江苏凤凰文艺出版社
明月照林	比安	2024年1月	江苏凤凰文艺出版社
暮色晚星	栖遥	2024年1月	江苏凤凰文艺出版社
嫁给喻先生2	达尔林	2024年1月	江苏凤凰文艺出版社
也负嘉岁	咬枝绿	2024年1月	江苏凤凰文艺出版社
盈盈满	樱胡奈朱	2024年1月	江苏凤凰文艺出版社
你好，陆弥	林不答	2024年1月	江苏凤凰文艺出版社
美人挑灯看剑	吾九殿	2024年2月	广东旅游出版社
吞海2	淮上	2024年2月	广东旅游出版社
八千里路敛远山	望三山	2024年2月	广东旅游出版社
揽月光	呆头宝宝	2024年2月	百花洲文艺出版社
搜山记1·雒水龙王	猎衣扬	2024年2月	时代文艺出版社
搜山记2·胭脂老庙	猎衣扬	2024年2月	时代文艺出版社
为你沦陷	北风未眠	2024年2月	天津人民出版社
半熟男女	柳翠虎	2024年2月	湖南文艺出版社
低音调	雪莉	2024年2月	四川文艺出版社
何以笙箫默（2023版）	顾漫	2024年2月	九州出版社
侍宠2（完结篇）	臣年	2024年2月	九州出版社

续表

标题	作者	出版时间	出版社
冬风啊	Uin	2024年2月	四川文艺出版社
子不语	凤妩	2024年2月	万卷出版公司
骄阳似我（下）	顾漫	2024年2月	九州出版社
深蓝的故事4·在人间	深蓝	2024年2月	新星出版社
与君同	发达的泪腺	2024年2月	深圳出版社
告白1	应橙	2024年2月	江苏凤凰文艺出版社
告白信未至	三月棠墨	2024年2月	江苏凤凰文艺出版社
清醒梦（全2册）	随以	2024年2月	江苏凤凰文艺出版社
十四句	多吃维C	2024年2月	江苏凤凰文艺出版社
听闻远方有你2	张不一	2024年2月	江苏凤凰文艺出版社
同窗锦鲤	风歌且行	2024年2月	江苏凤凰文艺出版社
梦河夜航	严雪芥	2024年2月	江苏凤凰文艺出版社
以我深情祭岁月	二乔	2024年2月	江苏凤凰文艺出版社
你是长夜，也是灯火	岁惟	2024年2月	三秦出版社
名门闺香	天泠	2024年2月	青岛出版社
小蛮腰（全2册）	姜之鱼	2024年2月	百花文艺出版社
棠木依旧	米花	2024年2月	百花文艺出版社
枝南	小花喵	2024年2月	百花文艺出版社
禁止物种歧视	暮沉霜	2024年2月	北京联合出版公司
从红月开始	黑山老鬼	2024年2月	北京联合出版公司
无边业火	荔枝杀	2024年2月	中国致公出版社
烟火童话	水千丞	2024年2月	长江出版社
虞美人不开的夏天	鹿迢迢	2024年2月	长江出版社
就我机灵	小霄	2024年2月	长江出版社
总有老师要请家长	璟梧	2024年2月	长江出版社
跃入夏天1	今轲	2024年2月	长江出版社
养狼	青端	2024年2月	长江出版社
溺风	于刀鞘	2024年2月	长江出版社
蝴蝶山	没收星星	2024年2月	台海出版社
谎言之诚3	楚寒衣青	2024年2月	中国言实出版社
如花在野	李汀	2024年3月	百花洲文艺出版社
极道天魔	滚开	2024年3月	百花洲文艺出版社
司宫令	米兰Lady	2024年3月	广东旅游出版社

续表

标题	作者	出版时间	出版社
公主病	小舟遥遥	2024年3月	天津人民出版社
失魂	拟南芥	2024年3月	天津人民出版社
枭起青壤（全3册）	鱼尾	2024年3月	四川文艺出版社
江湖夜雨十年灯	关心则乱	2024年3月	湖南文艺出版社
一路向北	人间需要情绪稳定	2024年3月	上海文艺出版社
临南	天如玉	2024年3月	湖南文艺出版社
从善（完结篇）	定离	2024年3月	湖南文艺出版社
光年	陈平沙	2024年3月	九州出版社
小愉儿，你好吗	绳传言	2024年3月	九州出版社
得寸进尺	姜之鱼	2024年3月	九州出版社
成双成对	伊北	2024年3月	万卷出版公司
无常劫	水千丞	2024年3月	湖南文艺出版社
曾将爱意寄山海	梨迟	2024年3月	湖南文艺出版社
清酒吻玫瑰	不止是颗菜	2024年3月	九州出版社
送你一枝野百合	罪加罪	2024年3月	四川文艺出版社
重症产科1	第七夜	2024年3月	湖南文艺出版社
金色卡丽	三碗过岗	2024年3月	九州出版社
桥头楼上	Priest	2024年3月	国际文化出版公司
神印王座第二部皓月当空14	唐家三少	2024年3月	湖南少年儿童出版社
吾乡有情人	舍目斯	2024年3月	天地出版社
别恋	梁稚禾	2024年3月	江苏凤凰文艺出版社
不止你喜欢（全2册）	今愉	2024年3月	江苏凤凰文艺出版社
春日喜你	明月像饼	2024年3月	孔学堂书局
风月不相关	白鹭成双	2024年3月	江苏凤凰文艺出版社
可是你没有	沈逢春	2024年3月	江苏凤凰文艺出版社
梁风有意（上）	令栖	2024年3月	江苏凤凰文艺出版社
梦云边	陈溪午	2024年3月	江苏凤凰文艺出版社
七叶树	东坡柚	2024年3月	江苏凤凰文艺出版社
饲渊	草灯大人	2024年3月	江苏凤凰文艺出版社
夏日罐头	姜璟	2024年3月	江苏凤凰文艺出版社
鲜柠	一张小纸片	2024年3月	江苏凤凰文艺出版社
想他	既弥	2024年3月	江苏凤凰文艺出版社
小狗给你一个拥抱	做饭小狗	2024年3月	江苏凤凰文艺出版社

续表

标题	作者	出版时间	出版社
野风惊扰	提笼遛龙	2024年3月	江苏凤凰文艺出版社
以过客之名	轻叙	2024年3月	江苏凤凰文艺出版社
伪造淑女	法拉栗	2024年3月	青岛出版社
此生刚好遇见你	水果店的瓶子	2024年3月	青岛出版社
致我最讨厌的你	Zoody	2024年3月	青岛出版社
凉生，我们可不可以不忧伤1·陌上朗	乐小米	2024年3月	青岛出版社
凉生，我们可不可以不忧伤2·如梦令	乐小米	2024年3月	青岛出版社
凉生，我们可不可以不忧伤3·子夜歌	乐小米	2024年3月	青岛出版社
凉生，我们可不可以不忧伤4·彩云散	乐小米	2024年3月	青岛出版社
凉生，我们可不可以不忧伤5·明月归	乐小米	2024年3月	青岛出版社
浅尝难止	镜许	2024年3月	青岛出版社
温柔告白（全2册）	初厘	2024年3月	青岛出版社
你是星河难及	回南雀	2024年3月	青岛出版社
我的天鹅	小红杏	2024年3月	青岛出版社
尊宠	绿药	2024年3月	青岛出版社
三寸人间1	耳根	2024年3月	湖南少年儿童出版社
狗村	陈曼奇	2024年3月	北京联合出版公司
解甲	八条看雪	2024年3月	北京联合出版公司
少爷和我	张七	2024年3月	北京联合出版公司
余烬	斑衣	2024年3月	中国致公出版社
我可不是小心眼	一个米饼	2024年3月	长江出版社
隐秘的凶手	古早	2024年3月	长江出版社
旧故新长	诗无茶	2024年3月	长江出版社
海晏河清3·风云万里会中天	天谢	2024年3月	长江出版社
二锅水（完结篇）	烟猫与酒	2024年3月	长江出版社
御剑桃花昆山晚2（全2册）	黍宁	2024年3月	长江出版社
刺骨	酸菜坛子	2024年3月	长江出版社
一枝（完结篇）	绿山	2024年3月	长江出版社

续表

标题	作者	出版时间	出版社
美人余	伊北	2024年3月	重庆出版社
他的小炙热	幼儿园的卡耐基	2024年3月	天地出版社
解语	清韵小诗	2024年3月	天地出版社
巷光	七蛊	2024年3月	台海出版社
小幸运	云枝柚	2024年3月	台海出版社
大奉打更人8·江湖路远	卖报小郎君	2024年3月	人民文学出版社
大奉打更人9·国士无双	卖报小郎君	2024年3月	人民文学出版社
愿你出走半生，归来仍是少年	孙衍	2024年3月	人民文学出版社
敦煌王妃	夏龙河	2024年3月	中国言实出版社
铜雀锁金钗	世味煮茶	2024年3月	中国言实出版社
长安月下与君逢	吉祥止止	2024年3月	中国友谊出版公司
南城有雨	明开夜合	2024年3月	中国友谊出版公司
观鹤笔记（完结篇）	她与灯	2024年3月	中国友谊出版公司
别对我动心	翘摇	2024年3月	江苏凤凰文艺出版社
下凡间	莫焱熙	2024年4月	敦煌文艺出版社
满分恋爱公式（完结篇）	浙和	2024年4月	敦煌文艺出版社
大帝的挑刺日常	木苏里	2024年4月	广东旅游出版社
春言诺	冬日牛角包	2024年4月	天津人民出版社
蓄意已久	拂十页	2024年4月	天津人民出版社
和离（完结篇）	九鹭非香	2024年4月	湖南文艺出版社
财神春花2（完结篇）	戈鞅	2024年4月	四川文艺出版社
不羡	林籽籽	2024年4月	四川文艺出版社
伏罪	渡十鸦	2024年4月	湖南文艺出版社
你是不是想赖账	图样先森	2024年4月	湖南文艺出版社
分裂简史	方洋	2024年4月	湖南文艺出版社
十七岁少女失踪事件	花潘	2024年4月	湖南文艺出版社
和离	九鹭非香	2024年4月	湖南文艺出版社
夏花	太后归来	2024年4月	广东人民出版社
天空的城4	超级大坦克科比	2024年4月	广东人民出版社
天空的城5	超级大坦克科比	2024年4月	广东人民出版社
如果这一秒，我没遇见你	匪我思存	2024年4月	九州出版社
月光盒子	半截白菜	2024年4月	湖南文艺出版社
潮沙	唯雾	2024年4月	四川文艺出版社

第六章　网络文学产业

续表

标题	作者	出版时间	出版社
炽热	喝豆奶的狼	2024年4月	四川文艺出版社
赤别	十清杳	2024年4月	四川文艺出版社
逐夏	木瓜黄	2024年4月	九州出版社
重症产科2	第七夜	2024年4月	湖南文艺出版社
飞向太空港	李鸣生	2024年4月	四川文艺出版社
宿命之环1	爱潜水的乌贼	2024年4月	新星出版社
等我·遇繁	酱子贝	2024年4月	国际文化出版公司
神印王座第二部皓月当空15	唐家三少	2024年4月	湖南少年儿童出版社
不会有人考不了年级第一吧	时梧	2024年4月	江苏凤凰文艺出版社
潮热夏季	提笼遛龙	2024年4月	江苏凤凰文艺出版社
春夜喜雨	银八	2024年4月	江苏凤凰文艺出版社
寒夜星来（完结篇）	纪婴	2024年4月	江苏凤凰文艺出版社
花神录（全2册）	柏夏	2024年4月	江苏凤凰文艺出版社
剑齿虎不能微笑	Mr.四银	2024年4月	江苏凤凰文艺出版社
开口即失声	孟栀晚	2024年4月	江苏凤凰文艺出版社
落入心动（全2册）	潭允	2024年4月	江苏凤凰文艺出版社
玫瑰软肋	谈栖	2024年4月	江苏凤凰文艺出版社
悄悄喜欢你	三月桃花雪	2024年4月	江苏凤凰文艺出版社
肆火（全2册）	树延	2024年4月	江苏凤凰文艺出版社
偷偷恋慕	栖雪	2024年4月	江苏凤凰文艺出版社
温柔刀	君约	2024年4月	江苏凤凰文艺出版社
与星光共眠	傅九	2024年4月	江苏凤凰文艺出版社
长安少年游	明月倾	2024年4月	江苏凤凰文艺出版社
枝春在野	何知河	2024年4月	江苏凤凰文艺出版社
仲夏呢喃	慕乂	2024年4月	江苏凤凰文艺出版社
玉无香	冬天的柳叶	2024年4月	青岛出版社
冬日姜饼	唯酒	2024年4月	青岛出版社
思楚歌	木子玲	2024年4月	花城出版社
盛世如锦	梅子黄时雨	2024年4月	花城出版社
捕猎者	高满航	2024年4月	北京联合出版公司
孤月渡（全2册）	且墨	2024年4月	北京联合出版公司
候卿星河上	黎青燃	2024年4月	北京联合出版公司
偏财	余山有白	2024年4月	北京联合出版公司

— 271 —

续表

标题	作者	出版时间	出版社
吞秘密的人	郑星	2024年4月	中国致公出版社
神祈与夜愿	反派二姐	2024年4月	长江出版社
明知故犯	毛球球	2024年4月	长江出版社
向光（完结篇）	山柚子	2024年4月	长江出版社
寻人启事	于刀鞘	2024年4月	长江出版社
跃入夏天	古早	2024年4月	长江出版社
北鸟南寄（完结篇）	有酒	2024年4月	长江出版社
香奁琳琅（全2册）	尤四姐	2024年4月	长江出版社
夏日陷情	随侯珠	2024年4月	长江出版社
识卿	妾在山阳	2024年4月	长江出版社
心跳之上	木梨灯	2024年4月	台海出版社
河清海晏	橘子不酸	2024年4月	台海出版社
钦探	周游	2024年4月	作家出版社
遥想当年花满径	点墨泊舟	2024年4月	作家出版社
大奉打更人10·匹夫	卖报小郎君	2024年4月	人民文学出版社
长缨舞西风（全2册）	耳汝尔	2024年4月	中国言实出版社
月光沉没	初禾	2024年4月	中国言实出版社
春江花月夜·终章	多多	2024年5月	百花洲文艺出版社
荣光	龙柒	2024年5月	广东旅游出版社
夜幕之下3、4	三九音域	2024年5月	百花洲文艺出版社
光鲜宅女	七宝酥	2024年5月	百花洲文艺出版社
沫游记	阿沫	2024年5月	敦煌文艺出版社
昨夜风雪	薛成龙	2024年5月	百花洲文艺出版社
绍宋	榴弹怕水	2024年5月	春风文艺出版社
我只喜欢你的人设3（完结篇）	稚楚	2024年5月	广东旅游出版社
海棠微雨共归途5	肉包不吃肉	2024年5月	广东旅游出版社
君心渡	白羽摘雕弓	2024年5月	广东旅游出版社
荆刺烈焰	时玖远	2024年5月	天津人民出版社
宋慈洗冤笔记3	巫童	2024年5月	四川文艺出版社
贪生	张璐	2024年5月	湖南文艺出版社
不乖	树延	2024年5月	四川文艺出版社
大三线	流河	2024年5月	华龄出版社
封神	磨剑少爷	2024年5月	华龄出版社

续表

标题	作者	出版时间	出版社
深潭	赵斐虹	2024 年 5 月	上海文艺出版社
藏拙	伊水十三	2024 年 5 月	四川文艺出版社
金丝笼	酌青栀	2024 年 5 月	四川文艺出版社
非夏日限定	明桂载酒	2024 年 5 月	四川文艺出版社
风雪待归人	小宵	2024 年 5 月	九州出版社
在冷漠的他怀里撒个娇（完结篇）	春风榴火	2024 年 5 月	国际文化出版公司
阿娇	萌教教主	2024 年 5 月	江苏凤凰文艺出版社
炽道（全 2 册）	Twentine	2024 年 5 月	江苏凤凰文艺出版社
春心动	顾了之	2024 年 5 月	江苏凤凰文艺出版社
疾风吻玫瑰	顾子行	2024 年 5 月	江苏凤凰文艺出版社
路过巴纳德	朕的甜甜圈	2024 年 5 月	江苏凤凰文艺出版社
女寝大逃亡	火荼	2024 年 5 月	江苏凤凰文艺出版社
卿心陷落	野马无疆	2024 年 5 月	江苏凤凰文艺出版社
三弃公子（完结篇）	丹青手	2024 年 5 月	江苏凤凰文艺出版社
天生喜欢你	容无笺	2024 年 5 月	江苏凤凰文艺出版社
玩家请就位·迷失	时微月上	2024 年 5 月	江苏凤凰文艺出版社
汹涌（全 2 册）	鸡蛋我只吃全熟	2024 年 5 月	江苏凤凰文艺出版社
骤雨	莫妮打	2024 年 5 月	江苏凤凰文艺出版社
撞见盛夏	何知河	2024 年 5 月	江苏凤凰文艺出版社
诡异笔记：不可思议的离奇案件	江小河	2024 年 5 月	贵州人民出版社
清清	孟栀晚	2024 年 5 月	贵州人民出版社
她那么甜	曲小曲	2024 年 5 月	江苏凤凰文艺出版社
既明	雾十	2024 年 5 月	上海文化出版社
赘婿 10·浩荡苍雷	愤怒的香蕉	2024 年 5 月	青岛出版社
呼唤雨	苏他	2024 年 5 月	青岛出版社
拿乔	识了	2024 年 5 月	青岛出版社
赘婿 9·盛宴开封	愤怒的香蕉	2024 年 5 月	青岛出版社
攻玉（终结篇）	凝陇	2024 年 5 月	青岛出版社
经年留影	如是非迎	2024 年 5 月	青岛出版社
真腊使命	孔见	2024 年 5 月	花城出版社
异兽迷城	彭湃	2024 年 5 月	百花文艺出版社

续表

标题	作者	出版时间	出版社
摘青梅	车厘酒	2024年5月	百花文艺出版社
樱照良宵（全2册）	破折号 yiyi	2024年5月	百花文艺出版社
黄粱一梦	不明眼	2024年5月	百花文艺出版社
青春啦小狗	小央	2024年5月	北京联合出版公司
相思好	大芹菜	2024年5月	中国致公出版社
薄荷味蓝鲸	莱拉斯	2024年5月	中国致公出版社
记忆的诡计（完结篇）	明月听风	2024年5月	长江出版社
八拜为交	古人很潮	2024年5月	长江出版社
他来时烈火燎原（完结篇）	顾子行	2024年5月	长江出版社
醉死当涂	金十四钗	2024年5月	长江出版社
欲言难止（完结篇）	麦香鸡呢	2024年5月	长江出版社
月下安途	失效的止疼药	2024年5月	长江出版社
妈，救命	红刺北	2024年5月	长江出版社
杏雨街	李书锦	2024年5月	长江出版社
王子病的春天	非天夜翔	2024年5月	长江出版社
两棵	绿山	2024年5月	长江出版社
春日错过	时年	2024年5月	长江出版社
宇宙第一温柔	叶涩	2024年5月	长江出版社
薄荷印记2	Paz	2024年5月	长江出版社
板猫久的奇异幻想录	吕杨杕	2024年5月	重庆出版社
神州志异·熙宁异闻录	南山旧雨	2024年5月	重庆出版社
满糖屋	桑玠	2024年5月	重庆出版社
抵岸	林春令	2024年5月	台海出版社
北州情书	许念念	2024年5月	台海出版社
三生三世步生莲4·永生花	唐七	2024年5月	人民文学出版社
大奉打更人11·少年羁旅	卖报小郎君	2024年5月	人民文学出版社
从懵懵到懂懂	曹蚯蚓	2024年5月	人民文学出版社
校园公约	榆鱼	2024年5月	中国言实出版社
永不结束的夏天	赛西娅	2024年5月	中国言实出版社
我要上学	红刺北	2024年5月	中国友谊出版公司
蒲公英计划	匪迦	2024年6月	春风文艺出版社
天作不合	闵然	2024年6月	广东旅游出版社
她是主角	热到昏厥	2024年6月	广东旅游出版社

续表

标题	作者	出版时间	出版社
本能反应	春意夏	2024年6月	广东旅游出版社
时光里的星星	小布爱吃蛋挞	2024年6月	天津人民出版社
人间情诗	佩奇酱	2024年6月	天津人民出版社
偏爱2	夏七夕	2024年6月	湖南文艺出版社
惊鸿	艾姬	2024年6月	湖南文艺出版社
碎玉投珠	北南	2024年6月	长江文艺出版社
警动全城	常书欣	2024年6月	湖南文艺出版社
一生何求	毕啸南	2024年6月	湖南文艺出版社
从姑获鸟开始	活儿该	2024年6月	四川文艺出版社
嘘，国王在冬眠（上册）	青浼	2024年6月	九州出版社
寄给心动	初厘	2024年6月	湖南文艺出版社
寻星日记	禾刀	2024年6月	四川文艺出版社
逾期	岁见	2024年6月	四川文艺出版社
神印王座第二部皓月当空16	唐家三少	2024年6月	湖南少年儿童出版社
暗星2	卿浅	2024年6月	江苏凤凰文艺出版社
绊橙（全2册）	这碗粥	2024年6月	江苏凤凰文艺出版社
背风岗	秋鱼与刀	2024年6月	江苏凤凰文艺出版社
从从	林不答	2024年6月	江苏凤凰文艺出版社
对你有企图	九方yu	2024年6月	江苏凤凰文艺出版社
过期糖	王六鹅	2024年6月	江苏凤凰文艺出版社
江湖快报	天爱	2024年6月	江苏凤凰文艺出版社
路与光	金呆了	2024年6月	江苏凤凰文艺出版社
盘龙（1和8）	我吃西红柿	2024年6月	宁夏阳光出版社有限公司
偏偏喜欢你2	李不言	2024年6月	江苏凤凰文艺出版社
悄无人知的心事	焚柏	2024年6月	江苏凤凰文艺出版社
日偏食	喜酌	2024年6月	江苏凤凰文艺出版社
吻青	禾一声	2024年6月	江苏凤凰文艺出版社
夏日上上签	吃柚子不吐皮吖	2024年6月	江苏凤凰文艺出版社
夏天无从抵赖	关抒耳	2024年6月	江苏凤凰文艺出版社
诱摘野玫瑰	一剪月	2024年6月	江苏凤凰文艺出版社
月落姑苏	康锐	2024年6月	江苏凤凰文艺出版社
在柠檬黄之前	yespear	2024年6月	江苏凤凰文艺出版社
东岸沉浮2	时玖远	2024年6月	花山文艺出版社

续表

标题	作者	出版时间	出版社
苦夏	槐序青棠	2024年6月	花山文艺出版社
吞噬星空23	我吃西红柿	2024年6月	安徽文艺出版社
云上月	白芥子	2024年6月	安徽文艺出版社
再遇（全2册）	半截白菜	2024年6月	江苏凤凰文艺出版社
岁月有神偷	绿亦歌	2024年6月	三秦出版社
忘南风（全2册）	周板娘	2024年6月	青岛出版社
又一季	知兔者	2024年6月	青岛出版社
夏日热恋	北风未眠	2024年6月	青岛出版社
"炮灰"闺女的生存方式	乌里丑丑	2024年6月	青岛出版社
"盐粒"夫妇有点甜（全2册）	图样先森	2024年6月	青岛出版社
轻吻星芒3（全2册）	南之情	2024年6月	青岛出版社
就此沦陷（共2册）	故筝	2024年6月	青岛出版社
当我开始失去你	面包有毒	2024年6月	青岛出版社
迷城之咒	邓晓炯	2024年6月	百花文艺出版社
苍山耳语	瑚布图	2024年6月	百花文艺出版社
他吻	阿司匹林	2024年6月	百花文艺出版社
汉斯记忆	聆陈	2024年6月	百花文艺出版社
凛冬之罪	岳勇	2024年6月	北京联合出版公司
猎证法医	云起南山	2024年6月	北京联合出版公司
非常疑犯	红眸	2024年6月	北京联合出版公司
火神	天下霸唱	2024年6月	北京联合出版公司
荒服公会1·告白热血青春	颜凉雨	2024年6月	长江出版社
我在风花雪月里等你（全2册）	超级大坦克科比	2024年6月	长江出版社
扶鸾2	白芥子	2024年6月	长江出版社
回避	冬日解剖	2024年6月	长江出版社
胤都异事录	米花	2024年6月	长江出版社
一行白鹭	清明谷雨	2024年6月	长江出版社
春风度剑（终章）	苍梧宾白	2024年6月	长江出版社
与鹤	百户千灯	2024年6月	长江出版社
海边的锦鲤	汤汤大魔王	2024年6月	长江出版社
愿所有美好，与你温柔相拥	纪云裳	2024年6月	海天出版社
我喜欢的人被很多人喜欢	小央	2024年6月	海天出版社

续表

标题	作者	出版时间	出版社
第9号当铺	深雪	2024年6月	海天出版社
花信风来时2	nowhere 诺维尔	2024年6月	宁波出版社
一世缘起	无心谈笑	2024年6月	宁波出版社
温柔难匿	挖坑埋糖	2024年6月	台海出版社
大奉打更人12·雍州风云	卖报小郎君	2024年6月	人民文学出版社
谎言之诚4	楚寒衣青	2024年6月	中国言实出版社
亲爱的，二进制	唐墨	2024年6月	重庆出版社
狂恋你2	甜醋鱼	2024年7月	百花洲文艺出版社
想见你	青凩	2024年7月	天津人民出版社
宋慈洗冤笔记4	巫童	2024年7月	四川文艺出版社
微光·完结篇（全2册）	鱼霜	2024年7月	四川文艺出版社
朝暮不相迟	朝小诚	2024年7月	四川文艺出版社
警察陆令1	奉义天涯	2024年7月	湖南文艺出版社
不羁	幸闻	2024年7月	上海文艺出版社
天空的城6	超级大坦克科比	2024年7月	广东人民出版社
天空的城7	超级大坦克科比	2024年7月	广东人民出版社
太岁	Priest	2024年7月	湖南文艺出版社
慢热	二两鱼卷	2024年7月	四川文艺出版社
繁简	君约	2024年7月	四川文艺出版社
警察陆令2	奉义天涯	2024年7月	湖南文艺出版社
逐夏（完结篇）	木瓜黄	2024年7月	九州出版社
零线索	胡超	2024年7月	湖南文艺出版社
少年白马醉春风	周木楠	2024年7月	中国广播影视出版社
扮乖	顾南西	2024年7月	江苏凤凰文艺出版社
被风吸引（全2册）	吃草的老猫	2024年7月	江苏凤凰文艺出版社
好想爱这个世界和你啊	莫离	2024年7月	江苏凤凰文艺出版社
剑来44·明月落阶前	烽火戏诸侯	2024年7月	浙江文艺出版社
剑来43·青帝常为主	烽火戏诸侯	2024年7月	浙江文艺出版社
剑来45·彩云一片城	烽火戏诸侯	2024年7月	浙江文艺出版社
剑来46·人间半部书	烽火戏诸侯	2024年7月	浙江文艺出版社
剑来47·饮者折镆干	烽火戏诸侯	2024年7月	浙江文艺出版社
剑来48·随手斩飞升	烽火戏诸侯	2024年7月	浙江文艺出版社
剑来49·今宵月正圆	烽火戏诸侯	2024年7月	浙江文艺出版社

续表

标题	作者	出版时间	出版社
刻骨	僵尸嬷嬷	2024年7月	江苏凤凰文艺出版社
那就等风起	承珞	2024年7月	江苏凤凰文艺出版社
你比我更重要	停止梦游	2024年7月	江苏凤凰文艺出版社
千劫眉·狐妖公子	藤萍	2024年7月	江苏凤凰文艺出版社
山水别相逢	殊晚	2024年7月	江苏凤凰文艺出版社
时光代理人	岑银银	2024年7月	江苏凤凰文艺出版社
我的城市不下雪	曳七	2024年7月	江苏凤凰文艺出版社
萤火之光	金鱼酱	2024年7月	江苏凤凰文艺出版社
竹稚（完结篇）	江月年年	2024年7月	江苏凤凰文艺出版社
纵有疾风起	赵丽宏	2024年7月	江苏凤凰文艺出版社
星光璀璨的公主（全2册）	一船梦	2024年7月	青岛出版社
拂灯	布丁琉璃	2024年7月	青岛出版社
不在线告白	舍曼	2024年7月	青岛出版社
如若没有蝉鸣	周板娘	2024年7月	青岛出版社
失控喜欢	槐故	2024年7月	青岛出版社
暗恋巴比伦（全2册）	六经注我	2024年7月	青岛出版社
夜游人	赵熙之	2024年7月	花城出版社
异兽迷城2·麒麟工会	彭湃	2024年7月	百花文艺出版社
星核密语	贾煜	2024年7月	百花文艺出版社
缠	烟猫与酒	2024年7月	成都时代出版社
少年封神榜	烛川	2024年7月	长江出版社
不驯之敌	骑鲸南去	2024年7月	长江出版社
躁动（完结篇）	苏寂真	2024年7月	长江出版社
禁止靠近	叶涩	2024年7月	长江出版社
辅助为王（完结篇）	青梅酱	2024年7月	长江出版社
花花寻万里	艳归康	2024年7月	长江出版社
溺酒	奶口卡	2024年7月	长江出版社
纣临4	三天两觉	2024年7月	长江出版社
君九龄	希行	2024年7月	长江出版社
波月无边	尤四姐	2024年7月	长江出版社
半面妆2	萧十一狼	2024年7月	长江出版社
擎翼棉棉（全2册）	牛莹	2024年7月	重庆出版社
那时深圳爱情	张建全	2024年7月	海天出版社

续表

标题	作者	出版时间	出版社
还潮	不问三九	2024年7月	宁波出版社
巴掌印	甲虫花花	2024年7月	天地出版社
星星失眠日记	钦年	2024年7月	台海出版社
去听，山呼海啸的思念	珩一笑	2024年7月	台海出版社
秋天遇见春天的你	赵小赵	2024年7月	人民文学出版社
纸嫁衣	婆娑果	2024年7月	作家出版社
基因迷恋	艳山姜	2024年8月	百花洲文艺出版社
只要我还在只要你还爱	未再	2024年8月	百花洲文艺出版社
以你为名的夏天（完结篇）	任凭舟	2024年8月	敦煌文艺出版社
寄生之子1	群星观测	2024年8月	湖南文艺出版社
寄生之子4	群星观测	2024年8月	湖南文艺出版社
柠檬汽水糖·完结篇	苏拾五	2024年8月	四川文艺出版社
玫瑰冠冕	久久妻	2024年8月	四川文艺出版社
逢光	桃气乌龙正常糖	2024年8月	江苏凤凰文艺出版社
福宝朝朝	夏声声	2024年8月	江苏凤凰文艺出版社
蜻蜓飞行日记	烤火卢	2024年8月	江苏凤凰文艺出版社
社恐也会谈恋爱	彩虹糖	2024年8月	江苏凤凰文艺出版社
是非题	大芹菜	2024年8月	江苏凤凰文艺出版社
她来听我的演唱会（完结篇）	翘摇	2024年8月	江苏凤凰文艺出版社
网恋被骗八百次	熊也	2024年8月	江苏凤凰文艺出版社
我的曼达林	墨宝非宝	2024年8月	江苏凤凰文艺出版社
我无法告白的理由	十柒点	2024年8月	江苏凤凰文艺出版社
夏天的雨不讲理	柒沿里	2024年8月	江苏凤凰文艺出版社
一岁一喜欢	小布爱吃蛋挞	2024年8月	江苏凤凰文艺出版社
装聋作哑	周板娘	2024年8月	江苏凤凰文艺出版社
将军	苏他	2024年8月	贵州人民出版社
南方有嘉木	梵瑟	2024年8月	贵州人民出版社
一念永恒17	耳根	2024年8月	安徽文艺出版社
人鱼陷落5（完结篇）	麟潜	2024年8月	上海文化出版社
不二温柔	袖刀	2024年8月	青岛出版社
嫡嫁千金（全2册）	千山茶客	2024年8月	青岛出版社
陆医生的甜智齿	景戈	2024年8月	青岛出版社
败给心动	江萝萝	2024年8月	青岛出版社

续表

标题	作者	出版时间	出版社
嫡嫁千金（终结篇）	千山茶客	2024年8月	青岛出版社
我花开后百花杀2	锦凰	2024年8月	青岛出版社
蜜桃（全2册）	张不一	2024年8月	青岛出版社
剑羽岚心录	玉琪	2024年8月	百花文艺出版社
异兽迷城3·猩红潮汐	彭湃	2024年8月	百花文艺出版社
嫡兄	青灯	2024年8月	百花文艺出版社
命定之选	顾邨	2024年8月	长江出版社
宿舍关系处理指南	不执灯	2024年8月	长江出版社
"王子病"的春天	非天夜翔	2024年8月	长江出版社
逆锋	水千丞	2024年8月	长江出版社
雅宋美人集	古人很潮	2024年8月	长江出版社
我的爱情生病了	边想	2024年8月	长江出版社
命定之选·龙傲天和我	顾邨	2024年8月	长江出版社
戏中人	扶他柠檬茶	2024年8月	长江出版社
锦衣玉令（全3册）	姒锦	2024年8月	重庆出版社
风隐者	黄宗羲	2024年8月	宁波出版社
我超喜欢你	折纸为戏	2024年8月	台海出版社
湮没与重生	程荫	2024年8月	作家出版社
观鹤笔记（全3册）	她与灯	2024年8月	中国友谊出版公司
非人哉11	一汪空气	2024年8月	中国友谊出版公司
一人之下·碧游村篇1	米二	2024年8月	中国友谊出版公司
顾楠的上下两千年2	非玩家角色	2024年8月	中国友谊出版公司
一人之下·碧游村篇2	米二	2024年8月	中国友谊出版公司
一人之下·罗天大醮篇	米二	2024年8月	中国友谊出版公司
翡翠帝国	蛇从革	2024年9月	百花洲文艺出版社
柠檬汽水糖	苏拾五	2024年9月	四川文艺出版社
不败者	墨熊	2024年9月	万卷出版公司
与云共舞	令狐与无忌	2024年9月	上海文艺出版社
猎物	孟小书	2024年9月	上海文艺出版社
白鸽吻乌鸦	顾青姿	2024年9月	四川文艺出版社
超级月亮1998	白雨路	2024年9月	东方出版社
沉溺（全2册）	周沉	2024年9月	江苏凤凰文艺出版社
迟宠	无尽相思	2024年9月	江苏凤凰文艺出版社

续表

标题	作者	出版时间	出版社
梦蝶庄生	高卧北	2024年9月	江苏凤凰文艺出版社
桑式暗恋法则	温柔文人	2024年9月	江苏凤凰文艺出版社
十日终焉·乐园	杀虫队队员	2024年9月	江苏凤凰文艺出版社
她来了迟了很多年	山月可亲	2024年9月	江苏凤凰文艺出版社
我的城池	君约	2024年9月	江苏凤凰文艺出版社
终有人为你坠落人间	珩一笑	2024年9月	江苏凤凰文艺出版社
仲夏症候群	小鱼卷	2024年9月	江苏凤凰文艺出版社
重启春光	红樱	2024年9月	贵州人民出版社
卿本峡谷少女（上）	言言夫卡	2024年9月	孔学堂书局
卿本峡谷少女（下）	言言夫卡	2024年9月	孔学堂书局
十日终焉·不息	杀虫队队员	2024年9月	江苏凤凰文艺出版社
十日终焉·迷城	杀虫队队员	2024年9月	江苏凤凰文艺出版社
十日终焉·囚笼	杀虫队队员	2024年9月	江苏凤凰文艺出版社
我乘风雪	弃吴钩	2024年9月	贵州人民出版社
忍冬	Twentine	2024年9月	青岛出版社
我本星辰（全2册）	耳丰虫	2024年9月	青岛出版社
予春光（全2册）	桃吱吱吱	2024年9月	青岛出版社
心跳陷阱（全2册）	鹊鹊啊	2024年9月	青岛出版社
"炮灰"闺女的生存方式2	乌里丑丑	2024年9月	青岛出版社
澄澈（全2册）	偷马头	2024年9月	青岛出版社
偏爱月亮	绘糖	2024年9月	中国致公出版社
你听你听，是那时候的声音	帘十里	2024年9月	中国致公出版社
万相之王17·众生魔王	天蚕土豆	2024年9月	中国致公出版社
洞天2	淮上	2024年9月	中信出版集团
水火难容	Superpanda	2024年9月	成都时代出版社
针锋对决	水千丞	2024年9月	长江出版社
与将行	望三山	2024年9月	长江出版社
婆婆	诗无茶支	2024年9月	长江出版社
见天光	冷山	2024年9月	长江出版社
异域少年·荒野诡事	沈卿	2024年9月	长江出版社
云潋	华九灯	2024年9月	长江出版社
号啕呼吸	梁阿渣	2024年9月	长江出版社
难猜	冻感超人	2024年9月	长江出版社

续表

标题	作者	出版时间	出版社
置换凶途（全2册）	猫茶海狸	2024年9月	长江出版社
炙热2	青梅酱	2024年9月	长江出版社
不要乱碰瓷2（完结篇）	红刺北	2024年9月	长江出版社
谁说我不喜欢她	福禄丸子	2024年9月	长江出版社
临渊（全2册）	波兰黑加仑	2024年9月	重庆出版社
他的影子在吻你	眼睛弯了	2024年9月	台海出版社
万千璀璨	盛不世	2024年9月	台海出版社
最是人间少年狂	桃气	2024年9月	作家出版社
小圆同学	朝露何枯	2024年10月	百花洲文艺出版社
且渡无双1（全2册）	纸老虎	2024年10月	湖南文艺出版社
王术	品丰	2024年10月	四川文艺出版社
罗浮记（全2册）	蒋云昆	2024年10月	长江文艺出版社
命运序列	墨熊	2024年10月	万卷出版公司
池中物	金呆了	2024年10月	江苏凤凰文艺出版社
刺挠	林不晚	2024年10月	江苏凤凰文艺出版社
皇后反内卷日常	无处可逃	2024年10月	江苏凤凰文艺出版社
玫瑰万有引力	北风三百里	2024年10月	江苏凤凰文艺出版社
那三年	周行云	2024年10月	江苏凤凰文艺出版社
凝霜	十月南枝	2024年10月	江苏凤凰文艺出版社
如果能重返十七岁	钟不渝	2024年10月	江苏凤凰文艺出版社
上岸	时玖远	2024年10月	江苏凤凰文艺出版社
失笑（上）	祖乐	2024年10月	江苏凤凰文艺出版社
无声的世界，还有他（完结篇）	梦筱二	2024年10月	江苏凤凰文艺出版社
喜春光	豆黎	2024年10月	江苏凤凰文艺出版社
夏日解意	种瓜	2024年10月	江苏凤凰文艺出版社
永不停息的盛夏1	十二里闲	2024年10月	贵州人民出版社
折旧如新	淮山养胃	2024年10月	江苏凤凰文艺出版社
炙野（全2册）	八宝粥粥	2024年10月	江苏凤凰文艺出版社
昼夜潮湿（全2册）	顾子行	2024年10月	江苏凤凰文艺出版社
黎明之前	三恫岸	2024年10月	贵州人民出版社
星火长明2	蒋牧童	2024年10月	贵州人民出版社
尊宠·完结篇（全2册）	绿药	2024年10月	青岛出版社
拂灯·完结篇（全2册）	布丁琉璃	2024年10月	青岛出版社

续表

标题	作者	出版时间	出版社
比春天更绿，比夏天还明媚	叹西茶	2024年10月	青岛出版社
漠风吟	简暗	2024年10月	花城出版社
异兽迷城4·命运之锁	彭湃	2024年10月	百花文艺出版社
夜幕之下7·神陨乐章	三九音域	2024年10月	北京联合出版公司
夜幕之下8·诸神黄昏	三九音域	2024年10月	北京联合出版公司
见字如晤	Judy侠	2024年10月	北京联合出版公司
以后少来我家玩	栖见	2024年10月	北京联合出版公司
顶峰相见	南之情	2024年10月	北京联合出版公司
沧海月明（全2册）	崖生	2024年10月	北京燕山出版社
我行让我上（全3册）	酱子贝	2024年10月	北京燕山出版社
全球高考	木苏里	2024年10月	北京燕山出版社
公主很忙2	薄慕颜	2024年10月	北京燕山出版社
为你而名（全2册）	崖生	2024年10月	北京燕山出版社
我夫君天下第一甜（全2册）	山栀子	2024年10月	中国致公出版社
知返	pillworm	2024年10月	长江出版社
心跳重置	小霄	2024年10月	长江出版社
我亲爱的法医小姐	酒暖春深	2024年10月	长江出版社
二锅水	烟猫与酒	2024年10月	长江出版社
北派1·飞蛾山上	项云峰	2024年10月	长江出版社
眼中星3（完结篇）	蓝淋	2024年10月	长江出版社
夭夭	司念	2024年10月	长江出版社
盼潮生	游客鱼某人	2024年10月	长江出版社
咸鱼他想开了	迟晚	2024年10月	长江出版社
天生狂徒	冰块儿	2024年10月	长江出版社
犯罪动机3·很久很久以前	戴西	2024年10月	重庆出版社
双刃（完结篇）	青梅酱	2024年10月	宁波出版社
明天是个好天气	孟冬十五	2024年10月	台海出版社
芒德斯塔	洺以	2024年10月	台海出版社
满天星	安石榴	2024年11月	百花洲文艺出版社
沙梅的夜航	于德北	2024年11月	百花洲文艺出版社
半星	丁墨	2024年11月	百花洲文艺出版社
速发云裳歌	蓝幽若	2024年11月	百花洲文艺出版社
嘘，国王在冬眠（完结篇）	青浼	2024年11月	九州出版社

续表

标题	作者	出版时间	出版社
待我有罪时（全3册）	丁墨	2024年11月	百花文艺出版社
薄雾	微风几许	2024年11月	百花文艺出版社
如见雪来	杨溯	2024年11月	百花文艺出版社
高四生	曲小蛐	2024年11月	百花文艺出版社
照见星星的她	随侯珠	2024年11月	百花文艺出版社
天谴者	法医秦明	2024年11月	人民文学出版社
等我·逢景	酱子贝	2024年11月	国际文化出版公司
撑腰	逦逦	2024年11月	江苏凤凰文艺出版社
一枚硬币	诀别词	2024年11月	江苏凤凰文艺出版社
烧	初岛	2024年11月	贵州人民出版社
吞噬星空	我吃西红柿	2024年11月	安徽文艺出版社
丑侠	请君莫笑	2024年11月	三秦出版社
不同班同学	安德林	2024年11月	北京燕山出版社
她的山她的海	吕天逸	2024年11月	北京燕山出版社
我亲爱的法医小姐（全3册）	吕天逸	2024年11月	北京燕山出版社
未来：因你而在	鲜橙	2024年11月	北京燕山出版社
别来无恙	北南	2024年11月	北京燕山出版社
太行道（全2册）	铁钟	2024年11月	北京燕山出版社
轻狂	巫哲	2024年11月	文化发展出版社
南城青林	讨酒的叫花子	2024年11月	长江出版社
兰陵公主·玉京谣（叁）	沉香子	2024年11月	长江出版社
迷雾之中2	漫漫何其多	2024年11月	长江出版社
盛夏	木苏里	2024年11月	长江出版社
男配想要拯救一下	木火然	2024年11月	长江出版社
白月照楚渊	笑语阑珊	2024年11月	长江出版社
恋与雅君子	拂罗	2024年11月	长江出版社
惹眼1	三三娘	2024年11月	长江出版社
春花厌	黑颜	2024年11月	长江出版社
野红莓	Ashitaka	2024年11月	长江出版社
池焰	茶茶好萌	2024年11月	长江出版社
君自长安来	古潮	2024年11月	长江出版社
秦晋之好	姜之鱼	2024年11月	长江出版社
鸢世2	木苏里	2024年11月	长江出版社

续表

标题	作者	出版时间	出版社
恋恋小食光	烟二	2024年11月	长江出版社
御剑桃花昆山晚	黍宁	2024年11月	长江出版社
枕星1	顾徕一	2024年11月	长江出版社
高温不退（完结篇）	三三娘	2024年11月	长江出版社
流星2	酒暖春深	2024年11月	长江出版社
他有十分甜（全2册）	漫西	2024年11月	重庆出版社
大大的城，小小的她	阮靖	2024年11月	海天出版社
异世三海	信九	2024年11月	海天出版社
旃檀	藤萍	2024年11月	中国友谊出版公司
白烁上神（全二册）	星零	2024年11月	江苏凤凰文艺出版社
南风未晚	九阶幻方	2024年11月	江苏凤凰文艺出版社
重门殊色（全2册）	起跃	2024年11月	江苏凤凰文艺出版社
他从凛冬来	布丁琉璃	2024年11月	江苏凤凰文艺出版社
大宋悬疑录：貔貅刑	记无忌	2024年11月	江苏凤凰文艺出版社
迷人的金子	陆春吾	2024年12月	湖南文艺出版社
荆棘王冠	独木舟	2024年12月	台海出版社
十日终焉·万相	杀虫队队员	2024年12月	江苏凤凰文艺出版社
我不是戏神（1）	三九音域	2024年12月	贵州人民出版社
异兽迷城5·生于黑夜	彭湃	2024年12月	百花文艺出版社
指尖美学	奶口卡	2024年12月	长江出版社
准点狙击	唐酒卿	2024年12月	长江出版社
妇产科病房	毛小榕	2024年12月	湖南文艺出版社
我不是戏神（2）	三九音域	2024年12月	贵州人民出版社
再次热恋的夏天	若星若辰	2024年12月	江苏凤凰文艺出版社
潦草秘密	言言夫卡	2024年12月	江苏凤凰文艺出版社
他比星星撩人（全2册）	顾子行	2024年12月	江苏凤凰文艺出版社
帮凶（全2册）	马拓	2024年12月	湖南文艺出版社
今天也想抱抱你	绘桃雾	2024年12月	江苏凤凰文艺出版社
较真	打烊	2024年12月	江苏凤凰文艺出版社
小良药	白糖三两	2024年12月	江苏凤凰文艺出版社
人格分裂手记	方洋	2024年12月	湖南文艺出版社
蝴蝶来信	木甜	2024年12月	江苏凤凰文艺出版社
虚构凶手	慢三	2024年12月	湖南文艺出版社

续表

标题	作者	出版时间	出版社
蝴蝶轶事（全2册）	醇白	2024年12月	江苏凤凰文艺出版社
他又吃醋了	蓝手	2024年12月	江苏凤凰文艺出版社
私藏	江小绿	2024年12月	江苏凤凰文艺出版社
白昼逐星	北流	2024年12月	江苏凤凰文艺出版社
黄粱遗梦	高卧北	2024年12月	江苏凤凰文艺出版社
余温	今雾	2024年12月	江苏凤凰文艺出版社

（禹建湘、傅开、雷斓、陈雅佳、曾铮　执笔）

第七章　研讨会议、社团活动和重要事件

2024年召开的有关网络文学学术会议、座谈会和行业峰会众多，各省市区的网络作家协会和相关机构积极举办各种行业会议、培训班和采风活动等，网络文学相关活动可谓丰富多彩，展现出蓬勃向上的生命力和强大的传播力。与此同时，网络作家的组织水平和创作才能也得到全方面提升，网络文学人才培养和思想道德建设得到进一步加强，2024年网络文学的研讨会议，社团活动和重要事件成为中国网络文学健康前行的重要标志。

一、网络文学年度会议

1. 年度网络文学会议清单

据统计，2024年度全国范围内共举办网络文学相关会议96次，其中网络文学行业发展相关会议24次，网络文学创作相关会议11次，地方网络文学发展相关会议32次，网络文学海外传播相关会议6次，网络文学作品研讨会（含线上）22次，网络文学理论研讨会1次。

根据会议主题与研讨内容，2024年度网络文学会议清单如下。

（1）网络文学行业发展相关会议

1月10日，北京，"生态创新 联结未来"出版融合发展大会；

2月27日，北京，中央广播电视总台举行2024年云听内容产品发布会；

3月18日，湖南长沙，中国网络文学小镇人才和产业发展交流座谈会；

3月28日，四川成都，第十一届中国网络视听大会；

4月2日，北京，第二届北京网络文化产业发展大会暨北京数字文化发展论坛；

4月14日，湖南长沙，"中国网络文学三十年丛书"研讨会；

4月23日，云南昆明，第三届全民阅读大会"阅读与媒体"论坛；

4月29日，北京，中国科幻大会元宇·未来论坛暨"共创科幻生态，共享智慧未来"——科幻助力文旅产业及乡村振兴论坛；

6月1日，山东济南，网络文学发展新趋势研讨会；

6月13日，广西南宁，全国网络视听节目管理工作会议暨短视频管理座谈会；

7月12日至14日，北京，第七届中国"网络文学+"大会；

8月28日，四川成都，中国网络文明大会——"网络文艺与文化强国建设"分论坛；

9月2日，北京，第二届北京网络视听艺术大会；

9月19日，四川成都，新质生产力与网络文艺新趋势研讨会；

9月21日，海南海口，第十四届中国国际数字出版博览会；

10月10日，湖南长沙，首届网络文学品牌论坛；

10月12日，北京，首届中国广播电视精品创作大会文学IP影视化论坛；

10月17日，重庆，"网行天下更绿色更精彩"网络出版大会；

11月19日，北京，"网文+短剧"融合升级发展论坛；

11月22日，湖北武汉，首届"两湖版权对话"论坛；

11月28日至29日，河南郑州，中国网络文学论坛；

12月13日，北京，"网络文学与中国出版"研讨会；

12月16日至18日，上海，第三届上海国际网络文学周；

12月25日，北京，融媒体大众化文学精品：2024年度网络文学发展研讨会。

(2) 网络文学创作相关会议

1月16日，北京，传承民族文化网络文学创作研讨会；

1月20日，河北保定，网络文学创作分享会；

1月31日，北京，重大现实题材网络文学创作计划推进会；

5月31日，陕西西安，第六届七猫中文网作者大会；

6月12日，安徽黄山，2024阅文创作大会；

7月8日，北京，第七届中国"网络文学+"大会网文校园行暨2024年北京市青年文学人才发展研讨会；

8月27日，北京，"人人都是小说家"全民网络文学创作研讨会；

9月3日，北京，全国青年作家创作会议"推动网络文学高质量发展"平行论坛；

9月7日，云南大理，"助力写作梦想"2024第十六届纵横中文网作者大会；

12月6日，北京，"网络文艺中的青年文化与传统文化"研讨会；

12月11日，海南三亚，番茄小说创作者大会。

(3) 地方网络文学发展相关会议

1月6日，浙江杭州，杭州市网络作家协会第二届主席团第六次（扩大）会议；

1月13日，湖南衡阳，衡阳市网络作家协会第二届第五次理事会议；

1月21日，江苏连云港，连云港市作家协会网络文学分会一届三次理事会议；

3月1日，重庆，重庆市网络作家协会召开《重庆文学蓝皮书》（网络文学部分）编撰会议；

4月8日，吉林长春，推进吉林省网络文学高质量发展座谈会；

4月13日，山东聊城，聊城市网络作家协会第一次会员代表大会；

4月13日，浙江湖州，湖州市网络作家协会一届六次理事（扩大）会议；

4月16日，重庆，重庆市网络作家协会第二届理事会第五次会议；

4月23日至24日，河北石家庄，河北省网络作家协会第一届主席团第二次会议；

5月22日，江西景德镇，江西网络文学发展交流座谈会；

6月21日，湖南长沙，湖南省作协组织网络文学第二批人才推荐工作座谈会；

6月27日，福建温州，温州市网络作家协会召开第二次会员代表大会；

6月28日，北京，中关村网络作家协会成立大会；

7月5日，安徽合肥，安徽省网络作家协会一届四次主席团会议；

8月13日，辽宁沈阳，辽宁省作协推动新时代辽宁网络文学（工业题材）高质量发展座谈会；

8月30日，江西抚州，抚州市网络作家协会成立大会；

9月5日，云南丽江，丽江市网络作家协会一届二次理事会；

9月9日，湖南长沙，互联网岳麓峰会"文化+科技"融合专场论坛；

9月16日，北京，让我们为自己"立法"的北京大学网络文学研究丛书图书分享会；

9月19日，四川成都，"新质生产力与网络文艺新趋势"研讨会；

9月21日至22日，海南海口，海南自贸港网络文学论坛；

9月24日，四川成都，四川省网络作家协会第三次代表大会；

10月18日，江西南昌，江西当代艺术传承与创新系列之网络文学专题研讨会；

10月26日，浙江宁波，网络文学新业态发展研讨会；

10月27日，江西鹰潭，鹰潭市网络作家协会第一次会员代表大会；

10月28日，山西运城，运城市作家协会网络作家第一次会议；

10月28日，湖南益阳，湖南省网络文艺发展座谈会；

10月29日，湖南长沙，长沙市优秀网络文学作品研讨会；

11月2日，广东广州，中国网络文学的海外传播与粤港澳大湾区网络文学的发展研讨会；

11月22日，辽宁大连，大连市青年（网络）作家创作研讨会；

11月28日，河南郑州，郑州网络文学研讨会；

12月26日，湖南长沙，长沙市网络作家协会第二次会员大会。

（4）网络文学海外传播相关会议

5月23日，泰国，"阅读分享世界，创作改变人生"第十七届作家年会；

6月17日，意大利罗马，中国网络文学主题座谈交流活动；

9月19日，英国伦敦，中国网络文学欧洲文化交流活动；

9月16日至22日，分别在意大利作家联合会、英国查宁阁图书馆和法国巴黎文化中心举办中国网络文学主题座谈会；

11月6日，西班牙，中国文学读者俱乐部网络文学分享座谈会；

12月8日，缅甸仰光，"中国故事·从网络文学了解中国"研讨会。

（5）网络文学作品研讨会

注：由于在2023年撰写过程中遗漏两场网络文学作品研讨会，在此作出补充。

2023年12月6日，匪迦《关键路径》线上研讨会；

2023年12月26日，杀虫队队员《十日终焉》线上研讨会。

2024年网络文学作品研讨会如下：

1月9日，我本疯狂《铁骨铮铮》线上研讨会；

1月23日，远瞳《黎明之剑》线上研讨会；

2月5日，银月光华《大国蓝途》线上研讨会；

3月12日，和晓《上海凡人传》线上研讨会；

5月8日，季越人《玄鉴仙族》线上研讨会；

5月15日，流浪的军刀《逆火救援》线上研讨会；

6月12日，大姑娘《沪上烟火》线上研讨会；

6月26日，奉义天涯《警察陆令》线上研讨会；

7月9日，飘荡墨尔本《筑梦太空》线上研讨会；

7月16日，人间需要情绪稳定《一路奔北》线上研讨会；

7月25日，晨飒《金牌学徒》线上研讨会；

9月5日，江苏南京，第二期江苏新锐网络作家作品研讨会；

9月13日至14日，上海，网络文学促进中华优秀传统文化两创发展暨白金作家血红现实题材作品研讨会；

9月19日，我会修空调《我的治愈系游戏》线上研讨会；

9月24日，北京，微短剧《欢喜一家人》研讨会；

9月27日，红刺北《第九农学基地》线上研讨会；

10月18日，童童《洞庭茶师》线上研讨会；

10月30日，狐尾的笔《道诡异仙》线上研讨会；

11月7日，群星观测《寄生之子》线上研讨会；

11月20日，城城与蝉《天才俱乐部》线上研讨会；

12月18日，空留《惹金枝》线上研讨会；

12月25日，阎ZK《太平令》线上研讨会。

（6）网络文学理论研讨会

10月12日，云南曲靖，中国文艺理论学会网络文学研究分会第九届学术年会暨"中国网文出海·东南亚论坛"。

2. 重要会议内容介绍

(1)"生态创新 联结未来"出版融合发展大会

1月10日，2024"生态创新 联结未来"出版融合发展大会在北京举行。大会由北京图书订货会组委会和中国音像与数字出版协会指导和主办，中国音像与数字出版协会出版融合工作委员会以及抖音集团共同承办。出版、数字阅读、电商等行业的领军人物，共同探讨出版业深度融合之路，推动图书出版发行行业的创新性发展。中国作家协会书记处书记胡邦胜表示，近年来，网络文学产业不断更新发展，以番茄小说为代表的新平台，扩大了网络文学社会影响力。网络文学要与出版行业双向奔赴，形成融合发展的新格局。①

(2) 第十一届中国网络视听大会

3月28日至30日，以"极视听 强赋能"为主题的第十一届中国网络视听大会在四川省成都市举办。本届大会重点围绕深耕精品内容、壮大主流舆论、强化科技赋能、深化行业治理、加强国际传播等议题展开，聚焦微短剧国际传播、网络视听内容出海、城市国际传播等内容。在大会分论坛中，围绕微短剧创作传播举办了3场专业论坛，与会人员从不同维度深入探讨有关推动微短剧行业健康繁荣发展的议题。大会设有9场技术类活动和1场展览，聚焦当下最新的通用人工智能技术和行业应用，探讨技术革命带来的产业变革，为网络视听行业加快创新、以新质生产力开辟发展新领域新赛道、塑造发展新优势提供强有力的支撑。②

(3) 第三届全民阅读大会"阅读与媒体"论坛

4月23日，第三届全民阅读大会"阅读与媒体"论坛在云南省昆明市开幕。论坛由中宣部传媒监管局、民进中央出版和传媒委员会指导，中国报业协会、中国晚报工作者协会、中国文化传媒集团主办。与会嘉宾表示，要着眼以中国式现代化推进强国建设、民族复兴伟业，加强阅读引领，引导人们深入学习习近平总书记著作，多读古今中外经典之作，更好凝聚团结奋进的精神力量。要以全民阅读推动文明赓续传承，坚定文化自信，推动中华文化创造性转化、创新性发展。要推动出版业发展壮大，倡导纸质阅读、深度阅读，发展数字出版、数字阅读新业态。要加快形成覆盖城乡的全民阅读推广服务体系，加强全民阅读立法保障，为人们接触书籍、进入阅读创造良好条件。③

---

① 路艳霞：《2024"生态创新 联结未来"出版融合发展大会举行》，北京日报网，https：//news.bjd.com.cn/2024/01/18/10680130.shtml，2024年9月10日查询。

② 孙琦：《新质生产力解码视听发展未来——第十一届中国网络视听大会观察》，光明网，https：//news.gmw.cn/2024-04/01/content_37237059.htm，2024年9月10日查询。

③ 岳弘彬、牛镛：《第三届全民阅读大会在昆明举办》，人民网，http：//politics.people.com.cn/n1/2024/0424/c1001-40222264.html，2024年9月15日查询。

（4）中国科幻大会元宇·未来论坛暨"共创科幻生态，共享智慧未来"——科幻助力文旅产业及乡村振兴论坛

4月29日，由北京元宇科幻未来技术研究院、湖南省郴州市宜章县人民政府主办的中国科幻大会元宇·未来论坛暨"共创科幻生态，共享智慧未来"——科幻助力文旅产业及乡村振兴论坛在北京举行。科幻作为一种文化表达和传播形式，为文旅产业和乡村振兴注入新活力。论坛上进行了科幻全景中国系列《莽山科幻绘本》的隆重发布。《莽山科幻绘本》作为科幻与文旅跨界融合的创新尝试，通过视频展示、作家寄语及观众互动等多种形式，全面呈现了科幻元素在文旅产业发展中的独特魅力。同时，北京元宇科幻未来技术研究院与湖南省郴州市宜章县人民政府、中冶建筑研究总院、中国文化书院、北京梦景互联文化发展有限公司等单位举行了战略合作签约仪式，合作将进一步加强科幻与政府、文旅产业、建筑行业的深度交流。通过交流，与会专家学者探讨了科幻如何赋能乡村振兴和乡村文化产业发展，分享了各自的观点和经验，为未来文旅产业发展提供了宝贵的思路和启示。[1]

（5）全国网络视听节目管理工作会议暨短视频管理座谈会

6月13日，国家广播电视总局在广西南宁组织召开全国网络视听节目管理工作会议暨短视频管理座谈会，国家广播电视总局党组成员、副局长董昕出席并讲话，广西壮族自治区政协副主席刘咏梅致辞。会议通报了去年以来短视频管理工作情况，广西、北京、上海、广东、四川5地广播电视局和腾讯、快手、小红书、抖音、哔哩哔哩5家短视频平台作交流发言。会议要求，要以高度的使命感、责任感、紧迫感，深入学习贯彻习近平文化思想和习近平总书记关于网络强国的重要思想，贯彻落实好习近平总书记重要指示批示精神，按照总局党组的部署要求，坚持广电"二三四"工作定位，准确把握网络视听发展的趋势与规律，着力增强优质文化产品和服务供给，传播好党的声音，服务好人民群众，弘扬真善美，传递正能量，以短视频高质量发展为建设文化强国、建设中华民族现代文明作出积极贡献。[2]

（6）中国网络文学主题座谈交流活动

6月17日，中国网络文学主题座谈交流活动在意大利作家联合会举办。本次活动由中外文化交流中心与中国驻罗马旅游办事处主办，罗马大学孔子学院与意大利作家联合会具体承办，邀请了中国网络作家村签约作者杨汉亮（笔名横扫天涯）、沈荣两人赴意大利开展交流活动，中国驻罗马旅游办事处主任陈建阳、意大利作家联合会主席纳塔莱·罗西出席并致辞，意大利作家以及罗马大学师生代表参加了活

---

[1] 尹超：《2024中国科幻大会元宇·未来论坛暨"共创科幻生态，共享智慧未来"——科幻助力文旅产业及乡村振兴论坛举行》，中国作家网，https://www.chinawriter.com.cn/n1/2024/0508/c404079-40231491.html，2024年9月22日查询。

[2] 国家广播电视总局：《全国网络视听节目管理工作会议暨短视频管理座谈会在南宁召开》，https://www.nrta.gov.cn/art/2024/6/15/art_112_67932.html，2024年9月29日查询。

动。意大利作家联合会主席纳塔莱·罗西表示，意大利作家联合会是意大利最大的作家协会，拥有11000名作家会员，希望进一步加强中意文学交流往来，推动更多中国作家作品在意大利翻译出版，也希望更多意大利文学作品能在中国出版。①

（7）中关村网络作家协会成立大会

6月28日，中关村网络作家协会在北京市海淀区万泉河办公中心报告厅召开成立大会，审议通过了协会章程和规章制度，选举产生了第一届理事会和主席团。该协会为北京市属首家网络作家协会。北京市作协网络文学委员会副主任、网络作家陈彦池（笔名百世经纶）当选首任主席，在发表当选感言时他强调，我们"因文学而聚，因梦想而合"，将共同开启一段新的征程。他表示，我们协会的成立，不仅是一个简单的仪式，更是文学梦想扬帆的起点，以及文化责任担当的初心。②

（8）第七届中国"网络文学+"大会

7月12日至14日，由国家新闻出版署、北京市人民政府指导，北京市委宣传部（北京市新闻出版局）、中国音像与数字出版协会、中国作协网络文学中心、北京市委网络安全和信息化委员会办公室、北京经济技术开发区管理委员会共同主办的第七届中国"网络文学+"大会在北京举行。大会旨在深入学习贯彻习近平文化思想，贯彻落实习近平总书记关于文艺工作、文化传承发展的重要讲话精神，聚焦新的文化使命，以网络文学推动文化传承发展为主题主线，以引导精品创作、服务人民群众、促进交流互鉴、推动高质量发展为目标，共举行5场论坛、1场会议、4场分享沙龙、1个文化长廊展示、3个特色活动，为读者和观众献上了一场有滋有味的网络文学盛宴。③

（9）中国网络文明大会——"网络文艺与文化强国建设"分论坛

8月28日，"网络文艺与文化强国建设"分论坛在四川成都举行，本场论坛由中国文联网络文艺传播中心、人民网人民视频承办，中国艺术报社、中国文艺网、北京大学网信办协办。这是中国网络文明大会首次设立的以网络文艺为主题的分论坛，与会嘉宾围绕"炳耀网络文艺高质量 铸就文化强国新辉煌"主题，深入交流促进新时代网络文艺高质量发展、推动文化强国建设话题。中国文联党组成员、副主席董耀鹏出席论坛并作题为《奋力书写网络文艺高质量发展新篇章》的主旨发言。论坛上还举行了《中国网络文艺发展报告（2022—2023）》发布仪式和人民网"数

---

① 谢亚宏：《中国网络文学主题座谈交流活动在罗马举办》，人民网，http://world.people.com.cn/n1/2024/0919/c1002-40323391.html，2024年10月9日查询。

② 中国作家网：《中关村网络作家协会成立大会在京举行》，http://www.chinawriter.com.cn/n1/2024/0708/c404023-40273698.html，2024年10月16日查询。

③ 中国作家网：《网聚创造活力 文谱时代华章——第七届中国"网络文学+"大会综述》，http://www.chinawriter.com.cn/n1/2024/0415/c404023-40216220.html，2024年10月23日查询。

视通"平台上线仪式。①

(10) "助力写作梦想"2024第十六届纵横中文网作者大会

9月2日,第十六届纵横中文网作者大会在大理举办。百度集团副总裁肖阳、百度MEG战略和投资管理总监褚高斯、百度MEG投资管理负责人高俊巍、七猫创始人、七猫及纵横小说总裁韩红昌等多位领导出席此次作者大会。韩红昌表示,纵横将持续坚守"为网络文学创作者提供更好的创作环境"的初心,在百度、七猫的大力支持下,推动内容生态升级,吸引更多优质作家入驻,促进作家收入提升,创作出更多的经典之作。肖阳表示,希望通过百度、七猫、纵横端到端联动,"内容+推荐"全局优化,以及"文学+科技"融合等措施,打造内容生态闭环,让更多的纵横小说精品内容展现在读者面前。利用百度AI大模型,助力作者高效创作与IP改编,推动行业迈向新高度。②

(11) 全国青年作家创作会议"推动网络文学高质量发展"平行论坛

9月3日,全国青年作家创作会议"推动网络文学高质量发展"平行论坛在北京举行。会议针对AI技术在创意和文艺产业的应用进行了深入探讨。与会专家表示,对网络文学而言,无论是对过去写作模式的淘汰,还是今天面对AI的冲击,网络文学都有其立足根基,未来的十年一定是网文精品化的十年。与会代表还就青年网络作家的使命担当、加强网络文学现实题材创作、网络文学出海等话题进行了探讨交流。③

(12) 第二期江苏新锐网络作家作品研讨会

9月5日,第二期江苏新锐网络作家作品研讨会在南京召开。活动在中国作协网络文学中心、江苏省作家协会的指导下,由江苏省网络作家协会和扬子江网络文学评论中心主办。会上介绍了近年来江苏网络文学发展现状和取得的成果,并指出持续举办江苏新锐网络作家作品研讨会,旨在充分发挥文学评论的作用,积极推介青年网络作家,为江苏网络文学的持续发展储备更多新生力量和不竭动力。与会专家表示期待评论家们以严格的标准和犀利的眼光,总结青年作家作品的优点和不足,帮助青年作家不断成长与进步,也希望青年作家们认真聆听,虚心请教,深入学习习近平总书记关于文艺工作的系列重要论述,在文学道路上坚定初心,不负使命,

---

① 苏锐:《2024年中国网络文明大会"网络文艺与文化强国建设"分论坛在成都举行》,中国文艺网,https://e.cflac.org.cn/syhdx/202408/t20240829_1327946.html,2024年10月29日查询。

② 李信:《"助力写作梦想"2024第十六届纵横中文网作者大会圆满落幕》,中国新闻报道,http://www.caischina.cn/gnxw/202409/36950.html,2024年11月9日查询。

③ 虞婧:《AIGC时代,网络文学要以内容为支撑求新求变——"推动网络文学高质量发展"平行论坛侧记》,中国作家网,https://www.chinawriter.com.cn/n1/2024/0904/c459292-40312425.html,2024年11月3日查询。

创作出更多体现地域特色、时代特征、中国精神的文学作品。①

（13）互联网岳麓峰会"文化+科技"融合专场论坛

9月9日，互联网岳麓峰会"文化+科技"融合专场论坛在长沙举办。本届峰会以"AI汇湘江 数智驱未来"为主题，邀请院士专家、500强企业负责人、湘籍企业家、高层次人才等数百名嘉宾参会。峰会围绕1场岳麓论坛、5场主题论坛，聚焦湘商湘情、"文化+科技"融合、新时代投资新趋势、产业互联网、大模型赋能数字经济等五大类领域开展高峰对话。在"文化智核 科技新篇"主题论坛上，中南大学网络文学研究院院长欧阳友权发布了《中国网络文学年鉴（2023）》（以下简称《年鉴》）。欧阳友权表示，中国网络文学作为"文化+科技"融合的典型成果，体现了新时代文学的新质生产力。网文、网游、网剧也成为"文化出海"的三驾马车，深受时下年轻人的喜爱。与会人员认为，《年鉴》的持续出版，彰显了中国网络文学在文化产业中的重要地位和影响力，不仅是对网络文学现象的客观记录，更是对"文化+科技"融合典型成果在新时代所扮演角色的深入解读和反映。②

（14）网络文学促进中华优秀传统文化两创发展暨白金作家血红现实题材作品研讨会

9月13日至14日，由上海市作家协会主办，上海网络作家协会、中国作协网文委上海研究与培训基地和上海大学文学院承办的"网络文学促进中华优秀传统文化两创发展暨白金作家血红现实题材作品研讨会"在上海举办。上海市作家协会党组书记、专职副主席、秘书长马文运，上海大学文学院党委书记陆甦颖，来自上海、江苏、浙江、甘肃、山东、广西、湖南、河南、内蒙古九个省市的作协与网络作协主席和副主席等嘉宾出席了本次活动，包括学者、企业代表与网络作家近百人共同商讨网络文学与中华优秀传统文化的两创发展，并就白金作家血红的现实题材作品进行了深入探讨。本次研讨会以"网络文学促进中华优秀传统文化两创发展"为主题，并就白金作家血红的现实题材作品进行研讨，对"网络文学创作与中华优秀传统文化创造性转化""网络文学创作与中华优秀传统文化创新性发展""作家血红小说创作与中华传统文化""作家血红的现实题材创作"四个议题进行了深入探讨。③

（15）新质生产力与网络文艺新趋势研讨会

9月19日，由中国文艺评论家协会新文艺群体委员会、四川省文艺评论家协会等单位主办，四川日报川观新闻文艺评论频道等单位协办的"新质生产力与网络文

---

① 江苏作家网：《第二期江苏新锐网络作家作品研讨会在南京召开》，https：//www.jszjw.com/news/20240909/172731564871.shtml，2024年11月9日查询。

② 李祎男：《中南大学网络文学研究成果亮相岳麓峰会》，央视网，https：//local.cctv.com/2024/09/09/ARTIhD9iMJdTbMXituIJGeWE240909.shtml，2024年11月12日查询。

③ 创意写作研究：《"网络文学促进中华优秀传统文化两创发展暨白金作家血红现实题材作品研讨会"顺利召开》，中国作家网，https：//www.chinawriter.com.cn/n1/2024/0919/c404023-40323295.html，2024年11月12日查询。

艺新趋势"研讨会暨2023年四川网络文学年度报告及影响力排行榜发布会在西南科技大学召开。与会专家围绕"新质生产力与网络文艺新趋势""网络文艺视听转化的动力机制与现实问题""网络文艺对中国传统文化的传承与创造性转化""四川网络文艺的实践与机遇"等议题展开研讨。中国文艺评论家协会副主席、中国文艺评论家协会新文艺群体专委会主任、四川省文艺评论家协会主席李明泉则强调了"新质生产力"与文学有密切关系，他提出科学和艺术是一枚硬币的两面，两者相互结合相互影响，艺术的发展离不开科学日新月异的进步，文学艺术的发展要在科学技术的发展中汲取想象力和审美内涵。①

（16）第十四届中国国际数字出版博览会

9月21日，以"创新提质数赢未来"为主题的第十四届中国国际数字出版博览会在海口开幕。本届数字出版博览会由中国新闻出版研究院主办，中共海南省委宣传部和海口市委、市政府支持，突出数字化、国际化特色，举办展览展示、主论坛、专题论坛和系列现场活动。聚焦发展出版业新质生产力、打造数字出版内容精品、促进数字出版国际合作等话题，来自国内以及法国、巴西、日本、韩国、马来西亚等国家的600余位嘉宾参加了主论坛，10家中外机构有关代表作交流发言。与会嘉宾表示，作为文化与科技融合的新业态，数字出版代表出版领域发展的新方向，要把握新趋势、抓住新机遇，通过发展新质生产力，创造数字出版的美好未来。要凝聚价值共识，倡导时代新风正气，传播人类文明成果，共同培育数字文明风尚。②

（17）中国网络文学欧洲文化交流活动

9月16日至22日，由文化和旅游部中外文化交流中心主办的中国网络文学欧洲文化交流活动，分别在意大利作家联合会、英国查宁阁图书馆和法国巴黎文化中心举办，并举行了中国网络文学主题座谈。活动现场举行了中国网络文学书籍捐赠仪式。《斗罗大陆》《天道图书馆》《筑梦太空》等20部网文作品入选文化交流典藏书目，将入藏欧洲各地文化机构。在精品化、全球化、产业化发展趋势下，网络文学正成为中国故事走出去的生动范本，为全球文化交流互鉴开拓新航道。研讨会现场气氛热烈，海外观众与作者就网络文学的创作机制、文化特色与国际传播进行踊跃交流。③

（18）首届中国广播电视精品创作大会文学IP影视化论坛

10月12日，首届中国广播电视精品创作大会文学IP影视化论坛在北京成功举

---

① 牛霄：《"新质生产力与网络文艺新趋势"研讨会暨2023年四川网络文学年度报告及影响力排行榜发布会召开》，四川在线网，https://sichuan.scol.com.cn/ggxw/202409/82612811.html，2024年11月16日查询。
② 王頔：《第十四届中国国际数字出版博览会在海南海口举办》，新华网，http://www.xinhuanet.com/politics/20240921/df9f336737ad4ac1931fc8c2853c7925/c.html，2024年11月16日查询。
③ 中国新闻网：《20部网文作品入选文化交流典藏书目将入藏欧洲文化机构》，https://www.chinanews.com.cn/cul/2024/09-23/10290902.shtml，2024年11月19日查询。

办。论坛由国家广电总局电视剧司、发展研究中心,中国作家协会社会联络部,北京市广电局主办,中国电视剧制作产业协会承办。此次论坛以"文学力量 影视表达 双向赋能"为主题,旨在深入学习宣传贯彻党的二十届三中全会精神和习近平文化思想,探讨文学与影视如何相互交融、共同促进,展望未来发展方向。来自全国各地的知名作家、编剧、导演、制片人、演员等广播电视行业精英及专家学者参加。此次论坛通过多维度、多层次的讨论,不仅搭建了文学与影视跨界对话的桥梁,更为推动中国文化产业的繁荣发展注入了新的活力与动能。与会嘉宾纷纷表示,文学与影视同根同源,要进一步促进文学与影视的双向奔赴,实现文化内容的多元表达和广泛传播,创作出更多既有深度又有广度,既叫好又叫座的文学和影视精品。[1]

(19)中国文艺理论学会网络文学研究分会第九届学术年会暨"中国网文出海·东南亚论坛"

10月12日,由中国文艺理论学会网络文学研究分会、曲靖师范学院主办的中国文艺理论学会网络文学研究分会第九届学术年会暨"中国网文出海·东南亚论坛"在云南省曲靖市举行。来自国内外的140多位专家学者围绕"中国网文出海的动力和路径""人工智能与网文海外传播""中国网文东南亚传播的生态链打造"等话题进行深入讨论。来自东南亚地区的学者介绍,在泰国、老挝、缅甸、越南等东南亚国家,中国网文常年占据网络小说畅销榜单。中国网文的海外传播,拉近了不同国家的青年之间的心理距离。[2]

(20)首届"两湖版权对话"论坛

11月22日,首届"两湖版权对话"在武汉举办。活动由湖北省版权保护协会、湖南省版权协会、武汉大学知识产权高级研究中心、中南大学网络文学研究院等联合主办。200多位来自全国版权领域的专家学者和头部企业代表,围绕"版权保护助推新质生产力发展"主题展开交流,探讨"中部崛起"战略中的发展模式路径,延续了两地版权工作的紧密合作与协同治理。主论坛上,中南大学网络文学研究院、湖北省版权保护协会、湖南省版权协会联合发布了中国网络文艺版权保护年度典型案例。同时,大会还展开了版权产业发展主题论坛,聚焦 AI 探讨未来版权保护模式,并通过具体的案例探讨了技术创新与版权保护之间的利益平衡。四个平行分论坛则分别就互联网平台责任与边界、网络版权侵权的挑战与机遇等内容展开探讨,提出了在技术、产业与法律深度融合背景下的版权治理新路径。[3]

---

[1] 国家广播电视总局:《文学力量,影视表达,双向赋能,文学 IP 影视化论坛促进文学影视互相奔赴》,https://www.nrta.gov.cn/art/2024/10/12/art_112_69101.html,2024年11月21日查询。

[2] 黄尚恩:《中国文艺理论学会网络文学研究分会第九届学术年会聚焦——打造网文出海的东南亚传播路径》,中国作家网,https://www.chinawriter.com.cn/n1/2024/1102/c404023-40352496.html,2024年11月21日查询。

[3] 吴文华:《首届"两湖版权对话"助推鄂湘新质生产力发展》,新华网,http://www.hb.xinhuanet.com/20241125/d049e82492474e98b0a7ccab823135f9/c.html,2024年12月10日查询。

(21) 2024中国网络文学论坛

11月28日，由中国作家协会主办的2024中国网络文学论坛在河南郑州开幕。论坛以"深入学习贯彻党的二十届三中全会精神，推动网络文学在文化强国建设中作出新贡献"为主题，来自全国各地的网络文学作家、专家学者、平台负责人、文化产业代表、部分省市作协负责人等上百人出席。胡邦胜指出，2024年是习近平总书记主持召开文艺工作座谈会并发表重要讲话十周年，讲话标志网络文学开启了主流化进程。论坛同时发布了网络文学国际传播项目（第二期）。在总结去年传播经验的基础上，项目二期在全球招募海外读者，对唐家三少、天蚕土豆、紫金陈等六位知名网络作家进行深度访谈，录制6期《网文中国》纪录片，使用中、英双语向海外精准传播。现场播放了《网文中国》6期预告片，生动展示项目成果。①

(22) "中国故事·从网络文学了解中国"研讨会举办

12月8日，由中央广播电视总台、缅甸作家协会与仰光中国文化中心联合举办的"中国故事·从网络文学了解中国"研讨会在仰光中国文化中心图书室举行。中国驻缅甸大使馆参赞李千国参加并致辞，缅甸作家协会主席吴翁貌发表了视频致辞，仰光中国文化中心主任向剑波、央视总台亚非中心缅甸语部主任董洁及缅甸作协会员、青年作家、当地文学爱好者50余人出席了研讨会。研讨会围绕"中国经济社会高质量发展与网络文学繁荣""缅甸网络文学现状与中国网络文学的交流互鉴""网络文学在青年跨文化交流中的角色"等多个话题进行了广泛讨论交流。②

(23) "网络文学与中国出版"研讨会

12月13日，"网络文学与中国出版"研讨会在北京举行。来自网络文学研究领域的专家学者及出版界代表参加会议，围绕网络文学的创作现状及创新发展途径、网络文学在出版领域的版权运营与商业拓展模式、网络文学与数字出版技术的深度融合及创新应用等展开深入研讨。中国作家协会网络文学中心主任何弘认为，网络文学不仅是传统文学的数字化，也提供了新的叙事方式和传播方式；网络文学对出版业的发展提出了新的挑战，也为数字出版提供了新的探索方向。与会者还从网络文学研究著作出版的角度，对文学生产与出版的互动进行了拓展。宁波出版社社长袁志坚介绍了国内首套网络文学研究名家文丛《中国网络文学研究名家论丛（第一辑）》的选题缘起和出版过程。③

---

① 虞婧：《2024中国网络文学论坛在郑州举办》，中国作家网，https：//www.chinawriter.com.cn/n1/2024/1130/c403993-40372565.html，2024年12月12日查询。

② 中国文化网：《"中国故事·从网络文学了解中国"研讨会在仰光中国文化中心举行》，https：//cn.chinaculture.org/pubinfo/2024/12/16/200001003002001/b68d72f2ee4a4de8845884de268d3da8.html，2024年12月20日查询。

③ 肖瑶：《促进网络文学与出版业融合发展》，中国社会科学院，http：//cass.org.cn/keyandongtai/xueshuhuiyi/202412/t20241220_5825350.shtml，2024年12月20日查询。

（24）第三届上海国际网络文学周

12月16日，由上海市新闻出版局、中国音像与数字出版协会指导，上海市出版协会、阅文集团主办的第三届上海国际网络文学周正式开幕。本届"网文周"汇聚了16个国家的网络文学作家、译者、学者和企业代表，共议中国网络文学发展新趋势，共论网文全球化新风向。中国音像与数字出版协会常务副理事长兼秘书长敖然表示，中国网络文学反映着时代的变迁、社会的进步以及人们内心深处的精神追求，作为网络文艺形态的源头和先锋，为文化消费提供了大量IP资源，有效赋能了中国网络文艺新业态的高质量发展。本届网文周活动期间还将举办中外作家圆桌会、2024起点国际年度征文大赛颁奖典礼、"阅游上海"采风等活动。[1]

（25）融媒体大众化文学精品：2024年度网络文学发展研讨会

12月25日，由中国作协网络文学中心指导，扬子江网络文学评论中心主办的"融媒体大众化文学精品：2024年度网络文学发展研讨会"在北京举办。扬子江网络文学评论中心发布2024年网络文学年度观察，并举办本次融媒体大众化文学精品研讨会，旨在系统梳理和深入总结2024年度网络文学在创作趋势、题材文化、传播形式等方面的显著变动，全面分析网络文学的发展与市场的互动关系，关注这一领域涌现出的新趋势、新现象，以及背后所蕴含的文化意义和产业动能，期待此次活动能够为网络文学行业发展提供一种具有前瞻性的参考，助力网络文学在新时代不断实现更高质量的发展。与会专家针对年度观察发表了相关意见，集体表示网络文学已经是社会主义文学的重要组成部分，是文学在互联网时代的创新性应用，更是文化强国建设的生力军。[2]

二、网络文学年度社团活动

1. 年度网络文学社团活动清单

据统计，2024年度全国范围内共举办网络文学活动175次，其中网络文学评奖和推介宣传活动106次，网络文学作家研修班活动20次，网络文学新设协会、社团机构活动25次，调研采风及其他活动24次。

按照活动主题与活动内容，2024年度网络文学社团相关活动清单如下。

（1）网络文学评奖和推介宣传活动

1月4日，探照灯书评人好书榜2023年度十大中外类型小说发布；

1月4日，2023知乎盐言故事短篇故事影响力榜发布；

---

[1] 郑晓蔚：《第三届上海国际网络文学周开幕》，央广网，https：//www.cnr.cn/shanghai/ygksh/20241217/t20241217_527011743.shtml，2024年12月26日查询。

[2] 中国作家网：《融媒体大众化文学精品：2024年度网络文学发展研讨》，https：//www.chinawriter.com.cn/n1/2024/1230/c404023-40392281.html，2024年12月31日查询。

1月5日，17K&四月天小说网2023年度盘点公布；

1月6日，起点中文网公布2023月票年榜TOP10的荣誉作品；

1月8日，微博2023"好书大赏"年度评选活动公布结果；

1月10日，阅文集团发布2023年度网络文学榜样作家"十二天王"榜单发布；

1月10日，豆瓣阅读"古风世界"主题征稿第二期短名单公布；

1月10日，国家广播电视总局办公厅发布关于开展"跟着微短剧去旅行"创作计划的通知；

1月11日，北京，中国网络文学双年榜（2022—2023）发布；

1月11日，首届"观海杯"青岛网络文学大赛开始评审；

1月12日，"大武侠时代"古龙官方授权同人征文获奖名单公布；

1月15日，2023年中国网络文学影响力榜征集启事发布；

1月16日，"封神杯"江苏省高校网络文学大赛短剧剧本创作专项赛启动；

1月16日，第三届石榴杯征文的获奖名单发布；

1月22日，书旗小说2023年度金榜奖项揭晓；

1月26日，国家广播电视总局发布2023网络视听精品节目名单，共有100部优秀网络视听作品入选；

1月31日，中国作家网发布2023年第四季度网络文学新作推介；

2月5日，阅文集团发布全球华语IP榜单；

2月6日，"守护好一江碧水"征文活动获奖作品公示；

2月23日，豆瓣阅读主题征稿"古风世界"第三期短名单公布；

2月28日，第一届"封神杯"海选赛晋级名单公布；

3月5日，第35届银河奖海选投票正式启动；

3月15日，北京市广播电视局发布跟着微短剧去旅行·"短剧游北京"创作计划；

3月20日，知乎盐言故事推出"3A计划"；

3月20日，长佩文学第二届"万花筒"创作大赛开启；

3月22日，江西三清山全国网络文学征文活动开启，并联合阅文集团围绕《道诡异仙》开发文旅品牌；

3月22日，"古风世界"主题征稿获奖作品公布；

3月25日，悬疑厂牌"谜想计划"编辑组发布2024年悬疑小说征稿函；

3月25日，第二届古籍活化联合征文活动"走进古籍，看见历史"主题征文活动开启；

4月11日，第三届"新芒文学计划"征文大赛启动；

4月12日，2022—2023年优秀现实题材网络文学出版工程入选作品公布；

4月16日，番茄小说第二届"脑洞之王"创作大赛正式启动；

4月18日，喜马拉雅2024原创小说大赛正式启动；

4月24日，中国作家网发布2024年第一季度网络文学新作推介；

4月24日，2024第十届滇云网络文学大赛征稿启事发布；

4月25日，2023年度（第七届）晨曦杯获奖名单公布；

4月25日，番茄小说"寻梦万花筒"女频现言主题征文活动开启；

4月28日，上海，2023年度"中国网络文学影响力榜"发布；

5月15日，豆瓣阅读第六届长篇拉力赛首期关注名单公布；

5月17日，2024第四届七猫中文网现实题材征文大赛获奖名单公布；

5月17日，第十二届SF轻小说征文大赛开启；

5月18日，第十五届华语科幻星云奖获奖名单公布；

5月20日，"白山松水"现实主义题材IP网络文学征文大赛启事发布；

5月20日，飞卢小说达人推文（薪火）计划开启；

5月27日，中华文学基金会第五届茅盾新人奖·网络文学奖颁奖；

5月27日，第八届现实题材网络文学征文大赛颁奖，同时启动第九届现实题材网络文学征文大赛；

5月31日，广西南宁，2023年泛北部湾网络文学大赛颁奖暨2024年泛北部湾网络文学大赛启动；

6月1日，第三届网络文学青春榜发布会暨番茄小说"巅峰故事计划"启动；

6月11日，阅文集团2024年原创文学新晋白金、大神作家公布；

6月12日，阅文集团携手黄山旅游共同开启"黄山主题征文大赛"；

6月12日，番茄小说公布2024金番作家名单；

6月13日，第五届"金熊猫"网络文学奖获奖作品名单公布；

6月13日，第五届"金桅杆"网络文学奖征集公告发布；

6月13日，第六届"豆瓣阅读长篇拉力赛"复选名单公布；

6月20日，国风有"薪"意征文活动获奖名单公布；

6月21日，每天读点故事App短剧抢滩计划第二季征文活动开启；

6月25日，十部作品入选中国网络科技科幻文学创作扶持计划；

6月28日，2024"谜想故事奖"悬疑长篇征文比赛入围作品公示；

7月4日，中国文艺评论家协会、中国文联文艺评论中心联合主办的第四届网络文艺评论优选汇启动；

7月5日，"哔哩哔哩漫画"漫改小说征稿活动（第二期）开启；

7月5日，由河北网络小说排行榜组委会主办的2023年河北网络小说排行榜发布；

7月5日，追光盐计划"青春添新盐"征文启动；

7月7日，广电总局公布第一季度优秀网络视听作品；

7月8日,"北京现实题材网络文学青年创作计划"第一批入选名单发布;

7月9日,晋江上线全新短篇作品入库模式;

7月15日,第五届七猫现实题材征文大赛"新疆美"特别单元征稿启动;

7月16日,天猫中文网第五届七猫现实题材征文大赛启动;

7月17日,《全职高手》有奖征文活动开启;

7月23日,阅文集团联合13家头部影视公司共同发起"风起国潮"女频征文大赛;

7月25日,起点现实频道联合瞳盟影视举办"人生剧场"主题征文活动;

7月27日,由湖南省作家协会指导、湖南省网络作家协会主办的第三届湖南省十大网络作家(作品)评选活动启动;

7月29日,中国作家网发布2024年第二季度网络文学新作推介;

8月3日,首届《诡秘之主》创作者大赛正式启动;

8月5日,由国家广播电视总局网络视听节目管理司、文化和旅游部资源开发司主办的"跟着微短剧去旅行"创作计划第三批推荐剧目发布;

8月15日,2024年海浪产业"从文学到电影"年度推介书目公布;

8月16日,第一届深圳现实题材网络文学征文大赛启动;

8月20日,豆瓣阅读"悬疑科幻"中篇征文入围名单公布;

8月23日,豆瓣阅读"第六届长篇拉力赛"获奖名单公布;

8月23日,起点读书开启"中国神话"主题写作季;

9月19日,2023年四川网络文学年度报告及影响力排行榜发布;

9月23日,第四届泛华文网络文学金键盘奖评审结果公告发布;

9月24日,豆瓣阅读"悬疑科幻"中篇征文比赛获奖名单公布;

9月24日,番茄小说第四届网络文学征文活动启动;

9月28日,第35届银河奖获奖作品名单发布;

9月30日,第二届"奇想奖"科幻&奇幻题材长篇征文比赛启动;

10月1日,书旗中文网举办"人人都是小说家"网文创作高校赛;

10月10日,湖南长沙,首届中国网络文学品牌榜揭晓;

10月22日,江苏南京,第三届扬子江网络文学最具IP潜力榜公布;

10月22日,江苏南京,第四届泛华文网络文学金键盘奖获奖名单公布;

10月22日,湖北武汉,作为"遇见长江·长江文学周"系列活动之一,长江流域网络文学影视转化作品推介会举办;

10月24日,番茄小说"巅峰故事计划"获奖作品公示;

10月31日,番茄小说"脑洞盛宴"征文活动正式开启;

11月1日,中国作家网发布2024年第三季度网络文学新作推介;

11月11日,上海,"阅见非遗"第二届征文大赛获奖作品公布;

11月19日，"悦读好书榜"发布；

11月25日，第十七届精神文明建设"五个一工程"优秀作品奖颁布，三部网络文学作品获奖；

11月28日，七猫2024年度宗师、大师作家名单公布；

11月28日，浙江杭州，第四届两岸青年网络文学大赛颁奖典礼暨第五届启动仪式举行；

12月5日，广东深圳，首届深圳现实题材网络文学征文大赛颁奖；

12月9日，浙江杭州，首届新时代网络文学"白马奖"获奖作品名单公布；

12月9日，浙江杭州，第四届白马湖全国网络文学评论大赛获奖作品名单公布；

12月10日，关于开展首届北京市网络文学征文大赛的通知发布；

12月15日，第二届知乎盐言故事2024短篇故事影响力榜发布；

12月16日，第三届"故事存储计划"征文活动正式上线；

12月17日，上海，起点国际年度征文大赛（Webnovel Spirity Awards）2024年度优秀作品发布；

12月24日，2024年度网络文学榜样作家"十二天王"名单发布。

(2) 网络文学作家研修班

4月18日至19日，江苏无锡，由中国作协主办的"网络文学IP微短剧创作扶持项目发布会暨网络作家改稿班"举办；

4月22日至26日，北京，2024"青社学堂"京津冀网络文学青年创作骨干培训班举办；

6月5日，宁夏石嘴山，宁夏网络文学创作培训班举办；

6月19日至21日，河北秦皇岛，由中国作协网络文学中心主办、河北省作协承办的"京津冀网络文学协同发展研讨班"举办；

6月27日，浙江台州，第二届番茄小说网络作家研修班（台州站）开班；

7月11日至13日，安徽合肥，由中国作协网络文学中心主办的全国网络文学评论高研班举办；

8月20日，江苏南京，中国作协网络文学中心举办全国网络作家学习贯彻习近平文化思想专题线上培训班；

9月11日至14日，上海，上海网络文学高层次写作人才研修班开班；

9月25日至28日，上海松江，阅文起点创作学堂首期"短剧创意工坊"结课；

9月28日至29日，山东济南，由中国作家协会网络文学中心主办的全国网络作家学习贯彻党的二十届三中全会精神培训班举办；

10月14日至18日，浙江杭州，2024第三届纵横中文网大神训练营开营；

10月22日至24日，江苏南京，第七期江苏网络作家研修班开班；

10月27日，四川凉山，中国文联网络文艺传播中心主办的"全国中青年网络文艺骨干人才高级研修班"开班；

10月28日，湖南长沙，长沙市青年网络作家创作研修班开班；

11月5日至6日，北京，由中国作协网络文学中心主办的全国重点网络文学网站负责人学习贯彻党的二十届三中全会精神培训班举办；

11月11日至15日，北京，番茄小说网络作家高级研修班（北京站）结业；

11月12日至14日，北京，由中国作协网络文学中心主办的网络文学国际传播培训班举办；

11月20日，四川成都，四川省网络作家协会2024新会员培训班暨2024年四川作家网通讯员培训班结业；

12月5日，湖南长沙，番茄小说·湖南作协网络文学作家创作研修班报名通知发布；

12月16日至19日，江西南昌，2024年江西网络文学创作培训研讨班举办。

（3）网络文学新设协会、社团机构活动

1月20日，江苏海安，"海安市网络文学谷"揭牌仪式举行；

2月6日，天津作协网络文学专委会2024年新会员名单公布；

2月23日，江苏省网络作家协会会员发展工作启动；

3月19日，杭州余杭，"新媒体视听排行榜高校联盟"宣告成立；

3月28日，湖北省网络作家协会2024年会员发展工作通知发布；

4月1日，吉林省网络作家协会2024年拟发展会员名单发布；

4月8日，江西省网络作家协会2024年新会员名单发布；

4月13日，山东聊城，聊城市网络作家协会成立；

4月19日，福建福州，福建省网络文艺促进会成立；

4月24日，湖南省网络作家协会2024年春季正式会员名单发布；

5月18日，北京，中国电视艺术家协会微短剧专业委员会成立；

5月20日，江苏省网络作家协会2024年新发展会员名单发布；

5月22日，四川省网络作家协会发布关于2024年新会员发展的通知；

6月28日，北京，中关村网络作家协会成立；

7月8日，聊城市网络作家协会第一批拟发展会员名单发布；

7月16日，山东省网络作家协会2024年新发展会员名单发布；

8月15日，湖南省网络作家协会发布2024年秋季会员发展公告；

8月30日，江西抚州，抚州市网络作家协会成立；

10月12日，四川网络文学产业园正式开园；

10月23日，吉林省网络视听协会在吉林长春正式成立；

10月27日，江西鹰潭，鹰潭市网络作家协会成立；

11月1日，江西新余，中共新余市网络作家协会支部委员会正式成立，成为全省首个网络作家协会党支部；

11月9日，由中国作协外联部指导、中国图书进出口（集团）有限公司和格拉纳达大学孔子学院联合承办的首个西班牙中国文学读者俱乐部启动；

11月12日，安徽省网络作家协会2024年新入会会员名单发布；

12月16日，江苏盐城，江苏网络文学IP孵化中心揭牌成立。

（4）调研采风及其他活动

1月10日，浙江杭州，浙江省网络作家协会第三次代表大会召开；

1月17日，云南昆明，昆明网络文学协会召开2024年第一次理事会；

2月6日，重庆，"扬帆计划"重庆市网络作家协会开展新春关爱公益活动；

4月12日，北京，中国作协宣传信息工作会议召开；

4月23日至24日，河北石家庄，2024年河北省网络文学工作推进活动成功举办，并召开河北省网络作家协会第一届主席团第二次会议、第一届理事会第二次会议；

5月12日至14日，江苏无锡，省网络作协二届四次理事会召开；

6月15日，北京，中国传媒大学启动网文校园行活动；

6月21日，湖南长沙，湖南省作协组织举办网络文学第二批人才推荐工作座谈会；

7月5日，安徽合肥，安徽省网络作协一届四次主席团会议召开；

7月15日，四川成都，四川省作协召开网络文学委员会工作推进会；

8月6日，江苏泰州，泰州市作家协会网络作家分会换届大会召开；

8月9日，浙江省作协开展浙江省网络文学原创作品扶持申报工作；

8月27日，"人人都是小说家"全民创作计划发布；

8月28日，知乎盐言故事推出"西游特辑"；

9月15日，新疆喀什，为期一周的"2024七猫文化润疆——网络作家新疆行"收官；

9月16日，北京，由中国文联出版社和北京大学文学讲习所联合主办的"让我们为自己'立法'"的北京大学网络文学研究丛书图书分享会举行；

9月19日，小红书"2024身边写作大赛"开启；

9月24日，甘肃兰州，"新力建新功·文创助陇原"——全国新的社会阶层代表人士服务团甘肃服务考察活动在兰州举行，网络作家齐聚《读者》共话"文学拥抱网络"；

9月24日，江西鹰潭，番茄小说启动"番茄读旅季——2024年网络文学乡村文旅创作扶持计划"；

10月15日，湖南长沙，湖南省网络作家协会举行理事扩大会议，宣讲党的二十届三中全会精神；

10月17日，浙江杭州，杭州市统一战线"同心大讲堂"开讲；

11月18日，北京，北京文联"坊间对话"第35期："套路与爱情——网络时代的性别话语与影像"文艺评论系列学术对谈活动举行；

11月23日，北京，"女性成长与浪漫重启——网络文学中的'她世界'"交流活动举行；

12月16日，晋江VIP金榜规则调整。

2. 重要社团活动介绍

（1）阅文集团发布2023年度网络文学榜样作家"十二天王"榜单

1月10日，阅文集团发布2023年度网络文学榜样作家"十二天王"榜单。错哪儿了、金色茉莉花、季越人、可怜的夕系、弥天大厦、西湖遇雨、最白的乌鸦、拓跋狗蛋、群玉山头见、裴屠狗、新海月1和布洛芬战士12位作家成功入选。这一榜单集结了仙侠、都市、历史、奇幻、玄幻等多个题材，展现了过去一年网络文学的创作潮流。[①]

（2）中国网络文学双年榜（2022—2023）发布

1月11日，海峡文艺出版社和北京大学文学讲习所、山东大学网络文学研究中心在2024北京订货会上联合举办"中国网络文学双年榜（2022—2023）"发布会。北京大学网络文学研究论坛和山东大学网络文学研究中心联合发布中国网络文学双年榜（2022—2023）榜单，榜单包括《穿进赛博游戏后干掉BOSS成功上位》（桉柏）、《女主对此感到厌烦》（坏鹤）、《我妻薄情》（青青绿萝裙）、《智者不入爱河》（陈之遥）、《点燃星火》（栗子多多）、《如何建立一所大学》（羊羽子）、《早安！三国打工人》（蒿里茫茫）、《修仙恋爱模拟器》（搞对象和飞升两手抓）、《穿成师尊，但开组会》（宿星川）、《她作死向来很可以的》（撕枕犹眠）10部女频网文和《道诡异仙》（狐尾的笔）、《我们生活在南京》（天瑞说符）、《赤心巡天》（情何以堪）、《北宋穿越指南》（王梓钧）、《我本无意成仙》（金色茉莉花）、《十日终焉》（杀虫队队员）、《暴风城打工实录》（又一个鱼雷）、《星谍世家》（冰临神下）、《我的治愈游戏》（我会修空调）、《深海余烬》（远瞳）10部男频网文。[②]

（3）"海安市网络文学谷"揭牌仪式举行

1月20日，"海安市网络文学谷"揭牌，聚力打造网络文学大神集聚地、网络文学精品生产地、网络文学粉丝打卡地、优秀文化传播地、现代文明建设地。进入

[①] 沈杰群：《"2023网络文学榜样作家"名单发布》，中国青年报，http：//news.cyol.com/gb/articles/2024-01/11/content_wdY09BFRVy.html，2024年8月19日查询。

[②] 中国出版传媒商报：《中国网络文学双年榜（2022—2023）在京发布》，https：//www.cbbr.com.cn/contents/533/90842.html，2024年8月19日查询。

新时代，网络文学在海安蓬勃发展，以卓牧闲、暗魔师、顾小白、长风、萧长情、聂非、隔壁江叔叔为代表的一批海安青年网络作家异军突起，常年活跃在起点中文网、云起中文网、铁血中文网等国内各大中文网站。本次揭牌活动为网络作家卓牧闲、暗魔师颁发"网络文学领军作家"聘书；为海安市网络文学骨干作家颁发"网络文学骨干作家"聘书。①

（4）2022—2023年优秀现实题材网络文学出版工程入选作品公布

4月12日，为有效发挥优秀作品的引领示范作用，推动网络文学多出精品、多出人才，国家新闻出版署组织开展2022—2023年优秀现实题材网络文学出版工程作品评选，《苍穹之盾》（伴虎小书童）、《粤食记》（三生三笑）、《守鹤人》（吴半仙）、《生命之巅》（麦苏）、《桃李尚荣》（竹正江南）、《南北通途》（张炜炜）、《洞庭茶师》（童童）、《熙南里》（姞文）、《上海凡人传》（和晓）、《野马屿的星海》（姚璎）10部作品入选。②

（5）2024"青社学堂"京津冀网络文学青年创作骨干培训班举办

4月22日至26日，2024"青社学堂"京津冀网络文学青年创作骨干培训班在中央民族干部学院圆满举办。此次培训班由共青团中央社会联络部、中国作家协会网络文学中心指导，北京团市委主办，北京市团校承办，北京市青年文学协会协办。选拔了来自京津冀地区的网络作家、自由撰稿人，以及来自阅文集团、番茄小说、中文在线等主流网文单位的签约作家，共48名学员参加了培训。③

（6）2023年度"中国网络文学影响力榜"发布

4月28日，2023年度"中国网络文学影响力榜"发布仪式在上海举行。这是中国作协网络文学中心推出的第十届榜单，包括网络小说榜、IP影响榜、海外传播榜和新人榜。经过严格评审，30部网络文学作品和10位新人作家上榜。此次上榜作品有四大特点：一是小说创作围绕中国式现代化，充分发挥网络文学的题材与叙事优势，作品数量与质量同步提高；二是网络文学视听转化跃上大台阶，网络文学IP对影视、游戏、动漫，特别是网络微短剧等新业态的拉动作用进一步突显，网络文学与网络视听呈现相互赋能、共同发展态势；三是网络文学海外影响力进一步扩大，AIGC技术提升出海效率，中国网络文学叙事手法等被海外文学与影视广泛借鉴；四是"Z世代"成为网络文学创作主力，年轻化叙事手法与当下流行元素深度

---

① 南通文明网：《海安网络文学大神佳作频出》，http：//www. ntwenming. com/content/2024－01/23/content_ 3218430. htm，2024年8月21日查询。

② 孙海悦：《2022—2023年优秀现实题材网络文学出版工程入选作品揭晓》，中国作家网，http：//www. chinawriter. com. cn/n1/2024/0418/c404023-40218556. html，2024年8月21日查询。

③ 中国作家网：《2024"青社学堂"京津冀网络文学青年创作骨干培训班在京举办》，https：//www. chinawriter. com. cn/n1/2024/0427/c404023-40225241. html，2024年8月21日查询。

融合，掀起新一轮内容创新浪潮。①

（7）中华文学基金会第五届茅盾新人奖·网络文学奖颁奖

5月27日，第五届茅盾新人奖在浙江桐乡举行颁奖典礼。第五届茅盾新人奖·网络文学奖由中华文学基金会、浙江省作家协会和桐乡市人民政府共同主办。王小磊（骷髅精灵）、史鑫阳（沐清雨）、何健（天瑞说符）、陈彬（跳舞）、高俊夫（远瞳）、黄卫（柳下挥）、蒋晓平（我本纯洁）、刘金龙（胡说、终南左柳）、黄雄（妖夜）、胡毅萍（古兰月）等10位青年网络作家获得网络文学奖，甘海晶（麦苏）、张栩（匪迦）、陆琪、赵磊（我本疯狂）、贾晓（清扬婉兮）、李宇静（风晓樱寒）、王立军（纯银耳坠）、周丽（赖尔）、张保欢（善良的蜜蜂）、徐彩霞（阿彩）10位网络作家获提名奖。②

（8）第三届网络文学青春榜发布会暨番茄小说"巅峰故事计划"启动

6月1日，第三届网络文学青春榜发布会暨番茄小说"巅峰故事计划"启动仪式在山东大学威海校区举行。本次青春榜发布推出12部作品：《十日终焉》（杀虫队队员）、《困在日食的那一天》（乱）、《女主对此感到厌烦》（妖鹤）、《我在废土世界扫垃圾》（有花在野）、《社稷山河剑》（退戈）、《我本无意成仙》（金色茉莉花）、《赤心巡天》（情何以甚）、《智者不入爱河》（陈之遥）、《泄洪》（巧克力阿华甜）、《从前有座镇妖关》（徐二家的猫）、《金牌学徒》（晨飒）、《修真界第一病秧子》（纸老虎）。这些获奖作品证明，好的网络文学作品应当与时代共创，为时代留声。③

（9）第五届"金熊猫"网络文学奖获奖作品名单公布

6月13日，2024"文学让生活更美好"——第五届"金熊猫"网络文学奖颁奖活动在成都交子国际酒店天府雅韵厅举行。现场揭晓了第五届"金熊猫"网络文学奖获奖作品名单。本届"金熊猫"网络文学奖共征集322部作品，涵盖古典仙侠、现实百态、传统武侠、时空穿越等题材，最终角逐出17部获奖作品。其中，《我为中华修古籍》获第五届"金熊猫"网络文学奖长篇单元金奖，《水安息》获中短篇单元金奖，《橙子大侠历险记之穿越成都三千年》获"文化传承 烟火成都"主题创作单元金奖。此外，《我们这十年》《时光织锦店》《春棠欲醉》等作品分获最具时代精神奖、最具创意价值奖和最具潜力IP奖等奖项。④

---

① 徐萧：《30部作品上榜，这份网络文学重量榜单在上海发布》，澎湃新闻网，https：//www.thepaper.cn/newsDetail_forward_27201715，2024年8月21日查询。

② 中华文学基金会网：《第五届茅盾新人奖/子奖项》，http：//www.chinalf.net.cn/html/wenxuehuodong/maodun/disanjiemaodunwenxuexinrenjiang_z/，2024年9月10日查询。

③ 文梓婧、林奎、谢一心：《第三届网络文学青春榜发布会在威海校区举行》，山东大学威海校区新闻，https：//xinwen.wh.sdu.edu.cn/info/1003/44809.htm，2024年9月10日查询。

④ 刘可欣：《从文学中看到时代万千气象 第五届"金熊猫"网络文学奖揭晓》，封面新闻网，https：//www.thecover.cn/news/pl%2BY8BZ5btCH90qSdq8Jkw＝＝，2024年9月10日查询。

第七章　研讨会议、社团活动和重要事件

（10）"京津冀网络文学协同发展研讨班"举办

6月19日至21日，由中国作协网络文学中心主办、河北省作协承办的京津冀网络文学协同发展研讨班在河北秦皇岛开班。何常在、桫椤、梦入洪荒、远瞳、sky威天下、纳兰若兮等河北网络作家、评论家，源子夫、琴律、殷寻、却却等北京网络作家，晓月、奉义天涯、琉天玺等天津网络作家作重点发言，从本省市网络文学发展情况出发，为京津冀网络文学协同发展建言献策。研讨班就建立京津冀网络文学协同工作机制、建立活动基地、组织重大题材采风、举办三地作家培训、网络文学作品推优、推进网络文学产业发展等协同发展措施达成了共识。[①]

（11）全国网络文学评论高研班举办

7月11日至13日，由中国作家协会网络文学中心主办，安徽大学文学院、安徽省网络作家协会、安徽大学网络文学研究中心承办的"全国网络文学评论高研班"在合肥举行。本次会议有来自全国各地从事网络文学理论评论的42名中青年学术骨干。高研班针对目前网络文学批评和研究中存在的问题，邀请中国作协网络文学中心主任何弘、山东大学教授黄发有、南京师范大学教授何平、杭州师范大学教授单小曦、安徽大学教授周志雄、上海大学教授许道军、南京师范大学教授李玮授课。本次高研班的成功举办，为网络文学评论与研究领域的中青年骨干提供了一个良好的交流平台，有利于促进新一代青年网络文学评论人才的成长，为中国网络文学的高质量发展注入了新的活力。[②]

（12）第一届深圳现实题材网络文学征文大赛启动

8月16日，由深圳市委宣传部指导、阅文集团主办的第一届深圳现实题材网络文学征文大赛启动。本次征文大赛主题为"深圳故事：书写奇迹之城"，作品征集时间自发布起至2024年10月31日，共设置特等奖一名、一等奖一名、二等奖两名、优胜奖三名及其他奖励。参赛作品以小说为主，类型不限，诗歌、散文除外；故事背景须为当代都市，以深圳为主要故事发生地，旨在挖掘深圳独特的移民文化、多元文化、开放型文化，讲述深圳故事，记录和反映当代中国的社会面貌和发展成就。[③]

（13）全国网络作家学习贯彻习近平文化思想专题线上培训班开班

8月20日，由中国作协网络文学中心举办的全国网络作家学习贯彻习近平文化思想专题线上培训班结业。来自30多家省级网络文学组织和27家重点网络文学网

[①] 中国作家网：《京津冀网络文学协同发展研讨班举办》，https://wyb.chinawriter.com.cn/content/202406/24/content75094.html，2024年9月10日查询。

[②] 安徽省文学艺术界联合会：《全国网络文学评论高研班在合肥举办》，http://www.ahwl.org.cn/wlgz/wyzh/202407/t20240717_1324909.html，2024年10月12日查询。

[③] 刘鹏波：《2024年8月网络文艺大事记》，中国作家网，http://www.chinawriter.com.cn/n1/2024/0906/c404023-40314522.html，2024年10月12日查询。

站的3923名网络作家及网络文学相关从业人员参加学习。培训班从2024年6月20日至8月20日分3期举办,学习内容包括"习近平文化思想""习近平关于文艺工作的重要论述及理论学习文章摘编"两个学习板块,视频课程总时长约600分钟,理论学习文章共计29篇。通过视频教学、原著阅读、提交心得等形式,鼓励学员原原本本学、深入系统学、交流互鉴学,引导广大网络作家进一步感悟习近平文化思想的深刻内涵和实践伟力,积极担负起新的文化使命,创作更多增强人民精神力量的优秀作品。①

(14) 第35届银河奖获奖作品名单发布

9月28日,第35届银河奖颁奖典礼在四川成都落幕,现场揭晓最佳长篇小说奖、最佳科幻网络文学奖等多个奖项。其中,阅文集团旗下起点读书作品《天才俱乐部》《从姑获鸟开始》分别摘得最佳科幻网络文学奖与最佳原创图书奖。除了这两部作品,《伪像报告》《万界守门人》《我在荒岛肝属性》《天启之夜》等科幻网文作品也入围本届银河奖相关提名。四川大学中国科幻研究院与《科幻世界》最新发布的《中国科幻网文白皮书(2023—2024)》认为,科幻网文在书写"中国故事、中国经验、中国想象"的过程中展现出前所未有的创造力和影响力。特别是近两年来,中国科幻网文数量激增,精品佳作持续输出,已经形成了百花齐放的"新生态"。②

(15) 首届中国网络文学品牌榜揭晓

10月10日,首届中国网络文学品牌榜发布仪式在湖南长沙举行,网络文学品牌论坛同步开幕。首届中国网络文学品牌榜由中国作协指导,中南大学网络文学研究院联合中南出版传媒集团邀请全国权威专家评选而出,旨在更好地推动中国网络文学的主流化、精品化、品牌化。活动汇聚了来自全国的网络文学作家、文学网站代表、出版界代表、学术界专家,共同见证网络文学领域这一重要时刻。经过专家评审团队严格评审和层层筛选,最终评选出网络作家品牌精英榜、网络作家品牌新锐榜、文学网站品牌风云榜、文学网站品牌新锐榜以及网络文学IP品牌榜等3个大类、5个小类,共38个品牌上榜。③

(16) 四川网络文学产业园正式开园

10月12日,"我们的26年"四川网络文学产业园正式开园。四川网络文学产业园位于四川成都三圣花乡,占地10亩,分为网络文学历程展厅、剧本杀、网络直

---

① 中国作家网:《中国作协网络文学中心举办全国网络作家学习贯彻习近平文化思想专题线上培训班》,https://www.chinawriter.com.cn/n1/2024/0821/c403993-40303271.html,2024年10月12日查询。
② 木岩:《网络文学赋能科幻创作的更多可能》。中国文艺网,http://www.cflac.org.cn/xw/202410/t20241010_1329913.html,2024年11月1日查询。
③ 红网:《首届中国网络文学品牌榜揭晓》,http://www.frguo.com/content/646854/55/14347418.html,2024年11月1日查询。

播、成渝双城记文创、短剧短视频拍摄等五大场景。该园区是由四川省作家协会、锦江区、成都传媒集团深化战略合作的标志性园区，由四川省网络作家协会秘书处单位成都传媒集团下属成都八角沃克文化传媒有限公司统筹运营。围绕"互联网化、专业化、平台化"三大核心，该产业园以"文学+文创+文旅"三大驱动，引入四川网络文学代表产业和IP品牌，构建"内容创作、文化科普、游娱体验、文创周边、休闲配套"五大功能板块，打造行业示范样板——创新文旅融合场景型产业社区，将为网络文学产业化链条上下游完善及产业发展壮大持续助力，引领网络文学产业园高质量发展。①

(17) 第三届扬子江网络文学最具IP潜力榜公布

10月22日，第三届扬子江网络文学最具IP潜力榜在南京颁奖。扬子江网络文学最具IP潜力榜是由扬子江网络文学评论中心主办，旨在发掘和推广具有高IP转化潜力的网络文学作品。本届评选活动收到来自番茄小说、晋江文学城、七猫中文网等著名平台推荐和专家推荐、个人申报参赛作品326部，经过多轮评审，最终选出《半路杀出个兽医姑娘》(李耳)、《沧海归墟》(我本纯洁)、《大国蓝途》(银月光华)、《急诊见闻Ⅱ：生命守护进行时》(李鸿政)、《入慕之宾》(海青拿天鹅)、《十日终焉》(杀虫队队员)、《我的江浙沪男朋友》(Miss王美丽)、《我在梁山跑腿的日子》(南方赤火)、《一度韶光》(姜立涵)、《不完美的真相》(叶紫)、《第三只眼》(清谈)和《苏梅梅的超市》(二彻劈山)12部优秀作品上榜。②

(18) "全国中青年网络文艺骨干人才高级研修班"开班

10月27日，由中国文联网络文艺传播中心主办，中国文艺网、凉山州文联承办的全国中青年网络文艺骨干人才高级研修班在四川凉山开班。此次高研班从10月27日至11月2日，特别邀请了向云驹、姜超、李昕，北京大学新媒体研究院副院长、国务院参事、民盟中央常委李玮等专家学者、管理部门代表、网络平台主要负责人，就新时代网络文艺新业态、网络文艺各门类精品创作规律、中华优秀传统文化创新性转化和创造性发展、描绘民族复兴伟业恢宏气象等方面进行授课。本次高研班的举办旨在努力培养造就一批新时代有信仰、有情怀、有担当的网络文艺骨干人才队伍，鼓舞他们怀揣着更加饱满的热情，秉持着更加坚定的信念，全身心地投入网络文艺创作之中。③

(19) 首个西班牙中国文学读者俱乐部启动

11月9日，由中国作协外联部指导、中国图书进出口（集团）有限公司和格拉

---

① 四川作家网：《四川网络文学产业园正式开园》，https：//sczjw.net.cn/news/detail/862489263118532608.html，2024年11月1日查询。

② 江苏作家网：《第三届扬子江网络文学最具IP潜力榜在南京颁奖》，https：//www.jszjw.com/news/20241023/172967111652.shtml，2024年11月1日查询。

③ 高涵：《全国中青年网络文艺骨干人才高级研修班在四川凉山开班》，中国文联，http：//www.cflac.org.cn/wywzt/2023/whsx/xxdt/xxhd/202411/t20241105_1331357.html，2024年11月1日查询。

纳达大学孔子学院联合承办的首个西班牙中国文学读者俱乐部启动仪式暨中国网络文学分享座谈会近期在格拉纳达毕加索书店举办。中国作家协会党组成员、书记处书记胡邦胜，格大孔院外方院长婧萱（Isabel María Balsas Ureña）和格大文哲学院白兰（Belén Cuadra Mora）共同为"西班牙中国文学读者俱乐部"揭牌。[1]

（20）网络文学国际传播培训班举办

11月12日至14日，由中国作协网络文学中心举办的网络文学国际传播培训班在北京成功举办。中国作协网络文学中心主任何弘，北京师范大学文学院、文理学院中文系教授姚建彬，北京外国语大学国际新闻与传播学院教授何明星，中国网络文艺知识产权纠纷人民调解委员会人民调解员、律师缪蒙京就"海外网络文学发展状况""当代作家要增强国际意识""中国当代文学在海外的传播效果评估""网文出海中的知识产权保护与开发"等议题分别为学员授课。中国作协网络文学中心副主任朱钢主持。学员对网络文学海外传播的基本情况、突出问题、发展前景及权益保护等方面的认识进一步提高。[2]

（21）首届新时代网络文学"白马奖"获奖作品名单公布

12月9日，中国网络作家村第七届村民大会暨"村民日"活动在杭州高新区（滨江）举行，公布了新时代网络文学"白马奖"系列奖项。新时代网络文学"白马奖"自2024年5月30日启动以来，共征集到222部作品及89位新秀申报，涵盖多种题材。经过初评、复评及终评，最终评选出17部优秀作品及10位网络文学"新秀"。其中，《生命之巅》《一路奔北》《金牌学徒》《穿越微茫》《我有一剑》获新时代网络文学"白马奖"；《斗罗大陆Ⅱ绝世唐门》《妖神记》《斩神之凡尘神域》获动漫改编奖；《全职高手》《灵境行者》《藏海花》获有声改编奖；《招惹》《南风知君意》《万米之上》获短剧改编奖；《宿命之环》《修罗武神》《扫描你的心》获海外传播奖；奉义天涯、红刺北、风青阳、王誉蓉、伪戒、江月年年、苏格兰折耳猫、唐甲甲、最终永恒、黑白狐狸获新秀奖。[3]

（22）江苏网络文学IP孵化中心在揭牌成立

12月9日，江苏网络文学IP孵化中心在盐城经济技术开发区揭牌成立。江苏省作协党组书记、书记处第一书记郑焱，中共盐城市委常委、市委宣传部部长陈卫红，盐城经济技术开发区管委会主任顾明东等出席揭牌仪式并致辞。盐城经开区将全力打造特色鲜明、功能完善、优势明显、业态丰富的"服务经济"强区，发展网

---

[1] 高凯：《西班牙中国文学读者俱乐部启动》，中国新闻网，http：//www.chinanews.com.cn/cul/2024/11-09/10316326.shtml，2024年11月21日查询。

[2] 虞婧：《网络文学国际传播培训班（2024年度）在京举办》，中国作家网，http：//www.chinawriter.com.cn/n1/2024/1115/c403993-40362211.html，2024年11月21日查询。

[3] 杭州市滨江区委宣传部：《新时代网络文学"白马奖"公布 中国网络文学迸发新活力》，新华网，http：//www.zj.xinhuanet.com/20241209/d119eb3067de48bfacaae0529220afe6/c.html，2024年12月10日查询。

络文学产业，推动网文IP高质量运营。揭牌仪式上，盐城首部文旅网络微短剧《探秘者1》成功上线，网络作家卓牧闲分享了《用心用情书写平凡英雄》的创作感悟。①

(23) 2024年度网络文学榜样作家"十二天王"名单发布

12月24日，2024年度网络文学榜样作家"十二天王"名单出炉，城城与蝉、神威校尉、蛊真人、孤独麦客、康斯坦丁伯爵、一片雪饼、古羲、陆月十九、纯九莲宝灯、愤怒的乌贼、鹤招、米饭的米共计12位网络作家入选。此次新晋十二位网络作家的作品，涵盖了科幻、玄幻、仙侠、历史、军事、轻小说、都市等多个题材。②

三、网络文学年度重要事件

1. 总体描述

本次共统计2024年度网络文学重要事件170个，其中，网络文学行业发展事件48个，网络文学重要奖项评定27个，网络文学IP开发事件85个，网络文学年度报告10个，具体清单如下。

(1) 网络文学行业发展事件

1月10日，北京，"生态创新 联结未来"出版融合发展大会举行；

1月17日，云合数据、清华影传中心、腾讯视频联合发布《2023年度短剧报告》；

1月20日，江苏海安，"海安市网络文学谷"揭牌仪式举行；

1月26日，国家广播电视总局发布2023网络视听精品节目名单，共100部优秀网络视听作品入选；

1月29日，晋江文学城"段评"功能在安卓用户端上线；

2月2日，中国作家协会修订了《中国作家协会重点作品扶持工作条例》；

2月2日，晋江文学城正式发布2023年度盘点，盘点分为五大时代佳作、超多小类佳作、历年热门标签、年度热门事件四大类；

2月5日，以"东方奇遇夜"为主题的阅文全球华语IP盛典在腾讯视频上线播出；

2月19日，2024年度中国作家协会网络文学选题指南暨重点作品扶持征集启事发布；

---

① 盐城市人民政府：《江苏网络文学IP孵化中心在盐揭牌》，http://www.yancheng.gov.cn/art/2024/12/10/art_49_4262808.html，2024年12月10日查询。

② 荀超：《2024网络文学"十二天王"名单发布，四川两位作者上榜》，封面新闻，https://www.the-cover.cn/news/hw%2Blcb6tWUWH90qSdq8Jkw==，2024年12月29日查询。

3月1日，晋江维权"某浏览器信息网络传播权侵权案"圆满完结；

3月4日，七猫与爱奇艺正式签订战略合作协议，未来双方将充分发挥彼此在文化和影视产业上的经验优势，携手推进优质小说IP的影视化、动漫化开发；

3月18日，阅文集团公布2023年全年业绩报告；

3月20日，北京，"2024知乎发现大会"发布了"海盐计划6.0"、AI新功能、"全链路智能营销"、"短篇故事3A计划"等诸多新产品和战略举措；

3月22日，江西上饶，三清山风景区与阅文集团合作签约仪式在三清山金沙国家级旅游度假区举行；

3月23日，多地区欢乐谷开启国潮文化节，《第一瞳术师》《斗破苍穹》《道诡异仙》等网络文学IP助阵国潮文化节，包含专属IP场景展，IP纪念周边发售会，NPC沉浸式互动，作者见面会等多项活动；

3月25日，国家图书馆（国家古籍保护中心）与抖音集团主办、国家古籍保护中心办公室与番茄小说联合承办第二届古籍活化联合征文活动"走进古籍，看见历史"主题征文活动；

4月18日，中国作家协会网络文学中心发布"网络文学IP微短剧创作扶持项目"；

4月23日，爱奇艺发布2024—2025爱奇艺片单，囊括综艺、剧集、电影、娱乐多产业超过300部优质待播内容；

5月3日，日本大阪COMIC-CON展会正式启幕，阅文集团携《全职高手》《诡秘之主》《狐妖小红娘》《一人之下》等中国IP亮相；

5月8日，番茄小说网上线AI写作工具功能；

5月10日，2024年中国作家协会网络文学重点作品扶持项目公布；

5月10日，中国作家协会网络文学重点作品扶持选题名单发布；

5月21日，"番茄·网络文学爱心基金"申请条件调整；

5月29日，阅文集团与瑞士国家旅游局宣布，将发起"全职高手：25年相约苏黎世计划"，开展为期一年的深度海外文旅营销活动；

5月30日，北京，2024金鹏展翅·金骨朵网络影视盛典举行，多部网络文学IP改编剧获奖；

5月30日，浙江杭州，第二十届中国国际动漫节杭州高新区国家动画产业基地二十周年专场活动举行；

6月13日，由华东师范大学传播学院院长王峰带领的团队使用国产大模型创作的百万字人工智能玄幻小说《天命使徒》发布；

6月25日，四川绵阳，网络文学中心举办2023年度中国网络科技科幻文学创作扶持项目发布活动；

7月9日，晋江文学城上线全新短篇作品入库模式；

8月12日，阅文集团发布了2024年中期业绩报告；

8月28日，四川成都，主题为"炳耀网络文艺高质量 铸就文化强国新辉煌"的2024年中国网络文明大会网络文艺与文化强国建设分论坛举行；

9月9日，湖南长沙，2024互联网岳麓峰会"文化+科技"融合专场论坛发布了《中国网络文学年鉴（2023）》；

9月14日，"2023年度中国网络文艺版权保护典型案例"征集活动启动；

10月10日，湖南长沙，由中南大学网络文学研究院、中南出版传媒集团联合主办的首届中国网络文学品牌榜发布仪式与网络文学品牌论坛举行；

10月11日，2024年中国作家协会网络文学理论评论支持计划开始征集选题项目；

10月12日，北京，首届中国广播电视精品创作大会文学IP影视化论坛；

10月19日，汇总了多位阅文集团知名作者的IP改编剧集的2025阅文"剧"好看片单发布；

10月22日，江苏南京，第四届扬子江网络文学周开幕；

10月24日，江苏南京，南京师范大学研发团队与图萌科技公司就所达成的AI微短剧《终极考验》等合作成果发布；

11月14日，由中国作协外联部指导、中国图书进出口（集团）有限公司和格拉纳达大学孔子学院联合承办的首个西班牙中国文学读者俱乐部启动仪式暨中国网络文学分享座谈会在格拉纳达毕加索书店成功举办；

11月14日，"网络文学融声态·音绘文学展画卷"第二十七期"IP直通车"活动在中国网络作家村天马苑举办；

11月18日，中国文明网公布第十七届精神文明建设"五个一工程"优秀作品入选名单公示，"网络文艺"第一次被列入申报范围；

11月20日，中国作家协会网络文学中心公布"2024年度中国作家协会网络文学理论评论支持计划"入选项目名单；

11月21日，《庆余年》《斗罗大陆》等在内的10部中国网络文学作品被大英图书馆收录进其中文馆藏书目；

11月22日，阅文集团和大英图书馆宣布正式启动为期三年的合作项目"数字时代下的文学"；

11月22日，网络小说《锦衣之下》作者蓝色狮去世；

11月28日，浙江杭州，第四届两岸青年网络文学大赛颁奖典礼暨第五届启动仪式；

12月10日，浙江杭州，"中国网络文学名家论丛"首辑发布。

（2）网络文学重要奖项评定

1月8日，第五届茅盾新人奖评奖办公室公布第五届茅盾新人奖及茅盾新人奖·网络文学奖获奖者名单；

1月11日，北京，中国网络文学双年榜（2022—2023）发布会；

1月16日，北京，第八届"啄木鸟杯"中国文艺评论推优发布典礼在北京大学举行；

2月6日，第三届"扬子江网络文学最具IP潜力榜"评选公告发布；

2月28日，第一届"封神杯"海选赛晋级名单公布；

4月11日，2022—2023年优秀现实题材网络文学出版工程入选作品公布；

4月25日，2023年度（第七届）晨曦杯获奖名单公布；

4月28日，2023年度"中国网络文学影响力榜"在上海发布；

5月27日，浙江嘉兴桐乡，中华文学基金会、浙江省作家协会、桐乡市人民政府共同举办第五届茅盾新人奖颁奖典礼；

6月11日，阅文集团公布2024年原创文学新晋白金、大神作家名单；

6月12日，番茄小说公布2024金番作家名单；

6月13日，2024年评选第五届"金桅杆"网络文学奖征集公告发布；

6月13日，第五届"金熊猫"网络文学奖揭晓；

7月4日，中国文艺评论家协会、中国文联文艺评论中心联合主办的第四届网络文艺评论优选汇启动；

9月13日，谜想计划推出第三届"谜想奖"悬疑小说征文比赛；

9月20日，第33届中国科幻银河奖入围名单发布；

9月24日，由番茄小说、抖音公益主办的第四届网络文学大赛启动；

9月28日，四川成都，第35届"中国科幻最高奖"银河奖的获奖名单揭晓；

10月12日，第三届湖南省十大网络文学作家（作品）评选活动官宣结果；

10月22日，江苏南京，第三届扬子江网络文学最具IP潜力榜颁奖；

10月22日，江苏南京，第四届泛华文网络文学金键盘奖颁奖；

10月26日，由北京市文联主办，北京电视艺术家协会及北京作家协会共同承办的"从文学到影像"优秀文学作品推介活动公布终评入围作品名单；

11月11日，上海，举行"阅见非遗"第二届征文大赛颁奖仪式；

12月9日，江苏淮安，首届新时代网络文学"白马奖"获奖作品名单公布；

12月9日，浙江杭州，第四届白马湖全国网络文学评论大赛获奖作品名单公布；

12月17日，上海，第三届上海国际网络文学周开幕；

12月25日，北京，举办"融媒体大众化文学精品：2024年度网络文学发展研讨会"。

（3）网络文学IP开发事件

1月25日，改编自七月荔的同名小说、知乎盐言故事首部自制IP广播剧《洗铅华》上线；

2月26日，改编自网络文学作家桉柏的同名小说的有声剧《穿进赛博游戏后干掉BOSS成功上位》在喜马拉雅上线；

2月28日，《永安梦》改编自发达的泪腺的小说《长安第一美人》，该剧由欧阳娜娜、徐正溪领衔主演，在腾讯视频全网独播；

3月20日，改编自林言年的原创小说《执笔者》的古装微短剧《执笔》在腾讯视频全网独播；

3月28日，改编自阅文集团起点中文网作者月关的《回到明朝当王爷》的IP改编动漫《回铭之烽火三月》的定档海报发布；

4月6日，根据起点中文网作者真熊初墨同名小说改编的IP改编剧《手术直播间》在优酷、江苏卫视幸福剧场同步播出；

4月18日，由路阳执导、王红卫监制、陈祉希任总制片人的科幻IP改编电影《我们生活在南京》正式官宣；

4月27日，改编自玖月晞的小说《小南风》的情感悬疑剧《微暗之火》在中央电视台电视剧频道播出，并在优酷同步播出；

5月11日，改编自空留的小说《惜花芷》的同名剧本杀上线；

5月23日，电视剧《狐妖小红娘·月红篇》同名影视小说上线爱奇艺小说App，同时，由爱奇艺小说出品、磨铁出版社出版的同名影视小说实体书开启预售；

5月24日改编自阅文集团作家猫腻的架空历史小说《庆余年》的IP改编游戏《逍遥吟》上线；

5月28日，改编自网络文学作家王梓均的同名小说的《北宋穿越指南》多人有声剧上线；

5月28日，由喜马拉雅出品，阅文集团授权，头陀渊工作室打造的IP改编多人有声剧《道诡异仙》上线喜马拉雅App；

5月29日，由于正担任制片人，侣皓吉吉、白云默、马诗歌执导，吴谨言、王星越、陈鑫海领衔主演的IP改编剧《墨雨云间》官宣定档，于2024年6月2日12：00起在优酷视频独播；

5月31日，改编自起点中文网作家蝴蝶蓝的知名网游小说的IP改编动画《全职高手》在腾讯视频播出；

6月6日，亲情犯罪剧《看不见影子的少年》在爱奇艺播出，同名电子版小说和实体书同步上线；

6月7日，改编自中文在线四月天小蛮细腰的小说《系统逼我虐渣做悍妇》的IP改编剧《仙君有劫》在腾讯视频播出；

6月8日，改编自阅文集团旗下起点读书作家卖报小郎君的小说《大奉打更人》的IP改编动漫《大奉打更人·动态漫画》在腾讯视频、爱奇艺、优酷上线；

6月12日，阅文集团在安徽黄山举行的2024年度创作大会上宣布，正式设立10亿生态扶持基金，用于前置IP孵化、IP视觉化开发、多模态基建；

6月13日，改编自阅文集团旗下腾讯动漫开放共创式大型科幻IP《终钥之歌》的网络微短剧《终钥之证：看见命运的少女》在抖音独家上线；

6月13日，改编自七猫中文网签约作家白玉城的同名小说的IP改编剧《玉奴娇》在腾讯视频播出；

6月20日，改编于历史系之狼的同名小说的《衣冠不南渡》有声剧在喜马拉雅上线；

6月20日，改编自龙阅读作者愤怒的包子的小说《梅花刃》的网络微短剧《与君相刃》将在腾讯视频播出；

6月21日，改编自饶雪漫的同名小说的电影《沙漏》在影院正式上映；

6月24日，改编自六如和尚的同名小说的IP改编动画《陆地键仙》在爱奇艺正式开播；

6月26日，改编自墨书白的小说《长公主》的IP改编剧《度华年》在优酷视频播出；

7月2日，改编自玖月晞的《你比北京美丽》的IP改编剧《你比星光美丽》在湖南卫视播出；

7月8日，改编自桐华的同名小说的IP改编剧《长相思 第二季》在腾讯视频播出；

6月29日，IP改编有声剧《琅琊榜之风起长林》在喜马拉雅上线；

7月3日，改编自快看漫画作者黄烦烦/季无云同名作品的微短剧《君面似桃花》在腾讯视频全网独播；

7月13日，改编自QQ阅读作家水月灵仙同名小说的微短剧《她的伪装》由腾讯视频全网独播；

7月17日，改编自网络文学作家周木楠的同名小说IP改编动画《少年白马醉春风》第二季开播；

7月18日，改编自晋江作者藤萝为枝的小说《黎明前他会归来》的IP改编漫画《魔鬼的体温》开启连载；

7月28日，改编自愤怒的香蕉的同名小说的IP改编动画《赘婿》第二季在哔哩哔哩独家播出；

7月29日，改编自尼罗的小说《如月》的网剧《冰雪谣》在腾讯视频全网独播；

7月31日，改编自轻黯的小说《办公室隐婚》的电视剧《私藏浪漫》于湖南卫视和芒果TV双平台播出；

7月31日，改编自衣带雪的小说《我有三个龙傲天竹马》的IP改编剧《四海重明》在芒果 TV 全网播出；

8月10日，改编自辰东的同名小说的 IP 改编动画《神墓》第二季在优酷动漫播出；

8月12日，改编自狂上加狂的《娇藏》，由张晚意、王楚然、刘令姿等领衔主演，刘国楠指导，腾讯视频、嘉行传媒出品的电视剧《柳舟记》在腾讯视频全网独播；

8月14日，根据三九音域同名原作改编有声书《我不是戏神》正式上线番茄畅听，由小曲儿、oneone 演唱的中式摇滚主题曲《嘲》同步上线；

8月21日，改编自瓜子小说网六月的同名小说的网剧《桃花马上请长缨》于全网上线；

8月23日，改编自陈渐的《西游八十一案：西域列王纪》的电视剧《四方馆》在爱奇艺、奇异果 TV 全网独播；

8月26日，改编自南派三叔同名原著的 IP 改编剧《藏海花》在腾讯视频独播；

8月26日，改编自凤凰栖的小说《长安铜雀鸣》的电视剧《长乐曲》在腾讯视频、芒果 TV 双平台独播；

8月30日，改编自猫小猫的小说《毒宠佣兵王妃》的 IP 改编剧《流光引》在腾讯视频播出；

9月10日，本剧改编自紫金陈的《坏小孩》的 IP 改编短剧《朝阳初升》官宣推出；

9月14日，改编自箫楼的同名小说的电视剧《流水迢迢》在腾讯视频全网独播；

9月14日，根据月如火同名原作改编的动画《一世独尊》第二季正式上线爱奇艺；

9月19日，改编自柳翠虎的《这里没有善男信女》的电视剧《半熟男女》在优酷全网独播；

9月23日，改编自画盏眠的小说《我拿你当朋友你却》的 IP 改编剧《舍不得星星》在腾讯视频播出；

9月25日，由抖音、阅文集团、九州文化、好有本领联合出品，李子峰主演的微短剧《庆余年之帝王业》于星芽短剧和抖音平台播出；

9月26日，改编自蔡骏的同名小说的 IP 改编剧《二十一天》在爱奇艺平台播出；

9月29日，改编自爱奇艺文学作者简暗的小说《大漠情殇》的 IP 改编剧《漠风吟》在腾讯视频播出；

10月4日，改编自玄色的同名小说的 IP 改编动画《哑舍》在腾讯视频和芒果 TV 播出；

10月8日，改编自不止是颗菜的小说《草莓印》的IP改编剧《再见怦然心动》在腾讯视频和优酷平台播出；

10月8日，改编自先生醉也的小说《谋她之年》的微短剧《非她不可》于优酷全网独播；

10月9日，改编自沧月的同名小说的IP改编剧《七夜雪》在爱奇艺平台独家播出；

10月14日，改编自黑颜的原著《春花厌》的电视剧《春花焰》在优酷全网独播；

10月14日，改编自一只兔子啊同名原著的动画《宗门里除了我都是卧底》在哔哩哔哩播出；

10月16日，改编自千山茶客的同名原著的广播剧《重生之女将星》第一季将于猫耳FM独家播出；

10月18日，2025腾讯视频大剧片单发布，多部网络文学作品包含其中；

10月18日，和平精英游戏举办2024和平精英年度潮流大秀"刺激之夜"活动，和平精英·《大奉打更人》网文IP联动正式官宣；

10月19日，改编自二月生的同名小说的IP改编剧《你的谎言也动听》在爱奇艺平台独家播出；

10月20日，改编自扶离的《傲娇系暖婚》的微短剧《良缘》于腾讯视频播出；

10月24日，改编自墨白焰的《大理寺萌主》微短剧《探晴安》于腾讯视频独家播出；

10月25日，改编自匠心精品小说作者夭夭灵《追杀老婆七年，豪门大佬疯批了》的IP改编微短剧《还是很爱她》在腾讯视频播出；

10月26日，改编自朗朗的《女神的当打之年》的IP改编剧《好团圆》在CCTV-8和腾讯视频播出；

10月27日，改编自宅猪的同名小说的IP改编动画《牧神记》是由哔哩哔哩、玄机科技出品，玄机科技制作的网络动画作品在哔哩哔哩平台全网独播；

10月28日，改编自盛世卡漫的同名漫画的动画《我是大神仙》第三季正式上线；

10月28日，改编自大米的同名小说的IP改编剧《小巷人家》在湖南卫视和芒果TV播出；

10月29日，IP改编动画《长生界》的动画《大道朝天》正式上线；

10月31日，由很难满意戏剧工作室和阅文集团共同出品的沉浸式话剧《末日乐园：绿洲》宣布将在上海自然进化剧场长期驻演；

11月1日，改编自白羽摘雕弓的小说《黑莲花攻略手册》的IP改编网剧《永夜星河》由腾讯视频播出；

11月1日，改编自谈天音的小说《昆山玉之前传》的 IP 改编网剧《珠帘玉幕》在优酷独播；

11月5日，由朵声、王聪共同执导，葛鑫怡、董子凡领衔主演，芒果 TV、大芒剧场、励骏文化出品，湖南卫视、芒果 TV 双平台播出的 IP 改编网剧《风华鉴》正式上线；

11月6日，由曾雪瑶、戴景耀主演，乐翻、玖灿传媒、七猫免费小说出品的 IP 改编网剧《婚后热恋》在腾讯视频全网独播；

11月8日，由车亮逸执导林一、沈月领衔主演，腾讯视频、完美世界影视出品的 IP 改编网剧《失笑》在腾讯视频全网独播；

11月9日，改编自 Twentine 同名小说的 IP 改编电影《那个不为人知的故事》上映；

11月12日，IP 改编微短剧《公子无双》定档；

11月23日，改编自狐尾的笔的同名小说《道诡异仙》漫画上线腾讯动漫；

11月26日，改编自布丁琉璃的同名小说《嫁反派》广播剧在猫耳 FM 独家播出；

12月6日，IP 改编剧《九重紫》定档；

12月10日，IP 改编剧《饕餮记》在优酷平台独家播出；

12月14日，IP 改编网剧《爱的未知》播出；

12月20日，IP 改编音乐剧《她对此感到厌烦》首演。

（4）网络文学年度报告

2月26日，中国社会科学院文学研究所发布《2023 中国网络文学发展研究报告》；

4月20日，阅文集团与环球时报研究院共同发布《Z 世代数字阅读报告》；

4月22日，中国新闻出版研究院国民阅读研究与促进中心发布《2023—2024 年网络文学生态价值发展报告》；

4月28日，中国作家协会网络文学中心发布《2023 中国网络文学蓝皮书》；

7月18日，第七届中国"网络文学+"大会上发布《2023 年度中国网络文学发展报告》；

8月28日，2024 年中国网络文明大会网络文艺与文化强国建设分论坛现场正式发布《中国网络文艺发展报告（2022—2023）》；

9月21日，中国新闻出版研究院发布《培育新质生产力的中国数字出版——2023—2024 中国数字出版产业年度报告》；

9月28日，科幻世界与四川大学中国科幻研究院共同发布《中国科幻网文白皮书（2023—2024）》；

12月16日，中国音像与数字出版协会发布《2024中国网络文学出海趋势报告》；

12月16日，中国人民大学创意产业技术研究院发布《2024中国网络文学IP国际传播影响力报告》。

2. 重要事件内容介绍

（1）中国作家协会修订《中国作家协会重点作品扶持工作条例》

2月2日，中国作家协会修订《中国作家协会重点作品扶持工作条例》。本次修订的《中国作家协会重点作品扶持工作条例》明确了以习近平新时代中国特色社会主义思想为指导，全面贯彻习近平文化思想和习近平总书记关于文艺工作的重要论述，坚持以人民为中心的创作导向，鼓励深入生活、扎根人民，倡导新时代现实题材创作和重大革命历史题材创作，推动新时代文学向高峰迈进；工作原则强调注重反映现实生活等相关选题，关注优秀作家、青年作者等群体的重要选题；国家对重点作品的支持方式多样，包括对创作和研究提供资助，委托专家审读并提出修改意见，为有出版困难的作品提供出版资助，组织研讨推介活动以及对写作或出版计划提供经费支持等；申报条件方面，要求作者具备一定创作或研究能力、思想艺术追求和写作态度，创作选题须为长篇作品或围绕特定主题创作的完整作品等；组织机构上，在中国作家协会创作研究部设重点作品扶持办公室，书记处聘请专家组成项目论证委员会，网络文学中心也会依据条例组织网络文学重点作品扶持项目。最后，该条例强调了工作纪律，严格论证与审批程序，防止不正之风，对相关违规行为有明确处罚规定。①

（2）中国社会科学院文学研究所发布《2023中国网络文学发展研究报告》

2月26日，《2023中国网络文学发展研究报告》发布暨研讨会在京举行。报告指出，中国网络文学产业增长势头不减，社会影响力持续增强，并提出以下五方面内容：作家迭代、题材多元，精品佳作助力"高质量发展"；AIGC，网络文学内容生产的新机遇与新挑战；市场提速、视频加持，IP转化呈现新路径和新增量；持续推进版权保护生态共治，为网络文学海外传播保驾护航；潜能迸发，网文出海规模和机制快速拓展。该报告以网络文学创作为基础，对作家作品、IP开发、海外传播、版权保护等进行全方位观察、分析和研判，力求摹绘出年度发展的总体概貌。②

（3）中国作家协会网络文学中心举行"网络文学IP微短剧创作扶持项目发布会"

4月18日，中国作家协会网络文学中心举行"网络文学IP微短剧创作扶持项

---

① 中国作家网：《中国作家协会重点作品扶持工作条例》，https：//www.chinawriter.com.cn/n1/2024/0220/c403937-40179673.html，2024年10月8日查询。

② 中国社会科学院文学研究所：《2023年中国网络文学发展研究报告》，http：//literature.cass.cn/xjdt/202402/t20240227_5735047.shtml，2024年10月10日查询。

目发布会",来自全国各地的网络文学作家、网络文学平台和视听平台负责人、专家学者等 100 多人参加会议。入选的 50 个项目包括五类选题：一是《盛放》《我们的村 BA》等人民美好生活选题，二是《我的智能家居造反啦》《正义判定 2069》等科技创新与科幻选题，三是《敦煌笔记》《灶神的美食之旅》等中华优秀传统文化选题，四是《医路花开》等人类命运共同体选题，五是《神女辞暮》等经典之美选题。在这次会上，江苏省网络视听协会艺术创作中心、网络文学 IP 短剧转化和交易平台正式揭牌，《提升网络文学短剧转化品质倡议书》同时发布。①

(4) 阅文集团与环球时报研究院共同发布《Z 世代数字阅读报告》

4 月 20 日，阅文集团与环球时报研究院共同发布《Z 世代数字阅读报告》。《Z 世代数字阅读报告》以阅文集团数据为主要分析蓝本，从地域分布、阅读行为、内容偏好等维度勾勒"Z 世代"（此份报告中泛指"95 后"）数字阅读画像，呈现 2023 年"Z 世代"数字阅读新趋势。《Z 世代数字阅读报告》指出，2023 年，"Z 世代"在阅文新增用户中占比达 43%，成为数字阅读的中坚力量；热门影视剧带来的"书影联动"效应愈发显著，"社交共读"场景激发"Z 世代"的阅读热情。②

(5) 中国新闻出版研究院国民阅读研究与促进中心发布《2023—2024 年网络文学生态价值发展报告》

4 月 22 日，中国新闻出版研究院国民阅读研究与促进中心发布《2023—2024 年网络文学生态价值发展报告》。报告称，截至 2023 年底，网文用户数量达 5.37 亿，同比增长 9%。按照第 53 次《中国互联网络发展状况统计报告》中国网民数量 10.92 亿计算，中国网民近一半是网文受众。此外，目前 30 岁以下网文作者占比超过七成，网文写作正成为受年轻群体欢迎的新职业形式。此外，网络文学读者群体正逐渐向更广泛群体扩展，很多中产人群、中高学历人群、中青年人群和大中城市人群都加入网络文学阅读中来。随着网文市场不断发展，整个行业也逐渐走向成熟和规范。在优化创作环境上，为保护作家权益，许多平台加强版权保护工作，加大了对盗版的打击力度，逐步完善版权保护机制。③

(6) 中国作家协会发布《2023 中国网络文学蓝皮书》

4 月 28 日，中国作家协会发布《2023 中国网络文学蓝皮书》。截至 2023 年底，CNNIC 发布数据显示，网络文学用户规模达 5.2 亿人。据全国 50 家重点网络文学网站数据，作品总量超 3000 万部，年新增作品约 200 万部，增速趋缓，平台对创作质

---

① 中国作家网：《中国作协在无锡举办"网络文学 IP 微短剧创作扶持项目发布会"》，https：//www.chinawriter.com.cn/n1/2024/0418/c403993-40218824.html，2024 年 10 月 10 日查询。

② 中新网：《报告："Z 世代"成数字阅读中坚力量》，https：//www.chinanews.com.cn/cul/2024/04-20/10202575.shtml，2024 年 10 月 10 日查询。

③ 中国新闻出版研究院：《2023—2024 年网络文学生态价值发展报告》，https：//runwise.oss-accelerate.aliyuncs.com/，2024 年 10 月 12 日查询。

量重视程度提高。经过20多年的发展，网络文学已经形成相对成型的文化业态，并以其基于互联网形成的独特审美，成为中国式现代化催生的文学新形态；以其用新叙事手段对中华历史文化的创造性转化、创新性发展，成为中华民族现代文明的新表达；以其在国际文化交流中的独特作用，成为世界了解中国的新渠道；以其对下游文化产业的内容支撑和引领作用，成为建设文化强国的新载体；以其海量作者的创造活力，成为新时代文学发展的新力量。网络文学是社会主义文学当之无愧的重要组成部分，新时代新征程，网络文学界要增强历史主动，强化责任担当，直面各种挑战，坚持守正创新，为中华民族伟大复兴贡献新的更大的力量。①

（7）阅文集团与瑞士国家旅游局宣布"将发起'全职高手：25年相约苏黎世计划'，开展为期一年的深度海外文旅营销活动"

5月29日，阅文集团与瑞士国家旅游局宣布"将发起'全职高手：25年相约苏黎世计划'，开展为期一年的深度海外文旅营销活动"。《全职高手》是作家蝴蝶蓝创作的一部电竞题材网络小说，于2011年开始在起点中文网连载，是网络文学史上第一部"千盟"作品（"盟主"过千人的网络小说为"千盟"，"盟主"是指在一本书上消费达1000元人民币的读者的称号），2014年完结。在小说中，2025年，叶修将作为领队带领国家队奔赴苏黎世参赛。在各大社交平台上，《全职高手》的粉丝们已经开始规划行程攻略。"苏黎世见"已经成为2024年生日月粉丝之间的标准问候语。2024年恰逢《全职高手》完结十周年。十年间，《全职高手》以网文为原点，先后进行了出版、漫画、动画、动画大电影、网剧、舞台剧、游戏、周边衍生品等多种改编。此次合作不仅呼应了中国和瑞士建交75周年的特殊节点，也呼应了《全职高手》原著中2025年在瑞士苏黎世举办的世界荣耀锦标赛，这是原作留给读者最具想象空间的情节，也是粉丝和《全职高手》最重量级的"约定"。②

（8）微短剧管理新规定正式实施生效

6月1日，网络微短剧管理新规定正式实施生效，新规要求落实行业监管责任、属地管理责任、平台主体责任，对微短剧实行"分类分层审核"，未经审核且备案的微短剧不得上网传播。对于新规设立的清晰机制和标准，微短剧行业相关从业人员和专家学者纷纷表示，微短剧管理新规定不仅能够提高行政管理的效率和效果，还能在源头上确保内容生产的质量，避免低俗、有害内容的传播，极大地推动微短

---

① 中国作家协会网络文学中心：《2023中国网络文学蓝皮书》，文艺报，https：//www.chinawriter.com.cn/n1/2024/0527/c404023-40244118.html，2024年10月10日查询。

② 沈杰群：《瑞士国家旅游局宣布〈全职高手〉叶修将担任"瑞士旅游探路员"》，中国青年报，https：//m.cyol.com/gb/articles/2024-05-29/content_4wQRbaIWlp.html，2024年10月10日查询。

剧行业向高质量方向迈进。①

（9）华东师范大学传播学院院长王峰带领团队发布百万字人工智能玄幻小说《天命使徒》

6月13日，华东师范大学传播学院院长王峰教授文学计算团队发布国内第一部人机融合式长篇小说《天命使徒》，采用"国内大语言模型+提示词工程+人工后期润色"，王峰团队在研究网络文学作品情节结构的基础上，测试了大量提示词和不同国产大模型，最后构建出一套玄幻小说提示词，这些提示词被投入大模型中，批量生成内容，后期在人工介入的基础上形成了这部整体线索连贯的长篇智能小说，整部小说超过100万字。在Kimi等大模型纷纷开启长文本处理能力技术升级背景下，《天命使徒》长篇小说的诞生打开了长文本大模型应用的无穷想象。②

（10）第七届中国"网络文学+"大会上发布《2023年度中国网络文学发展报告》

7月18日，第七届中国"网络文学+"大会上发布《2023年度中国网络文学发展报告》。大会发布的《2023年度中国网络文学发展报告》显示，2023年中国网络文学市场营收规模达到383亿元，同比增长20.52%；截至2023年底，我国网络文学平台驻站作者总数约为2929.43万人，中青年作者依然是网络文学创作的绝对主力；网络文学用户规模达到5.5亿，较2022年增长了5200万人。③

（11）2024年中国网络文明大会网络文艺与文化强国建设分论坛发布《中国网络文艺发展报告（2022—2023）》

8月28日，2024年中国网络文明大会网络文艺与文化强国建设分论坛现场正式发布了《中国网络文艺发展报告（2022—2023）》。该报告基于对网络文艺领域的深入研究和广泛调研，全面梳理了2023年以来网络文艺的整体轮廓，包括网络文学、网络剧、网络电影、网络综艺、短视频、网络直播、网络纪录片、网络音乐、网络动漫、网络游戏等各个领域的发展情况，并试图把握网络文艺创作生产的规律和发展趋势。汇集了众多专家和学者的智慧和成果，旨在全面、客观地反映中国网络文艺的发展现状和趋势，为政府管理部门、行业协会、业界和学界提供有益的参考和借鉴。④

（12）"2023年度中国网络文艺版权保护典型案例"征集活动

9月14日，"2023年度中国网络文艺版权保护典型案例"征集活动启动。该活

---

① 邱伟：《微短剧新规促"良币驱逐劣币"》，北京日报，https：//www.xinhuanet.com/ent/20240606/e6d890cac20643c0820cf2ed9a85dd18/c.html，2024年10月15日查询。

② 陈志芳：《AI创作的百万字小说能打败网文大神吗？》，澎湃新闻，https：//www.thepaper.cn/newsDetail_forward_26722585？commTag=true，2024年10月15日查询。

③ 路艳霞，安旭东：《推动新时代网络文学高质量发展，第七届中国"网络文学+"大会落幕》，北京日报，https：//news.bjd.com.cn/2024/07/14/10834907.shtml，2024年10月20日查询。

④ 吴雅婷：《网络文艺与文化强国建设分论坛〈中国网络文艺发展报告（2022—2023）〉发布》，成都日报，https：//www.cdrb.com.cn/epaper/cdrbpc/202408/29/c137739.html，2024年11月10日查询。

动由中南大学网络文学研究院联合湖北省版权保护协会、湖南省版权协会组织开展，征集范围为2023年，对网络文学、艺术领域（包括但不限于网络小说以及网络有声音频、网络动画漫画、网络影视剧和微短剧、网络游戏等）在版权保护领域具有示范引领和深远影响的典型案例。①

（13）中国新闻出版研究院发布《培育新质生产力的中国数字出版——2023—2024中国数字出版产业年度报告》

9月21日，《培育新质生产力的中国数字出版——2023—2024中国数字出版产业年度报告》在会上发布。报告表明，网络文学不断提质升级，全版权运营机制更加成熟。截至2023年12月，网络文学读者规模达到5.37亿人，为历史最高水平；网络文学作品总量超过3600万部，其中年新增作品约200万部；中国网络文学的创作队伍进一步壮大，超过2400万名。网络文学改编影视剧授权总数超过3000部，动漫改编授权总数5000余部。②

（14）科幻世界与四川大学中国科幻研究院共同发布《中国科幻网文白皮书（2023—2024）》

9月28日，科幻世界联合四川大学中国科幻研究院发布《中国科幻网文白皮书（2023—2024）》。白皮书指出，科幻网文在书写"中国故事、中国经验、中国想象"的过程中展现出前所未有的创造力和影响力，已经成为下游IP改编市场的重要来源。白皮书显示，近两年科幻网文数量激增，精品佳作持续输出，形成百花齐放的"新生态"。以阅文集团为例，截至2024年6月，共新增科幻网文4.7万本，累计创作总字数达50亿3138万；截至2024年8月10日，起点读书十万均订作品累计达20部，其中科幻网文占比50%。题材方面，当下的科幻网文不仅继承了黑科技、星际高武等既有子类型，同时衍生出贴合时代特征的赛博朋克、时空穿梭等新兴子类型，以《深海余烬》《故障乌托邦》《天才俱乐部》为代表的优质新作正在快速引领潮流。③

（15）文化和旅游部恭王府博物馆与阅文集团联合主办的"阅见非遗"第二届征文大赛颁奖

11月11日，文化和旅游部恭王府博物馆与阅文集团联合主办的"阅见非遗"第二届征文大赛颁奖仪式在上海图书馆东馆举行。在"阅见非遗"第二届征文大赛颁奖仪式上，本届征文大赛获奖作品逐一揭晓。融汇了近百项非物质文化遗产元素、

---

① 中国作家网：《"2023年度中国网络文艺版权保护典型案例"征集活动启动》，https：//www.chinawriter.com.cn/n1/2024/0926/c404023-40328656.html，2024年11月10日查询。
② 章红雨：《数字出版产业向新质生产力要未来》，中国新闻出版广电网，https：//www.nationalreading.gov.cn/ydzg/202409/t20240924_866796.html，2024年11月10日查询。
③ 中国作家网：《第35届银河奖揭晓，〈中国科幻网文白皮书（2023—2024）〉》发布，https：//www.chinawriter.com.cn/n1/2024/0929/c404023-40330845.html，2024年11月10日查询。

展现陕西特色民俗的网络文学作品《泼刀行》获金奖,作品以中华传统武术为主要看点,以关中麦客与刀客开篇,将西安鼓乐、红拳、秦腔、皮影、社火等近百项非遗元素融入小说创作,通过全新的视角展现了非遗与网络文学创作以及推动地方特色文化发展之间的关联。《一揽芳华》《仙工开物》《天津人永不掉SAN》获银奖,《乌鸦的证词》《岁时来仪》《秘烬》《我修的老物件成精了》《四合如意》《冰不厌诈》获铜奖,《云去山如画》《国药大师》《神农道君》《临安不夜侯》分别获得最具传承价值奖和出版观察团选择奖。上述获奖作品融合了绒花制作技艺、木偶戏、锦灰堆等非遗元素,让读者通过网络文学能够更深入地了解和感受中华优秀传统文化的魅力。①

(16) 中国文明网公布第十七届精神文明建设"五个一工程"优秀作品入选名单,在本次评选中,"网络文艺"第一次被列入申报范围

中央宣传部精神文明建设"五个一工程"评选工作办公室于2024年11月18日对第十七届"五个一工程"优秀作品奖入选作品进行公示,公示期至11月24日,其间可通过电话或电子邮件反馈意见。此次入选作品共105部,涵盖电影、戏剧、电视剧、广播剧、歌曲、图书、网络文艺和理论文章8个类别。《陶三圆的春夏秋冬》、《滨江警事》(第1部)和《我们生活在南京》《漫长的季节》《我的阿勒泰》《特级英雄黄继光》《浴血无名·奔袭》《我们的赛场》《中国奇谭》《声生不息·宝岛季》共10部网络文艺作品获奖。②

(17) 第三届上海国际网络文学周发布《2024中国网络文学出海趋势报告》

12月16日,第三届上海国际网络文学周发布了《2024中国网络文学出海趋势报告》。该报告以阅文集团和行业调查材料为主要分析蓝本。报告显示,2023年,我国网络文学行业海外市场营收规模达到43.50亿元,同比增长7.06%。根据报告,当下中国网络文学"出海"呈现四大趋势:一是"AI翻译,加速网文多语种出海";二是"全链出海,IP全球共创模式升级";三是"交流互鉴,深入Z世代流行文化";四是"新机涌现,全球开拓发展新空间"。截至2024年11月30日,全行业出海作品总量约为69.58万部,翻译出海作品约6000部,2024新增出海AI翻译作品超2000部,网文畅销榜排名TOP100作品中,AI翻译作品占比42%。网文签约海外出版授权书同比增长80%,2024年海外出版授权金额同比增长超200%。在漫画和动画出海方面,上线漫画作品1700余部,涵盖7个语种,视频网站累计上线动画721集,总播放量12.37亿。同时,海外访问用户超3亿,阅读量破千万的作

---

① 周祎:《"阅见非遗"第二届征文大赛颁奖仪式在上海图书馆举办》,文化和旅游部,https://www.mct.gov.cn/whzx/zsdw/whbgwfglzx/202411/t20241114_956266.html,2024年11月28日查询。
② 中央宣传部精神文明建设"五个一工程"评选工作办公室:《第十七届精神文明建设"五个一工程"优秀作品奖入选作品公示》,新华网,http://paper.people.com.cn/rmrb/html/2024-11/18/nw.D110000renmrb_20241118_3-04.htm,2024年11月28日查询。

品达到411部，同比增长73%，26部作品入藏大英图书馆。①

（18）中国人民大学创意产业技术研究院发布《2024中国网络文学IP国际传播影响力报告》

12月16日，第三届上海国际网络文学周发布了《2024中国网络文学IP国际传播影响力报告》，该报告是当代中国与世界研究院在世界互联网大会乌镇峰会分论坛发布《2024中华文化符号国际传播指数（CSIC）报告》后的又一项延续性品牌研究成果。报告以2024年中国网络文学IP出海情况为研究对象，依托当代中国与世界研究院国际传播大数据智能服务平台，基于中华文化符号国际传播指数模型，分析得出2024年度中国网络文学十大国际传播影响力IP，包括《全职高手》《庆余年》《与凤行（本王在此）》《诡秘之主》《墨雨云间（嫡嫁千金）》《斗破苍穹》《在暴雪时分》《剑来》《凡人修仙传》《大奉打更人》，涵盖古装仙侠、玄幻修真、悬疑奇幻、都市情感等不同类型。报告总结了四大中国网络文学IP国际传播影响力特征，包括多元融合，文化共鸣；形式多样，跨界发展；技术赋能，高效传播；生态构建，全球覆盖等。同时对提升中国网络文学IP国际传播影响力提出四点建议：一是构建融通中外的中华文化叙事体系，二是科技驱动网文IP多语种精准传播，三是以数字文化矩阵打造IP出海生态，四是依托数字化平台打造多元渠道传播策略。②

（张亚璇、张琛笑、蒋佳琦　执笔）

---

① 虞婧：《上海国际网络文学周发布出海趋势报告，2023年海外市场营收43.5亿元》，中国作家网，htps：//www.chinawriter.com.cn/n1/2024/1217/c404027-40384094.html，2024年12月28日查询。

② 手机中国网：《当代中国与世界研究院在第三届上海国际网络文学周发布〈2024中国网络文学IP国际传播影响力报告〉》，https：//baijiahao.baidu.com/s?id=1818647310272595378&wfr=baike，2024年12月28日查询。

第八章　网络法规与版权管理

2024年，网络文学版权行业蓬勃发展，公众对版权保护的认知不断深化，版权保护生态发展稳中向好。一年来，我国的数字知识产权法律体系逐步完善，网络文学版权建设政策为市场繁荣提供了有力支持；产业内形成以政府为宏观引领、全行业共举的版权治理合力格局，从规范、制度等方面优化了网络文学版权环境。同时，行业在强化监管治理的情形下，创新性地运用微版权、区块链等前沿技术，为网络文学打击盗版侵权提供了有力支持。

一、网络文学版权管理年度现状

版权管理作为网络文学走向规范化、健康化的核心驱动力，在网络文学发展中始终占据着举足轻重的地位。坚决打击盗版行为，不仅是提升网络文学作品质量、促进产业效益增长的关键举措，也是中国提升文化软实力的重要战略。网络文学的"量增质升"，成为推动文化产业创新发展的重要力量，而这离不开科学的版权管理。近年来，网络文学IP产业链的进一步整合，动漫、电影、微短剧等产业借助网络文学的东风迎来作品爆发，网络文学改编市场一路高歌猛进，这其中都有版权管理的积极贡献。在新的时代环境下，网文产业对数字知识产权的治理体系提出了新要求。

2024年，网络文学版权生态持续优化。中国网络文学的发展通过纵深指导的战略布局与全面高效的政策和制度，推动着网络版权法律体系的日益健全，为"网文出海"保驾护航，构筑了更加完善的版权保护环境。政府与全行业、多平台广泛合作并达成共识，正不断优化版权生态体系，初步构建起强大的版权保护联盟。其中，各大网络文学平台积极响应，持续拓宽行业战线，从而形成全方位防护网。但在市场繁荣的同时，新的问题也接踵而至。网络短视频IP改编的兴起催生出多样化抄袭、侵权事件；生成式人工智能的运用与推广挑战着知识产权保护的边界；"网文出海"的文化传播浪潮也存在诸多盗版问题。不断出现的新情况、新困境显示出我国网络文学版权治理之路依旧任重而道远。

1. 版权保护生态得以优化

2024年，网络文学发展迅速，市场规模进一步扩大，政府机构高度重视网络文学版权管理与保护问题，以宏观规划引导网络文学健康有序发展，用顶层设计推进网络知识产权保护，以政策制度与法律法规实施网络文学版权保护。

（1）政策制度引领不断强化

2024年3月12日，李强总理代表国务院在十四届全国人大二次会议上所作的政府工作报告，针对知识产权发展新形势指出，应当推动人工智能合规发展，推进网络文学IP打造，强化网络版权保护和新时代文艺作品的版权保护。同时全国两会专家针对数字知识产权问题提出了诸多建议和方案，为网络文学版权治理提供了新思路、新方法。会上，郝戎、张继、许宁、靳东等20位全国政协委员联名提交《关于贯彻版权强国战略，切实做好全媒体条件下新文艺产品版权保护的建议》提案，强调现行环境下人工智能技术生成的新文艺产品版权界定和创作归属亟须明确。面对生成式人工智能技术井喷式发展现状对网络文学版权问题造成的威胁，全国政协常委、中国作家协会副主席邱华栋提出关于"加强人工智能领域版权保护"的建议，提出要充分发挥行业政策、国标、行标等"软法"作用，建立人工智能开发者与权利人组织良性对话机制，加快落实人工智能领域版权保护多方主体责任等的联合共治进程，共建充分尊重和保护版权的网络清朗空间，推动数字经济高质量可持续发展。

此外，网络文学盗版侵权治理、AIGC技术运用的知识产权边界等问题，也颇受关注。全国政协委员、天津市政协副主席张金英建议在法院内部设立专门的网络文学维权调解机构，外聘社会律师等主体参与调解工作，网络文学IP改编的价值得到了进一步认可。全国政协委员、中国作家协会副主席、中国作协影视文学委员会主任阎晶明建议，可以将文化资源再创造，加速文旅数字化转型，鼓励当地文旅部门与网络文学创作者、机构深度合作，以网络文学为载体，对当地特色文化进行再创造，实现文旅数字化转型发展。

全国两会各行业专家针对网络文学版权治理的踊跃提案表明，随着网络文学市场的繁荣，我国网络文学版权保护已然得到了政府的空前重视，而针对版权保护的政策制度正引领着中国网络文学适应新常态，解决新问题，走向新征程。

（2）版权法律体系日益健全

除政策引领外，创建繁荣有序市场、营造良好行业环境，必然需要坚实有力的法律保障制度。2024年，我国网络文学版权有关的法规条例得到了进一步补充完善，网络文学版权保护法律体系日益健全，为版权保护生态的持续优化贡献了力量。

2024年3月29日，国家知识产权局印发的《推动知识产权高质量发展年度工作指引（2024）》指出，2024年底，我国要实现知识产权法治保障持续加强，知识产权保护体系更加完善，保护示范区建设持续深化，并新建一批知识产权保护中心和快速维权中心。同时，面对日益复杂的网络文学版权问题，修订更切合实际、应用更广泛的《中华人民共和国著作权法》也成为推动网络文学高质量发展的重要一环。2024 年 11 月 6 日，中宣部版权管理局局长王志成在第七届虹桥国际经济论坛"保护知识产权 打击侵权假冒国际合作"分论坛上表示，基于现行有关著作权法律存在的有关问题，年内将向社会公开发布《中华人民共和国著作权法实施条例（修订草案征求意见稿）》。与此同时《著作权集体管理条例》的修订工作也在抓紧推进，有望在不久后向社会公开征求意见。2024 年 11 月 11 日，《北京知识产权法院十年审判工作白皮书（2014—2024）》发布。白皮书指出，近年来，各类涉及影视、电子游戏、元宇宙等文化创意领域的新型纠纷多发。在全国首例涉无障碍版电影侵害信息网络传播权的纠纷案中，法院明确了"以阅读障碍者能够感知的无障碍方式向其提供已经发表的作品"构成合理使用仅限于供阅读障碍者专用的裁判规则，在有力保护著作权人合法权利的同时，促进了广大阅读障碍者平等参与文化生活，共享文明发展成果。

当前网络文学发展迅猛，市场繁荣，但网络文学产业的浩荡浪潮之下侵权盗版问题也层出不穷，新的文艺样式和科技手段给网络文学版权保护带来了新的难题。面对网络文学版权治理难度大、边界模糊的新形势、新样态，政府应当不断完善法律体系，拓展法规应用范围，出台更贴合实践、更具有现实意义的规范要求，不断加大执法力度，为网络文学版权保护提供更加坚实的法律保护。

（3）跨国保护机制逐渐成形

中国网络文学正以蓬勃之势在海外引起热潮，吸引了无数海外读者。《2023 中国网络文学发展研究报告》显示，中国网文出海市场规模超过 40 亿元人民币，海外访问用户约 2.3 亿，覆盖全球 200 余个国家及地区。

随着网络文学在海外的影响力日益扩大，推进海外版权保护成为实现高质量"网文出海"的关键。2024 年两会期间，在中国作家协会副主席、党组成员、书记处书记吴义勤的提案重点聚焦"版权守护网络文学'出海'"，建议相关主管部门与行业协会充分发挥指导与协调作用，推进完善跨国版权保护机制。主管部门可以通过政府渠道，推动与其他国家在文化产业领域的交流与合作，签署双边或多边版权保护协议，提升中国网络文学的国际版权保护力度。另外，行业协会可以建立统一的信息共享平台，收集和分析国际版权侵权案例，提醒会员单位注意防范，并在必要时提供专业的版权维权服务。2024 年 10 月 19 日，国家主席习近平向 2024 年国际保护知识产权协会世界知识产权大会致贺信，强调要围绕持续深化高水平国际合作，坚定维护世界知识产权组织等国际知识产权多边体系，为打造有利于创新发展的国际环境贡献中国智慧和中国方案，推动全球知识产权治理体系向着更加公正合理方向发展。

中国网络文学领域在版权保护及国际版权合作层面实现了重大突破，依靠政府牵头、平台响应，深化国际协作，跨国保护机制逐渐成型，在版权维护与市场规范化上取得了显著成果，有效捍卫了作者与读者的合法权益。阅文集团与国际出版商协会（IPA）等重量级版权机构达成了多项合作契约，以维护海外版权安全。掌阅科技积极与欧美、东南亚等多个国家的出版社及文化机构携手，大力推进中国网络文学作品的正版授权与销售，这些措施不仅保障了创作者的正当经济回报，更提升了中国网络文学在全球市场的信誉与影响力。版权保护是网络文学国际传播的基石，加强和完善版权保护工作，形成健全的跨国版权保护机制将进一步激发中国网络文学的生命力。因此，在推动网络文学"出海"的同时，必须进一步加强和完善版权保护工作，为国际传播营造更好的发展环境。

2. 多元共治格局基本成型

得益于国家和各级政府对网络文学产业发展的高度重视，2024年，多元共治的版权保护发展格局基本成型，版权保护环境持续向好发展。国家多策并举，政府多措并行，行业版权维护意识增强，多方共同努力推动网络文学向健康有序迈进。

（1）形成部门合力，推动构建版权发展格局

在国家、政府、社会各界对网络文学版权管理与保护空前重视的情态下，各部门积极响应。2024年，国家版权局、国家知识产权局、中国作协、中央网信办等多部门从文化、法律、发展等角度合力为强化网络文学版权管理出谋划策，中国版权保护工作在多方合力下取得了显著进展。2024年3月5日，第十四届全国人民代表大会第二次会议中，政府针对版权保护，强调加强知识产权保护、促进科技成果转化和扶持人工智能等技术应用。人大代表和政协委员提出了多项涉及人工智能合规、网络版权、网络文学IP及新时代文艺作品版权保护等方面的建议。对此，各部门积极召开相关会议，采取行动。2024年4月19日，中宣部版权管理局联合北京市、天津市、河北省版权局共同举办"推动文化传承发展，激发创新创造活力"论坛，中宣部（国家版权局）与最高人民法院发布了版权纠纷调解"总对总"机制。与此同时，京津冀三地文化执法部门与行业协会分别签署《京津冀地区版权执法合作协议》与《京津冀版权领域协同发展战略合作》，为建立全国版权纠纷调解平台，凝聚多方版权保护力量提供服务。2024年4月24日，国新办就2023年中国知识产权强国建设有关情况举行发布会，会上，中宣部版权管理局负责人汤兆志表示，支持各级执法部门开展版权执法工作，持续开展"剑网行动"、青少年版权保护季、打击院线电影盗录传播等专项行动。

2024年9月9日，由中国国家版权局、世界知识产权组织主办，江西省版权局共同举办的2024国际版权论坛在江西景德镇召开，论坛主题为"版权与创意产业推动可持续发展"。论坛上，各界专注探讨了版权保护促进传统文化传承创新的政策与措施、人工智能在创作中的应用、版权制度的保护与局限及版权的可持续发展等问题，明确了版权保护的定位，为版权保护在国内、国际的发展提供了建议与思路。2024年9月11日，国家知识产权局联合中央宣传部（国家版权局）、商务部、北京

市人民政府以及世界知识产权组织举办第三届"一带一路"知识产权高级别会议，60多国嘉宾围绕"一带一路"知识产权合作展开了深入讨论，肯定了与中国进行知识产权合作，从而促进法治、经济、科技开放的作用，指出产权合作为各国的可持续发展奠定了基础。

（2）达成行业共识，加速网络文学正版进程

通过加强国际合作，中国网络文学在版权保护、市场规范、法律法规等方面取得了显著成效，有力地保障了作者和读者的合法权益。

2024年4月18日，"网络文学IP短剧创作扶持项目发布会"在江苏无锡举行。中国作协协同多位网络作家、网络文学平台负责人和视听平台负责人，共同发出《提升网络文学短剧转化品质倡议书》，提出了7条倡议。2024年7月3日，全球数字经济大会在北京召开。该会议以"人工智能产业发展与知识产权保护"为题，旨在为人工智能产业发展战略、知识产权保护工作、相关事业未来发展汇聚共识，贡献智慧。论坛上有来自司法机关、学术界、产业界以及实务界的多位嘉宾，分别分享了人工智能与知识产权发展的产学研成果，研讨了二者的互存共生关系，探讨了推动知识产权对人工智能产业的影响，以及对促进全球数字经济发展与打造北京作为全球数字经济发展典范的作用。

2024年9月4日至8日，首届中俄网络文学出版研讨会于第37届莫斯科国际书展召开之际在莫斯科举行，来自中国驻俄使馆、中国版权保护中心、中国阅文集团、俄罗斯出版集团Eksmo、俄罗斯出版商Rosman等机构代表、嘉宾参与了研讨会。中俄双方就网络文学版权问题为两国网络文学市场的人才培养、内容翻译、沟通合作等作了进一步交流。

2024年9月9日，国际版权论坛于江西省景德镇召开，论坛中参会嘉宾共同探讨了版权在知识产权中的重要性，并围绕"版权保护促进传统文化传承创新：政策与措施""人工智能在内容创作中的应用：机遇与挑战""版权制度保障文化获得感和参与度：保护与限制""知识经济时代的版权集体管理：现状与展望""版权在创意产业可持续发展中的作用：举措与成效"等5个主题展开了讨论。除此之外，论坛上还启动了2024年民间文艺版权保护与促进试点工作。2024年11月11日在浙江杭州举办的中美行政执法合作交流会上，中美两国执法司法部门、行业组织、品牌企业权利人及电子商务平台等各方代表，展开了有关政策法规、行政执法、平台与权利人合作机制、执法司法案例等一系列打击网络销售侵权行为的深入交流与信息共享。

（3）推进技术应用，攻克网文盗版侵权难题

在网络文学发展过程中，在政策引导下，我国网络文学市场初具规模，进入了高质量可持续发展阶段。然而，盗版侵权现象与网络文学的发展相伴相生，随着AIGC等新技术的出现，新型盗版侵权现象层出不穷。对此，国家版权局等部门持续

联合开展"剑网"等专项行动，社会各界也在政府机构的引领下开发更具有效力的技术措施遏制新型盗版现象。

　　根据网络作品的特性，北京腾瑞云公司利用前沿区块链技术为原创作品存证。第一，为每部原创作品创建一个不可篡改、高度透明的数字存证。这一存证结合了作品的唯一标识和创作者的身份信息，可以形成具有法律效应的版权区块链存证证书。第二，利用特殊的数字指纹技术能够迅速在全网范围内搜索、比对、识别侵权内容，保证数据的真实性和不可篡改性。第三，采取数字水印技术，为 AIGC 作品嵌入独特的水印信息，追踪作品的真实来源和所有权，帮助原创者维权。在 2024 年 9 月 13 日召开的第十三届中国知识产权年会上，知识产权出版社表示，正在发展"AI+出版"的融合出版模式，打造中知慧海（PatSea）知识产权大数据与智慧管理平台，为中国知识产权输出，拓展知识产权全领域服务，建设创新服务生态圈，支持知识产权强国建设贡献力量。

3. 版权治理问题仍须警惕

　　尽管网络文学产业正向着健康态发展，政府机构也愈加重视版权保护与管理，并采取了相应行动，但版权治理问题依然存在着难点。海外市场侵权现象一直存在，AI 生成式人工智能技术令侵权更加难以界定，也为抄袭增添了助力。

　　（1）海外市场屡现侵权

　　随着全球化的进程与中国网络文学产业的发展，大量优秀作品走进海外市场。《2023 年度中国网络文学发展报告》显示，中国网络文学行业海外市场营收规模 43.5 亿元，中国网络文学"出海"作品（含网络文学平台海外原创作品）总量约为 69.58 万部（种）。

　　然而，中国网络文学出海却面临着版权保护的难题。在全球书籍和文学流量排名前 100 位的网站中，存在侵权盗版风险的比例超过半数。同时，盗版网站能够迅速更新，调整链接网址，使得盗版行为更加隐蔽和难以打击。以起点国际（Webnovel）排名前 100 部热门翻译作品为例，在海外用户流量排名前 10 位的英文盗版网络小说站点中，侵权盗版的整体比率高达 83.3%。

　　部分境外网站通过非法翻译和未经授权的方式，将中国网络文学作品翻译成外语进行发布和传播，从中牟取经济利益。2024 年 9 月 4 日至 8 日，在首届中俄网络文学出版研讨上，俄方就盗版问题表示，中国网络文学通常以出售纸质书籍版权的形式在俄罗斯出版，这不仅为俄方获取数字化产品版权时增添了难度，也减少了俄罗斯读者在线上获取正版内容的途径。为此，中俄双方就网络文学版权问题，包括两国网络文学市场的人才培养、内容翻译、沟通合作等作了进一步交流。

　　在侵权难以禁绝的情况下，海内外法律差异也是中国网络文学海外版权保护困难的一大原因。各国知识产权保护政策及力度不一致，加之证据留存难、侵权监控难、法律法规适用难等，故此难以构建完善的版权保护体系。当前法律中，我国法院在域外知识产权纠纷问题上，尚未明确将知识产权侵权纠纷案件列入专属管辖的范围。各国法院承认和执行外国法院判决主要依据共同缔结的国际公约、双边司法协助条约或是基于互惠原则。更何况在追踪侵权案件时，采取VPN技术在境外网站获取的证据也存在一定争议。因此，如何防止中国网络文学侵权现象仍然是亟待解决的课题。

（2）AI写作模糊侵权边界

2024年，中国网络文学继续展现出蓬勃的生命力，凭借人工智能技术的加持，线上翻译作品激增。从技术辅助产业发展的角度来看，AI技术能够辅助创作，为作品完成细节，同时，也能够降低翻译成本，提升效率，加速"网文出海"进程。但作为新型技术，仍然存在问题。

新技术在产生效益的同时，AI生成式人工智能技术的使用也引发了作品的侵权问题。例如，人工智能技术的创作内容与传统著作权法之间的冲突该如何界定，特别是在作品原创性和版权归属问题上，AI技术生成的内容通过爬取和学习海量作品数据，模糊了著作权的边界，这不仅变革了创作模式，还令侵权行为更加隐蔽、复杂。其一，传统著作权法难以界定AI生成内容是否侵权，其法律属性尚不明确，导致法律适用难。例如，AI生成内容是否具备独创性，如何界定其权利归属，是法律界定的难点。其二，AI生成内容的侵权责任认定不明确。AI使用者可能直接使用未经授权的作品构成直接侵权，而AI服务提供者和技术支持者也应当注意是否应该负起侵权责任。在目前与AI侵权相关的案例中，法院已经明确生成式AI服务提供者需要注意自己是否承担侵权责任。由此可见，要杜绝网络文学的侵权问题，需要区分多方面的侵权边界问题。

（3）抄袭乱象屡禁不止

网络文学市场一直面临抄袭现象的严峻挑战，尽管国家已经采取了一系列措施，但与侵权问题同时存在的抄袭依旧屡禁不止。

网络文学的"洗稿""融梗"等抄袭乱象依旧难以根除，并呈现出规模扩大、手段多样化趋势。网络文学市场的繁荣，刺激着人人创作，从而衍生了大量作品。然而，为了获取点击、曝光与利益，许多"作者"仿照"爆款"作品模式，加剧了抄袭和"融梗"现象。这一现象不仅限于网络小说创作，微短剧、网络图像也受到波及。在AI生成式人工智能出现后，抄袭的难度愈加减小，抄袭者能够借助AI迅速转化他人作品，不仅侵犯了他人的著作权益，也为平台监管、原作者维权增加了难度。

2024年，随着微短剧市场的兴起，微短剧版权问题引起了业界重视。付费短剧市场份额不断下降，红果短剧、多多短剧等免费短剧平台迅速崛起，微短剧侵权现象层出不穷。作为网络文学的下游产业，网络文学作品是微短剧改编的重要来源，

"融梗""蹭热度"等行为常见于微短剧制作。相比创新带来的实际利益,"模仿"和"借鉴"网络文学成熟作品的风险更小,也导致抄袭现象一直存在。这些行为不仅侵犯原作者的合法权益,严重伤害了创作者的积极性,还致使劣币驱逐良币,对行业造成了负面影响,大大增加了版权保护工作的难度。

二、网络文学相关政策法规梳理

1. 《互联网信息服务管理办法》,国务院,2000年9月25日;
2. 《最高人民法院关于审理著作权民事纠纷案件适用法律若干问题的解释》,最高人民法院,2002年10月15日;
3. 《互联网著作权行政保护办法》,国家版权局、信息产业部,2005年5月30日;
4. 《最高人民法院关于审理涉及计算机网络著作权纠纷案件适用法律若干问题的解释》,最高人民法院,2006年12月8日;
5. 《中华人民共和国侵权责任法》,全国人民代表大会常务委员会,2010年7月1日;
6. 《互联网文化管理暂行规定》,文化部,2011年4月1日;
7. 《最高人民法院关于审理侵害信息网络传播权民事纠纷案件适用法律若干问题的规定》,最高人民法院,2013年1月1日;
8. 《中华人民共和国著作权法》,全国人民代表大会常务委员会,2013年3月1日;
9. 《中华人民共和国著作权法实施条例》,国务院,2013年3月1日;
10. 《信息网络传播权保护条例》,国务院,2013年3月1日;
11. 《最高人民法院关于审理利用信息网络侵害人身权益民事纠纷案件适用法律若干问题的规定》,最高人民法院,2014年10月10日;
12. 《使用文字作品支付报酬办法》,国家版权局、国家发改委,2014年11月1日;
13. 《关于推动网络文学健康发展的指导意见》,国家新闻出版广电总局,2014年12月18日;
14. 《关于规范网络转载版权秩序的通知》,国家版权局办公厅,2015年4月17日;
15. 《互联网视听节目服务管理规定》,国家新闻出版广电总局,2015年8月28日;
16. 《中共中央关于繁荣发展社会主义文艺的意见》,中共中央,2015年10月3日;
17. 《关于规范网盘服务版权秩序的通知》,国家版权局,2015年10月14日;

18. 《关于新形势下加快知识产权强国建设的若干意见》，国务院，2015 年 12 月 18 日；

19. 《移动互联网应用程序信息服务管理规定》，国家互联网信息办公室，2016 年 8 月 1 日；

20. 《中共中央 国务院关于完善产权保护制度依法保护产权的意见》，国务院，2016 年 11 月 4 日；

21. 《关于加强网络文学作品版权管理的通知》，国家版权局，2016 年 11 月 14 日；

22. 《国务院关于印发〈"十三五"国家战略性新兴产业发展规划〉的通知》，国务院，2016 年 11 月 19 日；

23. 《国务院关于印发〈"十三五"国家信息化规划〉的通知》，国务院，2016 年 12 月 15 日；

24. 《国务院关于印发〈"十三五"国家知识产权保护和运用规划〉的通知》，国务院，2016 年 12 月 30 日；

25. 《版权工作"十三五"规划》，国家版权局，2017 年 1 月 25 日；

26. 《文化部关于推动数字文化产业创新发展的指导意见》，文化产业司，2017 年 4 月 11 日；

27. 《中华人民共和国网络安全法》，全国人民代表大会常务委员会，2017 年 6 月 1 日；

28. 《关于规范电子版作品登记证书的通知》，国家版权局，2017 年 6 月 5 日；

29. 《网络文学出版服务单位社会效益评估试行办法》，国家新闻出版广电总局，2017 年 7 月 1 日；

30. 《网络文学出版服务单位社会效益试行评估指标和计分标准》，国家新闻出版广电总局，2017 年 7 月 1 日；

31. 《国务院关于进一步扩大和升级信息消费持续释放内需潜力的指导意见》，国务院，2017 年 8 月 24 日；

32. 《关于加强知识产权审判领域改革创新若干问题的意见》，十九届中央全面深化改革领导小组，2017 年 11 月 20 日；

33. 《知识产权认证管理办法》，国家认监委、国家知识产权局，2018 年 2 月 11 日；

34. 《关于加强知识产权审判领域改革创新若干问题的意见》，中共中央办公厅、国务院，2018 年 2 月 27 日；

35. 《关于开展打击网络侵权盗版"剑网 2018"专项行动的通知》，国家版权局等，2018 年 7 月 20 日；

36. 《关于开展 2018 年优秀网络文学原创作品推介活动的通知》，国家新闻出版署、中国作家协会，2018年10月23日；

37.《关于进一步加强广播电视和网络视听文艺节目管理的通知》，国家广播电视总局，2018年10月30日；

38.《公安机关互联网安全监督检查规定》，公安部，2018年11月1日；

39.《2018年深入实施国家知识产权战略 加快建设知识产权强国推进计划》，国务院知识产权战略实施工作部际联席会议办公室，2018年11月9日；

40.《具有舆论属性或社会动员能力的互联网信息服务安全评估规定》，中央网信办、公安部，2018年11月15日；

41.《关于对知识产权（专利）领域严重失信主体开展联合惩戒的合作备忘录》，国家发展改革委等38个部委，2018年12月4日；

42.《关于印发〈国家出版产业基地（园区）管理办法〉的通知》，国家新闻出版总署，2019年6月19日；

43.《关于加快推进公共法律服务体系建设的意见》，中共中央办公厅，2019年7月10日；

44.《印发〈关于依法加强对境外著作权认证机构常驻中国代表机构管理的意见〉的通知》，国家版权局，2019年10月17日；

45.《关于印发〈图书、期刊、音像制品、电子出版物重大选题备案办法〉的通知》，国家新闻出版总署，2019年10月25日；

46.《关于强化知识产权保护的意见》，中共中央办公厅、国务院办公厅，2019年11月24日；

47.《网络信息内容生态治理规定》，国家互联网信息办公室，2020年3月1日；

48.《网络安全审查办法》，网信办、发展改革委、工业和信息化部、公安部、安全部、财政部、商务部、人民银行、市场监督管理总局、广电总局、保密局、密码局，2020年4月13日；

49.《2020年地方知识产权战略实施暨强国建设工作要点》，知识产权局，2020年4月20日；

50.《2020年深入实施国家知识产权战略加快建设知识产权强国推进计划》，国务院知识产权战略实施工作部际联席会议办公室，2020年5月13日；

51.《关于进一步加强网络文学出版管理的通知》，国家新闻出版署，2020年6月5日；

52.《关于开展打击网络侵权盗版"剑网2020"专项行动的通知》，国家版权局、工业和信息化部、公安部、国家互联网信息办公室，2020年6月12日；

53.《〈关于进一步加强知识产权维权援助工作的指导意见〉的通知》，国家知识产权局，2020年6月16日；

54. 《关于开展2020"清朗"未成年人暑期网络环境专项整治的通知》，国家网信办秘书局，2020年7月9日；

55. 《关于印发〈广播电视和网络视听大数据标准化白皮书（2020版）〉的通知》，国家广播电视总局办公厅，2020年8月25日；

56. 《关于印发〈知识产权信息公共服务工作指引〉的通知》，国家知识产权局办公室，2020年11月5日；

57. 《关于修改〈中华人民共和国著作权法〉的决定》，全国人民代表大会常务委员会，2020年11月11日；

58. 《关于发布第一批知识产权行政执法指导案例的通知》，国家知识产权局，2020年12月14日；

59. 《中华人民共和国民法典》，全国人民代表大会常务委员会，2021年1月1日；

60. 《关于启动〈2021"清朗·春节网络环境"专项行动〉的通知》，国家网信办，2021年2月4日；

61. 《关于做好2021年全国知识产权宣传周版权宣传活动的通知》，国家版权局，2021年4月6日；

62. 《视听表演北京条约》，世界知识产权组织，2021年4月28日；

63. 《关于开展打击网络侵权盗版"剑网2021"专项行动的通知》，国家版权局、工业和信息化部、公安部、国家互联网信息办公室，2021年6月；

64. 《中华人民共和国著作权法》生效，全国人民代表大会常务委员会，2021年6月1日；

65. 《关于加快推动区块链技术应用和产业发展的指导意见》，工业和信息化部、中央网信办，2021年6月7日；

66. 《中国作家协会关于进一步加强文学工作者职业道德建设的意见》，中国作家协会，2021年9月3日；

67. 《国家广电总局召开广播电视和网络视听文艺工作者座谈会》，国家广电总局，2021年9月9日；

68. 《关于印发〈知识产权强国建设纲要（2021—2035年）〉的通知》，国务院，2021年9月22日；

69. 《关于印发〈"十四五"国家知识产权保护和运用规划〉的通知》，国务院，2021年10月9日；

70. 《网络文学作家职业道德公约》，国家新闻出版署等，2021年10月11日；

71. 《关于印发〈"十四五"国家知识产权保护和运用规划〉的通知》，国务院，2021年10月29日；

72. 《关于发布〈网络短视频内容审核标准细则（2021）〉》，中国网络视听节目服务协会，2021 年 12 月 15 日；

73.《关于印发〈版权工作"十四五"规划〉的通知》，国家版权局，2021 年 12 月 29 日；

74.《网络安全审查办法》，国家互联网信息办公室等十三个部门，2022 年 1 月 4 日；

75.《国家知识产权局关于印发〈2022 年全国知识产权行政保护工作方案〉的通知》，国家知识产权局，2022 年 1 月 24 日；

76.《国家互联网信息办公室〈关于互联网信息服务深度合成管理规定（征求意见稿）〉公开征求意见的通知》，国家互联网信息办公室，2022 年 1 月 28 日；

77.《国家版权局关于开展 2022 年全国版权示范创建评选工作的通知》，国家版权局，2022 年 3 月 14 日；

78.《对〈全国人民代表大会常务委员会关于专利等知识产权案件诉讼程序若干问题的决定〉实施情况报告的意见和建议》，全国人大常委会，2022 年 3 月 25 日；

79.《国家知识产权局关于持续深化知识产权代理行业"蓝天"专项整治行动的通知》，国家知识产权局，2022 年 3 月 25 日；

80.《中国作家协会 2022 年"著作权保护与开发主题月"启动》，中国作家协会，2022 年 3 月 31 日；

81.《国家新闻出版署〈关于开展图书"质量管理 2022"专项工作〉的通知》，国家新闻出版署，2022 年 4 月 7 日；

82.《2022 年知识产权强国建设纲要和"十四五"规划实施地方工作要点》，国家知识产权局，2022 年 4 月 8 日；

83.《国家知识产权局关于印发〈推动知识产权高质量发展年度工作指引（2022）〉的通知》，国家知识产权局，2022 年 4 月 18 日；

84.《最高人民法院关于第一审知识产权民事、行政案件管辖的若干规定》《最高人民法院关于印发基层人民法院管辖第一审知识产权民事、行政案件标准的通知》《中国法院知识产权司法保护情况（2021 年）》，最高人民法院，2022 年 4 月 21 日；

85.《中共中央宣传部印发〈关于推动出版深度融合发展的实施意见〉》，中共中央宣传部，2022 年 4 月 24 日；

86.《最高人民检察院、国家知识产权局关于强化知识产权协同保护的意见》，最高人民检察院、国家知识产权局，2022 年 4 月 25 日；

87.《文化和旅游部关于印发〈"十四五"文化和旅游市场发展规划〉的通知》，文化和旅游部，2022 年 5 月 17 日；

88.《最高人民法院关于涉及发明专利等知识产权合同纠纷案件上诉管辖问题

的通知》，最高人民法院，2022 年 5 月 20 日；

89.《中共中央办公厅、国务院办公厅印发〈关于推进实施国家文化数字化战略的意见〉》，国务院，2022 年 5 月 22 日；

90.《最高人民法院关于加强区块链司法应用的意见》，最高人民法院，2022 年 5 月 25 日；

91.《国家广播电视总局关于印发〈广播电视和网络视听领域经纪机构管理办法〉的通知》，中国网络视听节目服务协会，2022 年 5 月 30 日；

92.《国家知识产权局关于知识产权政策实施提速增效，促进经济平稳健康发展的通知》，国家知识产权局，2022 年 6 月 10 日；

93.《国务院办公厅关于印发〈国务院 2022 年度立法工作计划〉的通知》，国务院办公厅，2022 年 7 月 5 日；

94.《国家知识产权局关于加强知识产权鉴定工作的指导意见》，国家知识产权局，2022 年 7 月 26 日；

95.《中共中央办公厅、国务院办公厅印发〈"十四五"文化发展规划〉》，中共中央办公厅、国务院办公厅，2022 年 8 月 16 日；

96.《关于办理信息网络犯罪案件适用刑事诉讼程序若干问题的意见》，最高人民法院、最高人民检察院、公安部，2022 年 8 月 30 日；

97.《关于公开征求〈关于修改《中华人民共和国网络安全法》的决定（征求意见稿）〉意见的通知》，国家互联网信息办公室，2022 年 9 月 14 日；

98.《国家知识产权局办公室、最高人民法院办公厅关于征集 2021—2022 年知识产权纠纷多元调解经验做法和案例的通知》，国家知识产权局办公室、最高人民法院办公厅，2022 年 10 月 11 日；

99.《工业和信息化部关于印发〈网络产品安全漏洞收集平台备案管理办法〉的通知》，工业和信息化部，2022 年 10 月 25 日；

100.《深入实施〈关于强化知识产权保护的意见〉推进计划》，国家知识产权局，2022 年 10 月 28 日；

101.《国家知识产权局办公室关于公布 2022 年知识产权信息服务优秀案例的通知》，国家知识产权局办公室，2022 年 11 月 9 日；

102.《国家广播电视总局办公厅发布关于进一步加强网络微短剧管理，实施创作提升计划有关工作的通知》，国家广播电视总局办公厅，2022 年 11 月 14 日；

103.《关于加强知识产权鉴定工作衔接的意见》，国家知识产权局、最高人民法院、最高人民检察院、公安部、国家市场监督管理总局，2022 年 11 月 22 日；

104.《国家知识产权局办公室关于完善知识产权运营平台体系有关事项的通知》，国家知识产权局办公室，2022 年 11 月 23 日；

105.《互联网信息服务深度合成管理规定》，国家互联网信息办公室、工业和信息化部、公安部，2022 年 12 月 11 日；

106.《国家广播电视总局关于印发〈全国广播电视和网络视听"十四五"人才发展规划〉的通知》，国家广播电视总局，2022 年 12 月 30 日；

107.《关于办理侵犯知识产权刑事案件适用法律若干问题的解释（征求意见稿）》，最高人民法院、最高人民检察院，2023 年 1 月 18 日；

108.《国家新闻出版署关于实施 2023 年度出版智库高质量建设计划的通知》，国家新闻出版署，2023 年 1 月 19 日；

109.《国家广播电视总局关于发布〈三维声编解码及渲染〉广播电视和网络视听行业标准的通知》，国家广播电视总局，2023 年 2 月 1 日；

110.《国家知识产权局办公室关于印发〈知识产权维权援助工作指引〉的通知》，国家知识产权局办公室，2023 年 2 月 16 日；

111.《最高人民法院、国家知识产权局关于强化知识产权协同保护的意见》，最高人民法院、国家知识产权局，2023 年 2 月 20 日；

112.《国家知识产权局关于印发 2023 年全国知识产权行政保护工作方案的通知》，国家知识产权局，2023 年 3 月 1 日；

113.《国家版权局关于 2022 年全国著作权登记情况的通报》，国家版权局，2023 年 3 月 10 日；

114.《国家新闻出版署关于开展 2023 年出版物发行单位年度核验工作的通知》，国家新闻出版署，2023 年 3 月 15 日；

115.《国家知识产权局关于印发〈推动知识产权高质量发展年度工作指引（2023）〉的通知》，国家知识产权局，2023 年 3 月 23 日；

116.《国家知识产权局关于进一步深入开展知识产权代理行业"蓝天"专项整治行动的通知》，国家知识产权局，2023 年 3 月 31 日；

117.《关于开展 2023 年全国知识产权宣传周活动的通知》，全国知识产权宣传周活动组委会办公室（国家知识产权局代章），2023 年 4 月 3 日；

118.《关于做好 2023 年全国知识产权宣传周版权宣传活动的通知》，中央宣传部版权管理局，2023 年 4 月 11 日；

119.《国家知识产权局办公室、工业和信息化部办公厅关于组织开展创新管理知识产权国际标准实施试点的通知》，国家知识产权局办公室、工业和信息化部办公厅，2023 年 4 月 28 日；

120.《国家版权局关于开展 2023 年全国版权示范创建评选工作的通知》，国家版权局，2023 年 6 月 13 日；

121.《国家知识产权局办公室关于面向企业开展 2023 年度知识产权强国建设示范工作的通知》，国家知识产权局办公室，2023 年 7 月 14 日；

122.《国务院知识产权战略实施工作部际联席会议办公室关于印发〈2023 年知

识产权强国建设纲要和"十四五"规划实施推进计划〉的通知》，国务院知识产权战略实施工作部际联席会议办公室，2023年7月21日；

123.《市场监管总局关于新时代加强知识产权执法的意见》，市场监管总局，2023年8月8日；

124.《关于进一步加强网络侵权信息举报工作的指导意见》，中央网络安全和信息化委员会办公室，2023年8月31日；

125.《国家知识产权局关于认定全国知识产权运营服务平台体系功能性平台的通知》，国家知识产权局，2023年9月5日；

126.《广电总局关于印发〈广播电视和网络视听标准化管理办法〉的通知》，广电总局，2023年9月5日；

127.《国家知识产权局、司法部关于加强新时代专利侵权纠纷行政裁决工作的意见》，国家知识产权局、司法部，2023年9月11日；

128.《国家知识产权局办公室关于印发〈知识产权行政保护技术调查官管理办法〉的通知》，国家知识产权局办公室，2023年9月15日；

129.《国家广播电视总局办公厅关于印发〈广播电视和网络视听统计调查制度〉的通知》，国家广播电视总局办公厅，2023年11月2日；

130.《关于推进出版学科专业共建工作的实施意见》，中宣部、教育部，2023年11月20日；

131.《视音频内容分发数字版权管理（DRM）技术应用实施指南（2023版）》，国家广播电视总局办公厅，2023年12月4日；

132.《中华人民共和国专利法实施细则（2023年修订）》，国家知识产权局办公室，2023年12月31日；

133.《关于开展2024年出版物发行单位年度核验工作的通知》，国家新闻出版署，2024年3月18日；

134.《关于开展2024年全国知识产权宣传周活动的通知》，全国知识产权宣传周活动组委会主任单位，2024年3月21日；

135.《关于推动知识产权高质量发展年度工作指引（2024）的通知》，国家知识产权局，2024年3月29日；

136.《关于印发知识产权保护体系建设工程实施方案的通知》，国家知识产权局、中央宣传部、最高人民法院、最高人民检察院、公安部、司法部、商务部、海关总署、市场监管总局，2024年4月22日；

137.《关于2024年全国知识产权行政保护工作方案的通知》，国家知识产权局，2024年4月25日；

138.《加强知识产权法治保障的意见》，国家知识产权局、司法部，2024年4月25日；

— 343 —

139.《2024 年知识产权强国建设推进计划》，国家知识产权强国建设工作部际联席，2024 年 5 月 16 日；

140.《关于国家知识产权信息公共服务网点备案实施办法（修订）的通知》，国家知识产权局办公室，2024 年 5 月 31 日；

141.《关于开展 2024 年全国专利调查工作的通知》，国家知识产权局办公室，2024 年 6 月 17 日；

142.《关于印发〈关于推进重点产业知识产权强链增效的若干措施〉的通知》，国家知识产权局、教育部科技部、工业和信息化部、国务院国资委、市场监管总局、金融监管总局、中国科学院、中国贸促会，2024 年 6 月 21 日；

143.《关于全面推进专利开放许可制度实施工作的通知》，国家知识产权局，2024 年 7 月 3 日；

144.《关于征集遴选 2024 年度知识产权信息服务优秀案例的通知》，国家知识产权局办公室，2024 年 7 月 8 日；

145.《关于全面提升知识产权公共服务效能的指导意见》，国家知识产权局，2024 年 7 月 24 日；

146.《"新三样"相关技术专利分类体系（2024）的通知》，国家知识产权局办公室，2024 年 8 月 9 日；

147.《关于公布"十四五"国家重点出版物出版规划调整情况的通知》，国家新闻出版署，2024 年 9 月 3 日；

148.《关于推进知识产权公共服务标准化规范化便利化的意见》，国家知识产权局办公室，2024 年 9 月 9 日；

149.《高校国家知识产权信息服务中心工作指引》，国家知识产权局办公室、教育部办公厅，2024 年 9 月 27 日；

150.《网络数据安全管理条例》，国务院，2024 年 9 月 30 日；

151.《关于公布 2024 年度知识产权信息服务"十佳案例"和"优秀案例"的通知》，国家知识产权局办公室，2024 年 10 月 9 日；

152.《标准必要专利反垄断指引》，国家市场监督管理总局，2024 年 11 月 4 日；

153.《管理提示（AI 魔改）》，广电总局网络视听司，2024 年 12 月 7 日；

154.《专利纠纷行政裁决和调解办法》，国家知识产权局办公室，2024 年 12 月 26 日。

三、网络文学版权管理相关报告及学术文献

1. 网络文学版权管理相关报告

（1）中国社会科学院文学研究所发布《2023 中国网络文学发展研究报告》[①]

2024 年 2 月，中国社会科学院文学研究所发布《2023 中国网络文学发展研究报告》。该报告以我国 2023 年网络文学创作为基础，对我国网文作家作品、IP 开发、海外传播、版权保护等进行了全方位观察、分析和研判。报告数据显示，截至 2023 年底，中国网络文学阅读市场规模达 404.3 亿元，同比增长 3.8%；网络文学 IP 市场规模大幅跃升至 2605 亿元，同比增长近百亿，在精品化、IP 转化提速和全球化三大趋势拉动下，我国网文产业上下游规模达 3000 亿元。

报告共分为五个章节，全面分析了网络文学 2023 年度的行业特征和发展态势。第一章关注网络文学市场规模以及作家队伍的蓬勃发展，指出作家队伍迭代，作品题材复合化发展，传统文化与多元题材融合增强，精品佳作层出不穷。第二章指出生成式人工智能为网络文学的生产提供了新的机遇与挑战，不仅在翻译上助力作品海外传播，更作为创作的辅助工具提供支持。同时，粉丝文化在 AICG 的帮助下焕发出新的活力，但与之相对的训练语料来源、产出内容的原创性、著作权等问题的争议也值得警惕。第三章评点网络文学的 IP 改编价值，在大众文化产业中，网络文学作为重要的供给侧呈现出新路径和新增量。网文 IP 继续转化为影视改编资源，动漫、科幻成为放大 IP 影响力的重要增量，而微短剧则成为网文 IP 转化的新风口。第四章讲述持续推进版权保护生态共治，强调应从制度、平台等多方面为网络文学海外传播保驾护航。第五章阐释了 2023 年网络文学海外传播新业态，阐明了借势突飞猛进的 AI 技术和持续深入的文化交流情势。中国网文的海外传播正朝着规模化、精品化和生态化方向快速拓展。

报告认为，版权保护是网络文学行业实现规范化、法治化、专业化的重要途径，网络文学市场的可持续发展有赖于版权保护事业。因此，打击盗版成为重中之重。报告指出，2023 年，国家对版权保护的力度从政策、监管到执行，持续加大，网络文学平台仍然保持 2023 年的高度重视态势，用户版权意识不断提升，版权环境呈现向好趋势。在多部门联合开展声势浩大的打击盗版行动把反盗版推向新高度的基础上，年度内在持续推进版权保护的生态共治，以全方位保障与服务为创作护航。

[①] 中国社会科学网：《2023 中国网络文学发展研究报告》，http://literature.cass.cn/xjdt/202402/t20240227_5735047.shtml，2024 年 11 月 4 日查询。

（2）国家质量强国建设协调推进领导小组办公室发布《中国打击侵权假冒工作年度报告（2023）》[1]

2024年4月26日下午，国家质量强国建设协调推进领导小组办公室发布《中国打击侵权假冒工作年度报告（2023）》，市场监管总局副局长柳军在国务院新闻办新闻发布会上对报告进行解读，并与相关部门负责同志共同回答记者提问。报告分析了2023年国际国内经济形势，从顶层设计、法律法规、行政执法、司法保护、监管服务、宣传引导、国际合作7个方面全面阐述了2023年中国打击侵权假冒工作的进展和成效。报告以中英文双语形式发布，增进了国际社会对中国打击侵权假冒工作的了解。

创新是引领发展的第一动力，保护知识产权就是保护创新。打击侵权假冒工作对全面加强知识产权保护、激发创新活力、加快发展新质生产力发挥着重要作用。2023年是全面贯彻党的二十大精神的开局之年，是三年新冠疫情防控转段后经济恢复发展的一年。面对复杂的国际国内形势，报告指出，中国政府全面深化改革开放，加大宏观调控力度，高质量发展扎实推进，为知识产权创造、运用奠定了牢固基础，对打击侵权假冒工作提出了崭新要求。中国政府高度重视打击侵权假冒的工作，将其作为建设质量强国、知识产权创造大国，推动高质量发展的重要内容，一以贯之、持续推进。2023年，中国加快推进质量强国和知识产权强国建设，严厉打击侵权假冒违法犯罪，在顶层设计、法律法规等方面统筹部署，在行政执法、司法保护等方面务实推进，在监管服务、宣传引导等方面持续发力，在国际合作、全球共治等方面不断深化，为创新驱动发展提供有力支撑，为世界经济增长提供强劲动力。

（3）中国作家协会网络文学中心发布《2023中国网络文学蓝皮书》[2]

中国作家协会网络文学中心2024年4月28日在上海发布《2023中国网络文学蓝皮书》。蓝皮书显示，2023年网络文学推介引导力度增强，类型进一步融合创新，现实、科幻、历史等题材成果丰硕，主流化、精品化进程加快。截至2023年底，我国网络文学用户规模达5.2亿人。据全国50家重点网络文学网站数据，网络文学作品总量超3000万部，年新增作品约200万部。其中，本年度新增现实题材作品约20万部，总量超过160万部，继续保持高速增长态势；全年新增科幻题材作品约25万部，同比增长15%，现存科幻题材作品近200万部。

蓝皮书显示，网络文学IP转化呈现新特点，生成式人工智能成为影响产业发展的重要因素，微短剧等新业态迎来爆发期。据全国50家重点网络文学平台数据，2023年营收规模约340亿元。网络文学改编影视剧授权总数超过3000部，改编动

---

[1] 中国政府网：《中国打击侵权假冒工作年度报告（2023）》发布，https：//www.gov.cn/lianbo/bumen/202404/content_6947930.htm。

[2] 中国作家网：《2023中国网络文学蓝皮书》，https：//www.chinawriter.com.cn/n1/2024/0527/c404023-40244118.html，2024年11月4日查询。

漫授权总数 5000 余部。微短剧呈井喷式增长，2023 年上线微短剧超 1400 部，备案近 3000 部，年度市场规模达 370 多亿元，同比增长约 268%。年度新增微短剧改编授权网文作品 800 部左右，同比增长 46%。蓝皮书显示，IP 产业链进一步整合，微短剧等新业态迎来爆发。头部网站进一步倾斜全版权产业链运营。网络文学海外传播整合力度明显加强，生成式人工智能技术提升"出海"效率，中国网络文学叙事手法等被海外网文、微短剧广泛借鉴。2023 年网络文学海外市场规模超 40 亿元，海外活跃用户总数近 2 亿人，其中"Z 世代"（一般指出生于 1995 年至 2009 年的年轻人）占 80%，覆盖全球大部分国家和地区。多个海外网络文学 App 产品日活超 10 万人，部分超百万人。截至 2023 年末，各海外平台培养海外本土作者近百万人，创作海外原创作品 150 余万部。

蓝皮书认为，经过 20 多年的发展，网络文学已经形成相对成型的文化业态，并以其基于互联网形成的独特审美，成为中国式现代化催生的文学新形态；以其用新叙事手段对中华历史文化的创造性转化、创新性发展，成为中华民族现代文明的新表达；以其在国际文化交流中的独特作用，成为世界了解中国的新渠道；以其对下游文化产业的内容支撑和引领作用，成为建设文化强国的新载体；以其海量作者的创造活力，成为新时代文学发展的新力量。

（4）中国新闻出版研究院国民阅读研究与促进中心发布《2023—2024 网络文学生态价值发展报告》[1]

2024 年 4 月 22 日，中国新闻出版研究院国民阅读研究与促进中心发布《2023—2024 网络文学生态价值发展报告》，报告基于当前网络文学市场业态，关注到网络文学产业正迎来前所未有的发展机遇，阐释了网络文学阅读平台的发展方向与价值。

报告称，目前 30 岁以下网文作者占比超过七成，网文写作正成为受年轻群体欢迎的新职业形式。此外，网络文学读者群体正逐渐向更广泛群体扩展，很多中产人群、中高学历人群、中青年人群和大中城市人群都加入网络文学阅读中来。网络文学已经成为大众文化和全民阅读的重要组成部分。它不仅丰富了人们的精神生活，也为年轻人提供了一个展示才华、实现梦想的平台。在实现作者"文学梦"的同时，网络文学创作也成为许多"斜杠青年"的收入补充。报告显示，2023 年，仅在番茄小说 App 上就有 20 万作者获得收入。

随着网文市场不断发展，整个行业也逐渐走向成熟和规范。在优化创作环境上，为保护作家权益，许多平台加强版权保护工作，加大了对盗版的打击力度，逐步完善版权保护机制。报告显示，番茄小说、晋江文学城、阅文集团等平台正在全面加

---

[1] 中国新闻出版研究院：《2023—2024 网络文学生态价值发展报告》，https：//www.mspm.cn/baogao/810.html，2024 年 11 月 4 日查询。

强整治处理各类事件，对侵权行为予以坚决打击。平台方通过综合运用 AI、大数据等技术手段，在解决自动化批量盗版问题上取得了重大进展，屏蔽和拦截盗版访问链接，精准处置了一大批盗版案件。据了解，番茄小说在 2023 年上线了 1000 多个技术策略、拦截盗版访问攻击 1.1 亿次，识别了超 100 万个爬虫账号。而近一年来，阅文日均监测近 7600 万条线索，累计打击有效盗版线索 82.7 万条。在打击盗版线索的同时，各大网文平台也在积极扶持优质出版书籍，通过引入版权，实现"精品化"阅读体验。例如，番茄小说已成功引入 28 万部传统出版物，这些经典之作在数字化平台上焕发出新的活力，吸引每天超过 600 万用户阅读。

（5）中国版权保护中心发布《中国互联网版权发展报告（2024）》[①]

2024 年 11 月，中国版权保护中心发布《中国互联网版权发展报告（2024）》。作为以互联网版权为主题的蓝皮书研究成果，该书系统梳理互联网版权发展的历程、内涵本质和框架体系，深入把握互联网版权领域的新形态、新动态、新业态，重点剖析互联网版权保护的热点、焦点、难点问题，在持续实践探索中积极寻找互联网版权发展和保护的新路径。

该报告分为 5 个部分，"总报告"全面梳理了互联网版权的发展历程，阐述了互联网版权发展中面临的问题，分析了互联网版权的发展趋势并提出相关建议。"行业篇"选取数字出版、网络短视频、互联网图片业、网络音乐、网络游戏、网络文学、体育赛事节目七类典型行业的版权保护问题进行分析，并提出对策建议。"市场篇"针对互联网背景下版权授权机制、著作权集体管理组织运营机制、电子商务情景下的数字版权保护等焦点问题进行了分析研究并给出对策建议。"技术篇"围绕区块链版权产业应用探析、人工智能生成物的权益认定、互联网平台算法推荐的法律规制、下一代互联网的数据确权和版权保护等问题，对技术动态分析并提出建议。"专题篇"选取网络短视频版权保护与发展的典型案例、数字人大量使用带来的版权变革、版权金融赋能数字文化产业高质量发展 3 个专题展开研究。

2. 网络文学版权管理相关学术文献

（1）学术期刊文献

陈晨：《浅谈中国网络文学的国际传播》，《数字化传播》2024 年第 1 期。

宋俊锋，蒋朴典，张名章：《跨媒介视域下网络文学作品全版权开发的再耕力》，《大理大学学报》2024 年第 3 期。

段润：《全产业链结构对网络文学 IP 价值开发的影响机制与路径优化研究》，《新经济》2024 年第 4 期。

曾荇，张磊：《论反向行为保全的网络版权保护机制》，《社会科学论坛》2024

[①] 人民网：《中国互联网版权发展报告（2024）》，https：//baijiahao.baidu.com/s？id=1802745462726060394&wfr=spider&for=pc，2024 年 11 月 4 日查询。

年第 3 期。

张富丽：《论中国网络文学改编剧国际传播的现状、问题与策略》，《中国当代文学研究》2024 年第 3 期。

肖肖：《互联网时代网络文学发展趋势与营销策略》，《中国商界》2024 年第 5 期。

禹建湘，张浩翔：《网络文学研究的多元视角分析与展望——2023 年中国网络文学批评综述》，《当代作家评论》2024 年第 3 期。

毛文思：《网络文学海外传播现状与前景探析》《出版参考》2024 年第 6 期。

王海科：《AIGC 驱动下的版权保护与伦理传播》《中国传媒科技》2024 年第 6 期。

徐天圣：《网络短视频著作权侵权认定范围及保护措施》，《法制博览》2024 年第 18 期。

杜佳璐：《行为解读与利益平衡：人工智能训练的著作权合理使用》，《电子知识产权》2024 年第 6 期。

张立，张宏伟，肖宏：《基于 AIGC 检测技术的版权管理模式研究》，《出版发行研究》2024 年第 7 期。

黄一涛，杜友君：《全过程视角下的短视频版权治理》，《中国出版》2024 年第 13 期。

朱开鑫：《生成式人工智能与版权作品保护研究》，《出版发行研究》2024 年第 7 期。寿步：《人工智能生成内容：可版权性和版权人问题》，《科技与法律（中英文）》2024 年第 4 期。

焦丽珍：《数字出版平台的版权困境及纾解路径研究》，《数字出版研究》2024 年第 3 期。

尹锋林：《从作品利用方式的历史演进看人工智能版权治理的未来走向》，《中国版权》2024 年第 4 期。

崔汪卫，苏晓红：《生成式人工智能服务的版权侵权风险与化解路径》，《安庆师范大学学报（社会科学版）》2024 年第 43 期。

李星，张雍锭：《网络空间侵犯著作权犯罪刍议》，《犯罪与改造研究》2024 年第 9 期。

徐立萍，赖雅婷：《网络文学 IP 开发：从"网文"到"网文+"》，《出版广角》2024 年第 16 期。

尤荣祥：《重构数字时代版权实践：未来路径与策略》，《采写编》2024 年第 9 期。

刘晓山，夏娜：《短视频平台版权保护的硬法与软法协同治理研究》，《出版发行研究》2024 年第 9 期。

陆朦朦，崔波：《网络文学海外传播中华文化的多模态叙事与认同引导》，《出版广角》2024年第11期。

赵晓艳，苏克治：《AIGC赋能数字出版的版权保护范畴与路径》，《出版广角》2024年第12期。

王畅：《融媒体发展中的版权文化建设研究》，《出版参考》2024年第7期。

赵一洲：《我国网络文学版权生态治理的关键问题及对策刍议》，《中国数字出版》2024年第4期。

张惠彬，李俊豪：《智能创作时代AIGC版权保护的国际比较及中国实践》，《国际经济法学刊》2024年第3期。

宋俊锋，蒋朴典，张名章：《跨媒介视域下网络文学作品全版权开发的再耕力》，《大理大学学报》2024年第3期。

李诗雨，孙越阳，张雷：《抗争抑或妥协：加速社会视角下网络文学创作者对生成式AI的态度与选择》，《数字出版研究》2024年第2期。

李丹丹，李玮：《文化数字化战略下多语种网文平台出海路径》，《出版广角》2024年第11期。

王一鸣，黄佳琪：《网络文学平台国内外作者培育制度对比研究——基于阅文集团的案例考察》，《中国数字出版》2024年第4期。

王亮，张王丽：《基于粉丝协同的网络文学IP全产业链开发路径与优化策略研究》，《中国数字出版》2024年第4期。

丑越豪，王梦颖：《产品层次理论视角下网络文学作品开发价值评估指标构建实践研究》，《中国数字出版》2024年第4期。

张浩翔，禹建湘：《网络文学IP跨媒介产业的数字化出版路径》，《出版广角》2024年第13期。

《2023中国网络文学发展报告》课题组：《〈2023年度中国网络文学发展报告〉解读——内容生态日趋完善，业态模式持续创新》，《中国数字出版》2024年第4期。

（2）报纸文献

许惟一：《"名正言顺盗版"，电子书平台为何这般不羁?》，《国际出版周报》2024年1月22日。

朱丽娜：《数字版权发展既要速度，更要质量》，《中国新闻出版广电报》2024年2月22日。

温婷：《加速网络文学出海提升国际传播能力》，《上海证券报》2024年3月8日。

隋明照，李婧璇，张君成：《版权开发与保护护航创新发展新征程》，《中国新闻出版广电报》2024年3月11日。

何晶：《担负新使命，创造属于这个时代的新文化》，《文学报》2024 年 3 月 14 日。

张君成，李婧璇：《紧扣发展之"要"，唱响版权"好声音"》，《中国新闻出版广电报》2024 年 3 月 14 日。

周思同：《厘清争议助创意加速"结果"》，《科技日报》2024 年 3 月 22 日。

李铁林：《文艺出海文化扬帆》，《人民日报》2024 年 4 月 3 日。

徐健，刘鹏波：《让微短剧成为传播中华文化的新名片》，《文艺报》2024 年 4 月 22 日。

郭佳：《强化知识产权司法保护》，《青海法治报》2024 年 4 月 29 日。

傅晓：《两部门：强化知识产权司法保护多举措打击侵权假冒》，《中国财经报》2024 年 4 月 30 日。

赵新乐，朱丽娜：《更好发挥法治的规范引领保障作用》，《中国新闻出版广电报》2024 年 5 月 23 日。

王俊：《AI 时代，知识产权如何保护?》，《21 世纪经济报道》2024 年 5 月 28 日。

赵新乐：《新技术频现版权领域如何接招》，《中国新闻出版广电报》2024 年 10 月 17 日。

张鹏禹：《"引进来""走出去"亮点纷呈》，《人民日报（海外版）》2024 年 6 月 27 日。

赵新乐，朱丽娜：《新浪潮之下，共建"新港湾"》，《中国新闻出版广电报》2024 年 7 月 18 日。

陈炜敏：《作家"养大"AI 取代自己?》，《济南日报》2024 年 7 月 23 日。

李婧璇，张君成：《让"中国风"走出国际范儿》，《中国新闻出版广电报》2024 年 7 月 30 日。

朱丽娜：《探索数字时代版权保护新方案》，《中国新闻出版广电报》2024 年 9 月 26 日。

朱丽娜：《数字版权时代保护与创新要双赢》，《中国新闻出版广电报》2024 年 10 月 17 日。

黄尚恩：《打造网文出海的东南亚传播路径》，《文艺报》2024 年 11 月 1 日。

（3）版权管理学位论文

田源：《网络文学作品著作权的刑法保护研究》，2024 年山东政法学院硕士论文。

撒子杨：《〈刑法修正案（十一）〉背景下的网络著作权刑法保护研究》，2024 年陕西理工大学硕士论文。

侯琳峰：《著作权法视角下人工智能生成物保护问题研究》，2024 年山东建筑大学硕士论文。

吴念恋：《人工智能生成物的著作权保护路径研究》，2024年北京邮电大学硕士论文。

彭青霞：《智媒时代我国短视频版权侵权研究（2017—2023）》，2024年河北大学硕士论文。

薛欣雨：《网络文学 IP 转化价值评估研究》，2024年兰州财经大学硕士论文。

刘恒：《网络文学 IP 影视化和衍生开发价值评估研究》，2024年云南财经大学硕士论文。

徐誉航：《网络短视频著作权侵权问题研究》，2024年山东财经大学硕士论文。

韩双隆：《网络环境下著作权合理使用制度问题及对策研究》，2024年大连海洋大学硕士论文。

四、网络文学版权管理相关会议

1. 第十四届全国人民代表大会第二次会议[①]

近年来，党和国家高度重视版权工作，印发了多个文件保护版权。这些措施不仅为版权产业高质量发展营造了良好环境，也提升了业界对版权保护的重视程度，倒推行业内部自发遵守规则。2024年3月5日，国务院总理李强做政府工作报告时提出：加强知识产权保护，制定促进科技成果转化的政策举措；深化大数据、人工智能等研发应用，开展"人工智能+"行动，打造具有国际竞争力的数字产业集群。在此背景下，全国两会期间，人大代表和政协委员围绕版权问题提出了诸多建议与提案，其中涉及人工智能合规发展、网络版权保护、网络文学 IP 打造以及新时代文艺作品的版权保护等多个方面。

针对人工智能的快速发展，全国政协常委、中国作家协会副主席邱华栋提出《关于加强人工智能领域版权保护，推动产业高质量发展的提案》。他指出，人工智能技术的迅猛发展给版权产业和文艺创作带来了前所未有的挑战，目前尚存在权利人控制力不足、法律属性模糊、标识义务落实不到位以及侵犯个人人格权等诸多问题。为此，他建议：一是完善相关立法，明确人工智能领域版权保护的原则性问题。要完善相关立法，明确人工智能领域版权保护的原则性问题。这包括：由《中华人民共和国著作权法》相关配套条例明确规定"未经合法授权，不得在人工智能模型训练或预训练过程中使用受著作权及其相关权保护的内容，不宜将人工智能模型训练或预训练活动纳入著作权合理使用范畴"，通过《中华人民共和国著作权法》相

[①] 中国文字著作权协会：《中国新闻出版广电报 | 从全国两会看2024年版权热点话题——紧扣发展之"要"，唱响版权"好声音"》，http://www.prccopyright.org.cn/staticnews/2024-07-31/240731141931218/1.html，2024年11月5日查询。

关配套条例释明人工智能生成物的可版权性问题；在相关法律法规和部门规章中规定人工智能开发者负有公示版权内容使用的记录标识义务，保障版权内容使用可追溯，并明确不履行与不充分履行的法律责任、主管单位及处理程序。二是要充分发挥行业政策、国标、行标等"软法"的作用，提升人工智能领域版权保护工作的专业化精细化水平。三是建立人工智能开发者与权利人组织良性对话机制，推动国家权威机构监管的正版语料数据库建设。四是加快落实人工智能领域版权保护多方主体责任，构建行政主管部门、人民团体、著作权集体管理组织、行业协会以及司法机关和检察机关等多主体参与的共建共治共享社会治理体系。

随着 ChatGPT 等技术的持续变革，生成作品的版权和创作归属界定问题变得尤为复杂，人工智能生成的作品是对人类过往作品的融合与再造，难以区分其原创性，更难以明确其是否受现有著作权法律体系的保护。为了遏制这类技术的不良发展，会议期间郝戎、张继、许宁、靳东、王瑞、刘广、韩新安、刘家成、吕涛、林茂、冯俐、赵聪、张勤、吴洪亮、张凯丽、张勇、戴斌、李心草、范宗钗、唐延海等 20 位全国政协委员联名提交《关于贯彻版权强国战略切实做好全媒体条件下新文艺产品版权保护的建议》的提案。提案针对当下新文艺产品版权保护方面存在的新媒介侵权乱象、新文艺产品版权保护法治不完善、社会版权保护氛围不强等问题，提出了健全新媒体、新技术版权法治建设，搭建网络数字化版权系统，增强尊重和保护版权的意识，推进版权保护领域国际合作与交流，强化版权保护专业人才队伍建设等建议。全国政协委员、中国文艺志愿者协会副主席、国家一级演员张凯丽则关注微短剧行业的发展，她认为微短剧行业目前存在质量参差不齐、版权意识不强、激励机制不完善等问题。对此，她建议加强规范管理和平台审核，建立影视微短剧内容创作公益平台，建议设立相关奖项激励优秀影视短视频创作，加强版权规范和现实题材网络微短剧创作。

在网络文学领域，全国政协委员吴义勤聚焦网络文学"出海"的版权保护问题，并对当前中国网络文学在海外市场的版权侵权等问题，提出加强和完善版权保护工作、推动与其他国家在文化产业领域的交流合作，并提升国际版权保护力度的建议。同样，针对网络版权保护在新媒介侵权严重、法治建设不足的局面，全国政协委员张金英提出了加强网络版权保护、完善著作权维权机制的建议，她希望搭建专门的著作权维权调解机制，在法院内部设立调解机构，并联合相关组织开展维权工作。

综合来看，2024 年政府工作报告及全国两会期间关于版权保护的讨论，不仅涉及传统版权保护领域，还涵盖了人工智能、网络文学、网络微短剧等新兴领域。这些建议与提案的提出，为新时代版权保护工作提供了有益的思路和措施，有助于推动版权产业的高质量发展。

2. 2024 年全国知识产权宣传周版权主题活动暨京津冀版权协同发展论坛会议[①]

2024 年 4 月 19 日,全国知识产权宣传周版权主题活动暨京津冀版权协同发展论坛在中国传媒大学国际交流中心顺利召开。发展论坛由中宣部版权管理局联合北京市、天津市、河北省的版权局共同举办。这一论坛旨在"推动文化传承发展,激发创新创造活力",并为即将到来的知识产权日系列宣传活动拉开序幕。论坛中,有来自中宣部版权管理局、世界知识产权组织、京津冀三地党委宣传部、中国传媒大学等单位的领导及嘉宾们出席。论坛主要围绕着科技发展新趋势下版权如何赋能中华优秀传统文化的创造性转化和创新性发展进行探讨。

论坛上,中宣部(国家版权局)与最高人民法院发布了版权纠纷调解"总对总"机制,旨在搭建全国版权纠纷调解平台,为版权纠纷的多元化解提供有力支持。同时,国家版权局发布了 2024 年全国知识产权宣传周版权主题宣传海报,中国版权协会发布了 2023 年中国版权十件大事。中宣部版权管理局副局长汤兆志在致辞中强调,要充分认识版权协同发展的重要意义,认真总结和展示版权保护和产业发展方面取得的成果,加强版权交流合作,共同谋划未来发展,使京津冀区域成为我国版权事业创新发展的示范区和辐射源。世界知识产权组织中国办事处主任刘华则认为三地优势互补,有望推动版权产业持续健康发展。

来自中国文物交流中心、北京互联网法院、中国传媒大学的各位嘉宾,就版权助力京津冀传统文化保护传承、新技术带来的契机与挑战等主题进行了深入交流与讨论。他们分别从不同角度分析了版权保护在数字文博建设、AI 生成内容、中华传统艺术当代传承中的重要性,并提出了相应的建议。

此外,京津冀三地文化执法部门在论坛上共同签署了《京津冀地区版权执法合作协议》,行业协会签署《京津冀版权领域协同发展战略合作》协议,这些协议深化了区域协同联动,凝聚起跨区域、跨部门版权保护的强大合力。多家互联网企业共同发出了"关于维护良好版权秩序"的声明,承诺为构建良好的版权环境贡献力量。最后,论坛对国家级版权示范单位、示范园区(基地)以及"版权之星"进行了授牌和颁奖,以表彰他们在版权保护方面作出的突出贡献。

3. 2024 全球数字经济大会"人工智能产业发展与知识产权保护专题论坛"[②]

由北京市知识产权局、北京市人民检察院、北京知识产权法院及中国人民大学法学院联合承办,太和智库、中国人民大学未来法治研究院、北京中知智慧科技有限公司、北京知产力网络科技有限公司共同协办的 2024 全球数字经济大会上,一场

[①] 中国日报网:《2024 年全国知识产权宣传周版权主题活动 暨京津冀版权协同发展论坛在京举行》,https://baijiahao.baidu.com/s?id=1796927931259826730&wfr=spider&for=pc,2024 年 11 月 5 日查询。

[②] 中国人民大学未来法治研究院:《2024 全球数字经济大会"人工智能产业发展与知识产权保护专题论坛"》,http://lti.ruc.edu.cn/sy/xwdt/rgznyfz/532c66ade29f442793cf51ebd83df411.htm,2024 年 11 月 5 日查询。

名为"人工智能产业发展与知识产权保护"的专题论坛于7月3日在北京国家会议中心举行。论坛旨在深入贯彻落实人工智能产业发展战略，切实加强知识产权保护工作，为推动相关事业迈上新高度汇聚共识、贡献力量。

参与此次论坛的有国家知识产权局、北京市人民政府、北京市人民检察院、北京市高级人民法院等行政及司法机关的相关领导。另有来自司法机关、学术界、产业界以及实务界的多位嘉宾，通过富有洞见的演讲展现出了产学研领域的丰富成果，研讨了人工智能产业发展与知识产权保护之间的协调共进关系，探讨了推动知识产权对人工智能产业的赋能作用，对促进新时代数字经济的稳步发展，打造全球数字经济发展的北京典范大有裨益。

在主旨演讲环节，与会嘉宾们分别从不同角度对人工智能产业发展和知识产权保护进行了讲演。中国人民大学法学院教授、知识产权学院副院长郭禾，在以"工具还是作者——人工智能的法律地位"的演讲中表示，人工智能生成的内容，即使具备独创性，却依然属于人类的创作。泰国中央知识产权与国际贸易法院法官丰缇蓬·桑特拉桑蒂克从国际视角出发，利用具体司法案例在"人工智能与知识产权的法律边界""人工智能生成作品的版权保护"与"人工智能的发明人身份"等问题中展现了实际的司法经验。英中贸易协会高级总监朱俊博则主要介绍了英国人工智能产业发展和知识产权保护的治理路径，同时从专业的角度为美国、欧盟目前的知识产权保护发展情况进行介绍，为与会嘉宾们总结了专业的行业观点。太和智库高级研究员王在邦，从三个角度对人工智能开启国际政治经济新格局、塑造中美战略竞争新态势、呼吁国家科技发展新战略提出了自己的见解。北京大学（深圳）国际法学院教授丹尼·弗里德曼主要论述了创作和生成版权的标准，借用中国司法案例，对中国现有的版权基础架构进行了深入研究，为知识产权领域的创新融合带来全新视角。

在成果发布环节中，各项知识产权成果被一一呈现。北京市知识产权局副局长周立权、北京互联网法院院长姜颖、北京国际大数据交易所首席专家郎佩佩共同参与"北京市知识产权局数据知识产权登记系统、北京互联网法院'天平链'、北京国际大数据交易所'北数链'"贯通启动仪式，三个平台系统的贯通将共同强化数据知识产权登记、运营与保护；北京市人民检察院发布《北京市人民检察院关于人工智能产业发展刑事合规风险提示》，该提示中全面梳理了人工智能领域的潜在风险，对如何进行知识产权保护、公民个人信息保护、计算机信息系统安全和数据安全保护等问题，作出逐一提示和详细解读；北京市知识产权局发布《人工智能生成内容著作权与不正当竞争问题研究》课题成果，这一成果对私权保护与合理使用的边界进入了深入探析，为革新生成式人工智能产业技术提供助力，保障发展新质生产力的知识产权；中国人民大学法学院、未来法治研究院、中国人民大学国家治理大数据和人工智能创新平台数字法治实验室发布《生成式人工智能著作权问题评测基准及平台建设》。除此之外，论坛中还特设人工智能的保护和应用圆桌对话，来自多个领域的与会嘉宾参与了讨论。

4. 首届中俄网络文学出版研讨会①

2024年9月4日至8日，首届中俄网络文学出版研讨会于第37届莫斯科国际书展开幕式当日，在莫斯科河畔的展览中心举行。中国网络文学在俄罗斯市场快速发展，读者群体已超过10万人。据俄罗斯出版集团Eksmo-AST文学作品部门的统计，2024年1—2月，中国图书销量已经升至2023年同期的11倍，其他类别销量是2023年同期的17.8倍。俄罗斯埃克斯莫出版社也表示，同一时期中国图书的销量同比增长183%，其中奇幻和推理小说最受欢迎。② 与会俄方嘉宾表示，中国网络文学中的武侠、科幻、穿越题材小说在俄罗斯相比仙侠和言情类的题材更受欢迎。俄方代表建议，鉴于中国网络文学作品在俄的受欢迎现象，希望邀请网络文学作家赴俄进行交流和签售活动，以增强俄罗斯读者的参与感。同时，俄方嘉宾表示在翻译传播中国网络文学作品时，两国的语言障碍是当下俄罗斯出版商与中方代理机构沟通交流时关注的主要问题。中国网络文学通常仅出售纸质书籍版权，为俄方出版社获取电子书、有声书及其他相关产品的版权时增添了难度，导致俄罗斯读者难以接触正版的内容。中方代表对此建议，中俄双方可以就此类问题共同培养专业版权贸易人才，也可以利用AI翻译技术减少两国沟通障碍，加强沟通与合作。此次研讨会为加强两国网络文学交流提供了重要平台，有助于两国出版业界不断深化合作。

国际书展期间，还有来自中国的9家出版单位、由中国图书进出口（集团）有限公司组织的中国出版代表团组，在国际书展活动中展出了400多种、1100多册包括网络文学在内七大类别图书。

5. 2024国际版权论坛③

2024国际版权论坛于9月9日在江西省景德镇开幕。该论坛由中国国家版权局、世界知识产权组织主办，江西省版权局、景德镇市人民政府承办，以"版权与创意产业推动可持续发展"为主题，旨在贯彻落实创新驱动发展战略，推动版权产业高质量发展，以版权助力文明交流互鉴，推动全球文化繁荣。此次国际版权论坛，充分展现了中国政府在知识产权保护领域的决心与动力。近年来，中国政府不仅高度重视版权工作，还通过一系列具有深远意义的战略部署，为版权事业的蓬勃发展奠定了坚实基础。在这一系列的努力下，中国的版权事业取得了前所未有的突破，

---

① 环球网：《中俄网络文学出版研讨会在莫斯科举办》，https：//www.163.com/dy/article/JBQ42TAB0514R9OJ.html，2024年11月7日查询。

② 环球时报：《俄罗斯汉语热升温，中国图书成销冠》，https：//baijiahao.baidu.com/s?id=1797622959810128377&wfr=spider&for=pc，2024年12月20日查询。

③ 国家版权局：《2024国际版权论坛聚焦"版权与创意产业推动可持续发展"》，https：//www.ncac.gov.cn/chinacopyright/contents/12563/359629.shtml，2024年11月7日查询。

版权治理体系日益完善，创新创造的活力在版权的激励下得以空前释放，参与全球版权治理程度不断加深。

为期两天的论坛内容丰富、议题广泛，涵盖了版权保护的多个重要方面，包括"版权保护促进传统文化传承创新：政策与措施""人工智能在内容创作中的应用：机遇与挑战""版权制度保障文化获得感和参与度：保护与限制""知识经济时代的版权集体管理：现状与展望""版权在创意产业可持续发展中的作用：举措与成效"5个主题论坛。另外，论坛上还启动了2024年民间文艺版权保护与促进试点工作。

参会嘉宾共同探讨了版权在知识产权中的组成和定位，强调版权是知识产权的重要组成部分和核心领域之一。版权作为知识产权体系中的关键一环，我国不仅要以版权保护为民族文化传承发展提供保障，也应当利用版权运用为高质量可持续发展激发活力，同时借版权国际交流合作推动不同文明和合共生。

6. 第三届"一带一路"知识产权高级别会议[①]

2024年9月11日，第三届"一带一路"知识产权高级别会议在北京中关村举行，会议由国家知识产权局联合中央宣传部（国家版权局）、商务部、北京市人民政府以及世界知识产权组织一同举办。会议期间，60多国嘉宾齐聚一堂，为"一带一路"知识产权合作共同交流、协商、发力。

2013年9月7日，中国国家主席习近平在哈萨克斯坦纳扎尔巴耶夫大学发表重要演讲，首次提出共建"丝绸之路经济带"的倡议，"一带一路"合作由此开始。通过十多年的努力共建，哈萨克斯坦、泰国、塞尔维亚、匈牙利、非洲等国家已经陆续与中国成功实施多个重要合作项目，有效促进了中国与中亚国家的经贸、科技、文化交流。与会嘉宾包括哈萨克斯坦司法部副部长博塔戈兹·扎克赛莱科娃、泰国商业部知识产权国际事务办公室高级贸易官员蒙查诺克·塔纳桑蒂、非洲知识产权组织总干事德尼·卢克·博乌苏、塞尔维亚知识产权局局长弗拉迪米尔·马里奇、匈牙利知识产权局局长萨博尔茨·法卡斯、老挝工商部副部长占苏·圣帕占，以及世界知识产权组织总干事邓鸿森等。此外，还有来自中国福建省市场监督管理局（知识产权局）的代表及中国科学院大学知识产权学院的专家等。

各国嘉宾围绕"一带一路"知识产权合作展开了深入讨论。哈萨克斯坦代表强调了知识产权合作在促进法治、经济、科技开放合作方面的重要作用，并表示这种合作不仅能帮助沿线国家构建更完善的法律制度，更增强了外国投资者对哈萨克斯坦发展前景的信心。泰国代表则展示了"一带一路"合作下，中国近700家企业走进泰国，为泰国经济社会的蓬勃发展带来了巨大的助力。非洲知识产权组织总干事博乌苏呼吁"深化区域合作，凝聚各领域共识"，保证知识产权领域的发展与合作，

[①] 知识产权报：《第三届"一带一路"知识产权高级别会议侧记（知识产权报）》，https://www.cnIPa.gov.cn/art/2024/9/13/art_55_194878.html，2024年11月7日查询。

以维护知识产权用户权益。福建省代表则表示，要充分发挥知识产权优势，构建起全方位、多层次、宽领域的对外开放新格局，为推进高质量共建"一带一路"作出贡献。

塞尔维亚、匈牙利等国代表分享了本国在"一带一路"知识产权合作中的成功经验，强调知识产权是撬动国家发展的重要杠杆，为"一带一路"的倡议提供了极佳的实践案例。此外，会议还关注了知识产权人才培养等备受各国关注的项目，老挝代表介绍了与中国联合培养知识产权人才的成果。世界知识产权组织总干事邓鸿森强调，知识产权合作的主旨是"共赢"。与会嘉宾们对"一带一路"知识产权合作的经验反馈和发展共识展现了所有国家的命运都息息相关。"一带一路"知识产权合作正在凝聚各国之力，并不断为长远发展提供新的内在动力。

7. 第十三届中国知识产权年会[①]

2024年9月13日，第十三届中国知识产权年会在北京开幕。国家知识产权局局长申长雨、世界知识产权组织总干事邓鸿森及北京市副市长孙硕等嘉宾出席并在开幕式中致辞。另有柬埔寨文化艺术部文艺大臣彭萨格娜，世界知识产权组织副总干事王彬颖、哈桑·克莱布，非洲地区知识产权组织总干事伯曼亚·特巴兹、非洲知识产权组织总干事德尼·卢克·博乌苏，欧亚专利局局长戈利高里·伊夫利耶夫参与年会。

此次年会主题为"知识产权为新质生产力蓄势赋能"，旨在强调发展新质生产力在推动高质量发展中的重要作用。国家知识产权局介绍，截至2023年底，我国国内（不含港澳台）发明专利拥有量达到401.5万件，成为世界上首个国内有效发明专利数量突破400万件的国家，PCT（专利合作条约）国际专利申请量连续多年位居全球第一。在世界知识产权组织发布的《全球创新指数报告》中，我国排名第12位，拥有的全球百强科技集群数量连续两年位居世界第一。国家知识产权局局长申长雨在开幕式上表示，发展新质生产力，必须牢牢把握科技创新在提高生产力水平中的关键作用，持续加强知识产权法治保障，充分发挥知识产权在更好激励高水平创新，加快推动产业创新、发展方式创新、体制机制创新中的重要作用，为新质生产力蓄势赋能。

中国版权协会副理事长兼秘书长孙悦提到，生成式人工智能在版权领域目前面临3个主要问题：大模型训练对于作品的利用是否适用于《中华人民共和国著作权法》的合理使用等限制与例外制度；人工智能生成内容是否构成作品；人工智能生成内容的权属分配和侵权责任问题。2024年2月，世界知识产权组织发布的《生成

[①] 中国新闻出版广电报：《第十三届中国知识产权年会"加强版权运用和保护，推动产业高质量发展"论坛——探索数字时代版权保护新方案》，http://epaper.chinaxwcb.com/App_epaper/2024-09/26/content_99848767.html，2024年11月7日查询。

式人工智能：知识产权导航》不仅为各国提供了指导原则和清单，还提出了防范风险的具体保障措施。

知识产权出版社在版权保护领域具有与生俱来的优良"基因"。刘超介绍，近年来，知识产权出版社大力发展融合出版，积极布局"AI+出版"融合系统，推动实现版权的孵化、出版、运营、保护，推进版权输出，积极拓展知识产权全领域服务，围绕知识产权创造、运用、保护、管理和服务各环节，打造中知慧海（PatSea）知识产权大数据与智慧管理平台，建设创新服务生态圈，有力支撑了知识产权强国建设。

北京市人民检察院第四检察部副主任刘丽娜从司法实践的角度，分析了人工智能等新型产业发展模式下的著作权保护问题。她指出，当前司法实践中，涉及人工智能的案件类型主要集中在以下几个方面：一是人工智能生成数据可能包含受版权保护的作品，未经授权使用可能构成侵权；二是在数据收集过程中可能涉及公民敏感信息；三是不法分子为获取训练数据，可能采取非法手段侵入他人计算机信息系统；四是人工智能技术可能被动参与实施诈骗、非法集资等传统犯罪。

年会总共设置了1个主论坛和11个分论坛，吸引了来自39个国家和4个国际组织的多位人员参会及来自政府部门、国际组织、学界、企业界的多位嘉宾发表主旨演讲，聚焦知识产权热点话题展开交流。同时，年会还以多元化形式展示了知识产权领域的最新成果。总体而言，此次年会为各国提供了对话机会，对推动知识产权事业的高质量发展具有重要意义。

8. 2024打击网络销售侵权商品行为中美行政执法合作交流会[①]

2024年11月11日，一场聚焦打击网络销售侵权商品行为的中美行政执法合作交流会在浙江省杭州市举行。此次交流会由市场监管总局与美国专利商标局联合主办，吸引了来自中美两国执法司法部门、行业组织、品牌企业权利人及电子商务平台等各方代表共计200余人参与。

此次会议是市场监管总局落实2024年4月在北京签署的《知识产权合作谅解备忘录》的具体行动。会议围绕五大主题展开深入交流，包括知识产权政策法规分享、行政执法实务探讨、电商平台与权利人合作机制、美国执法司法情况介绍以及典型案件分享。与会嘉宾积极分享最新动态、观点和经验，共同面对挑战，加强信息共享，旨在提升打击网络销售侵权商品行为的协同能力。

加强知识产权保护作为评价国家投资和贸易环境的重要指标，对于推动高水平开放型经济新体制建设具有重要意义。近年来，中国市场监管部门积极贯彻落实党中央决策部署，严格履行知识产权执法职责，不断完善体制机制，强化行政执法，

[①] 中宏网：《2024打击网络销售侵权商品行为中美行政执法合作交流会在杭州举办》，https://www.zhonghongwang.com/show-255-359864-1.html，2024年11月7日查询。

保护中外知识产权权利人合法权益。通过签订《电子商务平台经营者提升知识产权保护水平自律公约》等措施，市场监管部门在强化制度机制创新、促进知识产权保护社会共治方面取得了积极进展。此次交流会的成功举办，进一步推动了中美两国在知识产权保护领域的合作与交流。

五、网络文学版权管理相关行动

1. "清朗·2024年春节网络环境整治"专项行动

为营造喜庆祥和的春节网上氛围，中央网信办于2024年1月29日正式启动了为期一个月的"清朗·2024年春节网络环境整治"专项行动。该行动旨在通过集中整治网络生态中的突出问题，切实净化网络环境，为广大网民提供一个积极向上、文明健康的网络空间。

该专项行动明确了切实的工作目标，制定了详尽的工作任务，提出了基本的工作要求。在执行过程中，专项行动整治的重点围绕以下6个方面：①宣扬猎奇行为、违背公序良俗问题；②散播网络戾气、煽动群体对立问题；③炮制虚假信息、恶意营销炒作问题；④色情赌博引流、网络诈骗问题；⑤鼓吹炫富拜金、无底线追星问题；⑥危害未成年人身心健康问题。

针对以上六项工作任务，行动采取了多项有力措施，包括：①扎实部署推进，细化实施方案，明确目标任务和具体措施；②明确工作重点，加大重点环节巡查力度，确保各环节板块生态良好；③压实平台责任，督促重点网站平台成立工作专班，加强春节期间值班值守；④强化通报曝光，严肃查处与曝光违法违规行为等。

2. 2024年著作权保护与开发主题月[①]

在4月26日世界知识产权日来临之际，中国作协社联部在4月2日正式启动2024年著作权保护与开发主题月。主题月举行的首场活动中，作家维权开放日讲座同时上线。中国版权协会常务副理事长、中宣部版权管理局原局长于慈珂，中国作协社联部主任李晓东，重庆市作协副主席、作家李燕燕，高文律师事务所律师张钵参加讲座。

在建设文化强国、知识产权强国进程中，著作权保护作为知识产权的重要组成部分，占据着重要地位。因此，此次主题月中计划开展了多项围绕著作权保护的活动，具体内容如下。

①著作权保护与开发方面系列活动，活动中将陆续举办作家维权开放日；②基层作协负责人著作权保护与开发培训班（西南片区）；③著作权法律知识问答；④调解重点领域著作权纠纷案件；⑤征集适宜影视转化的文学作品；⑥文学转化影

[①] 中国作家网：《2024年著作权保护与开发主题月启动》，http：//www.chinawriter.com.cn/n1/2024/0401/c403994-40207804.html，2024年11月7日查询。

视讲座；⑦召开文学著作权影视开发联席会议；⑧推进清溪村农文旅融合资源对接落地等活动。在活动中，社联部还将发布了《2023年文学转化影视作品蓝皮书》。

在首场活动的讲座中，与会嘉宾们回应了大家对版权保护及维权手段等问题，并分别用实例介绍了著作权保护的知识，为作家版权保护提供了实用的建议。中国版权协会常务副理事长、中宣部版权管理局原局长于慈珂介绍了我国著作权法律法规体系的发展历程和中国版权协会近期关于著作权方面的工作；作家李燕燕以亲身经历讲述了遭遇著作权侵权的典型案例；律师张钵则表示，面对侵权事件作者应善于使用法律手段保护自身权益。在创作过程中，作者应时刻注意保留证据，避免出现举证困难的情况。

中国作协对作家权益的保护措施起始于20世纪80年代，中国作协社联部作家权益保护办公室自那时起成立，直至2018年中国作协深化改革时期，一直为保护作家权益而努力。也是在这一时期，社联部为该办公室加挂作家权益保护办公室名牌。在2022年，社联部荣获了中国版权保护金奖，该奖项是国家版权局与世界知识产权组织设立的中国版权领域的最高奖。中国作协社联部李晓东代表表示，为了倡导广大作家和文学爱好者树立版权意识，增强维权能力，权保办将开辟绿色通道，尽心尽力为作家提供专业服务。希望广大作家与文学爱好者遇到纠纷积极向中国作协权保办寻求建议，营造温馨和谐的"作家之家"。

3.《中国网络法治三十年》漫画发行[①]

2024年6月18日，国新办举行新闻发布会，介绍中国网络法治保障高质量发展的相关情况。2024年是中国提出网络强国战略目标10周年，全功能接入国际互联网30周年，以及网络法治建设起步30周年。为纪念这一里程碑，国家网信办编纂了《中国网络法治三十年》，全面展示了中国在网络法治建设方面取得的成就、经验以及对未来的展望。

发布会上，重点介绍了中国在网络法治领域的多方面努力。首先，中国不断完善网络执法机制，推进政府在网络空间的职能履行，建立健全符合网络特性的执法模式。其次，针对个人信息保护问题，中国通过实施《中华人民共和国网络安全法》《中华人民共和国数据安全法》《中华人民共和国个人信息保护法》等法律，强化了对个人信息的全面保护。同时，中国还筑牢网络安全防线，确保互联网健康发展，并持续开展专项行动，营造清朗的网络空间。

此外，中国依法规范网络市场秩序，打击网络制假售假、业务同质化竞争等问题，维护平台经济健康发展。在网络出版和版权方面，中国依法开展执法活动，保障版权秩序。公安部门则深入推进专项治理，严厉打击网络违法犯罪，维护网络空

[①] 中央网信办：《【法治网事】漫画｜中国网络法治三十年》，https://www.cac.gov.cn/2024-06/27/c_1721667919573329.htm，2024年11月7日查询。

间安全和人民群众利益。此次发布会展示了中国在网络法治保障高质量发展方面的坚定决心和显著成效,为全球网络法治建设提供了有益借鉴。

4. 国新办新闻发布会①

2024年4月24日,国务院新闻办举行新闻发布会,发布会上介绍了2023年中国知识产权强国建设的有关情况。参加新闻发布会的有国家知识产权局局长申长雨、国家知识产权局副局长胡文辉、中宣部版权管理局负责人汤兆志、国家市场监督管理总局执法稽查局局长况旭。

国家知识产权局局长申长雨在发言中提到,2021年党中央、国务院印发了《知识产权强国建设纲要（2021—2035年）》,对知识产权事业发展作出重大顶层设计。2023年4月26日,习近平主席在致中国与世界知识产权组织合作五十周年纪念暨宣传周主场活动的贺信中进一步强调,中国始终高度重视知识产权保护,深入实施知识产权强国建设,加强知识产权法治保障,完善知识产权管理体制,不断强化知识产权全链条保护,持续优化创新环境和营商环境。现有数据显示,2023年我国著作权登记数量增幅较大,全年的著作权登记总量超892万件,同比增长40.46%。其中,作品著作权登记量643万件,同比增长42.30%;计算机软件著作权登记量249万件,同比增长35.95%,登记数量和增速均创5年来新高。在2023年,知识产权强国建设的主要进展方面有:①知识产权体制机制得到了全面优化;②知识产权创造量质提升;③知识产权转化运用加速推进;④知识产权保护工作更加有力;⑤知识产权服务体系不断健全;⑥知识产权国际合作持续深化。

中宣部版权管理局负责人汤兆志表示,目前知识产权强国建设采取的工作措施有:①完善相关法规。加快《中华人民共和国著作权法实施条例》《著作权集体管理条例》《作品自愿登记试行办法》等法规规章的修订,建立更加完善的著作权法律制度体系。②出台相关政策。当前正在研究制定《加快推进版权产业高质量发展的指导意见》,针对制约和影响版权产业高质量发展的问题,出台相关措施。③加强保护营造良好营商环境。支持各级执法部门开展版权执法工作,持续开展"剑网行动"、青少年版权保护季、打击院线电影盗录传播等专项行动,突出大案要案查处和重点行业治理,坚持盗版根源治理与传播渠道治理相结合,不断优化版权保护环境。④不断提升版权社会服务能力。在着力健全著作权登记体系、规范著作权集体管理、优化版权展会授权交易体系促进版权贸易发展等方面加大工作力度。

5.《微短剧版权保护倡议书》发布②

2024年7月25日,中国网络视听节目服务协会发布《微短剧版权保护倡议

---

① 国新网:《国新办举行新闻发布会 介绍2023年中国知识产权强国建设有关情况图文实录》,http://www.scio.gov.cn/live/2024/33848/tw/index.html,2024年11月7日查询。

② 光明网:《微短剧也须加强版权保护》,https://baijiahao.baidu.com/s?id=1806147493955437776&wfr=spider&for=pc,2024年11月8日查询。

书》，针对微短剧行业出现的模仿、抄袭、盗版、翻拍等版权问题提出倡议。倡议书中主要提出4点：①尊重知识产权，维护创作尊严；②推进行业自律，加强协作共治；③加大打击力度，严惩侵权行为；④推动版权合作，促进合作共赢。

倡议书一经发布，微信、抖音、快手、B站等积极响应。其中，快手、抖音、微信、抖音、B站，对平台内部的盗版、搬运内容的处罚措施包括但不限于清理下架、账号封禁、违规查处等行动，并公布了相应的投诉渠道。抖音表示已为2024年近8000部微短剧开启版权保护，今后也将持续对新发视频进行版权专审链路，对抖音平台站内侵权视频进行清理。B站发布公告称，自2024年3月26日深入开展打击网络微短剧违规盗版专项治理以来，巡查期间已拦截处置违规微短剧视频742378条、用户账号37967个。快手方面表示，除了对违规内容的处置，逐渐建立起了长效治理机制，后续还将持续深化微短剧版权保护工作，推动行业的长效健康发展。微信方面透露，后续将持续加大盗版处置力度，快速响应侵权投诉，引导平台内微短剧类账号的规范发展，为创作者的网络视听内容创作提供更好的保障，营造更加清朗的网络视听空间。另有小红书、微博、爱奇艺、优酷、腾讯视频、芒果TV、百度、淘宝、猫眼娱乐等网络视听平台也在第一时间响应，发布公告。

在此之前，国家广播电视总局发布《关于微短剧备案最新工作提示》，备案提示中强调自2024年6月1日起，微短剧需按照投资额分类进行分层审核，投资额度以100万元以上、30万—100万元、30万元以下为标准划分为"重点微短剧""普通微短剧"和"其他微短剧"，从上至下分别由广电总局、省级广电部门、短剧播出或为其引流、推送的网络视听平台进行审核和内容管理，网上传播的微短剧需经审核且备案。微信、抖音、快手等平台根据《关于微短剧备案最新工作提示》的要求，相继发布了微短剧备案机制相关细则。相关数据显示，截至2024年6月1日24时，网络视听节目备案系统中已有3309部约22.7万集微短剧完成备案，并获上线备案号。

6. 2023年度中国网络文艺版权保护典型案例发布[①]

2024年11月22日，2024两湖版权对话在武汉开幕。会上，中南大学网络文学研究院院长欧阳友权教授指出，网络文艺发展迅速，已经成为我国社会主义文化的重要组成部分，但当前网络文艺版权问题十分突出，网络文艺领域的盗版侵权现象时有发生，网络作品的合法使用与传播亟须得到法律的支持。

基于此背景，中南大学网络文学研究院携手湖北省版权保护协会、湖南省版权保护协会共同发起"2023年度中国网络文艺版权保护典型案例"评选和发布活动，从收集的500余件网络文艺年度侵权案件中精选出15件具有代表性的网络文艺年度

---

① 网文界：《中南大学网络文学研究院发布网络文艺年度版权案例》，https：//mp.weixin.qq.com/s/z3ViC9uMFsJ0psJA4HuH8w，2024年12月16日查询。

典型案例。这些案例涵盖网络小说、网络影视剧、网络音乐、网络游戏、网络绘本和网络综艺等多种形式，其中包括2件刑事案件、2件行政执法案件及11件民事案件。案例涉及湖南、湖北、重庆、北京、浙江、广东、山东和天津等多个地区。具体的案例内容如下：

①海南字节跳动科技有限公司与山东云雁创意文化传媒有限公司、城际影视文化传媒（镇江）有限公司、哈某著作权侵权纠纷一案——网文改编短剧的侵权责任认定。

②腾讯科技（北京）有限公司、重庆腾讯信息技术有限公司与北京快手科技有限公司、重庆天极魅客科技有限公司侵害作品信息网络传播权及不正当竞争纠纷一案——短视频平台的侵权责任认定。

③北京爱奇艺科技有限公司与杭州某网络公司等不正当竞争纠纷案——《狂飙》剧集元素被游戏推广混淆使用的责任认定。

④深圳腾讯计算机系统有限公司等与北京无限维度科技有限公司侵害信息网络传播权及不正当竞争纠纷禁令案——浏览器/搜索引擎盗版平台责任认定。

⑤北京某文化传播有限公司与北京快手科技有限公司、北京十二生肖影视传媒有限公司侵害著作权纠纷一案——网络平台投资拍摄并播放网络短剧的行为性质与责任认定。

⑥湖南快乐阳光互动娱乐传媒有限公司与杭州趣企信息技术有限公司著作权权属、侵权纠纷一案——网盘服务商利用技术为用户侵权提供便利，不再适用"避风港原则"免责。

⑦北京小亮人文化传媒有限公司与杭州晨信贸易有限公司、浙江天猫网络有限公司著作权侵权及不正当竞争纠纷案——全面仿冒"游侠小木客"系列作品侵权行为的认定。

⑧武汉新坚诚文化传媒有限公司与杭州乐读科技有限公司、广州网易计算机系统有限公司、杭州网易云音乐科技有限公司侵害音乐作品著作权纠纷一案——"同案同判"规则的适用。

⑨天津字节跳动网络科技有限公司、海南字节跳动科技有限公司、北京臻鼎科技有限公司、北京时光荏苒科技有限公司起诉广州动景计算机科技有限公司侵害著作权及不正当竞争一案——搜索结构化场景下浏览器侵权责任的认定。

⑩北京智者天下科技有限公司与青岛古麦嘉禾科技有限公司、王某著作权侵权一案——短篇网络小说改编微短剧的侵权责任认定。

⑪金庸诉江南案——同人作品中人物形象侵权的认定。

⑫卢某、卢某某、王某侵犯著作权罪一案——新型网络著作权犯罪行为类型的界定。

⑬黄某侵犯著作权案——涉音乐作品下载侵犯著作权犯罪的认定。

⑭任某某侵犯网络游戏著作权一案——涉网络游戏侵权的"两法衔接"问题。

⑮陈某等七人未经著作权人许可，复制发行并通过信息网络向公众传播其网络游戏作品案——"两法衔接"中的管辖及侵权认定问题。

7. "清朗·网络平台算法典型问题治理"专项行动①

2024年11月12日，中央网信办秘书局、工业和信息化部办公厅、公安部办公厅、市场监管总局办公厅发布《关于开展"清朗·网络平台算法典型问题治理"专项行动的通知》，通知表示，为进一步深化互联网信息服务算法综合治理，自即日起至2025年2月14日开展"清朗·网络平台算法典型问题治理"专项行动。

该专项行动提出了主要任务、工作目标、工作安排及工作要求，其主要任务围绕以下六个部分展开：①深入整治"信息茧房"、诱导沉迷问题；②提升榜单透明度打击操纵榜单行为；③防范盲目追求利益侵害新就业形态劳动者权益；④严禁利用算法实施大数据"杀熟"；⑤增强算法向上向善服务保护网民合法权益；⑥落实算法安全主体责任。

根据该专项活动的主要任务，其具体工作目标如下：①算法导向正确；②算法公平公正；③算法公开透明；④算法自主可控；⑤算法责任落实。专项行动具体工作安排需分四步走，首先完成组织企业自查自纠（2024年12月31日前）与核验企业自查情况（2025年1月1日至2025年1月31日），而后深入评估治理成效（2025年2月14日前完成），开设举报受理渠道（专项行动期间）。在工作期间，要求达到以下工作要求：①抓好组织落实；②依法依规处置；③压实平台责任；④推动长效治理。

8. 各省市版权管理相关行动

（1）"网络文学IP微短剧创作扶持项目"发布②

2024年4月18日，中国作协网络文学中心成功在江苏无锡举办了"网络文学IP微短剧创作扶持项目"发布会。此次发布会旨在推动网络文学与微短剧行业的深度融合，通过提供优质的文学母本，进一步促进微短剧行业的健康发展。

此次会议发布50部"网络文学IP微短剧创作扶持项目"，经过初评和终评，从"网络文学IP创作扶持计划"申报作品中优中选优，包括重点选题20部、优秀选题30部。中国作协还将进一步通过资金支持、内容提升、IP支持、宣传推介等方式，对入选作品进行扶持推介，推动网络文学向网络视听产品的转化，推出一批优秀网络文学IP微短剧，进一步促进网络文学创作和网络视听产业繁荣发展，推进网络文

---

① 中国政府网：《关于开展"清朗·网络平台算法典型问题治理"专项行动的通知》，https://www.gov.cn/zhengce/zhengceku/202411/content_6989143.htm，2024年11月15日查询。

② 光明网：《"网络文学IP微短剧创作扶持项目"发布》，2024-04-19，https://baijiahao.baidu.com/s?id=1796700818364951744&wfr=spider&for=pc，2024年11月15日查询。

学的海外传播。

此外，中国作协组织与会100多位网络作家、网络文学平台负责人和视听平台负责人，共同发出《提升网络文学短剧转化品质倡议书》，从创作导向、精品打造、人民喜爱、科学理性、国际视野、版权保护、行业生态等方面，提出7条倡议，引导网络短剧健康有序发展，提升网络文学微短剧转化品质。除发布倡议书外，江苏省网络视听协会艺术创作中心揭牌成立，并搭建网络文学IP微短剧转化和交易平台，将打造集创作、制作、交易于一体的网络文学IP产业基地，努力建成中国的网络文学IP国际传播重地。会议上还举办了改稿会，入选作家与平台专家深入研讨，推动项目开发合作。网络微短剧正成为展现文化自信、促进国际传播的新名片。

（2）第四届上海数字创新大会"数字+知识产权"分论坛[①]

2024年5月16日，第四届上海数字创新大会的"数字+知识产权"分论坛在上海市普陀区成功举办，该分论坛以"构建数据知识产权运营和保护的国际规则"为主题，吸引了来自政府机关、高校、科研机构、企业事业单位的近200名专家学者参与。

上海市普陀区人民政府肖立副区长在开幕致辞中表示，普陀区积极响应上海市深化数据知识产权地方试点的号召，立足"中华武数"科创版图，不断深化经济数字化转型。他强调，在数字生态系统中，数据是核心，构建健康和持续的数字生态系统依赖于对数据知识产权的有效保护和合理运用。肖副区长希望通过此次分论坛，共同探讨数字知识产权的国际规则，促进数据要素市场的发展，推动区域数字经济实现更高质量发展。

分论坛进程中，举行了两场签约仪式。首场为园区数据知识产权运用和保护战略合作协议签约，由天地软件园携手国家知识产权运营（上海）国际服务平台及太平洋安信农保上海分公司共同签署，旨在强化园区内数据知识产权的保护与运用。随后，上海国际贸易知识产权海外维权服务基地等8家单位进行了园区共建共享法律服务中心签约，涵盖长三角地区多个园区及联盟，旨在通过合作提升企业在国际贸易中的知识产权维权能力和合规意识，促进长三角一体化发展中的知识产权保护与合作。

上海市知识产权局战略规划处处长徐上在主旨演讲环节中介绍了上海市数据知识产权试点工作的进展情况。上海市试点工作秉持着坚持底线思维、市场思维、系统思维和协同思维的原则，为推动数据产品流通、使用，推进数据流通利用而努力；上海市普陀区人民法院法官张敏婕则分享了关于数据知识产权侵权纠纷的典型案例和审判趋势，介绍了数据知识产权的概念、保护范围以及侵权行为的表现形式，并

[①] 上海市计算机行业协会：《第四届上海数字创新大会"数字+知识产权"分论坛在上海普陀成功举办》，http：//www.scta.org.cn/index.php？a=show&catid=22&id=978，2024年10月1日查询。

给出了保护知识产权的详细建议；同济大学国际知识产权学院副教授徐明进行了《数据知识产权的前沿理论探索》的主题演讲，从学术角度对数据知识产权的概念进行了深入探讨；上海知识产权交易中心有限公司总经理潘熙、IPWE 中国区总经理王志涛、上海段和段律师事务所律师周梦以及波克科技集团有限公司党委书记、副总经理刘忠生也分别就国际专利技术扩散的新趋势、与专利相关的数据知识产权国际案例、数据跨境流通规则的中国实践以及游戏知产保护助力文化软实力塑造等主题进行了分享。

(3) 第三届上海知识产权发展论坛①

"助力新质生产力发展的数据保护"第三届上海知识产权发展论坛于 2024 年 8 月 27 日在同济大学举行。此次论坛由上海市人民检察院与同济大学主办，浦东新区人民检察院、上海国际知识产权学院、上海市知识产权研究会承办。

开幕式上，上海市知识产权局副局长卫岚在致辞中表示，上海是全国首批数据知识产权工作试点地区，市知识产权局组建了国内首支数据知识产权审查员队伍和数据知识产权审查指导专家队伍；同济大学党委副书记吴广明在论坛上表明了上海国际知识产权学院将围绕上海全力打造国际知识产权中心城市的目标，学院将积极参与、推动知识产权国际交流合作，促进知识产权保护系统工程，进一步重视数据保护问题，加强跨学科研究与合作，推动构建知识产权大保护工作格局；市人民检察院检委会专职委员吴云强调创新尤为重要，上海检察机关将始终立足法律监督机关的职能定位，探索构建符合上海实际、独具特色的数据保护路径。

在研讨环节中，与会专家分别围绕"数据保护的立法创新和司法实践""数据权益与数据安全的协调治理"等主题展开了讨论。市知识产权局战略规划处负责人以"数据知识产权保护的国内实践"为主题，为在场参会人员展示了数据知识产权试点工作思路的演变，分析比较了各地数据知识产权登记实践工作的异同，介绍了上海试点工作总体做法、推进情况和展望。

(4) "数字时代版权创新发展与保护治理"沙龙②

由北京市版权局承办的"数字时代版权创新发展与保护治理"沙龙于 2024 年 9 月 20 日在北京举办。作为 2024 北京文化论坛的重要组成部分，中宣部版权管理局局长王志成，世界知识产权组织（WIPO）中国办事处主任刘华，中国版权保护中心主任孙宝林，北京市委宣传部副部长、市新闻出版局（版权局）局长翟德罡出席了此次沙龙。

王志成表示，版权产业作为新质生产力的重要业态，正在成为助力经济发展的

---

① 上海市知识产权局：《聚焦新质生产力发展中的数据保护！第三届上海知识产权发展论坛举办》，https://sIPa.sh.gov.cn/ywzx/20240902/598b7ed2895745ce932cb28306a808b4.html，2024 年 10 月 8 日查询。

② 光明网：《"数字时代版权创新发展与保护治理"沙龙在京举办》，https://baijiahao.baidu.com/s?id=1811134825412225213&wfr=spider&for=pc，2024 年 11 月 15 日查询。

新引擎、新动能。他提出，要推动大数据、区块链等新技术在版权领域的创新应用，推动版权保护制度及版权保护体系建设，推动形成社会共治格局，广泛凝聚社会共识，为文化事业繁荣发展作出更大贡献。

刘华认为，数字创新浪潮是当下两大创新浪潮之一。根据世界知识产权组织《全球创新指数报告》，近年来，中国创意产品出口占全球第一，彰显出中国版权产业及创新产业的巨大潜力。她表示，世界知识产权组织将不断加强服务体系建设，与中国展开多方位合作，提供更多优质且有针对性的服务，共同促进数字时代的版权保护与治理。

在圆桌讨论中，与会嘉宾们聚焦数字技术在版权领域的创新应用与保护议题达成共识。他们认为，在数字化趋势的推动下，人工智能与区块链技术为传统的版权保护及作品创作开辟了新道路，提供了新机遇，既助力了版权的创作、运营与保护，也为版权保护机制与治理带来了新挑战。

六、年度网络盗版侵权典型案例

1. 霍某某架设盗版网站侵权搬运网文案[①]

2024年4月，温州警方远赴山西省临汾市等地开展收网行动，破获一起侵犯温州网络作家版权案件。4月初，市公安局食药环知侦查支队在走访温州市网络作家协会中，得知相关盗版线索，多名温州籍作家的作品被肆意盗版。市公安局食药环知侦查支队联合瑞安市公安局成立专案组，第一时间展开侦查。专案组通过数据分析，发现盗版分子使用的是一个名叫"备胎书屋"的网站，这个网站使用的是境外服务器。警方经过一轮又一轮走访调查与研判，把目光锁定在一个名叫霍某某的人身上。随后，专案组远赴山西临汾，在霍某某家中将其抓获，他的电脑里还存有大量盗版书籍与"备胎书屋"的数据资料。

霍某某凭借自己多年上盗版网站的经验，收集了大量关于搭建网站的教程和网络插件工具。他租赁境外服务器，根据模板建设自己的网站，购买"爬虫"程序下载各大网站作品，并建立微信群依靠上传资源获得打赏盈利。直到霍某某落网，他的"备案书屋"上线仅一年，但在网络盗版界已"大名鼎鼎"，侵犯全国知名网络作家唐家三少、烽火戏诸侯、天蚕土豆及温州籍知名作家善水、浙三爷、那那等500多人的著作权，涉及4000多部作品，累计传播下载数量超过10万次。

办案民警说，霍某某因涉嫌侵犯他人著作权已被采取刑事强制措施，本案还在进一步调查中。他介绍，由于该类案件通常在境外架设服务器，难以锁定具体嫌疑人及落脚点，给案件侦办带来极大难度，也使犯罪嫌疑人存在侥幸心理，认为不会

[①] 凤凰网：《临时工自学搭网站盗版500多名作家作品？涉嫌犯罪已被抓》，(ifeng.com) https://news.ifeng.com/c/8Z6MoLq2FQc，2024年11月15日查询。

被发现。此次温州公安通过技术穿透，成功锁定犯罪嫌疑人，一举摧毁该盗版网站。

2. 尹某盗版小说 App 牟利案[①]

2024年4月11日，经陕西省西安市莲湖区检察院公诉，莲湖区法院以侵犯著作权罪判处被告人尹某有期徒刑9个月，并处罚金人民币20万元。据了解，该案系莲湖区首例侵犯著作权案件。

该案被告人尹某系成都某科技有限公司实际控制人，该公司自2021年3月起开始制作多种移动端小说阅读App。2021年7月至2022年4月，该公司通过链接未经著作权人授权的网络小说，并植入广告业务从中牟利，2021年7—12月共获取广告费用4.4万余元。

该案作案手段隐蔽，被告人通过假冒App包名、代码链接等技术手段实现侵权，经办案检察官与技术鉴定人员研讨，最终确定关键证据，精准指控犯罪。庭审中，公诉人围绕网络App研发运营、广告植入、营利模式、正版App上架流程及研发成本等问题进行了详细询问，从侵权手段、侵权作品数量、侵权行为与侵权作品关联性等6个方面全面举证，并对被告人及辩护人辩护意见进行了回应，有力指控犯罪。莲湖区法院采纳检察机关指控罪名与量刑意见当庭予以宣判，以侵犯著作权罪判处被告人尹某有期徒刑9个月，并处罚金人民币20万元。被告人当庭表示认罪认罚，不再上诉。

3.《永夜君王》改编短视频侵权案

《永夜君王》侵权事件涉及知名网络小说作家烟雨江南的作品《永夜君王》。这部小说自2014年3月1日起在纵横中文网连载，至2019年1月11日完结，全文字数约494万，以其独特的奇幻玄幻风格吸引了大量读者。

2024年4月26日，烟雨江南在社交媒体上发布声明，指出其小说《永夜君王》被未经授权地改编成了网络短剧，并在多个在线平台上进行付费观看。这一声明迅速引起了公众和行业的关注。据烟雨江南所述，这些网络短剧的制作和发布并未获得他的授权，也未向他支付任何费用。这种行为明显侵犯了他的著作权，包括改编权、发行权以及获取报酬的权利。

目前，烟雨江南已委托律师进行取证并对相关公司提起了诉讼，关于《永夜君王》侵权事件的具体处理结果尚未公布。这一事件也再次提醒网络文学作者和读者，要尊重原创、保护版权，共同营造一个健康、有序的网络文学环境。

4. 腾讯音乐在线侵权案

12月31日，中国音乐著作权协会发文称，就音著协诉北京酷我科技有限公司

[①] 正义网：《一公司开发盗版小说App牟利，公司实际控制人获刑九个月》https://news.jcrb.com/jsxw/2024/202404/t20240415_6417360.html，2024年11月25日查询。

（以下简称酷我音乐）侵害音乐作品信息网络传播权纠纷一案，音著协已全部收到北京知识产权法院的二审判决书。二审法院在判决中认定：酷我音乐上诉请求不能成立，应予驳回。一审法院判决认定事实清楚，适用法律正确，应依法予以维持。一审法院在判决中认定：酷我音乐的行为侵害了音著协对涉案歌曲享有的信息网络传播权，酷我音乐应当承担停止侵权、损害赔偿等法律责任。一审法院综合考虑涉案作品知名度，侵权行为的持续时间、方式、性质和过错程度等因素，判决酷我音乐向音著协赔偿近 12 万元人民币。

音著协称，已经对腾讯音乐集团多次提起侵权之诉，已经生效的判决中，法院全部判决腾讯音乐集团旗下平台构成侵权，其他亦有多起对 QQ 音乐、酷狗音乐、酷我音乐、全民 K 歌平台的维权诉讼案件正在法院审理过程中。①

5. 涉 AI 绘画大模型训练著作权侵权案

6 月 20 日，备受关注的"Trik AI"绘画大模型被诉侵权使用训练语料案，在北京互联网法院开庭审理。作为原告的四位插画师指控，涉案大模型的运营方未经授权，将原告美术作品用于训练 AI 模型并应用于商业用途，已经远超合理使用范畴，侵害了画师的权益。

四位画师为某社交平台注册用户，长期在该平台上发布创作的绘画作品。南都获取的一份起诉状显示，画师之一的"雪鱼"介绍，2023 年 8 月，他发现有用户在该平台发布了带有明显模仿其作品痕迹的图片，这些用户均表示图片通过"Trik AI"生成。遭遇相似情况的四位画师后来联手，将"Trik AI"的运营公司诉至法院。涉案的三家被告公司为伊普西龙信息科技（北京）有限公司、伊普西龙信息科技（上海）有限公司，以及上述某社交平台的运营公司 A。原告方根据涉案"Trik AI"软件用户协议、宣传推广资料等，认定该款软件由三被告共同开发运营。

目前，该案正在进一步审理中。②

6. 爱奇艺诉海螺 AI 侵权案③

2025 年 1 月 7 日，爱奇艺向媒体证实其已向上海市徐汇区人民法院提起诉讼，指控 Mini Max 未经授权使用了爱奇艺享有版权的素材进行模型训练，要求 Mini Max 立即停止侵权行为，并索赔约 10 万元人民币。而 Mini Max 方面则可能提出抗辩，声称所涉素材为公开资源或由用户输入，并试图依据技术中立原则来免除自身的法律责任。

---

① 《风波不断！腾讯音乐侵权被判罚超 20 万 三季度社交娱乐月活大降 30%》东方财富网（eastmoney. com），https：//finance. eastmoney. com/a/202412313284192448. html。

② 《互联网法院开庭审理全国首例涉 AI 绘画大模型训练著作权侵权案 | AI | 软件 | 新京报》新浪新闻（sina. com. cn），https：//news. sina. com. cn/o/2024-06-20/doc-inazksyv5995599. shtml。

③ 《视频网站 AI 侵权第一案：爱奇艺诉 Mini Max，或涉视频生成》快资讯（360kuai. com），https：//www. 360kuai. com/pc/97adefe8f88108e7a？cota＝3&kuai_ so＝1&refer_ scene＝so_ 3&sign＝360_ da20e874。

这是目前已被披露的首起由国内主流视频平台发起的，针对 AI 视频大模型侵权的诉讼案件。此前的全国首例"AI 视听作品侵权案"发生在去年 5 月，是由个人创作者陈某起诉某抖音账号发布与他的《山海奇镜》预告片内容高度相似，且文案、配音完全相同的视频，发布时未标明作品来源及保留原告的署名。

据悉，本次诉讼的对象是海螺 AI，目前的功能包括文字交互、视频生成和音乐生成，但没有图片生成功能。推测这次案件涉及的可能是视频生成方面的功能。

7. 曹某某数字期刊侵权案[①]

2024 年 12 月，兰州市公安局城关分局治安管理部门成功侦破一起新型（网络盗版数字刊物）侵犯著作权案。犯罪嫌疑人曹某某未经著作权方授权，自建数字刊物 App 及网站，发布全国各类盗版学报、杂志等数字期刊 3050 种，供人付费阅读、下载，总涉案金额达 20 余万元。

2024 年 10 月，城关公安分局治安管理一大队接某出版传媒股份有限公司报警称：发现有人在互联网上非法售卖其公司名下的各类数字期刊，给企业形象和利益造成重大损失。接警后，城关公安分局治安管理一大队牵头联合渭源路派出所等多部门展开合成作战，很快查清了犯罪嫌疑人作案方式和盈利模式。

在案件侦办过程中，民警克服犯罪嫌疑人隐蔽性强、证据易隐匿毁灭等困难，精准锁定犯罪嫌疑人身份信息及藏匿地点。2024 年 10 月 15 日，办案民警赶赴四川省成都市将犯罪嫌疑人曹某某抓捕归案，现场查获盗版知名数字刊物，内容涉及金融时事、教育学术、医疗科技、人工智能、历史地理、影视娱乐等全领域。

经查，自 2019 年 7 月至 2024 年 10 月，曹某某在其搭建的"杂志某某"网站及 App 内非法刊登全国各类杂志、学报等知名期刊共计 3050 种，该网站及 App 共计注册人数累计约 10 万人、办理会员 9000 余人。

目前，犯罪嫌疑人曹某某因涉嫌侵犯著作权罪被依法刑事拘留，该案还在进一步侦办中。

8. AI 生成奥特曼侵权案[②]

2 月 26 日，《21 世纪经济报道》从多渠道独家获悉，广州互联网法院近日生效了一起生成式 AI 服务侵犯他人著作权判决，这也是全球范围内首例生成式 AI 服务侵犯他人著作权的生效判决。

该案认为，被告（某人工智能公司）在提供生成式人工智能服务过程中侵犯了原告对案涉奥特曼作品所享有的复制权和改编权，并应承担相关民事责任。这是我

---

① 《城关警方破获一起新型侵犯著作权案 | 治安_新浪财经》新浪网（sina.com.cn），https://finance.sina.com.cn/jjxw/2025-01-07/doc-ineeakct5401454.shtml.

② 《AI 画出奥特曼：中国法院作出全球首例生成式 AI 服务侵犯著作权的生效判决》（stcn.com），https://www.stcn.com/article/detail/1130021.html.

国继2023年11月北京互联网法院对"AI文生图"著作权侵权纠纷作出裁判后的又一个具有代表性和创新性的司法判决。

原告发现，当要求Tab网站生成奥特曼相关图片时（如输入"生成一张戴拿奥特曼"），Tab网站生成的奥特曼形象与原告奥特曼形象构成实质性相似。Tab网站的AI绘画功能系会员专属功能，且每次生成图片需消耗"算力"，无论会员还是"算力"均需用户额外充值。原告认为，被告未经授权，擅自利用原告享有权利的作品训练其大模型并生成实质性相似的图片，且通过销售会员充值及"算力"购买等增值服务攫取非法收益，前述行为给原告造成严重损害，遂起诉，维护自身合法权益。

侵权损害赔偿方面，法院最终判决被告需要向原告赔偿经济损失10000元（包含取证费等合理开支）。"案涉奥特曼作品具有较高的市场知名度，"法院在判决书中指出，"被告在应诉后，积极采取技术性措施，防范继续生成相关图片，且实现了一定的效果……被告仅面向用户生成案涉图片，影响范围有限。"

9. AI换脸侵权案[①]

2025年1月7日，广东省高级人民法院发布贯彻实施《中华人民共和国民法典》第四批典型案例。其中，赵某诉某公司肖像权纠纷案是一宗未经同意使用他人肖像进行AI换脸构成肖像权侵权的案件。面对人工智能深度合成技术的快速发展，法院明确AI程序运营者未经授权使用他人肖像应承担法律责任，加强人工智能时代自然人肖像权的保护。

据了解，赵某是一名拥有5.6万粉丝的短视频博主，经常拍摄上传国风造型短视频。某公司旗下运营一款手机"换脸"软件，用户可以挑选该软件里众多网红及明星的肖像视频，点击即可实现"换脸"效果，购买会员后还可以无水印导出"换脸"视频。赵某以该软件未经授权擅自使用其肖像视频进行"换脸"，侵害其肖像权并非法牟利为由诉至法院。

法院审理认为，载有赵某面部、身体形象的视频，最初由赵某发布至某短视频平台。视频中，赵某虽以古风妆容着汉服出镜，但普通人仍可轻易识别出其身份。某公司将案涉视频上传至换脸软件作为要素模板视频供他人使用时，并未改变视频内容，赵某主体形象仍可明确识别，因此赵某对案涉模板视频及替换后视频中所对应形象的人物肖像均享有肖像权。

制作方利用信息技术手段对人脸等生物特征进行生成或编辑从而达到"换脸"效果，破坏了肖像与主体的同一性。某公司未经赵某同意，利用信息技术手段使用赵某肖像制作了视频，其行为构成对赵某肖像权的侵害。

[①]《国风博主被"AI换脸"软件偷走"脸"？法院这样判！》南方网（southcn.com），https://news.southcn.com/node_ 54a44f01a2/2844117997.shtml。

因某公司已确认换脸软件中案涉赵某要素合成视频已被删除，故法院判决某公司向赵某赔礼道歉，并赔偿赵某财产损失及合理维权费用。

10. AI 声音侵权案

4月23日上午，北京互联网法院对全国首例"AI声音侵权案"进行一审宣判，认定作为配音师的原告，其声音权益及于案涉AI声音，被告方使用原告声音、开发案涉AI文本转语音产品未获得合法授权，构成侵权，书面赔礼道歉，并赔偿原告各项损失25万元。

该案件去年12月12日在北京互联网法院进行审理，引发了众多配音行业从业者的关注。根据北京互联网法院公开的案件信息，原告殷某是一名配音师，录制过多部有声作品，在朋友的告知下意外发现自己的声音被AI化了，在一款名为"魔音工坊"的App上以"魔小璇"的名义出售，自己从未授权过该行为。殷某表示在某短剧账号中，自己被AI的声音被用于119部作品中，经声音筛选和溯源，发现上述声音作品中的声音来自被告运营的"魔音工坊"App。因此殷某以侵害其声音权为由，将"魔音工坊"的运营主体北京某科技公司等5个相关被告起诉至北京互联网法院。

（李静茹、唐雨霏　执笔）

第九章　理论与批评

2024年，我国网络文学理论与批评研究不断深化，与网络文学创作实践相辅相成，共同构成推动网络文学繁荣发展的学术双翼。本年度，网络文学理论与批评延续了近年来研究体系逐步完善、研究议题多元拓展的良好态势，在学术成果的数量与质量、学科建设的深度与广度、问题意识的提炼与升华等方面，均取得了显著进展。可以说，2024年网络文学理论与批评在探索新路径、回应新挑战中实现了理论自觉与实践突破的双重进步。

一、理论与批评年度总貌

2024年度，学界围绕网络文学与人工智能的发展、数字人文与网络文学的发展问题研究、网络文学类型与本体问题研究、网络文学的叙事与话语分析、网络文学的产业化和微短剧发展、网文出海等关键议题，展开了深入探讨，产出了诸多具有学术引领性和应用价值的研究成果。同时，现实主义网络文学的发展与转型、叙事结构与话语策略的创新、网络文学版权保护机制的优化等问题，也成为理论批评的重要关注点，展现出网络文学研究领域多元发展、重点突出的总体特征。

2024年度，中国网络文学相关的博硕士论文共有55部，其中博士学位论文11部。[①] 2024年度我国共出版网络文学理论批评著作20部。此外，2024年诸多代表性公众号平台如《网文界》《扬子江网文评论》《网文视界》《爆侃网文》等持续保持对网文一线资讯的关注，继《媒后台》《安大网文研究》后，《山宇网文研究会》《云飚网文》等以院校为阵地的网络文学公众号也开始引发关注。这些公众号全年累计推出1154篇（截至2024年12月21日）网络文学相关文章。在科研项目方面，2024年度共有18个与网络文学研究有关的项目获得国家社会科学基金项目立项，其中重大项目1项、重点项目1项、一般项目8项、青年项目8项，总数与2023年度18项基本持平，但青年项目数量继2023年度再次实现翻番，达到8项。相较于2023年度，2024年度网络文学相关问题的国家社会科学基金年度项目立项更多集中于新闻传播学科领域。1项网络文学相关研究获得2024年度国家社科基金重大项目

[①] 因博士论文出版具有时间滞后性，相关数据仅限于2024年12月31日前公布的学位论文情况。因知网公开出版时间滞后而未写入《中国网络文学年鉴（2023）》的82篇学位论文已在本章后文进行补充列举。

立项，这是一个重要收获。2024 年有关网络文学的国家社科基金后期资助项目、国家社科基金后期资助结项项目和国家社科基金结项项目分别为 3 项、2 项和 15 项，相关课题结项数量较 2023 年度大幅上升。另有 3 项网络文学相关课题获 2024 年度习近平文化思想研究中心重大课题立项。

二、年度代表性学者及代表作

1. 年度代表性学者

中国网络文学批评发展至今已 30 余年，在学院派批评、传媒批评家和文学网民在线批评这三股力量的共同作用下，网络文学的理论与评论工作呈现出繁荣的发展态势。

学院派批评力量主要是来自高等院校和文学研究专门机构的学者。2024 年，网络文学理论与批评队伍中不仅有在该领域长期深耕的学院派学者，还有大批青年学者为网络文学研究注入了新鲜血液，在理论研究和学术建设等方面推动了网络文学理论批评基础的扎实建设。学院派代表性人物主要有①：欧阳友权、黄鸣奋、南帆、白烨、黄发有、曾军、谭天、陈定家、周志雄、邵燕君、夏烈、陶东风、单小曦、禹建湘、何平、王祥、许苗苗、黎杨全、周志强、曾军、葛红兵、汤哲声、李玮、徐耀明、尹武进、陈海燕、吴长青、周冰、周兴杰、王峰、王德胜、蒋述卓、谭旭东、祝晓风、汤俏、房伟、张颐武、胡疆锋、乔焕江、韩模永、祝晓风、谭好哲、龚举善、杨向荣、乔焕江、方长安、邹赞、高翔、鲍远福、刘亚斌、李盛涛、周敏、周才庶、王泽庆、赵勇、吴俊、周根红、许道军、聂茂、晏杰雄、纪海龙、聂庆璞、贺予飞、刘新少、乌兰其木格、王小英、王瑜、郑焕钊、张永禄、张春梅、张邦卫、陈海燕、周才庶、翟羽佳、张艳梅、欧阳婷、苏晓芳、张学谦、温德朝、陈海、叶炜、赵静蓉、王小英、李玉萍、周根红、杨光、张富丽、孔莲莲、王亚芹、严立刚、肖映萱、李强、吉云飞、王玉玊、王鑫、高寒凝、吴钊、邓祯、江秀廷、罗先海、程海威、付慧青、傅开、王金芝、吴英文、赖敏、孙金燕、郑熙青、谢日安、罗亦陶、游兴莹、孟隋、田淑晶、项蕾、唐冰炎、蔡翔宇、徐亮红、王婉波、黄平、王樱子、秦兰珺、张慧伦、李玉萍、陈立群、李敏锐、许潇菲、李国成、乔鹏、刘米麒、邢晨、张浩翔、袁军、王一鸣、刘秀秀、雷宁、李文豪、王燕飞、张斯琦、焦朦、郭恋东、张智谦、李静、高佳华、艾克热木江·艾尼瓦尔、晏青、武文颖、黄蕾、奚炜轩、宋爽、姜琦、夏红玉、张欣欣、陈旭光、张煜、王嘉、张伦、陈奇佳、王妍、吴怡频、刘英、汪希、张潇月、彭红艳、周海波、吴昊天、黄耀民、蔡爽爽、胡行舟、黄蕾、骆平、秦兰珺、张艳、张煌、龙其林、陈楸帆、王鑫、胡笛等专家

---

① 这里所列学院派研究者，还有下文所列传媒批评工作者，仅为成果较多或年度较为活跃的网络文学理论评论（或负责组织工作）人员，可能挂一漏万，这并非全部人员名单，且排名不分先后，特此说明。

学者。这个名单还可以列出很多，这里仅记录 2024 年在网络文学理论批评领域发表过成果且比较活跃的学者。

在传媒批评方面，主要指在各级作家协会、各类传播媒体工作的网络文学理论批评学者，涌现了从事网络文学新闻报道、理论评论的工作者，他们为网络文学赋予了更广泛的社会影响力，推动了文学创作及网文产业的发展，使文学批评更加贴近大众，同时也为经典作品的传承和发展提供了更为广阔的平台。代表性人物有：胡邦胜、陈崎嵘、胡平、何向阳、何弘、朱钢、肖惊鸿、杪椤、庄庸、程天翔、张小童、唐伟、虞婧、王颖、贾国梁、王秋实、李伶思、张路、马季、马文运、吴正俊、西篱、安亚斌、赵德志、张鹏禹、刘冰雅、项江涛、余艳、谢宗玉、西篱、王金芝、易文翔、王国平、舒晋瑜、邱振刚、马征、袁欢、只恒文、黄尚恩、吴正俊、刘琼、黄尚恩、行超、刘鹏波、刘江伟、王雪瑛、采薇、王艳丽、马丽敏、张曦、王法敏、曾攀、赵雷、邹辉、李培艳、许旸、刘冰雅、张贺、李姝昱、李菁、安迪斯晨风、董江波、周志军、陈炜敏、贺成、李煦、臧军、刘硕、孙凯亮、马原、杨晨、侯小强、何瑞涓、欣闻、魏沛娜、刘旭东、谢思鹏、许斌、胡慧娟、罗丽琼、蔡文谨、艾源、董江波、李永杰、李婧璇、张君成、杨毅、孙立军、夏义生、王晓娜、汪荔诚、傅小平、胡明宇、邱媛颀、乔燕冰、王琼等等，这些也只是从事网络文学专业组织和传媒批评的部分代表性人物，除此之外还有很多，恕难一一列举。

2024 年度网络文学研究领域发表论文和出版专著较多的代表性学者及代表的研究成果主要有①：

欧阳友权：《网络文学特质与新变》（欧阳友权、禹建湘），中国广播影视出版社，2024 年 2 月；《网络文学评价体系论》，中国社会科学出版社，2024 年 4 月；《以人工智能助推新时代网络文艺创新》《中国文艺评论》，2024 年第 7 期；《鼎新与精进：中国网络文学现场回望》（欧阳友权、谢日安），《南方文坛》，2024 年第 5 期；《中国网络文学：扬帆时代，逐梦前行》《文艺报》，2024 年 10 月 21 日等作品。

黄鸣奋：《VR、元宇宙与 Sora："现实"的前瞻性定位》《中国文艺评论》，2024 年第 4 期；《科幻电影美学的理论构建》《社会科学辑刊》，2024 年第 1 期；《从天涯比邻到天体比邻：科幻电影美学新范畴》《江西师范大学学报（哲学社会科学版）》，2024 年第 4 期；《叙事艺术新范式：当下数字游戏的文化传播功能》《传媒论坛》，2024 年第 13 期；《Sora 冲击波：生成艺术视野下的电影变革》《文艺报》，2024 年 3 月 27 日等作品。

陈定家：《文学网站评价研究报告（1976—2016）》，中国社会科学出版社，

---

① 2024 年度网络文学理论批评领域的最新研究成果丰富。在此选取 20 位在 2024 年度内出版专著或发表有较大影响的网络文学理论评论文章达 3 篇（部）及以上的代表性学者。部分学者年度成果较多，但因篇幅有限，此处仅列举 5 篇（部）以内理论成果。

2024年4月；《人工智能：“无所不在的征服”？——"迎向灵光消逝"的网络文艺漫议》《南方文坛》，2024年第5期；《"网文出海"：谱写"中国故事"新篇章》《中国艺术报》，2024年9月9日等作品。

南帆：《传统：“整体性”与理论谱系》《探索与争鸣》，2024年第9期；《积极的阐释与消极的阐释》《广州大学学报（社会科学版）》，2024年第5期；《短视频与大众文化生产》《光明日报》，2024年5月11日；《文学何以现代——中国式现代化视野下的当代文学》《文艺报》，2024年8月9日；《互联网时代的文学突围》《文艺报》，2024年9月18日等作品。

邵燕君：《网络文学的“流量玩法”与“免费逻辑"——专访纵横中文网高级副总裁许斌》（邵燕君、雷宁），《文艺论坛》，2024年第3期；《李建军的路遥与现实主义——读李建军《路遥的哈姆雷特与莎士比亚》》《文艺争鸣》，2024年第8期；《人机协同，如何重塑人的写作主体性》（雷宁、邵燕君），《光明日报》，2024年11月9日等作品。

夏烈：《故事与场域：以网络文艺为中心（中国网络文学研究名家论丛）》，宁波出版社，2024年1月；《浙江网络文学访谈录》，浙江大学出版社，2024年8月；《网络文学的"世界性"及其场域学研究视角》《文艺报》，2024年8月30日；《从"后起之秀"到"青出于蓝"：网文出海与世界通俗文化格局的重构》《天涯》，2024年第2期；《〈晚安〉是一封中年信》《粤港澳大湾区文学评论》，2024年第4期等作品。

禹建湘：《中国网络文学十大批评家》，中国社会科学出版社，2024年4月；《人工智能文本生成对网络文艺发展的赋能》（禹建湘、张浩翔），《江西社会科学》，2024年第6期；《网络文学IP跨媒介产业的数字化出版路径》（张浩翔、禹建湘），《出版广角》，2024年第13期；《网络文学研究的多元视角分析与展望》（禹建湘、张浩翔），《当代作家评论》，2024年第3期；《网络文学三十年成就新质华章》《中国社会科学报》，2024年7月8日等作品。

黎杨全：《现实的虚拟化与现实主义的转向》《中国文艺评论》，2024年第4期；《游戏现实主义与2.5次元的文学》《文学评论》，2024年第1期；《AI写作会让网络文学变成昙花一现的文学现象？》《光明日报》，2024年6月22日等作品。

许苗苗：《新媒介、新幻想与新现实》《中国文艺评论》，2024年第4期；《做好跨学科、多维度的网络文学研究》《中国艺术报》，2024年2月28日；《网络创作对传统文化资源的运用：出于真，兴于善，成于美》《文汇报》，2024年9月18日；《凡益之道，与时偕行｜网络文学这十年》（许苗苗、张馨伊），《中国艺术报》，2024年9月23日等作品。

李玮：《欲望生产与"乌托邦"的重建——论"爆款"男频长篇网文叙事结构的转变》《中国现代文学研究丛刊》，2024年第11期；《业态融合与叙事共生：网络文学促成微短剧的勃兴》（李玮、夏红玉），《文艺论坛》，2024年第3期；《文化数字化战略下多语种网文平台出海路径》（李丹丹、李玮），《出版广角》，2024年第11期；《中国网络文学三十年开显"世界性"面向》《中国社会科学报》，2024年7月8日；《短篇网文：网络文学的"新赛道"》《文汇报》，2024年9月11日等作品。

单小曦：《作为"数字人文2.0"的新媒介文艺批评》（单小曦、王樱子），《中国文学批评》，2024年第1期；《自创生：媒介及新媒介文艺意义生成》（单小曦、刘千瑜），《浙江社会科学》2024年第9期；《加密艺术考察——以刘嘉颖创作为中心》（单小曦、方晓兰），《文艺论坛》2024年第3期；《中国新媒介文艺外部研究——基于平台的方法》（别君华、单小曦），《学习与实践》2024年第11期；《心是菩提，亦是魔障——网络文学名作〈护心〉细评》，《网络文学研究辑刊（第七辑）》等作品。

周志雄：《网络作家作品评价实践》，中国社会科学出版社，2024年3月；《大神的肖像——网络作家访谈录（第二辑）》，安徽文艺出版社，2024年5月；《网络文学读者情感消费的发生机理、表现形式与发展效应》（王婉波、周志雄），《编辑之友》2024年第3期；《史才须有四长——读"中国网络文学三十年丛书"》《中国艺术报》，2024年4月17日；《新局面、新气象、新收获：网络文学这十年》《中国艺术报》，2024年8月9日等作品。

胡疆锋：《云游于艺：网络时代的文艺评论》，中国文联出版社，2024年5月；《2023网络文艺：以磅礴的想象力致敬未来》（胡疆锋、赵世城），《中国文艺评论》2024年第5期；《创造出文化研究的悠远回声——读〈重建"文化"的维度：文化研究三大话〉》《中国图书评论》，2024年第8期；《意义生成的悖论与人工智能文艺的事件性》《文艺论坛》，2024年第4期；《2023北京网络文艺：多元包容中展现惊人潜力》《中国艺术报》，2024年1月29日等作品。

张富丽：《名家对话：网络文学传播》，中国民主法制出版社，2024年6月；《网络文学改编剧纲》，山东文艺出版社，2024年11月；《论中国网络文学改编剧国际传播的现状、问题与策略》《中国当代文学研究》，2024年第3期；《网络文学改编剧的发展趋势》《电视研究》，2024年第6期；《社会派推理与女性悬疑书写——紫金陈的"双星"视角》（张富丽、于杨）《中国图书评论》，2024年第8期等作品。

吴长青：《传承路径与文学流变：21世纪中国网络类型文学创作与批评刍论》，中国出版集团世界图书出版广州公司，2024年7月；《数字文化工业视阈中中国文化的世界认同与接受——以中国网络类型文学国际传播为例》《出版参考》，2024年第6期；《纸数融合出版视阈中网络新类型文学的流变——以〈漓江年选〉（1999—2005）的样本分析为例》《数字出版研究》，2024年第1期；《专业古籍如何向大众出版转化——从"理解读者"谈起》《出版广角》，2024年第6期；《在虚构中重建整体性的现实精神》《清明》，2024年第1期等作品。

贺予飞：《网络类型小说的审美维度》《文艺论坛》，2024年第3期；《以丰富史实确证网络文学的潮动与变迁》《光明日报》，2024年5月11日；《脑洞文的现实张力与本土化叙事》《中国艺术报》，2024年6月3日等作品。

王玉玊：《从千禧年走向未来——国产文字冒险游戏中的中国》《文艺理论与批评》，2024年第6期；《游戏化向度的"爱女文学"与设定中的"公意争夺战"》《中国图书评论》，2024年第7期；《〈长安三万里〉：以历史重述承载当代经验》《艺术广角》，2024年第3期；《短篇网络文学的三种主要形态》《光明日报》，2024年8月3日；《文学"世界"与基于数码人工环境的文学叙事》《网络文学研究》，2024年第1期等作品。

吉云飞：《"爽"及其完成：网络类型小说的存在方式》《中国文学批评》，2024年第2期；《从论坛到网站：中国网络文学如何走出"摇篮"》《中国现代文学研究丛刊》，2024年第7期；《文学的上网——关于北美华文网络文学的一次媒介考古》《当代作家评论》，2024年第3期；《南方有嘉鱼——评马伯庸长篇小说〈食南之徒〉》《海峡文艺评论》，2024年第3期；《让未知始终停留在那里——狐尾的笔在北京大学的分享会》（狐尾的笔、王玉玊、吉云飞等），《网络文学研究辑刊》（第七辑）。

王婉波：《网络文学"豫军"研究》，河南大学出版社，2024年11月；《网络文学读者情感消费的发生机理、表现形式与发展效应》（王婉波、周志雄），《编辑之友》，2024年第3期；《网络文学"豫军"与中华文化书写》《中原文学》，2024年第5期；《网络小说的历史人物形象探究——以宋仁宗为例》（王婉波、刘懿萱），《中原文学》，2024年第29期；《权且利用：网络女频文的"盗猎"生产》《网络文学研究》，2024年第1期等作品。

翟羽佳：《次生口语的学理逻辑与传播形态：从Web2.0到Web3.0》《现代传播（中国传媒大学学报）》，2024年第6期；《热血现实、群体趣缘、科幻智性——新时代网络军事文学的创作综述》《百家评论》，2024年第1期；《瓷为文赋韵，文为瓷之托：网络文学中的陶瓷书写探析》《山东陶瓷》，2024年第6期；《传统文艺是网络文学繁茂发展的根骨》（翟羽佳、孙孟华），《文汇报》，2024年10月23日等作品。

2. 年度学术期刊论文代表作

（1）欧阳友权，谢日安：《鼎新与精进：中国网络文学现场回望》《南方文坛》，2024年第5期。

（2）欧阳友权：《以人工智能助推新时代网络文艺创新》《中国文艺评论》，2024年第7期。

（3）傅开，欧阳友权：《跨文化传播下网络文艺构建国家文化形象的媒介优势与发展策略》《出版广角》，2024年第11期。

（4）黄鸣奋：《科幻电影美学的理论构建》《社会科学辑刊》，2024年第1期。

（5）黄鸣奋：《VR、元宇宙与Sora："现实"的前瞻性定位》《中国文艺评论》，2024年第4期。

（6）曾军：《人机交互与辅助生成：人工智能时代的文论问题》《江西社会科学》，2024年第5期。

（7）黄发有：《论文学细节与文学性》《长江文艺·好小说》，2024年第2期。

（8）谭天：《数字文明的社会化指向——中国互联网30年回顾与展望》《海河传媒》，2024年第3期。

（9）陈定家：《人工智能："无所不在的征服"？——"迎向灵光消逝"的网络文艺漫议》《南方文坛》，2024年第5期。

（10）邱慧婷：《技术变革视域下网络文学的身体叙事——以穿越、系统流为中心的考察》《广西师范大学学报（哲学社会科学版）》，2024年第6期。

（11）王婉波：《中国网络文学中华优秀传统文化"两创"面向及实践路径》《文学评论》，2024年第5期。

（12）单小曦，刘千瑜：《自创生：媒介及新媒介文艺意义生成》《浙江社会科学》，2024年第9期。

（13）周志雄：《作为当代文学的网络类型小说》《中国文学批评》，2024年第2期。

（14）周志雄：《网络文学读者情感消费的发生机理、表现形式与发展效应》《编辑之友》，2024年第3期。

（15）邵燕君：《网络文学的"流量玩法"与"免费逻辑"——纵横中文网高级副总裁许斌访谈录》《文艺论坛》，2024年第3期。

（16）黎杨全：《现实的虚拟化与现实主义的转向》《中国文艺评论》，2024年第4期。

（17）黎杨全：《游戏现实主义与2.5次元的文学》《文学评论》，2024年第1期。

（18）单小曦，王樱子：《作为"数字人文2.0"的新媒介文艺批评》《中国文学批评》，2024年第1期。

（19）李玮：《文化数字化战略下多语种网文平台出海路径探究》《出版广角》，2024年第11期。

（20）许苗苗：《新媒介、新幻想与新现实》《中国文艺评论》，2024年第4期。

（21）禹建湘，张浩翔：《人工智能文本生成对网络文艺发展的赋能》《江西社会科学》，2024年第6期。

（22）张浩翔，禹建湘：《网络文学 IP 跨媒介产业的数字化出版路径》《出版广角》，2024 年第 13 期。

（23）禹建湘，张浩翔：《网络文学研究的多元视角分析与展望》《当代作家评论》，2024 年第 3 期。

（24）周志强：《"处在痛苦中的享乐"——网络文学中作为"圣状"的爽感》《广州大学学报（社会科学版）》，2024 年第 3 期。

（25）鲍远福：《网络科幻小说的想象力资源及其审美范式》《中国文学批评》，2024 年第 3 期。

（26）江秀廷：《中国网络侦探小说的写作困境与出路》《海南师范大学学报（社会科学版）》，2024 年第 2 期。

（27）李玮：《欲望生产与"乌托邦"的重建——论"爆款"男频长篇网文叙事结构的转变》《中国现代文学研究丛刊》，2024 年第 11 期。

（28）李玮，夏红玉：《业态融合与叙事共生：网络文学促成微短剧的勃兴》《文艺论坛》，2024 年第 3 期。

（29）吴长青：《数字文化工业视阈中中国文化的世界认同与接受——以中国网络类型文学国际传播为例》《出版参考》，2024 年第 6 期。

（30）吴长青：《纸数融合出版视阈中网络新类型文学的流变——以〈漓江年选〉（1999—2005）的样本分析为例》《数字出版研究》，2024 年第 1 期。

（31）周冰：《网络文学的数据性及数据批评》《中国文学批评》，2024 年第 1 期。

（32）曾军：《"新时代文学"：命名方式、生成语境与发展空间的开创》《中国文艺评论》，2024 年第 11 期。

（33）曾军：《从数字人文到 AI 人文：人文研究范式的变革》《东南学术》，2024 年第 4 期。

（34）周兴杰：《以史为基，多向拓展——试析"中国网络文学三十年丛书"的学术议题蕴藉》《中国图书评论》，2024 年第 11 期。

（35）方长安，王峰：《人工智能写作与人类创作未来的对谈》《中国图书评论》，2024 年第 11 期。

（36）贺予飞：《古代言情小说的创作道路——空留访谈录》《青春》，2024 年第 9 期。

（37）三九音域，刘双喜：《创意无界、笔触深邃的文学探索者——三九音域访谈录》《青春》，2024 年第 10 期。

（38）谭旭东，刘李娥：《数字媒介时代我国儿童阅读的新指向》《出版广角》，2024 年第 18 期。

（39）谭旭东，李昔潞：《网络文学副文本的类型、功能与价值论》《文艺评论》，2024年第2期。

（40）房伟：《"媒介融合"中的女性欲望与历史复魅——〈天圣令〉与网络女性历史书写》《小说评论》，2024年9月20日。

（41）房伟：《在虚构与现实之间营造小说世界》《东吴学术》，2024年第2期。

（42）贺予飞：《网络类型小说的审美维度》《文艺论坛》，2024年第3期。

（43）邢晨：《网络文学"短篇"的新兴：信息化写作与媒介功能新变》《中国现代文学研究丛刊》，2024年第6期。

（44）胡疆锋：《2023网络文艺：以磅礴的想象力致敬未来》《中国文艺评论》，2024年第5期。

（45）韩模永：《网络现实主义及其反思——论现实题材网络文学的再现性与网络性》《内蒙古社会科学》，2024年第6期。

（46）李国成：《人工智能文学及其对现代文学观念的挑战》《中国社会科学》，2024年第7期。

（47）杨向荣：《新媒介时代的文学批评话语转型及其精神品格建构》《东岳论丛》，2024年第5期。

（48）鲍远福，陈添兰：《中国网络科幻小说的机器人叙事与伦理构建》《科普创作评论》，2024年第1期。

（49）李盛涛：《网络小说故事空间形态的文学生态性》《中国文学研究》，2024年第1期。

（50）殷杰：《生成式人工智能的主体性问题》《中国社会科学》，2024年第8期。

（51）王婉波，周志雄：《网络文学读者情感消费的发生机理、表现形式与发展效应》《编辑之友》，2024年第3期。

（52）周敏：《劳动、性别与伦理的再想象：对网络小说"种田文"的解读》《妇女研究论丛》，2024年第1期。

（53）蔡爽爽，陆海妹：《基于微博大数据的中国知名网络作家心理特征研究》《网络文学观察与评价》，2024年。

（54）桫椤：《网络文学的本体叙事与身份建构》《文艺论坛》，2024年第3期。

（55）奚炜轩：《考据、推演、抒情：论近年网络历史小说"老白文"三调（2018—2023）》《中国现代文学研究丛刊》，2024年第7期。

（56）李丹丹，李玮：《文化数字化战略下多语种网文平台出海路径探究》《出版广角》，2024年第11期。

（57）徐丽萍：《网络文学IP开发：从"网文"到"网文+"》《出版广角》，2024年第16期。

（58）王小英：《数据牢笼与批评突围》《中国文学批评》，2024年第3期。

（59）张学谦：《摆脱数字迷思与强化历史性维度》《中国文学批评》，2024 年第 3 期。

（60）胡行舟：《数字批评之批评》《中国文学批评》，2024 年第 3 期。

（61）李文豪：《社交媒体视域下的网络文学出海研究——以〈诡秘之主〉系列为例》《出版广角》，2024 年第 17 期。

（62）欧阳婷：《中国网络文学的修史逻辑与述史方法》《中国图书评论》2024 年第 11 期。

（63）周兴杰：《以史为基多向拓展——试析"中国网络文学三十年丛书"的学术议题蕴藉》《中国图书评论》2024 年第 11 期。

（64）周才庶：《新媒介文学的感性变革与审美批判》《社会科学辑刊》2024 年第 6 期。

（65）丁兆丹，何弘：《十年来我国网络文学的创新与发展——访中国作家协会网络文学中心主任何弘》《前线》2024 年第 12 期。

（66）王玉玊：《游戏化向度的"爱女文学"与设定中的"公意争夺战"》《中国图书评论》，2024 年第 7 期。

（67）王玉玊：《〈长安三万里〉：以历史重述承载当代经验》《艺术广角》，2024 年第 3 期。

（68）肖映萱：《论网络文学类型研究的性别视角》《中国文学批评》，2024 年第 2 期。

（69）吉云飞：《"爽"及其完成：网络类型小说的存在方式》《中国文学批评》，2024 年第 2 期。

（70）吉云飞：《文学的上网——关于北美华文网络文学的一次媒介考古》《当代作家评论》，2024 年第 3 期。

（71）赵汀阳：《人工智能还给人类的思维难题》《中国社会科学》，2024 年第 8 期。

（72）黄蕾：《网络小说中的"系统"：叙事媒介与现实镜像》《当代文坛》，2024 年第 4 期。

（73）翟羽佳，赵英乔：《次生口语的学理逻辑与传播形态：从 Web2.0 到 Web3.0》《现代传播（中国传媒大学学报）》，2024 年第 6 期。

（74）喻越：《〈智者不入爱河〉：言情小说新讲法》《青春》，2024 年第 7 期。

（75）骆平：《改编的考辩与技术的创化——以网络小说的元宇宙式改编为例证》《当代文坛》，2024 年第 3 期。

（76）乔焕江：《网络文学批评的四重视野》《中国社会科学》，2024 年第 10 期。

（77）温德朝：《论现实题材网络文学的人民性话语》《中国文艺评论》，2024

年第 8 期。

（78）王子健：《电子游戏"升级"经验与早期网游小说的兴衰——以"界面"与"机制"为视角》《中国图书评论》，2024 年第 5 期。

（79）汪希：《虚拟生存经验与中国网络文学的起点》《中国图书评论》，2024 年第 2 期。

（80）于亚晶，邵璐：《基于读者评论的网络翻译文学评价研究——以 Wuxiaworld 中的〈巫界术士〉英译为例》《文学与文化》，2024 年第 1 期。

（81）鲁枢元：《ChatGPT 之后如何做学术》《东吴学术》，2024 年第 6 期。

（82）黄耀民：《新媒体文学与传统载体文学的相生相成关系》《南方文坛》，2024 年第 1 期。

（83）张艳：《网络小说影视改编的游戏化叙事策略》《当代作家评论》，2024 年第 3 期。

（84）王妍：《网络女性文学的众智书写形态》《当代作家评论》，2024 年第 2 期。

（85）张诗瑶，沈阳：《Sora：传媒生态镜像进化与认知变革》《编辑之友》，2024 年第 6 期。

（86）桂思涵：《从"古风"到"国风"：网络时代女性国族想象的新变》《文艺理论与批评》，2024 年 1 期。

（87）沈国麟：《从网络社会到平台社会：传播结构的去中心化到再中心化》《社会科学辑刊》，2024 年第 3 期。

（88）彭叮咛：《一片高地 一池春水，湖南网络文学续写"文学湘军"新篇章》《湘声》2024 年 11 月 22 日。

（89）王子健：《电子游戏"升级"经验与早期网游小说的兴衰——以"界面"与"机制"为视角》《中国图书评论》，2024 年第 7 期。

（90）张富丽，于杨：《社会派推理与女性悬疑书写——紫金陈的"双星"视角》《中国图书评论》，2024 年第 8 期。

（91）何弘：《东亚、东南亚网络文学发展状况——以日、韩、泰为例》《网络文学研究》第八辑，安徽大学出版社 2024 年。

（92）张富丽：《论中国网络文学改编剧国际传播的现状、问题与策略》《中国当代文学研究》，2024 年第 3 期。

（93）北乔：《浩荡与轻咏——何常在论》《长江丛刊》，2024 年第 11 期。

（94）张煜：《论中国网络文学改编剧国际传播的现状、问题与策略》《北京文化创意》，2024 年第 2 期。

（95）龙其林：《在大众话语与专业话语之间寻求平衡——以豆瓣文艺批评为中心》《中国文学批评》，2024 年第 1 期。

（96）鲁枢元：《AI 时代，什么在一片寂静》《东吴学术》，2024 年第 6 期。

（97）Ni, Zhange, Religion, secularism, and postsecularism in Chinese internet literature, Literature & Theology, Vol. 38（3）.

（98）Yang, Renren, "Flat Surface" as Material Metaphor："Bad" Cover Design, "Good" Storytelling, and Post-Fordist Sensibility in Chinese Web Novels, Positions-Asia Critique, Vol. 32（3）.

（99）Liu, Miqi, Gendered keywords as entry points: the construction and evolution of nüpin and nüxing-xiang in Chinese Internet literature, Feminist media studies.

（100）Lowe, JSA Lowe, JSA, Danmei and/as Fanfiction：Translations, Variations, and the Digital Semiosphere, Humanities-Basel, Vol. 13（1）.

3. 年度报纸文章代表作

（1）谢萌：《发展中国特色网络语言研究》《中国社会科学报》，2024 年 1 月 11 日。

（2）黎杨全：《人工智能写作背离了网络文学精神》《光明日报》，2024 年 6 月 22 日。

（3）江作苏：《网文一键"出海"的联动效应》《中国新闻出版广电报》，2024 年 1 月 21 日。

（4）安迪斯晨风：《2023 网络文学，我的选择》《文艺报》，2024 年 1 月 24 日。

（5）朱钢：《新时代宏大叙事中的网络文学表现》《文艺报》，2024 年 1 月 24 日。

（6）施战军：《董宇辉带货〈人民文学〉，"奇迹"背后的现实与启示》《中国社会科学报》，2024 年 1 月 26 日。

（7）田浩：《数字时代中国文化故事的全球传播》《中国社会科学报》，2024 年 1 月 29 日。

（8）欧阳婷：《网络文学批评要实现理论、话语和体系创新——评禹建湘〈网络文学批评的理论考辨〉》《中国艺术报》，2024 年 1 月 29 日。

（9）胡疆锋：《2023 北京网络文艺：多元包容中展现惊人潜力》《中国艺术报》，2024 年 1 月 29 日。

（10）谢云开：《报告文学：山水林湖接碧海，鹭岛潮起入画来》《光明日报》，2 月 21 日。

（11）高莹：《〈2023 中国网络文学发展研究报告〉发布，为推动网络文学高质量发展提供学术支撑》《中国社会科学报》，2024 年 2 月 28 日。

（12）许苗苗：《做好跨学科、多维度的网络文学研究》《中国艺术报》，2024 年 2 月 28 日。

（13）刘汉俊：《让人民群众成为网络文学的主角主创主体》《中国新闻出版广电报》，2024年3月8日。

（14）马季：《时代赋能：网络文学的新使命》《中国新闻出版广电报》，2024年3月8日。

（15）许苗苗：微短剧的强流量与弱现实》《文汇报》，2024年3月12日。

（16）汤俏：《生成式人工智能崛起，对网络文学影响几何》《光明日报》，2024年3月16日。

（17）马文运：《网络文学如何与人民共情》《文艺报》，2024年3月22日。

（18）于帆：《从网文创作中探索古籍传承新方式》《中国文化报》，2024年3月29日。

（19）周志雄：《史才须有四长——读"中国网络文学三十年丛书"》《中国艺术报》，2024年4月17日。

（20）刘鹏波：《在这个春天，开启网络文学与微短剧的"双向奔赴"》《文艺报》，2024年4月22日。

（21）王彬：《上海图书馆："活泼""网感"吸引年轻人来阅读》《中国文化报》，2024年4月25日。

（22）刘江伟：《2023年度"中国网络文学影响力榜"揭晓！有你爱读的吗？》《光明日报》，2024年4月29日。

（23）王雪瑛：《网络文学评论如何追踪网络文学新变？评论与创作有效互动造就文学新景观》《文汇报》，2024年5月6日。

（24）南帆：《短视频与大众文化生产》《光明日报》，2024年5月11日。

（25）贺予飞：《以丰富史实确证网络文学的潮动与变迁》《光明日报》，2024年5月11日。

（26）刘鹏波：《以更开放的姿态书写网络文学新篇章》，《文艺报》，2024年5月13日。

（27）赵永华：《中国国际传播的内外联动机制》《中国社会科学报》，2024年5月16日。

（28）徐耀明：《微短剧虽热，侵权风险要"留神"》《中国新闻出版广电报》，2024年6月20日。

（29）黎杨全：《AI写作会让网络文学变成昙花一现的文学现象》《光明日报》，2024年6月22日。

（30）刘奎：《从季越人〈玄鉴仙族〉，看网络仙侠小说的流变和突破》《文艺报》，2024年6月26日。

（31）贺予飞：《脑洞文的现实张力与本土化叙事》《中国艺术报》，2024年6月3日。

（32）周兴杰：《〈铁骨铮铮〉：中国式工匠精神的网络文学表达》《文艺报》，2024年6月24日。

（33）虞婧：《2024年6月网络文艺大事记》《文艺报》，2024年7月1日。

（34）桫椤：《爽感应是网络文学价值和意义的载体》《文汇报》，2024年7月4日。

（35）禹建湘：《网络文学三十年成就新质华章》《中国社会科学报》，2024年7月8日。

（36）周志强：《网络文学新传统与网络文学研究的学科化》《中国社会科学报》，2024年7月8日。

（37）李玮：《中国网络文学三十年开显"世界性"面向》《中国社会科学报》，2024年7月8日。

（38）白烨，《长篇小说：奋楫新时代 开拓新境界》《中国艺术报》，2024年7月12日。

（39）邢晨：《长剧"短剧"化，解密〈墨雨云间〉的流量密码》《文汇报》，2024年7月15日。

（40）陈君：《〈大学〉〈中庸〉的经典化及其现代意义》《中国社会科学报》，2024年7月15日。

（41）李婧璇：《从网络文学发展报告看中国网文"三变"》《中国新闻出版广电报》，2024年7月16日。

（42）李婧璇：《中国"网络文学+"大会加出哪些新意？》《中国新闻出版广电报》2024年7月17日。

（43）刘鹏波：《"网络文学+"大会办到第七届，都有哪些成果和创举》《文艺报》，2024年7月17日。

（44）欧阳友权：《人工智能创作的艺术隐忧和伦理边界》《光明日报》，2024年7月20日。

（45）余秋雨：《遨游在文学的苍穹》《光明日报》，2024年7月24日。

（46）李婧璇，陈周行：《借网络文学之势，微短剧如何破茧成蝶》《中国新闻出版广电报》，2024年7月24日。

（47）连宏萍：《寓文于治：文化赋能社区基层治理》《中国社会科学报》，2024年8月1日。

（48）徐耀明：《版权国际合作与交流助推网文出海》《中国知识产权报》，2024年8月2日。

（49）王玉玊：《短篇网络文学的三种主要形态》《光明日报》，2024年8月3日。

（50）马季：《短片网络文学正在崛起》《光明日报》，2024年8月3日。

（51）李婧璇，张君成：《一路"出海"的中国网络文学：让"中国风"走出国际范儿》《中国新闻出版广电报》，2024年7月30日。

（52）张君成，李婧璇：《传统新闻出版机构与网络文学平台企业携手：为文化产业融合发展提供参考答案》《中国新闻出版广电报》，2024年7月30日。

（53）王玉玊：《短篇网络文学的三种主要形态》《光明日报》2024年8月3日。

（54）飘荡墨尔本：《"对话网络文学新生代" | 飘荡墨尔本：最科学的是航天，最浪漫的也是航天》《文汇报》，2024年8月6日。

（55）谭露：《从网络微短剧看网络文学的视听化呈现》《中国艺术报》，2024年8月6日。

（56）周志雄：《新局面、新气象、新收获：网络文学这十年》《中国艺术报》，2024年8月9日。

（57）白烨，《新时代文学近十年来发展述要——万紫千红总是春》《文艺报》，2024年8月16日。

（58）王维国：《夯实文化传承发展之基》《中国社会科学报》，2024年8月129日。

（59）张怡静：《中国网络文学"圈粉"海外读者》《人民日报海外版》，2024年8月21日。

（60）谭露：《从网络微短剧看网络文学的视听化呈现》《中国艺术报》，2024年8月27日。

（61）王文：《网络文艺与文化强国建设分论坛综述》《中国艺术报》，2024年8月29日。

（62）夏烈：《网络文学的"世界性"及其场域学研究视角》《文艺报》，2024年8月30日。

（63）王雪娟：《2024年中国网络文明大会数字公益慈善发展论坛：为慈善插上"数字翅膀"》《中国文化报》，2024年9月2日。

（64）肖映萱：《网络小说嫁接短视频，跨界传播能否持续》《光明日报》，2024年9月4日。

（65）陈楸帆：《AIGC时代，网络文学要以内容为支撑求新求变》《文艺报》，2024年9月4日。

（66）马文运，何弘等：《网络文学如何与人民共情》《文汇报》，2024年9月9日。

（67）柴冬冬：《推进自媒体文艺批评伦理构建》《文汇报》，2024年9月9日。

（68）陈定家：《"网文出海"：谱写"中国故事"新篇章》《中国艺术报》，2024年9月9日。

（69）李玮：《短篇网文：网络文学的"新赛道"》《文汇报》，2024年9月11日。

（70）章红雨：《中国武侠科幻穿越类小说在俄受青睐》《中国新闻出版广电报》，2024年9月13日。

（71）许苗苗：《网络创作对传统文化资源的运用：出于真，兴于善，成于美》《文汇报》，2024年9月18日。

（72）南帆，《互联网时代的文学突围》《文艺报》，2024年9月18日。

（73）李敏锐：《数媒时代，如何生产"有意义"的网络小说？》《文艺报》，2024年9月19日。

（74）夕君：《营造晴朗和谐的网络环境》《中国文化报》，2024年9月20日。

（75）许苗苗：《凡益之道，与时偕行 | 网络文学这十年》《中国艺术报》，2024年9月23日。

（76）张楠：《"括号文学"火了！（为啥都把重点 放进括号）》《中国社会科学报》，2024年9月28日。

（77）张婧：《创新驱动 科技赋能：文化产业迈向高质量发展新阶段》《中国文化报》，2024年10月1日。

（78）吴岩：《科幻文学的"十年树木"和"百年树文"》《文艺报》，2024年10月14日。

（79）欧阳友权：《中国网络文学：扬帆时代，逐梦前行》《文艺报》，2024年10月21日。

（80）孙佳山：《数字文化赋能乡村振兴》《中国文化报》，2024年10月21日。

（81）翟羽佳，孙孟华：《传统文艺是网络文学繁茂发展的根骨》《文汇报》，2024年10月23日。

（82）梁飞：《期刊数字化转型 版权保护策略需跟上》《中国新闻出版广电报》，2024年10月25日。

（83）郑荣键：《推动网络文艺在发展中华文明的现代形态中勇立潮头》《中国艺术报》，2024年10月25日。

（84）胡炜：《新华社批"AI污染"乱象》《新京报传媒研究》，2024年10月25日。

（85）陈众议：《人工智能时代文化传承断想》《中国社会科学报》，2024年10月28日。

（86）安蓓蓓：《知乎短篇网文近半年新变："反套路"中的"快创新"》《文艺报》，2024年11月1日。

（87）黄尚恩：《打造网文出海的东南亚传播路径》《文艺报》，2024年11月1日。

（88）徐粤春：《略谈数字媒介时代的文艺评论变革》《文艺报》，2024年11月4日。

（89）张根海：《科技创新赋能文学发展》《中国社会科学报》，2024年11月6日。

（90）王雪瑛：《AI智能体创作模式如何应对版权忧患》《文汇报》，2024年11月11日。

（91）何常在：《写作是为了更好地和世界对话》《文艺报》，2024年11月13日。

（92）吴岩：《中国科幻研究三人谈：如何确立科幻文学的"中国性"》《文艺报》，11月13日。

（93）欧阳友权，羊城晚报记者：《传统文学最终会并入网络文学!》《羊城晚报》，2024年10月20日。

（94）雷宁，邵燕君：《人机协同，如何塑造人的写作主体性》《光明日报》，2024年11月9日。

（95）朱恬骅：《从算法到模型：走出"技术中立"的话语误区》《光明日报》，2024年12月7日。

（96）陈海燕，《传承与创作的交响曲：非遗赋能乡村文化振兴》《文化产业》，2024年11月20日。

（97）罗坤瑾：《推进网络媒介生态空间治理升级》《中国社会科学报》，2024年11月20日。

（98）韩晓强：《警惕算法偏见和数据遮蔽》《光明日报》，2024年12月7日。

（99）翟羽佳：《网络文学首度荣膺"五个一工程奖"，为何是这三部》《文艺报》，2024年12月9日。

（100）王鑫：《算法如何实现个性化内容推荐》《光明日报》，2024年11月24日。

4. 年度理论与批评著作

（1）夏烈：《故事与场域：以网络文艺为中心》，宁波出版社、杭州出版社，2024年1月。

（2）欧阳友权：《网络文学评价体系论》，中国社会科学出版社，2024年4月。

（3）欧阳友权，禹建湘主编：《网络文学特质与新变》，中国广播影视出版社，2024年2月。

（4）欧阳友权主编：《中国网络文学年鉴（2023）》，北京出版社，2024年7月。

（5）禹建湘：《中国网络文学十大批评家》，中国社会科学出版社，2024年4月。

（6）周志雄等：《网络作家作品评价实践》，中国社会科学出版社，2024年3月。

（7）陈定家等编：《文学网站评价研究报告（1976—2016）》，中国社会科学出版社，2024年4月。

（8）周志雄等：《大神的肖像——网络作家访谈录（第二辑）》，安徽文艺出版社，2024年5月。

（9）胡疆锋：《云游于艺：网络时代的文艺评论》，中国文联出版社，2024年5月。

（10）李敏锐：《媒介融合背景下女性网络文学研究》，中国传媒大学出版社，2024年7月。

（11）肖惊鸿：《网络文学的两个世界：男频和女频名家名作研究》，宁波出版社、杭州出版社，2024年8月。

（12）夏烈主编：《浙江网络文学访谈录》，浙江大学出版社，2024年8月。

（13）吴长青：《传承路径与文学流变：21世纪中国网络类型文学创作与批评刍论》，中国出版集团、世界图书出版广州公司，2024年7月。

（14）薛静：《脂粉帝国：网络言情小说与女性话语政治》，中国文联出版社，2024年8月。

（15）王婉波：《网络文学"豫军"研究》，河南大学出版社，2024年11月。

（16）张富丽：《网络文学改编剧纲》，山东文艺出版社，2024年11月。

（17）张富丽：《名家对话：网络文学传播》，中国民主法制出版社，2024年6月。

（18）Imbach, J.: Digital China: Creativity and Community in the Sinocybersphere. 1st ed. Amsterdam: Amsterdam University Press. 2024.

（19）王瑜，邱慧婷：《网络文学青春书写的嬗变与传承》，中国社会科学出版社，2024年。

（20）桫椤：《新时代网络文学的意义与方法》，宁波出版社、杭州出版社，2024年12月。

三、刊载成果的主要期刊、报纸及公众号

1. 发表网络文学论文的主要学术期刊

2024年刊载网络文学理论与批评论文的学术期刊有201家，与2023年207家相比略有减少。一些核心期刊依旧是刊载网络文学研究成果的重要阵地。其中，年度内发表网络文学相关论文3篇及以上的期刊有55家，它们分别是《当代文坛》《文艺争鸣》《中州学刊》《出版广角》《编辑之友》《百家评论》《传媒》《中国现代文学研究丛刊》《当代作家评论》《电影文学》《东南传播》《江西社会科学》《今古文创》《科技传播》《科技与出版》《名作欣赏》《南方文坛》《南京师范大学文学院学报》《社会科学辑刊》《探索与争鸣》《外国文学动态研究》《文学教育》《文艺理论

与批评》《戏剧之家》《新纪实》《新媒体研究》《粤港澳大湾区文学评论》《粤海风》《中国编辑》《中国当代文学研究》《中国图书评论》《中国文学批评》《中国文艺评论》《大连大学学报》《海外英语》《创作评谭》《出版与印刷》《出版发行研究》《东吴学术》《文学评论》《大众文艺》《汉字文化》《河北民族师范学院学报》《南京社会科学》《社会科学战线》《新闻传播》《新闻研究导刊》《江苏社会科学》《上海文化》《外国语文》《文化创新比较研究》《文艺理论研究》《西南科技大学学报（哲学社会科学版）》《学习与探索》《中国出版》等。

下面是年度内刊发网络文学理论批评文章较多的代表性刊物。

（1）《中国文学批评》

《中国文学批评》由中国社会科学院主管，中国社会科学杂志社与中国文学批评研究会合办，以中国特色社会主义理论为指导，以发展中国特色社会主义文学理论话语体系为目标，重视理论的研讨和批评实践相结合，联系文学创作和鉴赏的实际，打造了一批品牌栏目。2024年刊载了《网络文学的数据性及数据批评》（周冰，2024年第1期）、《在大众话语与专业话语之间寻求平衡——以豆瓣文艺批评为中心》（龙其林，2024年第2期）、《作为当代文学的网络类型小说》（周志雄，2024年第2期）、《论网络文学类型研究的性别视角》（肖映萱，2024年第2期）、《"爽"及其完成：网络类型小说的存在方式》（吉云飞，2024年第2期）、《数据牢笼与批评突围》（王小英，2024年第3期）、《摆脱数字迷思与强化历史性维度》（张学谦，2024年第3期）等6篇网络文学相关论文。

（2）《中国文艺评论》

《中国文艺评论》于1984年创刊，由黑龙江省文联主办，以"以马克思主义文艺观为指导，坚持文艺'双百'方针，追踪和研究当前的文艺创作和文艺理论研究的态势，研究本省文艺创作和理论研究的成就和不足，推动文艺创作和理论建设的健康发展"为办刊宗旨。2024年度刊载了《新媒介、新幻想与新现实》（许苗苗，2024年第4期）、《跨界的重制——从〈繁花〉改编切入》（张颐武，2024年第8期）、《"新时代文学"：命名方式、生成语境与发展空间的开创》（曾军，2024年第11期）等3篇有关网络文学的论文。

（3）《中国现代文学研究丛刊》

《中国现代文学研究丛刊》创办于1979年，是由中国作家协会主管、中国现代文学馆主办并与中国现代文学研究会合编的中国现代文学研究的专门性学术刊物，是中国现代文学研究会会刊。2024年发表了《网络小说"短篇"的新兴：信息化写作与媒介功能新变》（邢晨，2024年第6期）、《考据、推演、抒情：论近年网络历史小说"老白文"三调（2018—2023）》（奚炜轩，2024年第7期）、《欲望生产与"乌托邦"的重建——论"爆款"男频长篇网文叙事结构的转变》（李玮，2024年第11期）等3篇相关论文。

(4)《当代文坛》

《当代文坛》于 1982 年创刊，主要设有名家论坛、对话与交锋理论探索、创作研究小说面面观、作家与作品批评与阐释、诗歌理论与批评海外文坛、海华文学之窗散文艺术谭、女性文学论博士论坛、文艺论著评介影视画外音、艺术广角等栏目。2024 年度刊载了《公共阐释：互联网时代文艺批评空间建构》（白思洁，2024 年第 3 期）、《改编的考辨与技术的创化——以网络小说的元宇宙式改编为例证》（骆平，2024 年第 3 期）、《网络小说中的"系统"：叙事媒介与现实镜像》（黄蕾，2024 年第 4 期）、《历史的"断裂"与"契机"：早期网络诗歌观察》（张颖，2024 年第 5 期）、《中国网络文学在西班牙语世界的传播与接受——基于汉西翻译网站的调查和分析》（郭恋东，解依洋，2024 年第 5 期）、《班宇小说的空间书写及其意义》（周晓露，2024 年第 6 期）、《叙事·修辞·先锋性——班宇小说创作论》（吴景明，2024 年第 6 期）、《原乡情结·记忆·现实重构——班宇小说的东北叙事》（孙雨石，2024 年第 6 期）、《"地方之爱"与"重组"东北——班宇小说创作论》（马佳慧，2024 年第 6 期）、《轻灵或沉重的"逃逸"——班宇小说集〈缓步〉及其他》（于恬，2024 年第 6 期）、《"同时代人"的文学与批评——2024 中国文艺理论前沿学术年会综述》（孙旭江，2024 年第 6 期）等 11 篇有关网络文学研究论文。

(5)《编辑之友》

《编辑之友》创办于 1981 年，由山西出版集团主办，创刊之初为《编创之友》，1985 年正式更名为《编辑之友》，是国内创办最早的出版学编辑学学术刊物。2024 年度刊载了《二重情境：数字视听文化中的身份构建与认同疏离》（张梓轩，2024 年第 2 期）、《面向数字出版的深度融合：背景、演进与策略》（徐丽芳，2024 年第 2 期）、《数字人文视域下专业数据库融合出版路径研究》（赵雨，2024 年第 2 期）、《网络文学读者情感消费的发生机理、表现形式与发展效应》（王婉波，周志雄，2024 年第 3 期）、《技术迭代与深度媒介化：数智媒体生态的演进、实践与未来》（郭全中，2024 年第 4 期）等 5 篇有关网络文学的论文。

(6)《出版发行研究》

《出版发行研究》杂志创刊于 1985 年，是新闻出版总署主管、中国新闻出版研究院（其前身为中国出版科学研究所）主办的出版行业学术性刊物，它是适应我国出版体制改革、总结出版工作丰富的实践经验、开展出版学理论研究、加强国内外学术交流、探索出版工作规律的需要而创办的，对探索研究出版学科理论建设体系和出版教育发展，起到了促进作用。2024 年发表了《作为网络社会本质特征的互联网群聚传播及其研究体系构建——〈互联网群聚传播〉评介》（周琼，2024 年第 1 期）、《"读者知识"的流通：数字阅读痕迹的传播与共享机制》（曾娅妮，2024 年第 4 期）、《群体传播视域下我国文字作品著作权集体管理的制度反思》（徐聪颖，2024 年第 6 期）、《借帆出海：海外学术出版社与中国现当代文学"走出去"》（王文丽，2024 年第 6 期）、《数字作品二级市场交易机制的版权困境及其纾解之道》（李昊，2024 年第 8 期）、《中国数字出版博览会视角：2018—2023 年数字出版产业发展观察》（薛创，2024 年第 10 期）、《无边界化发展：媒介融合下的阅读重构及对出版的启示》（狄蕊红，2024 年第 10 期）等 7 篇有关网络文学的论文。

（7）《探索与争鸣》

《探索与争鸣》杂志创刊于 1985 年，是以"学术争鸣"为主要特色的综合性思想学术期刊。以"坚持正确方向、提倡自由探索、鼓励学术争鸣、推进理论创新"为办刊宗旨，注重对学术前沿话题和社会热点问题作深层次的理论评析，强调人文性、思想性与争鸣性，是国内学术界进行理论探索、交流、争鸣的重要园地。2024 年发表了《对数字媒介时代的"情感结构"问题审思》（曾一果，2024 年第 1 期）、《从网络社会到平台社会：传播结构的去中心化到再中心化》（沈国麟，2024 年第 3 期）、《数字时代的诉源治理：法院如何推动社会治理智能转型》（刘方权，2024 年第 6 期）、《传统："整体性"与理论谱系》（南帆，2024 年第 9 期）等 4 篇有关网络文学的论文。

（8）《南方文坛》

《南方文坛》于 1987 年创刊，现由广西文联单独主办，被誉为"中国文坛的批评重镇"。致力于充满活力的高品位的学术形象和批评形象的建设，设置具有前沿性的话题批评。2024 年发表了《新媒体文学与传统载体文学的相生相成关系》（黄耀民，2024 年第 1 期）、《衰年变法与返本开新——论於可训小说创作》（温奉桥，2024 年第 1 期）、《赛先生：当代中国人文学研究的重要视角——关于李静〈赛先生在当代：科技升格与文学转型〉》（钱理群，2024 年第 2 期）、《网络亚文化视域下的交互创作模式研究》（陈芃宇，林樱子，2024 年第 3 期）、《世界文学与人类命运共同体——后全球化时代中的"新南方写作"研究》（李志艳，唐晨曦，2024 年第 3 期）、《文学理论批评的文学价值》（王光明，2024 年第 4 期）、《说的情节：有升有降——从"三"说起》（张生，2024 年第 4 期）、《文学理论批评的文学价值》（王光明，2024 年第 4 期）、《传承与新变：新革命历史小说的现实主义书写》（赵学勇，2024 年第 4 期）、《鼎新与精进：中国网络文学现场回望》（欧阳友权，谢日安，2024 年第 5 期）、《人工智能："无所不在的征服"？——"迎向灵光消逝"的网络文艺漫议》（陈定家，2024 年第 5 期）、《讲述是一种仪式：关于未来想象的"后设之维"》（张春梅，2024 年第 5 期）等 12 篇有关网络文学的论文。

（9）《中国图书评论》

《中国图书评论》创办于 1986 年，由中宣部出版局主办，以"大张旗鼓地宣传好书，旗帜鲜明地批评坏书，实事求是地探讨有争议的图书"为办刊宗旨。2024 年发表了《游戏化向度的"爱女文学"与设定中的"工艺争夺战"》（王玉玊，2024 年第 7 期）、《虚拟生存经验与中国网络文学的起点》（汪希，2024 年第 2 期）、《显与隐之间：985 学子焦虑的传播机制与媒介调适策略——兼论数字青年与新媒介技术的复杂关系》（张帆，2024 年第 5 期）、《在不确定性中锚定未来——2023 年度中国大陆文化研究年度图书盘点》（姜琦，2024 年第 2 期）、《电子游戏"升级"经验与早期网络小说的兴衰——以"界面"与"机制"为视角》（王子健，2024 年第 7 期）、《网红街区的缙绅化：媒介时代城市景观的形塑与生产》（金方延，2024 年第 8 期）、《〈三体〉中的国际政治现实主义反思与康德式理想主义的超越》（李牧今，2024 年第 9 期）、《文化性是对生活世界的疏离性介入——关于"没有文学的文学理论"的再阐发》（金慧敏，2024 年第 10 期）、《女性的思想：当代女性主义书写或图书出版观察》（黄伊宁，2024 年第 10 期）、《数字时代的幻想重临——评施畅《故事世界的兴起：数字时代的跨媒介叙事》》（郭超，2024 年第 10 期）、《悲壮而厚重的纪实力作——读李发锁的纪实文学作品〈热学：东北抗联〉》（白烨，2024 年第 10 期）、《以史为基 多向拓展——试析"中国网络文学三十年丛书"的学术议题蕴藉》（周兴杰，2024 年第 11 期）、《人工智能写作与人类创作未来的对谈》，（方长安，刘艺等，2024 年第 11 期）、《中国网络文学的修史逻辑与述史方法》（欧阳婷，2024 年第 11 期）等 14 篇有关网络文学的文章。

（10）《出版广角》

《出版广角》于 1995 年创刊，由广西新闻出版局主管、广西出版杂志社主办，以"与中国出版同步，为中国出版服务"为宗旨，定位于大出版文化，实现了学术性、实证性、可读性的统一。2024 年度刊载了《中国科幻文学的发展——基于〈三体〉的思考》（邹蔚苓，2024 年第 7 期）、《国际传播中虚拟文娱的多维效用与认知形塑机制——基于 Discord 的 LDA 实证研究》（陈洪波，李雪莹，2024 年第 10 期）、《基于扎根理论的青年读者反连接数字阅读行为影响因素研究》（陈哲，2024 年第 10 期）、《数智时代中国网络文学国际传播的发展趋势与创新路径》（戴润韬，2024 年第 11 期）、《跨文化传播下网络文艺构建国家文化形象的媒介优势与发展策略》（傅开，欧阳友权，2024 年第 11 期）、《文化数字化战略下多语种网文平台出海路径》（李丹丹，2024 年第 11 期）、《网络文学海外传播中华文化的多模态叙事与认同引导》（陆朦朦，2024 年第 11 期）、《网络文学书写中华文化的路径与思考》（张胜冰，2024 年第 11 期）、《网络 IP 跨媒介产业的数字化出版路径》（张浩翔，禹建湘，2024 年第 13 期）、《网络文学 IP 开发：从"网文"到"网文+"》（徐丽萍，2024 年第 16 期）、《社交媒体视域下的网络文学出海研究——以〈诡秘之主〉系列为例》（李文豪，2024 年第 17 期）、《数字媒介时代我国儿童阅读的新指向》，（谭旭东，刘李娥，2024 年第 18 期）等 12 篇有关网络文学的论文。

2. 发表网络文学理论批评文章的主要报纸

根据知网数据库统计结果，2024 年我国报纸媒体发表网络文学理论与批评文章共计254篇。刊发网络文学理论评论成果的主要报纸有：《人民日报》《光明日报》《文艺报》《文汇报》《中国社会科学报》《中国青年报》《新华日报》《中国新闻出版广电报》《中国艺术报》《中国文化报》《中华读书报》《文学报》《人民政协报》《解放日报》《北京日报》《湖南日报》《湖北日报》《重庆日报》《贵州日报》《黑龙江日报》《甘肃日报》《南方日报》《经济日报》《中国出版传媒商报》《深圳商报》等。

下面列举主要报纸上刊发的年度代表性网络文学理论评论文章。

（1）《文艺报》

《新时代宏大叙事中的网络文学表现》（朱钢，2024年1月24日）、《2023年的网络文学，我的选择》（安迪斯晨风，2024年1月24日）、《向"新"求质：第十一届中国网络视听大会释放哪些行业新信号》（徐莹，2024年4月3日）、《在这个春天，开启网络文学与微短剧的"双向奔赴"》（刘鹏波，2024年4月22日）、《以更开放的姿态书写网络文学新篇章》（刘鹏波，2024年5月13日）、《2023中国网络文学蓝皮书》（2024年5月27日）、《从季越人〈玄鉴仙族〉，看网络仙侠小说的流变和突破》（刘奎，2024年6月26日）、《2024年6月网络文艺大事记》（虞婧，2024年7月1日）、《"网络文学+"大会办到第七届，都有哪些成果和创举》（刘鹏波，2024年7月17日）、《文学何以现代——中国式现代化视野下的当代文学》（南帆，2024年8月9日）、《新时代文学近十年来发展述要——万紫千红总是春》（白烨，2024年8月16日）、《网络文学的"世界性"及其场域学研究视角》（夏烈，2024年8月30日）、《AIGC时代，网络文学要以内容为支撑求新求变》（黄尚恩，虞婧，2024年9月4日）、《互联网时代的文学突围》（南帆，2024年9月18日）、《数媒时代，如何生产"有意义"的网络小说？》（李敏锐，9月19日）、《科幻文学的"十年树木"和"百年树文"》（吴岩，2024年10月14日）、《中国网络文学：扬帆时代，逐梦前行》（欧阳友权，2024年10月21日2版）、《打造网文出海的东南亚传播路径》（黄尚恩，2024年11月1日）、《知乎短篇网文近半年新变："反套路"中的"快创新"》（安蓓蓓，2024年11月1日7版）、《略谈数字媒介时代的文艺评论变革》（徐粤春，2024年11月4日2版）、《文艺人民性的主体之思》（牛光夏，2024年11月11日2版）、《写作是为了更好地和世界对话》（何常在，2024年11月13日）、《中国科幻研究三人谈：如何确立科幻文学的"中国性"》（吴岩，2024年11月13日）、《中国式现代化与当代文学的发展》（丛新强，2024年11月25日2版）等。

（2）《光明日报》

《报告文学：山水林湖接碧海，鹭岛潮起入画来》（谢云开，2024年2月21日）、《2023年度"中国网络文学影响力榜"揭晓！有你爱读的吗？》（刘江伟，2024年4月29日）、《"世界工厂"里别样的文学书写》（雷爱侠，2024年5月18

日)、《〈长恨歌〉〈白鹿原〉……文学改编话剧的魅力在哪里?》(谷海慧,2024年6月26日)、《人工智能创作的艺术隐忧与伦理边界》(欧阳友权,2024年7月20日)、《遨游在文学的苍穹》(余秋雨,2024年7月24日)、《短篇网络文学的三种主要形态》(王玉玊,2024年8月3日)、《短片网络文学正在崛起》(马季,2024年8月3日)等。

(3)《中国新闻出版广电报》

《网文一键"出海"的联动效应》(江作苏,2024年1月21日)、《让人民群众成为网络文学的主角主创主体》(刘汉俊,2024年3月8日)、《时代赋能:网络文学的新使命》(马季,2024年3月8日)、《微短剧虽热,侵权风险要"留神"》(徐耀明,2024年6月20日)、《从网络文学发展报告看中国网文"三变"》(李婧璇,2024年7月16日)、《中国"网络文学+"大会加出哪些新意?》(李婧璇,2024年7月17日)、《借网络文学之势,微短剧如何破茧成蝶》(李婧璇、陈周行,2024年7月24日)、《传统新闻出版机构与网络文学平台企业携手:为文化产业融合发展提供参考答案》(张君成、李婧璇,2024年7月30日)、《一路"出海"的中国网络文学:让"中国风"走出国际范儿》(李婧璇、张君成,2024年7月30日)、《中国武侠科幻穿越类小说在俄受青睐》(章红雨,2024年9月13日)、《期刊数字化转型 版权保护策略需跟上》(梁飞,2024年10月25日)、《全民阅读纸数同步提升 书香中国共享现代文明》(章红雨,2024年11月7日)、《湖北多年深耕简牍类图书出版,以出版的力量留存"国家信史"》(汤广花,2024年11月14日)、《"山花"绽放,乡村文化增色添彩》(吴明娟,2024年11月20日)、《〈奔月〉:一部文学与科学交融的"新神话"》(尹琨,2024年11月24日)、《〈远山的回响〉:为创造山乡巨变的奋斗者立传》(章红雨,2024年11月24日)、《主流媒体突破"内容+",哪些大模型新业态勇立潮头?》(杜一娜,2024年11月26日)等。

(4)《中国艺术报》

《网络文学批评要实现理论、话语和体系创新——评禹建湘〈网络文学批评的理论考辨〉》(欧阳婷,2024年1月29日第3版)、《2023北京网络文艺:多元包容中展现惊人潜力》(胡疆锋,2024年1月29日)、《国台办谈〈甄嬛传〉在台开播》(2024年2月27日)、《做好跨学科、多维度的网络文学研究》(徐苗苗,2024年2月28日)、《脑洞文的现实张力与本土化叙事》(贺予飞,2024年6月6日)、《长篇小说:奋楫新时代,开拓新境界》(白烨,2024年7月12日)、《从网络微短剧看网络文学的视听化呈现》(谭露,2024年8月6日)、《新局面、新气象、新收获:网络文学这十年》(周志雄,2024年8月9日)、《从网络微短剧看网络文学的视听化呈现》(谭露,2024年8月27日)、《网络文艺与文化强国建设分论坛综述》(王文,2024年8月29日)、《"网文出海":谱写"中国故事"新篇章》(陈定家,

2024年9月9日)、《凡益之道,与时偕行 | 网络文学这十年》(许苗苗,2024年9月23日)、《在巩固文化主体性中增强文化自信 构建中国话语和中国叙事体系》(张德祥,2024年10月25日)、《推动网络文艺在发展中华文明的现代形态中勇立潮头》(郑荣键,2024年10月25日)、《以习近平文化思想引领新时代文艺繁荣发展》(范玉刚,2024年11月2日)、《文明互鉴 汲古启新 | 以习近平文化思想为引领更好担负起新时代新的文化使命》(曹顺庆,2024年11月16日)等。

(5)《中国文化报》

《一本书能走多远》(党云峰,2024年1月12日)、《从网文创作中探索古籍传承新方式》(于帆,2024年3月29日)、《上海图书馆:"活泼""网感"吸引年轻人来阅读》(王彬,2024年4月25日)、《2024年中国网络文明大会数字公益慈善发展论坛:为慈善插上"数字翅膀"》(王雪娟,2024年9月2日)、《营造晴朗和谐的网络环境》(夕君,2024年9月20日)、《创新驱动,科技赋能:文化产业迈向高质量发展新阶段》(张婧,2024年10月1日)、《数字文化赋能乡村振兴》(孙佳山,2024年10月21日)、《锚定文化强国战略目标 筑牢民族复兴文化根基——习近平总书记在中共中央政治局第十七次集体学习时的重要讲话为做好文化工作指引航向》(于帆,2024年10月30日)等。

(6)《中国社会科学报》

《大力推进智能社会研究》(陈光金,2024年1月3日)、《发展中国特色网络语言研究》(谢萌,2024年1月11日)、《数字时代中国文化故事的全球传播》(田浩,2024年1月29日)、《〈2023中国网络文学发展研究报告〉发布,为推动网络文学高质量发展提供学术支撑》(高莹,2024年2月28日)、《中国国际传播的内外联动机制》(赵永华、赵家琦,2024年5月16日)、《网络文学新传统与网络文学研究的学科化》(周志强,2024年7月8日)、《网络文学三十年成就新质华章》(禹建湘,2024年第7月8日)、《〈大学〉〈中庸〉的经典化及其现代意义》(陈君,2024年7月15日)、《寓文于治:文化赋能社区基层治理》(连宏萍,2024年8月1日)、《夯实文化传承发展之基》(王维国,2024年8月19日)、《夯实新时代文艺创作的生活基石》(黄怀璞,2024年8月21日)、《人工智能时代文化传承断想》(陈众议,2024年10月28日)、《科技创新赋能文学发展》(张根海,2024年11月6日)、《"路遥现象"与新时期文学对城乡关系的重塑》(卢燕娟,2024年11月18日)、《推进网络媒介生态空间治理升级》(罗坤瑾,2024年11月20日)等。

(7)《文汇报》

《网络文学如何与人民共情》(马文运,2024年3月22日)、《网络文学评论如何追踪网络文学新变?评论与创作有效互动造就文学新景观》(王雪瑛,2024年5月6日)、《爽感应是网络文学价值和意义的载体》(桫椤,2024年7月4日)、《长剧"短剧"化,解密〈墨雨云间〉的流量密码》(邢晨,2024年7月15日)、《网络创作对传统文化资源的运用：出于真，兴于善，成于美》（许苗苗，2024年7月15日）、《"对话网络文学新生代"｜飘荡墨尔本：最科学的是航天，最浪漫的也是航天》（飘荡墨尔本，2024年8月6日）、《推进自媒体文艺批评伦理构建》（柴冬冬，2024年9月9日）、《短篇网文：网络文学的"新赛道"》（李玮，2024年9月11日）、《传统文艺是网络文学繁茂发展的根骨》（翟羽佳，2024年10月23日）等。

3. 年度转发网络文学研究与评论成果的公众号

网络文学研究与评论的微信公众号，实时映照出网络文学领域的最新脉动与深刻洞察，以其内容的即时性、观察的透彻性及传播的广泛性，成为连接创作者、研究者与广大读者的桥梁。这些微信公众号不仅为网络文学的理论探索与批评实践提供了宽广的舞台，为网络文学探究者与爱好者铺设了一条通往学术前沿与资讯热点的路径，也作为一股活跃的催化力量，持续滋养着中国网络文学的创新发展与学术繁荣。

2024年转发网络文学研究与评论成果的公众号主要有：网文界、网文视界、扬子江网文评论、媒后台、安大网文研究、山宇网文研究会、云飚网文、橙瓜网文、爆侃网文、中国网络作家村、网络文学与文化、文学新批评、三川汇文化科技》等。

2024年度刊载网络文学理论评论文章和相关网文信息较多的主要微信公众号有：

（1）网文界

主办单位是中南大学网络文学研究院、中国作协网络文学中南大学研究基地、中国文艺理论协会网络文学研究分会。本年度共发表关于网络文学相关推文122篇，内容包括《中国网络文学年鉴（2023）》全网首发内容、2023年度网络文艺版权保护典型案例、网络文学相关论文与会议信息等。

（2）网文视界

网文视界是中国作家协会网络文学中心官方账号，致力于推介优秀作品，服务广大作家及文学爱好者。是"汇聚最多作家信息、发出最强作家声音、展示最美文学魅力"的重要平台。本年度共发表网络文学相关推文73篇，内容包括中国作协举办网络文学相关论坛与活动、代表性网络文学作品专家研讨会、重要网络文学信息通知、各地网络文学研讨班活动信息等。

（3）扬子江网文评论

由中国作协网络文学中心指导，江苏作协、南京师范大学和南京秦淮区政府合作建设的全国首家网络文学评论中心"扬子江网络文学评论中心"主办的网络公众号。本年度共发表网络文学相关推文308篇，内容包括网络文学"青春榜"榜单与作品推荐、与安迪斯晨风共建专栏"网文快评"的评论文章、每周发布的网络文艺一周资讯等。

（4）媒后台

媒后台是北京大学网络文学论坛的官方微信，致力于研究学术、文艺与新闻的运作机制，在新媒体与网络文学领域进行探索与实践。本年度共发表网络文学相关推文 106 篇，内容包括网络文学相关讲座与活动，《中国网络文学编年简史》各网站词条内容，特色栏目"哔哔打文""安科接龙"等。

（5）安大网文研究

安徽大学网络文学研究中心的官方公众号，致力于新媒体和网络文学等各项研究。本年度共发布网络文学相关推文 115 篇，包括每月发布的网文大事记、网络文学相关评论与论文等。

（6）山宇网文研究会

山东大学网络文学研究微信公众号，主要发布网络文学扫文推文、相关读书笔记与批评文章，本年度共发布网络文学相关推文 158 篇，内容包括各网络文学平台扫文报告、读书会笔记与网络文学相关论文等。

（7）云飚网文

云南网文研究中心微信公众号，发布网络文学相关讯息，本年度共发布网络文学相关推文 101 篇，内容包括"云南网文这十年"访谈系列文章、云南地区网络文学相关活动与讲座、重要论文与会议信息等。

（8）爆侃网文

爆侃网文成立于 2014 年，是国内首家网络文学、数字阅读行业资讯媒体，为网文圈从业人员以及文学爱好者乃至行业外的人员提供最具公信力、中立、及时、权威的网文行业资讯平台。本年度共发表网络文学相关推文 171 篇，内容包括最新网络文学行业动态、数字阅读行业资讯、网络文学相关作协活动与官方评奖等。

四、年度硕博论文和科研项目

（一）年度硕博论文

（1）黄馨怡：《从"讲故事"到"写世界"——论网络文学"世界观设定"的三种面向》，北京大学博士论文，2024 年。

（2）项蕾：《中国网络文学中的"怪恐"（uncanny）问题研究》，北京大学博士论文，2024 年。

（3）许婷：《"雌"：女性网络社区文本与话语中的性别镜像》，北京大学博士论文，2024 年。

（4）付慧青：《中国网络科幻小说的符号学研究》，中南大学博士论文，2024 年。

（5）徐亮红：《赛博现实主义网络小说研究》，安徽大学博士论文，2024年。

（6）常洁：《社会翻译学视域下中国网络文学在线英译活动的资本考察》，华东师范大学博士论文，2024年。

（7）张曦萍：《论数字游戏文学》，西北民族大学博士论文，2024年。

（8）张景淇：《中国网络文化政策变迁研究（1994—2022）》，中共中央党校（国家行政学院）博士论文，2024年。

（9）李佳奇：《视觉文化语境下九十年代以来的小说创作研究》，东北师范大学博士论文，2024年。

（10）谢珉：《1990年代以来小说中的中产阶层叙事研究》，江西师范大学博士论文，2024年。

（11）乔鹏：*Towards a carnivalesque interpretive community of Chinese internet literature*，英国利兹大学博士论文，2024年。

（12）凡汝哲：《网络女频小说身体书写研究》，中南大学硕士论文，2024年。

（13）崔慧鑫：《网络女频文学读者审美范式转型研究》，中南大学硕士论文，2024年。

（14）黎姣欣：《女性向互动小说的"遍历"策略及读者体验研究》，中南大学硕士论文，2024年。

（15）孙蕾：《Y网络文学公司IP衍生业务品牌运营模式研究》，南昌大学硕士论文，2024年。

（16）刘恒：《网络文学IP影视化和衍生开发价值评估研究》，云南财经大学硕士论文，2024年。

（17）田源：《网络文学作品著作权的刑法保护研究》，山东政法学院硕士论文，2024年。

（18）薛欣雨：《网络文学IP转化价值评估研究》，兰州财经大学硕士论文，2024年。

（19）杨阳：《网络小说的自然观念及其生态审美意蕴探析》，烟台大学硕士论文，2024年。

（20）姬文岳：《网络文学企业数据资产估值研究》，兰州财经大学硕士论文，2024年。

（21）冯冲：《阅文集团并购新丽传媒的绩效研究》，北京化工大学硕士论文，2024年。

（22）张敏：《基于扎根理论的我国网络小说消费机制与优化路径研究》，山东财经大学硕士论文，2024年。

（23）李振铎：《网络文学现实感重构问题研究》，喀什大学硕士论文，2024年。

（24）曾依萍：《马克思交往理论视域下中华文化国际影响力提升研究》，集美大学硕士论文，2024年。

（25）宋悦：《网络都市言情小说的情感传播与女性情感共同体建构》，武汉体育学院硕士论文，2024年。

（26）孙小凡：《弹幕标签化的审美文化研究》，山东师范大学硕士论文，2024年。

（27）崔荣胜：《男频网络玄幻小说中的异托邦研究》，集美大学硕士论文，2024年。

（28）徐雨珊：《网络小说中前景化语言的翻译》，中南林业科技大学硕士论文，2024年。

（29）徐文东：《掌阅科技商业模式创新及绩效研究》，兰州财经大学硕士论文，2024年。

（30）谢慧：《国产悬疑IP的跨媒介叙事研究——以"盗墓笔记"为例》，上海师范大学硕士论文，2024年。

（31）杨旳：《克苏鲁神话"神秘主义"虚拟IP设计》，南昌大学硕士论文，2024年。

（32）曾庆：《基于顾客感知价值法和收益分成法的网络电影版权价值评估研究》，云南财经大学硕士论文，2024年。

（33）陈思浩：《反垄断法视域下互联网影视平台版权独家授权的法律规制》，南昌大学硕士论文，2024年。

（34）李慧：《跨文化传播视域下玄幻仙侠类网络小说IP的共情研究》，吉林大学硕士论文，2024年。

（35）李俊芳：《网络小说文体研究》，西南科技大学硕士论文，2024年。

（36）曹姗姗：《网络小说对大学生思想政治教育的影响研究》，大理大学硕士论文，2024年。

（37）徐婷：《文艺评奖改革视域下"鲁奖"制度创新研究》，西安工业大学硕士论文，2024年。

（38）李天鸽：《近二十年网络架空历史小说叙事特征研究》，吉林大学硕士论文，2024年。

（39）张芷萌：《关联理论指导下网络言情小说汉英翻译实践报告》，西安外国语大学硕士论文，2024年。

（40）周蕾：《智媒时代网络文学的具身阅读——基于推文视频用户访谈的扎根研究》，安徽大学硕士论文，2024年。

（41）康楠：《跨媒介叙事下网络文学IP有声读物用户黏性影响因素研究》，安徽大学硕士论文，2024年。

（42）刘程程：《网络亚文化视域下"确诊式文学"的情感表达研究》，安徽大学硕士论文，2024年。

（43）刘双喜：《Z 世代网络文学研究》，安徽大学硕士论文，2024 年。

（44）徐晨：《网络小说的文学时空观研究》，安徽大学硕士论文，2024 年。

（45）章江宁：《谜团诡计的时代书写——网络悬疑推理文学初探》，安徽大学硕士论文，2024 年。

（46）张梦茹：《轻幻想现实题材网络小说研究》，安徽大学硕士论文，2024 年。

（47）陈涛：《网络历史小说的历史观》，安徽大学硕士论文，2024 年。

（48）姚树钧：《安昌河小说研究》，河北师范大学硕士论文，2024 年。

（49）袁杨林：《基于情感分析的网络文学潜力价值预测》，上海师范大学硕士论文，2024 年。

（50）于金：《网络新媒体视阈中诸葛亮人物形象的改编研究》，山东师范大学硕士论文，2024 年。

（51）姚钰倩：《以游戏经验重审现实：网络无限流小说研究》，广西师范大学硕士论文，2024 年。

（52）沈一凡：《网络文学中羿神话的改写研究》，西南大学硕士论文，2024 年。

（53）王笑蝶：《生态位视角下网络文学企业的价值共创研究》，贵州财经大学硕士论文，2024 年。

（54）陈冬梅：《网络悬疑文学改编剧叙事研究》，南昌大学硕士论文，2024 年；

（55）汪亭秀：《"架空历史小说"的历史书写研究》，信阳师范大学硕士论文，2024 年。

因相关数据库收录时间延迟，2023 年部分硕博论文未收录《中国网络文学年鉴（2023）》，特此补充如下：

（1）韩金桥：《后人类主义视阈下网络小说的系统问题研究》，哈尔滨师范大学博士论文，2023 年。

（2）陈致烽：《海峡两岸网络文学互动传播研究》，福建师范大学博士论文，2023 年。

（3）肖博文：《类型谱系、叙事机理与生产传播——新世纪中国网络悬疑剧研究》，吉林大学博士论文，2023 年。

（4）徐璐：《中国当代同人写作研究》，四川师范大学硕士论文，2023 年。

（5）王甜：《"她性向"转向——2014 年以来国产悬疑网剧中女性形象文化分析》，贵州财经大学硕士论文，2023 年。

（6）程利键：《网络文学女性读者社群性别实践研究》，内蒙古大学硕士论文，2023 年。

（7）陈倩：《网络小说影视改编权的侵权认定研究》，辽宁科技大学硕士论文，2023 年。

（8）赖婧怡：《基于交互逻辑的网文 app 设计研究——以 OwO Novel 为例》，南昌大学硕士论文，2023年。

（9）袁继慧：《从文本到声音：〈三体〉的跨媒介传播研究》，青岛大学硕士论文，2023年。

（10）王姚琴：《网络平台版权过滤义务研究》，中南财经政法大学硕士论文，2023年。

（11）林禹彤：《跨媒介叙事视阈下网络文学IP运营策略研究》，苏州大学硕士论文，2023年。

（12）刘琦：《价值创造视角下网络文学行业商业模式对绩效的影响研究——以阅文集团为例》，济南大学硕士论文，2023年。

（13）李雪尧：《中国网络文学IP剧的跨媒介叙事研究（2000—2022）》，河南大学硕士论文，2023年。

（14）王定坤：《网络文学作品著作权侵权案件审理问题研究》，贵州大学硕士论文，2023年。

（15）王紫微：《网络穿越小说与改编电视剧的跨媒介叙事研究》，武汉纺织大学硕士论文，2023年。

（16）安格里玛：《网络蒙古语诗歌传播研究》，内蒙古师范大学硕士论文，2023年。

（17）葛顺超：《数字技术下我国传统文化IP化发展研究》，山东艺术学院硕士论文，2023年。

（18）姬巍：《数字叙事视域下中国互动小说出版研究》，河南大学硕士论文，2023年。

（19）马晨阳：《基于文化治理视角的网络文学实体出版发展研究》，河南大学硕士论文，2023年。

（20）张叶可：《大众文化批评视域下新世纪中国仙侠类文艺作品研究》，山东艺术学院硕士论文，2023年。

（21）张宝丹：《网络文学IP剧〈大江大河〉的跨媒介叙事研究》，广西大学硕士论文，2023年。

（22）苟丹萍：《试探"另类想象"的可能性》，浙江大学硕士论文，2023年。

（23）陈熠锦：《重大题材网络剧研究》，南昌大学硕士论文，2023年。

（24）杨凯：《网络文学作品影视化改编的版权价值研究》，重庆理工大学硕士论文，2023年。

（25）司媛媛：《消费文化理论视域下剧本杀游戏研究》，东北财经大学硕士论文，2023年。

（26）程健聪：《生态翻译理论指导下的网络玄幻小说〈不过尔尔〉（节选）英译实践报告》，西南财经大学硕士论文，2023年。

第九章　理论与批评

（27）伊星宇：《读客文化全版权运营模式研究》，南昌大学硕士论文，2023年；

（28）徐已然：《"悬疑+女性"题材网剧IP的价值评估研究》，中国传媒大学硕士论文，2023年。

（29）蒋晓涵：《网络商业广播剧的持续收听意愿影响因素研究》，上海师范大学硕士论文，2023年。

（30）贺文惠：《基于多维度质量指标的网络文学垂直领域机器翻译质量评估》，北京交通大学硕士论文，2023年。

（31）王采妮：《社群互动对网文IP原著粉丝身份迁移的影响研究》，华东政法大学硕士论文，2023年。

（32）连婷婷：《网络文学社交阅读用户行为特征研究》，东南大学硕士论文，2023年。

（33）徐玲佳：《基于DEVA修正模型的数字阅读企业价值评估研究》，重庆理工大学硕士论文，2023年。

（34）陈亚鹏：《〈盗墓笔记〉的跨媒介叙事研究》，南京艺术学院硕士论文，2023年。

（35）李俞男：《网络文学海外传播影响因素探析》，湖北大学硕士论文，2023年；

（36）黄诗苑：《中国网络文学在俄语区的传播研究》，大连外国语大学硕士论文，2023年。

（37）王蕾浠：《移动阅读企业盈利模式分析及优化研究》，吉林财经大学硕士论文，2023年。

（38）许妮：《NovelCat网站中国网络文学本地化翻译审校报告》，中南大学硕士论文，2023年。

（39）曾铮：《快手网络微短剧爽感接受研究》，中南大学硕士论文，2023年。

（40）龙依婷：《叙事学视域下"掌阅翻译猿"平台文学作品英译实践报告》，中南大学硕士论文，2023年。

（41）徐云燕：《从青年文化视域看猫腻小说的身份认同书写》，浙江大学硕士论文，2023年。

（42）黄程怡：《译介学视域下网络小说文化意象的传递》，福建师范大学硕士论文，2023年。

（43）鲁诗洁：《基于修正DEVA模型的文化企业价值评估研究》，天津财经大学硕士论文，2023年。

（44）华安婕：《类型学视野下的新世纪女性职场小说研究》，上海大学硕士论文，2023年。

（45）李娅：《DCF与B-S组合模型在数字阅读企业价值评估中的应用研究》，哈尔滨商业大学硕士论文，2023年。

（46）于琼：《个人微信公众号"押沙龙 yashl"研究》，扬州大学硕士论文，2023 年。

（47）黄俊丽：《阅文集团对赌并购新丽传媒的动因及效果分析》，西北师范大学硕士论文，2023 年。

（48）郭金锦：《价值链理论视角的出版机构有声书开发模式研究》，华东师范大学硕士论文，2023 年。

（49）任中杰：《我国数字文化产业版权保护研究》，昆明理工大学硕士论文，2023 年。

（50）彭雅琴：《网络文学翻译中模糊修辞的语用处理——〈愿得君心不相离〉（节选）英译实践报告》，中南林业科技大学硕士论文，2023 年。

（51）罗思嫣：《网络文学视频中的女性形象研究——以 B 站女性向言情小说视频为例》，贵州大学硕士论文，2023 年。

（52）张素素：《自媒体中的民间故事讲述研究》，华中师范大学硕士论文，2023 年。

（53）刘宗瑞：《越界的"造型者"》，杭州师范大学硕士论文，2023 年。

（54）宋文静：《博集天卷文化传媒 IP 运营研究》，河北大学硕士论文，2023 年。

（55）范宇欣：《晋江文学城"女性向"网络小说生产研究》，西华大学硕士论文，2023 年。

（56）张韶玥：《轨迹、人物、题旨：2005—2010 年的网络"玛丽苏"小说》，华中师范大学硕士论文，2023 年。

（57）魏楚航：《起点国际平台海外原创网络文学作者的"中国故事"书写研究》，中南大学硕士论文，2023 年。

（58）梁谷语：《网络玄幻小说"第二世界"建构研究》，中南大学硕士论文，2023 年。

（59）左欣然：《女性主义视域下晋江文学城言情作品研究》，中南大学硕士论文，2023 年。

（60）麦丽苏：《网络小说著作权保护研究》，内蒙古财经大学硕士论文，2023 年。

（61）张诺：《掌阅 APP 运营策略研究》，河北大学硕士论文，2023 年。

（62）马延泽：《网络文学平台中粉丝的情感劳动研究》，吉林大学硕士论文，2023 年。

（63）金露：《马歇尔·麦克卢汉的文学变革论研究》，兰州大学硕士论文，2023 年。

（64）郭凯旋：《同人小说现象分析》，山东理工大学硕士论文，2023 年。

（65）梁瑞红：《移动阅读 APP 的用户付费模式与优化策略研究》，安徽大学硕

（66）张婉婷：《女性网络文学网站的IP运营研究》，安徽大学硕士论文，2023年。

（67）余柔：《网络小说〈万古神王〉（节选）机器翻译结合译后编辑翻译实践报告》，武汉工程大学硕士论文，2023年。

（68）许雨婷：《文学人类学视域下的网络文学研究》，中国社会科学院大学硕士论文，2023年。

（69）陈彦铎：《改编自网络小说的电影著作权价值评估》，云南民族大学硕士论文，2023年。

（70）潘亚婷：《丁墨网络言情小说研究》，安徽大学硕士论文，2023年。

（71）赵艳：《网络新神话小说研究》，安徽大学硕士论文，2023年。

（72）关欣：《尾鱼网络女性悬疑小说研究》，安徽大学硕士论文，2023年。

（73）丁昊：《网络探险小说的神秘文化研究》，安徽大学硕士论文，2023年。

（74）杨春燕：《网络穿越小说的身份认同问题研究》，安徽大学硕士论文，2023年。

（75）王菡洁：《样物语·恋甜宠·泛文化》，安徽大学硕士论文，2023年。

（76）刘雪：《网游小说的叙事空间研究》，安徽大学硕士论文，2023年。

（77）谭晨阳：《IP影视剧原著受众阅读意愿影响因素实证研究》，安徽大学硕士论文，2023年。

（78）苏日娜：《基于平衡计分卡的阅文集团并购新丽传媒绩效评价研究》，天津工业大学硕士论文，2023年。

（79）江泽荣：《中国网络小说影视化改编中的意义增殖研究》，曲阜师范大学硕士论文，2023年。

（80）崔茜：《神话的当代重述》，山东大学硕士论文，2023年。

（81）郑安琪：《网络文学签约作者的劳动控制研究》，上海财经大学硕士论文，2023年。

（二）年度科研项目

1. 2024年国家社会科学基金年度项目

（1）跨媒介叙事视域下中国主题出版融合发展研究，赵树旺，重点项目，河北大学，24AXW013。

（2）中国当代类型小说的海外传播与影响研究，郭恋东，一般项目，上海交通大学，24BZW127。

（3）中国当代数字文艺的再生产研究，周才庶，一般项目，南开大学，24BWW005。

（4）数字时代符号学新发展研究，赵星植，一般项目，四川大学，23BZW016。

（5）数字流行文化对中国神话的演绎与全球传播研究，季芳芳，一般项目，中国社会科学院新闻与传播研究所，24BXW010。

（6）中华优秀传统文化数字叙事实践研究，蒋淑媛，一般项目，北京邮电大学，24BXW045。

（7）网络纪录片文化记忆话语建构及优化路径研究，唐俊，一般项目，复旦大学，24BXW056。

（8）数智背景下出版业知识生产与出版增值研究，王欢妮，一般项目，重庆师范大学，24BXW087。

（9）人工智能驱动下出版产业版权管理创新研究，王志刚，一般项目，中国海洋大学，24BXW089。

（10）生成式人工智能与文学研究的未来，李小贝，青年项目，北京联合大学，24CZW006。

（11）媒介融合视域下新世纪小说文体发展研究，刘莹，青年项目，湖南大学，24CZW102。

（12）跨学科视域下的创意写作本土化研究（2009—2024），张怡微，青年项目，复旦大学，24CZW103。

（13）中国网络文学中优秀传统文化的"两创"研究，王婉波，青年项目，河南工业大学，24CZW104。

（14）中国网络奇幻文学与青年群体互动研究，孙金燕，青年项目，云南民族大学，24CZW105。

（15）新媒介艺术中的后人类主体性研究，韦施伊，青年项目，广州大学，24CZW106。

（16）文明交流互鉴视域下网络文学海外出版机制与效果研究，王一鸣，青年项目，华中科技大学，24CXW066。

（17）交互记忆视角下人智协同机理与生成内容质量研究，王雪，青年项目，湖北汽车工业学院，24CTQ028。

2. 2024年度习近平文化思想研究中心重大课题项目

（1）互联网时代文化生产和传播的规律研究，廖祥忠，重点项目，中国传媒大学，24&WZD19。

（2）互联网时代主流文化生产和传播的规律研究，吴世文，重点项目，武汉大学，24&WZD20。

（3）互联网时代文化生产和传播的规律研究，董天策，重点项目，重庆大学，24&WZD21。

3. 2024年度国家社科基金重大项目

中国网络文学的世界传播和影响研究，夏烈，重大项目，杭州师范大学，24&ZD239。

4. 2024 年国家社科基金结项项目

（1）1990 年代以来流行文学经典化进程研究，李庆勇，沈阳师范大学，18BZW122。

（2）网络新媒体视阈下文艺改编研究，任传霞，山东师范大学，18BZW026。

（3）全球媒介革命视野下的中国网络文学发生、发展及国际传播研究，邵燕君，北京大学，18AZW025。

（4）"比较文本媒介"理论视阈下的文学跨媒介生产研究，钟雅琴，深圳大学，18CZW005。

（5）网络文学正能量传播激励机制研究，闫伟华，内蒙古大学，18XXW004。

（6）当代中国对话主义文学理论的话语建构研究，曾军，上海大学，22AZW003。

（7）中国当代通俗小说史与大事记整理研究，汤哲声，苏州大学，20AZW019。

（8）人工智能时代文学叙事和传播方式的技术反思研究，张斯琦，吉林大学，21BZW150。

（9）中国当代科幻小说在英语世界的译介、传播与接受研究，熊兵，华中师范大学，19BYY119。

（10）中国网络小说外译及其社会效益研究，陆秀英，华东交通大学，19BYY121。

（11）网络文学产业链健康发展的影响机制及治理对策研究，赵礼寿，浙江传媒学院，19BGL288。

（12）借鉴美国数字文学推动中国文学的创造性转化和创新性发展研究，李洁，宁夏大学，19BZW017。

（13）数字人文视域中的隐喻理论研究，郭琳，南昌师范学院，19BZW021。

（14）网络文学批评话语体系研究，乔焕江，海南大学，19XZW002。

（15）当代中国新媒介文论话语建构研究，单小曦，杭州师范大学，18BZW008。

5. 2024 年国家社科基金后期资助结项项目

（1）人机技术重塑媒介与文化研究，韩素梅，浙江工业大学，21FXWB012。

（2）新媒介时代文艺理论的当代发展与核心议题，王传领，聊城大学，22FZWB086。

6. 2024 年国家社科基金后期资助立项项目

（1）"通俗"的逻辑：中国网络文学与海外大众通俗文化研究，张学谦，苏州大学。

（2）媒介视域下新世纪有声语言艺术研究，刘成勇，周口师范学院。

（3）技术与读者：全民阅读的媒介研究进路，董子铭，电子科技大学。

7. 2024 年度中国作家协会网络文学理论评论支持计划入选名单

（1）《网络文学大众评论透视》，江秀廷。

（2）《中国网络文学的"非家"与"非我"问题研究》，项蕾。

（3）《数字游戏与网络文学的互动研究》，张学谦。

（4）《中国网络文学的海外民间译介》，戴瑶琴、谌幸。

（5）《中国网络文学对美传播研究》，邢晨。

（6）《网络文学的现实主义转型研究（2014—2024）》，温德朝。

（7）《中国网络文学年鉴（2024）》（专项），中国作协网络文学中南大学研究中心。

（8）《中国网络文学理论评论年选2024》（专项），中国作协网络文学山东大学研究中心。

（9）中国网络文学阅评计划（专项），扬子江网络文学评论中心。

五、年度理论批评点评

1. 网络文学研究年度热点及主要贡献

（1）人工智能与网络文学的发展问题研究

随着以"生成式 AI"为代表的人工智能技术的高速发展，其对文艺生产、批评和研究活动的渗透和影响日益加深，新媒介文艺研究的理论语境和研究范式也随之进一步演化。本年度，有关网络文学召开的学术会议、座谈会和行业峰会精彩纷呈，包括以"人工智能时代下的文艺研究""数字人文与网络文学发展""数字语言文学研究"等为主题的重要学术会议。不少核心期刊如《中国文学批评》连续几期设置了"人工智能文学的发展向度"等相关专题。可见，网络文学与人工智能的相关问题依旧是本年度学界讨论热点，并呈现出持续升温的趋势。一方面，人工智能技术在网络文学创作、传播和消费领域的应用不断拓展，人工智能产生了新的创作形态；另一方面，这也引发了关于创作伦理、版权保护以及人机关系的诸多争议和反思。其中，在人机交互和辅助生成的艺术实践中，如何保持人类的创造性并利用生成式 AI 的创造潜能是一个重要议题。关于人工智能时代的文艺创作，李国成在《人工智能文学及其对现代文学观念的挑战》中提出随着以 ChatGPT 等生成式人工智能工具的出现，人类进入了"艺术机器大生产时代"。人人都能轻易获得人工智能文学生产的手段，每一位阅读人工智能文学作品的读者都能与人工智能写作软件共同创作而成为新的作者。[①] 曾军在《人机交互与辅助生成：人工智能时代的文论问题》中指出未来的 AI 技术发展有望实现"无须提示的预训练生成性作品"，也就是说，作

---

① 李国成：《人工智能文学及其对现代文学观念的挑战》《中国社会科学》，2024 年第 7 期。

品的创作将完全依靠 AI 的独立判断和理解能力。此外，这种由 AI 创作的艺术作品可能呈现出两种不同的形态：一种是"不受受众干预的完成性虚构性作品"，即创作过程不依赖外部受众的参与或回应；另一种是"受众参与决定的完成性虚构性作品"，意味着最终作品的形态可能受到受众选择或反馈的影响。这些新的发展趋势不仅扩展了 AI 创作的边界，也丰富了其内在的多样性和表现力。①

欧阳友权在《以人工智能助推新时代网络文艺创新》中指出以 ChatGPT 为代表的人工智能让人工智能艺术释放出强劲的新质生产力，给网络文艺业态带来全方位的深刻变化。在创作实践中，AIGC 的应用也存在中文数据信息资源不足、缺少肉身感知的生命体验和原创力稀缺等问题。② 同时，欧阳友权在《人工智能创作的艺术隐忧和伦理边界》一文中，提出了人工智能创作中的艺术伦理问题。他认为无论人工智能进化到哪个阶段，都有其无法避免的艺术局限，我们应该为人工智能写作设置伦理边界，不能任由其发展为"反噬人类"的工具。钱翰认为人工智能与文艺的关系呈现出两面性：一方面，当前人工智能的发展主要以实用性和效率为导向，与文艺的诗性关联有限，AIGC 参与创作更多出于商业需求；另一方面，人工智能显著降低了艺术创作的门槛，推动了文艺的民主化与平等化。他强调，尽管人工智能以效率和资本为核心，但其互文性潜力可能为文艺赋予新的诗性内涵。③ 马晓炎指出，人工智能写作的内容高度机械化、同质化，难以产生鲜活的现实关切，也无法在实际意义上促成一种具有真实情感、辩证思想、伦理意义的"新文学"的迭变。禹建湘和张浩翔也关注了这一问题，他们撰文提出，AIGC 以一种不可逆的知识参与状态影响创作者的创作思维，从而在一定程度上产生创作类型固定化和单一化的倾向可能。并且，其输出语言程式化可能会对文艺创作带来不良影响。④ 李玉萍也提出，人工智能深度融入现实生活的实践，会影响网络文学的内容生成而具有镜像化扩容的效果，智能技术将促进科幻类网络文学的崛起，丰富网络文学的情节设定和内容想象，产生能促进类型小说内容变革与创新的新变量。⑤

（2）数字人文与网络文学的发展问题研究

大语言模型、自然语言处理、人工智能等前沿技术的出现为传统的文学分析方法注入了新的动力，并拓展了跨学科研究的广阔前景。数字人文研究在全球范围内的兴起进一步促进了多个领域的交叉与融合，推动了学术界对网络文学现象的新型数字化研究。本年度，数字人文与网络文学依旧是研究的热点之一。不少网络文学

---

① 曾军：《人机交互与辅助生成：人工智能时代的文论问题》《江西社会科学》，2024 年第 5 期。
② 欧阳友权：《以人工智能助推新时代网络文艺创新》《中国文艺评论》，2024 年第 7 期。
③ 钱翰：《在人工智能时代审重对话性与互文性概念》《社会科学战线》，2024 年第 1 期。
④ 禹建湘，张浩翔：《人工智能文本生成对网络文艺发展的赋能》《江西社会科学》，2024 年第 6 期。
⑤ 李玉萍：《人工智能对网络文学的影响：主体危机、镜像扩容及数据依赖》《山东师范大学学报（社会科学版）》，2025 年第 2 期。

领域的研究专家、学者基于 AIGC 背景下网络文学的新形式与新趋势，结合人工智能的语境对出现的新情况、形成的新问题，从新角度展开研究，并探索可资运用的新方法。面对数字时代中的文艺，周志强提出了"芯文艺"。他提出，随着数字技术、虚拟现实和人工智能的出现，文艺创作和接受的"心"正在转变为"芯"，即以算法为核心的文艺生产与消费浮出水面。真正值得警惕的，并不是人工智能能否创作出如李白般的诗篇，而是未来人类可能陷入潜在的认知转变，认为人工智能的作品在艺术性和深度上超越了经典。① 单小曦和王樱子从"数字人文 2.0"切入展开新媒介文艺批评，认为数字人文在价值维度上突破传统人文主义，建构和追求一种"数字人文主义"，是"数字人文 2.0"不同于"数字人文 1.0"的另一关键点。作为"数字人文 2.0"的新媒介文艺批评自然以数字人文主义为价值指向，批评主体会自觉不自觉地将之作为评价标准来运用于批评实践。总体上，我们把数字人文主义理解为在"转译"与"纯化"双重实践造就的"杂合体"世界中，将人置于万物平等、万物互通的数字化生态环境中，以开放多元共存主体观，思考和确定人的存在方式、追求人类理想生活的思维模式和价值观。② 陈定家认为，书写文化依赖于文学符号系统。文字的能指与所指是疏离的，这种疏离本身就包含了人类思维对于外部世界的凝聚、压缩、强调或删除，电子媒介系统启用了复合符号体系，影像占据了复合符号体系的首席地位，与书写文化相比，影像与对象是合二为一的，在人们的意识中，影像就是现实本身，影像的真实外观遮盖了人为性的精心设计，观众有意无意地在其呈现形式的引导下认可或服从影像背后某种价值体系的立场，这就是电子媒介系统的强大效果：让观众在独立自主的幻觉中接受种种意义的暗示。③ 曾军结合数字人文（digital humanities）与人工智能（AI）的方法和技术，对人文学科研究方法的变革进行探讨，他强调尽管 AI 可以辅助处理大量数据和信息，但人文研究中对于理解深层含义、把握作者创作意图等方面，仍需要人类的主观判断与创造性思考。未来的 AI 人文研究应更加注重人的作用和价值，发挥人的主观能动性，推动人文研究的深入发展。④ 赵耀针对人工智能写作的局限和未来发展展开了探讨，他认为人工智能难以实现对人类写作的根本性颠覆，无法突破编码的困境、无法超越算法的局限、无法消除语言的障碍。人工智能写作虽然并不直接作为一个异己性的存在彻底取代人类传统意义上的写作，但存在一定诱导性，缺乏自我反思维度。⑤ 周冰从强人工智能文学"创作"的意义生产出发，提出强人工智能

---

① 周志强：《算法情感、幽灵形象与"芯文艺"——人工智能时代的文艺》《华中学术》，2024 年第 3 期。
② 单小曦，王樱子：《作为"数字人文 2.0"的新媒介文艺批评》《中国文学批评》，2024 年第 1 期。
③ 陈定家：《人工智能："无所不在的征服"？——"迎向灵光消逝"的网络文艺漫议》《南方文坛》，2024 年第 5 期。
④ 曾军：《人机交互与辅助生成：人工智能时代的文论问题》《江西社会科学》，2024 年第 5 期。
⑤ 赵耀：《人工智能写作的局限性与未来方向》《中国文学批评》，2024 年第 2 期。

"创作"的文学作品与人类文学作品有着本质差别：前者是后者的镜像模仿，展现了技术文明的最新成果；后者是前者的参考模板，也为前者提供了可供学习的数据材料。周冰指出，在某种程度上，网络文学处于全面数据化的网络空间，依赖最简单的 0 和 1 来表征，仰仗数据技术与数据库平台来实现，是各类型文学数据行为的复杂性编码、计算、处理、架构与呈现，在本质上可将其看作一种"活态性"的数据平台型文艺范型，体现的是科学技术对文学的影响与规训。①

（3）网络文学类型与本体问题研究

网络文学类型与本体的研究，是本年度学术界关注的热点问题之一。网络文学的类型与本体的问题一直是文学研究的重要议题，随着人工智能技术的快速发展，新媒介对文艺生产与批评的渗透日益加深，进一步凸显了文学本体问题的重要性。尽管网络文学起源于 20 世纪 90 年代初，至今已有三十余年发展历程。但当前网络文学的本体叙事尚未完全建构，其文化定位与社会形象仍显模糊难辨。在《网络文学的本体叙事与身份建构》中，桫椤从本体叙事来探究网络文学的多重面相，强调重建网络文学的文化属性。他认为不能简单地将商业属性和社交功能作为理解网络文学的基础，或者把技术要素作为网络文学的本质特征，这会导致文学这一最基础和最重要的属性被遮蔽，使人误以为网络文学并不或较少担负教化和审美功能。②张春梅和姜秦认为，带着系统穿越的行为是近十年网络文学书写中的新鲜事，或者说是赤裸裸的互联网世界、AI 强势进入大众日常生活的表达。写者以"古"为限，既想要金手指又意图安放自身的欲望和需求。二则，这里的"古"意味着历史，而历史是被书写的可想象的过去。这隐含着凡有点文化记忆的写者和看者都能在这里找到"陌生之地的熟悉感"。③谭旭东和李昔潞通过对网络文学副文本的梳理得出，网络文学生产、发行、接受的主体是作者、平台和读者，三者不是完全独立存在的，而是处于交互的动态关系网络之中。在两种或三种主体的不断交互下，大量具有特色的外副文本得以产生。以数据为代表的具有评价功能的副文本，能够帮助研究者在浩如烟海的网络文学世界中寻找到有效的研究材料；以读者为主导的副文本，则有助于研究者们获得"学者粉丝"身份，从社群内部对网络文学进行考察；以作者主导的副文本，能够为研究者提供网络文学一线的经验。厘清网络文学副文本的类型和功能，能够使得研究者能够从平台、读者、作者三个主体出发，形成完整的研究视野，从而更好地介入网络文学批评与研究。④

此外，不少研究学者立足于网络文学文本、叙事策略等方面对网络文学类型展开研究。吴长青基于对《漓江年选》（1999—2005）的样本分析得出结论，网络文

---

① 周冰：《网络文学的数据性及数据批评》《中国文学批评》，2024 年第 1 期。
② 桫椤：《网络文学的本体叙事与身份建构》《文艺论坛》，2024 年第 3 期。
③ 张春梅，姜琴：《讲述是一种仪式：关于未来想象的"后设之维"》《南方文坛》，2024 年第 5 期。
④ 谭旭东，李昔潞：《网络文学副文本的类型、功能与价值论》《文艺评论》，2024 年第 2 期。

学作为类型文学流变的形态,其市场逻辑有别于传统文学,不能简单嫁接。其类型化基于"聚类分析"的数据统计,以细分市场和读者兴趣为核心,而非主观划分。未来网络文学的转型升级是必然趋势,但具体路径仍需市场检验。① 肖映萱从性别的视角研究类型书写的分化演变路径。她认为从类型化的生产机制与读者期待来看,男女频不同的类型发展初始状态,使二者产生了不同的类型划分逻辑,最终发展出看似"同归"却是"殊途"的类型标识系统。从社会功能与经济模式上看,网络媒介、性别意识与经济自主权的多重加持,让网络时代女性的群体书写不仅成为可能,而且发展得十分壮大,建立了属于自己的大众经济模式。吉云飞提出"爽"是网络类型小说的存在方式。作为一种理想状态的"爽",是以肯定/成功而非否定/苦难的方式来实现的,它的完成有赖于设定和金手指。中国网络类型小说以"爽"为根本目的,以世界/人物设定为"爽"的达成提供可能性,同时金手指为可能性的落实提供超能力、"替罪羊",乃至机运。② 王婉波和周志雄关注到网文读者在社会媒体活动中消费方式的变革,媒介技术的发展为人类开辟了第二生存的拟真空间。社会化媒体建构了即时、自由、开放的传播方式,为受众的自我表达提供了平台,激发了他们在公共空间的情感抒发与交流。这既增强了个体的情感能量,又实现了情感氛围的渲染,还为个体情感、群体心理和社会心态的表达提供了全新场域。社会化媒体可以激发有情感或情绪悸动的读者主动贡献和反馈其情感,众多阅读平台设置了读者参与功能,鼓励读者评论和反馈。③ 李盛涛提出,相对于传统小说而言,网络小说是一种空间性文本,主要建构了拟现实态空间和超现实态空间。拟现实态空间主要指网络小说中以乡村和城市为主的空间形态,其中又分为内向型小空间和外向型跨域大空间两种形态;而超现实态空间主要表现为网络玄幻小说的"阶梯式空间"、网络盗墓小说的"积木式空间"和网络穿越小说(网络同人小说)的"缺口式空间"。各类空间形态构成了不同的文本形式和审美特征。网络小说的空间形态具有文学生态性,一是内在性地推动了网络类型小说的发展,二是体现为文学的一种空间现代性面孔。深入探究网络小说的故事空间形态,会发现一个不一样的文学大陆。④ 黄蕾指出,网络小说中的"系统"设定从早期的"金手指"定位,到读写群体对其形成想象自觉后,转变为独立的叙事手段。"系统"是一种"秩序(规则)—想象"的双重体,是"创作者意识"的秩序体现;另一方面,"系统"成为读者和主角认知与信息交互的界面,连接着虚构的小说世界和现实世界,包含着新

---

① 吴长青:《纸数融合出版视阈中网络新类型文学的流变——以〈漓江年选〉(1999—2005)的样本分析为例》,《数字出版研究》,2024年第3期。
② 吉云飞:《"爽"及其完成:网络类型小说的存在方式》,《中国文学批评》,2024年第2期。
③ 王婉波,周志雄:《网络文学读者情感消费的发生机理、表现形式与发展效应》,《编辑之友》,2024年第3期。
④ 李盛涛:《网络小说故事空间形态的文学生态性》,《中国文学研究》,2024年第1期。

的想象。这一转变过程发生在现实经验的媒介化背景下，网络文学作为网络与文学混合生成的复杂媒介，表征着现实与虚拟世界相互渗透作用的文化现状，"系统"以生成性的有机整体形态呈现制造意义与审美的程式。① 孙敏、钟丹、曹敏、张冬静和范翠英认为，网络小说阅读强度、孤独感、叙事吸收与准社会关系两两间呈正相关；叙事吸收、准社会关系以及叙事吸收与准社会关系在网络小说阅读强度与孤独感之间的中介作用和链式中介作用均显著。网络小说阅读强度可以直接预测青少年的孤独感，也可以通过叙事吸收和准社会关系的独立中介作用，以及叙事吸收与准社会关系的链式中介作用间接影响孤独感。②

（4）网络文学的叙事与话语分析

现实语境和创作环境不断变化，网络文学的叙事模式和叙事话语的迭代升级是本年度的理论研究热点之一。邢晨指出，"短篇"的新兴是近年来网络文学现场的重要现象，大量短篇作品的集中出现改变了网络文学为超长篇所"垄断"的发展状态，为网络文学的内容创作和 IP 转化方式均带来了新的变化。短篇以"元素组接""去场景化"等叙事方式形成了"信息化写作"，使得网络文学呈现新的叙事形态。③ 李玮认为，"爆款"男频长篇网文的叙事结构发生了很大变化，从早期的以"升级打怪"为主到近年转变为"二元理念"结构，并由此影响了此类网文诸多表达方式的变动。由此可以看出背后欲望主体的变化，从建构生产出积极的"匮乏感"到后期在尊重"匮乏感"的基础上，进行反思并寻求改变的可能。④ 黎杨全关于现实主义的创作进行了探讨，从文艺内容层面来说，可根据交互性的特点，设置相关的人文性、社会性论题，在内容中引入话题空间，促成读者的讨论与思考。随着社交媒体的发展，文艺欣赏呈现出普遍的人际交互特点，弹幕文化的兴起表现了这种趋势。弹幕即在屏幕上不断飞过的评论，现在的年轻网民在观剧、看电影、读小说时会有大量评点交互，这种评点并不是传统的跟帖，也并非针对整体情节展开的读后感，而是随着故事的推进针对一个个剧情点进行的讨论。从反应论出发，在文艺的内容生产中，可采用所谓的"弹幕思维"，即根据观众的弹幕吐槽情况，有意识地在内容中设置话题点，引导观众不断对内容相关话题进行评点与思考——从这里可以看出，当代文艺与其说是基于反映论，不如说更多的是基于反应论。⑤ 胡晴指出，网络小说对《红楼梦》的大量借鉴改写体现出《红楼梦》与网络小说之间

---

① 黄蕾：《网络小说中的"系统"：叙事媒介与现实镜像》《当代文坛》，2024 年第 4 期。
② 孙敏，钟丹，曹敏等：《网络小说阅读强度与青少年的孤独感：叙事吸收与准社会关系的链式中介作用》《中国临床心理学杂志》，2024 年第 5 期。
③ 邢晨：《网络文学"短篇"的新兴：信息化写作与媒介功能新变》《中国现代文学研究丛刊》，2024 年第 6 期。
④ 李玮：《欲望生产与"乌托邦"的重建——论"爆款"男频长篇网文叙事结构的转变》，《中国现代文学研究丛刊》，2024 年第 11 期。
⑤ 黎杨全：《现实的虚拟化与现实主义的转向》《中国文艺评论》，2024 年第 4 期。

— 415 —

"有迹可求"的文脉承续。网络小说不同的改写方法展现出不同的侧重点,词语的引用拼贴集中于对《红楼梦》语言片段的复制模仿和再组合,叙事段落的仿拟追求叙事模式的建构以及叙事技巧和意义内涵的提升,而典故化改写则通过戏谑与致敬展现出网络小说的创造性和主体性。不同改写方法互相交织形成复合效应,共同为网络小说的叙事服务,同时也为《红楼梦》搭建起当代阐释空间,实现经典文本的当代转化。[1]

此外,对网络文学中女性向叙事以及女性话语的研究,理论与批评也呈现出较高的关注度。房伟在对《天圣令》与网络女性历史书写的探讨中提出,蒋胜男的《天圣令》以女性意识和历史内容的结合为特色,避免了传统网络文学中的一些陋习,并为网络女性历史书写提供了新的发展路径。网络平台的发展对中国女性主义觉醒起到了推动作用,但网络文学的发展同时带来了内容分化和经典化的问题。[2] 林升栋和殷秀云以"甜宠文"成功出海的代表作品为研究对象,采用幻想主题分析方法,剖析了中英文读者对该类型网络文学的跨文化解读。作者指出:"中文读者的内容接受体现在,其创作文本的幻想主题与原母题重合度相对较高,其解读是在关系向度中进行的,男女双方的关系仍然是核心。中文读者的内容接受体现在,其创作文本的幻想主题与原母题重合度相对较高,其解读是在关系向度中进行的,男女双方的关系仍然是核心。"[3] 王玉玊认为近年来备受关注的"爱女文学"创作继承了网络文学的游戏化特征,按照设定与特定道德倾向强制绑定的"制作"逻辑生产出来,封闭了设定叙事本身成为"思想试验场"的可能而走向教条与激进,折射出互联网舆论环境中的公意碎裂。[4] 王妍认为,网络女性文学凭借多声道叙事声音,突破了单一文化的范围,实现了多元文化创作主体的融合,呈现出众智书写形态。在高质量发展视域下,网络女性文学书写以其巨大优势,成为讲好中国女性故事,展现可信、可爱、可敬中国女性形象的主要方式。[5] 周敏在对网络小说中"种田文"小说的解读中提出,"种田文"的主要矛盾也被放置在消费与分配领域,围绕着劳动所产生的勤/惰、公/私、善/恶则是"不吃亏"的女主与"极品"亲戚进行"宅斗"的具体矛盾所在。这不仅赋予劳动强烈的伦理内涵以及对欲望性消费的有限抵抗色彩,而且女主只追求过小日子的底线伦理,既指向日益"个体化"的现实社会文化环境与女性的自我呈现,也由于其不扩张性而带有妥协性。[6]

---

[1] 胡晴:《拼贴·仿拟·改写:互文视域下网络小说对〈红楼梦〉的改写》《红楼梦学刊》,2024年第6期。
[2] 房伟:《"媒介融合"中的女性欲望与历史复魅——〈天圣令〉与网络女性历史书写》《小说评论》,2024年第5期。
[3] 林升栋,殷秀云:《各美其美:中英文读者对"甜宠文"的跨文化解读》《新闻与传播评论》,2024年第5期。
[4] 王玉玊:《游戏化向度的"爱女文学"与设定中的"公意争夺战"》《中国图书评论》,2024年第7期。
[5] 王妍:《网络女性文学的众智书写形态》《当代作家评论》,2024年第2期。
[6] 周敏:《劳动、性别与伦理的再想象:对网络小说"种田文"的解读》《妇女研究论丛》,2024年第1期。

（5）网络文学的产业化和微短剧发展问题

本年度，网络文学的媒融合持续影响业态变化，而产业的新变化也进一步彰显了网络文学市场的活力。网络文学的产业化和微短剧发展问题依旧是本年度学术界关注的热点问题之一。网文原创作为"内容供应商"，成为影视、游戏、动漫、听书等视听产品的源头活水，不仅大大拓展了网络文学消费市场，也有效扩大了文学的传播半径，实现了网文作品的 N 次传播，进而改变了整个网络文学的业态结构。欧阳友权和谢日安注意到产业的新变，他们撰文提出，在主流网文平台主打长篇小说为主的背景下，知乎开拓了"精品短阅读"的产业竞争新赛道，主打短篇小说板块，形成了差异化的竞争格局，并在其中处于领先位置。"盐言故事"篇幅不长，字数大都在 1 万—3 万字间，读者 10—20 分钟即可读完一则完整故事。这样的知乎短故事与热播的微短剧在"短、平、快"等特质上是一致的，反套路、反转快、强情节的知乎文和几分钟的微短剧天然契合，因此，知乎"盐言故事"也被戏称为"网文界的短视频"。[1] 高佳华在对中国网络文学在法国的多形态传播研究中指出，中国网络文学改编数字漫画产品在法国不仅成功打入主流纸媒界，还成为法国出版社优质内容的重要供给者。[2] 晏青和韩晨雨认为，对数字时代新的作者与作品关系的讨论映射着社会交往关系变化和媒介内容生产变革。尽管我们讨论改编应当发挥其特有的艺术性而非文学文本的附庸，但也应当认识到作为影视作品的改编的确在具象化过程中慢慢远离了文学性与想象力。[3] 2022—2024 年，微短剧爆发，网络文学成为微短剧类型和迭代的内容源头，可以清晰地看到网络文学对微短剧发展的促进作用。网络微短剧的"虚构叙事+短视频传播"的类型探索也是网络文学影视化的最新实践。李玮和夏红玉提出，微短剧和网络文学共享内容，网络文学创新的内容元素促生跨媒介叙事共生的现象。已有研究表明，各个垂直类型领域，影视剧和网络文学的跨媒介互动都十分密切。网络文学的内容成为影视构架的主要来源，网络文学的叙事支撑着既有类型化影视作品的产出，并且促生了影视剧的新类型和新设定的流行。[4] 张国涛和李若琪在分析网络文学影视化的最新实践时提出，网络文学中如"替嫁人""种田""久别重逢"的细分类别，在改编成微短剧后也能找到相对应的受众群体。网络文学为微短剧创作提供了广阔的内容池，在一定程度上保障了微短剧对原创故事的庞大需求。[5]

（6）中国网络文学国际传播研究

2024 年 10 月 12 日，中国文艺理论学会网络文学研究分会和曲靖师范学院主办

---

[1] 欧阳友权，谢日安：《鼎新与精进：中国网络文学现场回望》《南方文坛》，2024 年第 5 期。
[2] 高佳华：《中国网络文学在法国的多形态传播研究》《中国出版》，2024 年第 15 期。
[3] 晏青，韩晨雨：《抵制跨媒介"支配"：网络小说读者的文本话语争夺实践》《传媒观察》，2024 年第 7 期。
[4] 李玮，夏红玉：《业态融合与叙事共生：网络文学与微短剧的勃兴》《文艺论坛》，2024 年第 3 期。
[5] 张国涛，李若琪：《网络微短剧的本体思考：溯源、回归、再构》《中国电视》，2024 年第 1 期。

的中国文艺理论学会网络文学研究分会第九届学术年会暨"中国网文出海·东南亚论坛"在云南省曲靖市举行，140多位专家学者围绕"中国网文出海的动力和路径""人工智能与网文海外传播""中国网文东南亚传播的生态链打造"等话题进行深入讨论。大会主题发言者欧阳友权认为，中国网络文学大量传播到东南亚并引起阅读的风潮，其缘由就在于中国和东南亚国家的地域相近、文化同根。精彩的网文故事中，蕴藏着中国的历史、中国的传统文化以及当下中国的现实生活和精神风貌，阅读中国网文与读懂中国之间具有强关联性。我们应该充分利用中国与东南亚之间的文化共通性，在网络文学领域建立起更加广泛的联系，积极推动网文内容和传播形式的创新，使中国网文出海更加行稳而致远。山东理工大学教授翟羽佳说，世界各地区对中国网络小说的偏好各异。相对而言，欧美读者尤为青睐东方玄幻类小说，其中蕴含的道教元素深深吸引着读者。在东南亚地区，中国古典言情小说深受喜爱。同时，新兴的种田文、耽美文等也在东南亚地区崭露头角。出海到东南亚的网络文学，蕴含着中国神话、中国美食、中国医术等丰富元素，赢得了东南亚地区读者的追捧。韦可言、瞿玉蕾、阮朱明书、陈氏清娥等来自东南亚地区的学者介绍，在泰国、老挝、缅甸、越南等东南亚国家，中国网文常年占据网络小说畅销榜单。中国网文的海外传播，拉近了不同国家的青年之间的心理距离。北京大学教授邵燕君说，中国网络文学的海外传播在高度竞争的环境中进行，在与其他文艺样式同台竞技中胜出。中国网文出海，作为"内容高地"的自然溢出，通过粉丝渠道"不胫而走"。随着海外原创的推广，网络文学正从中国的变成世界的，有力推动了文学创作从印刷时代向网络时代变迁的进程。安徽大学教授周志雄表示，中国网络文学的海外传播与中国日益强大的现实分不开，同时也离不开国家政策的支持和网络文学企业所作出的努力。中国网络小说具有世界性和普遍性，也具有鲜明的中国性。世界性和普遍性使国外读者接受中国网络小说的障碍减少，而中国性使外国读者感受到异国风情和中华文化的魅力。首都师范大学教授许苗苗认为，中国网络文学的创作与传播，与媒介经验有着密切的关联。中国正在不断建构"新媒介中国经验"，通过更加多样的网文故事和媒介途径，展示更加丰富、立体、真实的中国形象，增强不同文明之间的交流互鉴。贵州财经大学教授周兴杰认为，网文出海不仅使中国网络文学具备世界性，而且对"赛博世界文学"建构具有重大意义。西南科技大学教授周冰说，中国网络文学作为中外文明交流互鉴的产物，根植于本土却面向世界。中国网络文学的世界传播得益于其文化属性、数据属性、审美属性和产业属性。[1]

  李丹丹和李玮针对多语种网文平台出海路径进行了探讨，勾勒出明确的发展脉络：在内容层面，打造具有中华文化精髓的延展式文本"社区"；在技术层面，借助AIGC技术，从翻译、创作和应用场景三个角度全方位赋能生态出海，提升我国

---

[1] 黄尚恩：《打造网文出海的东南亚传播路径》《文艺报》，2024年11月1日。

网络文学的国际传播力和影响力；在平台层面，网文出海平台与 IP 产业链相互带动、协同共振，共同推动文化产业出海的繁荣。①李文豪和姚建彬认为，海外社交媒体是中国网络文学出海的重要阵地。中国网络文学近年来在 Meta（原名 Facebook）、X（原名 Twitter）、Instagram、You Tube、Tik Tok、Reddit 等社交媒体上掀起热潮，《诡秘之主》系列是其中的重要代表。虽然其依托图像化、社区化与 IP 化在海外社交媒体上收获了大量粉丝，但官方账号缺位、读写互动缺失等问题也影响了粉丝的情感体验。通过移植国内成功经验，与海外博主达成合作，《诡秘之主》系列能够在海外建立 IP 式文学社区，增强粉丝体验，进一步扩大其海外的知名度与影响力。②李林容和邱鑫提出，随着国内有声读物产业链日趋完善，有声市场持续扩容，溢出效应显著，有声读物"走出去"正当时。面对风起云涌的国际有声内容产业，出海行动者探索出三类实践模式，但也正面临出海成本、版权获取、内容同质和文化折扣等现实困境。基于此，出海行动者不应盲目跟风调转阵营，而应锚定出版发展方向，采取恰当的出海模式，在维护好、培育好国内有声市场的基础上，探索国际有声读物产业链，优化版权转化模式，以中国方案布局主题出版，弘扬中华优秀传统文化，推动有声读物从走出去向走进去转化。③苏平和李信刚认为，网络小说经过多年发展，现已进入主流文化视野，成为"中国创造"的一张独特名片。由该文建立的网络小说版权价值评估指标体系可知，想要实现网络小说版权价值最大化以及行业的健康发展、市场的有序化管理，需要政府、市场、企业、作者以及消费者多方共同努力。④陈奇佳和宋鸽提出，中国网络文学是中华文明国际传播的有效途径与重要载体。目前，网络文学传播已初步形成全球布局，其文化书写在海外的影响力主要体现在传统文化、女性情感和未来想象三个方面。进一步加强网络文学的文化传播能力，需要突出中华文明特性、打造文化符号、强化精准传播、提升出海企业的文化战略意识。⑤

2. 网络文学研究的不足

（1）网络文学跨学科视角欠缺

2024 年，得益于数字人文的普及和成熟，文学研究的理论语境和研究范式发生了新的变化。不少学者尝试用"网文算法"从技术层面理解网络小说的视角，探讨文学与人工智能、大数据、平台算法等技术深度融合，描述网络文学创作模式和传

---

① 李丹丹，李玮：《文化数字化战略下多语种网文平台出海路径》，《出版广角》，2024 年第 11 期。
② 李文豪，姚建彬：《社交媒体视域下的网络文学出海研究——以〈诡秘之主〉系列为例》，《出版广角》，2024 年第 18 期。
③ 李林容，邱鑫：《有声读物走出去的当下格局、现实困境及实践路径》，《中国编辑》，2024 年第 5 期。
④ 苏平，李信刚：《网络小说版权价值评估指标体系构建探究》，《重庆理工大学学报（社会科学）》，2024 年第 3 期。
⑤ 陈奇佳，宋鸽：《当代世界如何想象中国——网络文学的文化书写及其国际传播》，《江苏行政学院学报》，2024 年第 1 期。

播方式的跨学科特征。然而，现有批评研究对这些技术因素的关注明显不足，尤其是对人工智能生成内容的创作机制、算法推荐对阅读行为的塑造以及平台经济对文学生产的干预等缺乏系统分析。此外，网络文学与社会心理学、文化产业研究等学科的联结也有待加强。例如，读者互动的心理机制、社区化消费模式对作品流行的影响等议题尚未得到深入探讨。这种跨学科视角的欠缺，使批评难以全面把握网络文学的复杂性和多维度特征。因而，网络文学研究需要加强与技术、社会心理、文化经济等领域的交叉，以建立对技术与文学深度融合的批评视野。

（2）网络文学的批评实践滞后于创作发展

2024年大语言模型、自然语言处理、人工智能等前沿技术的出现为传统的文学创作和分析方法注入了新的动力，网络文学创作呈现出极强的动态性和前沿性，新类型、新形式不断涌现，例如互动式小说、沉浸式叙事以及人工智能辅助创作等，极大地改变了传统文学的创作逻辑。然而，批评实践对这些新现象的回应相对滞后，尚未形成针对性强的评价方法或理论框架。例如，针对AI参与创作的作品，其文学价值如何界定？互动式叙事中读者的创作性参与如何评价？这些问题尚未有充分讨论。同时，传统的批评语言和范式在面对网络文学的流行性、类型化特征时显得捉襟见肘，难以有效回应创作实践的复杂性和多样性。批评滞后于创作发展的现状，削弱了其指导作用，也限制了网络文学研究的理论高度和现实意义。网络文学研究应加快对新兴创作现象的分析步伐，构建能够涵盖互动性、算法影响和AI创作等多维度特征的批评话语体系，以促进理论研究与创作实践的良性互动。

（3）网络文学产业研究还需要继续推进

2024年，我国网络文学产业发展态势良好，以原创文学为代表的网文形态"量增质升"，成为推动文化产业创新发展的重要力量，呈现出IP开发市场扩容和创作群体年轻化等特点。但是当前的研究主要集中在网络文学的创作、类型、传播等文学层面的分析，而对其产业化运作的研究仍处于不断更新的阶段。此外，网络文学不仅是文化产品，也对塑造社会文化起到了重要作用。对于它对青少年群体、地方文化、性别观念等方面的影响仍需深入研究。目前的研究往往忽视网络文学产业化背后更为广泛的社会文化效应，例如如何通过网络文学的消费影响青年群体、银发群体的价值观、审美观及生活方式，如何对社会结构和文化认同产生深远影响等。可见，网络文学产业亟待从更宏观、更系统的视角对这一产业的创新形态进行更深入的剖析。

（禹建湘、张浩翔、颜术寻、张潇月、谢佳妤　执笔）

第十章 中国网络文学海外传播

2024年，网络文学加快转型升级步伐，网文出海规模进一步扩大，出海企业呈千帆竞发之势，中国网络文学海外传播呈现出空前的扩展势头，以前所未有的速度席卷全球文化市场，为海外读者带来了更多优质的精神文化产品，不仅推动了中华文化在全球的广泛传播，向国际社会展示了中华文化的独特魅力和深厚底蕴，也为网络文学产业的发展提供了强有力的动力。随着网文出海发展步伐加快，一些挑战也随之而来，如文化适应的"水土不服"问题、优质内容的持续创作问题、版权保护的法律问题，以及AI技术应用的难题等都相伴出现。中国网络文学的世界传播就是在解决这些难题中不断阔步前行的。

一、网络文学海外传播年度概况

作为全民参与、全球共创的文化实践，网络文学生动展现了中华文化的原创力，已成长为当代最具活力、受众最广、影响力最大的文学形式，同时也成为讲述中国故事、传播中国声音的重要文化名片。

2024年，根据《中共中央关于进一步全面深化改革 推进中国式现代化的决定》[1]中"七个聚焦"要求，网络文学界贯彻落实"聚焦建设社会主义文化强国，坚持马克思主义在意识形态领域指导地位的根本制度，健全文化事业、文化产业发展体制机制，推动文化繁荣，丰富人民精神文化生活，提升国家文化软实力和中华文化影响力"的基本要求，在中国完善高水平对外开放体制机制、加速实现全面现代化的当下，网络文学既要当好排头兵，向全球展现出包容开放、平等共赢的中国态度，更要做好讲述者，向世界讲述好中国故事，不断深化耕耘海外市场。随着高水平对外开放体制机制的不断完善，中国网络文学也在向全世界展现中国文化的独特魅力。

《2023年中国网络文学发展研究报告》[2]显示，截至2023年，中国网文出海总

---

[1] 中国共产党第二十届中央委员会第三次全体会议通过：《中共中央关于进一步全面深化改革 推进中国式现代化的决定》，2024年7月18日，https://www.gov.cn/zhengce/202407/content_6963772.html，2024年11月27日查询。

[2] 中国社科院：《2023年中国网络文学发展研究报告》，2024年2月17日，http://literature.cass.cn/xjdt/202402/t20240227_5735047.shtml#:~:text=，2024年11月27日查询。

体上仍然延续了前几年的发展态势，网文出海市场规模突破40亿元，作品质量稳定提升，作品数量持续增长。以起点国际为例，截至2023年底，该网站就上线约3800部译作，同比2022年增长31%。随着AI技术的突飞猛进，文字翻译的瓶颈即将突破，出海作品数量有望相应出现一个井喷期。长期蓄势待发的全球性IP生态在AI技术加持下，早已显露出爆发式增长态势。

2024年4月28日，中国作家协会在上海发布《2023中国网络文学蓝皮书》[①]。蓝皮书显示，AI已成为网文出海的新风口，2023年，网络文学海外传播整合力明显加强，AIGC技术提升出海效率，扩大传播半径，中国网络文学叙事手法等被海外网文、微短剧广泛借鉴。2023年网络文学海外市场规模超40亿元，海外活跃用户总数近2亿人，其中Z世代占80%，覆盖全球大部分国家和地区。多个海外网络文学App产品日活超10万，部分超百万。

随着网络文学的全球化进程不断推进，中国网络文学的影响力日益扩大，其传播范围逐步覆盖更多地区，成为"文化出海"的重要力量，与游戏和影视共同构成三大核心引擎。2023年，中国网络文学在规模化发展、内容创新、市场收益、运营模式以及技术支持等方面展现出强劲的国际竞争力。借助人工智能技术的迅猛发展和国际文化交流的深入合作，中国网络文学正在加速向优质化和生态化的方向发展，未来有望催生具备全球影响力的文化IP。

7月12日，在京召开的第七届中国"网络文学+"大会开幕式上，中国音像与数字出版协会发布了《2023年度中国网络文学发展报告》，从发展背景、产业现状、年度特征及趋势展望四个角度，全面剖析了我国网络文学的发展脉络。2023年，我国网络文学行业海外市场营收规模达到43.50亿元，同比增速7.06%，中国网络文学出海逐渐步入稳定发展期，网文企业需要在现有基础上强化全IP生态链构建，不断增强中华文化的话语权和定义权。2023年，我国网络文学出海作品（含网络文学平台海外原创作品）总量约为69.58万部（种），相较2022年，增长29.02%。

8月28日，2024年中国网络文明大会网络文艺与文化强国建设分论坛在成都举行，论坛现场正式发布了《中国网络文艺发展报告（2022—2023）》。在网络文学板块中，该报告也对近两年网络文学出海情况做出了系统性描述，总体来看，中国网络文学出海呈现出一个螺旋上升的趋势，一方面网文出海产业愈发红火；另一方面，随着出海程度加深、进度加快，一些新的问题也要求行业相关人员不断拆招解招。

1. 网络文学海外传播环境

（1）政策推进，助力网文讲好中国故事

2024年7月16日，党的二十届三中全会在北京召开，会上通过的《中共中央

[①] 中国作家协会：《2023中国网络文学》，4月28日，https://www.chinawriter.com.cn/n1/2024/0527/c404023-40244118.html，2024年11月27日查询。

关于进一步全面深化改革 推进中国式现代化的决定》强调："构建更有效力的国际传播体系。推进国际传播格局重构，深化主流媒体国际传播机制改革创新，加快构建多渠道、立体式对外传播格局。加快构建中国话语和中国叙事体系，全面提升国际传播效能。建设全球文明倡议践行机制。推动走出去、请进来管理便利化，扩大国际人文交流合作。"中国网络文学走出去，既是网络文学产业发展必然形成的磅礴之势，更是中国推进高水平对外开放应然聚焦的题中之义。中国网络文学作为中国对外开放的文化门户，中央、地方通过一系列、多方面的政策支持，为网络文学出海，打造了开放、活跃、优越的生态环境，助力中国网络文学向全世界，发出中国文化自信最强音。

近年来，中国作协通过一系列举措，如召开工作推进会、实施"名刊名社"拓展计划、完善联席会议制度、增强编辑力量和加大宣传力度等，推动了"两个计划"的不断深化和扩展。各级作协组织、重点文艺期刊和出版社广泛参与，作家们积极响应并热情投入，涌现出大量具有时代精神和时代气象的文学精品，形成了广泛的社会影响力和良好的口碑。截至目前，"新时代文学攀登计划·扬帆计划"已促成30多部作品与海外出版社签订了100多项版权输出合同，涵盖26种语言，并亮相2023年法兰克福书展和2024年巴黎图书节。同时，"新时代文学攀登计划·迁徙计划：从文学到影视"推动了51部作品在平遥国际电影展上进行推介，获得业界广泛关注。通过"两个计划"的深度联动，文学界多领域力量得以有效激活，创造了有利环境，促进了优秀作品的不断涌现。

7月25日，中国网络视听节目服务协会发布了《微短剧版权保护倡议书》，从市场环境、版权保护的角度，为网络文学矩阵建设保驾护航。其中提及：为了给创作者提供一个健康有益的创作环境，给从业者提供一个公平有序的竞争环境，护航微短剧实现高质量发展，向行业全体同人发出四点倡议。

9月16日至22日，由国家文化和旅游部中外文化交流中心主办的中国网络作家赴欧洲文化交流活动于意大利、英国、法国顺利举办，邀请了中国网络作家村运营负责人沈荣、中国网络作家村签约作家横扫天涯参与。活动期间，20部中国经典网络文学作品作为文化交流典藏书目，入藏意大利作家联合会、罗马大学孔子学院、英国大英图书馆、查宁阁图书馆、法国巴黎文化中心。

11月12日至14日，由中国作协网络文学中心举办的网络文学国际传播培训班在北京成功举办。培训班针对网文出海的难点、堵点，组织网络作家和网文平台出国考察调研，了解海外受众需求，促进海外的网文IP转化，助推网络文学成为世界级的文化新景观，为提升国家软实力和中华文化影响力做出新贡献。

各地政府、作协同样积极响应，结合地方特色打造网络文学海外传播窗口，推动网文出海带动文化出海。4月18日，由中国作家协会网络文学中心主办的"网络文学IP微短剧创作扶持项目发布会"在江苏无锡举行。在这次会上，江苏省网络视听协会艺术创作中心、网络文学IP短剧转化和交易平台正式揭牌,《提升网络文学短剧转化品质倡议书》同时发布,从创作导向、精品打造、人民喜爱、科学理性、国际视野、版权保护、行业生态等方面,提出七条倡议,引导网络微短剧健康有序发展。6月21日,湖南省作协组织举办网络文学第二批人才推荐工作座谈会,多为参会网文作者先后分享各自的创作、创业成果,并围绕网络文学IP改编、网络文学影视化、网文出海等议题展开讨论,表达了投身湖南文化和科技融合发展热潮的愿望和期盼。9月21日至22日,由中国作家协会、中共海南省委宣传部指导,中国作家协会网络文学中心、海南省作家协会共同主办的海南自贸港网络文学论坛在海口成功举办。海南自由贸易港是改革开放综合试验平台,探索新的文化体制机制具有先行一步的独特优势,可以借助海南自贸港区域优势,大力推动网文出海,进一步提升中华文化海外影响力。四川结合成都科幻之都的优势,深耕科幻领域网文出海。9月19日,"新质生产力与网络文艺新趋势"研讨会在四川召开,着重讨论网络文学新质生产力价值能力。

相比于往年网络文学出海"一窝蜂"的局面,现今,网文出海有了成体系的政策支持,形成了中央统领大局、地方因地制宜的发展格局,形成政策市场协同发力的全新局面。通过抓住当前势头强劲的有利契机,加强与相关单位部门的沟通,在创作上推动精品化、主流化,在传播上推动多样化、规模化,中国网络文学推动优质文学IP在世界舞台上释放了更大能量,在推动中国文学走出去、提升中华文化影响力方面发挥了更大作用。

(2)市场进入转型期,"网文+"进入快车道

2024年7月12日至14日,由国家新闻出版署、北京市人民政府指导,中共北京市委宣传部(北京市新闻出版局)、中国音像与数字出版协会、中国作协网络文学中心、中共北京市委网络安全和信息化委员会办公室、北京经济技术开发区管理委员会共同主办的第七届中国"网络文学+"大会在北京市经济技术开发区亦创国际会展中心举办。大会以"网聚创造活力 文谱时代华章"为主题,以网络文学推动文化传承发展为主线,以引导精品创作、服务人民群众、促进交流互鉴、推动高质量发展为目标。其中大会的五场论坛中,4场主题分论坛围绕创作评论、网络微短剧、动漫游戏与科技赋能、出海交流展开交流。同时,结合2024年各大网络文学企业发布的2023年度报告,可以发现,"网文+AI""网文+IP"是2024年的关键词。

从阅文集团的年度报告中可以看出,作为网文出海的领先企业,阅文集团始终坚持"AI+IP"协同发展战略。一方面,借助AI翻译技术,阅文加速了网文的规模化、多语种出海;另一方面,阅文也与全球产业伙伴携手合作,推动动漫、影视、游戏等多元化IP生态的国际化布局。

阅文集团计划通过AI翻译技术加速网文的全球扩展,拓展海外市场。目前,阅文的AI翻译模型结合人工干预与高度自动化翻译,相比传统人工翻译,效率提升近

百倍，翻译成本下降超过90%。2023年12月，起点国际畅销榜前100的作品中，AI翻译作品占比已达到21%。未来，除英语和西班牙语外，AI翻译将进一步覆盖更多小语种。到2023年底，阅文已经推出约3800部中国网文翻译作品，AI翻译作品带来的营收已占阅文海外总收入的30%左右。

作为IP出海的先行者，阅文还向海外授权了1000余部数字出版和实体书作品，并推出了100余部有声作品和约1500部漫画作品。阅文改编的IP动画在YouTube频道日均更新一集，年浏览量超过2.7亿次。2024年上半年，《与凤行》《庆余年第二季》《墨雨云间》等热门IP剧集将陆续登陆海外电视台和主流视频平台，掀起追剧热潮。

随着IP出海矩阵的初步成形，中国IP的全球影响力持续提升。2024年5月29日，瑞士国家旅游局宣布将和阅文开展为期一年的深度海外文旅合作，由《全职高手》主角叶修担任2025年"瑞士旅游探路员"；6月13日，新加坡旅游局与阅文签署战略合作协议，将以多元化方式呈现热门华语IP，助力阅文拓展海外市场；6月21日，法国埃菲尔基金会、中法品牌美学中心与阅文签署IP共创合作，联合发起"阅赏巴黎"计划。

字节跳动　同样在"网文+短剧"的领域颇有成效，凭借手握Fizzo和TikTok的优势，字节跳动在网文海外市场的IP矩阵布局中更加游刃有余。2024年，字节跳动凭借自身在短视频短剧的平台优势，结合Fizzo和番茄的网文作品，迅速在海外形成IP转化能力，在短剧布局上表现出极强的市场占有率，同时，字节推出了全新的短剧平台MiniShorts，背靠Fizzo的海外原创作品，在海外短剧市场也崭露头角，成为字节旗下海外大矩阵的新生猛将。

晋江文学城　2024年重点关注"网文+版权"和"网文+翻译"的出海模式。据晋江文学城"晋江出海"板块显示，2024年，晋江面向中国香港、中国澳门、中国台湾以及以东南亚为主的海外地区持续推动译介作品版权出海。年内在多个海外地区的纸质出版签约数量也保持稳定增长。

除这些网文头部企业的布局之外，2024年"网文+短剧"的模式成为市场新宠，除前文提到的MiniShorts，海外市场也有许多短剧应用，成为网文出海的新延伸节点。

点众科技　旗下的Dramabox是最近市场的新宠，在海外市场的相关广告投放量位居前列，其市场重心主要放在东南亚市场。由于短剧本身为点众科技在国内的主要业务，内容储备足，因此其主要的业务方向为国内短剧的海外译制，得益于其丰富的资源储备，其在海外市场的增量长期处于一个较快的发展态势。Dramabox的目标受众为男频市场，旗下短剧题材以复仇、穿越、总裁为主，以此类快餐网文形成的短剧吸引男性用户，近段时间Dramabox也开始强化本土原创剧集的布局，以狼人、吸血鬼等女频题材为主，旨在吸引更多用户。

中文在线 作为老牌短剧企业，旗下有 Sereal+ 和 ReelShort 两大拳头平台。ReelShort 隶属于中文在线的 Crazy Maple Studio 子公司。与 Dramabox 的译制模式不同，ReelShort 上线之初就将目标定位放在本土剧上，因此旗下短剧产量少、质量更贴合当地市场的情况，其客户黏度、收入都处在短剧领域的领先位置。Sereal+ 则是 2024 年 1 月新上线的平台，市场定位以翻译剧为主，凭借中文在线的多年积累迅速成长。基于这两个应用，中文在线保持了本土原创和国内译制同步开发的发展势头。

MoboReels 隶属于畅读，作为老牌网文出海厂家，畅读的优势在于其拥有大量网文版权和丰富的网文出海经验。虽然没有国内短剧市场优势，但得益于其网文出海的经验，在内容引进和作品评估有极大的优势，可以快速、准确地找到更多爆款短剧，加上出海经验丰富，在推广海外基础建设、市场投放领域也同样能够迅速把握市场风向。

除以上三个头部公司之外，新阅时代的 Goodshort、嘉书科技的 TOPShort、字节跳动的 MiniShorts、Stary 旗下的 DreameShort、掌中云开发的 JoyReels，这些网文出海企业纷纷布局短剧市场。

目前在海外"网文+"的市场布局中，短剧凭借短、平、快的优势，牢牢把握住用户的"空瓶时刻"，成为 IP 矩阵中的主阵地。相比于游戏、连续剧、漫画等需要大量前期投入和消费者时间投入的模式，短剧无疑是一种更经济、更成熟的 IP 转化方式。在 2024 年，越来越多的企业正在或已经完成"网文+短剧"的出海模式。可以预见，短剧将成为除网文版权出海之外最核心的网文出海形式，以此形成"网文+短剧"协同发力，互为犄角的出海模式。

（3）理论研究助力网文出海

2024 年，网络文学研究进入全新阶段，中南大学组织召开了网文出海全国学术研讨会，其他高校积极参与，网文出海达成了广泛共识，通过一系列高水平会议、论文，为中国网络文学海外传播把脉问诊，助力网文出海。经中国知网查询，2024 年中国知网已收录与网文出海、网络文学海外传播相关的文献 40 余篇，相比前年整体呈现出垂直细分领域更明确、研究范围更广、研究更为深入的特点。

2 月 26 日，由中国社会科学院文学研究所主办的《2023 中国网络文学发展研究报告》发布暨研讨会在京举行，来自中国社会科学院、中国国家版本馆、中国现代文学馆、北京大学、清华大学、中南大学、中国人民大学、南开大学、北京师范大学等研究机构与高校的专家学者，以及网络文学行业代表和作家代表与会。

4 月 14 日，"中国网络文学三十年丛书"研讨会在中南大学人文学院学术报告厅举行，来自高校、科研院所、作协部门、出版业、传媒业等领域的 20 余位专家、学者、评论家与会。中南大学是中国网络文学研究重镇，以欧阳友权教授为代表的网络文学研究团队，是中国最早开展网络文学研究的学术群体。该团队深耕网络文学研究领域，笔耕不辍，至今已有 25 年。"中国网络文学三十年丛书"深刻厘清了网络文学发展脉络，对于网文出海有着重要的参考价值。

5月22日，江西网络文学发展交流座谈会在景德镇举行，国内众多知名网络文学研究专家、网络平台专家和网络作家齐聚一堂，集思广益，探讨中国网络文学发展趋势，并为江西网络文学高质量发展建言献策，许多专家探讨了网络文学海外传播的新动向与大趋势。

9月9日，2024互联网岳麓峰会"文化+科技"融合专场论坛，中南大学网络文学研究院院长欧阳友权教授发布了《中国网络文学年鉴（2023）》。该年鉴由中南大学网络文学研究院和中国作协网络文学中南大学研究基地编撰完成，系统梳理了中国2023年度网络文学的发展状况，对中国网文出海问题，年鉴中有专章介绍。

10月12日，中国文艺理论学会网络文学研究分会第九届学术年会暨"中国网文出海·东南亚论坛"在曲靖师范学院举行。本次学术会议由中国文艺理论学会网络文学研究分会和曲靖师范学院主办，主题为"积极服务和融入国家发展战略，推动中国网络文学事业发展，讲好中国故事，传播好中国声音"。会议内容围绕四个主题展开，分别是："网络文学世界传播研究""网络文学东南亚传播与人工智能赋能网文传播研究""网络文学IP价值的跨境分发""网络文学类型与本体研究"，并设置了四个分论坛，旨在推动中国网络文学在全球范围内的传播与发展。

总体来看，2024年，学界对网络文学海外传播形成了更加精准的认识，产生了更多的研究成果，对这一领域有新的学术推进。

2. 网络文学传播年度进程

（1）AI翻译让中国故事走向世界

《2023中国网络文学蓝皮书》显示，生成式人工智能大大提升了网文出海效率，使网络文学海外市场规模超40亿元，海外活跃用户总数近2亿人，其中Z世代占80%，覆盖全球大部分国家和地区。多个海外网络文学App产品日活超10万，部分超百万。晋江全年签署海外输出合同超过500部次，其中实体书出版占2/3，电子书合作占1/3，海外输出规模持续扩大。AIGC使网络文学的翻译效率与准确度极大提升，成本极大降低，困扰网文出海的翻译问题得到缓解，国内外"同步更新"与"全球追更"迎来可能。起点国际启动多语种发展计划，借助AI翻译上线多个语种，多个海外产品也将使用AI技术，提升翻译与传播效率，拓展目标国家及地区，扩大传播半径。

在国内文学作品走向海外的过程中，翻译既是关键的第一步，也是最为重要的一道关卡。尤其对于篇幅庞大且数量庞大的国内网络文学而言，人工翻译的成本极为高昂。以聘请专业译者翻译作品为例，翻译费用大约为每千字200元，而一些百万字级的网络小说作品，其翻译费用可能高达几十万元。即便如此，许多优秀的翻译人才仍然倾向于从事同声传译、金融、法律或医疗等专业领域的翻译工作。2017

年，推文科技成立，专注于为网络文学作品提供多语种 AI 翻译及其他文学内容出海服务。短短几年内，推文科技已成功帮助超过 7000 部网络小说作品走向海外。2023 年 7 月，阅文集团推出了"大语言模型'阅文妙笔'及其应用产品'作家助手妙笔版'"，为作者提供世界观设定、角色设定、情节与打斗描写等内容生成功能。借助 AI 翻译技术，网络文学的翻译效率提升了 3600 倍，且翻译成本也降至原来 1% 的水平。尽管 AI 翻译在提高效率和降低成本方面具有显著优势，但对于一些复杂的表述、地域特色或本土语境的翻译，仍然需要人工进行细致的"精加工"，不过随着 AI 训练程度的加深，这样的"精加工"也在逐渐变少。现在，通过打造各领域专用术语词库，并实现开源获取，翻译成本锐减，且翻译质量同样喜人，能够辅助海外读者顺利推进阅读。目前，相较于国内庞大的网络文学市场，走向海外的作品仍然占少数。随着海外阅读和观影需求的日益增长，这一领域蕴含着巨大的发展机遇。通过这种趋势，可以将更多优秀的中华文化作品推向海外，进一步塑造中国文化的国际形象。

依托先进的 AI 技术，中文网络小说可以高效转化为多种语言，包括英语、西班牙语、印尼语、葡萄牙语、德语、法语、日语等，不仅扩大了中国网络文学的国际影响力，也为海外原创网络文学提供了更广阔的传播平台。现在，AI 正引领网络文学产业向全球扩展，使中国网络文学顺利融入全球阅读市场。随着新技术的不断深入应用，"一键出海"和全球同步"追更"逐渐成为翻译出海的新常态，AI 翻译技术已成为网文企业加速国际化的首选路径。

与 AI 翻译蓬勃发展相对的是，AI 网文创作在 2024 年遭受了一些批评和质疑，尽管 AI 创作的大规模应用有助于网文出海规模的提升，但对于一些作者而言，AI 创作无疑对他们的实际利益产生了较大的负面影响。从优势面来看，AI 创作的网文可以通过大数据分析投喂，快速形成符合当地市场偏好的作品。比如，某些吸睛狗血的桥段可以快速吸引用户兴趣，促进用户为后续内容付费，并在短时间内形成量的优势。但其缺点同样明显，一方面，网文作者反对用其作品作为投喂 AI 的素材，平台基于这些作者作品数据训练的 AI 模型在版权问题上和网文作者有极大的冲突；另一方面，AI 创作的应用导致网文市场出现同质化的倾向，过度使用 AI 作品会极大降低用户的付费欲望。

与网文出海不同的是，AI 在短剧出海上则展现出一边倒的优势。短剧出海本身是依托于网文出海衍生而来的产业，AI 技术的加持，极大缩减了短剧出海周期，降低了从网文到剧本、从国内到海外的投入成本。

毫无疑问，AI 翻译的成熟对于网文出海仍然起到了巨大的促进作用，在经过更为庞大的数据投喂之后，如今的 AI 翻译已经从原本的文本直译转变为检索式云翻译。AI 接收原文之后，会将原文内容拆解分散，分析其中的关系和语境，在译介的过程中，会同时将其放入目标语境中进行分析，尽管有时候会和原文有差异，但是原文中的梗、俏皮话，会被适当地替换成目标语言中意思相似的表达。对于读者而言，这样的翻译模式可以更好地消解其在阅读译介作品时的文化隔阂；对于创作者和翻译者而言，大数据可以更快更准确地翻译原本需要基于译者经验进行改写的部分。AI 技术的日渐成熟，有效地消解了文化差异所带来的出海壁垒，能带给译介作品和海外原创作品类似的阅读体验。

（2）IP 产业升温，网文、网剧、网游全方位出海

2024 年，随着国产游戏《黑神话：悟空》上线并登顶 Steam 全球热销榜，中国的网文、网剧、网游迅速成为网文出海的"新三样"。阅文集团旗下的起点国际已上线约 3800 部中国网络文学的英文翻译作品，从仙侠到都市、从科技到言情，内容丰富，且有多部作品阅读量破亿，最高阅读量更是突破了 4.5 亿次。C Drama（中国短剧）也凭借"底层逆袭""霸总娇妻"等元素在海外掀起浪潮而成为网络热词。网络文化"新三样"风靡海外，主要原因是它们属于通俗文化产品，消费者基数庞大，独特的中国传统文化也吸引了不少海外受众，"新三样"中的中国元素，客观上促进了中国文化的海外传播。

海外平台借鉴中国网络文学的运营模式，开启了原创内容的 IP 转化和产业链开发，推动全球 IP 生态建设。比如，起点国际征文大赛中，约 40% 的获奖作品已经实现了 IP 开发，进一步体现了中国网络文学在全球范围内的影响力。

中国网络文学的经典叙事结构、人物设定等元素被海外作者广泛模仿和借鉴。例如，韩国网文《我独自升级》便采用了中国多年前流行的经典升级文套路，这一作品在日韩地区广受欢迎，并通过改编为动漫、动画、影视作品，迅速成为东亚地区的热门 IP。与此同时，欧美微短剧也开始大量借鉴中国网络文学的经典叙事逻辑，许多网文经典套路成了海外微短剧成功的关键。中文在线旗下的微短剧产品 ReelShort 在欧美应用商店名列前茅，而 FlexTV、GoodShort 等流行的欧美微短剧产品，则依托网文平台，结合中国网文的经典套路与西方演员和流行元素，推出了一系列爆款产品，形成了中国网文出海的新路径与新形态。

2 月 26 日，中国社会科学院文学研究所发布《2023 中国网络文学发展研究报告》提到，2023 年中国网络文学行业海外市场营收规模达到 43.5 亿元，同比增长 7.06%。随着国内 IP 生态链的日益成熟，网文出海向 IP 生态出海升级，成为中国文化产品出海最大的 IP 源头。

报告总结了 2023 年网文 IP 市场规模增长近百亿的三大驱动力：一是 IP 前置开发模式逐渐成熟；二是影视、动漫、微短剧等领域创造了重要增量；三是 AI 技术的应用加速了网文 IP 生态的发展。

2024 年，网文 IP 前置开发模式逐渐成熟，平台通过定制化内容、有效互动和二次创作等方式，推动了 IP 孵化的进一步发展。例如，《宿命之环》在起点读书平台的本章字数累计已超过 7000 万，单个用户为作品配音超过 2800 次。与此同时，

平台还为《诡秘之主》打造了官方主题站"卷毛狒狒研究会",通过全新互动方式,首月就吸引了超过60万粉丝,用户日活跃度环比增长超过200%,为作品的有声读物、盲盒、改编动漫等多品类创作提供了新的发展路径。

除此之外,网文IP的影视改编效率和质量双双提升。据云合数据,2023年上新热播剧集的TOP20中,60%的作品均改编自网络文学。动漫和科幻作品成为扩大IP影响力的重要增量,尤其是年番动漫的持续播出,为主流视频平台带来了稳定的热度和营收。例如,《斗破苍穹》《斗罗大陆》等年番作品在腾讯视频的经典畅销榜中常年占据前列;微短剧则成为释放中腰部IP价值的重要途径,推动了IP可视化进程,精品化发展成为短剧发展的必然趋势。

报告还特别强调了我国在加强版权保护方面所做的努力。随着政策法规的推进以及行业自律的加强,网文的正版化进程正在加速,行业各方的共同努力为网络文学的海外传播提供了保障,推动了网络文学的健康、可持续发展。

《2023中国网络文学蓝皮书》中提到:"网络文学平台多点布局探索新业态。据全国50家重点网络文学平台数据,2023年营收规模约340亿。付费阅读网站在线阅读板块营收增长低迷,网站纷纷探索新业态。"

2024年的网文出海进入了全新阶段,11月19日至22日,2024年世界互联网大会乌镇峰会,会上发布的《2024中华文化符号国际传播指数(CSIC)报告》显示,2024年中华文化国际传播呈现出海内容"国潮"化、主体多元化、赛道细分化、生态延展化等新特征。不同于以往网文一马当先,带动海外IP矩阵构建的"大航海时代",2024年的网文出海呈现出IP矩阵百花齐放,全平台出海互相转化的格局。不同的企业结合自身优势领域,采取不同的出海模式。

阅文集团作为IP出海头部企业,以网文IP矩阵而占据传统网文+IP的出海优势。依托巨大网文作品资源,阅文在IP出海的过程中通过网文先行、IP拓展的模式,持续提升中国IP的国际影响力。还有一些企业采取IP矩阵出海的模式,如字节跳动,凭借短视频平台的成果,通过短视频的投放,从而带动网文出海,旗下产品Fizzo在初登网文出海舞台之时,就是凭借TikTok庞大的海外影响力,成功带动其迅速在印尼、菲律宾等地爆火,进而打入欧美市场。2024年,短剧的火爆也带动出海网文升温,一些网文作品本身并未参与或凭借译介的方式流向海外市场,但在国内成熟的IP转化模式下,此类网文作品所衍生的短剧缺走向国际,成为海外市场的宠儿,从而带动了原创网文的传播。

这种IP出海的模式同样发生在漫画、游戏乃至粉丝社群中。在授权改编之外,网络文学的叙事模式正以更广泛的影响力进入更多媒介生态。例如,网络文学叙事、微短剧演出以"真人互动影像游戏"模式进入单机游戏领域,如游戏《完蛋!我被美女包围了!》自上线之后,迅速登顶steam国区热销榜,并迅速火爆海外,带动网络文学和微短剧内容以单机游戏的形式进入市场,紧随其后也涌现出一系列类似的作品，投入出海大军之中。

（3）海外原创作家成为原创网文新主力

海外原创是网文出海的新举措，这使得中国网文的生态出海逐渐成形，中国网络文学的运营模式和叙事手法被广泛借鉴与模仿。各大海外平台已培养近百万本土作者，其中以Z世代为主，创作了超过150万部原创作品。《2023中国网络文学发展研究报告》显示，2023年度，海外市场营收规模43.50亿元，同比增长7.06%，出海作品（含网络文学平台海外原创作品）总量约69.58万部，海外访问用户约2.3亿。

海外原创作家群体的形成得益于网文平台的长久布局。随着全球网络文学市场的迅速发展，一些大型平台，如起点国际、Radish和Tapas等，不仅为创作者提供了广阔的读者群体和创作空间，还通过多种形式的支持措施，推动全球创作者的成长。以起点国际为例，通过提供海量的原创内容和多语种的翻译支持，吸引了来自全球不同地区的读者。平台覆盖英语、西班牙语、法语、葡萄牙语等多个市场，并且根据各国读者的文化偏好，推送相应的内容。还有"创作奖金计划"和"月度奖金"激励优秀创作者。同时通过举办全球年度有奖征文活动、推出作家孵化项目和职业化发展计划等措施，成功激发了海外创作者的热情，培养了一大批优秀的海外网络作家。

海外本土平台的崛起，完善了海外原创生态，并推动了全球网络文学的发展，中国网络文学在海外的传播和影响力迎来了新的机遇与挑战。海外平台，尤其是韩国等国家的本土平台，借鉴了中国网络文学的成功经验，并不断优化其创作模式和运营机制。例如，韩国的Kakao平台在北美、日本、泰国、印尼等地迅速扩展，已在多个国家建立了平台和业务，推动了其本土网络文学的蓬勃发展。Kakao收购Wuxia World后，韩国本土网文的传播已逐渐接近中国授权网文的规模，体现出海外市场对网络文学的深厚需求。

与此同时，韩国网文《全知读者视角》等作品在东亚地区的广泛热播，以及简体中文出版的反向输出，彰显了中国网络文学在海外文化传播中的双向影响力。日韩等国家凭借其成熟的动漫、影视产业和高效的IP开发机制，在网络文学IP化的过程中展现出强大的优势。相较于中国的内容输出，日韩本土网文IP化的效率和突破障碍的能力更强，因此在海外市场的竞争中占有一定优势。

中国网络文学的微短剧改编也在欧美市场取得了积极进展。尽管面临本土原创内容的挑战，但中国网文的创新性和全球化潜力为其在海外的广泛传播提供了独特的优势。中国网络文学的持续输出，尤其是在跨文化传播和IP开发方面，正为全球读者带来更多丰富多彩的文化作品。

海外原创生态的形成为中国网文出海带来了极大的正向收益。原创生态使得网文出海从主动转变为自动出海，内容出海转变为创新形式的内容出海，形成了中国网文模式为里、海外文化元素为表的海外生态模式。这些海外原创作家的作品凭借更加自然契合的文化背景，更加便利地吸引住用户，使得网站平台更易于在海外形成用户黏性。海外原创作家成为海外网文新主力，标志着网文出海已经度过开拓期，进入了全面发展期。

（4）Z世代崛起，出海队伍年轻化

网络文学作为一种新兴的文化形式，正在吸引着年青一代的群体，共同深刻影响全球的阅读生态，Z世代作为数字原住民，已成为这一变革的主力军。2024年，随着全球互联网和数字技术的普及，中国网络文学的国际化进程也进入了全新的阶段。网络文学在全球范围内的广泛影响力及其年轻创作者的崛起，揭示了Z世代的数字阅读趋势，展现出中国网络文学在全球化过程中的迅猛发展和年青一代的创作活力。

2024年4月20日，在第29个世界读书日即将到来之际，环球时报研究院与阅文集团联合发布了《Z世代数字阅读报告》。该报告从地域分布、阅读行为、内容偏好等多个维度，勾画出了Z世代数字阅读的新趋势和特点。报告数据显示，截至2023年底，阅文旗下的海外平台WebNovel累计上线约3800部中国网络文学作品的翻译版本，同比增长31%；吸引了超过2.3亿的海外访问用户，同比增长35%。这些海外用户遍布200多个国家和地区，其中Z世代用户占比超过70%。从地域分布来看，美国、菲律宾、印度、印尼和马来西亚位居用户数量前五。海外Z世代用户最喜欢的中国网文作品包括《诡秘之主》、《宿命之环》、《超级神基因》、《全民领主：我的爆率百分百》和《许你万丈光芒好》，这些作品涵盖了西方奇幻、玄幻、游戏竞技、都市言情等多种题材类型，反映了网文出海作品的多元化趋势。通过丰富的故事情节和深刻的文化内涵，中国网络文学正在帮助海外年轻人更深入地了解中国的历史与文化，增进文化交流与认知。

4月22日，中国新闻出版研究院国民阅读研究与促进中心发布了《2022—2023网络文学生态价值发展报告》。报告显示，30岁以下的网文作者已占比超过七成，网文写作正成为年轻群体热衷的新职业选择。尤其是年轻用户的创作积极性最高，95后和00后已成为原创写作的主力军。根据主流网文平台的统计数据，番茄原创签约作者中，57%为95后，26%为85后，9%为75后；阅文集团新增作家中，60%为00后；七猫中文网新增签约作者中，90后占比55%。此外，网络文学的读者群体正不断扩大，涵盖了更多的中产阶层、高学历人群、中青年人群以及大中城市的居民。这些群体的加入，使得网络文学的受众更加多元化。"Z世代"用户的数字化生存体验，为网络文学注入了灵活、敏锐和前卫的创新元素，他们在"小"题材创作上展现出更强的专研精神，并更加注重作品的改编潜力。随着年轻创作者和读者的不断涌现，网络文学正迈向更加广阔的未来。

随着Z世代的崛起，网络文学正在经历一场前所未有的变革，创作者和读者的年轻化趋势使得这一文化形式焕发出了新的活力。从中国网络文学的全球化传播，到年轻作者的创作热情，网络文学正在不断突破国界、语言和文化的限制，成为全球文化交流的重要桥梁。展望未来，随着技术的进步和市场的不断拓展，网络文学必将在更多元化的读者群体中扎根，推动全球文化的互动与融合。无论是在创作内容的多样性上，还是在全球文化认知的深化上，网络文学都将继续走向更加广阔的未来。

3. 网络文学海外传播的年度布局

（1）东南亚地区

中国网络文学的海外传播首先是传播到东南亚各国，后来才传播到北美和欧洲。目前，东南亚地区已经超越北美地区，成为中国网文出海的首选目的地。有专家认为："中国网络文学大量传播到东南亚并引起阅读的风潮，其缘由就在于中国和东南亚国家的地域相近、文化同根。精彩的网文故事中，蕴藏着中国的历史、中国的传统文化以及当下中国的现实生活和精神风貌，阅读中国网文与读懂中国之间具有强关联性。我们应该充分利用中国与东南亚之间的文化共通性，在网络文学领域建立起更加广泛的联系，积极推动网文内容和传播形式的创新，使中国网文出海更加行稳而致远。"[①]

2024年5月31日，在广西南宁举行的2024年泛北部湾网络文学大赛启动仪式上，安排了以"网络文学在东南亚的传播"为主题的网络文学对谈。在对谈中，各位专家学者，结合网络文学在东南亚国家中的广泛传播等文化现象展开热烈讨论，畅谈网文出海东南亚国家的优势，共同探讨如何从文化根脉上深挖中华民族特有的人文精神和美学内涵，将更多"小而精"、能反映地域特色的精品力作传播出去，讲好中国故事，展现中国美学意蕴。

10月12日，由中国文艺理论学会网络文学研究分会、曲靖师范学院主办的中国文艺理论学会网络文学研究分会第九届学术年会暨"中国网文出海·东南亚论坛"在云南省曲靖市举行。12日下午，围绕"网络文学世界传播研究""网络文学东南亚传播与人工智能赋能网文传播研究""网络文学IP价值的跨境分发""网络文学类型与本体研究"等内容，开展了四个分论坛活动。

中国作协发布的《中国网络文学在亚洲地区传播发展报告》指出，中国网文出海，亚洲地区市场约占全球60%的份额，其中东南亚传播效果最好，约占海外传播的40%。从传播态势看，网络文学在亚洲的传播总体上经历了5个阶段：中文发表出版阶段、翻译出版传播阶段、翻译在线传播阶段、IP开发阶段、建立海外生态阶段。主要以实体书出版、翻译在线传播、IP转化传播、建立本土生态、投资海外市

[①] 文艺报：《打造网文出海的东南亚传播路径》，2024年11月02日，https://www.chinawriter.com.cn/n1/2024/1102/c404023-40352496.html，2024年11月28日查询。

场 5 种方式进行传播。从阅读人群看，印度尼西亚、菲律宾、马来西亚、印度等东南亚、南亚国家读者占比 80% 以上。

总体上来看，东南亚地区仍将长期成为网文出海的首要目标和保留地。相似的文化背景、更高的文化认同度，使得东南亚地区处在一个地区上出海、文化上半出海的位置。结合 2024 年相关会议的情况，可以发现在东南亚地区，网文出海的发展模式和国内网文产业发展是大同小异的。同时，网络文学、网络文学衍生 IP 和相关互联网产业等一系列庞大的产业生态矩阵，对于东南亚地区都不约而同地采取了一种优先布局、重点投入的出海策略。

（2）欧美地区

欧美地区的网文产业出海更倾向于网文产业生态形式出海，包容当地文化建立起属地网文产业的对策，网络文学及其相关衍生产业如同一扇窗户，通过网络文学向世界展示中国文化，承担起讲好中国故事的责任使命。

阅文集团深度文化交流和跨界合作的产业布局在欧美地区成效显著。2024 年 5 月 29 日，阅文集团携手瑞士国家旅游局，共同推出"全职高手：25 年相约苏黎世计划"，开启为期一年的海外文旅营销活动。此次合作中，阅文集团旗下广受欢迎的网络文学作品《全职高手》主角叶修将担任 2025 年"瑞士旅游探路员"，以创新形式推动文学与旅游的跨界融合。6 月 21 日，第十届中法品牌高峰论坛在巴黎联合国教科文组织总部隆重开幕，阅文集团作为唯一受邀的中国文化产业代表，与法国埃菲尔基金会和中法品牌美学中心签署 IP 共创合作协议，旨在深化两国在文化与创意领域的合作。阅文集团市场公关总经理李苏晋与法国奢侈品协会会长贝内迪克特·埃皮内（Bénédicte Épinay）、米开朗琪罗基金会教育与机构合作负责人塞琳·沃格特（Celine Vogt）、圣-埃克苏佩里基金会主席兼"小王子"家族继承人奥利维耶·达加叶（Olivier d'Agay）等知名嘉宾，就全球 IP 开发与文化交流展开深度探讨，为推动国际文化创意产业合作注入新的活力。

9 月 17 日，中国网络文学主题座谈交流活动在意大利作家联合会举行，活动由国家文化和旅游部中外文化交流中心与中国驻罗马旅游办事处主办、罗马大学孔子学院与意大利作家联合会承办。此次活动邀请了中国网络作家村运营负责人沈荣和签约作家横扫天涯参加。沈荣在会上分享了中国网络文学产业的转化进程，强调中国网络作家村致力于推动网络文学作品的商业化和产业化开发，并建立了国内首个以新型文化产业链为主体的 IP 路演机制。至今，作家村已服务超过 300 位作家，协作企业超 300 家，促成合作项目 80 项，累计交易金额超过 14.9 亿元人民币。

9 月 19 日晚，由国家文化和旅游部中外文化交流中心主办的"中国网络文学欧洲文化交流活动·中国网络文学书籍捐赠仪式"在伦敦查宁阁图书馆举行。中国网络作家横扫天涯认为网络文学已实现从文本、IP 到文化的多维出海，规模不断扩大，成功将中国故事传播至全球各地，并希望未来能继续加强与英国作家的沟通与交流，共同创作并推动文化共享。

9月20日，由国家文化和旅游部中外文化交流中心主办的"中国网络作家赴欧洲文化交流活动"在巴黎中国文化中心举行。20多年来，中国网络文学坚守"扬帆出海"的战略，逐渐成为全球文学舞台上的一颗璀璨明珠，向世界讲述中国故事，提升全球读者的阅读体验和中文素养。法国具有深厚的文学传统，中国网络文学逐渐赢得了法国读者的关注和喜爱，随着国际传播步伐的加快，未来将迎来更多法国读者的共鸣。

（3）其他地区

随着中国不断发展和推进高水平对外开放，中国网文出海乘着这股东风航向世界各地。Data.ai 数据显示，从中国网络文学下载量上看，大洋洲地区依旧是以宗教阅读应用位于前列；从营收量上看，GoodNove、Dreama、WebNovel 这些头部企业依旧有着不错的收获。南美洲地区也是如此，尽管阅读应用百花齐放，消费者也有着多样化的选择，但是从收益上来看仍旧是阅文、畅读等早已完成布局的头部企业牢牢占据了南美网文市场的盈利点。中东地区则不同，以下载量上看基本上没有太多的网文应用出现，但从市场收益来看，阅文、GoodNovel 都成功地在当地市场占有较大的分量。

短视频、微短剧平台则是字节跳动的优势所在，从全球市场看，TikTok 的下载量和营收量均保持在第一的位置，成为当之无愧的出海头部企业。除此之外，大洋洲地区 RealShort、GoodShorts 和 Dramabox 三足鼎立，在收入量上排名比较接近。南美洲地区 RealShort 一骑绝尘，在当地收入量甚至一度超越 TikTok。

另外，值得一提的是，2024 年韩国也搭上了网文出海的快车，来自韩国的企业 NAVER 和旗下应用 NAVER Webtoons 在部分地区寻求自身的市场定位，开始形成黑马之势。同时，该公司也是少有开始从海外向国内反向输出网文作品的公司。另一家韩国企业 KaKao 也同样参与到全球网文市场的竞争当中。对于中国网文企业来说，这既是挑战，也是机遇，一方面这些韩国企业能够为网文出海生态带来全新思路，另一方面也会促进我国网文出海企业不断探索新的出海模式。

二、网络文学海外传播的年度业绩

2024 年，中国网络文学通过采用翻译出版、搭建平台、版权输出等方式，不断扩大辐射范围，彰显出强劲的传播力和影响力。一些网络小说站点实施优秀全球网文作者培养，深挖海外作家创作潜力。例如，起点国际等平台通过举办全球年度有奖征文活动、推出作家孵化项目和职业化发展计划等措施，激发海外创作者的热情，培养了一大批优秀的海外网络作家。另外，网文出海更加注重 IP 出海和生态出海相融合，影视、动漫、广播剧、微短剧等衍生转化产品形成的影响力愈加凸显。基于 AI 技术，对网络文学文本进行影视化呈现，并融合中国神话、中国美食等东方元素,源自本土又面向世界,构建起立体的、多模态的网络文学海外传播叙事体系。

1. 海外传播平台年度进展

稳定的网络文学传播平台是网文出海的基石。从功能上划分,网络文学海外传播平台可分为两大类,一类是网络文学资源站点,如起点国际、中文在线、掌阅等;另一类是为网络文学作品提供海外传播翻译技术支撑的平台。中国网络文学从21世纪初萌芽发展至今,已经积累了相当数量的作品资源,而作品翻译问题则成了网络文学继续开拓海外市场所亟待解决和优化的。创作适应不同文化语境下的网络文学作品,不仅要保证国内优质网文的持续供给,还需将作品资源同"信达雅"的高质量对外翻译相结合。网文出海企业在翻译方面采用"人机结合"的译写模式,追求网络文学的"一键出海"。例如"阅文集团"正逐步探索以AIGC技术驱动的原创内容大平台,旗下起点国际平台在机器翻译的基础上发展出MTPE(机器翻译+人工校对)模式。同时,小说资源站点通过与Immortal Mountain等一系列国外翻译平台建立长期合作,建立沟通不同国家的读者和译者的桥梁,使蕴含华夏特质的网络小说得以融入外国文化语境。

(1) 国家主导的海外平台

起点国际(webnovel.com)起点国际上线于2017年5月15日,是阅文集团面向海外推出的翻译网站,专门翻译起点自己的小说,服务海外读者,是中国网络文学海外传播的首个官方平台。截至2024年6月30日,阅文集团海外阅读平台WebNovel向海外用户提供约5000部中文翻译作品和约65万部当地原创作品,覆盖英语、西班牙语、葡萄牙语、德语、法语、印尼语等多种语言版本。[1] 在"2024福布斯中国·出海全球化系列评选"中,阅文集团入选出海全球化旗舰品牌TOP30。2024年11月22日,阅文集团和大英图书馆宣布,正式启动为期三年的合作项目"数字时代下的文学"。《诡秘之主》《全职高手》《庆余年》等10部中国网文已入藏大英图书馆。[2] 2024年世界互联网大会的互联网文化交流互鉴论坛上,阅文集团旗下两大经典IP《庆余年》《全职高手》上榜,入选"2024年度数字文化十大IP"。2024年5月,小说《庆余年》所衍生的电视剧《庆余年第二季》,成为首部由迪士尼提前预购,并通过流媒体平台Disney+面向全球同步上线的中国大陆电视剧,正被翻译成14种不同语言走向海外市场,播出后更成为Disney+有史以来播出热度最高的中国大陆剧集。[3] "国际化"是阅文重要的发展方向,公司在精品出海、

---

[1] 浦东文创:《一图看懂阅文2024中期业绩报告:四连爆!双增长!》,2024年8月15日,https://mp.weixin.qq.com/s/I0N9hxKBMBEeFtT-9CsJLQ,2024年11月27日查询。

[2] 新浪:《阅文集团与大英图书馆达成三年合作》,2024年11月22日,https://finance.sina.com.cn/tech/shenji/2024-11-22/doc-incwycqa3725614.shtml,2024年11月27日查询。

[3] 网易科技:《阅文集团:庆余年、全职高手入选"数字文化十大IP"》,2024年11月21日,https://www.163.com/tech/article/JHHSPG9G00097U7R.html,2024年11月27日查询。

产业链建设、技术创新等方面持续深入，正推动创建网文出海的新生态、新模式。

中文在线（www.col.com） 中文在线是国内领先的数字文化内容产业集团。以数字内容生产、版权分发、IP 衍生与知识产权保护为核心，以"夯实内容、决胜IP、国际优先、AI 赋能"为发展战略。中文在线以自有原创平台、知名作家、版权机构为正版数字内容来源，积累数字内容资源超 560 万种，网络原创驻站作者 450 万名。旗下拥有 17K 小说网、四月天小说网、科幻厂牌"奇想宇宙"、悬疑厂牌"谜想计划"等原创平台。[1] 中文在线针对海外本土市场特征，有针对性地培养符合当地文化的优质 IP，打造全方位、立体化的对外传播体系。其代表产品 Chapters 于 2017 年 10 月上线，在 2022 年红果书籍漫画应用发行商海外收入 TOP10 中排名第一。在海外业务领域，中文在线推出以 Chapters 为主的内容矩阵，更推出英语、德语、西语、俄语、法语、日语、韩语、波兰语等 13 大语种版本。同时，中文在线推出的动画产品以及浪漫小说平台等陆续覆盖了多种类型的用户群体，出海产品覆盖全球地区，多语种塑造多元化国际传播生态。[2]

掌阅国际（iReader App） 掌阅科技成立于 2008 年 9 月，专注于数字阅读，是全球领先的数字阅读平台之一，掌阅国际是掌阅 iReader 的国际版。在海外内容生产方面，掌阅国际一方面为推进国际传播能力建设，向全球讲好中国故事，搭建了基于神经网络的 AI 翻译平台，在极大降低翻译成本的基础上，快速提升翻译效率和准确度；另一方面已经将内容生产的重心转向海外本地，加快构建内容本地化生态，截至目前，已合作的海外优质作者数量超过 5000 人，原创作品数量超过 8000 部。[3] 掌阅海外版阅读小说 App——iReader 已覆盖全球 150 多个国家和地区，在多个国际市场的阅读列表中稳居前列，如美国、英国、加拿大、澳大利亚等，打造了 *The Luna's Choice* 等海外爆款原创作品。2024 年 5 月，掌阅科技宣布与亚马逊云科技合作，将借助相关技术为用户提供包括文生图、文生视频在内的多维度阅读交互方式。[4] 依托坚实的底层技术保障，重视生成式 AI 技术，掌阅得以进一步提升用户体验，加快其产品出海步伐。

晋江文学城（www.jjwxc.net） 晋江文学城创立于 2003 年，是中国大陆范围内具有较大影响力的女性向原创文学网站之一。拥有在线网络小说超 632 万部，已出版小说逾万部，签约版权作品超 25 万部，平均每个月新增签约版权在 2800 部以上。注册作者数逾 280 万，平均日更新字数超过 3761 万，网站累计发布字数超过

---

[1] 中文在线：https://www.chineseall.com/，2024 年 11 月 24 日查询。
[2] 出海指南：《网文出海市场洞察，网文出海头部品牌案例》，2023 年 7 月 4 日，https://chuhaizhinan.com/2023/07/04/market-insights-of-web-texts/，2024 年 11 月 27 日查询。
[3] 扬帆出海：《掌阅科技：公司阅读出海业务继续保持高增长 行业领先地位进一步巩固》，2022 年 2 月 12 日，https://www.yfchuhai.com/news/1159.html，2024 年 11 月 27 日查询。
[4] 白鲸出海：《阅读迎来第 3 次变革机遇，掌阅牵手亚马逊云科技以 AI "解答"行业难题》，2024 年 5 月 20 日，https://www.baijing.cn/article/id-48699，2024 年 11 月 27 日查询。

1510亿。全球有近200个国家和地区的用户访问晋江文学城,其中美国、加拿大、澳大利亚等发达国家占到很大比重,海外用户流量比重超过10%。晋江文学城覆盖PC、WAP、App等各类终端的行业网站,网站流量从2007年末的1500万,增长至现在的日均PV超4个亿。旗下移动阅读App"晋江小说阅读"拥有Android、iOS双版本,在各大主流应用市场平台均可下载,可以将风格迥异、类型多样的作品装进口袋,随时畅读。①

畅读科技(MoboReader) 成立于2014年,在国内推出首款网文应用——"畅读书城"。2017年开始布局海外业务,运营有繁体中文、英语、西语、葡语、法语等多种语言的网络小说业务,推出了MoboReader、ManoBook等网文应用。MoboReader于2017年上线,在巴西、墨西哥、哥伦比亚等拉丁地区有着很高的下载量,在全球125个国家或地区的iOS畅销榜拿到过第一的成绩,目前累计收入超过2500万美元。在2024年6月中国非游戏厂商出海收入排行榜中,畅读科技排名居于第4位。

无限进制(Dreame) "Dreame"为2018年由星阅科技推出的核心产品,后星阅科技更名为无限进制。2020年新冠疫情期间Dreame开始加大售量,下载和收入开始大幅提升,目前仅iOS端累计收入就超过了1亿美元。无限进制针对不同的语种地区推出了超过7款产品,其中Dreame上线最早,主要针对英语市场和女性用户,目前产品覆盖了西班牙语、印尼语、俄语等不同语种。在多数网文平台选择通过翻译国内作品进入海外市场时,Dreame采取了一种截然不同的策略,即招募网文作家模仿国内网文"套路"创作外语原创网文。这种完全本土化的运营方式,省去了翻译环节,避免了国内网文译作在海外市场上可能出现的"水土不服"和"文化折扣"现象,从而使Dreame能够从源头上更好地满足海外读者的口味和需求。凭借一系列营运策略,Dreame在海外市场取得了优异成绩,一跃成为国内前三的网络文学出海平台。② 从下载量看,Dreame的大部分用户来自欧美和东南亚国家。从付费量上看,美国读者贡献了Dreame的大部分收入。

Pawpaw Novel 平台成立于2021年,平台主打女频内容,同时关注其他小众网络文学作品。平台上的网络文学作品共分为13个种类。目前,Pawpaw Novel平台的目标市场以欧美市场为主,同时向东南亚、印度等海外市场拓展,阅读渠道以手机移动端为主,以适应当下碎片化阅读需求,吸引更多海外读者的关注。Pawpaw Novel平台上的读者整体喜好偏向于"女频"网络文学中的总裁文,网络文学作品内容涉及重生、娱乐圈、种田经营等。

---

① 晋江文学城:https://www.jjwxc.net/aboutus/,2024年11月24日查询。
② 中国作家网:《文化数字化战略下多语种网文平台出海路径探究》,2024年8月21日,https://www.chinawriter.com.cn/n1/2024/0821/c404027-40303198.html,2024年11月27日查询。

（2）英译文学平台

武侠世界（Wuxiaworld） Wuxiaworld 是一个极具影响力的在线中文小说英译站/英文小说网站，2014 年由一群热爱中国网络文学的志愿者创建。作为全球第一个中国网络文学英译网站，Wuxiaworld 致力于将中国优秀的网络文学作品介绍给全球读者，为促进中西方文化交流做出了卓越的贡献。Wuxiaworld 的读者群体非常广泛，涵盖了全球 100 多个国家和地区的读者。2018 年 4 月，Wuxiaworld 上线"提前看"付费模式，对"按章付费"的"起点模式"形成补充。2019 年 11 月，上线付费系统 Karma，已完结作品全面采取按章付费，但新书仍为预读付费制度。自 2019 年至 2021 年，用户规模大体稳定，月活跃读者超百万，日活跃读者超 20 万，其中北美读者占三分之一。作为国外网文翻译站点，Wuxiaworld 在探索中形成了具有原创性的翻译—捐赠机制，并很快完成了译者从业余到职业化的过渡，建立了一整套职业翻译制度。① Wuxiaworld 在全世界拥有三十多位全职译者，几乎都是英语母语译者，其中百分之七八十是华裔，部分在北美，部分在马来西亚等东南亚国家，还有少数散居在世界各地。创始人赖静平介绍，在流程管理上，每部作品由一个译者及一两名编辑负责，并且有运营管理人定期抽查以保证译文质量。Wuxiaworld 专注于把最优秀的中文作品翻译成英文，这使得全球英文读者用户黏性非常高。②

小说更新网（Novel Updates——Directory of Asian Translated Novels） 将亚洲地区小说的英文翻译汇总的导航网站。它最早的内容发布在 2006 年，早期主要是导向日本轻小说翻译网站，直到"武侠世界"网站建立，上面的中国网络小说才逐渐增加，并最终占据了主导地位。网站链接了 47 家翻译网站，提供 2000 余本小说的链接，是所有中国网络小说对外供应平台中内容数量最大、类型最全的网站。另外，除了中国网络小说，该平台还提供日本、韩国、菲律宾等亚洲国家的网络小说。它在首页按时间显示所有最近更新的译作，读者可以通过相应的链接直接跳转到翻译网站追更，同时它也为用户提供交流社区，展现了一种不同于翻译网站的新的传播和生产机制。

沃拉雷小说（Volare novels） Volare Novels 由华人 etvolare（艾飞尔）于 2015 年创建，网站以翻译女频小说和恶搞、科幻等类型的作品为主。读者主要来自北美（如美国和加拿大），以及东南亚、西欧。细分来看，用户来源较多的国家依次是美国、菲律宾、加拿大、印度尼西亚、澳大利亚、德国、英国、马来西亚、法国、印度、巴西、新加坡等。自 2015 年建立，截至 2017 年 4 月底，日页面点击量（日均 PV）最高已经达到 100 万，日访问用户量（日独立 IP）达到 10 万左右，月访问用

---

① 媒后台：网文史话｜Wuxiaworld，2024 年 11 月 12 日，https：//mp.weixin.qq.com/s/-jveb6hdGnCYQy3ImjW_aQ，2024 年 11 月 27 日查询。

② 人民画报：《赖静平的"武侠世界"》，2022 年 5 月 20 日，http：//www.rmhb.com.cn/zt/2022/fjxzc/fjxzc_pics/202205/t20220520_800294628.html，2024 年 11 月 27 日查询。

户量（月独立 IP）约 150 万。网站译者来自全球各地，包括北美、欧洲、东南亚等，大部分是华裔和外籍华人，少数是学了中文的西方人。编辑则是英语水平较高的读者，负责完善文章的流畅度、修改拼法文法等。

引力传说（Gravity Tales） 一个专门翻译中国、韩国武侠、仙侠网络小说的网站，目前可在线阅读 39 部小说，并保持每天不断更新上百个章节。2015 年由 Googguyperson（中文名孔雪松）创立，是一家做网文翻译的外国网站，主要翻译中国的网络小说。随着更多译者的加入，中文小说数量不断增加，《全职高手》《择天记》等知名作品都能在该网站上看到。不仅如此，Gravity Tales 同时翻译一些韩国网络小说，并且设有"Original"栏目，支持英文原创小说。

（3）其他语种文学平台

Ookbee U Ookbee 是于 2012 在泰国成立的公司，专注于东南亚的电子书店市场，目前在泰国、越南、菲律宾和马来西亚开展业务，拥有超过一千万用户。Ookbee 看到了机会，打造出不同平台迎合小说迷、漫画迷、音乐迷等同好人群，容纳各种用户创作内容（UGC），并在内容创作者和粉丝之间建立可持续的变现渠道。① 2019 年 9 月，腾讯为拓展泰国网络文学市场，与泰国最大的数字平台之一的 Ookbee 合资成立 Ookbee U（简称 OBU），并持有其 42% 股份；同时阅文集团也宣布以 1051 万美元的总代价投资 OBU，持有其全部已发行股份的 20%。② UGC 平台后期剥离并归入 Ookbee U。Ookbee 和 Ookbee U 目前共同为超过一千万用户提供服务。

俄语集体翻译系统（Rulate） Rulate 网站的初始形态为网络文学爱好者自发组成的翻译小组，组内成员来自俄语区的不同国家，他们采取独立翻译与合作接力传译相结合的方式翻译自己喜爱的作品。随着读者、翻译成员与译介文本的增加，获取文本资源渠道的扩大，翻译小组顺势转型为翻译网站。经过十年左右的发展，Rulate 由草根译者作品分享平台发展为亚洲网络文学作品在俄语区接受与传播的主流网站。该网站上通行的虚拟货币为 RC，即 Rulate Coin，1RC 大约等于 1 卢布。网站上的作品大多是俄语版本的中、日、韩三国网络小说以及俄罗斯原创网络小说。虽然 Rulate 不是专门的中国网文翻译网站，但在该网站上，数量最多且最受读者欢迎的是中国网文。Rulate 译介机制和运营机制皆非其独创，而是脱胎于 Wuxiaworld（武侠世界）网站，其经历了从转译（汉译英—英译俄）到自译（汉译俄）的发展历程。

小说帝国（L'Empire des novels） 小说帝国是法国最重要的网络小说翻译网站。网站资源主要来自"武侠世界"网站，法国网民在英译版本的基础上再次对小

---

① Tencent Cloud, https://www.tencentcloud.com/zh/customers/detail/870, 2024 年 11 月 28 日查询。
② 郭瑞佳，段佳：《"走出去"与"在地化"：中国网络文学在泰国的传播历程与接受图景》，《出版发行研究》，2022 年第 9 期。

说进行翻译。在 L'Empire des novels 中，中国网络小说占据主流，《全职高手》《盘龙》《天火大道》《斗罗大陆》等备受欢迎。同时，网站也翻译有部分韩国、日本的作品。为满足读者的进一步需求，L'Empire des novels 开辟了创作区板块。法国网民在阅读中国网络小说之余，开始进行同人创作和风格模仿式的原创写作。①

元气阅读（Chireads）　　Chireads 是全球最大的法语区中国网文论坛，2017 年由一些中法小说爱好者建立，截至目前该平台已经累积了不少法语区用户，月均活跃人数也将近百万。Chireads 上翻译和发布的作品主要是中国畅销的网络小说，比如 Relâchez cette Sorcière（《放开那个女巫》）、La Voie Céleste（《天道图书馆》）等等。Chireads 与起点中文网建立了合作伙伴关系，取得网文版权方的官方授权，保障了高质量的网络小说资源的来源。该网站也推出了打赏模式鼓励优秀作品的译介，开辟了原创的法语作品版块。②

网络轻小说法语翻译网（LNR-Web Light Novel en Français）　　网络轻小说法语翻译网是规模较大的中国网络文学综合性法译网站。截至 2021 年 12 月，此网站共推出 180 部法译版中国网络小说，题材几乎覆盖中国网络文学的所有大类。不仅如此，它还显露出法译体量大、更新篇幅多、受欢迎程度高的传播格局。此网站法译版更新章节超过 1000 个的中国网络小说有 143 部，约占书目总量的 80%。《武炼巅峰》的法译完成章更是高达 6046 个，《最强升级系统》为 5542 个，《丹道独尊》为 5426 个。在这个网站上，每一本上线的法译中国网络小说均获得了法语读者的阅读与点赞，其中，4 部法译中国网络小说点赞已超过 1000 次。在法译规模、传播力度与读者喜爱度等方面均取得不错成绩。③

Kakaopage　　Kakaopage 主要是以小说内容为吸引点，以及 IP 孵化为手段进行收益的。目前在韩国通用的社交工具 Kakaotalk 与该网站相关联，因此 Kakaopage 的小说论坛里，国民对于内容讨论的参与度非常高。在韩国，网文和网漫互相孵化也十分常见。由此，Kakaopage 设立了分部进行其他 IP 的孵化。例如，2018 年人气极高的网文改编电视剧《金秘书为何那样》，当年在 Kakaopage 上获得了近 200 万读者的喜爱，IP 孵化后的电视剧收益也在 150 万以上。Kakaopage 作为韩国最大的综合性网文网漫等发展平台，在"引流"方面，为网络文学作品的发展、IP 的孵化做出了巨大贡献。

Novelas Ligera　　网站为纯西班牙语的小说译介网站，作为纯西语的网络小说平台，它们为西语使用者提供了节约筛选时间、实现快速定位的便利，因此网站主

---

① 邵燕君，吉云飞，肖映萱：《媒介革命视野下的中国网络文学海外传播》《文艺理论与批评》，2018 年第 2 期。

② 新法语人：《什么样的中国网文让法国人欲罢不能？修仙、神魔、霸总……你想看的这个网站都有！》，2022 年 4 月 21 日，https://mp.weixin.qq.com/s/1-s2maBSlRWxzPQ6It8JUQ，2024 年 11 月 28 日查询。

③ 高佳华：《中国网络文学在法国的传播研究》《中国出版》，2022 年第 17 期。

要用户均为西班牙语国籍，主要受众来源国为秘鲁、墨西哥、哥伦比亚、智利、西班牙。网站中的作品大多通过英译本间接翻译而来，保留了在中文或英文网站上使用的封面。网站以国别进行小说分类，以中国小说为主，同时也有展示日韩小说的栏目。①

除以上平台之外，影响力较大的网文出海平台还包括小米旗下的 Wonderfic，纵横的官方海外平台 TapRead 以及凤鸣轩科技的 ReadNow、Novella。国外创立较为知名的平台还有覆盖了 50 种语言的 Wattpad，韩国平台 Joara、Munpia，面向东南亚地区的 Hui3r，等等。中国网文出海的市场分为日韩市场、东南亚市场、北美市场、欧洲市场，在各个区域的市场，皆布局有一定数量的出海平台，加速网文出海的进程。

2. 网文出海代表作品

2024 年的出海网文更加注重将中华传统文化融入现代题材，浓厚的"国潮"风色彩，成为传播"中国故事"的重要推动力。随着网文全球化深入，中国网文的传播半径不断延伸、覆盖范围持续扩展，网文、游戏、影视已成为"文化出海"的三驾马车，网文出海正朝着规模化、精品化和生态化方向快速拓展。中国网络文学海外传播的首个官方平台起点国际，已累计上线约 3600 部中国网络文学翻译作品。其中，《抱歉我拿的是女主剧本》《许你万丈光芒好》《天道图书馆》等 9 部"出海"网文阅读量破亿。②

从文本内容来看，仙侠、现实、玄幻、游戏、科幻等题材成为年度热门，许多优质作品不再局限于单一类型题材，呈现出多元化、复合化特点。《2024 中国网络文学阅读平台价值研究报告》显示，海外阅读量最高的 5 部作品《超级神基因》《诡秘之主》《宿命之环》《全民领主：我的爆率百分百》《许你万丈光芒好》，正对应了玄幻、西方奇幻、游戏竞技、都市言情等不同题材类型。另外，近年来网络小说作品更具"现实性"色彩。第七届现实题材网络文学征文大赛特等奖作品《只手摘星斗》的作者扫 3 帝，是最早批次卫星导航从业者，其作品中充满着具有现实性的实践经验。其他的如《狐之光》《炽热月光》《逆火救援》等作品，同样极具现实性，在出海后受到市场的欢迎，为打造"中国形象"做出了贡献。

从网络小说外译情况来看，AI 技术助力下的网文翻译正在突破产能和成本的限制，建立专用词库，人机配合使翻译效率极大提升。2024 年，中国网络文学作品的翻译语种达 20 多种，涉及东南亚、北美、欧洲和非洲的 40 多个国家和地区。网络

---

① 郭恋东，解依洋：《中国网络文学在西班牙语世界的传播与接受——基于汉西翻译网站的调查和分析》《当代文坛》，2024 年第 5 期。
② 人民周刊网：《网文"出海"更出彩——中国网络文学全球化发展现状》，2024 年 7 月 26 日，https：//www.peopleweekly.cn/html/2024/renminzhoukan_ 0726/218822.html，2024 年 11 月 27 日查询。

作家横扫天涯的《天道图书馆》被翻译成英语、法语、西班牙语等多种语言，海外阅读量突破 1.8 亿次；由紫金陈《坏小孩》改编的有声广播剧，在斯瓦希里语手机客户端"火花"和"国际在线"斯瓦希里文网站播放量过百万；在俄罗斯读者参与度最高的俄语翻译网站 Rulate（集体翻译系统）上，《修罗武神》《全职法师》等作品的浏览量均超过 2000 万次。①

从衍生作品的创作来看，诸多爆款网络文学作品已经或即将被打造成为"世界级 IP"。例如《我的吸血鬼系统》等有声书作品单部最高播放量突破 3000 万，覆盖英语和印欧语系的众多国家和地区；《龙王的不眠之夜》《我的龙系统》多部作品海外漫画改编"人气值"数以亿计。自 2022 年 9 月阅文开设 YouTube 频道以来，《斗破苍穹》《武动乾坤》《星辰变》等"阅文"IP 改编的动画作品几乎每日都有更新，累计订阅数超过百万，年浏览量接近 3 亿。② 随着知名 IP 的衍生创作井喷式供给，网络小说不再仅限于文本出海，而是融合动漫、影视等一系列视听产品形式得以更广泛的传播。

下面将介绍几部"网文出海"的代表性作品。

《诡秘之主 2：宿命之环》：《宿命之环》是知名网文作家爱潜水的乌贼创作的西方玄幻类小说，连载于起点中文网。本书是《诡秘之主》的续作，诡秘世界系列的第二部作品。其背景设置在 19 世纪 50—90 年代的法国，主角是卢米安·李，是一位身世扑朔迷离的 18 岁青年。卢米安被奥萝尔·李收养，经历了从少年到青年的蜕变，走上"猎人+舞蹈家"的双重道路。他体内承载着荆棘符号和青黑色符号，在第十二夜仪式上命运发生巨变，成为天使忒尔弥波洛斯的寄宿体，还与宿命之环产生了不解之缘。2024 年 11 月 21 日，《宿命之环》入藏大英图书馆。截至 2024 年末，在起点国际平台，《宿命之环》英文版 Lord of Mysteries 2：Circle of Inevitability 阅读量超过 1010 万，用户评分为 4.81。《宿命之环》位于 2023 年度"中国网络文学影响力榜"海外传播榜榜首。

《首辅养成手册》：闻檀创作的古代言情题材网络小说，2016 年 2 月 22 日开始在晋江文学城连载，2019 年 12 月 3 日完结。小说围绕罗慎远和罗宜宁两人展开，罗慎远庶出且不受宠，但未来将成为权倾天下的内阁首辅，手段奸佞、冷酷残忍；罗宜宁重生后发现自己正在虐待这个未来的首辅少年。他们从相互利用发展到萌生真情，最终过上安宁生活。2024 年 6 月越南国际影视展（Telefilm 2024）在胡志明市西贡会展中心举办，由《首辅养成手册》改编而成的电视剧《锦绣安宁》参展，受到当地客户的关注。该小说入选"2023 年度'中国网络文学影响力榜'海外传播榜"。

---

① 人民日报海外版：《网络文学出海市场规模超 40 亿元》，2024 年 3 月 13 日，http：//m2. people. cn/news/default. html？s=MV8xXzQwMTk0NjQ2XzEwMTJfMTcxMDI4NDM3Nw，2024 年 11 月 27 日查询。

② 中国作家网：《"网文出海"：谱写"中国故事"新篇章》，2024 年 9 月 10 日，https：//www. chinawriter. com. cn/n1/2024/0910/c404027-40316489. html，2024 年 11 月 27 日查询。

《吉祥纹莲花楼》：藤萍创作的长篇系列武侠小说，主要讲述了大智若愚"神医"李莲花的故事。2023年7月23日，由《吉祥纹莲花楼》改编的电视剧《莲花楼》在爱奇艺独播。2024年1月27日，在新加坡举办的"2023阅文全球华语IP盛典"上，《莲花楼》被评选为"年度人气IP改编影视"。2024年4月，《莲花楼》在日本WOWOW电视频道播出，并在越南、韩国等国家深受市场欢迎，热度与播放量横扫国内外17个国家及地区。《吉祥纹莲花楼》入选2023年度"中国网络文学影响力榜"IP影响榜，影视改编助力中国网络小说提升国际影响力。

《坤宁》：时镜创作的言情类网络小说，连载于晋江文学城。该小说讲述了姜雪宁——一位为达皇后之位不择手段的复杂女子，在生命尽头，她却惊人地展现出温柔一面，甘愿牺牲自己为刑部侍郎张遮求情。原来，她并非全然无情，只是那份真心从未向世人展露。《坤宁》入选2023年度"中国网络文学影响力榜"IP影响榜。2023年11月7日，由该小说改编的电视剧《宁安如梦》在爱奇艺播出。2024年1月15日，《宁安如梦》登陆泰国，掀起了极高的热度。

《超级神基因》：十二翼黑暗炽天使创作的网络小说，连载于起点中文网。讲述了星际时代人类掌握空间传送技术，意外发现神秘庇护所世界，面对强横异生物挑战，人类迎来飞跃性大进化，开启璀璨新纪元。该书长期位于起点国际月票榜前十。截至2024年1月6日，该书总阅读量1.4亿，数值较大，起点国际粉丝数192.9k，榜一粉丝70.2k，第一百粉丝值42.1k，收藏390万。起点真实粉丝数13.26万，榜一粉丝值135万，第一百名粉丝值4.5万，收藏37.88万。

《修真聊天群》：网络写手圣骑士的传说创作的一部都市奇幻修仙类网络小说，首发于起点中文网，共847.68万字，已完结。该小说讲述了宋书航误打误撞，加入了一个看似"中二病"的仙侠交流群。群内昵称古怪，话题玄幻，他本以为只是玩笑。但某日惊人发现，群内每位"道友"竟是真修真者，拥有超凡能力，谈笑间移山倒海，追求长生之道。《修真聊天群》入选2023年度"中国网络文学影响力榜"海外传播榜。截至2024年1月6日，该小说起点国际总阅读量5600万，粉丝数65.2k，榜一粉丝66.8k，第一百粉丝值35.6k，收藏22.89万。起点真实粉丝数44.97万，榜一粉丝值210万，第一百名粉丝值14.7万，收藏508.27万。

《御兽进化商》：一本玄幻类网络小说，作者是琥珀纽扣。故事讲述了林远在新纪元时代开设了一家灵物进化小店，能让灵物拥有无限进化的能力，并与各种奇异宠物展开了一系列冒险和战斗。该书长期位于起点国际月票榜前三名。截至2024年1月6日，该书起点国际总阅读量1080万，较上月提高20万，粉丝数12.8k，榜一粉丝94.7k，第一百粉丝值48.6k，收藏3.9万。起点真实粉丝数2.68万，榜一粉丝值11.6万，第一百名粉丝值2.9万，收藏11.39万。

《慷慨天山》：连载于纵横中文网的都市类网络小说，作者是奕辰辰，讲述了以刘振华为首的驻疆部队战士们克服万难，终让沙海变绿洲的故事。2023年《慷慨天山》阿拉伯语版（الحب اسمه الجبل السماوي）正式上线 that's books 数字阅读平台。该小说将新疆广阔地域的独特风貌与人文情怀推向海外，展现了新疆生产建设兵团扎根边疆、开展生产劳动的坚韧与气概。该书入选"2023年度'中国网络文学影响力榜'海外传播榜"。

《长风渡》：墨书白创作的古代言情网络小说，连载于晋江文学城。该小说讲述了柳玉茹十五年模范闺秀生涯，只为觅得良缘，却遭命运戏弄，被迫下嫁扬州闻名的纨绔顾九思。三日闭门自省，柳玉茹心性大变，决心挣脱束缚，活出自我，改写命运。该书入选"2023年度'中国网络文学影响力榜'海外传播榜"。

《藏海花》：南派三叔继《盗墓笔记》之后又一力作，故事从《盗墓笔记》故事结束后的第五个年头写起。初始更新主要在磨铁网进行，连载时基本上一天一章，后期连载分月进行。该小说讲述了吴邪发现小哥油画后的经历，揭露了张起灵小哥的身世之谜及青铜巨门秘密的故事。该书入选"2023年度'中国网络文学影响力榜'海外传播榜"。

3. "网文出海"年度重要事件

据统计，2024年度全国范围内共发生网络文学相关事件数十次，其中有关网络文学海外传播的事件共22次，按时间顺序排列主要有：

（1）2024年2月5日，2023阅文全球华语IP盛典（以下简称"盛典"）在腾讯视频上线播出。本届盛典首次跨越山海走出国门，以"东方奇遇夜"为主题在新加坡滨海湾金沙进行录制。盛典现场，阅文集团发布了2023全球华语IP榜单，榜单中出海作品占比近七成。本届盛典榜单作品不仅在国内出圈，还以多元的IP形态走向国际市场。如《宿命之环》是2023年阅文旗下海外阅读量TOP2的中国网文翻译作品；《庆余年第二季》成全网首部预约量破千万的国产剧，海外独家发行权已被迪士尼预购；阅文首个自主海外发行的IP改编游戏产品《斗破苍穹：怒火云岚》在马来西亚、印度尼西亚和泰国上线，东南亚地区2023年Q4新用户环比增长118%。数据显示，上榜IP已有近七成输出海外，助力华语IP升级为全球IP。[1]

（2）2024年2月26日，中国社会科学院文学研究所发布《2023中国网络文学发展研究报告》（以下简称《报告》）。《报告》显示，中国网络文学海外影响力持续扩展。随着传播半径不断延伸、覆盖范围持续扩大，作品内容、行业规模、营业收入、运作模式、技术支持等方面显示出日益强劲的国际化影响和市场化活力。AI技术的突飞猛进和文化交流的持续深入，提高了网络文学海外传播的规模化、精品

---

[1] 澎湃：《中国好故事走向世界，首届阅文全球华语IP盛典举行》，2024年2月6日，https：//www.thepaper.cn/newsDetail_forward_26276874，2024年11月27日查询。

化和生态化水平。①

（3）2024年4月20日，在第29个世界读书日来临之际，环球时报研究院与阅文集团联合发布《Z世代数字阅读报告》（以下简称《报告》）。《报告》指出，网络文学带动数字阅读新风尚，推动数字阅读向全球阅读迈进。《报告》显示，阅文旗下海外门户起点国际累计上线约3800部中国网文的翻译作品，同比增长31%；吸引超2.3亿的海外访问用户，同比增长35%。海外用户遍及200多个国家和地区，其中Z世代用户占比超过70%。从地域上看，美国、菲律宾、印度、印度尼西亚、马来西亚位居用户数量前五位。《诡秘之主》《宿命之环》《超级神基因》《全民领主：我的爆率百分百》《许你万丈光芒好》是海外Z世代用户最喜欢的中国网文作品，对应西方奇幻、玄幻、游戏竞技、都市言情等不同题材类型，反映出网文出海作品的多元格局。通过丰富的故事情节和深刻的人文思考，中国网络文学正在让海外年轻人更加深入地了解和感知中国的历史和文化。

（4）2024年4月28日，中国作家协会在上海发布《2023中国网络文学蓝皮书》（以下简称《蓝皮书》）。《蓝皮书》显示，2023年，网络文学海外传播整合力明显加强，AIGC技术提升出海效率，扩大传播半径，中国网络文学叙事手法等被海外网文、微短剧广泛借鉴。网文出海合力逐渐形成；AIGC提升网文出海效率；海外原创生态形成，中国网文运营模式、叙事手法被广泛借鉴。

（5）2024年4月28日，2023年度"中国网络文学影响力榜"发布仪式在上海举行，《宿命之环》《长风渡》《藏海花》《修真聊天群》《首辅养成手册》《他站在夏花绚烂里》《衡门之下》《极限基因武神》《慷慨天山》《功夫神医》共十部作品入选海外传播榜。

（6）2024年5月3日，日本大阪COMIC-CON展会正式启幕。本届国际动漫展吸引漫威、乐高等全球知名文化娱乐公司，还有《哈利·波特》、DC扩展宇宙等IP参展，其中，阅文集团携《全职高手》《诡秘之主》《狐妖小红娘》《一人之下》等中国IP亮相，吸引众多粉丝前来打卡合影。②

（7）2024年5月23日，中文在线在泰国举办了"阅读分享世界，创作改变人生"第十七届作家年会。中文在线首席运营官兼内容营销中心总经理杨锐志在演讲中介绍，中文在线作为国内领先的数字文化内容产业集团，以数字内容生产、版权分发、IP衍生与知识产权保护为核心；以"夯实内容、决胜IP、国际优先、AI赋能"为发展战略，目前已形成了一主多元的内容生产平台，并通过全渠道合作、多元化授权，在音频、中短剧、动漫、动态漫等方面协同发力，持续放大中文在线优

---

① 中国社会科学网：《2023年中国网络文学发展研究报告》，2024年2月26日，https：//www.cssn.cn/wx/wx_ttxw/202402/t20240226_5734785.shtml，2024年11月27日查询。

② 澎湃：《〈全职高手〉〈诡秘之主〉等亮相大阪国际动漫展》，2024年5月4日，https：//m.thepaper.cn/newsDetail_forward_27260818，2024年11月27日查询。

质内容的 IP 价值，同时积极布局国际业务、推动中国内容"数字出海"。①

（8）2024 年 5 月 31 日，2023 年泛北部湾网络文学大赛颁奖暨 2024 年泛北部湾网络文学大赛启动仪式在南宁荔园山庄国际会议中心举行。同时举行 2024 年泛北部湾网络文学大赛启动仪式，并安排了以"网络文学产业与作品 IP 转化"和"网络文学在东南亚的传播"为主题的网络文学对谈。②

（9）2024 年 6 月 19 日，安徽文艺出版社的《何日请长缨》海外版权推介会暨对话"网文出海"全球影响力活动在安徽馆举办。嘉宾交流环节，中国作协网络文学中心助理研究员王秋实、北京第二外国语学院文化与传播学院教授李林荣、中国社会科学院文学研究所研究员徐刚对中国网络文学在全球的影响力做了介绍与分析，并围绕《何日请长缨》讨论交流。

（10）2024 年 6 月 21 日，第十届中法品牌高峰论坛在法国巴黎联合国教科文组织总部开幕。阅文集团作为国内唯一的文化产业集团代表与会，与法国埃菲尔基金会、中法品牌美学中心签署 IP 共创合作，将共同增进两国业界的文化与创意交流。论坛现场，阅文集团与法国埃菲尔基金会、中法品牌美学中心联合发起"阅赏巴黎"计划。该计划邀请法国知名插画师安托万·卡比诺（Antoine Corbineau）操刀设计，将《庆余年》范闲、《全职高手》叶修、《诡秘之主》克莱恩·莫雷蒂等中国 IP 角色融入埃菲尔铁塔、凯旋门、卢浮宫等法国地标，在东西方文化交融的背景中焕新 IP 形象，并延展进行卡牌等 IP 衍生开发。③

（11）2024 年 6 月 23 日，2024 微博文化之夜盛典在河南艺术中心大剧院圆满举行，《斗破苍穹》《少年歌行》《伍六七》入选微博年度出海国漫 IP。

（12）2024 年 7 月 12 日上午，第七届中国"网络文学+"大会开幕式暨主论坛在北京亦创国际会展中心举行。开幕式上，中国音像与数字出版协会发布《2023 年度中国网络文学发展报告》。据统计，2023 年中国网络文学出海作品（含网络文学平台海外原创作品）总量约 69.58 万部（种），同比增长 29.02%；驻站作者总数约为 2929.43 万人，中青年作者为创作主力；用户规模达到 5.5 亿，较 2022 年增长了 5200 万人，性别分布相对均衡。

（13）2024 年 7 月 12 日至 14 日，第七届中国"网络文学+"大会在北京市经济技术开发区亦创国际会展中心举办。本次大会包括 5 场论坛、1 场会议、4 场分享沙龙。其中，5 场论坛包括 1 场开幕式暨主论坛、4 场主题分论坛。4 场主题分论坛，

---

① 搜狐：《中文在线第十七届作家年会圆满落幕!》，2024 年 5 月 28 日，https://www.sohu.com/a/782143848_121119387，2024 年 11 月 27 日查询。

② 中国出版传媒商报：《2023 年泛北部湾网络文学大赛颁奖暨 2024 年泛北部湾网络文学大赛启动仪式在广西南宁举行》，2024 年 6 月 6 日，https://www.cbbr.com.cn/contents/533/92728.html，2024 年 11 月 27 日查询。

③ 新浪：《阅文入选"全球创新合作领域中法 60 品牌"，中国 IP 法国走红》，2024 年 6 月 23 日，https://finance.sina.com.cn/jjxw/2024-06-23/doc-inazskav3919798.shtml，2024 年 11 月 27 日查询。

围绕创作评论、网络微短剧、动漫游戏与科技赋能、出海交流展开交流。

（14）2024年9月9日，2024互联网岳麓峰会"文化+科技"融合专场论坛在长沙举行，中南大学网络文学研究院院长发布了《中国网络文学年鉴（2023）》，该年鉴记录了2023年我国网络文学的发展情况。其中，第十章以"中国网络文学海外传播"为主题，对网络文学海外传播的概况、主要业绩、意义与局限做了系统阐述，详细梳理了网络文学海外传播历程，并对中国网络文学海外传播的核心企业、重要门户网站及其代表性作品进行了介绍。

（15）2024年9月17日，中国网络文学主题座谈交流活动在意大利作家联合会举办，本次活动由中外文化交流中心与中国驻罗马旅游办事处主办，罗马大学孔子学院与意大利作家联合会具体承办，邀请了中国网络作家村签约作者杨汉亮（笔名横扫天涯）、沈荣2人赴意大利开展交流活动。中国驻罗马旅游办事处主任陈建阳、意大利作家联合会主席纳塔莱·罗西出席并致辞，意大利作家以及罗马大学师生代表共40人参加了活动。[1]

（16）2024年9月23日，第四届泛华文网络文学金键盘奖终评会在南京召开，产生了第四届泛华文网络文学金键盘奖获奖名单，《九星霸体诀》《首辅养成手册》获优秀翻译输出作品奖。

（17）2024年9月16日至22日，由国家文化和旅游部中外文化交流中心主办的中国网络作家赴欧洲文化交流活动于意大利、英国、法国顺利举办，邀请了中国网络作家村运营负责人沈荣、中国网络作家村签约作家横扫天涯参与。活动期间，《斗罗大陆》《天道图书馆》《雪中悍刀行》《夜幕之下（我在精神病院学斩神）》《十日终焉》《华妃墓》《逆天邪神》《生命之巅》《何日请长缨》《猎赝》《夜天子》《萌妻食神》《诛仙》《你和我的倾城时光》《人间大火》《筑梦太空》《新山乡巨变》《浩荡》《山根》《禹兮世界》20部中国经典网络文学作品作为文化交流典藏书目，入藏意大利作家联合会、罗马大学孔子学院、英国大英图书馆、查宁阁图书馆、法国巴黎文化中心。[2]

（18）2024年10月12日，中国文艺理论学会网络文学研究分会第九届学术年会暨"中国网文出海·东南亚论坛"在曲靖师范学院举办。本次学术会议由中国文艺理论学会网络文学研究分会、曲靖师范学院主办，以"积极服务和融入国家发展战略，推动中国网络文学事业发展，讲好中国故事，传播好中国声音"为主题，围绕"网络文学世界传播研究""网络文学东南亚传播与人工智能赋能网文传播研究""网络文学

---

[1] 人民网国际：《中国网络文学主题座谈交流活动在罗马举办》，2024年9月19日，http://world.people.com.cn/n1/2024/0919/c1002-40323391.html，2024年11月27日查询。

[2] 澎湃：《网文出海架起文化交流新桥梁，意英法三国举办座谈会》，2024年9月23日，https://m.thepaper.cn/newsDetail_forward_28827038，2024年11月27日查询。

IP 价值的跨境分发""网络文学类型与本体研究"等内容设置了四个分论坛。①

（19）2024 年 11 月 12 日至 14 日，由中国作协网络文学中心举办的网络文学国际传播培训班在北京成功举办。中国作协党组成员、书记处书记胡邦胜出席并作动员讲话。来自全国各地的 40 余名网络作家参加培训。

（20）2024 年 11 月 14 日，由中国作协外联部指导、中国图书进出口（集团）有限公司和格拉纳达大学孔子学院联合承办的首个西班牙中国文学读者俱乐部启动仪式暨中国网络文学分享座谈会在格拉纳达毕加索书店成功举办。青年作家刘金龙、疯丢子出席分享座谈会，与现场读者就网络文学展开交流。

（21）2024 年 11 月 20 日，2024 年度中国作家协会网络文学理论评论支持计划评审结果公示。项目《中国网络文学对美传播研究》入选。

（22）2024 年 11 月 21 日，大英图书馆举行《诡秘之主》《全职高手》《庆余年》等 10 部中国网文的藏书仪式。这是继 2022 年大英图书馆首次收录 16 部中国网络文学作品之后，中国网文再度入藏这一全球最大的学术图书馆。现场，阅文集团和大英图书馆宣布正式启动为期三年的合作项目"数字时代下的文学"。中国驻英国大使馆公使衔参赞李立言、大英图书馆首席运营官杰丝·雷、阅文集团首席执行官兼总裁侯晓楠、英国商业贸易部创意、消费者、体育与教育司司长戴睿俊现场致辞。来自中国的网文作家和中英两国的文化产业代表参与了圆桌论坛。②

4. "网文出海"理论研究年度成果

（1）报刊文章

［1］张熠：《中国网文 IP 加速走向全球》《解放日报》，2024 年 11 月 25 日。

［2］陈圆圆：《网络文学出海，让世界更好读懂中国》《人民日报》，2024 年 11 月 19 日。

［3］黄尚恩：《打造网文出海的东南亚传播路径》《文艺报》，2024 年 11 月 1 日。

［4］李文豪，姚建彬：《社交媒体视域下的网络文学出海研究——以〈诡秘之主〉系列为例》《出版广角》，2024 年第 18 期。

［5］牛朝阁：《网游、网文、网剧成中国文化出海"新三样"》《中国经济周刊》，2024 年第 17 期。

［6］马建荣：《从作品出海到文化感召——AIGC 时代中国网文出海内容生产与传播机制创新》《编辑学刊》，2024 年第 5 期。

［7］曾德科，郭瑞佳：《中国网络文学〈芈月传〉有声书在缅甸的传播》《出

---

① 腾讯新闻：《中国文艺理论学会网络文学研究分会第九届学术年会暨"中国网文出海·东南亚论坛"在曲靖举办》，2024 年 10 月 13 日，https：//news.qq.com/rain/a/20241013A00EZL00，2024 年 11 月 27 日查询。
② 中国作家网：《〈庆余年〉等 10 部网文再度入藏大英图书馆》，2024 年 11 月 24 日，https：//www.chinawriter.com.cn/n1/2024/1124/c404023-40368173.html，2024 年 11 月 27 日查询。

版参考》，2024 年第 9 期。

[8] 郭恋东，解依洋：《中国网络文学在西班牙语世界的传播与接受——基于汉西翻译网站的调查和分析》《当代文坛》，2024 年第 5 期。

[9] 何弘：《东亚、东南亚网络文学发展状况——以日、韩、泰为例》《网络文学研究》，2024 年第 1 期。

[10] 肖士钦：《国内网络文学翻译研究：现状及问题》《文化创新比较研究》，2024 年第 8 期。

[11] 高佳华：《中国网络文学在法国的多形态传播研究》《中国出版》，2024 年第 15 期。

[12] 李婧璇，张君成：《让"中国风"走出国际范儿》《中国新闻出版广电报》，2024 年 7 月 30 日。

[13] 李婧璇，张君成：《技术维度下的网络文学国际传播研究——基于技术语境、算法机制与技术社群的考察》《出版与印刷》，2024 年第 5 期。

[14] 赵雪琴，韩德春：《中国网络小说在泰传播——以泰国知名小说阅读网站 KAWEBOOK 为例》《三角洲》，2024 年第 20 期。

[15] 方益：《网络文学何以"乘风破浪"》《检察风云》，2024 年第 14 期。

[16] 张英菲：《中国仙侠文化海外传播探析》《数字化传播》，2024 年第 7 期。

[17] 姜天骄：《中国 IP 如何走向全球》《经济日报》，2024 年 6 月 29 日。

[18] 位林惠：《文化"新三样"在全球刮起"中国风"》《人民政协报》，2024 年 6 月 28 日。

[19] 李玲一：《从 Wuxiaworld 看我国网络文学翻译实践探索和理论构建》《英语广场》，2024 年第 18 期。

[20] 李丹丹，李玮：《文化数字化战略下多语种网文平台出海路径》《出版广角》，2024 年第 11 期。

[21] 戴润韬，史安斌：《数智时代中国网络文学国际传播的发展趋势与创新路径》《出版广角》，2024 年第 11 期。

[22] 陆朦朦，崔波：《网络文学海外传播中华文化的多模态叙事与认同引导》《出版广角》，2024 年第 11 期。

[23] 程德帅：《全球化传播背景下"网文出海"讲好中国故事策略分析》《新闻传播》，2024 第 11 期。

[24] 兰德华：《中国网文世界"圈粉"》《工人日报》，2024 年 6 月 9 日。

[25] 吴淑招，郭子瑄：《我国网络文学"出海"问题刍谈》《绥化学院学报》，2024 年第 6 期。

[26] 缪立平：《网络文学与中华文化海外传播》《出版参考》，2024 年第 6 期。

[27] 毛文思：《网络文学海外传播现状与前景探析》《出版参考》，2024 年第

6 期。

[28] 吴长青：《数字文化工业视阈中中国文化的世界认同与接受——以中国网络类型文学国际传播为例》《出版参考》，2024 年第 6 期。

[29] 姚海军，吴萌萌：《网络文学对中华文化符号的海外传播研究——以"Wuxiaworld"为中心的考察》《出版参考》，2024 年第 6 期。

[30] 赖镇桃：《文化"新三样"出海》《21 世纪经济报道》，2024 年 5 月 29 日。

[31] 储笑抒：《南京网络文学"出海"圈粉》《南京日报》，2024 年 5 月 24 日。

[32] 魏沛娜：《文化出海"新三样"云集文博会》《深圳商报》，2024 年 5 月 23 日。

[33] 刘俊，江玮：《网络文艺国际传播的突破点及其接受心理机制》《对外传播》，2024 年第 5 期。

[34] 郑铭，焦子宇：《"新三样"成文化出海生力军》《深圳特区报》，2024 年 5 月 20 日。

[35] 张富丽：《论中国网络文学改编剧国际传播的现状、问题与策略》《中国当代文学研究》，2024 年第 3 期。

[36] 李晓天：《网文出海，老外也爱看"霸总"》《中国企业家》，2024 年第 5 期。

[37] 殷琪君，徐译智，顾瑾，等：《中国网络小说在日本的译介与接受研究——以〈魔道祖师〉为例》《长江小说鉴赏》，2024 年第 11 期。

[38] 王嘉，国知非：《人文交流视角下中国网络小说在越南的传播和接受》《东南亚研究》，2024 年第 1 期。

[39] 陈烁，陆颖：《中国原创网络小说海外传播现状及发展方向探析》《海外英语》，2024 年第 7 期。

[40] 张伦，刘金卓，魏庆洋，等：《中国网络文学跨文化传播效果研究》《新闻大学》，2024 年第 4 期。

[41] 李铁林：《文艺出海，文化扬帆》《人民日报》，2024 年 4 月 3 日。

[42] 余如波：《文化出海要"更新"也要"创新"》，四川日报，2024 年 3 月 22 日。

[43] 周琳，孙丽萍，王默玲：《网文网剧网游，正成为文化出海"新三样"》《新华每日电讯》，2024 年 3 月 18 日。

[44] 徐心研，郑侠：《计算机辅助翻译模式下的中国网络文学英译研究》《河北能源职业技术学院学报》，2024 年第 1 期。

[45] 张鹏禹：《网络文学出海市场规模超 40 亿元》《人民日报海外版》，2024

年3月13日。

[46] 邢虹：《"国潮"写作成风尚华语IP进入全球视野》《南京日报》，2024年3月9日。

[47] 温婷：《加速网络文学出海提升国际传播能力》《上海证券报》，2024年3月8日。

[48] 王婉波，周志雄：《网络文学读者情感消费的发生机理、表现形式与发展效应》《编辑之友》，2024年第3期。

[49] 徐刘刘：《网络文学让华语IP进入全球视野》《环球时报》，2024年3月5日。

[50] 王秀媛，安艺丹：《中国网络小说在韩国传播现状与译介分析——以〈桃花债〉为例》《嘉应文学》，2024年第5期。

[51] 孟妮：《AI翻译："一键出海"助力全球追更》《国际商报》，2024年2月29日。

[52] 孟妮：《为全球读者讲述精彩"中国故事"》《国际商报》，2024年2月29日。

[53] 赖名芳：《我国网络文学阅读市场规模超400亿元》《中国新闻出版广电报》，2024年2月28日。

[54] 许旸：《一键出海！AI助力网文IP生态提速》《文汇报》，2024年2月27日。

[55] 张馥涵：《中国网络文学的跨文化传播——以〈周生如故〉出海为例》《三角洲》，2024年第5期。

[56] 席正，陈志远：《中国文化走出去路径研究——基于网络文学海外传播的启示》《采写编》，2024年第2期。

[57] 于亚晶，邵璐：《基于读者评论的网络翻译文学评价研究——以Wuxiaworld中的〈巫界术士〉英译为例》《文学与文化》，2024年第1期。

[58] 路艳霞：《华语IP全球影响力日益增强》《北京日报》，2024年2月8日。

[59] 毛振华，马欣然，宋瑞：《海外用户超1.5亿网文出海进入"全球共创"新阶段》《经济参考报》，2024年1月30日。

[60] 彭红艳，胡安江：《中国网络文学国际传播的视觉化研究：文化逻辑与运营机制》《上海交通大学学报（哲学社会科学版）》，2024年第1期。

[61] 朱瑞赟，朱全定：《当代网络文学的海内外接受效果分析——以〈坏小孩〉及其改编剧〈隐秘的角落〉为例》《湖北第二师范学院学报》，2024年第1期。

[62] 陈奇佳，宋鸽：《当代世界如何想象中国——网络文学的文化书写及其国际传播》《江苏行政学院学报》，2024年第1期。

[63] 周漫：《类型网文在英语世界传播效果的关键要素：翻译与审美》《上海

翻译》，2024年第1期。

[64] 陈晨：《浅谈中国网络文学的国际传播》《数字化传播》，2024年第1期。

[65] 刘江伟：《人工智能翻译助力网文"一键出海"》《光明日报》，2024年1月6日。

[66] 张鹏禹，张立童：《以精准化传播贴近海外读者》《人民日报海外版》，2024年1月4日。

（2）硕博论文

[1] 常洁：《社会翻译学视域下中国网络文学在线英译活动的资本考察》，博士论文，华东师范大学，2024年。

[2] 李慧：《跨文化传播视域下玄幻仙侠类网络小说IP的共情研究》，硕士论文，吉林大学，2024年

[3] 张芷萌：《关联理论指导下网络言情小说汉英翻译实践报告》，硕士论文，西安外国语大学，2024年。

（3）年度科研课题（国家级、省部级）

①2024年国家社会科学基金年度项目立项

[1] 国际传播新格局下数字内容出海的风险及应对研究，殷琦，厦门大学，24AXW012。

[2] 中国当代数字文艺的再生产研究，周才庶，南开大学，24BZW128。

[3] 数字流行文化对中国神话的演绎与全球传播研究，季芳芳，中国社会科学院新闻与传播研究所，24BXW010。

[4] 中国网络文学中优秀传统文化的"两创"研究，王婉波，河南工业大学，24CZW104。

[5] 中国网络奇幻文学与青年群体互动研究，孙金燕，云南民族大学，24CZW105。

[6] 网络文学海外传播中华文化的多模态叙事与认同引导研究，陆朦朦，浙江传媒学院，24CXW002。

[7] 文明交流互鉴视域下网络文学海外出版机制与效果研究，王一鸣，华中科技大学，24CXW066。

②2024年国家社会科学基金后期资助结项项目1项

新媒介时代文艺理论的当代发展与核心议题，王传领，聊城大学，F20240676。

③中国作家协会网络文学理论评论支持计划入选项目

[1] 数字游戏与网络文学的互动研究，张学谦，苏州大学。

[2] 中国网络文学的海外民间译介，戴瑶琴，谌幸，大连理工大学。

[3] 中国网络文学对美传播研究，邢晨，南京师范大学。

[4] 中国网络文学年鉴（2024）（专项），中国作协网络文学研究（中南大学）中心，中南大学。

三、网络文学海外传播的贡献与局限

随着数字技术的飞速发展和全球互联网的深度融合，中国网络文学凭借其独特的文化魅力，在数量规模、经济效益和文化影响等各个方面交出了一份亮眼的答卷。"国潮风"网络文学作品的流行，不仅为中国文化开辟了全新的国际传播渠道，更在全球范围内激发了广大读者对中华文化的浓厚兴趣与探索欲望，开启了文化传播的新天地。同时，网络文学的高互动性特质，为海外读者交流提供了更为丰富和多元的方式，不同文化背景的读者也因此得以跨越地理界限共同参与网文故事构建，拓展了网络文学全球化叙事的新路径。此外，AIGC 技术的引入，极大地赋能了网络文学的创作、翻译与传播过程，使得中国网络文学能够更加精准地触达海外读者。网络文学 IP 转化效率与质量的双提升，则进一步推动了文化产业链的延伸，为提升中华文化的国际影响力增添了新动力。

不可忽视的是，中国网络文学海外传播在全球化进程中做出显著贡献的同时也存在不足。首先，"水土不服"现象，文化差异构成的文化屏障亟待有效破解。其次，精品佳作的出海供给短缺，限制了中国网络文学在海外市场的深度与广度。再次，多元共治的版权治理体系尚需加强，以促进产业的健康发展。最后，AI 技术的应用伴生的隐私泄露、创作伦理等问题亦值得高度警惕。

1. 网络文学海外传播的贡献

（1）"国潮风"开启文化传播新天地

2024 年，网络文学在内容创新方面取得了显著进展，从传统的武侠、仙侠，到现代的都市言情、科幻冒险，各种新鲜内容元素层出不穷，无不展示出网络文学的多样性和包容性。其中，随着国家对传统文化的重视和挖掘，越来越多的年轻人开始关注并挖掘传统文化。年轻人通过穿汉服、使用传统工艺品等方式，表达对中华优秀传统文化的自豪和认同。这股对传统文化的热情也影响到了网络文学创作。2024 年 2 月 26 日，中国社会科学院文学研究所发布《2023 中国网络文学发展研究报告》（以下简称《报告》）。《报告》指出，2023 年网络文学作者更突出地将中华优秀传统文化融入历史、现实、科幻等多元题材，践行中华优秀传统文化创造性转化和创新性发展，探索"第二个结合"有效路径，持续推动传统文化融入多元题材，"国潮"写作形成年度风尚。①

"国潮"写作注重将传统文化元素融入作品中，如古典诗词、传统节日、民俗风情、非遗技艺等。这些元素不仅丰富了作品的内容，还增强了作品的文化底蕴和

---

① 中国社会科学院文学研究所：《2023 中国网络文学发展研究报告》，2024 年 2 月 16 日，https：//www.cssn.cn/wx/wx_ttxw/202402/t20240226_5734785.shtml？spm = a2c6h.13046898.publish - article.12.511a6ffaPmcyZk，2024 年 10 月 10 日查询。

时代感。"国潮"网络文学写作不拘泥于某一特定题材,而是将传统文化元素与现实、科幻、历史等多种题材相融合。这种跨题材的融合使得作品更加丰富多彩,也更容易引起读者的共鸣。与此同时,国潮风文学创作在表达方式上也进行了创新。网文作家通过现代文学手法和技巧,将传统文化元素进行重新解读和演绎,使其更加符合现代读者的审美需求。2023年,文化和旅游部恭王府博物馆与阅文集团主办的"阅见非遗"第一届征文大赛,共收获 6 万部非遗题材作品,涉及京剧、木雕、造纸技艺、狮舞等 127 个非遗项目。① 无数优秀"国潮风"网文作品相继涌现,《大明英华》用扣人心弦的故事赋予非遗崭新色彩;《我本无意成仙》穿插评书、木雕、打铁花技艺等传统元素;《洞庭茶师》展现出茶文化悠久的历史和蓬勃的生命力等。

"国潮风"网络文学作品是向世界传达东方文化的直观窗口。得益于互联网和社交媒体的普及,"国潮风"网络文学作品得以迅速传播到世界各地。国潮文化吸引海外受众的根本原因,在于其独特性和创新性。它既保留了中国传统文化的深厚底蕴,又融入了现代时尚的元素,形成了一种独特的文化符号,让海外受众感受到一种新鲜和独特的文化体验。"国潮风"网络文学作品的海外传播,不仅丰富了全球文化的多样性,也促进了中外文化的交流与互动。它通过一种现代化的方式,让世界了解中国的传统文化和现代发展,增强了中国文化的国际影响力和软实力。此外,"国潮风"网络文学作品的传播还增强了中国年青一代的文化自信,使年青一代更加主动、自觉地传承和弘扬中国文化。

(2) 高互动性拓展全球化叙事新路径

中国作协网络文学中心主任何弘提出:"网络文学具有即时高效、成本低廉、互动性强的特点,有着跨国界广泛传播的天然优势。"网络文学的高互动性特征不仅丰富了读者的阅读体验,也为全球化叙事开辟了新的路径。随着技术的不断进步和全球化的加速,中国网络文学的海外传播如今正迈进"全球共创 IP"的新纪元,许多网络文学平台开始在全球范围内招募和培养作者,搭建起一个跨越国界的创作社群。越来越多的海外用户正实现着从读者到写手身份的转变。有数据显示,截至 2023 年 10 月,阅文旗下起点国际培养了约 40 万名海外网络作家,作家数量 3 年增3 倍,覆盖全球 100 多个国家和地区,爆发式增长态势明显,平台上线海外原创作品约 61 万部,同比 3 年前增长 280%。② 此外,网络文学的高互动性还体现在读者反馈的即时性和广泛性上。读者可以通过评论、打分、参与作品讨论等方式,直接影响作者的创作走向,甚至参与到故事情节的构建中。作者可以根据这些反馈,迅

---

① 鲁大智:十部作品分获"阅见非遗"首届征文大赛金银铜奖,《中华读书报》2023 年 11 月 1 日第 2 版,https://epaper.gmw.cn/zhdsb/html/2023-11/01/nw.D110000zhdsb_20231101_7-02.htm,2024 年 10 月 10 日查询。

② 上海市新闻出版局、上海市出版协会、阅文集团:《2023 中国网络文学出海趋势报告》,2023 年 12 月 5 日,https://baijiahao.baidu.com/s?id=1784687272852213821&wfr=spider&for=pc,2024 年 10 月 11 日查询。

速调整故事情节和角色设定，以更好地满足不同文化背景读者的需求。这种双向互动不仅增强了作品的参与感和共鸣度，也为全球化叙事提供了更为丰富和多元的视角，使得网络文学成为一个真正意义上的全球文化共享空间。

网络文学的高互动性不仅丰富了网络文学的内容与形式，更促进了全球化叙事的深入发展。越来越多的网络文学作者不再局限于单一的文化视野，而是勇敢地跨出舒适区，开始尝试在作品中融入多元文化的元素。他们或是细腻描绘异国风情，或是巧妙融合不同文化的价值观与习俗，通过跨文化的独特视角，讲述着一个个既熟悉又新奇的故事。这些故事中，既有对全球现实问题的深刻反思，也有对全球化背景下人类共通情感的细腻捕捉，充分展现了网络文学在促进文化交流与理解方面的巨大潜力。全球读者在阅读这些作品的过程中，不仅能够享受到阅读的乐趣，更能在潜移默化中拓宽自己的文化视野，增进对不同文化的尊重与理解。网络文学的高互动性，让这种跨文化的交流与融合变得更加生动与直接，也为全球化叙事的发展注入了源源不断的活力与灵感。

（3）AIGC 赋能网文创作、翻译与传播

随着人工智能技术的不断进步，AIGC 正逐渐成为推动各行各业转型升级的重要力量。阅文集团副总裁、总编辑杨晨表示，AI 之于网络文学的特殊优势在于它不仅是媒介和载体，还是创作工具和产能放大器。生成式人工智能技术在网络文学创作、翻译和传播过程中发挥了不可估量的重要作用。首先，在网络文学创作方面，AIGC 的应用极大地提高了网文的写作效率，减轻了网文作家的写作压力。一方面，AIGC 可以通过智能算法和自然语言处理技术，快速生成大量高质量的文本内容。同时，通过分析大量的文学作品，AIGC 可以掌握各种写作风格和叙事技巧，快速生成更加符合读者口味和市场需求的作品内容。2023 年 10 月，清华大学新闻与传播学院沈阳教授团队采用生成式人工智能创作的小说《机忆之地》匿名参加了江苏省青年科普科幻作品大赛，并获得了二等奖[①]。这部作品的所有内容，包括书名、正文、配图乃至作者名字，全部由 AI 完成。这次获奖深刻地展示了 AI 在创作领域的潜力。另一方面，AIGC 能够减轻网文作家的创作负担。AIGC 能够处理大量的基础性写作任务，如情节展开、对话生成等，作家则可以将更多的时间和精力放在创意和构思上，而不是在重复性工作中耗费精力。此外，AIGC 能够根据既有的文本生成新的情节和内容，这些内容可以激发作家的灵感，帮助作家突破创作瓶颈。

其次，"语言"是网络文学出海必须克服的"卡脖子"困境，翻译速度、准确度等因素直接影响着网络文学的海外传播。在网络文学作品翻译方面，AIGC 赋能网络文学作品翻译速度，极大地降低了翻译成本。截至 2023 年 10 月，阅文集团旗下

---

① 余梦珑：AI 将提升科幻文学的创造力——《机忆之地》创作的启示，光明网，2024 年 7 月 6 日，https://baijiahao.baidu.com/s? id=1803784043695029922&wfr=spider&for=pc，2024 年 10 月 11 日查询。

海外门户起点国际已上线约 3600 部翻译作品，同比三年前增长 110%。在人工智能的助力下，网文的翻译效率提升近百倍，成本降低超九成。① AI 正使网络文学"一键出海""全球追更"成为可能。

最后，AIGC 的应用有效促进了网络文学 IP 的开发与推广。阅文集团公共事务副总裁王睿霆曾谈到，AI 是发展和形成新质生产力、推动新旧动能转换的重要支点，也是网络文学行业拓展自身的内涵和外延，释放 IP 活力的重要推动力。AIGC 技术不仅限于文本生成，还能够在图像、音频、视频等多媒体领域发挥作用。通过计算机视觉和语音合成技术，AI 可以将网文 IP 中的故事和角色形象生动地呈现在读者面前。AI 可以根据小说描述生成角色插画、漫画，甚至是动画短片，为读者提供更加丰富的视觉体验。这些多媒体内容不仅能增加 IP 对外国接受者的吸引力，还能拓展其在影视、游戏等领域的应用空间。

（4）网文 IP 转化实现效率质量双提升

随着网络文学创作平台、IP 产业链及国际市场拓展体系的全面成熟，中国网络文学已成为中国在全球文化市场中 IP 孵化与输出的核心力量。截至 2023 年底，中国网络文学阅读市场规模达 404.3 亿，同比增长 3.8%，网络文学 IP 市场规模大幅跃升至 2605 亿元，同比增长近百亿，网文产业迎来 3000 亿元市场。② 从小说到电视剧，再到漫画、综艺、动画、游戏、纪录片，优质的网络文学 IP 通过翻译、本地化和跨文化推广等途径在国际文化舞台上大放异彩，获得了海外观众的热烈欢迎。数据显示，阅文集团网络小说已海外授权数字出版和实体图书出版作品 1000 余部，涉及英语、法语等 10 种语言；在有声书领域，海外上线作品 100 余部，部分作品播放量超过 1 亿次；起点国际已上线漫画作品 1500 余部，浏览量超千万作品 100 余部，《全职高手》日文版长居日本漫画网站人气榜前三。③ 影视剧《庆余年第二季》成全网首部预约量破千万的国产剧，海外独家发行权已被迪士尼预购；影视剧《田耕纪》在爱奇艺泰国站、日本站登顶；阅文首个自主海外发行的 IP 改编游戏产品《斗破苍穹：怒火云岚》在马来西亚、印度尼西亚和泰国上线，东南亚地区 2023 年 Q4 新用户环比增长 118%。

网络文学 IP 海外爆火的根本原因在于网络文学 IP 转化效率与质量同时得到提升。

首先，IP 前置开发模式逐渐成熟，有效提升了开发产品的质量。IP 前置开发模式

---

① 上海市新闻出版局、上海市出版协会、阅文集团：《2023 中国网络文学出海趋势报告》，2023 年 12 月 5 日，https://baijiahao.baidu.com/s?id=1784687272852213821&wfr=spider&for=pc，2024 年 10 月 11 日查询。

② 中国社会科学院文学研究所：《2023 中国网络文学发展研究报告》，2024 年 2 月 16 日，https://www.cssn.cn/wx/wx_ttxw/202402/t20240226_5734785.shtml?spm=a2c6h.13046898.publish-article.12.511a6ffaPmcyZk，2024 年 10 月 12 日查询。

③ 上海市新闻出版局、上海市出版协会、阅文集团：《2023 中国网络文学出海趋势报告》，2023 年 12 月 5 日，https://baijiahao.baidu.com/s?id=1784687272852213821&wfr=spider&for=pc，2024 年 10 月 12 日查询。

是一种在内容创作初期就进行 IP 开发和孵化的模式,它强调在作品创作或连载阶段就开始进行 IP 的全方位开发和孵化,包括但不限于定制化打造的有效互动、二次创作等模式。阅文集团宣布推出的"恒星计划",旨在打造以创作者内容创作为核心的 IP 孵化前置模式。"恒星计划"基于阅文的 IP 开发及运营经验,并依托于"AI+IP"业务升级规划,将投入多位头部编辑与作家在作品筹备期讨论及内容研判,引入内容、运营、版权和衍生品多个部门在作品早期制定 IP 孵化规划,从推广运营、视觉开发、商业化和社区等多个维度助力作品在连载期间即具备 IP 能量。例如,起点读书为《诡秘之主》系列 IP 打造的官方主题站"卷毛狒狒研究会",依托原著丰富的世界观设定,定制化打造出序列升级加阅读收集魔药的全新互动方式,上线首月快速汇聚了超 60 万"诡秘"核心粉丝,用户日活环比上线前提升超 200%,为"诡秘"有声读物、盲盒、改编动画等多品类创作的质量保障提供了新路径与新增量。①

其次,微短剧赛道提供了大量的发展机会。微短剧凭借其时长短小精悍、剧情紧凑有趣、互动性强等特点获得了不少消费者的青睐。中国网络视听协会发布的《中国微短剧行业发展白皮书(2024)》(以下简称《白皮书》)揭示了微短剧市场的惊人增长。《白皮书》预估,2024 年中国微短剧市场规模将达到 504.4 亿元人民币,同比增长 34.9%,首次超过中国电影全年总票房预计的 470 亿元人民币。②《白皮书》提出,微短剧行业正式迈入 2.0 时代,行业体量稳步增长,用户规模、市场规模、从业机构数量及内容供给量均创新高,生产方式和商业模式也发生了根本性变革。③ 微短剧的海外传播,能够为网络文学发展开辟新的市场。网络文学 IP 利用社交媒体和短视频平台进行推广,可以迅速积累人气,增加剧集的曝光率,从而为创作者和平台带来更多的机会和收益。

最后,AI 技术辅助极大地提高了 IP 转化效率。随着技术的不断进步,AI 翻译已在各个领域得到了广泛应用。AI 翻译技术在网络文学的全球化传播中扮演了关键角色,极大地提高了翻译效率,降低了成本,使得网络文学作品能够更快、更广泛地被全球读者接触和理解。

2. 网络文学海外传播的不足

(1)"水土不服"文化屏障期待破解

美国传播学者霍华德·E. 巴特尔曾提出"文化折扣"概念,这一概念强调不同文化背景的人对文化产品的理解和感受会有很大差异,因为产品往往蕴含着特定

---

① 许旸:《斗破苍穹》《诡秘之主》等网文 IP 上新,提升内容生态向心力,文汇网,2023 年 8 月 10 日, https://www.whb.cn/commonDetail/534252,2024 年 10 月 15 日查询。
② 中国网络视听协会:《中国微短剧行业发展白皮书(2024)》,2024 年 11 月 6 日,https://baijiahao.baidu.com/s?id=1815070476934669591&wfr=spider&for=pc,2024 年 11 月 15 日查询。
③ 中国网络视听协会:《中国微短剧行业发展白皮书(2024)》,2024 年 11 月 6 日,https://baijiahao.baidu.com/s?id=1815070476934669591&wfr=spider&for=pc,2024 年 11 月 15 日查询。

文化的价值观、语言、习俗和幽默。受众在面对与自己文化背景不同的文化产品时，可能会因为缺乏背景知识或文化理解而难以产生共鸣，从而降低了对这些产品的兴趣和接受度。因此，鉴于文化根基与语言表达的差异，中国网络文学在海外传播的征途中不可避免地会遭遇"文化折扣"的挑战。

全球范围内受众群体因其地域及社会环境的差异，对海外文化产品的喜好千差万别，这导致部分中国网络文学作品在海外传播过程中难以精准对接海外受众的心理需求。对于西方读者来说，他们更倾向于逻辑严谨、人物刻画深刻的叙事，而中国的网络文学作品则以其丰富的情感表达和奇幻色彩为特色。在寻求国际市场接纳的过程中，一些网络文学作品为迎合西方审美标准，进行了过度调整，以致原作的东方美学韵味和中国文化精髓被削弱甚至丢失。这种做法虽意在拓宽市场，却可能让作品失去其独特的文化身份和吸引力。与此同时，翻译作为文化交流的桥梁，其作用尤为关键。过度迎合国际市场的翻译策略，往往忽略了保持原作文化精髓的重要性，可能导致中国影视作品在国际舞台上失去其原有的"中国味"，影响其在全球范围内的文化认同与传播效果。文本翻译这一活动，其本质远远超越了单纯的语言符号的替换，它更是一次深刻的文化跨越式传递。一部分中国网络文学作品，其作者常常巧妙地融入文言文、成语与典故等文化元素，这些元素以其独特的凝练与深邃，为作品增添了丰富的文化底蕴与情感色彩。在将这些富含文化意涵的元素转化为英文的过程中，翻译者面临着巨大的挑战。由于中英文在表达习惯、文化语境及语言结构上的显著差异，直接找到一一对应的翻译词汇往往难以实现。因此，译者常常需要采取增译策略，通过添加必要的解释性内容来弥补文化鸿沟，这一过程中，直译虽能保留原文的某些形式特征，但往往难以全面而准确地传达原文的深层含义与情感色彩，甚至可能因文化差异而导致误解。以成语为例，成语的特点是短小精悍，在屈指可数的语言单位里承载着丰富的历史与文化内涵，而在英文中，要准确传达其全部内涵往往需要冗长的句子乃至段落。这种翻译方式不仅增加了译文的篇幅，还可能因文化细节的丢失而削弱了原文的文化韵味与表达效果。

因此，在跨文化传播中，寻求文化共鸣与保持文化特色之间的平衡，是提升中国网络文学国际影响力的关键所在。只有把握这种平衡，中国网络文学才能在全球化的大潮中乘风破浪，赢得更多的共鸣与掌声。

(2) 精品佳作出海供给短缺

从玄幻仙侠的奇幻世界到都市情感的细腻描绘，从历史穿越的时空交错到科幻未来的无限遐想，中国网络文学以其丰富的题材与多样的风格，为全球读者提供了一场文化盛宴。然而，在这场盛宴的背后，却隐藏着供给短缺的隐忧。一方面，尽管中国网络文学作品的数量浩如烟海，但真正能够走向海外、赢得国际认可的精品佳作却并不多，许多作品在内容创新、叙事技巧、文化内涵等方面仍存在不足，难以满足海外读者的多元化需求；另一方面，由于文化差异、语言障碍等因素的限制，许多优秀的中国网络文学作品在海外传播过程中面临着诸多困难与挑战。例如，中国网络文学中的玄幻题材，犹如一股清新的文化清流，以其独树一帜的魅力在全球范围内掀起了一股热潮。它凭借构建得宏大而细腻的世界观、天马行空的想象力以及超越现实束缚的叙事技巧，成功吸引了无数海外读者的关注与青睐。这一独特现象不仅深刻展现了文化多样性的魅力，还充分体现了在全球化浪潮中，不同文化之间通过跨文化传播所实现的复杂而微妙的互动与交融。然而，令人遗憾的是，近年来，"玄幻"题材的创作却逐渐陷入了模式化与同质化的泥潭，难以推陈出新，从而在一定程度上制约了其国际影响力的持续拓展与深化。在商业化氛围日益浓厚的背景下，网络文学创作者往往承受着快速更新与迎合市场需求的巨大压力，这导致部分作者为了规避风险，更倾向于选择那些已被市场验证为成功的创作模式进行简单复制与模仿。与此同时，长期在特定类型框架内创作的玄幻作家们，也逐渐面临着创意枯竭与类型固化的严峻挑战。他们在追求创新的过程中，往往受到既有成功作品的隐形束缚，难以完全摆脱模式化的影响，进而在创作上陷入了一种难以自拔的困境。此外，部分玄幻作品在创作中，过度依赖对中国传统文化符号的堆砌与罗列，而缺乏对这些符号进行深度挖掘与创新性运用的勇气与能力，这使得作品在文化内涵上显得较为浅薄且缺乏新意，难以在国际市场上脱颖而出。

不仅如此，尽管近年来中国网络文学领域呈现出显著的多元化发展趋势，尤其是现实题材作品逐渐发展起来，但现实题材的网络文学作品在国际传播与接受度上仍面临诸多挑战。核心问题之一在于作品在故事构建和情感共鸣上存在不足，难以跨越文化和语言的界限，有效吸引并留住海外读者的目光。现实题材作品往往聚焦于当代中国社会的方方面面，从职场奋斗到城乡变迁，从家庭伦理到环境保护，题材广泛而深刻。然而，部分作品在叙事结构上显得较为平铺直叙，缺乏足够的张力和悬念设置，难以形成引人入胜的故事脉络。最为重要的是，"爽感"作为网络文学发展的核心要义，现实题材作品在追求真实性和深度挖掘的同时，往往容易忽视"爽感"的营造。相比之下，一些奇幻、玄幻类作品因其丰富的想象力和强烈的视觉冲击，更容易在"爽感"上取得突破。现实题材作品若能在保持真实性的基础上，巧妙融入紧张刺激的情节元素或深刻的人生哲理，或许能更有效地吸引海外读者的注意。

因此，优质、富有创新性的网文内容与形式仍旧是中国网络文学扬帆远航的根本动力。只有那些既具有高品质又充满感染力的网络文学作品，才能在国际舞台上展现出独特的魅力，吸引来自不同文化背景、不同审美偏好的海外读者。只有这样的作品才能够不仅提升中国网络文学的国际知名度和影响力，更为中国文化的传播和交流搭建起一座坚实的桥梁。

(3) 多元共治的版权治理尚待加强

版权保护是激励创作、保障创作者权益的基石。随着互联网的迅猛发展，信息传播的速度和广度都达到了前所未有的水平，但这也为版权侵权等违法犯罪行为提供了土壤。在近年来的网文出海中,文本内容、音乐、视频等数字作品的盗版问题层出不穷,严重侵犯了创作者的知识产权,阻碍了网络文学产业的健康发展。随着互联网技术的发展,盗版行为变得更加隐蔽和多样化,盗版网站和非法下载渠道五花八门,不仅损害了版权持有者的经济利益,也对作品的国际推广产生了负面影响。不同国家和地区版权法律的差异是网络文学出海版权方面所要面临的首要问题。中国网络文学作品在出口至海外时必须遵守目标市场的版权法律,这就意味着出版商和平台需要深入了解各国的版权法规,确保在授权合同中明确版权归属和保护条款。各国版权法在保护期限、侵权认定标准等方面存在显著差异,这增加了版权保护的难度。同时国际版权保护机制的缺失,使得跨国维权难度高且成本高昂。值得注意的是,随着生成式AI的投入使用,网络文学内容创作的边界变得模糊,原创作品被未经授权的AI学习和模仿的风险增加,版权保护与AI创新之间的冲突急需化解。

在数字化、网络化快速发展的时代背景下,网络文学出海之路要想走得更宽广、更深入,多元共治的版权治理体系是应对当前版权问题挑战的有效途径。版权问题日益复杂多变,传统的单一治理模式已难以满足现实需求,迫切需要构建一个由政府、企业、社会组织、创作者及公众等多方参与、协同共治的版权治理体系。作为版权治理的主导力量,政府应制定和完善相关法律法规,为版权保护提供坚实的法律基础。政府还需加大执法力度,打击盗版和侵权行为,维护市场秩序,并加强与国际版权组织和相关国家的交流与合作,共同应对跨国版权问题,推动全球版权治理体系的完善和发展。而作为版权内容的生产者和传播者,网络文学相关平台应自觉遵守版权法律法规,尊重他人版权,加强内部管理,防止侵权行为的发生。同时,平台还应积极运用技术手段,如数字水印、加密技术等,提升版权保护水平。此外,网文作家作为版权的原始拥有者,在版权治理中具有不可替代的地位。网文作家应增强自我保护意识,及时申请版权登记,保留创作证据。同时,作家还应积极维护自己的权益。最后,作为版权内容的消费者和传播者,读者应尊重版权、支持正版、抵制盗版和侵权行为,积极参与版权宣传和教育活动,提高自身版权意识。读者还可以积极参与版权治理的讨论和决策过程,为完善版权治理体系贡献智慧和力量。

(4) AI技术应用伴生问题需要警惕

科技是一把"双刃剑",它既能让人类走向更美好的未来,也可能导致自我毁灭的道路。技术加速发展的背景下,生成式AI技术的应用在加速网络文学规模化、市场化的同时,也引发了对原创性、伦理道德性、版权纠纷等问题的深思。

首先,从文学创作角度来说,尽管生成式人工智能在生成效率和精准度上人类无可匹敌,但生成式人工智能所"创作"的文学作品本质上是基于丰富的语料库而精心筛选、编织而成的,其作品的背景、人物、情节等设定都是参考前人作家的知识成果,而缺少文学原创性。中南大学网络文学研究院院长欧阳友权曾表示:"没有生命体验,缺少肉身感知,是AI创作的致命缺陷,其所带来的'情感虚置'和

'意义缺席'将成为 AI 创作确证自身艺术性的巨大挑战。"[1] 文学，作为一种创造性表达与审美体验的高级形式，其深植于生活的广阔土壤之中。生活中的喜怒哀乐、爱恨情仇等复杂情感，以及人们对美好事物的向往与追求，都是文学创作不竭的源泉。作家运用艺术语言，将这些内在的情感体验外化为可视、可听、可感的艺术形象，从而引发读者的共鸣与反思。而生成式人工智能作为"虚拟的作家"，它总是与生活"隔着一层"，它并不具备人类对生活的独特感知能力，因此，AI 创作的作品是缺少灵魂的。生成式人工智能基于现有的语料，产出大量相似度极高"二次创作"，属于内容同质化的网络文学作品，这并不利用网络文学原创性、创新性与多样性的发展。

其次，从网文作家个人生存角度来说，生成式人工智能的迅猛发展正逐渐对网文作家的生存境遇构成潜在威胁。AI 的"高产"特性直接冲击了网文作家的创作市场。以往，网文作家需要通过长时间的构思、写作和修订，才能完成一部作品，而现在 AI 工具能够在短时间内生成大量内容，并且其质量足以满足部分读者的需求。这种高效的产出能力，使得市场上的文学作品数量激增，对于以写作为生的网文作家而言，无疑增加了生存压力。与此同时，虽然 AI 工具本身并不具备真正的创造力，但它们能够模仿和复制人类创作的成果，从而在一定程度上削弱作家对原创性的追求。当作家发现自己辛苦构思的故事情节或角色设定被 AI 轻易复制甚至超越时，可能会产生挫败感和无力感，进而影响其创作动力和热情。

再次，从网文行业发展层面来说，由于生成式人工智能原创性的缺失，其创作内容的版权归属问题变得异常模糊。当 AI 系统基于大量已有作品学习并生成新作品时，这些新作品的版权究竟应归属于 AI 系统的开发者、训练数据的提供者，还是被视为无主之物，成了一个争议焦点。特别是在没有人类直接参与创作过程的情境下，如何界定"作者"身份，以及谁有权主张版权，成为法律界亟待解决的问题。

最后，从社会伦理道德层面来说，生成式 AI 缺乏人类的道德判断能力和价值观，这可能导致其生成的内容违背社会道德标准或伦理原则。例如，AI 可能创作出具有暴力、色情或歧视性内容的作品，这些作品在传播过程中可能会对社会造成负面影响。AI 还可能被用于制造虚假信息或误导性内容，从而破坏社会的信任体系和信息真实性。

综上所述，生成式人工智能在网络文学领域的应用虽然具有广阔的前景，但也伴生了许多值得警惕的问题。面对这些挑战，国家有关部门、技术开发者、行业相关部门和平台运营者需要共同努力，制定相应的规章制度和技术标准，以确保生成式人工智能在网络文学领域的健康发展。

（张紫含、黄钜翔、李晨宇　执笔）

---

[1] 欧阳友权：《人工智能创作的艺术隐忧和伦理边界》，光明网，2024 年 7 月 20 日，https：//news. gmw. cn/2024-07/20/content_ 37449788. htm，2024 年 11 月 5 日查询。

附录：2024年网络文坛纪事

一月

1月2日

2024年1月2日，由中华文学基金会主办的第五届茅盾新人奖及茅盾新人奖·网络文学奖经评奖委员会认真评审，结果予以公布，获奖名单为：

王小磊（骷髅精灵）、史鑫阳（沐清雨）、何健（天瑞说符）、陈彬（跳舞）、高俊夫（远瞳）、黄卫（柳下挥）、蒋晓平（我本纯洁）、刘金龙（胡说）、终南左柳）、黄雄（妖夜）、胡毅萍（古兰月）。

此外，还有以下作者获得提名：甘海晶（麦苏）、张栩（匪迦）、陆琪（陆琪）、赵磊（我本疯狂）、贾晓（清扬婉兮）、李宇静（风晓樱寒）、王立军（纯银耳坠）、周丽（赖尔）、张保欢（善良的蜜蜂）、徐彩霞（阿彩）。

1月4日

1月4日，由阅文集团主办，QQ阅读、微信读书、腾讯新闻协办，探照灯书评人协会承办的"探照灯好书"发布"2023年度十大中外类型小说"榜单，怪诞的表哥的《终宋》、宅猪的《择日飞升》、须尾俱全的《末日乐园》、虾写的《雾都侦探》4部网络文学作品上榜，其中的部分作品曾入选网文青春榜月榜。

1月4日，2023知乎盐言短篇故事影响力榜发布，评选出50部"年度盐选作品"和20位"年度盐选作者"。

年度电子榨菜奖（盐选N刷）：《河清海晏》《见君如故》《被新帝退婚后，我们全家摆烂》《心心》《待到繁花盛开时》

年度［蹲］X10000奖（盐选求更）：《幼薇》《不渡》《公主上位》《她听得见》《审判者实录》

姐姐妹妹站起来奖（盐选大女主）：《点燃星火》《穿成虐文女主我pua霸总》《公主行：风月无恙否》《重生在新时代》《最佳选择》

［虐］你没商量奖（盐选虐文）：《重逢》《最后的月亮》《月光永不坠落》《棠木依旧》《铜雀藏春》

［爽］到拍手奖（盐选爽文）：《掌命女》《状元妈妈重生后摆烂了》《不死之身》《恨朝朝》《花开花落自有时》

［绝］就一个字奖（盐选脑洞）：《全网嘲后我绑定了演技系统》《从街亭大败

开始拯救蜀汉？假如李世民魂穿刘禅》《小念》《死亡考试：无人生还的毕业季》《众神白月光又双录复活了》

人间百态故事奖（盐选世情）：《父母的账单》《外婆的时光机》《不死蒲公英》《茧爱》《保安，值得为之奋斗的终身职业》

故事还能这么写奖（盐选创新）：《直播鉴宝，鉴出皮尸》《推理：从户型图开始》《西游之众佛腐烂》《秦始皇登月计划》《苏梅梅的超市》

最具影视价值奖（盐选好IP）：《千山我独行，不必相送》《扳命人》《急诊见闻2：生命守护进行时》《村里村外》《庸俗日常》

年度盐选作者：白框凉太子、海的鸽子、芒果酸奶、米花、巧克力阿华甜、铁柱子、乌昂为王、闲得无聊的仙女、小柒崽子、夜的第七梦

追光盐作者：吃西瓜不吐西瓜皮、二大王、黄粱一梦、晚安兔、向南天

年度码字狂人：白桃柠檬、玛奇朵、古九山、镜中花、仙女不秃头、樱桃小酒

1月5日

1月5日，17K小说公布2023年度盘点作品。

年度作品：

年度巨著：《长生》风御九秋

年度佳作：《太古第一仙》风青阳，《永生世界》伪戒，《万古第一神》风青阳，《穿成戏精小师妹，全员偷听我心声》王甜甜，《重生六零小知青，被痞帅糙汉娇宠了》红鱼籽，《白天侯门主母，夜里却被权臣亲哭》鱼非语。

年度爆款短篇：《重生后我杀疯了》四季温暖、《我的哥哥他太爱我了》只加三分糖、《我不要那偏心的爱》ad忍忍先别上、《我不要迟来的救赎》ad忍忍先别上、《我把老公送给妹妹》三月水果捞、《老人抢座？我一招教她做人》米小黑、《高考前的微信红包》三月水果捞、《男友出轨？我一招让他后悔》五狗一猫、《我把男友献给了蛇仙娘娘》叭叭叭有钱、《仙界白月光就得有个范儿》老马散步。

年度作者：

17K年度新人王：王甜甜《穿成戏精小师妹，全员偷听我心声》（强推作品），脑洞修仙文，沙雕甜爽，入坑不亏，强推！

四月天年度新人王：弦公子，《大胆驸马宠妾灭妻？骨灰扬了!》（年度畅销佳作），新秀崛起，重生复仇爽文，强烈推荐！

年度IP：

年度最佳影视改编作品：《招惹》，改编自中文在线四月天隐笛同名小说《招惹》。

年度期待影视改编作品：《情倾民国》木美尔东、《杜总你捡来的奶狗是大佬》鹿公子焱、《民国风雨年华》墨忧子。

年度期待动漫改编作品：

《修罗武神》善良的蜜蜂、《混沌剑神》心星逍递、《第九特区》伪戒、《长生

仙游》四更不睡、《吾名玄机》妹沐、《女儿来自银河系》善水、《萌神恋爱学院》八面妖狐、《全球惊悚：我在诡秘世界玩嗨了》道听途说的他、《震惊！我的徒弟居然是女帝》东风破浪、《我夫人竟是皇朝女帝》真的睡不够、《偷欢》白知书、《福宝三岁半，她被八个舅舅团宠了》萌汉子、《玄幻：我的宗门亿点强》戎笔江山、《世丹神》寂小贼。

年度期待动漫改编作品：

《结婚当天被抛弃，我转身被亿万总裁宠上天》南伽、《偷欢》白知书、《我和骨科大佬闪婚了》股玖、《女扮男装进男寝，做反派们的小团宠》井鲤、《刚刚退婚，就被奶凶指挥官拐进民政局》鱼非语、《惊！拯救七个反派后，夜夜修罗场》香菇子、《完蛋！娇软端女花式开撩，王爷他顶不住了》姑娘横着走、《重生后疯批嫡女杀疯了，全家人跪着求原谅》月下高歌、《玄学王妃算卦灵，禁欲残王宠上瘾》黛墨、《新婚夜，暴君的替嫁小毒妃有喜了》公子轻影、《快穿：疯批宿主她野翻了》兔兔爱桃桃、《一心搞事业的我渣了九个反派大佬》诗意画园、《全网黑的我挺着孕肚参加恋综爆红了》萌头虾、《和离后，禁欲残王每天都想破戒》狐十川、《女配修仙：从当宗门师祖做起！》玻璃咸鱼、《顶流他妹直播玄学种田后火了》公子糖糖、《给四个大佬当替身后，我年薪百亿》玫瑰卿、《冥王崽崽三岁半》朵米大人、《奶包四岁半：下山后七个哥哥团宠我》金糕。

1月6日

起点中文网公布2023月票年榜TOP10荣誉作品，爱潜水的乌贼的《宿命之环》、卖报小郎君的《灵境行者》、情何以甚的《赤心巡天》、远瞳的《深海余烬》、晨星LL的《这游戏也太真实了》、志鸟村的《国民法医》、子与2的《唐人的餐桌》、耳根的《光阴之外》、姬叉的《乱世书》、文抄公的《苟在妖武乱世修仙》分别获得第一至十名。

1月8日

由微博读书和微博文学出品的"2023微博好书大赏"年度评选推荐截止投票，多部网络文学作品和多位作者上榜。其中妤鹤的《她对此感到厌烦》、耳东兔子的《陷入我们的热恋》、长洱的《狭路·下》、南之情的《轻吻星芒2》、纵虎嗅花的《见春天》获得"2023微博年度人气新书"，南派三叔、匪我思存等获"年度人气出版作家"，麟潜live、她与灯、爱潜水的乌贼、耳东兔子等获"年度人气网文作家"，杀虫队队员、任凭舟sway、晋江纪婴、码字的九阶幻方、是冷山就木啊获得"年度新锐作者"，"年度人气IP"为《大奉打更人》，"年度新锐IP"为《十日终焉》。

1月10日

阅文集团公布2023网络文学榜样作家。

2023都市最强新人王：错哪儿了《都重生了谁谈恋爱啊》，一部直击心灵的都市生活狂想曲，开创恋爱题材新写法，稳居起点畅销榜前三。

2023 仙侠爆梗王：最白的乌鸦《谁让他修仙的！》，不拘套路，一路反转，笑点满满的宗门修仙生活，长期位列起点品类月票榜前五。

2023 朝堂仙侠最强新秀：弥天大厦《仙子，请听我解释》，颇具侠气的朝堂仙侠代表作，人物塑造深刻，剧情环环相扣，仙侠品类年度爆款作品。

2023 古典仙侠精品王：季越人《玄鉴仙族》，富有史诗感的家族修仙群像，仙侠品类黑马新人作者，连续 3 个月位列起点品类月票榜前五。

2023 修仙公路文第一人：金色茉莉花《我本无意成仙》，一部别出心裁的公路修仙作品，在漫游历险中阅尽万丈红尘，连续 9 个月位列起点品类月票榜前三。

2023 奇幻轻小说王者：可怜的夕夕《不许没收我的人籍》，"不做人"主角的整活日常，妙趣横生的奇幻轻喜剧，长期位列起点品类月票榜前三。

2023 历史文创意王：西湖遇雨《大明国师》，不落俗套的穿越爽文，掀起历史品类新模式热潮，长期位列起点品类月票榜前五。

2023 科幻新锐王者：拓跋狗蛋《最终神职》，科学与玄幻并行的武道升级，上架当月即登新书月票榜第一，连续 3 个月位列起点品类月票榜前三。

2023 玄幻高武题材人气王：群玉山头见《神话纪元，我进化成了恒星级巨兽》，颇具神话色彩的异兽流作品，抽丝剥茧探索宏大世界，连续 5 个月位列起点品类月票榜前五。

2023 游戏文爆款王：布洛芬战士《说好制作烂游戏，泰坦陨落什么鬼》，充满戏剧性的都市商战，推陈出新的反套路游戏制作，蝉联 5 个月起点品类月票榜冠军。

2023 奇幻卖座王：新海月1《国王》，逻辑缜密的谋略博弈，脚踏实地的种田基建，连续 10 个月位列起点品类月票榜前三。

1 月 10 日，豆瓣阅读主题征稿"古风世界"第二期短名单公布，共 10 部作品入围，分别为：《汴河桥》《杯深琥珀浓》《长安一片月》《春水满塘》《九莲珠》《南明夜未央》《千里送鹅毛》《桃花坞里虎鸣鸣》《逃源诡事》《织魂引》。

入围作品可以获得豆瓣阅读一级推广资源，还能得到特邀合作方的关注。

1 月 10 日，2024 "生态创新 联结未来"出版融合发展大会在北京举行。

1 月 11 日

2024 年 1 月 11 日，中国网络文学双年榜（2022—2023 年）发布会在中国国际展览中心（朝阳馆）7 号馆 106 福建展区举行。

中国网络文学双年榜（2022—2023 年），女频小说、男频小说各 10 部。

女频小说：

《女主对此感到厌烦》妖鹤

《穿进赛博游戏后干掉 BOSS 成功上位》桉柏

《智者不入爱河》陈之遥

《我妻薄情》青青绿萝裙

《如何建立一所大学》羊羽子

《点燃星火》栗子多多

《修仙恋爱模拟器》搞对象和飞升两手抓

《早安！三国打工人》蒿里茫茫

《她作死向来很可以的》撕枕犹眠

《穿成师尊，但开组会》宿星川

男频小说：

《我们生活在南京》天瑞说符

《道诡异仙》狐尾的笔

《北宋穿越指南》王梓钧

《赤心巡天》情何以甚

《十日终焉》杀虫队队员

《我本无意成仙》金色茉莉花

《星谍世家》冰临神下

《暴风城打工实录》又一个鱼雷

《深海余烬》远瞳

《我的治愈系游戏》我会修空调

1月11日，首届"观海杯"青岛网络文学大赛开始评审。

1月12日

1月12日，"大武侠时代"古龙官方授权同人征文活动获奖名单公布，共8部作品获奖。

一等奖：《枕刀》厌三途。

二等奖：《开局少年马空群》浮槎客；《这位少侠过于冷静》孤舟伴酒。

三等奖：《古龙世界里的吃瓜剑客》西瓜吃葡萄；《我以女儿身闯荡古龙江湖》锅里鸭；《抬手凝恒星，你管这叫嫁衣神功？》丙丁二火；《我，丁修，古龙武侠第一杀手！》那一抹绯红；《横霸诸天：从武林外史开始》萌天。

1月15日

2024年1月15日，由中国作协网络文学中心主办的中国网络文学影响力榜开始征集作品。该榜设网络小说、IP影响、海外传播、新人榜4个榜单，即日起征集2023年度参评作品。

1月16日

1月16日，第八届"啄木鸟杯"中国文艺评论推优发布典礼在北京大学举行。发布典礼上公布了第八届"啄木鸟杯"中国文艺评论优秀作品名单。榜单包括优秀文艺评论著作5部、优秀文艺长评文章15篇、优秀文艺短评文章15篇，其中包括1

篇获优秀文艺长评的网络文学文章:《网络文学:互动性、想象力与新媒介中国经验》;作者:许苗苗,首都师范大学艺术与美育研究院教授;出处:《中国社会科学》,2023年第2期;推荐单位:中国文艺评论(首都师范大学)基地。

1月16日,由阅文集团、天成嘉华文化传媒主办的"传承民族文化网络文学创作研讨会暨第三届石榴杯征文颁奖典礼"在北京民族文化宫举行。

现场揭晓了第三届石榴杯征文的获奖名单,《保卫南山公园》《长生从负心开始》《琼音缭绕》《盛世春》《我本无意成仙》《我为长生仙》《相医为命》《星河之上》《燕辞归》《衣冠不南渡》10部网络文学作品获得"优秀作品奖"。

1月17日

1月17日,云合数据、清华影传中心、腾讯视频联合发布《2023年度短剧报告》。在短剧热播榜单中,《招惹》《锁爱三生》等短剧均改编自网络文学作品,短剧《风月变》播出时同名小说在番茄同步更新。

1月19日

1月19日,2023书旗小说作者年会在三亚举办,众多优秀作者齐聚一堂,分享了过去一年的成长与收获。在2023书旗金榜颁奖典礼上发布了如下奖项。

《超级学霸系统》《超凡蓝图》《小师妹别卷了》《全民神祇》《七零娇妻有空间》5部作品成为2023书旗金榜年度作品。

作者古藤荣获年度影响力作者;作者飞翔的大西瓜、金克丝的救赎分获男频和女频的年度作者。

晨飒的作品《金牌学徒》获得年度文学作品。

作者梦中笔、紫云飞凭借过硬的实力成为年度人气作者。

作者皮皮侠、琴酒酒获得年度爆更王。

作者老母牛坐飞机、阿虞呀、酒女、黄金水饺在创作上持续突破,获得年度潜力作者。

1月20日

1月20日,"海安市网络文学谷"举行揭牌仪式。

1月20日,河北省保定市举办"网络文学创作分享会"。

1月21日

1月21日,"北斗第四星"上榜作品为:最白的乌鸦《谁让他修仙的!》、错哪儿了《都重生了谁谈恋爱啊》、轻泉流响《御兽之王》。

1月22日

"起点现实频道"开启春季征文,主题为重塑美好生活,设立两个议题组别,分别为:组别一女性故事,组别二时代叙事。

1月23日

1月23日,由中国作家协会网络文学中心、河北省作家协会主办的远瞳《黎明之剑》作品研讨会在线上召开，河北省作协设线下分会场。

1月24日

近日，七猫发布2023年度盘点，数据涵盖七猫旗下七猫中文网、纵横中文网等多个平台。2023年，七猫原创作品、新增签约作者数量、稿费总支出较上一年均有所增长。在年度作品中，《大国蓝图》获金七猫奖，另有8部作品获七猫中文网年度风云作品奖，10部作品获纵横中文网年度十佳作品。在版权衍生方面，历年七猫衍生改编作品总计4503部，包含影视、动漫、有声等多个领域。

七猫中文网年度风云作品奖：《离婚后她惊艳了世界》明婳

《重生七零小辣媳》桃三月

《全师门就我一个废柴》白木木

《第一瞳术师》喵喵大人

《绝世强龙》张龙虎

《逆天小医仙》徐三

《绝世小仙医》张南北

《混沌剑帝》运也

2023纵横中文网年度作品十佳作品：

《我有一剑》青鸾峰上

《不负韶华》宝妆成

《万相之王》天蚕土豆

《剑来》烽火戏诸侯

《逆天邪神》火星引力

《太荒吞天诀》铁马飞桥

《剑道第一仙》萧瑾瑜

《踏星》随散飘风

《都市古仙医》超爽黑啤

《颜先生的小娇宠》全是二

1月26日

书旗男频"异兽御兽"月征文大赛开启！

国家广播电视总局发布2023网络视听精品节目名单，其中《长相思》《宁安如梦》《为有暗香来》等均为网络文学IP改编作品。

1月29日

1月29日，阅文集团发布2023年度盘点。

1月30日

1月30日，"学习强国"平台发布2023优秀网络文艺作品年展，其中网络文学板块有以下作品：

《柳叶刀与野玫瑰》作者：柠檬羽嫣；题材类型：现实题材；作品来源：迷鹿文学网；推荐单位：中国作家协会；创作年份：2021年3月至2023年11月

《怀火志》作者：波兰黑加仑；题材类型：悬疑；作品来源：北京方舟阅读科技有限公司—豆瓣阅读；推荐单位：中国作家协会；创作年份：2023年

《向上》作者：何常在；题材类型：新区建设；作品来源：七猫中文网；推荐单位：中国作家协会；创作年份：2023年

《大国蓝途》作者：银月光华；题材类型：中国式现代化；作品来源：七猫中文网；推荐单位：中国作家协会；创作年份：2023年

《陶三圆的春夏秋冬》作者：麦苏；题材类型：山乡巨变；作品来源：咪咕数媒—咪咕阅读；推荐单位：中国作家协会；创作年份：2023年

1月31日

1月31日上午，"北京市重大现实题材网络文学创作计划"推进会在北京市青年宫召开。

二月

2月2日

晋江文学城正式发布2023年度盘点，内容分为五大时代佳作、超多小类佳作、历年热门标签、年度热门事件四大类。其中五大时代佳作和超多小类佳作都将作品划分成现实、古典、幻想、玄奇、科幻五大类。

现实题材：《潮湿夏夜》（雪满山岗）、《给卫莱的一封情书》（梦筱二）、《公开》（臣年）、《婚后回应》（六盲星）、《十一年夏至》（明开夜合）、《相亲对象他长得凶》（笑佳人）、《于晴空热吻》（璇枢星）、《炙吻》（弱水千流）

古典题材：《春台记事》盛晚风、《大唐第一太子》时槐序、《武皇第一女官》顾四木、《东宫福妾》南风不尽、《风月狩》尤四姐、《闺中绣》希昀、《金缕衣》糖酥、《拉上始皇去造反》金玉满庭、《女配人美心黑，所向披靡》临天、《女配她一心礼佛》元余、《如何为始皇崽耕出万里江山》木兰竹、《谋士不可以登基吗?》千里江风、《食全食美》少地瓜、《咸鱼继母日常》明梔

幻想题材：《摆摊算命》易楠苏伊、《被读心后我成了团宠》芷柚、《发家致富奔小康》九紫、《国民团宠小崽崽》陵渡、《开局先花一个亿》糖中猫、《满级干饭人在年代文躺平》白茄、《美人妈相亲后带我躺赢》似伊、《我阿爹是年代文男主对照组》香酥栗、《我的妹妹不可能这么狗!》老肝妈、《我是首富的亲姑姑》唯珒

玄奇题材：《长央》红刺北、《大奥术师她今天赚钱了吗》胖哈、《怪物的新娘》爆炒小黄瓜、《剑出鞘》沉筱之、《魔王今天报税了吗?》配影、《女主决定抢救一下》叶猗、《求魔》曲小蛐、《招魂》山梔子

科幻题材：《地球崽崽星际爆红》十江痕、《第一诡异拆迁办》撕枕犹眠、《进化游戏》轻云淡、《开局一条鲲》妄鸦、《可恶！被她装到了》艳扶、《猫猫a也是

a!》吞鱼、《普通人,但外挂是神明》西风醉、《上交预言天灾手机后》睡觉能人、《睡醒发现我做的游戏成真了》梦满枝、《我靠吃虫族爆红星际》夜半灯花、《我在神鬼世界杀疯了》冬行意、《在规则怪谈世界抽卡开挂》荔箫

2月4日

2月4日,由江苏省作家协会、南京师范大学、南京市秦淮区人民政府联合成立的扬子江网络文学评论中心将举办第三届"扬子江网络文学最具IP潜力榜"评选活动,即日起向全国征集作品。

2月5日

2月5日,以"东方奇遇夜"为主题的阅文全球华语IP盛典在腾讯视频上线播出。盛典期间,阅文集团发布全球华语IP榜单,向好作家、好作品、好演员致敬。

年度杰出作家:爱潜水的乌贼

年度新锐作家:狐尾的笔

海外影响力作家:空谷流韵、眉师娘、须尾俱全

年度成就作品:《千里江山图》

年度影响力作品:《赤心巡天》《道诡异仙》《灯花笑》《国民法医》《剑阁闻铃》《灵境行者》《满唐华彩》《明克街13号》《深海余烬》《宿命之环》

华语IP传播本出贡献:郑小龙

最具影响力IP角色:唐三、萧炎、叶修、克莱恩·莫雷蒂

年度最受期待改编IP:《大奉打更人》《鬼吹灯之南海归墟》《诡秘之主》《狐妖小红娘》《牧神记》《庆余年》《全职高手》《夜的命名术》《与凤行》《异人之下》

最具突破IP改编网络电影:《赘婿之吉兴高照》

年度人气IP改编短剧:火星计划《宠妃凰图》

年度人气IP改编动漫:《斗罗大陆》《斗破苍穹》《凡人修仙传》

年度人气IP改编影视:《莲花楼》、《异人之下》、《长相思》第一季

年度人气IP改编影视:《斗罗大陆:魂师对决》《凡人修仙传:人界篇》《天涯明月刀》

2月5日,由中国作家协会网络文学中心、辽宁省作家协会主办的银月光华《大国蓝途》作品研讨会在线上召开,辽宁省作协设线下分会场。

2月6日

由番茄小说联合湖南省文联、湖南省作协、永州市新阶联、永州市网络作家协会开展的"守护好一江碧水"征文活动公布获奖作品名单。

一等奖:《我在人间当城隍》戏水鱼,奖品:奖金10万元、"永州市风景人文推广人"证书、作者本人进入永州市各风景名胜区终身免门票

二等奖:《无念者》千笑、《大唐小神探》随波逐流鸭,奖品:奖金5万元、"永州市风景人文推广人"证书、作者本人进入永州市各风景名胜区终身免门票

三等奖：《星际长生》月非是月、《带着空间穿异世》3578、《将军家的农女小神医》萧萧随风，奖品：奖金1万元、"永州市风景人文推广人"证书、作者本人进入永州市各风景名胜区终身免门票

优秀奖：《谛听要出道》幸运小福星、《我靠美食系统踏巅峰》狼教官、《开局长生万古，活着终会无敌》再见楚星河，奖品：奖金1千元

2月19日

2月19日，依据《中国作家协会重点作品扶持工作条例》，中国作家协会网络文学中心发布了2024年度网络文学选题指南暨重点作品扶持征集启事。

2月23日

江苏省网络作家协会2024年会员发展工作启动。

2月26日

2月26日，由中国社会科学院文学研究所主办的《2023中国网络文学发展研究报告》发布暨研讨会在北京举办。

三月

3月1日

2022年初，晋江法务发现在某浏览器中搜索晋江某小说时，搜索结果页面出现了大量的、服务器在境外的盗文网站。历时整整两年，该案于近日批量调解成功，并最终为作者争取到了高达数百万元的赔偿金。在晋江法务的监督下，赔偿金已全部到账并按合同约定汇入被侵权的作者账户。

3月4日

七猫与爱奇艺正式签订战略合作协议，未来双方将充分发挥彼此在文化和影视产业上的经验优势，携手推进优质小说IP的影视化、动漫化开发。

3月12日

3月12日下午，鲁迅文学院第二十三期网络文学作家培训班开学典礼在北京举行。

3月18日

3月18日，阅文集团公布2023年全年业绩报告。

3月19日

3月19日，在"新媒体视听排行榜高校联盟"成立仪式活动中，联盟正式发布了2024年1月和2月"中国网络剧、微短剧、短视频作者排行榜"。

1月榜单：

1月中国网络剧榜单：根据影视学专业视角，以视听审美价值为主，热度和数据为辅的真实评估体系，《大江大河3之岁月如歌》《如果奔跑是我的人生》《狗剩快跑》《我们的翻译官》《祈今朝》《黑土无言》《侦察英雄》《三大队》《阿麦从军》《脱轨》入围"1月中国网络剧榜单"。

1月中国微短剧榜单：《柒两人生》《不知剧情也无妨》《元宇宙·回到1995》《凤鸣怪谈》《我在大宋开酒吧》《君心藏不住》《我们之间的秘密》《烈爱》《噬心》《长风踏歌》入围"1月中国微短剧榜单"。

1月中国短视频作者榜单：papi酱、江寻千、李蠕蠕、房琪kiki、柳夜熙、乡愁、陈佩斯父与子、山白、老饭骨、派小轩入围"1月中国短视频作者榜单"。

2月榜单：

2月中国网络剧榜单：《南来北往》《在暴雪时分》《乡村爱情16》《喜卷常乐城》《阿麦从军》《猎冰》《大理寺少卿游》《要久久爱》《大唐狄公案》《欢乐家长群》入围"2月中国网络剧榜单"。

2月中国微短剧榜单：《小年兽与捉妖师》《少爷和我》《超越吧，阿娟》《飞扬的青春》《观复猫》《超能坐班族》《大妈的世界贺岁篇》《大蛇再袭》《甜心萌探》《我在八零年代当后妈》入围"2月中国微短剧榜单"。

2月中国短视频作者榜单：瑶一瑶小肉包、良田、康仔农人、朱铁雄、碰碰彭碰彭、柯铭、东东翔、夏叔厨房、子羊子浩、管管入围"2月中国短视频作者榜单"。

3月22日

3月22日，三清山风景区与阅文集团合作签约暨三清山全国网络文学征文活动发布仪式在三清山金沙国家级旅游度假区举行。

由豆瓣阅读联合优酷、完美世界和大鱼文化举办的"古风世界"主题征稿活动公布获奖作品。其中，阮郎不归的《银蟾记》、君芍的《长安一片月》、绣猫的《龙香拨》获"优秀作品奖"，寡人有猫的《春熙岁时记》、波兰黑加仑的《九莲珠》、磐南枝的《僧录司》、糖多令的《桃花坞里虎鸣鸣》、刘汽水的《织魂引》5部作品获得"潜力作品奖"。

3月23日

3月23日，多地区欢乐谷开启国潮文化节。《第一瞳术师》《斗破苍穹》《道诡异仙》等网络文学IP助阵国潮文化节。

3月25日

悬疑厂牌"谜想计划"编辑组发布2024年悬疑小说征稿函，对日常征稿进行激励金发放和多类型征集。

由国家图书馆（国家古籍保护中心）与抖音集团主办、国家古籍保护中心办公室与番茄小说承办的第二届古籍活化联合征文活动"走进古籍，看见历史"主题征文活动开启。

四月

4月11日

4月11日，中国作家出版集团与芒果TV联合举办第三届"新芒文学计划"征文大赛。

4月12日

4月12日，国家新闻出版署组织开展的2022—2023年优秀现实题材网络文学出版工程入选作品揭晓。入选作品如下：

作品名：《苍穹之盾》，作者：伴虎小书童，申报平台和单位：七猫中文网、浙江文艺出版社

作品名：《粤食记》，作者：三生三笑，申报平台和单位：起点中文网

作品名：《守鹤人》，作者：吴半仙，申报平台和单位：逐浪网、海燕出版社

作品名：《生命之巅》，作者：麦苏，申报平台和单位：咪咕阅读、海燕出版社

作品名：《桃李尚荣》，作者：竹正江南，申报平台和单位：七猫中文网

作品名：《南北通途》，作者：张炜炜，申报平台和单位：安徽文艺出版社

作品名：《洞庭茶师》，作者：童童，申报平台和单位：番茄小说

作品名：《熙南里》，作者：姞文，申报平台和单位：红薯中文网；江苏凤凰文艺出版社

作品名：《上海凡人传》，作者：和晓，申报平台和单位：创世中文网

作品名：《野马屿的星海》，作者：姚璎，申报平台和单位：火星女频

4月14日

4月14日，"中国网络文学三十年丛书"研讨会在中南大学人文学院学术报告厅举行，来自高校、科研院所、作协部门、出版业、传媒业等领域的20余位专家、学者、评论家与会。中南大学是中国网络文学研究重镇，以欧阳友权教授为代表的网络文学研究团队，是中国最早开展网络文学研究的学术群体。

2024·新媒体视听排行榜3月榜单于4月14日发布。

3月"网络剧"排行榜：《与凤行》《花间令》《唐人街探案2》《烈焰》《别对我动心》《象牙山的好人们》《追风者》《谢谢你温暖我》《飞驰人生热爱篇》《快乐英雄之少侠外传》入围"3月中国网络剧榜单"。

3月"微短剧"排行榜：《别打扰我种田》《执笔》《皎月流火》《主妇的战争》《无染》《伦敦留学公寓》《亲爱的乘客你好》第二季《今天航班零投诉》《师傅》《机械姬又没电了》第二季入围"3月中国微短剧榜单"。

3月"短视频作者"排行榜：原来是陶阿狗君、七颗猩猩、格小格爱钓鱼、xx-okate、陕北霞姐、阿哲什么都会、马刀刻森、小紧张的虫虫、李玉玲、朱铁雄"3月中国短视频作者榜单"。

4月16日

4月16日，番茄小说第二届"脑洞之王"创作大赛正式启动。

4月17日

由中共昆明市委网信办、昆明市文联主办，昆明网络文学协会、昆明信息港彩

龙社区承办的"2024第十届滇云网络文学大赛"启动。

4月18日

4月18日,由中国作家协会网络文学中心主办的"网络文学IP微短剧创作扶持项目发布会"在江苏无锡举行,50个项目最终入选。

网络文学IP微短剧创作扶持项目入选作品名单。

一、重点选题(20项)

《盛放》,(沐清雨)

《这世间如你所愿》,袁野

《命中注定,又是你》,王皓(王倬庭)

《敦煌笔记》,廖乐(未末)

《我是英雄》,艾力塔姆尔·排尔哈提(历史系之狼)

《记忆深处》,倪春燕(季灵)

《灶神的美食之旅》,周丽(赖尔)

《海上有春风》,钟惠(梨花颜)

《我们的村BA》,梁敏(千里握兵符)

《汉水诡案录》,罗文飞(文飞)

《我的智能家居造反啦》,李遨(银月光华)

《怀风》,王妍妍(梦溪石)

《正义判定2069》,魏俊华(第三根烟)

《冷水沸腾》,孟瑀

《我不在江湖》,郭凌晨(雷池果)

《长庆桥头》,童敏敏(童童)

《搏击女王》,汪玲(肉沫跑蛋)

《医路花开》,舒美(舍予)

《津门女记者》,周娴娴(不画)

《出狮》,温秀利(一言)

二、优秀选题(30项)

《深海鲛月明》,梁昕芸(公小凝)

《镜像》,吴正峻(一斑)

《我在宋朝当捕快》,马玉(旁观者)

《章六公子》,邓凤茵(顾慎川)

《神女辞暮》,李佳琪(垚银)

《风起楼兰》,赵明进(吴钩)

《时光里的釉色》,司林芳(明药)

《后顾无忧》,张思宇(金十六)

《铁骨铮铮》，赵磊（我本疯狂）

《青砖黛瓦中国红》，顾唤华（顾七兮）

《铜镜》，周元秀（周娴）

《我靠拔罐解封神脉》，刘青（河汉）

《夕阳别墅》，赵紫麟（麟子）

《我看见了我自己》，于鑫鑫（小鱼大心）

《因何成真》，邢晨（陆皆宜）

《拯救闻医生》，吴琼（梧桐私语）

《鸿胪寺异闻录》，鲁朗（关中闲汉）

《仙长也疯狂》，张凤翔（管平潮）

《最后的加法》，张晗（鱼人二代）

《京华天娇》，高喜顺（花清袂）

《向阳而行》，朱鹏宇（无较）

《带着光奔跑的人》，张晓云（乐韫）

《虚拟拥抱》，申渭夫（神渔夫）

《有机恋爱无公害》，李怡然（李怡然）

《梦回梨园》，胡典谱（西门瘦肉）

《带着爸妈去上班》，张进（衣山尽）

《芳村往事》，江春燕（李慕江）

《高考》，赵明河（日月河）

《我们站在黑林谷》，张耀元（海胆王）

《此生，让我成为你的英雄》，银珉（玉松鼠）

4月18日，喜马拉雅2024原创小说大赛正式启动。

4月18日，经过近200万用户参与讨论推荐，以口碑、圈层影响力和IP开发潜质为评选标准，《胤都异妖录》《河清海晏》《活在真空里》三部短篇故事入选"新知乎三绝"名单。

4月20日

4月20日，在第29个世界读书日来临之际，环球时报研究院与阅文集团联合发布《Z世代数字阅读报告》。

4月22日

4月22日，中国新闻出版研究院国民阅读研究与促进中心发布《2022—2023网络文学生态价值发展报告》。

4月22日至26日，2024"青社学堂"京津冀网络文学青年创作骨干培训班在中央民族干部学院举办。

4月23日

4月23日，爱奇艺发布2024—2025年爱奇艺片单，深度开发多个爆款IP，如三九音域的《我在精神病院学斩神》由南派三叔担任编剧，被改编为真人影视剧。另有《白色橄榄树》《七夜雪》《念无双》等网络文学改编剧发布。

4月24日

4月24日起，奖金高达百万元的2024宁波银行·天e网络文学大赛启动！

4月25日

4月25日，2023年度（第七届）晨曦杯获奖名单公布。其中：

最佳作品奖：我想吃肉的《祝姑娘今天掉坑了没》；

评委会特别奖：柯遥42的《为什么它永无止境》；

治愈原著创伤温暖同人奖：不爱吃鲑鱼的《霍格沃茨的和平主义亡灵巫师》；

穿越女主事业标杆奖：青青绿萝裙的《我妻薄情》；

都市女性群像塑造奖：戈鞅的《恶意杜苏拉》；

古典武侠诈尸还魂奖：鹦鹉咬舌的《食仙主》；

野性的呼唤奖：撸猫客的《求生在动物世界》；

最佳评委奖：芒果铺看文记录。

4月25日，番茄小说"寻梦万花筒"专题征文启动。

4月28日

4月28日，中国作家协会在上海发布《2023中国网络文学蓝皮书》。

4月28日，中国作协主办的2023年度"中国网络文学影响力榜"发布仪式在上海举行。影响力榜发布仪式上还举行了上榜网络文学作品入藏国家版本馆仪式。

中国网络文学影响力榜（2023年度）上榜名单：

网络小说榜（共10部）：

《沪上烟火》大姑娘

《警察陆令》奉义天涯

《金牌学徒》晨飒

《逆火救援》流浪的军刀

《鲲龙》月影风声

《道诡异仙》狐尾的笔

《夜幕之下》（《我在精神病院学斩神》）三九音域

《明日乐园》须尾俱全

《洛九针》希行

《第九农学基地》红刺北

IP影响榜（共10部）：

《吉祥纹莲花楼》（改编剧：《莲花楼》）藤萍

《装腔启示录》柳翠虎、《洗铅华》（改编剧：《为有暗香来》）七月荔
《洗铅华》（改编剧：《为有暗香来》）七月荔
《坤宁》（改编剧：《宁安如梦》）时镜
《九义人》李薄茧
《恋恋红尘》北倾
《逆天邪神》火星引力
《长月烬明》藤萝为枝
《视死如归魏君子》平层
《招惹》隐笛
海外传播榜（共10部）：
《宿命之环》爱潜水的乌贼
《长风渡》墨书白
《藏海花》南派三叔
《修真聊天群》圣骑士的传说
《首辅养成手册》闻檀
《他站在夏花绚烂里》太后归来
《衡门之下》天如玉
《极限基因武神》墨来疯
《慷慨天山》奕辰辰
《功夫神医》步行天下
新人榜（共10人）：江月年年、历史系之狼、徐二家的猫、乱步非鱼、金色茉莉花、会摔跤的熊猫、最白的乌鸦、弈青锋、顾了之、我是神吗

五月

5月3日

5月3日，日本大阪COMIC-CON展会正式启幕，阅文集团携《全职高手》《诡秘之主》《狐妖小红娘》《一人之下》等中国IP亮相，吸引众多粉丝前来打卡合影。

5月4日

5月4日，第十二届SF轻小说征文大赛启动。

5月6日

近日，由起点中文网发起的"风云再起游戏征文招募令"公布获奖名单，共有9部作品获奖。
一等奖：
青衫取醉《当我写了个BUG却变成核心玩法》；
二等奖（3部）：
奶油面包好好恰《这个玩家过于鲁莽》

Iced 子夜《LOL：当你将一切做到极致》

三百斤的微笑《这群玩家比诡更诡》

三等奖（5部）：

大烟缸《全球挖矿》

手速《LOL：世界第一红温型中单！》

漱石枕流《LOL：你的标签未免太多了！》

这很科学啊《什么叫进攻型上单啊》

初四兮《刺客凶猛》。

5月8日

番茄小说网上线 AI 写作工具功能。

5月10日

5月10日，中国作家协会重点作品扶持办公室发布2024年中国作家协会重点作品扶持项目，有3部网络小说入选"奋进新征程 书写新史诗"主题专项，分别为春笋的《东方船说》、尼莫小鱼的《数字之城》、黑衣的《驰骋向前》。

5月10日，2024年中国作协网络文学重点作品扶持选题名单公布。

一、乡村振兴主题（6部）：

《人间喜事》顾天玺

《中原归乡人》碳烤串烧

《百鸟朝凤》萧南

《两万里路云和月》茹若

《明星村》绿雪芽

《草原牧医（六零）》轻侯

二、中国式现代化主题（4部）

《大国电能》宇晓王忠礼

《左舷》步枪

《光荣之路》纳兰若兮

《面纱》郭羽溢青

三、中华优秀文化主题（10部）：

《十日终焉》杀虫队队员

《归藏》沐小婧

《兄长》浪子遐梦

《玄鉴仙族》季越人

《衣冠不南渡》历史系之狼

《我不是戏神》三九音域

《青铜章纹录》刘锦孜

《奈何明月照沟渠》巫山

《满唐华彩》怪诞的表哥

《繁星满宫亭》李知一

四、科技科幻主题（7部）：

《我的拟态是山海经全员（星际）》矜以

《故障乌托邦》狐尾的笔

《星际第一分析师》钟俏

《星河之上》柳下挥

《星痕之门》伪戒

《钟鸣》琅翎宸

《筑梦太空》飘荡墨尔本

五、人民美好生活主题（11部）：

《一程》二月生

《夫人她来自1938》卖乌贼的报哥

《父爱小满》清扬婉兮

《四时记》何许人

《过万重山》拉面土豆丝

《麦穗上的女人》存叶

《我的师傅慢半拍》亚哈巴洞主

《我和女儿是同桌》白小葵

《姑奶奶喜乐的幸福生活》晓月

《怒放的心花》关中闲汉

《滨江警事》卓牧闲

六、人类命运共同体主题（2部）：

《河畔精灵》玉松鼠

《遇骄阳》纯风一度

5月10日，飞卢小说达人推文计划启动。

5月12日

2024·新媒体视听4月排行榜正式发布

4月"网络剧"排行榜

《春色寄情人》

《承欢记》

《惜花芷》

《少年巴比伦》

《披荆斩棘的大小姐》

《万春逗笑社》

《偷得将军半日闲》

《又见逍遥》

《孔雀圣使请动心》

《城中之城》

4月"微短剧"排行榜：

《春日野行》

《刺客连理》

《与君行》

《镜中花》

《鉴罪女法医之魇始》

《深宅进阶录》

《非正常动物研究中心》

《假面真情》

《爱在天摇地动时》

《后来的我们》

4月"短视频作者"排行榜：

医路向前巍子

意公子

湖远行

深夜徐老师

小古数学课

艾林

木鱼水心

旅行风景BOX

王左导演

J神入围

5月15日

5月15日，优酷2024年度片单发布。其中，多部网络文学作品进行了影视化改编，如竹已的《难哄》《折月亮》、凝陇的《攻玉》、明月珰的《七彩星》、一度君华的《不醒》、时镜的《我不成仙》、Twentine的《那个不为人知的故事》、希行的《楚后》、丁墨的《阿禅》、波波的《绾青丝》等。

5月17日

5月17日，"2024第四届七猫中文网现实题材征文大赛"颁奖典礼在上海张江科学会堂举行。

本届大赛以"中国密码·光荣与梦想"为主题，下设"民生幸福密码""文化自信密码""科技科幻密码""七猫幻想密码"4个赛道。

出于对大赛品质的把控，本届最高奖项"金七猫奖"空出。

最佳 IP 价值奖：《江海潜寻》灵犀无翼、《西关小姐》黑白狐狸

最佳 IP 潜力奖：《穿越微茫》匪迦、《陪诊师》月半弯、《野菊花》时间的傀儡

分类一等奖：

民生幸福密码：《大地之上》胡说

文化自信密码：《云的声音》白马出凉州

科技科幻密码：《智慧之心》伯来行等

七猫幻想密码：《刺骨之尘》五天

分类二等奖：

民生幸福密码：《麦穗上的女人》存叶、《烟火靓汤》七猫烟水一

文化自信密码：《天马歌——陈炽传》范剑鸣、《人间喜事》顾天玺

科技科幻密码：《筑梦深海》理无休、《鲲龙》月影风声

七猫幻想密码：《双时空缉凶》慕水添翎、《暗夜昙花》一翎

优秀作品奖：

《春分时节》冷光月 X

《彼岸花明》西山明月

《终见青山》南大头

《罪宴》曼卿、

《怒放的心花》关中闲汉

《牧海人》翡翠青葱

《大国电力》中原第一范

《消失的药方》青阶步

《最佳入殓师》君子世无双

《回溯，死亡倒计时》海盐味潮鸣

《面人儿精》孔凡铎

《执法嫌疑人》北岚

《失忆的嫌疑人》余一田

《密室谋杀法则》玉米须茶

《皮影之下》七月白鹿

5月17日，由吉林省文学院、吉林省作家协会网络文学中心主办，吉林省网络作家协会承办的"白山松水"现实主义题材 IP 网络文学征文大赛启动。

5月18日

5月18日，2024科幻星云庆典在成都科幻馆举行，第十五届华语科幻星云奖同

时揭晓。其中，严曦的《造神年代》获得 2023 年度长篇小说银奖。

5 月 18 日下午，第一届"封神杯"江苏省高校网络文学大赛颁奖典礼在南京市锦创书城顺利举办。

一等奖：

邹鲁宁《守望者 1937》（短剧）

二等奖：

陈家兴《人类的反击》（小说）

陈鹏泽《无依之地》（小说）

陆明飞《临渊》（小说）

陆明飞《无善之地》（短剧）

郭蒋卓妤《我用怒火将你爱抚》（短剧）

三等奖：

许泽祥《七十格电的手机》（小说）

黎依诺《红尘客栈》（小说）

梅宇涵《二三雪崩事件》（小说）

吴恒琰《师父》（小说）

干明佳《和魔头一起重生后》（短剧）

田同晓《你好，你的外卖已送达》（短剧）

曹文慧《制胜北疆》（短剧）

优胜奖：

邹鲁宁《定风波》（小说）

胡萌萌《地域茶房》（小说）、

李姗芸《山神祭祀》（小说）

吴鹏宇《于无声处听惊雷》（小说）

岳丽《夜神谎言》（短剧）

刘一婷《得故人书》（短剧）

本次"封神杯"大赛颁奖典礼现场为部分高校社团颁发了"优秀组稿奖"证书。

优秀组稿奖：

南京信息工程大学山南人文社科协会

南京晓庄学院晨钟文学社

南京财经大学红山学院心翼文学社

南京晓庄学院风云社科协会

江苏师范大学桃蹊文学社

扬州大学广陵学院未名文学社

淮阴师范学院读者协会

苏州市职业大学三点水文学社

南京警察学院读者协会

泰州学院春雨文学社

盐城工学院海风文学社

南京工程学院湖光鹭影诗社

南京中医药大学敬文文学社

南京师范大学子衿文学社

南京农业大学慎思文学社

南京财经大学扬子文学社

5月20日

飞卢小说推出"飞卢小说达人推文计划"。

5月21日

番茄小说更新了原基金申请标准和救助范围细则。

5月22日

5月22日,江西网络文学发展交流座谈会在景德镇举行。

5月23日

5月23日,中文在线在泰国举办了"阅读分享世界,创作改变人生"第十七届作家年会。本次会议颁发了丹青成就奖、年度特别奖、2023年度巨著、年度佳作、年度IP等奖项。

丹青三年成就奖:姑娘横着走、红鱼籽、胡人半解、花期迟迟、桔子面条、苏涟漪、皖南牛二、夏山河、月下果子酒

丹青五年成就奖:豆沙团团、夜无声、旖旎小哥

丹青七年成就奖:抹茶红豆、十九毅

年度特别奖现象级大爆款:《全家偷听我心声杀疯了,我负责吃奶》夏声声

年终盘点年度IP-2023年度期待出海翻译作品:

《完蛋!娇软嫡女花式开撩,王爷他顶不住了》姑娘横着走

《玄学王妃算卦灵,禁欲残王宠上瘾》黛墨

《冥王崽崽三岁半》朵米大人

《奶包四岁半:下山后七个哥哥团宠我》金糕

年终盘点年度IP-2023年度期待动漫改编作品:

《修罗武神》善良的蜜蜂

《混沌剑神》心星逍遥

《震惊!我的徒弟居然是女帝》东风破浪

《福宝三岁半,她被八个舅舅团宠了》萌汉子

2023年度巨著：

《长生》风御九秋

2023年度佳作：

《万古第一神》风青阳

《太古第一仙》风青阳

《重生六零小知青，被痞帅糙汉娇宠了》红鱼籽

番茄小说第三届网络文学大赛于5月23日将最终获奖作品公示。

人气之王：男频人气之王《镇龙棺，阎王命》匪夷

女频人气之王《主母日常》周大白

品类之星：

古言品类之星现《抬闺鸾》香蕉披萨

言品类之星《我的七零八零》易子晏

悬疑品类之星《心理解剖者》虫宝宝

闪耀新星：

男频闪耀新星《战争领主：万族之王》楚逸

女频闪耀新星《我的婚姻我的家》水姐

5月25日

5月25日，由华东师范大学传播学院主办的智能小说创作研讨会暨《天命使徒》发布会在上海举行。

5月25日，长沙市开福区遇皎文化创意工作室负责人丁莹（丁墨）、长沙市开福区杨汉亮文化创意工作室负责人杨汉亮（横扫天涯）上榜，被认定为长沙市C类高层次人才。

5月27日

5月27日，第五届茅盾新人奖颁奖礼在浙江嘉兴桐乡隆重举行，共有10位网络作家获奖。

第五届茅盾新人奖·网络文学奖获奖名单：

王小磊（骷髅精灵）、

史鑫阳（沐清雨）

何健（天瑞说符）

陈彬（跳舞）、

高俊夫（远瞳）

黄卫（柳下挥）

蒋晓平（我本纯洁）

刘金龙（胡说、终南左柳）

黄雄（妖夜）

胡毅萍（古兰月）

5月27日，由上海市新闻出版局支持，阅文集团主办的第八届现实题材网络文学征文大赛举行颁奖典礼。14部优秀作品脱颖而出。

特等奖：《一路奔北》人间需要情绪稳定

一等奖：《剖天》泥盆纪的鱼

二等奖：《十七岁少女失踪事件》花潘

《星斗寥寥云点点》扫3帝

优胜奖：《潮海人间》树下小酒馆

《虎林》凌岚同学

《狐之光》慢三

《茫茫黑夜漫游》眉师娘

《美味关系》荆泽晓

《青山脚下三块石》唐四方

《人间值得》宗昊

《手握荆棘》伯百川

《我的游戏没有AFK》宫小衫

《西辞》仔姜肥鹅

同时，现场还启动了第九届现实题材网络文学征文大赛。

5月28日

中国作家协会网络文学中心于5月28日发布了《2023中国网络文学蓝皮书》

5月28日，番茄小说"相遇在平行时空"主题征文活动全面启动。

5月29日

5月29日，阅文集团与瑞士国家旅游局宣布，将发起"全职高手：25年相约苏黎世计划"，开展为期一年的深度海外文旅营销活动。

5月30日

5月30日，由飞卢小说与希捷科技联合举办的希捷数据宇宙征文大赛榜单揭晓，共有10部作品获奖。获奖作品中，《伟大的存储》获一等奖，《科技传承文明》获二等奖，《商业大亨，从披萨换比特币开始》等3部作品获三等奖，《脑机接口，半机器人女友破译文明》等5部作品获四等奖。

5月30日，2024金鹏展翅·金骨朵网络影视盛典在北京举行。其中，《长月烬明》《在暴雪时分》《风吹半夏》《卿卿日常》等多部网络文学改编影视剧获得荣誉，网络文学作家九鹭非香、柳翠虎获年度IP作者荣誉。

5月30日下午，第二十届中国国际动漫节杭州高新区国家动画产业基地二十周年专场活动在白马湖畔举行。

5月31日

5月31日,第六届七猫中文网作者大会在西安举办,大会分享了七猫原创业务的最新动态,评选出了60部年度表现突出的原创作品。

年度风云作品奖:

梁山老鬼《无敌六皇子》

别撵我家兔子《国运之战:我以妖族镇诸天》

锦鲤七七《校花别追了!高冷女同桌才是我的白月光》

我是愤怒《舔狗反派只想苟女主不按套路走!》

九九月《重生后我顶替了前夫白月光》

锦一《春棠欲醉》

妄雪《团宠真千金竟是玄门大佬》

漫步云端《盛妆山河》

年度最畅销奖:

小知了《九天斩神诀》

是也《无尽杀戮:我的火球有bug!》

河神也是神《都市隐龙》

狐颜乱语《盖世神医》

相思一顾《六年后,我携四个幼崽炸翻前夫家》

桃桃宝宝《相亲当天和豪门大佬闪婚了》

白玉城《玉奴娇》、如鱼《尔尔星海》

年度最佳正能量奖:

发奋涂墙《我们还没毕业,辍学的你成战神了》

齐甲《凡尘飞仙》

明凰《凤掌九天》

弦泠兮《规则怪谈,欢迎来到甜蜜的家》

年度最具影视改编价值奖:

金笑《迷夜归来》

二月春《夺娶》

先生醉也《风月生执》

喵喵大人《第一召唤师》

年度最佳文笔奖:

二十七杯酒《极道剑尊》

萧逆天《九转吞天诀》

柠檬小丸子《王爷,您今天后悔了吗》

颜语《重生后,七个兄长跪着求原谅》

九醉《霍总别虐了，付小姐她又去相亲了》

风露《竹马他哥一直撩我》

年度最具潜力小说奖：

无聊中的无聊《废材又怎么样？照样吊打你!》

苍月夜《阎王下山》

金佛《妙手大仙医》

一丝凉意《剑武独尊》

弄潮《穿越两界当倒爷》

网游大仙《我一个肉盾，杀怪奖励万倍攻速什么鬼》

江湖人称老薛《普攻永久加生命，这个弓箭手有亿点肉!》

黑白相间《刚出娘胎，定亲转世女帝》、破空《狱医》

非池《和腹黑三叔闪婚后真香了》

糖炒栗子《顾总别虐了，许小姐嫁给你哥了》

骑着猫的小鱼干《大佬归来，假千金她不装了》

风羽轻轻《禁止离婚！陆少夜夜跪地轻哄》

时好《逃荒后三岁福宝被团宠了》

甜幽幽《我废柴真千金，会亿点玄学怎么了》

沙子《退婚后我被皇叔娇养了》

橙玖《傅总，江小姐另寻新欢了》

星月相随《重生七零再高嫁》

二喜《中意你》

年度最佳新秀作品奖：

布一二《不死帝尊》

一尾小锦鲤《重生七零：糙汉老公掐腰宠》

酒白《都穿越了还不造反啊!》

罗樵森《出阳神》

桃三月《重生九零律政小娇妻》

林深深《陆太太，陆先生今晚回来过夜》

梦幻紫《难产夜，傅总在陪白月光分娩》

借点酒《重生七零，我把糙汉老公拿下了》

2024年5月31日，2023年泛北部湾网络文学大赛颁奖暨2024年泛北部湾网络文学大赛启动仪式在荔园山庄国际会议中心举行。活动公布了2023年泛北部湾网络文学大赛获奖作品名单，《象来象往》《铜鼓秘语》获一等奖，《雅拉米》《回旋纸飞机》《楚楚动仁》获二等奖，《鲲龙》《化妆》《渔女颂》《作者》《荔枝红了》获三等奖，现场举行了获奖作品版权签约仪式。

同时举行 2024 年泛北部湾网络文学大赛启动仪式，并安排了以"网络文学产业与作品 IP 转化"和"网络文学在东南亚的传播"为主题的网络文学对谈。

六月

6月1日

6月1日，由"每天读点儿故事"APP 发起的"故事存储计划"征文公布了获奖名单。其中，小岛小小岛的《山城四季》、莉莉休的《兔儿爷》、雪乍暖的《左道》、凌东君的《刺秦》、陆离的《美人碑》获头奖。

6月1日，第三届网络文学青春榜发布会暨番茄小说"巅峰故事计划"启动仪式在山东大学威海校区举办。同时举办"网络文学发展新趋势"暨"番茄小说巅峰榜"研讨会，多位网络文学领域专家、媒体等对网络文学未来发展做出展望，希望网络文学能为文化发展贡献力量。

第三届网络文学青春榜：

《十日终焉》作者：杀虫队队员；连载网站：番茄小说

《困在日食的那一天》作者：乱；连载网站：起点中文网

《女主对此感到厌烦》作者：妖鹤；连载网站：微信读书

《我在废土世界扫垃圾》作者：有花在野；连载网站：晋江文学城

《社稷山河剑》作者：退戈；连载网站：晋江文学城

《我本无意成仙》作者：金色茉莉花；连载网站：起点中文网

《赤心巡天》作者：情何以甚；连载网站：起点中文网

《智者不入爱河》作者：陈之遥；连载网站：豆瓣阅读

《泄洪》作者：巧克力阿华甜；连载网站：知乎盐选

《从前有座镇妖关》作者：徐二家的猫；连载网站：番茄小说

《金牌学徒》作者：晨飒；连载网站：书旗小说

《修真界第一病秧子》作者：纸老虎；连载网站：番茄小说

6月1日，国家广播电视总局下发的《关于微短剧备案最新工作提示》正式实施生效。

6月11日

6月11日，阅文集团发布 2024 年"白金大神"名单。

新晋白金作家：滚开、黑山老鬼、狐尾的笔、轻泉流响、郁雨竹。

新晋大神：错哪儿了、烽仙、怪诞的表哥、季越人、金色茉莉花、荆棘之歌、裴屠狗、情何以甚、十年萤火、最白的乌鸦。

其中，有多位作家的作品曾入选网文青春榜月榜。

6月11日，由辽宁省作协主办、辽宁作协网络文学研究中心承办的"金桅杆"网络文学奖正式启动。

6月12日

6月12日，由安徽省文化和旅游厅、安徽省文学艺术界联合会、黄山市人民政府指导，阅文集团、黄山旅游发展股份有限公司主办的2024阅文创作大会在黄山召开。

6月12日，番茄小说2024金番作家名单揭晓，上榜作家均为与番茄长期合作，并在一年内等级达到LV3，作品质量高、变现能力强、广受读者好评的作家。

板面王仔，历史系畅销名家，代表作《皇家金牌县令》

房车齐全，代表作《1987：今夜不眠》

公主不回家，代表作《一剑星河渡》

霍北山，代表作《昨日思念如风》

撼动猩，代表作《网游：我有超神级天赋》

京祺，代表作《野玫瑰》

家养了只肥兔，代表作《风起荒谷》

6个葫芦，代表作《至死方休》

梨花满园，代表作《光自冬日来》

喵金金，代表作《曦曦御心》

沐潇三生，代表作《天渊》

晴天白鹭，代表作《另谋高嫁：这侯府夫人我不做了》

宋象白，代表作《十恶不赦》《野心不大，你和天下》

我要哭了，代表作《问鼎仙途》

箫不语，代表作《宝塔仙缘》

壹更大师，代表作《凡骨》

夜来风雨声，代表作《诡舍》

月下晚风，代表作《九重锦》

妖夜，代表作《武碎星河》《鼎》

紫灵风雪，代表作《长生烬》

紫梦游龙，代表作《我以狐仙镇百鬼》

6月13日

2024年6月13日，2024"文学让生活更美好"——第五届"金熊猫"网络文学奖颁奖活动在成都举行。第五届金熊猫网络文学奖获奖名单如下。

长篇单元：

金奖：《我为中华修古籍》（作者：黑白狐狸）

银奖：《九杀》（作者：阿彩）

铜奖：《成都今日天气晴》（作者：吴腾飞）

最具时代精神奖：《我们这十年》（作者：庹政）

最具创意价值奖：《时光织锦店》（作者：笃心）

最具潜力 IP 奖：《春棠欲醉》（作者：锦一）

中、短篇单元：

金奖：《水安息》（作者：高玉宝）

银奖：《斜阳归义》（作者：夏轩）

铜奖：《花重锦官城》（作者：李见明）

最具时代精神奖：《强国重器》（作者：紫芒果）

最具创意价值奖：《第几只羔羊》（作者：闻九声）

最具潜力 IP 奖：《叁棱》（作者：麻辣香郭）

"文化传承 烟火成都"主题创作单元：

金奖：《橙子大侠历险记之穿越成都三千年》（作者：陈国忠）

银奖：《春雷·四床琴》（作者：刘路）

铜奖：《醉侠恩仇录》（作者：廖辉军）

优秀作品奖：《巴蜀之光—千年成都》（作者：果琪），《蓉城春》（作者：吴敏）

6月13日，国家广播电视总局在广西南宁组织召开全国网络视听节目管理工作会议暨短视频管理座谈会。

6月15日

6月15日，网文校园行活动启动仪式在中国传媒大学学术中心举行。

6月19日

6月19日，由中国作协网络文学中心主办、河北省作协承办的"京津冀网络文学协同发展研讨班"在秦皇岛开班。

6月20日

6月20日，由番茄小说携手优酷共同发起的国风有"薪"意征文活动正式公布获奖名单。作为番茄小说 IP 创作者扶持计划——"和光计划"首届影视征文活动，本次征文自 2023 年 12 月 11 日起，截至 2024 年 3 月 10 日，历经征稿期、20 万字创作期、评选期等阶段，活动最终评选出 11 篇获奖作品，其中总冠军 1 名、分组冠军 5 名、潜力作品奖 5 名，共计 30 万元奖酬。

6月21日

6月21日，由每天读点故事 APP 发起的短剧抢滩计划第二季征文活动正式开启。

6月21日，第十届中法品牌高峰论坛在法国巴黎联合国教科文组织总部开幕。

6月21日，湖南省作协组织举办网络文学第二批人才推荐工作座谈会。

6月21日，2024 年泛北部湾网络文学大赛面向全国网络文学作家、广大网络文学爱好者征集参赛作品。

6月23日

6月23日，腾讯视频公布2024年影视年度片单。其中，多部网络文学作品进行了影视化改编，如《实用主义者的爱情》《十日终焉》《大奉打更人》《枭起青壤》《江湖夜雨十年灯》《六姊妹》《美人余》等。

2024微博文化之夜盛典在河南艺术中心大剧院圆满举行。其中，作家周木楠、萧鼎、狐尾的笔、三九音域、白羽摘雕弓、铁鱼荣获"微博年度原创文学IP"奖。

微博年度出海国漫IP：

《斗破苍穹》《少年歌行》《伍六七》

微博年度原创文学IP：

《黑莲花攻略手册》白羽摘雕弓、《道诡异仙》狐尾的笔、《我在精神病院学斩神》三九音域、《暗河传》甜水园的周木楠、《红尘万丈》铁铁铁铁铁鱼、《诛仙》萧鼎。

6月25日

6月25日，网络文学中心在四川绵阳举办2023年度中国网络科技科幻文学创作扶持项目发布活动，10部网络科幻小说从118部作品中脱颖而出，获得创作扶持。

入选作品：

《初夏的函数式》作者：风晓樱寒（李宇静）

《植物人医生》作者：柠檬羽嫣（苏东宁）

《大国重器2：智能时代》作者：银月光华（李遨）

《一路奔北》作者：人间需要情绪稳定（李颖娟）

《萤火之城》作者：童童（童敏敏）

《我不是赛博精神病》作者：板斧战士（王威）

《维度》作者：龙骨粥（李易谦）

《穿越微茫》作者：匪迦（张栩）

《终末的绅士》作者：穿黄衣的阿肥（张驰）

《赛博封神志》作者：羽轩W（翁梦妮）

6月26日

6月26日，国家新闻出版署启动2024年优秀现实题材网络文学出版工程申报工作。

6月27日

6月27日，番茄小说网络作家研修班（台州站）在浙江省台州市天台县开班。

七月

7月4日

7月4日，中国文艺评论家协会、中国文联文艺评论中心联合主办的第四届网络文艺评论优选汇启动。

7月5日

7月5日，河北网络小说排行榜由河北网络小说排行榜组委会主办，经广泛征集作品，严格初评、终评，2023年河北网络小说排行榜有6部网络小说作品上榜。

2023年河北网络小说排行榜榜单如下：

《夏日瑰宝（刑侦）》一只薄薄，晋江文学城

《绿电》中原第一范，七猫中文网

《记忆修理屋2》奔放的招财猫，春田小说网

《九狼图》纯银耳坠，七猫中文网

《兵王"疯子"》丁与卯，番茄小说网

《瑶光无极》总攻大人，晋江文学城

"哔哩哔哩漫画"漫改小说征稿活动（第二期）于7月5日正式开启，活动时间截至2024年12月31日。

7月8日

7月8日，第七届中国"网络文学+"大会网文校园行暨2024年北京市青年文学人才发展研讨会举行。会上发布了第一批入选"北京现实题材网络文学青年创作计划"的作品。入选作品共12部，包括新质生产力、医疗领域、新兴青年、京津冀协同发展4个主题，作品分别是：

新质生产力：晨飒《乘势跨越》、风晓樱寒《初夏的函数式》、赤灵01《青绿直播间》

医疗领域：柠檬羽嫣《植物人医生》、陆月樱《康复就在小汤山》、奕枚《忍冬医然》

新兴青年：舍曼《鑫哥二手手机专卖店》、陈敬雅《娱文圈》、张博楠《在北京送外卖的日子》、豌豆菌《星海皆为尘》、慈莲笙《狮醒东方》

京津冀协同：花清袂《京华天娇》。

7月8日，中文在线17K小说网旗下扶摇书城发起征文活动。扶摇书城是中文在线17K小说网旗下主打历史题材的全新厂牌，本次扶摇书城征文专注历史题材。

7月12日

7月12日至14日，第七届中国"网络文学+"大会开幕式暨主论坛在北京亦创国际会展中心举办。此外，开幕式上举行了优秀网文作品入藏国家版本馆仪式，并公布了年度网络文学优秀作品推优结果。其中，共有81部优秀作品入藏，《飞流之上》《洛九针》《洞庭茶师》《只手摘星斗》《怀火志》《陶三圆的春夏秋冬》《金牌

学徒》《问稻》《结婚而已》《逆火救援》10 部作品入选年度优秀现实题材和历史题材网络文学作品，《欢迎来到麦乐村》《三大队》《装腔启示录》《武动乾坤》《招惹》5 部入选年度优秀 IP 转化作品。

7 月 13 日

7 月 11 日至 13 日，中国作协网络文学中心在合肥举办全国网络文学评论高研班，来自全国各地的近 50 名网络文学评论骨干参会。

7 月 14 日

7 月 12 日至 14 日，第七届中国"网络文学+"大会在北京市经济技术开发区亦创国际会展中心举办。本次大会包括 5 场论坛、1 场会议、4 场分享沙龙。

7 月 15 日

7 月 15 日，第五届七猫现实题材征文大赛正式启动，截稿至 12 月 15 日，最终将评选出 33 部作品，总奖金高达百万。

7 月 25 日

7 月 25 日，中国网络视听节目服务协会发布《微短剧版权保护倡议书》。

起点现实频道联合瞳盟影视举办"人生剧场"主题征文活动。活动日期为 2024 年 7 月 25 日至 12 月 31 日。

7 月 28 日

由湖南省作家协会指导、湖南省网络作家协会主办的第三届湖南省十大网络作家（作品）评选活动启动。

八月

8 月 3 日

8 月 3 日，首届《诡秘之主》创作者大赛正式启动。

8 月 8 日

8 月 8 日，浙江省网络作家协会发布关于 2024 年度浙江省网络文学原创作品扶持申报工作的通知。

8 月 10 日

8 月 10 日，腾讯视频开展了第二届动漫大赏。本次大会将动漫片单分为"气""怪""阁"三大主题，涵盖 60 部动漫作品。其中，"气"代表象征动画初心的 2D 领域和以少年意气不断探索的内容魄力，如《诡秘之主》《十日终焉》等；"怪"代表 3D 动画作品集合，是一种不循常规、势要震撼人心的态度，如《火旺》（改编自《道诡异仙》）、《双城之战 2》、《深海》续作衍生剧《plus》等；"阁"代表腾讯视频动漫在内容上的升级思路，以剧版形式丰盈动漫 IP 的故事链路，如《完美世界剧场版》。

8 月 12 日

8 月 12 日，阅文集团发布了 2024 年中期业绩报告。本年度截至今日，阅文集团总收入达 41.9 亿元，同比增长 27.7%；归母净利润 7.0 亿元，同比增长 16.4%；版权运营及其他收入 22.5 亿元，同比增长 73.3%；在线业务收入 19.4 亿元。

8月14日

8月14日，2024上海书展暨"书香中国"上海周正式开幕，阅文集团携《庆余年》《一人之下》《全职高手》等精品IP，以及《热辣滚烫》《与凤行》《玫瑰的故事》等热门影视作品亮相。

8月15日

8月15日，2024海浪产业公布了"从文学到电影"年度推介书目入选名单，共有17部作品，其中包含1部网络文学作品：云住《不存在的恋人》。

8月16日

8月16日，由深圳市委宣传部指导、阅文集团主办的"深圳故事：书写奇迹之城"主题征文大赛启动。

8月20日

8月20日，由中国作协网络文学中心举办的全国网络作家学习贯彻习近平文化思想专题线上培训班结业。

8月21日

8月21日，起点读书现实频道2024春季征文公布结果，共有8部作品获奖。一等奖由《升职之神》和《困在循环里的曹雨来》获得，二等奖由《犬齿》和《云去山如画》获得，三等奖由《我的职业巨讨喜》和《冰不厌诈》获得，《无所谓姐姐的有所谓生活》和《孤夜之歌：幽梦》分别获得新人奖和题材突破奖。

8月23日

8月23日，起点读书开启名为"中国神话"的主题写作季。

8月23日，豆瓣阅读"第六届长篇拉力赛"获奖名单正式公布。共18部作品获奖，均已完结。

总冠军为璞玉与月亮《杂货店禁止驯养饿虎》；

新人奖为二更号三《青云影》、黎艺丹《佳期如梦》；

言情组获奖作品为大山头《低俗！订阅了》、玛丽苏消亡史《思春期》、淳牙《冬风吹又生》、小也《泡泡浴》；

女性组获奖作品为没有羊毛《陈茉的英雄主义》、青耳《林舟侧畔》、叶小辛《双程记》作者、Kek《浪漫逾期账单》；

悬疑组获奖作品为璞玉与月亮《杂货店禁止驯养饿虎》、南山《逃离月亮坨》、张半天《蜉蝣：三日逃杀》、消波块《烧花园》；

幻想组获奖作品为雅典的泰门儿《妖事管理局》、恩佐斯焗饭《太白封魔录3：长安》、如鹿饮溪《失魂引》、听灯《夏日会有回音》。

8月27日

8月27日,"人人都是小说家"全民网络文学创作研讨会在北京举行。

8月28日

8月28日,2024年中国网络文明大会在成都举行,网络文学作家周洲获"巾帼好网民"荣誉。

8月28日,2024年中国网络文明大会网络文艺与文化强国建设分论坛在成都举行,分论坛以"炳耀网络文艺高质量 铸就文化强国新辉煌"为主题。论坛现场正式发布了《中国网络文艺发展报告(2022—2023)》。

8月29日

8月29日,奇想奖(2023)科幻长篇征文比赛获奖名单发布。最终选出入围作品12篇。其中金奖1篇,为《琥珀中的韵律》;银奖2篇,为《利维坦之歌》与《锦鲤游向太平洋》。

8月30日

8月30日,"新枝计划"影视征文大赛正式开启。

九月

9月2日

2024第十六届纵横中文网作者大会于9月2日在大理举行,此次颁奖盛典,共颁发"年度风云作品奖""年度最畅销作品奖""年度最具IP价值奖"等9个奖项,发放奖金共计80万元。本次获奖作品中,烽火戏诸侯作品《剑来》、青鸾峰上作品《我有一剑》、阿斯巴酸作品《引火》、九月花作品《摄政王一身反骨,求娶侯门主母》、铁马飞桥作品《太荒吞天诀》、萧瑾瑜作品《剑道第一仙》荣获2024年度风云作品奖。

9月5日

2024年9月5日,第二期江苏新锐网络作家作品研讨会在南京召开。

9月9日

9月9日,在2024互联网岳麓峰会"文化+科技"融合专场论坛上,中南大学网络文学研究院院长欧阳友权教授发布了《中国网络文学年鉴(2023)》。该年鉴由中南大学网络文学研究院和中国作协网络文学中南大学研究基地编撰完成,系统梳理了中国2023年度网络文学的发展状况。年鉴内容涵盖年度综述、文学网站、活跃作家、热门作品、网络文学阅读、网络文学产业、研讨会议社团活动与重要事件、网络法规与版权管理、理论与批评、中国网络文学海外传播,以及2023网络文坛纪事等11个部分。

9月10日

9月10日,2024—2025年大文娱云发布优酷剧集片单。其中,多部网络文学作品进行了影视化改编,如桩桩《蜀锦人家》、随宇而安《千朵桃花一世开》、Fresh

果果《十万狂花入梦来》、八条看雪《解甲》、明月珰《七星彩》、尤四姐《金银错》、晓重《危局》、紫金陈《长夜难明：双星》、徐翎《城墙之上》、竹已《难哄》《折月亮》、姑娘别哭《早春晴朗》、丁墨《阿禅》等。

近日，首届"国际冰心文学奖东京大会"在日本东京举行。中国网络作家、杭州市作协会员、杭州市网络作协理事叶精灵儿的作品《梦入兰溪问道》获首届国际冰心文学奖银奖。

9月11日

9月11日，七猫小说官宣短篇"北极星"快闪征文大赛。

9月13日

9月13日，在"拥抱系统性变革"2024外滩新媒体年会上，"澎湃·镜相第二届非虚构写作大赛"正式启动。

9月13日，谜想计划以发掘多元题材+本土特色的悬疑故事为旨，推出第三届"谜想奖"悬疑小说征文比赛。

2024年9月13日至14日，由上海市作家协会主办，上海网络作家协会、中国作协网文委上海研究与培训基地与上海大学文学院承办的"网络文学促进中华优秀传统文化两创发展暨白金作家血红现实题材作品研讨会"在上海宝山上大路亚朵酒店顺利召开。

9月19日

为展现四川网络文艺优秀成果，促进四川网络文艺研究再攀高峰，9月19日，"新质生产力与网络文艺新趋势"研讨会暨2023年四川网络文学年度报告及影响力排行榜发布会在西南科技大学召开。

9月21日

9月21日晚，第34届电视剧"飞天奖"颁奖典礼在厦门海峡大剧院举办。该届电视剧"飞天奖"入围电视剧48部，评出优秀电视剧奖获奖作品16部，包括《问苍茫》《人世间》《风吹半夏》等。其中《风吹半夏》改编自阿耐的小说《不得往生》。

9月22日

9月21日至22日，由中国作家协会、中共海南省委宣传部指导，中国作家协会网络文学中心、海南省作家协会共同主办的海南自贸港网络文学论坛在海口成功举办。

2024年9月16日至22日，由国家文化和旅游部中外文化交流中心主办的中国网络作家赴欧洲文化交流活动于意大利、英国、法国顺利举办。

活动期间，《斗罗大陆》《天道图书馆》《雪中悍刀行》《我在精神病院学斩神》《十日终焉》《华妃墓》《逆天邪神》《生命之巅》《何日请长缨》《猎赝》《夜天子》《萌妻食神》《诛仙》《你和我的倾城时光》《人间大火》《筑梦太空》《新山乡巨变》《浩荡》《山根》《禹兮世界》20部中国经典网络文学作品作为文化交流典藏书目，入藏意大利作家联合会、罗马大学孔子学院、英国大英图书馆、查宁阁图书馆、法国巴黎文化中心。

9月23日

2024年9月23日，第四届泛华文网络文学金键盘奖终评会在南京召开，在江苏省作协纪委的全程监督下，终评会专家对经过初评的作品投票产生了第四届泛华文网络文学金键盘奖评审结果，期待公示后举办发布会正式发布。

9月23日，东莞举办以"诗工业之魂，颂制造美学"为主题的首届全国新工业文学征文大赛，即日起面向全国征稿。

9月24日

9月24日，豆瓣阅读"悬疑科幻"中篇征文比赛获奖名单公布。悬疑组《凶戏》获读者选择奖，《吞观音》获新人奖，《凶戏》《左手画出的花》、《胖月亮》分别由壹同制作、联瑞影业、光线传媒推荐，获优秀作品奖。科幻组《狐仙诡宅》获读者选择奖，《终爱》获新人奖，《银河遇难者》《狗人》《银河遇难者》分别由壹同制作、联瑞影业、光线传媒推荐，获优秀作品奖。

9月24日，四川省网络作家协会第三次代表大会在成都召开。大会全面总结了四川省网络作家协会第二届理事会过去五年的工作成就并对未来五年的工作作了全面部署和安排。

9月28日

9月28日晚，第35届银河奖颁奖典礼在成都市成华区天府国际动漫城举行，银河奖获奖名单揭晓。来自成都的本土科幻作家严曦的《造神年代》成功捧得奖杯。此外，最佳中篇小说奖为江波的《赛博桃源记》、廖舒波的《艺》以及王元的《他者》，最佳短篇小说奖由《遥远的脉冲微光》《中元节》《且放白鹿》《游隼向西飞行》《上帝的花棺》斩获，最佳科幻网络文学奖得主为阅文作家城城与蝉的作品《天才俱乐部》，最佳新人奖获得者为谭钢。

十月

10月1日

10月1日，书旗中文网正式启动"全民创作计划—高校赛"校园征文活动，旨在挖掘和扶持优秀的大学生网文作者，满足参赛条件的大学生也可获得由书旗中文网出具的实践证明。

10月10日

10月10日，首届中国网络文学品牌榜发布仪式在长沙举行，同时，网络文学品牌论坛也于当日开幕。此次活动由中南大学网络文学研究院、中南出版传媒集团联合主办，唐家三少、八月长安、杀虫队队员等品牌榜代表出席。本届大会共评选出了网络作家品牌精英榜、网络作家品牌新锐榜、文学网站品牌风云榜、文学网站品牌新锐榜，以及网络文学 IP 品牌榜等 3 个大类、5 个小类，共 38 个品牌上榜。

首届中国网络文学品牌榜榜单

网络作家品牌精英榜：

爱潜水的乌贼

天蚕土豆

流浪的军刀

横扫天涯

杀虫队队员

何常在

狐尾的笔

志鸟村

骁骑校

丁墨

网络作家品牌新锐榜：

天瑞说符

三九音域

轻泉流响

眉师娘

徐二家的猫

文学网站品牌风云榜：

起点中文网

番茄小说

纵横中文网

17K 小说网

晋江文学城

点众阅读

掌阅 ireader

知乎盐言故事

七猫小说

黑岩小说

文学网站品牌新锐榜：

长沙天使文化

玫瑰文学

六月小说

网络文学 IP 品牌榜：

电视剧《长相思》作者：桐华

电视剧《装腔启示录》作者：柳翠虎

电影《这么多年》作者：八月长安

动画《沧元图》作者：我吃西红柿

动画《斗罗大陆Ⅱ绝世唐门》作者：唐家三少

短剧《民国复仇千金》作者：隐笛

微短剧《当皇后成了豪门太太》作者：松子

微短剧《玫瑰冠冕》作者：久久婁

有声读物《天字第一当》作者：骑马钓鱼

游戏《凡人修仙传》作者：忘语

10月11日

10月11日，2024年中国作家协会网络文学理论评论支持计划开始征集选题项目，自发布之日起至10月31日截止。

10月12日

10月12日，第三届湖南省十大网络文学作家（作品）评选活动官宣结果。

第三届湖南省十大网络文学作家：穿黄衣的阿肥、打死都要钱、淡樱、风凌北、好韵、黄怀英、深山柠檬、杨千紫、易卓奇、左右本尊

第三届湖南省十大网络文学作品：思小朵《八零俏军嫂，嫁最强军官后多胎了》、乌衣《春风里》、尚启元《刺绣》、快剑江湖《带刀控卫》、仙溪《芙梦三世》、墨来疯《极限基因武神》、琰薇《继承百亿遗产后，黑月光整顿豪门》、七舒雨雾《闪婚后，小娇妻马甲捂不住了》、水边梳子《伪装死亡》、三生三笑《粤食记》

10月12日，中国文艺理论学会网络文学研究分会第九届学术年会暨"中国网文出海·东南亚论坛"在曲靖师范学院举办。该年会以"积极服务和融入国家发展战略，推动中国网络文学事业发展，讲好中国故事，传播好中国声音"为主题，围绕"网络文学世界传播研究""网络文学东南亚传播与人工智能赋能网文传播研究""网络文学IP价值的跨境分发""网络文学类型与本体研究"等内容开设了4个分论坛。

10月14日

10月14日，番茄小说官宣启动"灵思计划"免费短故事限时福利。

10月15日

由纵横小说举办，中国网络作家村协办的2024第三届纵横中文网大神训练营在杭州正式开营。

10月15日，由凉山文旅主办的"行者凉山"四川省网络作家协会创作采风活动拉开序幕。四川省网络作家协会组织陨落星辰、五志、花晓同、伯百川等30余名

网络作家从成都出发前往西昌,共赴一场山河之约与文化盛宴。

10月18日

10月18日,2025腾讯视频大剧片单发布。其中包括多部网络文学作品,如墨书白《余生有涯》、倪一宁《亲爱的仇敌》、伊北《小芳出嫁》、祈祷君《开盘》、关心则乱《江湖夜雨十年灯》、小格《树下有片红房子》、烽火戏诸侯《剑来》等。

10月19日

10月19日,2025阅文"剧"好看片单发布。该片单汇总了多位阅文集团知名作者的IP改编剧集,如希行《楚后》、忘语《凡人修仙传》、意千重《国色芳华》、吱吱《九重紫》、糖拌饭《家业》、冬天的柳叶《似锦》、千山茶客《簪星》等。

10月21日

10月21日,"光影临汾·中国精品微短剧之夜"在临汾市举行,"中国精品微短剧产业暨全屏矩阵联盟"重磅推出了中国精品微短剧好剧榜、中国精品微短剧上新榜。

10月22日

10月22日,由中国作家协会网络文学中心、中共江苏省委宣传部指导,江苏省作家协会、南京市委宣传部、秦淮区人民政府共同主办的第四届扬子江网络文学周在南京开幕。10月22日,第三届扬子江网络文学最具IP潜力榜在南京颁奖。经过多轮评选后,最终12部优秀作品上榜。分别为:

《半路杀出个兽医姑娘》

《沧海归墟》

《大国蓝途》

《急诊见闻Ⅱ:生命守护进行时》

《入慕之宾》、《十日终焉》

《我的江浙沪男朋友》

《我在梁山跑腿的日子》

《一度韶光》

《不完美的真相》

《第三只眼》

《苏梅梅的超市》

10月22日,第四届泛华文网络文学金键盘奖在南京举办发布会。本届评奖自2024年6月启动,经资格初审、终评,评选产生11个类别24部获奖作品。

现实题材类优秀作品奖:

《上海凡人传》(作者:和晓)

《逆行的不等式》(作者:风晓樱寒)

《敦煌:千年飞天舞》(作者:冰天跃马行)

《柳叶刀与野玫瑰》（作者：柠檬羽嫣）

玄幻仙侠类优秀作品奖：

《道诡异仙》（作者：狐尾的笔）

《招魂》（作者：山栀子）

都市幻想类优秀作品奖：

《我在精神病院学斩神》（作者：三九音域）

《芫荽小姐的平行旅行》（作者：清扬婉兮）

军事历史类优秀作品奖：

《终宋》（作者：怪诞的表哥）

《璀璨风华》（作者：顾七兮）

现代言情类优秀作品奖：

《夜市里的倪克斯》（作者：板栗子）

《琴魄》（作者：长夜惊梦）

古代言情类优秀作品奖：

《照殿红》（作者：昔昔盐）

《心尖意》（作者：天如玉）

科幻悬疑类优秀作品奖：

《梦溪诡谈》（作者：野狼獾）

《卞和与玉》（作者：东心爱）

优秀影视改编作品奖：

《灼灼风流》（作者：随宇而安）

《我们这十年》（作者：庹政）

《费可的晚宴》（作者：珞珈）

优秀有声、动漫、游戏改编作品奖：

《恶魔法则》（作者：跳舞）

《嫁反派》（作者：布丁琉璃）

优秀翻译输出作品奖：

《九星霸体诀》（作者：平凡魔术师）

《首辅养成手册》（作者：闻檀）

优秀实体出版作品奖：《北斗星辰》（作者：匪迦）

优秀网络文学评论作品奖（空缺）

10月22日，由湖北省作家协会主办，湖北省网络作家协会、极目新闻承办的长江流域网络文学影视转化作品推介会在武汉举办。

10月24日

10月24日，番茄小说"巅峰故事计划"获奖作品公示。其中，夜来风雨声《诡社》获最佳创意奖，一月九十秋《诸神愚戏》、周大白《主母日常》、宋象白《今天开始努力》获创意突破奖，世人千万再难遇我《我创造了怪物序列！》等获入围奖。

10月26日

10月26日上午，2024宁波银行·天e网络文学大赛获奖名单正式公布！

天e网络文学奖：

《风筝人》作者：姚沁、孔尧（笔名：一串山胡椒&孔放勋）

《少数派情感报告》作者：邱琦（笔名：猴子老公）

《民企的黎明》作者：刘莹（笔名：by）

天e网络文学新秀奖：

沈衍灵（笔名：云鹤）作品：《甬宁织造》

李睿君（笔名：我是宇早）作品：《兰生幽谷》

10月26日，由北京市文联主办，北京电视艺术家协会及北京作家协会共同承办的"从文学到影像"优秀文学作品推介活动公布终评入围作品名单。经过初评专家为期一个月的审读，共有29部作品脱颖而出进入到终评阶段，其中包括多部网络文学作品，名单如下。

七猫中文网：《穿过旷原的风》徐婷、《面人儿精》杨钦顺、《燃烧渡轮》陈思彤、《月悬烟江》郭晋兰

中文在线：《跃迁女子》徐是、《炽热的她》牛莹

晋江文学城：《明月照积雪》周亦男

红薯网：《天降神医》陈彦池

微信读书、每天读点故事App：《临安潜火行》周密

铁血读书、喜马拉雅App：《京脊人家》高喜顺

10月27日

10月27日下午，华东师范大学传播学院推出的"灵咔灵咔"创意写作智能体在上海书城发布。

10月29日

10月29日上午，长沙市优秀网络文学作品研讨会在长沙美雅斯国际酒店举办。研讨会由中国作协网络文学委员会副主任、中南大学网络文学研究院院长、教授欧阳友权主持。入选本次研讨会的5部优秀网络文学作品分别是《空降突袭》（作者：流浪的军刀）、《惜花芷》（作者：空留）、《极限基因武神》（作者：墨来疯）、《终末的绅士》（作者：穿黄衣的阿肥）、《黄金岁月》（作者：琉璃火）。

10月31日

10月31日，番茄小说正式开启"脑洞盛宴"征文活动。

十一月

11月5日

11月5日至6日，由中国作协网络文学中心主办的全国重点网络文学网站负责人学习贯彻党的二十届三中全会精神培训班在京举办。

11月8日

11月8日下午，成都市网络作协第一次会员大会圆满召开。由成都市文学艺术界联合会指导成立的成都市网络作家协会在四川福宝美术馆召开第一次会员大会。大会投票选举出主席团成员、秘书长、理事、监事会成员，并聘任了新一届首席顾问、顾问、名誉主席、副秘书长。名单如下：

首席顾问：阿来

顾问：周冰、桫椤

名誉主席：袁野（爱潜水的乌贼）

主席：徐靖杰（陨落星辰）

常务副主席：王春晓

副主席：张琳韬（林海听涛）、曹毅（高楼大厦）、董文芳（粉笔琴）、薛有志（伴虎小书童）

秘书长：陈灼灿

副秘书长：刘怡、孙一可、童睿（花晓同）

监事长：钟若兰

监事：屈昊天、夏天

理事：王春晓、刘怡、刘娟（缦彩笺）、孙一可、李凌燕（水图灵）、杨京秋（伯百川）、肖堃（五志）、张玉（会做菜的猫）、张琳韬（林海听涛）、陈灼灿、林淼（猫熊酱）、郑伟（天子）、徐靖杰（陨落星辰）、唐菲（小猜同学）、曹毅（高楼大厦）、常进（萱草妖花）、董文芳（粉笔琴）、董怀明（鱼辰）、蒋雪梅、童睿（花晓同）、薛有志（伴虎小书童）

党支部书记：薛有志

委员：刘泽、周茜

11月8日，长佩文学第二届万花筒创作大赛落下帷幕。最终评选出获奖作品38部。

现代赛道：

一等奖：《在半山腰》梨斯坦

二等奖：《黄柑绿桥深红柿》吃螃蟹的冬至、《无我月明》穆穆良朝

三等奖：《楚里》nomorePi、《君在长江头》舒庆初、《卓玛》舟山唐

古代赛道：

一等奖：《平城杂事录》猫十六斤

二等奖：《今日宜升堂》草木青 CMQ、《侍郎大人他真好看》宋昭昭

三等奖：《鬼灯点松花》故人入梦、《悬刀》风为马

幻想赛道：

一等奖：《电梯上行》AZURE7

二等奖：《无和之幕》铁锅炖酒、《只有我不在轮回的一天》柴万夜

三等奖：《重生后我要当渣女》江小咪、《驭龙》楚氏十六戒、《致骑士》嘉树欲相依

特色作品奖：

超好嗑 CP 奖：《十分钟事务所》客兮

烧脑悬疑奖：《裂缝》利亚亚里

苏爽高能奖：《穿成破产掌门怎么办》糯唧叽

荣耀传承奖：《心动延时》衿雾、《又逢》烟叶

奇妙职业奖：《疾速爱情》花渡渡

风采城市奖：《绿意动脉》海玛塔莎

优秀作品奖：《被委托单主的哥哥攻略了》o 奶茶七分糖 o、《花蛇》时常、《清宵半》阿猫仔、《碎琼乱玉》芥野、《四娣》云雨无凭、《她是猫》青小雨、《下一程》二十七 94、《一面钟情》乌丁泥、《征服第一时区》茗子君、《祝卿青》落回

潜力作品奖：《夤夜行》我叫林深深

最佳人气奖：第一名《侍郎大人他真好看》宋昭昭、第二名《爱慕游戏》三厌、第三名《翡翠剧场》四方格

11 月 9 日

11 月 9 日，第二届百万钓鱼城科幻大奖获奖名单公布。其中，天瑞说符《我们生活在南京》获得常在奖—作家单元—最佳长篇。

11 月 11 日

11 月 11 日，"阅见非遗"第二届征文大赛颁奖仪式在上海图书馆东馆举行。征文获奖名单公布：

金奖：《泼刀行》；

银奖：《天津人永不掉 SAN》、《仙工开物》、《一揽芳华》；

铜奖：《冰不厌诈》、《秘烬》、《四合如意》、《岁时来仪》、《我修的老物件成精了》、《乌鸦的证词》；

最具传承价值奖：《国药大师》、《云去山如画》；

出版观察团选择奖：《临安不夜侯》、《神农道君》。

活动现场，24 部"阅见非遗"征文大赛优秀作品以及恭王府博物馆关于中华优

秀传统文化研究著作及相关文献资料入藏上海图书馆。同时，"阅见非遗"第三届主题征文大赛启动。

11月12日

11月12日至14日，由中国作协网络文学中心举办的网络文学国际传播培训班在北京成功举办。

11月14日

近日，由中国作协外联部指导、中国图书进出口（集团）有限公司和格拉纳达大学孔子学院联合承办的首个西班牙中国文学读者俱乐部启动仪式暨中国网络文学分享座谈会在格拉纳达毕加索书店成功举办。

11月18日

11月18日，中央宣传部精神文明建设"五个一工程"评选工作办公室公示了第十七届精神文明建设"五个一工程""优秀作品奖"入选作品名单，共有10部网络文艺作品获奖：

3部网络文学作品：《陶三圆的春夏秋冬》、《滨江警事》（第1部）、《我们生活在南京》

2部网络剧：《漫长的季节》《我的阿勒泰》

2部网络电影：《特级英雄黄继光》《浴血无名·奔袭》

1部系列纪录片：《我们的赛场》

1部网络动画片：《中国奇谭》

1部网络综艺节目：《声生不息·宝岛季》

11月19日

11月19日，由中国移动咪咕公司主办的2024咪咕生态大会"网文+短剧"融合升级发展论坛在北京举行。论坛现场还发布了"繁星·沐光"2.0扬帆起航计划和"悦读好书榜"活动。

11月20日

11月20日，中国作家协会网络文学中心公布"2024年度中国作家协会网络文学理论评论支持计划"入选项目名单。本次入选项目共有9个。2024年度中国作家协会网络文学理论评论支持计划共收到符合规定的申报项目29个，包括3个专项与26个一般项目。经网络文学理论评论支持计划评审委员会论证，确定9个项目入选（含3个专项）。

中国作家协会网络文学理论评论支持计划入选项目名单：

《网络文学大众评论透视》江秀廷

《中国网络文学的"非家"与"非我"问题研究》项蕾

《数字游戏与网络文学的互动研究》张学谦

《中国网络文学的海外民间译介》戴瑶琴、谌幸

《中国网络文学对美传播研究》邢晨

《网络文学的现实主义转型研究（2014-2024）》温德朝

《中国网络文学年鉴（2024）》（专项）中国作协网络文学研究（中南大学）中心

《中国网络文学理论评论年选2024》（专项）中国作协网络文学研究（山东大学）中心

11月21日

11月21日，大英图书馆举行了10部中国网文的藏书仪式。这本次藏书包括唐家三少《斗罗大陆》、爱潜水的乌贼《诡秘之主》《宿命之环》、希行《君九龄》、吱吱《慕南枝》、须尾俱全《末日乐园》、猫腻《庆余年》、蝴蝶蓝《全职高手》、天瑞说符《我们生活在南京》、千山茶客《簪星》。

11月22日

11月22日，由北京市委宣传部（北京市新闻出版局）、中国作协网络文学中心、北京市文联指导，北京市出版版权协会、北京作协主办的首届北京市网络文学征文大赛正式启动。

11月22日，2024两湖版权对话在武汉隆重开幕，中南大学网络文学研究院院长欧阳友权教授在会上发布2023年度中国网络文艺版权保护典型案例。该版权对话围绕"版权保护助推新质生产力发展"主题，设立中国网络文艺版权保护典型案例专场发布活动。活动上发布了15件具有代表性的网络文艺年度典型案例，这些案例是从收集的500余件网络文艺年度侵权案件中精选出来的，涵盖网络小说、网络影视剧、网络音乐、网络游戏、网络绘本和网络综艺等多种形式，其中包括2件刑事案件、2件行政执法案件及11件民事案件。案例涉及湖南、湖北、重庆、北京、浙江、广东、山东和天津等多个地区。

11月24日

11月24日，根据《关于开展浙江文学榜（2021—2023）申报工作的通知》要求，浙江省作家协会组织开展了评审工作，11月24日完成终评。本榜单包括网络文学作品5部：南派三叔《天才与疯子的狂想》、疯丢子《小心说话》、蒋胜男《天圣令》、蒋离子《热望之上》、管平潮《仙长也疯狂》。

11月25日

11月25日，七猫公布了2024年度宗师&大师作家名单。共计4位作家被评选为七猫2024年度宗师作家，为烽火戏诸侯、火星引力、青鸾峰上、天蚕土豆。24位作家被评选为七猫2024年度大师作家，为宝妆成、北川、超爽黑啤等。

七猫2024年度宗师作家：烽火戏诸侯、火星引力、青鸾峰上、天蚕土豆。

七猫2024年度大师作家：宝妆成、北川、超爽黑啤、二月春、风羽轻轻、更俗、狐颜乱语、锦一、梁山老鬼、烈焰滔滔、乱世狂刀、罗樵森、漫步云端、喵喵大人、明嬗、平生未知寒、随散飘风、桃三月、铁马飞桥、无罪、萧瑾瑜、星月相随、张龙虎、知白。

11月28日

2024年11月28日下午，第四届两岸青年网络文学大赛颁奖典礼暨第五届启动仪式在杭州浙江数字出版印刷大楼顺利举行，活动正式对外公布了第四届大赛获奖名单，宣布了第五届大赛的正式启动，并同时举行了"两岸网络文学交流与融合发展"圆桌沙龙。

第四届两岸青年网络文学大赛获奖名单：

一等奖

《第几只羔羊》闻九声

《汉宫故剑情深》纳兰采桑

二等奖

《海角光年》北辰

《恶意扩散》汪恩度（中国台湾）

三等奖

《王恭厂天变》小述

《松绑》王杰

《虎姑婆》陈昶文（中国台湾）

单项奖：

最佳创意奖：《时间蜃影》闲月光

最佳文笔奖：《风竹寄影月华明》繁姝落槿

最佳人物奖：《东宁乌鬼》宴平乐（中国台湾）

最具潜力新人奖：《春妹》林慈轩（中国台湾）

最具影视改编潜力奖：《卿卿如晤》凌末之

优秀奖：《无限钟情》酒澜梦、《分水岭上》高上兴、《两根金条》白泽、《长春的晴朗》刘适、《双生宇宙》曾子芸（中国台湾）、《寒门烟火》二水崔、《影入山河》陈书缘、《出缅北记》耿辰、《限期破案》雁城雪、《独白》黎港、《失眠岛》微读（中国台湾）、《暗疾》达墨、《山子与大海》安迪地排子、《猎星者：星落》Winx（中国台湾）、《好缘份媒合会》洪瑞晨（中国台湾）、《合唱团里的幽灵》狐狸例子（中国台湾）、《四灵絮语：九翼之变》马晨曦（中国台湾）、《机器人在欢歌，机器人也在哭泣》田大安。

11月28日，由中国作家协会主办的"2024中国网络文学论坛"在河南郑州开幕。论坛以"深入学习贯彻党的二十届三中全会精神，推动网络文学在文化强国建设中作出新贡献"为主题，论坛同时发布了网络文学国际传播项目（第二期）。

11月28日，由中国作家协会网络文学中心、河南省作家协会和郑州市委宣传部主办的郑州网络文学研讨会在河南郑州召开。研讨会以麦苏《陶三圆的春夏秋冬》《我的黄河我的城》、烟波江南《无字之书》、碳烤串烧《中原归乡人》为主要内容，重点关注网络文学现实题材创作如何在网络特性和现实感之间有新的表现，传统文化之于网络文学的动力和策略及"两创"实践的新可能。

11月30日

2024年11月30日晚，北京大学学生网络文学发展与研究协会（PILA，以下简称为网文社）成立大会在校内第二教学楼举行，北大校内爱好网络文学的阅读者、研究者共同见证着这一原生趣缘群体的成立。

十二月

12月2日

12月2日，第二届"短剧抢滩计划"征文获奖名单发布。该征文由每天读点故事App发起，分迷你剧和微短剧两个赛道。

迷你剧赛道：夫于《雪原之冬》获版权潜力奖，玄鹇《凛冬》、纳兰从嘉《致命女人》、文刀刘《螳螂》、吴常《殊途难归》获优秀作品奖。

微短剧赛道：祁临酒鬼《野骨难驯》、花下客《焚心续昼》获版权潜力奖，摩羯大鱼《前夫有病但美》、携花盈袖《神医小寡妇她不治活人》、李金争《金凤玉露》、大白兔糖糖《女帝难为》、顾返予《烈酒惊霜》、王逸千《金钱风月》、话梅不酸《他的野玫瑰》获优秀作品奖。

12月7日

12月7日，由山东大学文学院主办，山东大学网络文学研究中心、山东理工大学文学与新闻传播学院协办的"数字人文视野下的网络文学研究"博士后论坛在淄博成功举办。

12月8日

12月8日，由中央广播电视总台、缅甸作家协会与仰光中国文化中心联合举办的"中国故事·从网络文学了解中国"研讨会在仰光中国文化中心图书室举行。

12月9日

12月9日，中国网络作家村第七届村民大会暨"村民日"活动在杭州滨江举办。活动现场，新时代网络文学"白马奖"颁奖仪式举行，最终评选出17部优秀作品及10位网络文学"新秀"。

17部优秀作品：《生命之巅》《一路奔北》《金牌学徒》《穿越微茫》《我有一剑》获新时代网络文学"白马奖"；《斗罗大陆Ⅱ：绝世唐门》《妖神记》《斩神之凡尘神域》获动漫改编奖；《全职高手》《灵境行者》《藏海花》获有声改编奖；《招惹》《南风知君意》《万米之上》获短剧改编奖；《宿命之环》《修罗武神》《扫描你的心》获海外传播奖。

10位网络文学"新秀"：奉义天涯、红刺北、风青阳、王誉蓉、伪戒、江月年年、苏格兰折耳猫、唐甲甲、最终永恒、黑白狐狸获新秀奖。

12月9日，由中国作协网络文学研究院、杭州市文学艺术界联合会主办，杭州市文艺评论家协会、杭州市网络作家协会、中国网络作家村承办的第四届"白马湖全国网络文学评论大赛"经专家评委进行初评和终评后于日前揭晓，获奖名单如下。

一等奖：

跨媒介的密码：网络文学IP转化的行业趋势和时代表征（作者：王文静）

历史认知、叙事套路与情感结构：略论网络小说与流行话语所见之"嫡庶"（作者：金方廷）

史诗的追寻与传奇的再现——读笔龙胆长篇小说《东南风云》（作者：乌兰其木格）

中国网络文学对传统文化元素的应用与再造（作者：王婉波）

二等奖：

克苏鲁网文的类型语法和情感结构（作者：陈勇彬）

游戏逻辑下的网络文学新范式——评杀虫队队员《十日终焉》（作者：杨春燕）

赛博桃花源："后"人类命运共同体之问——红刺北《砸锅卖铁去上学》短评（作者：邱巧雯）

《大医凌然》：医疗题材行业文的爽感生成（作者：唐小瑜）

论网络玄幻小说对古典志怪传统的承继与再造——以《长江之神：化生》为考察对象（作者：王雨欣）

日常叙事、形象重构和软硬消解——评天瑞说符《我们生活在南京》（作者：黄思奇）

《早安，三国打工人！》：女性视角下的历史重构与反类型创新（作者：金潇苒）

"硬核"科幻与人类命运共同体——评天瑞说符《我们生活在南京》（作者：张展瑜）

《择天记》的二次元转向：从启蒙主义的拟宏大叙事到萌文化的转型（作者：琚若冰）

网文如何介入现实：《女主对此感到厌烦》的启示（作者：李香玉）

三等奖：

《道诡异仙》：克苏鲁神话小说的中国化（作者：唐诗）

男频修仙网文"逆袭"叙事的思考——也说《凡人修仙传》（作者：朱立权）

审美经验构建与网络科幻诗学——从天瑞说符的《我们生活在南京》看去（作者：张琴）

从东方伦理观看仙侠小说的叙事异化——以21世纪男频修仙小说为例（作者：李言）

诡谲的虚实——21世纪盗墓题材网络小说的发展研究（作者：崔凤鸣）

他者与自我之间的新型建构——论《双宿时代：占据陌生肉体的我们》的身体叙事（作者：文冬辰）

以游戏重构现实——我会修空调作品论（作者：张珈源）

"种田"模式、世情书写与女性成长史——评吱吱《花娇》（作者：沈靖雯）

待到酒酣春浓时，回看人间世——评古兰月《酒坊巷》（作者：钱紫玥）

网络文学多类型的融合与升级——以无限流小说和规则类怪谈小说类型作为考察对象（作者：王心萱）

网络词体小说的诗学特征与女性经验书写——评阮郎不归的《银蟾记》（作者：李展）

"生死于人寰，有志者幸甚至哉"——评关心则乱《星汉灿烂，幸甚至哉》（作者：李嘉凝）

《一卷封神》：媒介变革时代文学格局之变的倾情书写（作者：梁静）

创伤叙事·欲望图景·治愈文本——评扶华《末世第十年》（作者：陈好）

平行世界中的价值重估与玩家体验——评长洱《天才基本法》（作者：廖晨薇）

新兴网络恐怖小说的生成、表达与行动——以《道诡异仙》《十日终焉》为例（作者：张潇月）

无限流小说《我在无限游戏里封神》中"迷失感"的呈现——以《玫瑰工厂》副本为例（作者：麦小玲）

《深海余烬》：节奏欢快的克苏鲁风"创世纪"（作者：李硕）

时代镜像下的底层奋斗——小说《山根》的独特叙事策略（作者：刘政）

虚构世界的玄幻构建——《大道朝天》的世界设定研究（作者：谢可昕）

12月9日，中国网络作家村第七届村民大会"视听+"IP直通车沙龙·中华文化符号出海分论坛"聚焦出海丨短剧·网络文学产业融合发展峰会"在杭州滨江成功举行。

12月10日

12月10日，《中国网络文学研究名家论丛（第一辑）》作品研讨活动在杭州举行。

12月11日

12月11日，番茄小说创作者大会在海南举行。会上，番茄小说揭晓了番茄年度巅峰榜；宣布将投入2亿元以支持优质内容创作，一半用于升级作家福利，另一半用于联合《青年文学》杂志社实施"青舟计划"；优酷将与番茄小说联手启动"超级IP共创计划"，从无到有孵化头部作品。

番茄年度巅峰榜TOP10：《十日终焉》《斩神》《我不是戏神》《诸神愚戏》《异兽迷城》《诡舍》《北派盗墓笔记》《长矛老师》《开局地摊卖大力》《从前有座镇妖关》。

12月11日，番茄小说创作者大会在海南举办，在活动现场，优酷副总裁刘燕红、番茄小说IP衍生负责人李茜茹联合发布"超级IP共创计划"，番茄小说将与优酷共同发掘、开发优质IP。

12月16日

12月16日，由每天读点故事主办的第三届"故事存储计划"征文活动上线。

12月17日

12月17日，第三届上海国际网络文学周开幕。会上举办了"中外网文作家圆桌会"，"从'好内容'开始CDrama流行密码"主题沙龙，2024起点国际年度征文大赛颁奖典礼等活动。发布了《2024中国网文出海趋势报告》及《中国网络文学IP国际传播影响力报告》。

12月20日

12月20日，经评委会组织专家评审，经吉林省作家协会党组审定，"白山松水"现实主义题材IP网络文学征文大赛最终确定20部获奖作品。其中，《鲲龙》获最佳IP价值奖、《大国蓝途》获最佳IP潜力奖、《追虎24小时》获最佳创意思维奖、《大国粮仓》获最佳故事情节奖、《庆团圆》获最具影视改编潜力奖等。

12月22日

截至12月22日，多个研究中心发布了2024流行词汇。

榜单一：《语言文字周报》编辑部召开新闻发布会，正式发布2024年度"十大网络流行语"榜单：偷感（很重）、草台班子、班味、那咋了、水灵灵地、古希腊掌管××的神、city不city、包的、红温、搞抽象。

榜单二：国家语言文字推广基地、语言文字权威期刊《咬文嚼字》发布的"2024年度十大流行语"：数智化、智能向善、未来产业、银发力量、小孩哥/姐、班味、松弛感、city不city、水灵灵地、硬控。

榜单三：国家语言资源检测与研究中心在"汉语盘点"活动中发布了"2024年度十大网络用语"，依次为：新质生产力、《黑神话：悟空》、人工智能+、含金量还在上升、City不City、班味儿、偏偏你最争气、浓人淡人、松弛感、主理人。

12月23日

12月23日，鲁迅文学院第二十四期网络文学培训班（网络文学创作出版培训班）开学典礼在北京举行。来自全国各地的50名网络文学作家、编辑以及相关出版从业者将在鲁院开启为期一周的学习培训。中国作协党组成员、副主席、书记处书记，鲁迅文学院院长吴义勤，中宣部出版局副局长杨芳出席典礼并讲话。开学典礼由鲁迅文学院常务副院长徐可主持。

12月24日

12月24日，备受期待的网络文学榜样作家"十二天王"榜单终于揭晓。

截至2024年，在广大作者和读者的见证下，"十二天王"评选已走过9年，回望历届名单，会说话的肘子、晨星LL、老鹰吃小鸡、我会修空调、卖报小郎君、狐尾的笔、季越人等数十位白金大神作家从"十二天王"里面走出来，众多超人气网文作家从"十二天王"里面走出来，为广大读者所熟知。

2024年度网络文学榜样作家"十二天王"：

科幻爆款王：城城与蝉《天才俱乐部》

种田修行第一人：神威校尉《神农道君》

机关仙侠纪元王：蛊真人《仙工开物》

历史文口碑王：孤独麦客《晋末长剑》

架空军事领军者：康斯坦丁伯爵《炮火弧线》

轻小说恋爱天王：一片雪饼《我的超能力每周刷新》

玄幻反转王：古羲《万世之名》

玄幻爽文新锐王者：陆月十九《从斩妖除魔开始长生不死》

全民修仙王：纯九莲宝灯《我有一个修仙世界》

模拟修仙新人王：愤怒的乌贼《我的模拟长生路》

历史文最强新秀：鹤招《万历明君》

乡村年代文第一人：米饭的米！《重回1982小渔村》

12月24日，由中共昆明市委网信办、昆明市文联主办，昆明网络文学协会、昆明信息港彩龙社区承办的2024第十届滇云网络文学大赛最终评选出获奖作品19部（组）。

2024第十届滇云网络文学大赛获奖名单：

大奖（空缺）

一等奖3名：金碧萧萧《昆明人家》（小说）、海钓绿码《立马沙陀》（小说）、李兴《巴东笔记》（散文）

二等奖6名：残月《走厂》（小说）、雪域浪子《末世烽火之预言少年》（小说）、龙飞相公《大雾》（小说）、花郎《人间事（组诗）》（诗歌）、许文舟《阿里笔记》（散文）、童真《低处（组诗）》（诗歌）

三等奖10名：莫有工资《宇宙探索建筑公司》（小说）、止立言《生活拾贝》（散文）、xiaoheiren《千载风华化西山》（散文）、司空不《剑门：历史与未来的诗行》（诗歌）、耳朵《月落乌啼》（小说）、孤帆远影《光阴谣（组诗）》（诗歌）、洛大爷《歌谣谱写者（组诗）》、木落千山《罗坎关，阎王殿》（小说）、阿毒《磨憨的苏康布哩》（小说）、清茶半盏《大观月夜》（小说）

12月25日

12月25日，2024年泛北部湾网络文学大赛终评工作已于近日完成。本着公开、公平、公正的原则，现将获奖作品进行公示。

一等奖：《彩韵缘》韦雪桃（子青）、《直播旅行，我用大好河山治愈全网》王

文晶（老板再来亿碗）

二等奖：《危墙之下》叶群（花匠先生）、《醉美家园》陈小雨、《渝音唱晚》劳汉燕（暗香如袖）

三等奖：《纯属虚构》卢毓星、《刺客信条·王朝》祝敏绮（疯丢子）、《奋斗者》李海明（海明）、《心案》周璟（银雪）、《问渠哪得茉莉香》陆世初（矮马老师）

12月25日，《扬子江网络文学评论中心2024年网络文学观察报告》在中国现代文学馆举办的"融媒体大众化文学精品：2024年度网络文学发展研讨会"上发布，报告对2024年中国网络文学的发展特色和趋势进行了深度观察与分析。

12月26日

12月26日，由中国作协创研部、文艺报社、中国现代文学馆共同主办的"新大众文艺：现象与意义"研讨会在北京举行。

12月30日

12月30日，年度不流行语公布：

1. 草台班子，2. 说得好说得好说得好，3. 卷心菜，4. 遥遥领先，5. 打螺丝，6. 一坨巨大的赞美，7. 全职儿女，8. 远洋捕捞，9. 大聪明，10. 向上管理。

流行语（不流行语）既有语言研究价值，更有社会历史价值和情感疏导价值。

打捞"不流行语"，让应该被"看见"的能够被看见，是保存我们的记忆，吸取历史教训的重要路径，也是话语生态研究的社会责任。

（黄钜翔　执笔）